FANTA

Die in diesem Band
zusammengestellten Romane
sind außerdem in Einzelausgaben
als Goldmann-Taschenbuch erschienen:

Die Elfensteine von Shannara (23831)
Der Druide von Shannara (23832)
Die Dämonen von Shannara (23833)

Von Terry Brooks sind
außerdem als
Goldmann-Taschenbücher erschienen:

Das Schwert von Shannara (23828)
Der Sohn von Shannara (23829)
Das Erbe von Shannara (23830)

Das Zauberlied von Shannara (23893)
Der König von Shannara (23894)
Die Erlösung von Shannara (23895)

TERRY BROOKS
DIE ELFENSTEINE VON SHANNARA
ELFENSTEINE/DRUIDE/DÄMONEN

Die dreiteilige Fantasy-Saga
voll mystischer Wunder und heroischer
Abenteuer in einem Band!

GOLDMANN VERLAG

Aus dem Amerikanischen übertragen von
Mechtild Sandberg

Die Landkarten zeichneten
Darrell K. Sweet und die Gebrüder Hildebrandt

Made in Germany · 10/86 · 1. Auflage

Umschlagentwurf: Design Team München
Umschlagillustration: Darrell K. Sweet/Random House, New York
Druck: Elsnerdruck, Berlin
Verlagsnummer: 23902
Lektorat: Christoph Göhler/Michael Görden
Herstellung: Peter Papenbrok
ISBN 3-442-23902-8

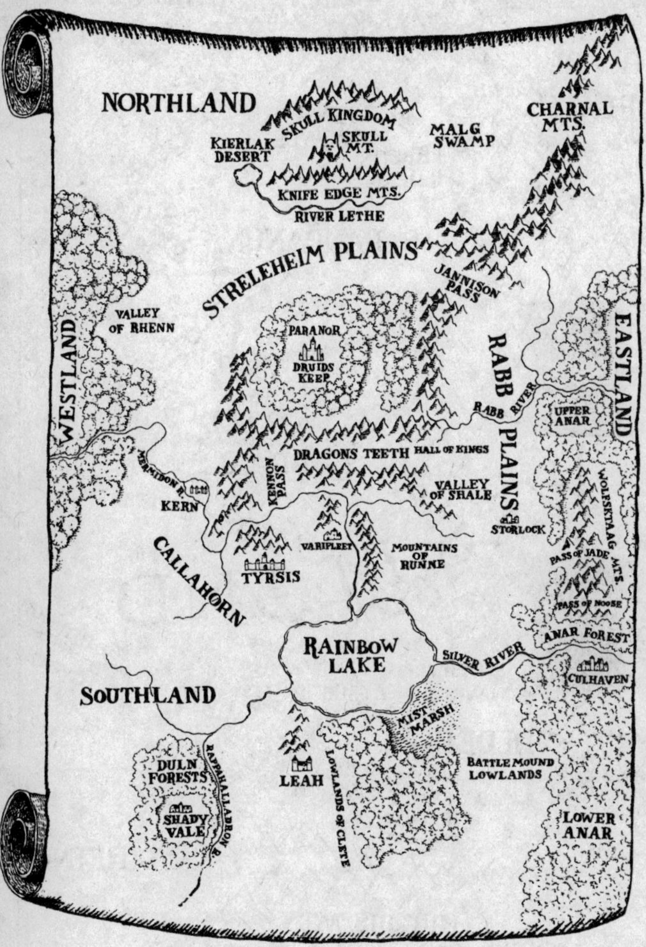
NORTHLAND
SKULL KINGDOM
SKULL MT.
KIERLAK DESERT
MALG SWAMP
CHARNAL MTS.
KNIFE EDGE MTS.
RIVER LETHE
STRELEHEIM PLAINS
JANNISON PASS
VALLEY OF RHENN
PARANOR
DRUIDS KEEP
RABB PLAINS
EASTLAND
WESTLAND
RABB RIVER
UPPER ANAR
DRAGONS TEETH
HALL OF KINGS
KENNON PASS
MERMIDON R.
KERN
VALLEY OF SHALE
STORLOCK
WOLFSKTAAG MTS.
CALLAHORN
VARFLEET
TYRSIS
MOUNTAINS OF RUNNE
PASS OF JADE
PASS OF NOOSE
ANAR FOREST
RAINBOW LAKE
SILVER RIVER
CULHAVEN
SOUTHLAND
MIST MARSH
DULN FORESTS
RAPPAHALLADRON R.
SHADY VALE
LEAH
LOWLANDS OF CLETE
BATTLE MOUND LOWLANDS
LOWER ANAR

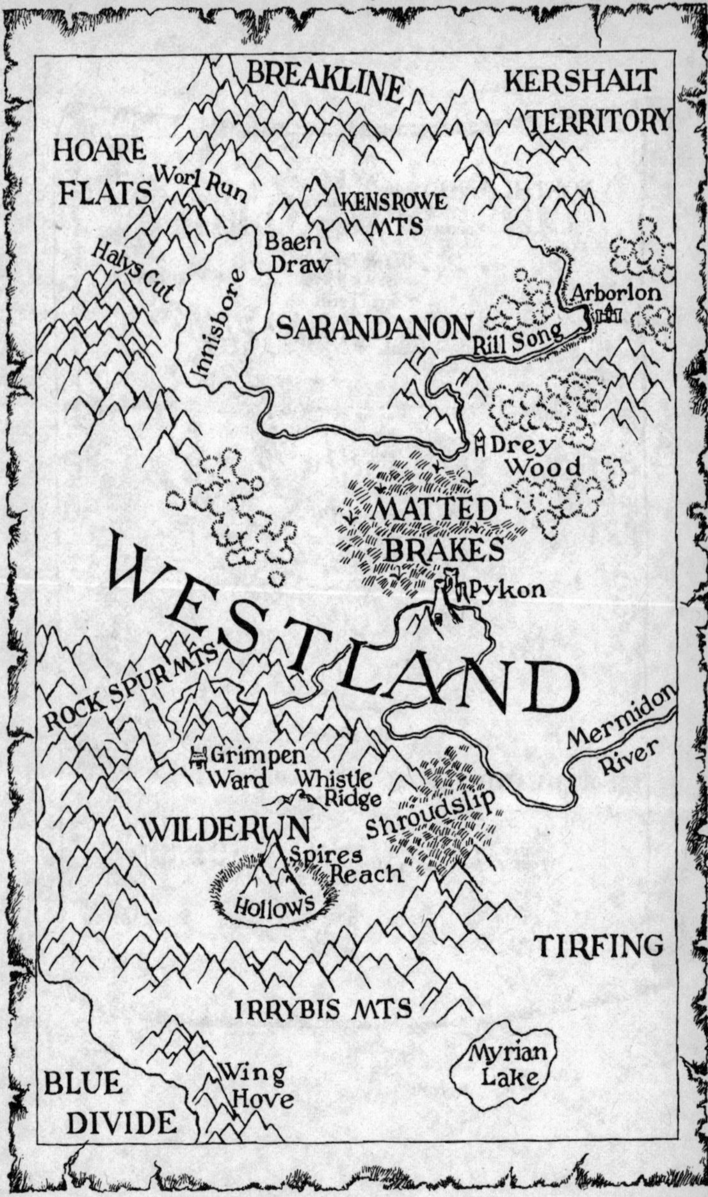
BREAKLINE
KERSHALT TERRITORY
HOARE FLATS
Worl Run
KENSROWE MTS
Baen Draw
Halys Cut
Innisbore
SARANDANON
Rill Song
Arborlon
Drey Wood
MATTED BRAKES
Pykon
WESTLAND
ROCK SPUR MTS
Mermidon River
Grimpen Ward
Whistle Ridge
Shroudslip
WILDERUN
Spires Reach
Hollows
TIRFING
IRRYBIS MTS
Myrian Lake
BLUE DIVIDE
Wing Hove

DIE ELFENSTEINE VON SHANNARA

Für Barbara,
in Liebe

Die nahende Morgendämmerung erhellte schwach den nächtlichen Himmel, als die Erwählten die Gärten des Lebens betraten. Draußen lag in tiefem Schlaf die Stadt der Elfen Arborlon, ihre Bewohner noch in die Wärme und Geborgenheit ihrer Lager gehüllt. Für die Erwählten jedoch hatte der Tag bereits begonnen. Ihre wallenden weißen Gewänder bauschten sich leicht in der sommerlichen Brise, als sie zwischen den Posten der Schwarzen Wache hindurchschritten, die starr und unbewegt vor dem gewölbten schmiedeeisernen Tor mit den kunstvollen Einlegearbeiten in Silber und Elfenbein standen, wie über Jahrhunderte hinweg die endlose Zahl ihrer Vorgänger vor ihnen. Rasch eilten die Erwählten zwischen ihnen hindurch, und nur ihre leisen, hüstelnden Stimmen und das Knirschen ihrer mit Sandalen bekleideten Füße auf dem Weg störten die Stille des neuen Tages, als sie in die tiefen Schatten des Föhrenhains traten.

Die Erwählten waren die Hüter und Pfleger des Ellcrys, dieses seltsamen und wunderbaren Baumes, der in der Mitte die Gärten überragte. Dieser Baum, so berichtete die Legende, schützte das Elfenreich vor bösen Mächten aus grauer Vorzeit, die schon vor Jahrhunderten das Volk der Elfen beinahe vernichtet hätten und die seither, seit einer Epoche, die weit vor dem Erwachen der Menschheit lag, von der Erde verbannt waren. In den folgenden Jahrhunderten hatten sich stets Erwählte gefunden, den Ellcrys zu hegen und zu pflegen. Sie befolgten eine Tradition, die von Elfengeneration zu Elfengeneration weitergegeben worden war, und die Elfen erblickten in der Aufgabe, welcher die Erwählten sich zu unterziehen hatten, eine hohe Ehre und feierliche Pflicht.

Von Feierlichkeit jedoch war bei dem Zug, der an diesem Morgen durch die Gärten eilte, kaum etwas zu verspüren. Zweihundertdreißig Tage ihres Dienstjahres waren vorüber, und das jugendliche Feuer in ihren Adern ließ sich nicht länger unterdrükken. Das anfängliche Gefühl tiefer Ehrfurcht vor der hohen

Verantwortung, die man ihnen übertragen hatte, war längst verflogen, und die Erwählten der Elfen waren nunmehr nichts weiter als sechs junge Männer, im Begriff, sich einer Aufgabe zu entledigen, die sie seit dem Tag ihrer Erwählung täglich erfüllt hatten. Alt und vertraut war ihnen diese Aufgabe inzwischen geworden – die Ehrerbietung des Morgengrußes an den Baum beim ersten Schimmer der aufgehenden Sonne. Nur Lauren, der Jüngste der Erwählten dieses Jahres, war still und in sich gekehrt. Er blieb ein paar Schritte hinter den anderen zurück und beteiligte sich nicht an ihrem übermütigen Geplauder. In Gedanken versunken hielt er sein rotbeschopftes Haupt gesenkt, und auf seiner Stirn stand eine tiefe Falte der Nachdenklichkeit. So sehr war er mit seinen eigenen Gedanken beschäftigt, daß es ihm sogar entging, als das Geplapper vor ihm verstummte und einer der anderen sich umwandte, um sich zu ihm zu gesellen. Erst als eine Hand seinen Arm berührte, hob er überrascht den Blick und bemerkte, daß Jase ihn forschend betrachtete.

»Was ist mit dir, Lauren? Fühlst du dich unwohl?« fragte Jase. Er war einige Monate älter als die anderen Erwählten, und sie akzeptierten ihn deshalb als ihren Führer.

Lauren schüttelte den Kopf, doch der Ausdruck innerer Beunruhigung wich nicht gänzlich von seinem Gesicht.

»Nein, nein, es geht mir gut.«

»Aber irgend etwas bedrückt dich. Du grübelst schon den ganzen Morgen. Ja, und gestern abend warst du auch so still und schweigsam«. Jase legte dem jungen Mann die Hand auf die Schulter und drehte ihn herum, so daß er ihm ins Gesicht sehen mußte. »Komm schon, heraus mit der Sprache. Niemand erwartet von dir, daß du am Morgendienst teilnimmst, wenn du dich nicht wohl fühlst.«

Lauren zögerte, dann seufzte er und nickte.

»Also gut, es geht um den Ellcrys. Gestern abend bei Sonnenuntergang, kurz bevor wir gingen, hatte ich den Eindruck, daß Flecken auf seinen Blättern sind. Es sah aus wie Welke.«

»Welke? Im Ernst? Solche Krankheiten befallen die Ellcrys doch nie – das zumindest hat man uns erzählt«, erwiderte Jase zweifelnd.

»Es kann ja sein, daß ich mich getäuscht habe«, gab Lauren zu. »Die Dämmerung brach schon herein. Ich hab' mir selbst gesagt, daß der Eindruck wahrscheinlich nur von den Schatten hervorgerufen wurde, die auf den Blättern lagen. Aber je mehr ich darüber nachdenke, desto sicherer werde ich, daß es sich wirklich um Welke handelt.«

Aus der Gruppe der anderen drang verstörtes Gemurmel herüber, und einer von ihnen machte seiner Beunruhigung Luft.

»Das ist Amberles Schuld. Ich habe von Anfang an gesagt, daß die Erwählung eines Mädchens nur Unheil bringen kann.«

»Es sind auch schon früher Mädchen in den Kreis der Erwählten aufgenommen worden, und nie ist deswegen etwas Schlimmes geschehen«, protestierte Lauren. Er hatte Amberle immer gemocht. Sie war aufgeschlossen und entgegenkommend gewesen, auch wenn sie die Enkelin von König Eventine Elessedil gewesen war.

»Seit fünfhundert Jahren nicht mehr, Lauren«, entgegnete der andere.

»Hört mal, jetzt ist's genug«, mischte sich Jase ein. »Wir haben vereinbart, kein Wort über Amberle zu sagen. Das wißt ihr alle.«

Einen Moment lang schwieg er, während das, was Lauren gesagt hatte, seine Gedanken beschäftigte. Dann zuckte er die Schultern. »Es wäre schlimm, wenn dem Baum etwas geschehen würde, schon gar, solange er unserer Pflege anvertraut ist. Aber es ist nun einmal so, daß nichts auf dieser Welt ewigen Bestand hat.«

Lauren war zutiefst entsetzt. »Aber, Jase, wenn die Lebenskraft des Baumes nachläßt, zerreißt der Bann, und die Dämonen, die jetzt in ihm gefangen sind, werden frei sein!«

»Glaubst du denn wirklich diese alten Märchen, Lauren?« fragte Jase lachend.

Lauren starrte den Älteren ungläubig an.

»Wie kannst du ein Erwählter sein und *nicht* glauben?«

»Ich kann micht nicht entsinnen, daß mich jemand danach gefragt hat, was ich glaube, als ich erwählt wurde. Bist du befragt worden, Lauren?«

Lauren schüttelte den Kopf. Denen, welche sich um die Ehre

bewarben, in den Kreis der Erwählten aufgenommen zu werden, wurden niemals Fragen gestellt. Die jungen Elfen, die im verflossenen Jahr das Erwachsenenalter erreicht hatten, wurden dem Baum ganz einfach vorgestellt. In der Morgendämmerung des neuen Jahres versammelten sie sich in den Gärten des Lebens, um dann unter seinen ausladenden Ästen durchzuschreiten und von ihm angenommen zu werden. Jene, die der Baum an den Schultern streifte, wurden die neuen Erwählten, die ihm bis zum Ablauf des Jahres zu dienen hatten.

Lauren konnte sich noch der glühenden Freude und des Stolzes erinnern, die er verspürt hatte, als ein schlanker Zweig sich zu ihm hinuntergeneigt und ihn berührt hatte. Gleichzeitig hatte er den Ruf seines Namens vernommen.

Und er gedachte auch der Verwunderung aller Anwesenden, als Amberle gerufen worden war ...

»Das ist doch nur ein Märchen, um den Kindern Furcht einzuflößen«, sagte Jase gerade. »Tatsächlich soll der Ellcrys die Elfen nur daran erinnern, daß sie genau wie er alle Veränderungen überleben, welche die Geschichte der vier Länder geprägt haben. Der Baum ist ein Symbol der Kraft unseres Volkes, Lauren – nichts weiter.«

Er bedeutete ihnen allen, den Weg durch die Gärten fortzusetzen, und wandte sich ab. Lauren verfiel wieder in tiefes Nachdenken. Die beiläufige Art und Weise, wie der ältere Freund die Legende von dem Baum abgetan hatte, hatte ihn betroffen gemacht. Allerdings stammte Jase ja auch aus der Stadt, und Lauren hatte beobachtet, daß die Bewohner von Arborlon alten Überlieferungen und Traditionen nicht solche Bedeutung beimaßen wie die Bewohner des kleinen Dorfes im Norden, wo seine Wiege gestanden hatte. Doch alles, was über den Ellcrys und den Bann der Verfemung berichtet wurde, war nicht einfach eine Legende – es war das Fundament all dessen, was wahrhaft elfisch war, das bedeutendste Ereignis in der Geschichte seines Volkes.

Vor langer, langer Zeit, noch vor der Geburt der neuen Welt, hatte es sich zugetragen. Damals hatte ein gewaltiger Kampf zwischen den Mächten des Guten und des Bösen getobt, und die Elfen hatten schließlich gesiegt, indem sie den Ellcrys schufen und einen Bann der Verfemung verhängten, der die Dämonen des Bösen in zeitlose Finsternis verbannte. Und solange der Ellcrys in der Blüte seiner Kraft blieb, solange würde das Böse nicht über das Land herfallen können.

Solange der Ellcrys gesund blieb ...

Voller Zweifel schüttelte er den Kopf. Vielleicht hatte ihm nur seine Phantasie etwas vorgegaukelt, als er gemeint hatte, Flecken auf den Blättern des Baumes zu sehen. Vielleicht hatte das Dämmerlicht ihn genarrt. Und wenn nicht, dann mußten sie eben ein Heilmittel finden. Und es gab immer ein Heilmittel.

Wenige Augenblicke später hatte er zusammen mit den anderen den Baum erreicht. Zaudernd blickte er auf, dann stieß er einen Seufzer der Erleichterung aus. Der Ellcrys schien unverändert. Vollendet in seiner Gestalt reckte sich der silberweiße Stamm himmelwärts, und über ihm spannte sich in sanfter Wölbung ein Netzwerk sich verjüngender Äste und Zweige, deren breite, fünfzackige Blätter blutrot leuchteten. Am Fuß des Baumes wucherten Streifen grünen Mooses in Rissen und Spalten der glatten Borke, zogen sich durch das Silberweiß wie smaragdgrüne Bäche, die einen Berghang hinunterschießen. Keine Wunden entstellten die schönen Linien des Stammes, kein Ast war geknickt oder gebrochen. So vollendet schön, dachte er. Und wieder begutachtete er aufmerksam den Baum, konnte jedoch kein Anzeichen der Krankheit wahrnehmen, die er befürchtet hatte.

Die anderen gingen davon, um die Geräte herbeizuholen, welche sie zur Pflege des Baumes und der ihn umgebenden Gärten brauchten. Als auch Lauren gehen wollte, hielt Jase ihn zurück.

»Möchtest du heute den Morgengruß sprechen, Lauren?« fragte er.

Lauren dankte ihm stammelnd vor Überraschung. Eigentlich wäre die Reihe an Jase gewesen, den Morgengruß zu entbieten; doch er schien die Hoffnung zu hegen, er könne Lauren damit aufheitern, wenn er ihm diese Aufgabe übertrug.

Lauren trat unter das ausladende Dach der Zweige und legte seine Hände auf den glatten Stamm, während die anderen sich etwas abseits versammelten, um den Morgengruß zu sprechen.

Erwartungsvoll blickte er gen Himmel, hielt Ausschau nach dem ersten Sonnenstrahl, der den Baum erleuchten würde.

Doch beinahe in demselben Moment wich er entsetzt zurück. Die Blätter unmittelbar über ihm waren übersät mit dunklen Flecken. Eine tiefe Beklommenheit übermannte ihn. Nun sah er auch an anderen Stellen Flecken, dunkle Flecken überall im Laub des Baumes. Das war keine Täuschung, hervorgerufen durch das trügerische Spiel von Licht und Schatten. Das war Wirklichkeit.

Mit einer heftigen Bewegung winkte er Jase und wies auf die fleckigen Blätter, während die anderen näher kamen. Sie schwiegen, so wie es das Ritual zu dieser morgendlichen Stunde gebot, doch Jase entfuhr ein nur mühsam unterdrückter Aufschrei des Schreckens, als er sah, wie groß der Schaden schon war. Langsam schritten die beiden jungen Männer um den Baum. Überall entdeckten sie jetzt Flecken, von denen manche noch kaum sichtbar waren, während andere sich schon so weit ausgebreitet hatten, daß das ehemals leuchtende Blutrot der Blätter wie geronnen wirkte.

Ganz gleich, wie er zu der Legende stand, die sich um den Baum rankte, Jase war zutiefst erschrocken, und sein Gesicht spiegelte seine Beunruhigung wider, als er zurücktrat, um sich flüsternd mit den anderen zu beraten. Lauren wollte sich ebenfalls zu ihnen gesellen, doch Jase schüttelte heftig den Kopf, während er zum Wipfel des Baumes hinaufdeutete. Die ersten Strahlen der Morgendämmerung hatten die obersten Zweige beinahe erreicht.

Lauren kannte seine Pflicht. Ganz gleich, was geschah, die Erwählten mußten dem Ellcrys auch an diesem Tag den Morgengruß entbieten, so, wie das seit der Gründung ihres Ordens Tag um Tag erfolgt war.

Behutsam legte er seine Hände auf die silberne Borke, und die Worte des Morgengrußes formten sich schon auf seinen Lippen, als ein schlanker Ast des uralten Baumes sich leicht abwärts neigte und seine Schulter berührte.

›Lauren!‹

Der junge Elf fuhr beim Klang seines Namens heftig zusammen. Doch niemand hatte gesprochen. Der Laut war durch seinen Geist gedrungen, die Stimme kaum mehr gewesen als ein schemenhaftes Bild seines eigenen Gesichts.

Der Ellcrys hatte ihn angesprochen!

Lauren hielt den Atem an, während er den Kopf wandte, um einen flüchtigen Blick auf den Zweig zu werfen, der auf seiner Schulter ruhte. Dann wandte er sich hastig wieder ab. Verwirrung und Bestürzung übermannten ihn. Nur einmal bisher hatte der Baum zu ihm gesprochen – am Tag seiner Erwählung. Auch damals hatte er seinen Namen ausgesprochen; er hatte ihrer aller Namen genannt. Es war das erste- und letztemal gewesen. Seitdem hatte er nie wieder die Worte an einen von ihnen gerichtet. Außer an Amberle, doch Amberle gehörte nicht mehr zu ihnen.

Er warf rasch einen Blick auf die anderen. Sie starrten ihn an, verwundert und neugierig, daß er so plötzlich innegehalten hatte. Der Zweig, der auf seiner Schulter ruhte, glitt abwärts, um ihn lose zu umfangen, und Lauren zuckte unwillkürlich zusammen bei seiner Berührung.

›Lauren! Ruf die Erwählten zu mir!‹

Die Bilder flackerten schnell auf und verschwanden wieder. Zögernd winkte Lauren seinen Kameraden. Sie traten näher, und Fragen bildeten sich auf ihren Lippen, während sie mit leicht erhobenen Häuptern auf den silbern glänzenden Baum blickten. Zweige senkten sich hernieder um jeden von ihnen zu umschlingen, und die Stimme des Ellcrys flüsterte eindringlich.

›Hört mich. Merkt euch, was ich euch sage. Laßt mich nicht im Stich!‹

Wie ein kalter Schauder rann es über sie. Die Gärten des Lebens lagen in tiefe, dumpfe Stille eingehüllt, so als wären sie, die Erwählten, auf der ganzen Welt die einzigen Lebewesen. Bilder, die einander in schneller Folge ablösten, erfüllten ihren Geist. Grauen und Entsetzen brachten diese Bilder. Wären die Erwählten dazu in der Lage gewesen, so hätten sie sich eilends abgewendet, um zu fliehen und sich zu verbergen, bis sich der Alptraum, der von ihnen Besitz ergriffen hatte, aufgelöst hätte und ins Nichts versunken wäre. Doch der Baum hielt sie in seinem Bann, und die Bilder ergossen sich weiter über sie, und das Grauen wuchs, bis sie wähnten, es nicht länger ertragen zu können.

Dann endlich war es vorüber. Der Ellcrys schwieg, seine

Zweige hoben sich von ihren Schultern und spannten sich weit aus, um die Wärme der Morgensonne aufzufangen.

Lauren stand wie erstarrt, während Tränen seine Wangen hinunterrannen. Fassungslos blickten die sechs Erwählten einander an, während in ihren Gemütern das lautlose Flüstern der Wahrheit widerhallte.

Die Legende war keine Legende. Die Legende war Wirklichkeit. Jenseits eines Bannes der Verfemung, den der Ellcrys aufrechterhalten hatte, lauerte in der Tat die Macht des Bösen. Nur der Ellcrys hatte das Elfenvolk vor Unheil und Gefahr bewahrt.

Und jetzt starb er.

Weit im Westen von Arborlon, jenseits des Grimmzacken-Gebirges, regte sich etwas in der Luft. Etwas, das schwärzer war als die Dunkelheit des frühen Tages, tauchte auf, zuckte und zitterte unter der Gewalt von Schlägen, die es zu treffen schienen. Einen Augenblick hielt der schwarze Schleier noch. Dann riß er auf, zerfetzt von der Gewalt, die er umhüllt hatte. Gellendes Kreischen und Heulen des Triumphs drangen aus der undurchdringlichen Schwärze, während Dutzende von klauenbewehrten Gliedmaßen, nach dem Licht drängend, den Riß zu vergrößern suchten. Plötzlich barst die Schwärze in einer gewaltigen Fontäne roten Feuers, und die klauenbewehrten Hände zuckten verbrannt und rußgeschwärzt zurück.

Schnaubend vor Wut tauchte der Dagda Mor aus der Finsternis auf. Sein Stab der Macht spie heiße Flammen, als er die Ungeduldigen zur Seite stieß und kühn durch die Öffnung trat. Einen Augenblick später folgten ihm die dunklen Gestalten des Raffers und des Wandlers. Andere Leiber drängten verzweifelt vorwärts, doch die Ränder des Risses schlossen sich schnell, sperrten die Finsternis hinaus und die Wesen, die in ihr lebten. Nur Augenblicke dauerte es, dann war die Öffnung völlig verschwunden, und die drei ungewöhnlichen Gestalten standen allein.

Argwöhnisch blickte der Dagda Mor um sich. Sie standen im Schatten des Grimmzacken-Gebirges. Das Morgenlicht, das schon den Frieden der Erwählten zerstört hatte, war kaum mehr als ein schwacher Glanz am östlichen Himmel jenseits der mächtigen Bergkette. Wie gewaltige, spitze Zähne schlugen die grimmigen Gipfel in den Himmel hinein und spien bedrohliche Schatten über die Trostlosigkeit der Rauhen Platte, die sich vom Fuß der Berge in westlicher Richtung ins Leere dehnte – eine nackte, unfruchtbare Wüstenei, in der Lebensspannen in Minuten und Stunden gemessen wurden. Nichts regte sich auf ihr. Kein Laut durchbrach die Stille des frühen Morgens.

Der Dagda Mor lächelte, und seine Hakenzähne blitzten. Niemand hatte sein Kommen bemerkt. Nach all den Jahren war er endlich frei, wieder frei unter denen, die ihn einstmals eingekerkert hatten.

Aus der Ferne hätte man ihn vielleicht für einen der ihren halten können. Seine Erscheinung glich der eines Menschen. Er ging aufrecht auf zwei Beinen, und seine Arme waren nur um ein geringes länger als jene der Menschen. Er hielt sich nicht gerade, sondern ging vornübergebeugt und war in seinen Bewegungen durch eine merkwürdige Krümmung seiner Schulter gehemmt, doch die dunklen Gewänder, die ihn einhüllten, ließen nur schwer erkennen, was die Ursache war. Erst wenn man ihm ganz nahe war, konnte man deutlich den massigen Höcker sehen, der sich über seinen Schultern wölbte. Und erst wenn man ihm nahe war, konnte man die dichten Büschel grünlichen Haares erkennen, die wie Garben von Riedgras an allen Teilen seines Körpers herauswuchsen. Erst wenn man ihm nahe war, konnte man die Schuppen wahrnehmen, die seine Unterarme und Beine bedeckten; die Klauen an Händen und Füßen; die Ähnlichkeit seines Gesichts mit der dreieckigen Schnauze einer Katze; die glimmenden schwarzen Augen, die so täuschend ruhig wirkten wie zwei Brunnen, in deren Tiefe das Böse und Zerstörerische lauerte.

Hatte man all diese Merkmale einmal gesehen, so konnte man keinen Zweifel mehr am Wesen des Dagda Mor hegen. Dann war offenbar, daß er kein Mensch war, sondern ein Dämon.

Und der Dämon war getrieben von Haß. Er haßte mit einer

Intensität, die an Wahnsinn grenzte. In Hunderten von Jahren der Gefangenschaft in dem schwarzen Kerker hinter der Mauer des Banns der Verfemung hatte sein Haß ungehindert wuchern und wachsen können. Und jetzt verzehrte ihn dieser Haß. Er war alles, was ihm geblieben war. Er gab ihm seine Macht, und er würde diese Macht einsetzen, um die Geschöpfe zu vernichten, die ihn in so tiefes Elend gestürzt hatten. Die Elfen! Alle Elfen! Und selbst das reichte jetzt nicht mehr, seinen Haß zu stillen; nein, das war nicht genug nach Jahrhunderten der Verbannung aus dieser Welt, die einst ihm gehört hatte, nach Jahrhunderten des Eingesperrtseins in diesem amorphen, leblosen Nichts endloser Finsternis und schrecklichen Stillstands. Nein, die Vernichtung der Elfen würde nicht ausreichen, die Schmach wieder gutzumachen, die ihm angetan worden war. Auch die anderen mußten vernichtet werden. Menschen, Zwerge, Trolle, Gnome – alle jene, die Angehörige der Menschheit waren, die er so sehr verabscheute, all die verschiedenen Spielarten der menschlichen Rasse, die auf dieser Welt lebten und sie als ihr Eigentum beanspruchten.

Seine Rache, dachte er, würde kommen. Genauso wie seine Freiheit gekommen war. Er spürte es. Jahrhundertelang hatte er abgewartet, beständig an der Mauer des Bannspruchs gelauert, um ihre Stärke zu prüfen, nach schwachen Stellen zu suchen, weil er die ganze Zeit über gewußt hatte, daß sie eines Tages würde nachgeben müssen. Und nun war dieser Tag gekommen. Der Ellcrys war dem Tode nahe. Ach, süße Worte! Am liebsten hätte er sie laut hinausgeschrien! Der Ellcrys war dem Tode nahe! Er war dem Tode nahe und konnte den Bann der Verfemung nicht länger aufrechterhalten.

Der Stab der Macht glühte rot auf in seinen Händen, als der Haß ihn durchströmte. Die Erde unter der Spitze des Stabes verglühte zu schwarzer Asche. Mit einer ungeheuren Willensanstrengung beruhigte er sich, und der Stab kühlte wieder ab.

Eine Zeitlang würde der Bann der Verfemung noch weiterwirken. Der totale Verfall würde nicht über Nacht eintreten, sondern sich vielmehr über mehrere Wochen hinziehen. Selbst für den schmalen Spalt, den er in die Mauer gebrochen hatte, hatte er ungeheurer Kräfte bedurft. Doch der Dagda Mor verfügte über unermeßliche Kräfte, über weit größere Kräfte als jene, die noch hinter der Mauer des Bannspruchs gefangensaßen. Er war ihr Führer; er herrschte über sie. Einige hatten es gewagt, in den langen Jahren der Verfemung dieser Herrschaft zu trotzen – nur einige wenige. Er hatte ihnen das Rückgrat gebrochen, ein abschreckendes Exempel an ihnen statuiert. Jetzt gehorchten sie ihm alle bedingungslos. Sie fürchteten ihn. Und sie teilten seinen Haß auf jene, die ihnen diese Erniedrigung angetan hatten. Auch sie verzehrten sich vor Haß. Er hatte in ihnen ein rasendes Verlangen nach Rache entfacht, und wenn sie endlich wieder frei waren, würde es lange, lange Zeit dauern, dieses Verlangen zu befriedigen.

Vorläufig aber mußten sie noch warten. Vorläufig mußten sie Geduld üben. Doch es würde nicht mehr lange dauern. Mit jedem Tag würde die Kraft des Bannspruchs nachlassen, so wie die Lebenskraft des Ellcrys täglich mehr schwinden würde. Es gab nur ein Mittel, dieses zu verhindern – eine Wiedergeburt.

Der Dagda Mor sann vor sich hin. Gut kannte er die Geschichte des Ellcrys. War er nicht dabei gewesen, als der Baum zum Leben erwacht war, als er ihn – den Dagda Mor – und seine Brüder aus ihrer Welt des Lichts in das Verlies der Finsternis verbannt hatte? Hatte er nicht das Wesen der Zauberkunst wahrgenommen, die sie besiegt hatte – einen Zauber von solcher Macht, daß er selbst über den Tod hinaus wirksam war? Und er wußte auch, daß seine Freiheit ihm auch jetzt noch wieder geraubt werden konnte. Wenn es einem der Erwählten gelang, ein Samenkorn des Ellcrys zum Kraftquell des Baumes zu bringen, dann konnte der Zauberbaum wiedergeboren und der Bann der Verfemung erneuert werden. Dies wußte er, und dieses Wissen war der Grund dafür, daß er den Befreiungsversuch gewagt hatte. Er war keinesfalls sicher gewesen, daß es ihm gelingen würde, die Mauer des Bannspruchs zu durchbrechen. Es war ein gefährliches Wagnis gewesen, so viel Kraft bei dem Versuch einzusetzen; wäre er fehlgeschlagen, so wäre es für diejenigen hinter der Mauer, die über beinahe ebenso enorme Kräfte verfügten wie er, ein leichtes gewesen, ihn in diesem Zustand der Schwäche zu vernichten.

Doch es war ein notwendiges Wagnis gewesen. Die Elfen waren sich des Ausmaßes der Gefahr, die ihnen drohte, nicht bewußt. Noch glaubten sie, sicher zu sein. Sie hielten es nicht für möglich, daß einer im finsteren Verlies des Bannes der Verfemung über so gewaltige Kräfte verfügte, um die Mauer zu sprengen. Zu spät würden sie erkennen, daß sie einem Irrtum erlegen waren. Wenn es soweit war, würde er – der Dagda Mor – schon dafür Sorge getragen haben, daß der Ellcrys nicht wiedergeboren, der Bannspruch nicht erneuert werden konnte.

Aus diesem Grund auch hatte er die beiden anderen mit sich genommen.

Jetzt blickte er sich nach ihnen um. Den Wandler entdeckte er sofort. Sein Körper unterlag einer ununterbrochenen Folge von Wandlungen in Farbe und Gestalt, während er sich darin übte, die Lebensformen nachzuahmen, die er hier vorfand – am Himmel einen nach Beute spähenden Falken, dann einen Raben; auf dem Boden zunächst ein Murmeltier, dann eine Schlange, ein vielbeiniges Insekt mit einer Schwanzzange, dann wieder etwas anderes. Die Verwandlungen folgten einander in so rascher Folge, daß das Auge sie kaum wahrnehmen konnte. Denn der Wandler vermochte alles und jedes zu sein. Eingeschlossen in die Finsternis, wo er nur seine Brüder zum Vorbild hatte, war ihm die volle Entfaltung seiner besonderen Kräfte versagt gewesen. Ja, sie waren praktisch unnütz gewesen. Hier jedoch, in dieser Welt, waren der Möglichkeiten unendlich viele. Alles konnte er sein, Mensch oder Tier, Fisch oder Vogel, ganz gleich welcher Größe, welcher Gestalt, welcher Farbe, welcher Fähigkeiten. Er konnte ihre Eigenschaften vollendet nachahmen. Selbst dem Dagda Mor war die wahre Gestalt des Wandlers fremd; dieses Wesen wurde von einem so ausgeprägten Hang getrieben, sich anderen Lebensformen anzupassen, daß es in jedem Augenblick etwas war, das es in Wirklichkeit nicht darstellte.

Es war dies eine ungewöhnliche Gabe, und sie gehörte zu einem Wesen, dessen Energie zum Bösen beinahe so groß war wie die des Dagda Mor. Auch in den Adern des Wandlers floß Dämonenblut. Er war zutiefst von Selbstsucht und Haß beherrscht. Er war falsch und hinterhältig und genoß es, anderen zu schaden. Nie hatte er den Elfen und ihren Verbündeten etwas anderes entgegengebracht als Feindseligkeit, und er verachtete ihre liebevolle Sorge um das Wohl der niedrigeren Lebewesen, die ihre Welt bevölkerten. Dem Wandler bedeuteten niedrigere Lebewesen nichts. Sie waren schwach und leicht verletzbar; sie waren dazu bestimmt, von höheren Wesen – so wie er selbst eines war – für ihre Zwecke benutzt zu werden. Die Elfen waren nicht besser als die Geschöpfe, die sie zu schützen suchten. Sie konnten oder wollten nichts vortäuschen, wie er es ständig tat. Sie waren alle in dem Wesen gefangen, das sie verkörperten; sie konnten nichts anderes sein. Er jedoch konnte jede Gestalt annehmen, welche immer er wollte. Er verachtete sie alle. Der Wandler hatte keine Freunde. Und er wollte keine. Außer einem, dem Dagda Mor, denn der Dagda Mor besaß etwas, was selbst ihm Achtung abverlangte – eine Macht, die größer war als seine eigene. Aus diesem Grund – und einzig aus diesem Grund – hatte sich der Wandler bereit gefunden, sich ihm zu unterwerfen.

Den Raffer zu finden, brauchte der Dagda Mor etwas länger. Er entdeckte ihn schließlich kaum fünf Schritte entfernt. Völlig reglos, wenig mehr als ein Schatten im blassen Licht des frühen Morgens, stand er da, ein Stück verbleichender Nacht vor dem Grau des öden Flachlands. Von Kopf bis Fuß in Gewänder gehüllt – in der Farbe feuchter Asche –, war der Raffer beinahe unsichtbar, zumal sein Gesicht im Schatten seiner weiten Kapuze verborgen war. Keinem lebenden Wesen war es gestattet, diese Züge öfter als einmal zu sehen. Der Raffer zeigte sie nur seinen Opfern, und seine Opfer ereilte der Tod.

Um vieles gefährlicher noch als der Wandler war der Raffer, denn er war ein Töter. Sein einziger Lebenszweck lag im Töten. Er war ein massiges Geschöpf, muskulös, kräftig und groß wie ein Bär, wenn er sich zu seiner vollen Höhe aufrichtete. Doch diese Massigkeit täuschte, denn er war keineswegs schwerfällig. Er bewegte sich mit der Geschmeidigkeit und Anmut des geschicktesten Elfenjägers – behende, gewandt, schnell und lautlos. Und wenn er einmal die Jagd aufgenommen hatte, gab er nicht eher auf, als bis er sein Opfer erlegt hatte. Etwas, was sich der Raffer einmal als Beute ausgesucht hatte, entkam ihm nie.

Selbst der Dagda Mor begegnete dem Raffer mit Vorsicht, obwohl dieser seine Kräfte nicht mit den seinen messen konnte. Er war auf der Hut, weil der Raffer ihm aus einer Laune heraus diente, nicht aus Furcht oder Respekt wie die anderen. Der Raffer fürchtete nichts. Er war ein Ungeheuer, dem das Leben nichts galt, nicht einmal sein eigenes. Und er tötete nicht, weil er Freude daran hatte, obwohl er in Wahrheit tatsächlich auch Freude am Töten fand. Er tötete, weil sein Instinkt es ihm befahl, weil er es notwendig fand zu töten. In der Finsternis der Verfemung, abgesondert von allen Lebewesen außer von seinen eigenen Brüdern, war er manchmal kaum zu bändigen gewesen. Der Dagda Mor hatte ihm niedrigere Dämonen zum Töten opfern müssen und hatte ihn nur mit einem Versprechen zähmen können. Wenn sie erst einmal aus dem Bann der Verfemung befreit waren – und dieser Tag der Freiheit würde kommen –, dann würde dem Raffer sich eine ganze Welt voller Lebewesen auftun, an der er sich laben konnte. Dann konnte er jagen, solange es ihm beliebte. Am Ende würde er sie vielleicht alle töten.

Der Wandler und der Raffer. Der Dagda Mor hatte eine gute Wahl getroffen. Der eine sollte ihm Auge sein, der andere Hand, und dieses Auge und diese Hand würden tief in das Herz des Elfenvolkes eindringen und auf immer jede Möglichkeit einer Wiedergeburt des Ellcrys zunichte machen.

Mit scharfem Blick spähte er nach Osten, wo hinter den Spitzen des Grimmzacken-Gebirges jetzt die Morgensonne unaufhaltsam aufstieg. Es war Zeit zum Aufbruch. Noch an diesem Abend mußten sie in Arborlon sein. Auch dies hatte er mit Sorgfalt geplant. Die Zeit war kostbar; keine Minute durfte er vergeuden, wenn er die Elfen übertölpeln wollte. Sie durften erst dann von seiner Rückkehr in die Welt erfahren, wenn es schon zu spät war, irgend etwas dagegen zu unternehmen.

Mit einer Geste winkte der Dagda Mor seinen Gefährten, dann wandte er sich ab und schlurfte schweren Schrittes in den Schatten der zerklüfteten Berge. Seine schwarzen Augen schlossen sich in innerer Genugtuung, als er im Geist schon den Erfolg auskostete, den der kommende Abend ihm bringen würde. Wenn dieser Abend vorüber war, gab es für die Elfen keine Rettung mehr.

Wenn dieser Abend vorüber war, würden sie nur noch tatenlos zusehen können, wie ihr geliebter Ellcrys dahinsiechte, ohne daß auch nur Hoffnung auf eine Wiedergeburt bestand.

Ja, so war es. Denn wenn dieser Abend vorüber war, würden alle Erwählten den Tod gefunden haben.

Tief im bergenden Schatten der felsigen Gipfel verharrte der Dagda Mor. Mit beiden Händen umschloß er den Stab der Macht, stellte ihn aufrecht, die Spitze fest in die trockene, rissige Erde gerammt. Leicht senkte er den Kopf, und seine Hände umspannten den Stab fester. Lange stand er so, regungslos. Seine beiden Gefährten hockten zusammengekauert hinter ihm und beobachteten ihn neugierig aus gelbfunkelnden Augen.

Plötzlich begann der Stab der Macht schwach zu glühen, er leuchtete in einem bleichen roten Schein, der die massige Gestalt des Dämonen aus der Dunkelheit heraushob. Gleich darauf erglühte der Stab in einem Licht von tieferem Rot, das zu pulsieren begann. Es strömte von dem Stab in die Arme des Dagda Mor und färbte seine grünliche Haut blutrot. Der Dämon hob den Kopf, und Feuer züngelte aus dem Stab himmelwärts, schoß in einem feinen, leuchtenden Flammenstreif in den Morgen hinein wie ein erschrecktes lebendes Wesen. In Sekundenschnelle war es verschwunden. Das Glühen, das den Stab der Macht erleuchtete, flammte noch einmal auf und erstarb.

Der Dagda Mor trat einen Schritt zurück und senkte den Stab. Die Erde rund um ihn war schwarz und verkohlt, und die feuchte Luft roch nach verglimmender Asche. Auf dem weiten Ödland herrschte Totenstille. Der Dämon ließ sich nieder, und seine schwarzen, unergründlichen Augen schlossen sich befriedigt. Danach rührte er sich nicht mehr. Und seine beiden Gefährten blieben so reglos wie er. Gemeinsam warteten sie – eine halbe Stunde, eine Stunde, zwei Stunden. Und noch immer warteten sie.

Bis schließlich aus den endlosen leeren Weiten des Nordlands auf gewaltigen Schwingen der geflügelte Nachtalp herabschwebte, den der Dämon herbeigerufen hatte, um ihn und seine Gefährten nach Arborlon zu tragen.

»Jetzt werden wir sehen«, flüsterte der Dagda Mor.

Gerade erst war die Sonne hinter dem Horizont emporgetaucht, als Andor Elessedil aus der Tür seines kleinen Hauses trat und den Fußpfad hinaufschritt zum eisernen Tor des Schloßparks. Als zweiter Sohn Eventines, des Königs der Elfen, hätte er im königlichen Palast leben können; doch vor Jahren schon hatte er sich mit seinen Büchern in das kleine Haus zurückgezogen und sich auf diese Weise ein Leben der Ruhe und Ungestörtheit gesichert, das ihm im Palast nicht vergönnt gewesen wäre. Zumindest hatte er das damals geglaubt. Jetzt war er davon nicht mehr so überzeugt; da die Aufmerksamkeit seines Vaters nahezu ausschließlich dem Ältesten, Arion, galt, hätte Andor wahrscheinlich auch im Palast ungestört seinen Neigungen leben können.

Er atmete die frische und frühe Wärme der Morgenluft und lächelte flüchtig. Ein idealer Tag für einen Ausritt. Die Bewegung würde ihm und dem Pferd gut tun.

Er zählte vierzig an Jahren, kein junger Mann mehr. Das magere Elfengesicht durchzogen kleine Fältchen an den Winkeln der schmalen Augen, und die scharfkantige Stirn durchschnitt eine tiefe Furche; doch sein Schritt war leicht und schnell, und seine Züge beinahe jungenhaft, wenn er lächelte – wenn das auch dieser Tage selten vorkam.

Als er sich dem Tor näherte, sah er Went, den alten Gärtner, schon bei der Arbeit. Eine kleine Hacke in der Hand stand er, dürr und betagt, über eines der Blumenbeete gebeugt. Als er Andor herannahen hörte, richtete er sich mühsam auf, und eine Hand griff zum Rücken.

»Guten Morgen, Prinz. Ein schöner Tag, nicht?«

Andor nickte. »Ein herrlicher Tag, Went. Bereitet der Rücken noch immer Kummer?«

»Hin und wieder.« Der alte Mann rieb sich vorsichtig über den Rücken. »Man wird eben alt. Aber mit den Jungen, die mir als Helfer zugeteilt werden, kann ich's immer noch aufnehmen.«

Wieder nickte Andor. Er wußte, daß diese prahlerisch klingenden Worte des Alten der schlichten Wahrheit entsprachen. Schon vor Jahren hätte Went in den Ruhestand gehen sollen, doch er hatte sich hartnäckig geweigert, seine Arbeit aufzugeben.

Die Wachposten nickten grüßend, als Andor durch das Tor schritt, und er erwiderte den Gruß. Lange schon hatten die Wachen und er beschlossen, auf Formalitäten zu verzichten. Arion, der Kronprinz, mochte darauf bestehen, mit ehrfürchtigem Respekt behandelt zu werden; Andor, von niedrigerem Rang, gab sich auch mit weniger zufrieden.

Er schlenderte die Straße entlang, die sich hinter einigen Zierbüschen nach links wand, den Stallungen entgegen. Das Donnern von Hufen und ein lauter Ruf zerrissen plötzlich die morgendliche Stille. Andor sprang zur Seite, als Arions grauer Hengst ihm entgegenflog, daß der Kies aufspritzte. Wiehernd bäumte das Tier sich auf und stand.

Noch bevor das Pferd ganz zur Ruhe gekommen war, sprang Arion aus dem Sattel und trat vor seinen Bruder hin. Blond und hochgewachsen stand er dem kleinen, dunklen Andor gegenüber, und seine Ähnlichkeit mit ihrem Vater, als dieser im gleichen Alter gewesen war, war unverkennbar. Es nahm daher nicht wunder, daß er, der außerdem noch ein hervorragender Athlet, ein glänzender Reiter und Jäger war, ein Meister im Umgang mit Waffen jeglicher Art, daß er also Eventines ganzer Stolz und helle Freude war. Hinzu kam, daß von ihm eine Ausstrahlung ausging, deren Zauber sich kaum jemand entziehen konnte.

»Wohin, Brüderchen?« fragte er jetzt. Fast immer, wenn er mit seinem jüngeren Bruder sprach, lag in seiner Stimme ein feiner Anflug von Spott und Verachtung. »Ich würde Vater jetzt an deiner Stelle nicht stören. Er und ich haben gestern bis in die tiefe Nacht hinein über Staatsangelegenheiten beraten, die ziemlich dringend waren. Als ich eben bei ihm hineinschaute, schlief er noch.«

»Ich wollte zu den Stallungen«, versetzte Andor ruhig. »Ich hatte nicht die Absicht, irgend jemanden zu *stören.*«

Arion lächelte überlegen und trat wieder zu seinem Pferd. Eine Hand auf den Sattelknauf gelegt, schwang er sich geschmeidig auf den Rücken des Tieres, ohne den Steigbügel zu benutzen. Dann drehte er sich leicht zur Seite und blickte zu seinem Bruder hinunter.

»Ich muß für ein paar Tage ins Sarandanon. Die Bauern dort

sind ganz aus dem Häuschen – wegen irgendeines alten Märchens, nach dem uns allen schreckliches Unheil drohe. Das ist natürlich der blanke Unsinn, aber ich muß hin, um die guten Leute wieder zu beruhigen. Mach dir nur keine Hoffnungen. Bevor Vater nach Kershalt aufbricht, bin ich wieder zurück.« Er lachte. »Inzwischen kannst du ja hier nach dem Rechten sehen, hm, Brüderchen?«

Mit leichter Hand zog er flüchtig am Zügel und preschte los, hinaus durch das Tor und auf und davon. Andor stieß eine unterdrückte Verwünschung aus und machte kehrt. Die Lust auf einen Ausritt war ihm vergangen.

Nicht von Arion, sondern von ihm hätte sich der König nach Kershalt begleiten lassen sollen. Die Vertiefung der freundschaftlichen Beziehungen zwischen den Trollen und den Elfen war eine äußerst wichtige Aufgabe. Zwar war das Fundament schon gelegt, doch der Ausbau der Beziehungen würde weiterhin viel Diplomatie und geschicktes Verhandeln erfordern. Arion war zu ungeduldig und zu unbekümmert, den Bedürfnissen und Vorstellungen anderer gegenüber nicht offen genug. Andor fehlten die körperliche Gewandtheit seines Bruders – auch wenn er beileibe nicht schwerfällig war – und Arions natürliche Gabe, andere zu führen. Doch er verfügte über Besonnenheit und Urteilsvermögen sowie über die Geduld und die Einfühlungskraft, die in der Diplomatie vonnöten waren. Bei den wenigen Gelegenheiten, zu denen man ihn hinzugezogen hatte, konnte er diese Fähigkeiten hinreichend unter Beweis stellen.

Er zuckte mit den Schultern. Es hatte keinen Sinn, noch länger bei dieser Sache zu verweilen. Er hatte den König bereits gebeten, ihn auf dieser Reise begleiten zu dürfen, und war abgewiesen worden. Der Vater hatte Arion den Vorzug gegeben. Arion würde eines Tages König werden; er mußte sich die notwendige Praxis in der Staatsführung aneignen, solange Eventine noch am Leben war und ihm mit Rat und Tat zur Seite stehen konnte. Und das war vielleicht ganz vernünftig so, dachte Andor.

Früher einmal hatten er und Arion einander sehr nahe gestanden. Damals hatte Aine noch gelebt – Aine, der jüngste der Elessedil-Söhne. Doch Aine war vor elf Jahren bei einem Jagdunfall ums Leben gekommen, und danach hatten die Bande des Blutes für den Zusammenhalt nicht mehr ausgereicht. Amberle, Aines kleine Tochter, hatte bei Andor Hilfe gesucht, nicht bei Arion, und die Eifersucht des Älteren war bald in offene Verachtung umgeschlagen. Als Amberle dann die Aufgaben, die ihr als Erwählte des Ellcrys oblagen, einfach im Stich gelassen hatte, schrieb Arion seinem Bruder die Schuld daran zu, und seine Verachtung hatte sich zu kaum verhohlener Feindseligkeit gesteigert. Andor vermutete, daß er auch beim Vater gegen ihn intrigierte. Doch er hatte keine Möglichkeit, etwas dagegen zu tun.

Tief in Gedanken schritt er durch das Tor und schlug den Fußweg zu seinem kleinen Haus ein, als ein lauter Ruf ihn aus seiner Versonnenheit riß.

»Herr! Prinz Andor! Wartet!«

Überrascht blickte Andor der weißgewandeten Gestalt entgegen, die mit wild wedelnden Armen auf ihn zugelaufen kam. Es war einer der Erwählten, der rothaarige – hieß er nicht Lauren? Höchst ungewöhnlich, daß einer der jungen Männer sich zu dieser Stunde außerhalb der Gärten des Lebens aufhielt. Er wartete, bis der junge Elf ihn erreichte und mit schweißnassem Gesicht schwankend vor ihm zum Stehen kam.

»Herr, ich muß den König sprechen«, stieß der Junge atemlos hervor, »aber die Wache läßt mich nicht vor. Könnt Ihr mich gleich jetzt zu ihm bringen?«

Andor zögerte. »Der König schläft noch ...«

»Ich muß ihn aber auf der Stelle sprechen!« beharrte der andere. »Bitte! Diese Sache kann nicht warten.«

Verzweiflung spiegelte sich in seinen Augen und in seinem angestrengten, weißen Gesicht. Die Stimme überschlug sich in seinem Bemühen, dem Prinzen klarzumachen, wie dringend sein Anliegen war und keinen Aufschub duldete.

Andor überlegte, fragte sich, was denn von solcher Wichtigkeit sein könnte.

»Wenn du in Schwierigkeiten bist, Lauren, kann ich vielleicht –«

»Es geht nicht um mich, Herr! Es geht um den Ellcrys!«

Da gab es für Andor kein Zaudern mehr. Er nickte und nahm Lauren beim Arm.

»Komm mit mir!«

Gemeinsam eilten sie zum Herrenhaus, während die Wachen ihnen verwundert nachblickten.

Gael, der junge Leibdiener des Königs Eventine Elessedil, schüttelte mit Entschiedenheit den Kopf – auch wenn der schlanke Körper unter dem dunklen Morgengewand sich förmlich krümmte vor Unbehagen, und seine Augen denen Andors nicht begegnen wollten.

»Ich kann den König nicht wecken, Prinz Andor. Er befahl mir – sehr nachdrücklich –, ihn auf keinen Fall zu stören.«

»Willst du mir allen Ernstes sagen, daß ich meinen Vater nicht sprechen kann?«

Gael antwortete nicht. Als Andor Anstalten machte, auf das Schlafgemach des Königs zuzugehen, eilte der junge Elf an ihm vorbei.

»Ich werde ihn wecken. Bitte wartet hier.«

Es dauerte ein paar Minuten, bis er wieder erschien. Sein Gesicht war noch voller Besorgnis, doch er nickte Andor zu.

»Er erwartet Euch, Prinz Andor. Aber nur Euch allein.«

Der König lag noch in seinem Bett, als Andor eintrat, und leerte gerade das Glas Wein, das Gael ihm offenbar eingeschenkt hatte. Er nickte seinem Sohn zu, dann streifte er mit leichtem Zaudern die warmen Bettdecken ab. Sein alter Körper fröstelte in der frühmorgendlichen Kühle des Raumes. Gael, der mit Andor eingetreten war, reichte dem König einen Morgenrock. Eventine schlüpfte hinein und gürtete das Gewand fest um die Körpermitte.

Trotz seiner zweiundachtzig Jahre war Eventine Elessedil bei ausgezeichneter Gesundheit. Sein Körper war straff und beinahe noch jugendlich muskulös. Er war immer noch ein guter Reiter, mit dem Schwert noch immer so schnell und sicher, daß seine Gegner ihn fürchteten. Sein Geist war scharf und wach; wenn die Situation es verlangte, wie das häufig vorkam, konnte er mit schneller Entschlossenheit handeln. Er besaß noch immer ein stark ausgeprägtes Gefühl für Ausgewogenheit und gesunde Proportionen – die Fähigkeit, alle Aspekte einer strittigen Frage klar zu sehen, jeden sachlich zu beurteilen und sich schließlich für jenen zu entscheiden, der seinem Volk und ihm selbst den größten Nutzen versprach. Ohne diese Gabe hätte er nicht König bleiben können – er wäre wahrscheinlich nicht einmal am Leben geblieben. Andor war ziemlich sicher, daß er diese Gabe von seinem Vater geerbt hatte, wenn sie ihm auch in seiner augenblicklichen Situation wertlos zu sein schien.

Der König zog die handgewebten Vorhänge, die eine ganze Wand des Raumes verhüllten, auseinander und öffnete die hohen Fenstertüren, die zum Wald hinausblickten. Weiches, mildes Licht flutete ins Zimmer, und der süße Geruch des Frühtaus strömte herein. Im Rücken des Königs eilte Gael lautlos durch das Gemach und entzündete die Öllampen, um die dunklen Schatten der Nacht aus Ecken und Nischen zu vertreiben.

Vor einem der Fenster verharrte Eventine und blickte einen Moment lang unverwandt auf das Spiegelbild seines Gesichtes im leicht beschlagenen Glas. Die Augen, die ihm entgegenblickten, waren von einem auffallend leuchtenden Blau, aber hart und durchdringend, die Augen eines Mannes, der in seinem Leben allzuviel Unerfreuliches gesehen hatte. Seufzend wandte er sich an Andor.

»Also, Andor, was gibt es? Gael sagte, du seist mit einem der Erwählten gekommen, der mir etwas mitzuteilen hätte.«

»Ja, Vater. Er behauptet, eine dringende Botschaft vom Ellcrys zu überbringen.«

»Eine Botschaft von dem Baum?« Eventine runzelte die Stirn. »Wie lange ist es her, seit er das letzte Mal einem Menschen eine Botschaft aufgetragen hat – sind es nicht schon mehr als siebenhundert Jahre? Wie lautet denn die Botschaft?«

»Das wollte er mir nicht sagen«, antwortete Andor. »Er will es nur Euch mitteilen.«

Eventine nickte. »Gut, dann soll er seine Botschaft bringen. Führ ihn herein, Gael.«

Gael verneigte sich und eilte hinaus, ohne die Tür des Schlafgemachs hinter sich zu schließen. Kaum war er gegangen, da stieß ein großer, zottiger Hund die Tür auf und trottete zum König hinüber. Es war Manx, sein Wolfshund, und er begrüßte das Tier liebevoll, indem er ihm den grauen Kopf kraulte und mit weicher Hand sacht über das struppige Fell an Rücken und Flanken strich. Seit über zehn Jahren begleitete Manx ihn auf allen seinen Wegen, stand ihm näher und war ihm treuer, als irgendein Mensch es je hätte sein können.

»Er wird auch schon grau – genau wie ich«, murmelte Eventine mit stiller Wehmut.

Sekunden später flog die Tür auf, und Gael trat ein, gefolgt von Lauren. Der junge Mann blieb einen Augenblick unter der Tür stehen und warf einen unsicheren Blick auf Gael. Der König nickte seinem Leibdiener zu, zum Zeichen, daß er entlassen war. Auch Andor wollte gehen, doch ein Wink seines Vaters gab ihm zu verstehen, daß er bleiben solle. Gael verneigte sich ehrerbietig und zog sich wieder zurück. Diesmal schloß er die Tür fest hinter sich. Als er gegangen war, trat der junge Erwählte einen Schritt näher.

»Herr, bitte verzeiht – sie waren der Meinung, daß ich – daß ich zu Euch gehen sollte ...« Er hatte Mühe, die Worte hervorzubringen.

»Es gibt nichts zu verzeihen«, beschwichtigte ihn Eventine. Mit einer Herzlichkeit, die Andor wohlbekannt war, ging der König raschen Schrittes auf den jungen Mann zu und legte ihm den Arm um die Schultern. »Ich weiß, daß diese Sache dir sehr wichtig sein muß, sonst hättest du deine Pflicht in den Gärten des Lebens sicher nicht im Stich gelassen. Hier, setz dich und berichte mir.«

Er warf einen fragenden Blick auf Andor, bevor er den jungen Mann zu einem kleinen Schreibtisch auf der anderen Seite des Zimmers geleitete. Er bedeutete ihm, in einem der Sessel Platz zu nehmen, und ließ sich selbst in dem anderen nieder. Andor folgte ihnen in die Schreibecke, blieb jedoch stehen.

»Du heißt Lauren, nicht wahr?« fragte Eventine den Erwählten.

»Ja, Herr.«

»Gut, Lauren, dann berichte mir nun, weshalb du zu mir geeilt bist.«

Lauren straffte die Schultern und legte seine Hände fest gefaltet auf den Tisch.

»Herr, der Ellcrys hat heute morgen zu den Erwählten gesprochen.« Seine Worte glichen eher einem Flüstern. »Er sagte uns – er sagte uns, daß er bald sterben wird ...«

Andor spürte, wie ein eisiger Schauer ihn durchrann. Einen Moment lang schwieg der König, er saß da wie erstarrt, den Blick unverwandt auf den jungen Mann gerichtet.

»Da muß ein Mißverständnis vorliegen«, bemerkte er schließlich.

Lauren schüttelte mit heftigem Nachdruck den Kopf.

»Nein Herr, es ist kein Mißverständnis. Der Baum hat zu allen von uns gesprochen. Wir – wir haben es alle deutlich vernommen. Er stirbt. Der Bann der Verfemung fängt schon an abzubrökkeln.«

Sehr langsam erhob sich der König und ging zum offenen Fenster hinüber. Wortlos starrte er in den Wald hinaus. Manx, der sich am Fuß des Bettes zusammengerollt hatte, sprang auf und folgte ihm. Andor sah, wie die Hand des Königs zum Kopf des Hundes wanderte, um ihm gedankenverloren das Fell zu kraulen.

»Bist du ganz sicher, Lauren?« fragte Eventine. »Bist du *wirklich sicher*?«

»Ja. – Ja!«

Der Junge saß immer noch am Tisch, das Gesicht in die Hände vergraben, und weinte leise, beinahe lautlos vor sich hin. Eventine blickte weiterhin wie geistesabwesend in das Grün der Wälder, die sein und seines Volkes Heimat waren.

Andor war innerlich wie zu Eis erstarrt, sein Geist noch immer verstört vom Schock der Botschaft. Die Ungeheuerlichkeit dessen, was er gehört hatte, drang nur langsam in sein Bewußtsein. Der Ellcrys war dem Tode nahe! Der Bannspruch würde seine Wirkung verlieren. Die bösen Mächte, die in Fesseln gelegt worden waren, würden wieder frei sein. Das bedeutete Chaos, Wahnsinn, Krieg! Und am Ende die totale Zerstörung.

Er hatte die Geschichte seines Volkes unter Anleitung seiner Lehrer studiert und sie in den Büchern seiner Bibliothek nachgelesen. Es war eine Geschichte, die von Legenden umrankt war.

In uralter Zeit, noch vor den Großen Kriegen, vor dem Morgengrauen der Zivilisation in der alten Welt, ja, noch vor dem Auftauchen der alten Rasse der Menschen, hatte zwischen den guten und den bösen Mächten ein erbitterter Kampf getobt. Die Elfen hatten in diesem Ringen auf seiten des Guten gestritten. Es war ein langer, schrecklicher, alles verheerender Kampf gewesen. Am Ende jedoch hatten die Mächte des Guten obsiegt und das Böse niedergerungen. Doch das Böse war von solcher Natur, daß es nicht vernichtet werden konnte; es konnte nur verbannt werden. Darum vereinigten das Elfenvolk und seine Verbündeten ihre magischen Kräfte mit der Lebenskraft der Erde selbst, um den Ellcrys zu schaffen und durch sein Dasein einen Bann der Verfemung über die Geschöpfe des Bösen zu verhängen. Solange der Ellcrys lebte und gedieh, konnte das Böse nicht auf die Erde zurückkehren. Eingeschlossen in das Nichts der Finsternis mochte es hinter den Mauern des Bannspruchs heulen und wimmern, die Erde war ihm unerreichbar.

Bis zu diesem Tag hatte diese Gewähr gegolten! Doch wenn der Ellcrys siechte, dann war auch der Bannspruch aufgehoben. Es stand geschrieben, daß dies eines Tages geschehen würde, denn es gab keine Macht, die so stark war, daß sie ewig dauern konnte. Und doch hatte es den Anschein gehabt, als würde der Ellcrys niemals vergehen. Schon so viele Generationen lang stand er an seinem Platz in den Gärten des Lebens, unverändert, ein fester Punkt im wechselvollen Wellenschlag des Lebens. Allmählich hatte sich in den Elfen die Überzeugung festgesetzt, daß es immer so bleiben würde. Aber das, so schien es jetzt, war ein törichter Irrtum gewesen.

Mit einer ruckartigen Bewegung wandte der König sich um, warf einen kurzen Blick auf Andor und kehrte an seinen Schreibtisch zurück. Dort setzte er sich wieder nieder und umschloß Laurens Hände mit den seinen, um den Jungen zu beruhigen.

»Du mußt mir alles erzählen, was genau der Baum zu dir gesagt hat, Lauren. Jede Einzelheit. Du darfst nichts auslassen.«

Der junge Mann nickte wortlos. Die Tränen waren versiegt, seine Züge wieder ruhig und gelassener.

Eventine ließ seine Hände los und lehnte sich erwartungsvoll zurück. Andor holte sich einen hochlehnigen Stuhl heran und setzte sich zu ihnen.

»Herr, Ihr wißt, auf welche Art der Baum zu uns spricht?« fragte Lauren vorsichtig.

»Auch ich war einmal ein Erwählter, Lauren«, antwortete Eventine.

Andor blickte seinen Vater überrascht an. Das hatte er bisher nicht gewußt. Lauren jedoch schien diese Enthüllung Vertrauen einzuflößen. Er nickte und wandte sich an Andor, um ihm die Sprache des Baumes zu erklären.

»Seine Stimme ist keine Stimme in dem Sinn, daß man sie hören kann. Er spricht vielmehr in Bildern, die vor unserem geistigen Auge auftauchen. Worte als solche kommen höchst selten vor; die Wörter sind unsere Übersetzung der Bilder und Gedanken, die der Baum ausstrahlt. Die Bilder kommen und gehen sehr rasch und sind meist nicht sehr klar gezeichnet. Wir müssen versuchen, sie so gut wie möglich zu interpretieren.«

Er schwieg einen Moment lang und wandte sich wieder an Eventine.

»Ich – der Ellcrys hat vorher nur ein einziges Mal zu mir gesprochen, Herr. Damals, als er mich mit den anderen erwählte. Das, was wir über seine Art, sich mitzuteilen, wußten, hatten wir einzig den Schriften unseres Ordens und den Lehren der Erwählten, die vor uns dem Baum gedient haben, entnommen. Und obwohl der Ellcrys jetzt selbst zu uns gesprochen hat, ist das alles immer noch sehr verwirrend.«

Eventine nickte ermutigend, und Lauren fuhr in seiner Botschaft fort.

»Herr, der Ellcrys hat heute morgen sehr lange zu uns gesprochen. Nie zuvor hat er das getan. Er rief uns zu sich und sagte uns, was werden würde, und was wir, die Erwählten, zu tun hätten. Die Bilder waren nicht sehr deutlich, doch es kann kein Zweifel daran bestehen, daß der Baum stirbt. Er hat nur noch eine kurze Lebensspanne; wieviel Zeit ihm noch bleibt, ist ungewiß. Der Verfall hat schon begonnen. Und in dem Maße, wie der Baum dahinsiecht, verfällt auch der Bann der Verfemung. Es gibt nur eine einzige Möglichkeit der Rettung – *die Wiedergeburt des Baumes.*«

Hastig umfaßte Eventine die Hand des jungen Mannes. Auch

Andor, betäubt und verwirrt von der Todesprophezeiung des Ellcrys, war diese Möglichkeit entfallen. Die Wiedergeburt, davon berichteten die ältesten Geschichtsbücher, daß der Ellcrys wiedergeboren und der Bann auf diese Weise aufrechterhalten werden konnte.

»Dann dürfen wir noch hoffen«, flüsterte er.

Eventines Augen waren auf Lauren geheftet.

»Was muß geschehen, um diese Wiedergeburt herbeizuführen?«

Lauren schüttelte den Kopf.

»Herr, der Baum hat sein Schicksal in die Hände der Erwählten gelegt. Nur durch uns kann eine Wiedergeburt erfolgen. Ich kann die Gründe des Baumes hierfür nicht verstehen, doch die Bilder waren klar. Der Ellcrys wird einem von uns sein Samenkorn geben – welchem von uns, sagte er nicht. Es zeigte sich kein Gesicht. Doch es war ganz deutlich, daß nur einer der Erwählten, die das letztemal von ihm erkoren wurden, das Samenkorn empfangen kann. Niemand sonst kommt in Betracht. Derjenige, den der Baum ausersieht, muß das Samenkorn zum Lebensquell der Erde tragen, zum Blutfeuer-Brunnen. Dort muß das Samenkorn in das Feuer eingetaucht werden. Wenn das geschehen ist, muß es dorthin zurückgebracht werden, wo der alte Baum steht. Es wird dann Wurzeln schlagen, und ein neuer Baum wird daraus erwachsen und den Platz des alten einnehmen.«

Einzelheiten der Legende fielen Andor jetzt wieder ein – die Hervorbringung des Samenkorns, seine Weihe durch das Ritual am Blutfeuer-Brunnen, die Wiedergeburt. All diese Einzelheiten hatten die alten Gelehrten in der merkwürdigen, formalen Sprache jener Zeiten aufgezeichnet. Die meisten Elfen hatten diese uralten Geschichten längst vergessen oder sie nie gekannt.

»Und wo ist dieser Blutfeuer-Brunnen zu finden?« fragte der König unvermittelt.

Lauren sah ihn mit unglücklicher Miene an.

»Der Baum zeigte uns einen Ort, Herr, aber – aber wir konnten ihn nicht erkennen. Die Bilder waren zu schemenhaft, es schien beinahe so, als könne der Baum selbst den Ort nicht richtig beschreiben.«

Eventines Stimme blieb ruhig.

»Dann berichte mir, was euch gezeigt wurde. Ganz genau.«

Lauren nickte. »Es war eine Wildnis, die rundum von Bergen und Sümpfen eingeschlossen war. Nebelschwaden trieben darüber hin, die bald dichter wurden, bald sich lichteten. In dieser Wildnis ragte ein einsamer Berggipfel empor, und im Herzen dieses Berges schlängelte sich ein Gewirr von unterirdischen Gängen, die bis in die Tiefe der Erde reichten. Irgendwo in diesem Labyrinth gähnte eine Tür aus Glas – aus einem unzerbrechlichen Glas. Und hinter dieser Tür loderte der Blutfeuer-Brunnen.«

»Und Namen gibt es nicht für die einzelnen Teile dieses Rätsels?« erkundigte sich der König geduldig.

»Nur einen, Herr. Aber es war ein Name, der uns nicht bekannt war. Das Labyrinth, in dem der Blutfeuer-Brunnen verborgen liegt, heißt offenbar Sichermal.«

Sichermal? Andor überlegte angestrengt, doch der Name wollte ihm nichts sagen.

Eventine blickte Andor an und schüttelte sein greises Haupt. Er erhob sich, tat ein paar Schritte, blieb dann plötzlich stehen. Er wandte sich wieder an Lauren.

»Ist euch sonst noch etwas gesagt worden? Habt ihr sonst kein Zeichen bekommen?«

»Nichts. Das war alles.«

Der König nickte dem jungen Elf bedächtig zu.

»Gut, Lauren. Du hast recht getan, daß du damit sofort zu mir geeilt bist. Würdest du jetzt einen Augenblick draußen warten?«

Als die Tür sich hinter dem jungen Erwählten geschlossen hatte, kehrte Eventine zu seinem Sessel zurück und sank schwerfällig hinein. Sein Gesicht schien um Jahrzehnte gealtert, und seine Bewegungen glichen denen eines uralten Mannes. Manx trottete zu ihm und blickte aus mitfühlenden Augen zu ihm auf. Eventine seufzte und strich dem Hund müde über den Kopf.

»Habe ich zu lange gelebt?« murmelte er. »Wenn der Ellcrys stirbt, wie kann ich dann mein Volk vor dem beschützen, was geschehen wird? Ich bin der König der Elfen; ich bin für ihren Schutz und ihre Sicherheit verantwortlich. Das habe ich immer akzeptiert. Doch jetzt, zum erstenmal in meinem Leben, wünschte ich, es wäre anders...«

Er wandte den Kopf, um seinen Blick auf Andor zu richten.

»Nun, wir müssen alles tun, was in unserer Macht steht. Da Arion ins Sarandanon gereist ist, werde ich deiner Hilfe bedürfen.« Andor errötete bei diesem unbeabsichtigten Hinweis darauf, daß er für den König nur an zweiter Stelle stand. »Begleite Lauren und befrage die Erwählten mit aller Sorgfalt. Vielleicht vermagst du noch etwas zu erfahren. Ich lasse mir inzwischen die alten Geschichtsbücher heraufholen und forsche darin.«

»Glaubst du, daß sich dort etwas findet – oder vielleicht in den alten Weltkarten?« fragte Andor zweifelnd.

»Nein. Es ist lange her, daß ich sie studiert habe, aber ich kann mich an nichts erinnern. Dennoch, was sonst können wir tun? Eine Chance, den Blutfeuer-Brunnen zu finden, haben wir nur, wenn wir mehr wissen als das, was Lauren uns mitzuteilen in der Lage war.«

Er nickte seinem Sohn zu, zum Zeichen, daß auch er nunmehr entlassen war. Andor eilte zu Lauren hinaus, um mit ihm zusammen in die Gärten des Lebens zurückzukehren, wo die anderen Erwählten ihrer harrten. Dort würde er versuchen, Genaueres über das geheimnisvolle Sichermal zu erfahren. Zwar schien ihm die Hoffnung gering, doch – wie sein Vater gesagt hatte – was sonst konnten sie tun?

Der Sommertag erlosch in einem leuchtenden Feuerwerk, das den westlichen Himmel in goldenes Rot und zartes Lavendel tauchte. Minutenlang hing die Sonne in strahlender Pracht über den Felsgipfeln des Grimmzacken-Gebirges, warf ihr Licht über die Wipfel der Wälder von Westland und wob zarte Gespinste von Schatten, die sich sanft und leicht über die bewaldete Erde senkten. Langsam kühlte sich die Luft ab, und die Hitze des Nachmittags verflog, als ein leichter Abendwind seufzend durch die mächtigen, stillen Bäume strich. Das Tageslicht verblich, die hereinbrechende Nacht raubte dem Himmel die Farbe.

Die Bewohner der Elfenstadt Arborlon wanderten müde ihren Häusern zu.

In den Gärten des Lebens stand Andor Elessedil und blickte stumm zu dem Ellcrys auf. Im grauen Licht des Abends schien der mächtige Baum unverändert, kräftig und gesund. Doch der Anblick täuschte. Vor Sonnenuntergang waren die Male der Krankheit, die den großen Baum zerstörten, deutlich sichtbar gewesen.

Die Krankheit breitete sich rasch aus. An mehreren kleineren Ästen fraß die Fäule schon an der silberweißen Borke. Breite Blätterbüschel hingen schlaff und ausgedörrt herunter, das tiefe leuchtende Rot nun in ein stumpfes Schwarz verändert. Die Erwählten hatten die Rinde des Stammes sorgfältig mit Kräuterbalsam eingerieben und die kranken Blätter abgezupft, in der Hoffnung, daß die Krankheit sich eindämmen lassen würde. Obwohl sie ahnten, daß ihre Mühe vergebens war. Andor hatte die Wahrheit in ihren Augen erkannt. Sie konnten den Ellcrys nicht heilen. Niemand vermochte den Baum zu retten. Er starb, und es gab kein Mittel, sein Sterben zu verhindern.

Andor seufzte und wandte sich ab. Er wußte selbst nicht recht, warum er zu dieser späten Stunde noch einmal in die Gärten des Lebens zurückgekehrt war. Die Erwählten hatten sich schon längst in ihr Nachtlager zurückgezogen, müde und entmutigt, schweigsam im Gefühl der Hoffnungslosigkeit. Er war dennoch noch einmal zurückgekehrt, getrieben von der unvernünftigen Hoffnung, daß sich die Antworten, nach denen sie so verzweifelt forschten, vielleicht doch in der Nähe des Baumes finden lassen würden. Doch Andor war ohne Antwort geblieben, und jetzt, da die Nacht hereinbrach, hatte es wenig Sinn, noch länger auszuharren.

Er fühlte die Blicke der Schwarzen Wachen in seinem Rücken, als er durch das Tor aus dem Garten hinausschritt. Sie ahnten nichts von der Krankheit des Baumes, doch sie spürten zweifellos, daß etwas nicht in Ordnung war. Das hatte ihnen das merkwürdige Verhalten der Erwählten auf jeden Fall verraten. Bald, dachte er, würde es sich herumsprechen – Gerüchte würden wachsen. Nicht mehr lange und man würde den Leuten die Wahrheit sagen müssen.

Im Augenblick jedoch war alles still. Hier und dort erloschen schon die ersten Lichter, Fenster verdunkelten sich, als die Bewohner der Häuser sich zum Schlaf niederlegten. Er beneidete sie. Es bestand kaum eine Aussicht, daß er – oder der König – in dieser Nacht Schlaf finden würde.

Wieder seufzte er. Hätte er doch seinem Vater nur irgendwie helfen können! Stets war Eventine sich seiner Sache so sicher gewesen, stets ruhig und gelassen im Vertrauen darauf, daß sich für jedes Problem eine Lösung finden ließ. Nun aber, nach zwei Besuchen von Andor, in denen dieser ihm nur Mißerfolge hatte melden können, erweckte der König den Eindruck, als habe er sich völlig in sich selbst zurückgezogen. Er hatte sich halbherzig bemüht, seinen Sohn nichts merken zu lassen, doch es war offensichtlich, wie verzweifelt er war und nur noch auf die Zerstörung all dessen wartete, worum er sein Leben lang sich gemüht hatte. Er sah sich vor eine Herausforderung gestellt, mit der er nicht fertig werden konnte. Kaum ein Wort wechselte er mit seinem Sohn, bis er ihn mit dem Auftrag wieder aussandte, alles in seiner Macht Stehende zu tun, um doch noch Genaueres zu erfahren.

Das Unterfangen hatte sich als sinnlos erwiesen. Jeden einzelnen der Erwählten hatte Andor befragt, hatte sie dann alle gemeinsam um sich versammelt und nochmals ins Verhör genommen, um auf diesem Weg vielleicht auf einen Hinweis zu stoßen, der zum Sichermal führen würde. Doch er hatte nichts Neues erfahren.

Und auch ein Studium der sorgfältig aufbewahrten Aufzeichnungen ihres Ordens hatte nichts erbracht. Er hatte geschichtliche Zeugnisse durchgesehen, die Jahrhunderte alt waren, hatte geprüft und wieder geprüft. Wiederholt war er auf Hinweise auf das heilige Blutfeuer gestoßen, den Lebensquell ihrer Welt und alles Lebendigen auf ihr. Nirgends jedoch wurde jener geheimnisvolle Ort namens Sichermal erwähnt.

Und auch der Ellcrys selbst hatte ihnen nicht mehr weitergeholfen. Auf Andors Vorschlag waren die Erwählten noch einmal zu dem Baum gegangen, erst einzeln, dann gemeinsam, und hatten ihn angefleht, ihnen deutlichere Hinweise zu geben, damit sie seine Bilder verstehen könnten. Doch er sprach nicht zu ihnen. Er blieb stumm.

Als Andor sich dem Haus der Erwählten näherte, bemerkte er, daß die Lichter schon alle gelöscht waren. Offenbar hatte die tägliche Gewohnheit ihren Tribut gefordert, und die jungen Männer hatten sich zur üblichen Zeit, kurz nach dem Abendbrot, in ihre Schlafgemächer zurückgezogen. Er hoffte, sie würden im Schlaf Trost und Erleichterung finden.

Einem Fußpfad folgend, der zum Herrenhaus führte, eilte er lautlos an dem Haus vorüber, um seinem Vater einen letzten Bericht zu bringen, als ein dunkler Schatten unter einem niedrigen Baum neben dem Pfad hervortrat.

»Herr?«

»Lauren?« fragte er zurück. Als die Gestalt näher kam, erkannte er tatsächlich den jungen Elf. »Warum schläfst du denn noch nicht?«

»Ich habe es versucht, aber ich fand keinen Schlaf. Ich – ich sah Euch zu den Gärten hinaufgehen und hoffte, daß Ihr auf diesem Weg zurückkommen würdet. Prinz Andor, kann ich einen Augenblick mit Euch sprechen?«

»Aber du sprichst ja schon mit mir, Lauren«, versetzte Andor. Doch die scherzhaft gemeinte Bemerkung konnte den anderen nicht aufheitern. »Ist dir noch etwas eingefallen?«

»Ja, vielleicht. Es geht nicht um das, was der Ellcrys uns mitgeteilt hat; es ist etwas anderes, aber ich glaube, Ihr solltet es wissen. Darf ich Euch ein Stück des Wegs begleiten?«

Andor nickte zustimmend. Sie entfernten sich langsamen Schrittes vom Haus der Erwählten.

»Ich habe das Gefühl, als müßte ich dieses Problem lösen«, begann Lauren nach einer geraumen Weile des Schweigens. »Vielleicht kommt es daher, daß der Ellcrys zuerst zu mir gesprochen hat; es scheint mir jedenfalls so, als sei ich persönlich verpflichtet, Sichermal zu finden. Ich weiß, daß ich mir wahrscheinlich selbst damit zu hohe Bedeutung beimesse, aber das Gefühl bleibt trotzdem. Und auf keinen Fall möchte ich irgend etwas übersehen.« Er warf dem Prinzen einen Blick zu. »Könnt Ihr verstehen, was ich meine?«

»Ja, ich glaube schon. Haben wir denn etwas übersehen?«

»Ja, also mir ist etwas eingefallen. Und irgend jemandem wollte ich es wenigstens sagen.«

Andor verhielt den Schritt und sah den jungen Elf an.

»Dem König wollte ich davon nichts sagen.« Laurens Unbehagen wuchs. »Und zu den anderen auch nicht. Ich bin mir nicht sicher, wieviel sie eigentlich wissen – und wir sprechen nie von ihr...«

Seine Stimme verhallte in der Stille der Nacht. Andor wartete geduldig.

»Ich meine Amberle. Nach ihrer Erwählung hat sie viele Male mit dem Ellcrys gesprochen – es waren lange Gespräche.« Die Worte kamen langsam. »Bei ihr war alles ganz anders als bei uns. Ich weiß nicht, ob sie sich dessen je bewußt war. Wir haben eigentlich nie darüber gesprochen...«

Andor war mit einer heftigen Bewegung hochgefahren. Lauren fühlte die Reaktion und sprach eilig weiter.

»Vielleicht würde der Ellcrys wieder zu ihr sprechen. Vielleicht verstünde sie seine Botschaft auch besser. Es könnte doch möglich sein, daß sie von ihm etwas erfährt, was uns nicht zugänglich ist.«

Diesen Worten folgte ein langes Schweigen, während die beiden Männer einander stumm anblickten. Dann schüttelte Andor bekümmert sein Haupt.

»Amberle kann uns nicht helfen, Lauren. Sie hat uns verlassen. Nicht einmal ihre Mutter weiß, wohin sie gegangen ist. Wir haben keine Möglichkeit, sie so rasch zu finden, daß sie uns noch helfen könnte.«

Der junge Elf nickte bedrückt, während der letzte Hoffnungsschimmer auf seinem Gesicht erlosch.

»Es war nur so ein Gedanke«, sagte er schließlich und wandte sich zurück zum Haus. »Gute Nacht, Prinz Andor.«

»Gute Nacht, Lauren. Dank dir, daß du dich mir anvertraut hast.«

Noch einmal nickte der junge Mann, bevor er auf dem Fußpfad davonschritt. Seine weißen Gewänder raschelten leise, als die Dunkelheit der Nacht ihn aufnahm.

Das dunkle Gesicht gezeichnet von quälender Unruhe, blickte Andor ihm eine Weile nach. Alles, hatte sein Vater gesagt, auch das scheinbar Nichtigste sollte er erkunden, was vielleicht einen Hinweis darauf zuließ, wo Sichermal zu finden war. Doch es gab ja keine Hoffnung, Amberle aufzuspüren. Überall in den vier Ländern konnte sie sich aufhalten. Und dies war kaum der Zeitpunkt, Eventine an sie zu erinnern. Sie war sein Liebling gewesen, ihre Erwählung durch den Ellcrys hatte ihn mit Stolz und Freude erfüllt. Ihr Verrat an der ihr anvertrauten Aufgabe war für ihn viel schwerer zu ertragen gewesen als selbst der Tod ihres Vaters Aine.

Mutlos setzte Andor schweren Schrittes seinen Weg zum Herrensitz fort.

Gael tat noch immer Dienst. Sein Gesicht war grau vor Müdigkeit, seine Augen blickten sorgenvoll. Es war nicht zu vermeiden gewesen, daß er von dem drohenden Unheil erfahren hatte, das sie irgendwie abwenden mußten, doch man konnte sich darauf verlassen, daß er Stillschweigen darüber bewahrte. Er wollte aufspringen, als er des Prinzen ansichtig wurde, doch auf eine Geste von Andor ließ er sich wieder zurücksinken.

»Der König erwartet Euch«, meldete er. »Er ist in seinem Studierzimmer und lehnt es ab, sich schlafen zu legen. Wenn Ihr ihn überreden könntet, wenigstens ein paar Stunden lang zu ruhen...«

»Ich will sehen, was ich tun kann«, gab Andor bedrückt zurück.

Eventine Elessedil blickte auf, als sein Sohn das Studierzimmer betrat. Nur flüchtig forschten seine Augen in Andors Gesicht, lasen dort Enttäuschung und Mißerfolg. Dann schob er seinen Stuhl von dem Lesepult zurück, an dem er gesessen hatte, und rieb sich die müden Augen. Er erhob sich, streckte sich und schritt langsam zum Fenster. Durch die schweren Falten der Vorhänge spähte er hinaus in die Dunkelheit.

Auf dem mit Büchern beladenen Tisch stand unbeachtet ein

Tablett mit unberührten Speisen. Die Kerzen waren weit heruntergebrannt; ihr Wachs tropfte auf das glänzende Silber. Es war still in dem düsteren kleinen Raum; die Eichenregale und die mit Teppichen behangenen Wände bildeten einen Hintergrund aus verblichenen Farben und flackernden Schatten. In Stapeln lagen überall die Bücher, die Gael im Laufe des Tages aus dem Kellergewölbe heraufgeschleppt hatte.

Der König wandte sich um und sah seinen Sohn an.

»Nichts?«

Andor schüttelte stumm den Kopf. Eventines Gesicht verriet gleichfalls Enttäuschung.

»Ich habe auch nichts gefunden.« Er zuckte die Schultern und wies auf das Buch, das aufgeschlagen auf dem Tisch lag. »Die letzte Hoffnung. Es enthält einen einzigen Hinweis auf das Samenkorn des Ellcrys und auf das Blutfeuer. Lies ihn selbst.«

Das Buch war einer der mehr als hundert Bände geschichtlicher Aufzeichnungen, die von den Elfenkönigen und ihren Schreibern seit den Tagen, in die sich Mythen und Legende verloren, geführt wurden. Es waren abgegriffene, alte Folianten mit schönen, sorgfältig gearbeiteten Einbänden aus Leder und Messing, in Hüllen eingeschlagen, die sie vor der Abnutzung durch die Zeit schützen sollten. Sie hatten die Großen Kriege überdauert sowie die Zerstörung der alten Menschenrasse. Sie hatten den ersten und den zweiten Krieg der Rassen überstanden. Sie hatten die Jahrhunderte von Leben und Tod überlebt, von deren Ereignissen sie Kunde überlieferten. Chroniken mit Tausenden und Abertausenden von Seiten, enthielten sie die vollständige, ihnen bekannte Geschichte des Elfenvolkes.

Andor beugte sich über das aufgeschlagene Buch; die Tinte hatte sich im Lauf der langen Zeit bräunlich verfärbt, altertümliche Schriftzeichen blickten ihn an. Doch die Worte waren klar und leicht zu enträtseln.

›Dann soll das eine Samenkorn jenem übergeben werden, der auserkoren ist. Und dieser soll das Samenkorn zu den Kammern des Blutfeuers tragen, wo es ins Feuer eingetaucht werden soll, um dann der Erde zurückgegeben zu werden. Darauf wird der Baum wiedergeboren werden, und der große Bann der Verfemung wird ewig währen. Also sprach der Hochzauberer zu seinen Elfen im Augenblicke seines Todes, auf daß dieses Wissen seinem Volk nicht verlorenginge.‹

Eventine nickte, als Andor wieder aufblickte.

»Ich habe jedes einzelne dieser Bücher durchgesehen und jeden Absatz, der in Betracht kam, genauestens studiert. Es gibt noch andere Hinweise – aber nirgends steht mehr als in dem Schriftsatz, den du soeben gelesen hast.«

Er begab sich zurück an das Lesepult und blieb dort stehen, während seine Finger zerstreut über die goldgeränderten Seiten strichen.

»Das hier ist das älteste Buch. In ihm steht vieles, was vielleicht nur in das Reich des Mythos fällt. Die Geschichte von dem gnadenlosen Kampf zwischen den guten und den bösen Mächten, die Namen der Helden, alle Einzelheiten, die zum Bannspruch führten. Aber nirgends wird das Wort Sichermal erwähnt, nirgends der Ort genannt, wo das Blutfeuer zu finden ist. Und es steht auch nichts über das Wesen der Zauberkraft darin, die den Ellcrys geschaffen und den Großen Bann verhängt hat.«

Das, dachte Andor, war nicht ungewöhnlich. Nur in Ausnahmefällen hatten die Alten die Geheimnisse ihrer Zauberkräfte schriftlich niedergelegt. Dieses kostbare Wissen wurde durch mündliche Überlieferung weitergegeben, damit es nicht den Feinden in die Hände fallen konnte. Und manche der Zauberkräfte sollten so mächtig sein, daß sie nur in einer ganz bestimmten Zeit und an einem ganz bestimmten Ort angewendet werden durften. Vielleicht hatte es auch diese Bewandtnis mit den magischen Kräften, die den Ellcrys geschaffen hatten.

Der König ließ sich wieder in seinen Sessel sinken, warf noch einen Blick in das alte Buch und schlug es dann wortlos zu.

»Wir werden uns eben auf das Wenige stützen müssen, was wir von dem Ellcrys erfahren haben«, sagte er leise. »Mit Hilfe dieser Kenntnisse müssen wir die Orte bestimmen, wo das Blutfeuer sich befinden kann, und dann jeden einzelnen aufsuchen.«

Andor nickte stumm. Es schien hoffnungslos. Es sprach kaum etwas dafür, daß sie Sichermal aufgrund dieser vagen Beschreibung jemals finden würden.

»Ich wollte, Arion wäre hier«, murmelte sein Vater unvermittelt.

Andor entgegnete darauf nichts. Er mußte sich eingestehen, daß der König guten Grund hatte, Arion herbeizuwünschen. Arion besaß die Führereigenschaften, die bei der Organisation und Leitung der Suchaktion vonnöten sein würden. Und seine Gegenwart hätte dem Vater einen gewissen Trost gespendet. Das war jedoch nicht der Zeitpunkt, dem Bruder dafür zu grollen.

»Ich finde, du solltest eine Weile schlafen, Vater«, schlug Andor nach einem Augenblick des Schweigens vor. »Du bedarfst der Ruhe, um für das gewappnet zu sein, was vor uns liegt.«

Der König erhob sich aus seinem Sessel und löschte die Kerzen auf dem Tisch.

»Gut, Andor«, erwiderte er und raffte sich zu einem mühsamen Lächeln auf. »Schick mir Gael herein. Aber auch du hast einen langen Tag gehabt. Auch du solltest dich niederlegen und versuchen zu schlafen.«

Andor kehrte in sein Häuschen zurück. Und er verfiel tatsächlich in einen tiefen Schlaf, so sehr ihn das am folgenden Morgen auch verwunderte. Während seine Gedanken sich wie Kreise drehten, überwältigte ihn die körperliche Erschöpfung. Einmal riß ihn mitten in der Nacht ein Alptraum von unbeschreiblicher Entsetzlichkeit aus seinem Schlummer, und er erwachte schweißgebadet. Doch schon Sekunden darauf glitt er wieder in tiefen Schlummer, der Traum war vergessen. Und danach schlief er ungestört.

Die Dämmerung des Tages zog schon herauf, als er wieder erwachte. Eilig sprang er von seinem Lager, um sich anzukleiden. Ein Gefühl neu belebter Entschlossenheit verlieh ihm Kraft, Stärke und Zuversicht. Irgendwo gab es einen Weg, der aus dieser schrecklichen Lage herausführte, eine Möglichkeit, Sichermal zu finden. Vielleicht barg der sterbende Ellcrys den Schlüssel. Vielleicht besaßen ihn die Erwählten. Auf jeden Fall mußte es ihn geben.

Während er den gekiesten Weg hinunterschritt, nahm er wahr, wie das Licht des frühen Morgens durch den dichten Vorhang der umliegenden Wälder sickerte. Zuerst wollte er zu den Erwählten gehen – sie mußten in den Gärten des Lebens zu finden sein, denn ihr Tag hatte ja schon begonnen. Vielleicht würde etwas Neues sich auftun, wenn er noch einmal mit ihnen sprach. Zweifellos hatten sie alle über ihr Gespräch mit dem Ellcrys nachgegrübelt, hatten es hin und her bedacht, und vielleicht war einem von ihnen noch etwas eingefallen. Oder vielleicht hatte der Ellcrys heute morgen noch einmal zu ihnen gesprochen.

Er machte einen Umweg zum Herrenhaus, wo Gael schon auf seinem Posten war. Doch der junge Elf hob einen Finger an die Lippen, um stumm zu bedeuten, daß der König noch schlief und nicht gestört werden sollte. Andor nickte und entfernte sich wieder. Er gönnte seinem Vater jeden Augenblick der Ruhe.

Tauperlen glitzerten noch auf den Rasenflächen, zwischen denen der Weg sich zum Tor hindurchschlängelte. Andor blickte sich erwartungsvoll um und war verwundert, Went nicht bei der Arbeit zu sehen. Noch mehr verwunderte es ihn, einige der Gartengeräte des alten Mannes achtlos hingeworfen am Rande eines der Rosenbeete liegen zu sehen. Feuchte Erde haftete noch an ihnen. Es war ganz und gar nicht Wents Art, eine angefangene Arbeit unbeendet liegen zu lassen. Andor warf einen letzten Blick auf die Blumenbeete und eilte weiter.

Minuten später schritt er an der von Efeu überwucherten Mauer der Gärten des Lebens entlang über den ausgetretenen Pfad, der zum Eingangstor führte. Von der Höhe des Carolan – der gewaltigen Felswand, die am Ostufer des Singenden Flusses jäh emporsprang und Arborlon hoch über die umliegenden Gebiete erhob – konnte er die Weiten von Westland überblicken, die sich zu seinen Füßen dehnten: im Osten und Norden die Türme und von Bäumen beschatteten Pfade der Elfenstadt, umgürtet vom dichten Grün des Waldlandes; im Süden die fernen, dunstgrauen Zacken des Steinkamms und des Pykon-Gebirges, durchwoben vom silberblauen Band des Mermidon-Flusses, der auf seinem langen Weg ins östliche Callahorn die uralten Felsen durchschnitt; im Westen, am Fuße des Carolan und jenseits der rasch sprudelnden Wasser des Singenden Flusses, das Tal des Sarandanon, die Kornkammer des Elfenreiches. Dieses gelobte

Land, dachte Andor mit Stolz, war die Heimat der Elfen. Er mußte gemeinsam mit den Erwählten und seinem Vater einen Weg finden, es zu retten.

Wenig später stand er vor dem Ellcrys. Von den Erwählten war nirgends eine Spur zu entdecken. Der Baum stand verlassen.

Ungläubig sah Andor sich um. Undenkbar, daß die Erwählten ihre Pflicht versäumt hatten, auch wenn der gewohnte Ablauf ihres Tages durch die Offenbarung des Ellcrys arg durcheinandergeraten war. Im Laufe von Hunderten von Jahren hatten es die Erwählten niemals unterlassen, dem Baum beim ersten Lichtstrahl des neuen Tages den Morgengruß zu entbieten.

In großer Eile lief Andor aus den Gärten des Lebens hinaus und hastete zu dem von einer Mauer umgebenen Haus der Erwählten. Immergrüne Hecken und Büsche schlossen das Haus ein, Blumenbeete säumten gepflasterte Fußpfade, und hinten waren in langen Reihen Gemüsebeete angelegt, in deren dunkler Erde frisches Grün sproßte. Eine niedrige Mauer aus verwittertem Stein umfriedete den Hof, in den von zwei Seiten weiße Holztürchen hineinführten.

Das Haus selbst lag in stummer Ruhe.

Andor verlangsamte den Schritt. Die Erwählten mußten doch längst wach sein! Doch nichts rührte sich. Eisige Kälte kroch dem Elfenprinzen ins Herz. Er ging weiter, und seine Augen spähten in die Schatten jenseits der geöffneten Haustür. Schließlich blieb er auf der Schwelle stehen.

»Lauren?« rief er leise den Namen des jungen Elfen.

Er bekam keine Antwort. Nun trat er durch die Tür ins Innere des Hauses, aus dem die Schatten der Nacht noch nicht gewichen waren. Am Rande seines Blickfelds nahm er huschende Bewegungen wahr, welche die Zweige der umgebenden Nadelbüsche erzittern ließen. Plötzliche Furcht erfaßte ihn. Was tat sich dort hinten im Dunkel?

Zu spät erinnerte er sich der Waffen, die er in seinem Häuschen zurückgelassen hatte. Eine Weile stand er reglos da und wartete. Doch kein Laut war zu hören, der die Anwesenheit eines anderen lebenden Wesens verraten hätte. Entschlossen ging er weiter.

»Lauren ...?«

Inzwischen hatten sich seine Augen auf die Düsternis des Hauses eingestellt, und was er sah, ließ den Namen des jungen Elf in seiner Kehle ersticken – Leichen, die im Wohnraum lagen wie der Tod sie ereilt hatte, zerfetzt, erschlagen, niedergemacht. Lauren, Jase – alle Erwählten waren tot, wie von tollwütigen Raubtieren gerissen. Grenzenlose Verzweiflung übermannte Andor. Es lebte kein Erwählter mehr, um das Samenkorn des Ellcrys zum Blutfeuer zu tragen, wenn man den Weg zum Sichermal wirklich finden sollte. Es würde keine Wiedergeburt des Baumes geben, keine Rettung für die Elfen. Der Anblick der niedergemetzelten Toten erfüllte ihn mit Grauen und Übelkeit, und dennoch war er unfähig, sich von der Stelle zu rühren. Wie angewurzelt stand er regungslos da, während Entsetzen und Ekel ihn durchschüttelten, und nur ein einziges schreckliches Wort unaufhörlich in seinem Geist widerhallte: Dämonen!

Andor wankte ins Freie, stützte sich gegen die Mauer des Hauses, um das Zittern seiner Glieder zu beruhigen. Als er sich schließlich wieder einigermaßen gefaßt hatte, eilte er auf dem schnellsten Weg zur Schwarzen Wache, um Alarm zu schlagen, dann weiter in die Stadt. Sein Vater mußte in Kenntnis gesetzt werden, und es war das beste, daß er die schreckliche Nachricht von seinem Sohn erfuhr.

Was den Erwählten zugestoßen war, war nur allzu offenkundig. Mit dem allmählichen Verfall des Ellcrys hatte die Bannmauer der Verfemung begonnen abzubröckeln. Den Kraftvollsten unter den Dämonen war der Ausbruch gelungen. Nur Dämonen konnten die Erwählten niedergemetzelt haben. Mit einem einzigen Schlag hatten sie bewirkt, daß sie nie wieder eingekerkert werden würden. Sie hatten all jene vernichtet, die die Wiedergeburt des Ellcrys und die Wiedererrichtung der Bannmauer erreichen konnten, die sie gefangengehalten hatte.

In wilder Hast stürzte er durch das Tor zum Park, in dem das Herrenhaus lag, hastete den Kiesweg hinunter, der am Garten vorbeiführte. Went war jetzt an der Arbeit, hob flüchtig das von Wind und Wetter gegerbte Gesicht, als der Prinz an ihm vorübereilte. Andor sah ihn kaum, grüßte ihn nicht einmal.

Mit einem Lächeln der Befriedigung senkte sich der Kopf, der Wandler machte sich wieder an die Arbeit.

Die Abenddämmerung war schon hereingebrochen, als Andor Elessedil die Tür des Hauses hinter sich schloß, in dem die Erwählten gelebt hatten. Mit fester Hand sperrte er zum letzten Mal ab. Schweigen hüllte ihn ein, als er innehielt, um in die dichter werdende Dunkelheit zu blicken. Das Haus stand jetzt verlassen; die Leichen der sechs ermordeten jungen Männer waren fortgebracht worden, und Andor hatte dafür gesorgt, daß die persönliche Habe der Toten den Angehörigen zurückgegeben worden war. Still stand er in der Dunkelheit, mit seinen Gedanken allein.

Doch die Gedanken waren nicht von der Art, daß er gern bei ihnen verweilt hätte. Er hatte den Abtransport der schrecklich verstümmelten Leichen überwacht und anschließend die Verbringung der Geschichtsbücher des Ordens in die Gewölbe unter dem Herrenhaus der Elessedils geleitet. Auf Ersuchen seines Vaters hatte er die Aufzeichnungen Seite um Seite durchgesehen und nach jenem erlösenden Wort der Offenbarung geforscht, das sie vielleicht übersehen hatten. Doch er hatte nichts gefunden. Er schüttelte den Kopf. Es spielte ja auch keine Rolle mehr, dachte er hoffnungslos. Was konnte ihnen jetzt noch helfen, wenn sie wirklich entdeckten, wo Sichermal zu finden war? Was half es ihnen, das Blutfeuer zu finden, wenn es keinen Erwählten mehr gab, der das Samenkorn des Ellcrys dort hintragen konnte? Dennoch war er froh gewesen, mit etwas beschäftigt zu sein, was ihn von der Erinnerung an den grauenvollen Anblick im Haus der Erwählten ablenkte.

Er ließ das Haus hinter sich, durchquerte den Hof und schlug den Weg ein, der zu den Gärten des Lebens führte. Überall auf dem breiten Rücken des Carolan loderten rotgoldene Fackeln, die dichter werdende Dunkelheit zu durchdringen. Und überall warteten Soldaten; Schwarze Wachen riegelten die Gärten des

Lebens ab, und die Leibgarde des Königs patrouillierte in den Straßen und Gassen der Stadt. Die Elfen lebten in Angst, eingedenk der entsetzlichen Ereignisse. Als sich die Nachricht vom Massaker im Haus der Erwählten wie ein Lauffeuer ausgebreitet hatte, hatte Eventine rasch die erforderlichen Maßnahmen ergriffen, um seinem Volk die beruhigende Gewißheit zu geben, daß es vor einem ähnlichen Schicksal geschützt sei; in Wahrheit allerdings glaubte er nicht daran, daß den Bürgern unmittelbare Gefahr drohte. Das Ungeheuer, das die Erwählten getötet hatte, richtete gegen niemanden sonst seinen Haß. Dennoch konnte es nicht schaden, Vorsichtsmaßnahmen zu ergreifen, die nicht nur die Stadt schützten, sondern auch die Panik eindämmen würden, die, das spürte der König, unter seinem Volk auszubrechen drohte.

Das unheilvolle Unglück war bereits eingetreten. Der Baum war siech und würde bald sterben, und eine Wiedergeburt würde es nun nicht geben. Mit dem Tode des Ellcrys würde die Bannmauer einstürzen, und die bösen Mächte, die hinter ihr gefangen waren, würden hervorbrechen. Und wenn sie erst einmal frei waren, würden sie an dem Volk der Elfen Rache üben. Es sei denn, es geschah ein Wunder, und es fand sich ein Zauberer, der das verhindern konnte.

Draußen, vor der Mauer zu den Gärten des Lebens, blieb Andor stehen. Langsam und tief holte er Atem, um wenigstens eine gewisse innere Ruhe zu finden und das Gefühl der Hilflosigkeit zu ersticken, das sich im Laufe des Tages wie eine bösartige Krankheit wuchernd in ihm ausgebreitet hatte. Was im Namen der Vernunft sollten sie tun? Selbst als die Erwählten noch am Leben gewesen waren, hatten sie wenig Hoffnung gehabt, das Blutfeuer rechtzeitig zu finden. Jetzt aber, da die Erwählten tot waren …

Amberle. Flüsternd wob ihr Name durch seinen Geist. Amberle. Die letzten Worte, die Lauren mit ihm gesprochen hatte, hatten ihr gegolten. Vielleicht, so hatte der junge Elf gemeint, könnte sie helfen. Zu diesem Zeitpunkt war Andor das unmöglich erschienen. Jetzt aber schien auch die geringste Möglichkeit besser als Untätigkeit. Andors Gedanken rasten. Wie konnte er seinen Vater davon überzeugen, die Möglichkeit in Betracht zu ziehen, daß Amberle ihnen helfen konnte? Wie konnte er seinen Vater auch nur dazu bewegen, mit ihm über das Mädchen zu sprechen? Er erinnerte sich, wie bitter und enttäuscht der alte König an dem Tag gewesen war, als er von Amberles Verrat an ihrer hohen Aufgabe gehört hatte. Dagegen stand die Verzweiflung, die Andor an diesem Morgen im Gesicht seines Vaters gelesen hatte, als er ihm die Nachricht von der Ermordung der Erwählten überbracht hatte. Sein Entschluß war leicht gefaßt. Der König brauchte dringend Hilfe, ganz gleich, woher sie kam. Und da Arion ins Sarandanon gereist war, mußte Andor, das war ihm klar, ihm diese Hilfe geben. Wie sonst aber konnte er ihm helfen als damit, daß er ihm vorschlug, Amberle ausfindig zu machen?

»Elfenprinz?«

Die Stimme drang aus dem Nichts. Andor erschrak und fuhr mit einem unterdrückten Aufschrei zurück. Ein Schatten glitt aus dem Schutz der Fichten, die dicht an der Mauer zu den Gärten des Lebens wuchsen. Ein Schatten, der dunkler war als die Nacht, die ihn umhüllte. Einen Moment lang stockte Andor der Atem, und er war wie erstarrt in Unschlüssigkeit. Als er dann hastig nach dem kurzen Schwert griff, das er in seinem Gürtel trug, war der Schatten schon bei ihm, und eine Hand legte sich auf die seine, während eiserne Finger seinen Arm zurückhielten.

»Friede, Andor Elessedil.« Die Stimme klang leise, aber gebieterisch. »Ich bin kein Feind von Euch.«

Die schemenhafte Gestalt war, wie Andor jetzt sah, die eines hochgewachsenen Menschen, der gut über sieben Fuß maß. Der magere, sehnige Körper war dicht in schwarze Gewänder vermummt, und die Kapuze des Reisemantels umschloß den Kopf des Mannes so eng, daß von seinem Gesicht nichts zu erkennen war außer den schmalen Augenschlitzen, die wie die einer Katze glühten.

»Wer seid Ihr?« stieß der Elfenprinz schließlich hervor.

Der Fremde hob die Hände und schlug die Kapuze zurück, um die Züge des Antlitzes zu offenbaren, die sich darunter verbargen. Es war ein zerfurchtes und verwittertes Gesicht, beschattet von einem kurzen schwarzen Bart, der einen breiten, ernsten Mund umrahmte. Das Haar trug der Mann schulterlang. Die durchdringenden, blitzenden Katzenaugen lagen tief unter dichten, buschigen Brauen, die über einer langen, flachen Nase grimmig gerunzelt waren. Diese Augen blickten Andor ins Gesicht, und der Elfenprinz gewahrte, daß er unfähig war, den eigenen Blick von ihnen zu wenden.

»Euer Vater würde mich kennen«, flüsterte der Fremde. »Ich bin Allanon.«

Andor erstarrte. Ungläubigkeit breitete sich auf seinen Zügen aus.

»Allanon?« Er schüttelte langsam den Kopf. »Aber – aber Allanon ist tot!«

Sarkasmus lag in der tiefen Stimme, und die Augen glühten wieder auf.

»Habt Ihr den Eindruck, daß ich tot bin, Elfenprinz?«

»Nein – nein, ich kann ja sehen ...« Andor stockte. »Aber es ist mehr als fünfzig Jahre her ...«

Er brach ab, als die Erinnerungen an die Erzählungen seines Vaters erwachten: die Suche nach dem Schwert von Shannara; die Rettung Eventines aus dem Lager der feindlichen Heere; die Schlacht bei Tyrsis; die Besiegung des Dämonen-Lords durch den kleinen Talbewohner Shea Ohmsford. Während all dieser Ereignisse war Allanon zur Stelle gewesen, um den belagerten Völkern der vier Länder mit seiner Kraft und seiner Weisheit Beistand zu leisten. Als alles vorüber war, der Dämonen-Lord geschlagen, war Allanon verschwunden. Shea Ohmsford, so hieß es, war der letzte gewesen, der ihn noch einmal gesehen hatte. Später waren Gerüchte kursiert, daß Allanon zu anderen Zeiten und an anderen Orten in einem der vier Länder erschienen war. Doch nach Westland, zu den Elfen, war er nicht gekommen. Keiner von ihnen hatte erwartet, ihn je wieder zu sehen. Doch, wie sein Vater ihm häufig bedeutet hatte, bei den Druiden lernte man rasch, das Unerwartete erwarten. Ewiger Wanderer, Historiker, Philosoph und Zauberer, Hüter der Rassen, letzter Vertreter der uralten Druiden, der Weisen der neuen Welt – all dies, hieß es, sei Allanon gewesen.

Doch war dieser Fremde wirklich Allanon?

»Seht mich an, Elfenprinz«, befahl der hochgewachsene dunkle Mann und trat einen Schritt näher. »Ihr werdet erkennen, daß ich die Wahrheit spreche.«

Andor blickte in das geheimnisvolle Antlitz, tief in die glitzernden schwarzen Augen, und plötzlich waren alle Zweifel verschwunden. Der Mann, der vor ihm stand, war Allanon.

»Bringt mich zu Eurem Vater. Ich möchte mit ihm sprechen.« Allanons Stimme klang leise und verschwörerisch. »Wählt einen Weg, der selten benutzt wird. Ich wünsche mein Kommen geheimzuhalten. Schnell jetzt, bevor die Wachen auftauchen.«

Andor verschwendete keine Zeit mit Widerspruch. Der Druide folgte ihm so dicht wie sein eigener Schatten, als er in Richtung zur Stadt eilte.

Bald danach kauerten sie im Schatten einer Gruppe immergrüner Büsche. Hier, an einem Ende des Schloßparks, befand sich ein kleines Seitentor. Andor zog einen Schlüsselbund aus seiner Tasche und schob einen der Schlüssel ins Schloß. Er drehte sich mit einem kurzen, durchdringenden Knirschen, und das Schloß sprang auf.

Unter normalen Umständen wäre der Park lediglich von den Torhütern bewacht worden. In der Frühe des Tages jedoch, kurz nachdem Andor die niedergemetzelten Erwählten in ihrem Haus gefunden hatte, war auch Went mit gebrochenem Genick unter einem Busch am Rande des Südgartens entdeckt worden. Da er auf andere Weise umgekommen zu sein schien als die Erwählten, sah man zunächst keinen Anlaß, hier einen Zusammenhang zu vermuten. Dennoch war die Leibgarde des Königs beunruhigt, und man hatte zusätzliche Wachposten im Park verteilt. Dardan und Rhoe, die persönlichen Leibwächter des Königs, hatten vor der Tür zu den Gemächern des Königs Posten bezogen.

Andor hätte es nicht für möglich gehalten, daß jemand sich durch den Park zum Herrenhaus schleichen könnte, ohne von den Wächtern gesehen zu werden. Irgendwie jedoch gelang es ihnen unter der Führung des Druiden, unbemerkt das Haus zu erreichen. Allanon schien so wesenlos zu sein wie die nächtlichen

Schatten, die lautlos in der Dunkelheit woben. Er sorgte dafür, daß Andor sich stets dicht an seiner Seite hielt, und so gelangten sie schließlich zu den hohen Fenstertüren des Studierzimmers des Königs. Dort hielten sie einen Augenblick inne, während der Druide an einem der durch Vorhänge verhüllten Fenster lauschte. Dann umfaßte Allanon den eisernen Riegel und drehte ihn in seiner Angel. Geräuschlos schwang die Fenstertür auf, und der Druide und der Elfenprinz traten ins Zimmer.

Eventine Elessedil, der über alte Bücher gebeugt an seinem Lesetisch gesessen hatte, sprang auf und starrte ungläubig zunächst auf seinen Sohn, dann auf den Mann, der ihm folgte.

»Allanon!« stieß er flüsternd hervor.

Der Druide schloß die Fenstertür, zog den Vorhang wieder zu und wandte sich dann um, so daß das Kerzenlicht voll sein Gesicht traf.

»Nach so langer Zeit!« Eventine schüttelte verwundert ungläubig den Kopf und trat hinter dem Tisch hervor. Erst jetzt erkannte er die Züge des hochgewachsenen Mannes klar und deutlich, und Ungläubigkeit wurde zu staunender Verwunderung. »Allanon! Ihr seid nicht gealtert! Ihr – Ihr habt Euch nicht verändert, seit –« Die Worte versagten ihm. »Wie ...«

»Ich bin der, der ich immer war«, erklärte der Druide kurz. »Es muß Euch genügen, das zu wissen, Elfenkönig.«

Eventine nickte wortlos, noch immer benommen von dem so unerwarteten Erscheinen des anderen. Langsamen Schrittes kehrte er an seinen Lesetisch zurück, und die beiden Männer nahmen einander gegenüber Platz. Andor blieb stehen, unschlüssig, ob er bleiben oder sich entfernen sollte.

»Setzt Euch zu uns, Elfenprinz.« Allanon deutete auf einen dritten Sessel.

Andor setzte sich rasch, erfreut, einbezogen zu sein, gespannt, was beraten werden würde.

»Ihr wißt, was geschehen ist?« wandte sich der König an Allanon.

Der Druide nickte. »Das ist der Grund, weshalb ich gekommen bin. Ich spürte eine Bresche in der Bannmauer. Ein Wesen, das hinter dieser Mauer gefangen war, ist in diese Welt eingedrungen.

Es ist ein Wesen von sehr großer Macht. Das Auftauchen dieses Wesens –«

Aus dem Korridor hinter der Tür des Arbeitszimmers drang der schwache Klang von Schritten herüber. Augenblicklich sprang der Druide auf die Beine. Dann jedoch hielt er inne. Sein Gesicht war ruhig, als er den König anblickte.

»Niemand darf erfahren, daß ich hier bin.«

Eventine versicherte Verschwiegenheit. Er nickte nur, erhob sich aus seinem Sessel, ging rasch zur Tür und öffnete sie. Auf der Schwelle hockte Manx und wedelte zaghaft mit dem Schwanz, während er aus dunklen Augen zu seinem Herrn aufblickte. Eventine trat in den Flur hinaus und stieß auf Gael, der mit einem Teetablett herankam. Lächelnd nahm der König es ihm ab.

»Geh nach Hause und schlaf dich aus«, befahl er. Als Gael Einwände erheben wollte, schüttelte der König mit Entschiedenheit den Kopf. »Keine Widerreden! Wir haben morgen wichtige Dinge zu erledigen. Geh nach Hause. Mir kann nichts geschehen. Sage Dardan und Rhoe, daß sie Wache halten sollen, bis ich mich zurückziehe. Ich möchte niemanden sehen.«

Mit einer hastigen Bewegung wandte er sich ab und betrat wieder sein Arbeitszimmer, wobei er die Tür mit fester Hand hinter sich schloß. Manx hatte sich hereingeschlichen und beschnupperte forschend den Fremden, der am Lesetisch seines Herrn saß. Dann legte er sich, offenbar beruhigt, zufrieden am offenen Kamin nieder, senkte den grauen, zottigen Kopf auf seine Pfoten und schloß träge seine braunen Augen.

Eventine nahm wieder seinen Platz ein.

»Dann war es dieses Wesen, das die Erwählten tötete?« fragte er, den Faden des Gesprächs erneut aufnehmend.

Der Druide nickte. »Ja, ich glaube es zumindest. Ich spürte die Gefahr, die den Erwählten drohte, und eilte so rasch ich konnte herbei. Leider nicht schnell genug, um sie zu retten.«

Eventine lächelte traurig. »Ich fürchte, die Schuld liegt bei mir. Ich ließ sie schutzlos, selbst nachdem mir berichtet worden war, daß der Bannspruch seine Wirkung zu verlieren drohte. Doch selbst wenn die Erwählten am Leben geblieben wären, bin ich nicht sicher, daß sie den Ellcrys hätten retten können. Die Bilder, die der Baum ihnen von dem Standort des Blutfeuers mitteilte, vermochten wir nicht zu deuten. Nicht einmal der Name, den der Ellcrys nannte, ist bekannt. Sichermal – kennt Ihr ihn?«

Allanon schüttelte verneinend den Kopf.

»Unsere Aufzeichnungen berichten nichts über Sichermal – weder die meiner Vorgänger, noch jene, die von den Erwählten gemacht wurden«, fuhr der König fort. »Ich stehe vor einer unmöglich zu lösenden Aufgabe. Der Ellcrys stirbt. Um ihn zu retten, muß einer der Erwählten, denen in diesem Jahr die Hege des Baumes obliegt, sein Samenkorn zum Blutfeuer bringen und es in seine Flammen eintauchen, um es dann der Erde zurückzugeben. Nur so ist die Wiedergeburt möglich.«

»Ich bin mit der Geschichte vertraut«, warf der Druide ungeduldig ein.

Der König errötete. Der Zorn und das Gefühl hilfloser Ohnmacht, die er bis jetzt mühsam beherrscht hatte, brachen sich gewaltsam Bahn.

»Dann haltet Euch folgendes vor Augen: Wir wissen nicht, wo das Blutfeuer zu finden ist. Nicht in einer unserer Aufzeichnungen wird der Name Sichermal je erwähnt. Die Erwählten leben alle nicht mehr. Wir haben niemanden, der das Samenkorn des Ellcrys zum Blutfeuer bringen kann. So bitter es ist, es scheint offenbar, wie diese Katastrophe enden wird. Der Ellcrys wird sterben. Die Mauern des Bannspruchs werden nicht länger standhalten. Die Mächte des Bösen werden wieder in Freiheit sein. Den Elfen und allen Rassen, die in den vier Ländern leben, droht ein Kampf, der unser aller Untergang sein wird.«

Mit einer heftigen Bewegung beugte er sich vor.

»Ich bin nur König; ein König und weiter nichts. Doch Ihr seid Druide, ein Zauberer. Wenn Ihr helfen könnt, dann tut es. Ich bin mit meiner Macht am Ende.«

Der Druide neigte den Kopf leicht zur Seite, so als überdenke er ein Problem.

»Bevor ich Euch aufsuchte, Eventine, betrat ich die Gärten des Lebens, um mit dem Ellcrys zu sprechen.«

Der König starrte ihn ungläubig an.

»Ihr habt mit dem Ellcrys gesprochen?«

»Genauer wäre es vielleicht zu sagen, daß der Baum zu mir gesprochen hat. Hätte er sich dazu nicht herbeigelassen, so hätte zwischen uns kein Gespräch stattfinden können.«

»Aber er spricht nur zu den Erwählten«, warf Andor ein und schloß hastig wieder seinen Mund, als er bemerkte, wie sein Vater unwillig die Stirn runzelte.

»Mein Sohn hat recht, Allanon.« Eventine wandte sich wieder an den Druiden. »Der Ellcrys spricht nur zu den Erwählten – und auch zu ihnen nur selten.«

»Er spricht zu denen, die ihm dienen«, entgegnete Allanon. »Unter den Elfen tun dies nur die Erwählten. Aber auch die Druiden haben dem Ellcrys gedient, wenn auch auf andere Weise. Wie dem auch sei, ich bot mich zum Gespräch an, und der Baum beliebte zu mir zu sprechen. Was er mir sagte, läßt den Schluß zu, daß Ihr die Lage zumindest in einer Hinsicht falsch beurteilt.«

Eventine wartete voller Ungeduld, daß der Druide fortfahren würde. Doch er saß schweigend da und blickte den Elfenkönig abwartend an.

»Gut, dann werde ich die Frage stellen.« Der König zwang sich zur Ruhe. »In welcher Hinsicht beurteile ich die Lage falsch?«

»Bevor ich Euch das sage«, antwortete Allanon, sich vorneigend, »sollt Ihr eines verstehen: Ich bin gekommen, meine Hilfe anzubieten, soweit dies in meiner Macht steht, denn das Böse, das in den Bannmauern der Verfemung gefangen ist, bedroht alles Leben in den vier Ländern. Was ich an Hilfe zu bieten habe, stelle ich anheim, doch unter einer Bedingung: Mir muß die Freiheit gewährt sein, so zu handeln, wie ich es für richtig halte. Auch wenn es Euer Mißtrauen herausfordern sollte, Eventine Elessedil. Selbst und gerade dann. Billigt Ihr dieses Verlangen?«

Der König zögerte. Seine blauen Augen musterten das dunkle Gesicht des anderen, suchten dort nach Antworten. Endlich nickte er.

»Ja, ich billige es. Ihr sollt in dieser Sache handeln, wie Ihr es für richtig haltet.«

Der Druide lehnte sich zurück, jede Gefühlsregung sorgfältig verbergend, während er Andor und den König betrachtete.

»Zum einen glaube ich, daß ich bei der Suche nach dem Ort

Sichermal hilfreich sein kann. Die Bilder, die mir der Ellcrys von diesem Ort zeigte, als wir miteinander sprachen, waren auch mir, wie ich schon erwähnte, nicht vertraut. Sie waren mir deshalb unbekannt, weil sie die Welt so zeigten, wie sie war, als der Ellcrys geschaffen wurde. Die Großen Kriege jedoch haben die Geographie der alten Welt so grundlegend verändert, daß die Erinnerungsbilder des Ellcrys nicht mehr zutreffen. Immerhin haben wir den Namen Sichermal. Ihr habt mir berichtet, daß in den Geschichtsbüchern der Elfenkönige und des Ordens der Erwählten dieser Name nicht genannt wird. Aber es gibt noch einen anderen Ort, wo man suchen kann. In Paranor, in der Druidenburg, werden Geschichtsbücher aufbewahrt, die sich einzig mit den Wissenschaften und mystischen Phänomenen der alten Welt beschäftigen. Es ist möglich, daß diese Bücher einen Hinweis auf die Erschaffung des Ellcrys und den Heimatort des Blutfeuers enthalten. Das ist vielmehr eine naheliegende Möglichkeit, da ein großer Teil des Wissens, das in diesen alten Geschichtsbüchern gesammelt ist, zur Zeit des Ersten Druidenrats zusammengetragen wurde – von den einzelnen Mitgliedern gemäß der mündlichen Überlieferung seit der Großen Katastrophe. Erinnert Euch, daß der führende Kopf dieses Rats Galaphile war, und Galaphile war ein Elf. Er wird dafür Sorge getragen haben, daß etwas über die Erschaffung des Ellcrys und den Heimatort des Blutfeuer-Brunnens niedergelegt wurde.«

Allanon machte eine Pause.

»Heute nacht, wenn wir zum Ende gekommen sind, reise ich weiter nach Paranor. Die alten Bücher befinden sich an einem geheimen Ort und nur ein Druide vermag sie zu finden; deshalb muß ich mich selbst dorthin begeben. Ich glaube aber, daß in den alten Schriften etwas über den Ort namens Sichermal niedergeschrieben steht. Und daraus, so hege ich die Hoffnung, werden wir ersehen können, wo das Blutfeuer zu finden ist.«

Er faltete die Hände auf dem Tisch, und sein Blick hielt den des Königs wie bannend fest.

»Was die Erwählten angeht, Eventine, so irrt Ihr Euch! Sie sind nicht alle umgebracht worden.«

Einen Augenblick legte sich Totenstille über den Raum. Amberle, dachte Andor überrascht. Er meint Amberle!

»Alle sechs wurden getötet!« begann Eventine und brach unvermittelt ab.

»Es waren sieben Erwählte«, versetzte der Druide ruhig. »Sieben.«

Der König erstarrte. Seine Hände krampften sich so fest um die Tischkante, daß die Knöchel weiß hervortraten. In seinen Augen spiegelten sich Zorn und Ungläubigkeit.

»Amberle«, stieß er hervor und es klang, als stoße er einen Fluch aus.

Der Druide nickte. »Sie ist eine der Erwählten.«

»Nein!« Der König war aufgesprungen. »Nein, Druide!« rief er laut.

Aus dem Korridor hallte das Geräusch eilender Schritte, dann trommelten Fäuste an die Tür des Studierzimmers. Die laute, erregte Stimme des Königs hatte Dardan und Rhoe aufgeschreckt. Eilig lief Andor zur Tür und öffnete sie. Mit Überraschung sah er, daß nicht nur die Leibwächter draußen standen, sondern auch Gael. Alle drei spähten neugierig in das Studierzimmer, doch Andor versperrte ihnen die Sicht. Dann tauchte sein Vater neben ihm auf.

»Ich habe dir gesagt, du sollst nach Hause gehen, Gael«, tadelte Eventine den jungen Elf in strengem Ton. »Geh jetzt.«

Gael verneigte sich automatisch, und sein Gesicht zeigte deutlich, wie sehr ihn die Worte des Königs kränkten. Ohne ein Wort ging er durch den Korridor davon und verschwand. Der König nickte den Leibwachen zu, versicherte ihnen, daß alles in Ordnung war, und sie kehrten auf ihre Posten zurück.

Eine Weile verharrte der König schweigend auf der Schwelle, dann schloß er die Tür. Der durchdringende Blick seiner blauen Augen streifte von seinem Sohn hinüber zu Allanon.

»Woher habt Ihr Kenntnis von Amberle?«

»Als der Ellcrys zu mir sprach, teilte er mir mit, daß sieben erwählt worden waren, darunter ein junges Mädchen. Er sagte mir auch, daß ihr Name Amberle Elessedil lautet.«

Der Druide schwieg, während er aufmerksam das Antlitz des Elfenkönigs musterte. Es war von Bitterkeit gezeichnet. Alle

Farbe war aus ihm gewichen.

»Es ist ungewöhnlich, daß der Ellcrys eine junge Frau erwählt«, fuhr Allanon fort. »Soviel ich weiß, waren es insgesamt nicht mehr als fünf oder sechs – und in den letzten fünfhundert Jahren war kein Mädchen mehr unter ihnen.«

Der König schüttelte ärgerlich den Kopf.

»Amberles Erwählung war eine Ehre, die ihr jedoch nichts bedeutete. Sie trat diese Ehre mit Füßen. Sie brachte Schande über ihr Volk und ihre Familie. Sie gilt nicht mehr als Erwählte. Sie ist keine Bürgerin dieses Landes mehr. Sie ist eine Ausgestoßene. Sie selbst hat es nicht anders gewollt.«

Mit einer raschen Bewegung sprang Allanon auf. Sein Gesicht war plötzlich von Härte gezeichnet.

»Sie ist Eure Enkelin, und Ihr sprecht wie ein alter törichter Narr.«

Eventine fuhr zornig hoch bei dieser Zurechtweisung, doch er hüllte sich beherrscht in Schweigen. Der Druide trat auf ihn zu.

»Hört mir zu. Amberle ist eine Erwählte. Es ist wahr, daß sie dem Ellcrys nicht so diente wie die anderen. Es ist wahr, daß sie ihre Pflichten als Erwählte vernachlässigt hat. Es ist wahr, daß sie aus Gründen, die nur ihr selbst bekannt waren, Arborlon und Westland, ihre Heimat, verlassen hat, obwohl sie damit Schande über ihre Familie und besonders über Euch, den König, brachte. Es ist wahr, daß sie selbst glaubt, nicht mehr zu den Erwählten zu gehören. Aber wisse dies: Weder dir noch ihrem Volk steht es zu, ihr das zu nehmen, was der Ellcrys ihr verliehen hat. Auch sie selbst kann es nicht einfach abschütteln. Nur der Ellcrys allein kann nehmen, was er gegeben hat. Und solange der Ellcrys nichts Gegenteiliges sagt, bleibt Amberle eine Erwählte in seinem Dienst – eine Erwählte, die das Samenkorn des Ellcrys zum Blutfeuer bringen kann, eine Erwählte, die dem Baum neues Leben und die Wiedergeburt schenken kann.«

Allanon machte eine Pause.

»Auch ein König versteht nicht immer alles, Eventine Elessedil. Es gibt Dinge, die man akzeptieren muß.«

Ohne ein Wort starrte Eventine den Druiden an. Der Zorn in seinen Augen war erloschen, statt dessen spiegelte sein Blick

Gekränktheit und Verwirrung.

»Einst stand ich ihr sehr nahe«, sagte er schließlich. »Nach dem Tod ihres Vaters – meines Sohnes Aine – wurde ich ihr wie ein Vater. Sie war damals noch ein Kind, knapp sieben Jahre alt. An den Abenden haben wir zusammen gespielt ...« Er brach ab, unfähig weiterzusprechen, und holte tief Atem, um wieder ruhig zu werden. »Sie hatte etwas an sich, was ich seither nie wieder gefunden habe; eine Reinheit, eine Unschuld, eine Güte des Herzens. Ich bin ein alter Mann, der diese Worte über seine Enkelin spricht, aber ich spreche nicht wie ein Blinder vom Licht. Denn ich kannte sie.«

Allanon erwiderte nichts. Der König kehrte zu seinem Sessel zurück und ließ sich langsam darin nieder.

»Aus den Geschichtsbüchern geht hervor, daß seit der Zeit von Jerle Shannara keine Frau mehr erwählt wurde, dem Ellcrys zu dienen. Amberle war die erste – die erste seit mehr als fünfhundert Jahren. Es war eine Ehre, für die andere alles gegeben hätten.« Er schüttelte in ungläubiger Verwirrung den Kopf. »Doch Amberle machte sich nichts daraus. Sie ging einfach fort. Sie gab keine Erklärung – mir nicht, ihrer Mutter nicht, niemandem. Nicht ein einziges Wort. Sie ging einfach fort.«

Hilflos verstummte er. Allanon nahm wieder ihm gegenüber Platz. Die dunklen Augen blickten den König eindringlich an.

»Sie muß zurückgeholt werden. Sie ist die einzige Hoffnung, die das Elfenvolk noch hat.«

»Vater!« Andor sprach, ehe er Zeit hatte, es sich anders zu überlegen. Impulsiv kniete er neben dem alten Mann nieder. »Vater, an dem Abend vor seinem Tod hat Lauren noch einmal mit mir gesprochen. Er erzählte mir, daß der Ellcrys viele Male zu Amberle gesprochen hatte, nachdem er sie erwählt hatte. So etwas war noch nie vorgekommen. Vielleicht ist Amberle unsere größte Hoffnung.«

Der König blickte ihn verständnislos an, so als hätten die Worte, die er soeben geäußert hatte, keine Bedeutung. Dann legte er die Hände flach auf der blanken Platte des Lesetisches ineinander und nickte.

»Für mich ist es nur eine schwache Hoffnung, Andor. Es mag

sein, daß unser Volk sie wieder aufnimmt, wenn auch nur deshalb, weil sie gebraucht wird. Aber ganz sicher bin ich nicht; was sie getan hat, ist in den Augen der Leute unverzeihlich. Es mag auch sein, daß der Ellcrys sie annimmt – sowohl als Erwählte als auch als Überbringerin des Samenkorns. Ich will nicht behaupten, daß ich auf all diese Fragen Antworten habe. Und meine eigenen Gefühle sind in dieser Angelegenheit nicht von Bedeutung.« Er wandte sich wieder an Allanon. »Amberle selbst wird gegen uns sein, Druide. Als sie dieses Land verließ, kehrte sie ihm für immer den Rücken. Sie glaubte fest daran, daß es so sein müsse; irgend etwas gab ihr diesen Glauben. Ihr kennt sie nicht, wie ich sie kenne. Sie wird nie zurückkehren.«

Allanons Züge blieben unverändert.

»Das wird sich erweisen. Wir müssen sie finden und befragen.«

»Aber ich kenne ihren Aufenthalt nicht.« In der Stimme des Königs schwang ein Unterton von Bitterkeit mit. »Ich bezweifle, daß irgend jemand es weiß.«

Der Druide schenkte bedächtig einen Becher Kräutertee ein und reichte ihn dem König.

»Ich weiß es.«

Sprachlos blickte Eventine ihn einen Augenblick lang an. Widerstreitende Gefühle spiegelten sich auf seinem Gesicht, und plötzlich standen Tränen in seinen Augen. Doch sie versiegten rasch.

»Ich hätte es mir denken können«, meinte er schließlich. Er stand auf und trat einige Schritte vom Tisch weg, so daß sein Gesicht in den Schatten des Raumes eintauchte. »Ihr habt die Freiheit, in dieser Angelegenheit zu handeln, wie Ihr es für richtig haltet, Allanon. Das wißt Ihr bereits.«

Auch Allanon erhob sich. Dann sagte er zu Andors Überraschung: »Ich benötige die Dienste Eures Sohnes noch auf eine kurze Zeit, bis ich aufbreche.«

Eventine wandte sich nicht um.

»Wie Ihr wünscht.«

»Denkt daran – niemand darf von meinem Erscheinen erfahren.«

Der König nickte. »Es wird niemand erfahren.«

Kurz drauf trat der Druide durch die von Vorhängen verhüllte Fenstertür und war ihren Blicken entschwunden. Andor blieb unschlüssig stehen und sah seinen Vater an, dann ging auch er.

Er wußte, daß die Gedanken des alten Mannes jetzt bei Amberle weilten.

In der Schwärze der Wälder von Westland nördlich von Carolan kauerte still, mit geschlossenen Augen, der Dagda Mor. Als er sie wieder öffnete, glitzerten sie vor Genugtuung. Der Wandler hatte ihm wohl gedient. Langsam erhob er sich, und der Stab der Macht flammte auf, als seine Hände sich um das polierte Holz schlossen.

»Druide«, zischte er leise. »Ich weiß von dir.«

Er winkte dem formlosen Schatten, der der Raffer war, und das Ungeheuer hob sich aus der Schwärze der Nacht. Der Dagda Mor richtete den Blick ostwärts. Er würde den Druiden in Paranor erwarten. Aber nicht allein. Er fühlte die große Macht des Druiden und hatte Furcht vor ihr. Der Raffer war vielleicht stark genug, solcher Macht zu widerstehen, doch für den Raffer hatte er bessere Verwendung. Nein, da war anderer Beistand vonnöten. Er würde eine Anzahl Brüder aus dem Kerker hinter der verfallenden Mauer der Verfemung befreien.

Genügend an Zahl, um den Druiden zu stellen. Ausreichend, um ihn zu töten.

Allanon erwartete Andor, als dieser aus dem erleuchteten Studierzimmer trat, und zusammen eilten sie durch den Park und dann durch das kleine Seitentor auf die Straße hinaus. Allanon bat Andor, ihn zu den Stallungen zu führen. Schweigend folgten beide einem dunklen Pfad, der sie durch ein Wäldchen zu den Koppeln führte und von dort zu den Stallungen. Mit einem sanften Wort der Beschwichtigung entließ Andor den alten Knecht, und Allanon und er traten hinein.

Öllampen erhellten schwach eine Doppelreihe von Boxen, und

das Wiehern der Pferde durchdrang die Stille. Langsam schritt Allanon an den Boxen entlang, und sein Blick wanderte prüfend von Pferd zu Pferd. Andor folgte ihm abwartend.

Schließlich blieb der Druide stehen und wandte sich nach Andor um.

»Den da«, sagte er und wies auf das Pferd. »Der ist der richtige für mich.«

Andor blickte voll Unbehagen auf das Pferd, das Allanon gewählt hatte. Es war ein mächtiger, rabenschwarzer Hengst namens Artaq, groß und kräftig genug, einen Reiter von Allanons Größe zu tragen, ein Pferd, das große Strapazen ertragen konnte. Es war ein Jagdroß, mehr auf Ausdauer denn auf Schnelligkeit gezogen. Doch Andor wußte, daß er auf kurzen Strecken auch hoher Geschwindigkeit fähig war. Der Hengst hatte einen schmalen Kopf, klein im Verhältnis zu seinem gewaltigen, breitbrüstigen Körper. Die weit auseinanderliegenden Augen strahlten in einem verblüffenden Himmelblau. Intelligenz lag in diesen Augen; Artaq war kein Pferd, das sich willig von jedem führen ließ.

Genau da lag das Problem. Artaq war eigenwillig und unberechenbar. Er machte sich einen Spaß daraus, mit seinem Reiter zu spielen, und diese Spiele endeten im allgemeinen damit, daß die Reiter abgeworfen wurden. Nicht wenige hatten bei diesen Abwürfen mehr oder minder schwere Verletzungen davongetragen. Wenn der Reiter auf Artaqs Rücken nicht kraftvoll und flink war, es zu verhindern, gelang es Artaq unweigerlich, ihn innerhalb weniger Sekunden nach dem Aufsitzen aus dem Sattel zu werfen. Es gab kaum jemanden, der sich noch auf dieses Risiko einließ. Selbst der König ritt den Hengst nur noch selten, obwohl er einst sein Lieblingspferd gewesen war.

»Es sind andere Pferde da...« meinte Andor etwas zaghaft, doch Allanon schüttelte ablehnend den Kopf.

»Dieser Hengst ist der richtige. Wie heißt er?«

»Artaq«, antwortete der Elfenprinz.

Allanon musterte das Pferd eine Weile peinlich genau, dann klappte er den Riegel hoch und trat in die Box. Andor kam näher, um zu sehen, wie die Dinge sich entwickelten. Der Druide blieb ruhig vor dem großen Rappen stehen, hob dann lockend eine

Hand. Zu Andors Überraschung kam Artaq zu ihm. Allanon streichelte mit langsamen und behutsamen Bewegungen den seidig glänzenden Hals und neigte den Kopf, um dem Pferd etwas ins Ohr zu flüstern. Dann legte er ihm ein Halfter an und führte es aus der Box, den Gang dorthin hinunter, wo Sättel und Zaumzeug aufgehängt waren. Kopfschüttelnd folgte Andor. Der Druide wählte Sattel und Zügel und zäumte das Pferd, nachdem er ihm das Halfter abgenommen hatte. Mit einem Wort der Aufmunterung schwang er sich dann auf den Rücken des Hengstes.

Andor hielt den Atem an. Gemächlichen Schrittes ließ Allanon den Rappen den Gang hinuntertrotten und den anderen wieder hinauf. Artaq gehorchte ihm willig und aufmerksam; mit diesem Reiter konnte man nicht spielen. Allanon ritt ihn zu Andor zurück und schwang sich aus dem Sattel.

»Während meiner Abwesenheit, Elfenprinz«, sagte er, die schwarzen Augen fest auf Andor gerichtet, »vertraue ich Euch die Sorge um Euren Vater an. Seht darauf, daß er keinen Schaden nimmt.« Er machte eine Pause. »Ich verlasse mich auf Euch.«

Andor nickte, erfreut, daß Allanon ihm solches Vertrauen entgegenbrachte. Der Druide blickte ihn noch einmal forschend an, dann wandte er sich ab. Gefolgt von dem Elfenprinzen, führte er Artaq zum rückwärtigen Teil des Stalles und stieß die breite zweiflügelige Tür auf.

»Lebt wohl, Andor Elessedil«, grüßte er Abschied nehmend, bestieg wieder das Pferd und ritt in schnellem Trab davon.

Andor blickte ihm nach, bis ihn die Dunkelheit verschluckt hatte.

Zwei Nächte und zwei Tage ritt Allanon gen Osten, Paranor entgegen. Sein Weg führte ihn durch die tiefen Wälder von Westland zur Pforte des historischen Rhenn-Tales und von dort in das weite, leere Ödland der Streleheim-Ebene. Er ritt in zügigem Tempo, legte nur kurze Pausen ein, um Artaq zu füttern und zu tränken und achtete darauf, sich wo immer möglich auf geschütztem Gebiet zu halten und das offene Land zu meiden. Um Handelsstraßen und vielbereiste Marschwege schlug er einen großen Bogen. Bisher wußten nur der Elfenkönig und sein Sohn, daß er in die vier Länder zurückgekehrt war. Keiner außer ihnen hatte Kenntnis von den alten Geschichtsbüchern der Druiden in Paranor; keiner außer ihnen ahnte, daß es eine siebente Erwählte gab. Wenn die Mächte des Bösen, welche die Mauer der Verfemung durchbrochen hatten, von alledem etwas erfahren sollten, würde das Gelingen seiner Mission gefährdet sein. Absolute Verschwiegenheit und Heimlichkeit waren seine verläßlichsten Verbündeten, und so sollte es bleiben.

Am Abend des zweiten Tages erreichte er Paranor. Der Druide war sicher, daß ihm niemand gefolgt war.

Noch ein gutes Stück von der alten Festung entfernt, ließ er Artaq in einem kleinen Tannenwäldchen zurück, wo es saftiges Gras und Wasser genug gab, und ging den Rest des Weges zu Fuß. Nichts war mehr so, wie es sich zur Zeit des Dämonen-Lords dargeboten hatte. Die Wolfsrudel, die in den umgebenden Wäldern umhergestrichen waren, gab es nicht mehr. Die giftige Dornenhecke, welche die Burg wie eine unüberwindbare Mauer eingeschlossen hatte, war verschwunden. Still und friedlich lag das Land in der Dämmerung des frühen Abends, und die Wälder waren erfüllt von den anheimelnden Lauten der Tiere, die sich auf die hereinbrechende Nacht vorbereiteten.

Minuten später stand er am Fuß der Druiden-Burg. Die alte Festung thronte auf der Höhe eines massigen Felsblocks, so hoch über den Wipfeln der umliegenden Wälder, als sei sie von Riesenhand aus den Tiefen der Erde emporgeschleudert worden. Einen atemberaubenden Anblick bot sie, einem Märchenschloß kindlicher Phantasie gleich mit der vielgezackten Silhouette der spitzen Türme und zinnenbewehrten Mauern, den Erkern und Brustwehren, deren verwittertes weißes Gestein sich scharf von dem tiefen Blau des Nachthimmels abhob.

Allanon blieb stehen. Die Geschichte Paranors war die Geschichte der Druiden, die Geschichte seiner Vorfahren. Sie begann vor tausend Jahren, nachdem die Großen Kriege die Rasse der Menschen ausgerottet und das Gesicht der alten Welt für immer verändert hatten. Sie begann nach Jahren primitiven, unzivilisierten Lebens, nach einer Zeit, während der die Überlebenden der großen Katastrophe einen verzweifelten Kampf führten, sich in einer tödlichen neuen Welt zurechtzufinden, in der der Mensch nicht länger die beherrschende Gattung war. Sie begann, nachdem die eine Rasse der Menschen wiedergeboren wurde in den neuen Rassen von Menschen, Zwergen, Gnomen und Trollen – nachdem die Elfen wieder auftauchten. Sie begann in Paranor, wo der erste Druidenrat in dem verzweifelten Bemühen zusammentrat, die neue Welt vor der totalen Anarchie zu bewahren. Galaphile rief vor Urzeiten den Rat zusammen – Galaphile, der größte der Druiden. Hier nun wurden die geschichtlichen Überlieferungen der alten Welt in den Büchern der Druiden festgehalten, um allen kommenden Menschengenerationen erhalten zu bleiben. Hier erforschte man die Geheimnisse der alten Wissenschaften, mühte sich, aus Fragmenten ein Ganzes zu formen, nahm die Geheimnisse einiger weniger in den neuen Wissensschatz auf. Hunderte von Jahren lebten und arbeiteten die Druiden in Paranor, Weise einer neuen Welt, die bemüht waren, Zerstörtes wieder aufzubauen.

Doch ihre Anstrengungen schlugen fehl. Einer von ihnen wurde das Opfer von Ehrgeiz und unbedachter Ungeduld, ließ sich dazu verführen, mit magischen Kräften zu spielen, die so gewaltig und so böse waren, daß sie ihn am Ende verzehrten. Sein Name war Brona. Im ersten Krieg der Rassen führte er ein Heer von Menschen gegen die anderen Rassen, um auf diesem Weg die Herrschaft über die vier Länder zu gewinnen. Die Druiden schlugen diesen Aufstand nieder und jagten ihn fort. Sie hielten ihn für tot. Doch fünfhundert Jahre später kehrte er zurück – nicht mehr Brona, sondern der Dämonen-Lord. Er schloß die arglosen Druiden in ihre Burg ein und metzelte sie nieder – alle bis auf einen. Dieser eine war Brimen, Allanons Vater. Brimen schmiedete ein Zauberschwert und gab es dem Elfenkönig Jerle Shannara – einen Talisman, gegen den der Dämonen-Lord nichts auszurichten vermochte. Dieses Zauberschwert verhalf den Elfen und ihren Verbündeten in dem zweiten Krieg der Rassen zum Sieg; wieder wurde der Dämonen-Lord aus der Welt der Menschen vertrieben.

Als Brimen starb, wurde Allanon der letzte der Druiden. Er

verschloß die Burg für immer. Paranor wurde Geschichte, ein Denkmal einer anderen Zeit, einer Zeit großer Menschen und großer Taten.

Der Druide schüttelte den Kopf. All dies war Vergangenheit; sein Denken durfte jetzt nur der Gegenwart gelten.

Langsam ging er um den steinernen Sockel der Burg herum und musterte aufmerksam die tiefen Spalten und zackigen Felsvorsprünge. Schließlich blieb er stehen, und seine Hände streckten sich dem Fels entgegen, ihn zu berühren. Ein Steinquader schwang langsam nach innen, und dahinter öffnete sich ein geheimer Gang. Der Druide glitt rasch durch die schmale Lücke, und der Stein verschloß sich wieder hinter ihm.

Drinnen herrschte schwarze Finsternis. Allanons Hände glitten suchend an der Mauer entlang, bis sie auf ein Bündel Fackeln stießen, die in eisernen, im Fels verankerten Haltern steckten. Nachdem er eine herausgenommen hatte, arbeitete er so lange mit dem Feuerstein, den er in einem Beutel an seinem Gürtel trug, bis ein Funke das Pech am Kopf der Fackel entzündete. Mit der brennenden Fackel in der Hand wartete er noch eine Weile, damit seine Augen sich auf den schwachen Fackelschein einstellen konnten. Ein langer Gang erstreckte sich vor ihm, und in der Ferne verloren sich in den Felsboden gehauene Stufen in der Finsternis. Er folgte dem Gang und stieg aufwärts. Ein Geruch nach Staub und Moder wehte ihm ins Gesicht. Es war kalt in den finsteren Steingewölben, und der Druide zog seinen schweren Umhang enger um sich. Hunderte von Stufen schritten seine Füße hinunter, und immer weiter wand sich der Gang durch die Finsternis.

Er endete schließlich vor einer schweren Holztür. Allanon blieb stehen und neigte sich nahe zur Tür, um die schweren eisernen Beschläge zu prüfen. Dann berührte er mit den Fingern mehrere glänzende Nagelköpfe, und die Flügel der Tür schwangen auf.

Er trat über die Schwelle und befand sich in der Feuerkammer der Burg, einem runden, höhlenartigen Raum, in dem ein schmaler Fußsteg rund um eine tiefe, dunkle Grube herumführte. Ein niedriges Eisengitter begrenzte den Rand der Grube. In die

Mauer der Feuerkammer waren mehrere massive Holztüren mit eisernen Schlössern und Beschlägen eingelassen, alle verschlossen und verriegelt.

Der Druide trat zu dem niedrigen Gitter und spähte im Schein der Fackel in die Grube hinunter. Das schwache Licht des Feuers tanzte flackernd über geschwärzte Mauern, die mit Asche und Ruß verkrustet waren. Die Feuerkammer war jetzt kalt; die Vorrichtung, die einst die Hitze zu den Türmen und Sälen der Burg hinaufgepumpt hatte, ruhte. Aber tief unten, jenseits des blassen Fackelscheins, unter schweren eisernen Zugklappen, brannten die natürlichen Feuer der Erde. Selbst jetzt war das Zucken und Knistern der Flammen wahrnehmbar.

Er erinnerte sich eines anderen Tages. Vor mehr als fünfzig Jahren war er aus dem Zwergendorf Culhaven nach Paranor gekommen. Freunde hatten ihn begleitet – die Brüder Ohmsford, Shea und Flick; Balinor Buckhanna, der Prinz von Callahorn; Menion, der Prinz von Leah; Durin und Dayel Elessedil; und der tapfere Zwerg Höndel. Sie waren hierhergekommen, um das legendäre Schwert von Shannara zu suchen, denn der Dämonen-Lord war in die vier Länder zurückgekehrt, und nur die Macht des Schwertes konnte ihn besiegen. Allanon also war mit seinen Begleitern auf die Burg zurückgekehrt, und beinahe hätte er sie nie wieder verlassen. In eben diesem Raum hatte er auf Tod und Leben mit einem der Schädelträger gerungen. Der Dämonen-Lord hatte gewußt, daß er kommen würde. Und hatte ihm eine Falle gestellt.

Mit einem Ruck hob er den Kopf und lauschte in das tiefe Schweigen hinein. Eine Falle. Das Wort beunruhigte ihn; es weckte einen Instinkt, einen sechsten Sinn der Warnung. Etwas war nicht so, wie es sein sollte. Etwas . . .

Unschlüssig verharrte er einen Moment lang. Dann wurde er wieder ruhig. Das war töricht. Es war die Erinnerung, die ihn beunruhigte, weiter nichts.

Die Fackel hoch erhoben, schritt er den Steg entlang, bis er eine enge Wendeltreppe erreichte, die nach oben führte. Ohne einen Blick zurück schritt er eilig die Stufen hinauf und trat in die oberen Gemächer der Druidenfestung.

Alles war so, wie es vor fünfzig Jahren gewesen war. Sternenlicht fiel in zarten silbernen Streifen durch die hohen Fenster und strich über die hölzernen Paneele und schimmernden Balken, welche die hohe gewölbte Decke des Korridors trugen. Gemälde und Wandteppiche, deren satte Farben im Abendlicht zu sanften Grau- und tiefen Blautönen gedämpft wurden, schmückten den breiten Gang. Standbilder aus Stein und Eisen wachten stumm und unbewegt vor schweren Türen mit blitzenden Messinggriffen. Und überall lag der Staub wie ein dicker, weicher Teppich, und lange, zarte Girlanden aus Spinnweben fielen von der Decke zum Marmorboden hinunter.

Langsamen Schrittes ging Allanon durch den Korridor, und das Licht seiner Fackel brannte Löcher in den Dunst modriger Luft, die schwer und lastend überall in den Sälen und Gemächern hing. Alles war erfüllt von einem tiefen, durchdringenden Schweigen. Das Echo seiner Schritte klang gespenstisch durch die Hallen, und kleine Staubwölkchen quollen bei jedem Schritt hinter ihm in die Höhe. Vorüber ging es an Türen, die alle geschlossen waren und deren Metallbeschläge wie Feuer aufblitzten, wenn das Licht der Fackel sie traf.

Der Gang kreuzte sich mit einem anderen, und hier wandte sich Allanon nach rechts. Beinahe bis zum Ende des Korridors ging er, bis er schließlich vor einer ziemlich kleinen Tür aus weißem Eichenholz und Eisen den Schritt verhielt. Ein schweres Schloß sicherte diese Tür. Der Druide wühlte in dem Beutel an seinem Gürtel und zog einen großen eisernen Schlüssel heraus. Er schob ihn in das Schloß und drehte ihn zweimal um. Das rostige Metall knirschte protestierend, doch der Riegel sprang zurück. Die eiserne Klinke gab nach. Allanon trat über die Schwelle und schloß die Tür hinter sich.

Der Raum, in dem er sich nun befand, war klein und fensterlos. Früher einmal hatte er als Studierzimmer gedient. Regale mit verstaubten, in Leinen gebundenen Büchern standen an allen vier Wänden. Die Farben der Einbände waren längst verblaßt, die Seiten staubtrocken und vergilbt. Der Tür gegenüber standen zwei kleine Lesetische an der Wand und Stühle davor, die aus Rohr geflochten waren. So steif und unnahbar standen sie da wie zwei strenge Wachposten. Näher an der Tür warteten zwei einladender wirkende Ledersessel. Ein alter handgewebter Teppich bedeckte die Holzdielen, die mit Eisennägeln verankert waren.

Der Druide ließ den Blick nur flüchtig durch den kleinen Raum wandern, um dann an die Mauer zu seiner Linken zu treten. Hinter den Büchern am Ende des dritten Bords fanden seine Finger zwei große Eisenknöpfe. Als er diese berührte, schwenkte ein Teil des Bücherregals lautlos nach außen. Er schob es noch ein wenig weiter auf, um sich durch die Lücke hindurchzwängen zu können, dann zog er die Verkleidung wieder hinter sich zu.

Er stand in einem Gewölbe, das aus massigen Granitblöcken errichtet war. Ritzen und Spalten zwischen den ineinandergreifenden Quadern waren mit Mörtel verstrichen. Abgesehen von einem langen Holztisch und einem halben Dutzend hochlehniger Stühle war die Steinkammer leer und fensterlos. Und die einzige Tür war die, durch die Allanon soeben eingetreten war. Die Luft in dem Gemach stand muffig.

Mit der Flamme in seiner Hand entzündete Allanon die Fakkeln, die zu beiden Seiten der Tür in Wandhaltern steckten sowie dicke Kerzen, die auf dem Tisch standen. Als das getan war, trat er an die Mauer rechts von der Tür und ließ seine Hände leicht über den glatten Stein gleiten. Nach einer Weile drückte er Finger- und Daumenspitzen fest gegen den Granit, wölbte beide Hände nach außen und senkte den Kopf in tiefer Konzentration. Zunächst geschah nichts, dann aber breitete sich plötzlich von seinen Fingern ein tiefblaues Glühen aus und durchzog den Stein in blau schimmernden Adern. Einen Augenblick später stand die Wand in lautlosen blauen Flammen, und dann lösten sich Mauer und Feuer plötzlich in Luft auf.

Allanon trat zurück. Dort, wo die Granitmauer errichtet gewesen war, standen jetzt endlose Reihen dicker Bücher, auf deren Ledereinbänden kunstvoll geschwungene goldene Buchstaben schimmerten. Dieser Bücher willen war der Druide nach Paranor gekommen, denn sie bargen die geschichtlichen Aufzeichnungen der Druiden, die Gesamtheit des Wissens der alten und der neuen Welt, das man aus der Katastrophe der Großen Kriege gerettet und seit der Einberufung des ersten Druidenrats gewissenhaft zu

Papier gebracht hatte.

Allanon hob den Arm und zog vorsichtig einen der schweren Bände heraus. Er war noch in gutem Zustand; das Leder war weich und biegsam, die Ränder der Seiten scharf, der Einband unversehrt. Die Zeit hatte diesen Büchern nichts anhaben können. Fünf Jahrhunderte zuvor, nach Brimens Tod, nachdem ihm klar geworden war, daß er der letzte der Druiden war, hatte er diese Kammer gebaut, um die Bücher zu schützen und den Generationen von Männern und Frauen zu erhalten, die eines Tages auf dieser Erde leben und das Wissen brauchen würden, das die Bücher enthielten. Von Zeit zu Zeit pflegte er auf die Burg zurückzukehren, um pflichtgetreu alles aufzuschreiben, was er während seiner Reisen durch die vier Länder gehört und gesehen hatte, um die Geheimnisse der Jahrhunderte festzuhalten, die sonst vielleicht auf immer verloren gehen würden. Ein großer Teil dessen, was in diesen Büchern enthalten war, befaßte sich mit den Geheimnissen der Zauberkunst, mit Kräften, die keiner, sei er nun Druide oder gewöhnlicher Mensch, je ganz zu verstehen hoffen konnte – geschweige denn praktisch anzuwenden erwägen konnte. Den Druiden war es angelegen gewesen, diese Geheimnisse vor den Menschen zu bewahren, die geneigt sein könnten, sich ihrer leichtsinnig und töricht zu bedienen, doch außer Allanon waren nun alle Druiden tot, und eines Tages würde auch er vergehen. Wer würde dann die Geheimnisse der Macht erraten? Die Frage machte Allanon schwer zu schaffen, und er hatte noch immer keine Lösung gefunden.

Eilig blätterte er das Buch durch, das er herausgenommen hatte, stellte es dann wieder zurück und wählte ein anderes. Nachdem er diesen zweiten Band durchgesehen hatte, setzte er sich an den langen Tisch und begann zu lesen.

Beinahe drei Stunden lang saß er völlig reglos, das Gesicht über die gestochen scharfen Schriftzüge geneigt. Nur zum Umblättern hob er die Hand.

Nach einer Stunde angestrengter Studien entdeckte er den Ort, wo Sichermal zu finden war. Doch er las weiter. Er wollte noch mehr wissen.

Endlich löste er seinen Blick von den Seiten des Buches und

lehnte sich erschöpft zurück. Eine Zeitlang saß er ruhig auf dem hochlehnigen Stuhl und blickte unbewegt auf die Reihen von Büchern, die das vollständige geschichtliche Wissen der Druiden enthielten. Er hatte gefunden, wonach er geforscht hatte, und dennoch wünschte er, er hätte es nicht gefunden.

Seine Gedanken wanderten zurück zu dem Gespräch, das er vor zwei Tagen mit Eventine Elessedil geführt hatte. Er hatte dem Elfenkönig berichtet, daß er zunächst in die Gärten des Lebens gegangen war und dort der Ellcrys zu ihm gesprochen hatte. Aber er hatte dem König nicht alles kundgetan, was der Baum ihm offenbart hatte. Er hatte es einerseits deshalb nicht getan, weil viel von dem, was der Ellcrys mitgeteilt hatte, verwirrend und unklar gewesen war, Erinnerungen an eine Zeit und ein Leben, die sich im Lauf der Zeit zur Unkenntlichkeit verändert hatten. Ein Bild jedoch hatte er geschaut, das er nur allzugut verstanden hatte. Und doch war das, was er da gesehen hatte, so unglaublich gewesen, daß er nicht bereit gewesen war, es zu akzeptieren, ohne zuvor die Geschichtsbücher der Druiden einzusehen. Dies hatte er nun getan. Und jetzt wußte er, daß es der Wahrheit entsprach und geheimgehalten werden mußte – besonders vor Eventine. Ein Gefühl unendlich tiefer Verzweiflung übermannte ihn. Es war so, wie es vor fünfzig Jahren mit dem jungen Shea Ohmsford gewesen war; die Wahrheit mußte sich in einem unerbittlichen Ablauf von Ereignissen von selbst zeigen. Ihm stand es nicht zu, über Zeit und Ort ihrer Offenbarung zu bestimmen. Ihm stand es nicht zu, in die natürliche Ordnung der Dinge einzugreifen.

Und doch stellte er eine entscheidende Frage. Allein mit den Geistern seiner Vorfahren, der letzte seiner Art, stellte er diese Entscheidung in Frage. Damals hatte er sich entschieden, Shea Ohmsford die Wahrheit zu verschweigen, und nicht nur dem jungen Shea, ihnen allen, die zu der kleinen Gesellschaft von Abenteurern aus Culhaven gehörten, allen denen, die auf der Suche nach dem Schwert von Shannara ihr Leben aufs Spiel gesetzt hatten, weil er sie davon überzeugt hatte, daß sie das tun mußten. Am Ende war er zu der Überzeugung gekommen, daß es falsch gewesen war, die Wahrheit zu verbergen. War es auch dieses Mal falsch? Sollte er nicht wenigstens diesmal von Anfang an aufrichtig sein?

Noch immer in Gedanken verloren, schlug er das Buch zu, das vor ihm lag, stand auf und trug den schweren Band an seinen Platz zurück. Er vollführte mit einer Hand eine rasche kreisförmige Bewegung vor den Bücherreihen, und die Granitmauer stand wieder da. Geistesabwesend starrte er auf den grauen Stein, dann wandte er sich ab. Er nahm die Fackel, die er mitgebracht hatte, löschte die übrigen Lichter im Gewölbe und betätigte den Mechanismus der Geheimtür.

Als er das Studierzimmer wieder erreicht hatte, drückte er den offenen Teil der Bücherwand wieder zu, so daß alles sich so zeigte, wie es zuvor gewesen war. Beinahe traurig sah er sich in dem kleinen Raum um. Aus der Burg der Druiden war eine Gruft geworden. Der Geruch des Todes haftete an ihr. Früher einmal war es ein Ort wissenschafticher Gelehrsamkeit und visionärer Phantasie gewesen. Aber die Zeiten waren unwiederbringlich vorüber. In diesen Mauern hatte das Leben keinen Platz mehr.

Unwillig runzelte er die Stirn. Seine Stimmung hatte sich beträchtlich verdüstert, seit er in den Seiten der Druidengeschichte gelesen hatte. Unstete Eile trieb ihn an, von Paranor fortzukommen. Dies war ein Ort des Unglücks – er allein mußte dieses Unglück auch anderen bringen.

Schnellen Schrittes verließ er das Studierzimmer, öffnete die Tür und trat hinaus in den Hauptkorridor.

Keine zehn Schritte entfernt wartete die bucklige Gestalt des Dagda Mor.

Allanon erstarrte. Der Dämon erwartete ihn allein, den harten Blick auf den Druiden gerichtet, den Stab der Macht locker im Arm liegend. Das zischende Geräusch seines Atems durchschnitt scharf die tiefe Stille, doch er sprach kein Wort. Er stand nur da und musterte aufmerksam den Mann, den zu vernichten er gekommen war.

Der Druide trat von der Tür weg, bewegte sich vorsichtig zur Mitte des Ganges, während seine Augen die dunstige Schwärze rundum zu durchdringen suchten. Fast augenblicklich sah er noch andere Dämonen – unbestimmte, geisterhafte Gestalten, die wie Tiere auf allen vieren aus dem Schatten krochen, während ihre schmalen Augen grünes Feuer sprühten. Unzählig schienen sie, und sie umringten ihn von allen Seiten. Unaufhaltsam drängten sie näher, umkreisten ihn, leicht von einer Seite zur anderen schwankend, wie Wölfe, die ein Beutetier in die Enge getrieben haben. Ein leises kreischendes Schreien ging von ihren gesichtslosen Köpfen aus, ein gräßliches katzenartiges Gekreische, das Vorfreude auszudrücken schien auf das, was sie erwarteten. Einige der dämonischen Geschöpfe glitten in den bleich flackernden Schein seiner Fackel. Es waren abscheuliche Geschöpfe mit schlangenhaft sich windenden Körpern, die von dichtem grauen Haar überwuchert waren. Ihre Gliedmaßen hatten etwas Menschliches, doch die vielen Finger waren zu scharfen Klauen gekrümmt. Als sie die Gesichter zu dem Druiden aufhoben, überlief es diesen eiskalt. Es waren die Gesichter von Frauen, deren Züge verzerrt waren von blutgieriger Grausamkeit. Die Münder erinnerten an die Mäuler riesiger Katzen.

Er wußte jetzt, wer sie waren, obwohl sie seit Tausenden von Jahren nicht mehr auf Erden gewandelt waren. Seit den ersten Anfängen der Menschheit waren sie hinter der Mauer der Verfemung eingekerkert gewesen, doch in den Geschichtsbüchern der alten Welt waren die Berichte über sie nachzulesen. Es waren Geschöpfe, die sich von Menschenfleisch nährten. Aus Raserei waren sie geboren, und zu Raserei trieb sie ihre Blutgier.

Es waren Furien.

Allanon sah bestürzt, wie sie ihn umkreisten, am Rande des Lichtrings lauerten, den seine Fackel warf, mit gierigem Vergnügen seines Todes harrend. Denn sein Tod schien unausweichlich. Allzu viele Furien lauerten da, als daß der Druide es mit ihnen hätte aufnehmen können. Seine Kraft reichte nicht aus, um sie alle abzuwehren. Sie würden vereint angreifen, sich von allen Seiten auf ihn stürzen und seinen Körper zerfetzen.

Er warf einen raschen Blick auf den Dagda Mor. Der Dämon stand noch immer außerhalb des Kreises seiner blutrünstigen Dienerinnen. Sein düsterer Blick ruhte unverwandt auf dem Druiden. Es war offensichtlich, daß er keine Notwendigkeit sah, seine eigenen Kräfte einzusetzen; die der Furien würden die Tat vollenden. Der Druide steckte in der Falle und war hoffnungslos unterlegen. Gewiß würde er sich zur Wehr setzen, doch sein Ende schien besiegelt.

Das Kreischen der Furien schwoll zu irrer Raserei an, widerhallte schrill und durchdringend in den steinernen Gängen und Sälen der Burg. Klauenscharfe Finger scharrten auf dem Marmorboden, und ganz Paranor schien in Entsetzen zu versteinern. Doch da verschwand Allanon plötzlich – er war einfach fort.

Es geschah so unversehens, daß die verwirrten Furien in ihrer Bewegung innehielten und ungläubig auf die Stelle stierten, wo der Druide soeben noch gestanden hatte. Ihr schrilles Gekreische erstarb. Die Fackel hing noch in der dunstigen Finsternis, einem Leuchtfeuer gleich, das die Furien in seinen Bann schlug. Dann fiel sie in einem Funkenregen auf den Boden des Ganges, und die Flamme erlosch, und der Gang war plötzlich in schwarze Finsternis getaucht.

Der Trug dauerte nur Sekunden, doch es währte lange genug, um Allanon zu ermöglichen, aus dem Todeskreis zu entfliehen, der ihn eingeschlossen hatte. Mit einem Sprung war er zwischen den Furien hindurch und hetzte zu einer Flügeltür aus massiver Eiche, die, verschlossen und verriegelt, am näheren Ende des Ganges die Flucht hinderte. Der Dagda Mor kreischte laut auf vor Wut und riß den Stab der Macht empor. Rote Feuersglut schoß den Korridor entlang, und die rasenden Furien stoben auseinander, als die Flammen züngelnd dem fliehenden Druiden nachjagten. Doch Allanon war zu schnell. Mit einer flinken Geste hob er seinen Umhang und wehrte den Angriff ab. Das Feuer aus dem Stab der Macht schoß an ihm vorbei und sprengte die schwere Eichentür, riß die beiden Flügel aus ihren Angeln, so daß sie krachend zu Boden stürzten und in Trümmer gingen. Der Druide hastete durch die Öffnung in den Raum auf der anderen Seite und verlor sich in der Dunkelheit.

Schon waren die Furien ihm auf den Fersen. Wie wilde Tiere jagten und verfolgten sie ihn mit gierigen Schreien. Die schnellsten unter ihnen drängten sich durch die offene Tür und holten den Druiden ein, als dieser sich noch abmühte, eine der hohen Fenstertüren zu öffnen, die zur Brustwehr führten.

Allanon fuhr herum und kauerte sich zusammen. Er packte die

beiden, die ihm am nächsten waren, als sie ihm an die Kehle zu springen suchten, und schleuderte sie mitten unter die anderen Verfolger. Dann hob er beide Hände, blaues Feuer schoß aus seinen Fingern und errichtete zwischen ihm und den Furien eine lodernde Flammenwand. Aber noch immer gaben die Furien nicht auf. Verwegen stürzten sich jene, die ihm am nächsten waren, in die Flammen und verglühten. Als das Feuer einen Augenblick später erlosch, standen die Fenster weit offen, und der Druide war verschwunden.

Tausend Fuß über dem Dach der umliegenden Wälder schob Allanon sich, den Rücken an die steile Wand der Burg gepreßt, auf einem schmalen Steinsims vorwärts, unter ihm gähnende, schwarze Leere. Bei jedem Schritt drohte der Wind, der heulend Turm und Erker umtobte, ihn von der Mauer zu reißen. So schnell es ging, arbeitete er sich zu einer schmalen steinernen Galerie vor, die eine Brücke zu einem Turm bildete. Die Galerie war keine drei Fuß breit; und unter ihr wartete das Nichts. Der Druide zögerte nicht. Hier lag seine einzige Chance, den Mächten des Bösen zu entkommen. Er machte sich auf den Weg.

Hinter sich hörte er die gellenden Schreie der Wut und der Enttäuschung, mit denen die Furien ihm durch das offene Fenster folgten. Mit rasender Geschwindigkeit jagten sie ihm nach, viel sicherer als er auf dem glatten Stein, da ihre Klauen besser griffen.

Am Fenster hob der Dagda Mor wiederum den Stab der Macht, und das tödliche Feuer schoß züngelnd dem fliehenden Druiden nach. Doch Allanon hatte erkannt, daß es ihm nicht gelingen würde, auf die andere Seite zu gelangen, bevor die Furien ihn erreichten. Er ließ sich auf ein Knie fallen, hob beide Arme und beschrieb einen großen Kreis. Vor ihm erstand ein Schild aus blauem Feuer. Die Flammen aus dem Stab des Dämonen prallten dagegen und erloschen, ohne Schaden anzurichten. Doch von der Wucht des Ansturms wurde der Druide nach hinten geschleudert, und er stürzte hinunter auf die schmale Brücke. Im nächsten Augenblick schon hatten sich die ersten seiner Verfolger auf ihn geworfen.

Diesmal war Allanon nicht flink genug. Klauenscharfe Finger zerfetzten den Stoff seines Umhangs und gruben sich in sein

Fleisch. Brennender Schmerz durchzuckte seine Schultern und seine Brust. Mit einem gewaltigen Aufbäumen schleuderte er die Furien, die ihn umklammert hielten, von sich, und sie stürzten kreischend von der schmalen gewölbten Brücke. Schwankend sprang er auf die Füße und rannte in Richtung auf das rettende Tor. Wieder jagten die Furien ihm nach, stolperten übereinander in ihrem blindwütigen Verlangen, ihr Opfer endlich zu stellen. Heulend vor Wut setzten sie ihm nach, und ihre entstellten Frauengesichter waren verzerrt von Haß. Wieder warf der Druide sie zurück, doch nicht, ohne daß sie ihm nicht noch weitere Wunden geschlagen hatten.

Dann endlich erreichte er das andere Ende der Brücke. Zu Tode erschöpft wankte er gegen die Mauer des Turms. Mit erhobenen Händen drehte er sich um. Blaue Flammen schossen abwärts zur steinernen Galerie und sprengten die Brücke. Mit Getöse zerbarst das Gestein. Kreischend vor Angst und Entsetzen stürzten die Furien in das endlose Nichts der Nacht.

Rotglühendes Feuer aus dem Stab der Macht umzüngelte den Druiden von allen Seiten, doch es gelang ihm, der Glut zu entkommen, indem er hastig um die Mauer des Turmes lief, bis er aus dem Blickfeld des Dämonen war. Dort, auf der anderen Seite, fand er eine kleine verschlossene Eisentür. Mit einem kräftigen Stoß seiner Schulter sprengte er die Tür und entkam.

Es war später Vormittag. Das Gewitter, das über dem Dorf der Heiler, der kleinen Gnomengemeinde Storlock, getobt hatte, ließ endlich nach. Es hatte während seiner Dauer ein großartiges Schauspiel geboten – schwere schwarze Wolken, die sich drohend über das Land wälzten, während sie immer wieder von zuckenden Blitzen in grelles Licht getaucht wurden – prasselnder Regen, der sich in Sturzbächen aus dem Himmel ergoß und die Wälder mit der Gewalt von Hagelschauern peitschte – Sturmböen, die Bäume entwurzelten und die Dächer von den niedrigen Steinbauten des

Dorfes hoben. Bei Morgengrauen war das Gewitter aus der Rabb-Ebene herangezogen, und jetzt wanderte es langsam ostwärts, dem dunklen Bergrücken des Wolfsktaags zu, und ließ die Wälder und Auen des mittleren Anar durchweicht und schlammig zurück.

Wil Ohmsford stand allein auf der Veranda des Krankenhauses von Storlock und blickte geistesabwesend in den Regen hinaus, der allmählich zu einem dünnen Nieseln abflaute. Die Wolken verhüllten noch immer die Sonne, so daß der Tag sich in düsteren Grautönen zeigte, und nach der plötzlichen Abkühlung stieg von der warmen Erde ein feiner Dunst auf. Die Giebel und Wände des Krankenhauses glänzten feucht, und Wassertropfen hingen an den Blättern der in frischem Grün schimmernden Kletterpflanzen, die sich an ihnen emporrankten. Abgebrochene Ästchen bedeckten den Boden und bildeten kleine Dämme gegen die Rinnsale des Wassers.

Der junge Mann gähnte und reckte müde seine Glieder. Er hatte die ganze Nacht nicht geschlafen, sondern sich unaufhörlich um mehrere Kinder gekümmert, die an einem besonders hartnäkkigen Fieber erkrankt waren. Er hätte selbstverständlich schon früher darum bitten können, abgelöst zu werden, doch er hätte sich nicht gut dabei gefühlt. Er weilte noch immer als Lernender unter den Stors und war sich der Tatsache sehr bewußt, daß er sich weiterhin gründlich bewähren mußte, wenn er eines Tages ein Heiler werden wollte. Deshalb war er den ganzen vergangenen Tag und die ganze Nacht bei den Kindern geblieben, bis schließlich das Fieber merklich gefallen war.

Jetzt war er zu erschöpft um zu schlafen, zu überreizt von der nächtlichen Arbeit und Aufregung. Außerdem mußte er sich wenigstens noch ein paar Minuten um Flick kümmern. Er lächelte trotz seiner Erschöpfung. Onkel Flick würde ihn höchstwahrscheinlich einfach aus dem Bett zerren, wenn er nicht wenigstens auf einen Sprung bei ihm vorbeischaute, ehe er sich schlafen legte.

Er sprang von der Veranda. Die durchweichte Erde schmatzte unter seinen Stiefeln, als er mit gesenktem Kopf den nassen Weg hinaufging. Er war nicht sehr groß, vielleicht zwei, drei Fingerbreit größer als Flick, und hatte einen zierlichen Körper. Er besaß die elfenhaften Züge seines Großvaters – die schmale Nase und den schmalen Kiefer, die ein wenig spitzen Ohren, die unter zerzaustem blonden Haar verborgen waren, die strichdünnen Augenbrauen, die in steilem Winkel von der Nasenwurzel sich aufwärts schwangen. Shea Ohmsford hatten diese besonderen Züge gekennzeichnet, und sein Enkel hatte sie auch.

Beim Klang eilender Schritte fuhr der junge Mann herum. Es war einer der Dienenden, Gnomenhelfer der Stors. Das zerknitterte gelbe Gesicht war regennaß, und der Mann hatte den waldgrünen Umhang fest um sich geschlungen.

»Herr«, keuchte er, vor Wil stehenbleibend, »Euer Onkel hat die ganze Nacht nach Euch gefragt. Er hat darauf bestanden, daß ich Euch suche ...«

Wil nickte verständnisvoll und legte seine Hand auf die Schulter des Gnoms.

»Ich will gerade zu ihm. Danke.«

Der Dienende drehte sich um und hastete durch die Dunstschleier zurück zu seiner Unterkunft. Wil blickte ihm nach, dann ging er weiter.

Ein Lächeln glitt über sein Gesicht. Der arme Onkel Flick. Wäre Shea nicht krank geworden, so wäre er überhaupt nicht hier. Flick hatte nicht viel übrig für das Ostland; er konnte, wie er Wil gern zu erklären pflegte, bestens ohne dieses Land auskommen. Eine besondere Abneigung hegte er gegen die Gnome, obwohl die Stors durchaus anständige Leute waren. Allzu viele Gnome hatten in der Vergangenheit versucht, ihm den Garaus zu machen, besonders während der Suche nach dem Schwert von Shannara. So leicht konnte er das nicht vergessen; solche Erinnerungen blieben haften und ließen sich nicht einfach auslöschen, um den Gnomen gegenüber fair sein zu können.

Kurz und gut, Flick hatte nie das Bedürfnis gefühlt, nach Storlock zu kommen, und wäre auch nicht hierher gereist, hätte er es nicht für seine Pflicht gehalten, Shea zu vertreten, der Wil versprochen hatte, ihn zu besuchen. So gesehen war alles Sheas Schuld – wie Flick keine zehn Sekunden nach seiner Ankunft verkündet hatte. Denn hätte Shea nicht unklugerweise das Versprechen gegeben, Wil zu besuchen, dann hätte Flick jetzt gemütlich in seinem Haus in Shady Vale sitzen können, anstatt sich in Storlock herumzutreiben, wo er sich gar nicht wohlfühlte. Doch Flick war Sheas Bruder und somit Wils Onkel – von der Bezeichnung ›Großonkel‹ hielt er nichts –, und da Shea nun einmal nicht kommen konnte, mußte eben ein anderer an seiner Stelle reisen. Und der einzige, der dafür in Frage kam, war Flick.

Mit einigem Widerwillen steuerte Wil auf den kleinen Gästepavillon zu, in dem Flick untergebracht war. Er war müde und gar nicht in der Stimmung, sich auf eine Auseinandersetzung einzulassen, doch sie würde wahrscheinlich nicht zu vermeiden sein, weil er während Flicks kurzem Aufenthalt in Storlock kaum Zeit für ihn gefunden hatte. Seine Arbeit stellte hohe Anforderungen an ihn, doch er wußte, daß sein Onkel dieses Argument als faule Ausrede betrachtete.

Er war noch in diese Überlegungen vertieft, als Flick unvermittelt auf der Terrasse des Pavillons erschien. Das Gesicht mit dem grauen Bart verzog sich zu einer steinernen Maske des Unwillens. Bereit, sich in das Unvermeidliche zu fügen, stieg Wil die Stufen hinauf und klopfte sich das Wasser von seinem Mantel.

Flick betrachtete ihn einen Moment lang wortlos und schüttelte dann den Kopf.

»Du siehst völlig erledigt aus«, erklärte er unumwunden. »Weshalb liegst du nicht im Bett?«

Wil riß die Augen auf.

»Ich bin nicht im Bett, weil du mir ausrichten ließest, daß du mich zu sehen wünschst.«

»Aber doch nicht gleich!«

»Nun ja ...« Wil zuckte hilflos die Schultern. »Ich dachte eben, ich sollte gleich zu dir kommen. Ich hab' ja bisher auch wirklich nicht viel Zeit für dich gehabt.«

»Das kann man wohl sagen«, brummte sein Onkel, in der Stimme einen Anflug von Genugtuung über dieses Eingeständnis. »Trotzdem muß ich sagen, du hast dir schon einen merkwürdigen Augenblick dafür ausgesucht, dein Versäumnis wieder gut zu machen. Ich weiß, daß du die ganze Nacht gewacht hast. Ich hab' mich erkundigt. Ich wollte nur wissen, ob's dir gut geht.«

»Mir geht's ausgezeichnet.« Wil brachte ein flüchtiges und

müdes Lächeln zustande.

»Aber so siehst du nicht aus. Daran ist bestimmt auch dieses Wetter schuld.« Flick rieb sich bedeutsam die Ellenbogen. »Seit ich hier angekommen bin, hat es nicht aufgehört zu regnen. Diese Feuchtigkeit macht nicht nur alten Leuten wie mir zu schaffen. Die setzt jedem zu – auch großen Heilkundigen *in spe*.« Er schüttelte mißbilligend den Kopf. »Daheim im Tal wärst du besser dran.«

Wil nickte zerstreut.

Er war lange nicht mehr in Shady Vale gewesen. Seit nahezu zwei Jahren lebte und arbeitete er in diesem Dorf der Stors, wo er bei den anerkannten Meistern der Heilkunst lernte, um sich auf den Tag vorzubereiten, an dem er als Heiler in das Südland zurückkehren würde, um seinem eigenen Volk mit seinem Wissen helfen zu können. Unglücklicherweise hatte sich sein Entschluß, ein Heiler zu werden, als ein Quell nicht versiegenden Ärgers für Flick entpuppt, obwohl Wils Großvater sich recht gut damit abgefunden hatte.

Als Wils Eltern von einem Fieber dahingerafft worden waren, hatte der noch sehr junge Wil Ohmsford den Entschluß gefaßt, später einmal ein Heilkundiger zu werden. Er hatte seinem Großvater und Flick mit kindlicher Entschlossenheit mitgeteilt, er wünsche, anderen in Schmerz und Krankheit zu helfen. Ein prächtiger Gedanke, meinten die beiden Männer in der Überzeugung, daß es sich um eine Kinderlaune handele. Doch Wil hatte sein Ziel nie aufgegeben. Und als er an dem Tag, an dem er ins Mannesalter eintrat, verkündet hatte, er hätte die Absicht, die Heilkunst zu studieren, aber nicht bei den Heilkundigen des Südlands, sondern bei den besten Heilkundigen in den vier Ländern – bei den Stors –, da war ihre Haltung schlagartig in das Gegenteil umgeschlagen. Der gute Onkel Flick wußte genau, was man von den Gnomen und dem Ostland zu halten hatte, und war nicht bereit, diese Meinung zu ändern. Selbst sein Großvater war skeptisch gewesen. Kein Südländer hatte je bei den Stors studiert. Wie konnte Wil, der nicht einmal ihre Sprache beherrschte, erwarten, in ihre Gemeinschaft aufgenommen zu werden?

Wil jedoch war trotz ihrer Vorbehalte in das Ostland gereist –

nur um unmittelbar nach seiner Ankunft vor den Gemeinderat gebracht und höflich, aber bestimmt davon unterrichtet zu werden, daß nie jemand, der nicht aus dem Dorf Storlock stammte, die Erlaubnis bekommen hatte, hier zu studieren. Er könne bleiben, solange er wolle, aber einer der ihren könne er niemals werden. Wil gab nicht auf. Er sagte sich, er müsse zuerst ihre Sprache erlernen, und widmete sich zwei Monate lang ausschließlich dieser Aufgabe. Dann trat er wieder vor den Gemeinderat und versuchte erneut – diesmal in der Landessprache – die Gnomen umzustimmen. Wieder war ihm das Glück nicht hold. Danach sprach er einen Monat lang mindestens einmal in der Woche beim Stadtrat vor, um sein Anliegen durchzubringen. Er berichtete den Gnomen in aller Ausführlichkeit über sich selbst und seine Familie, erklärte ihnen, was zu seiner Entscheidung, ein Heilkundiger zu werden, geführt hatte – unterbreitete ihnen alles, von dem er glaubte, es könne sie günstig beeinflussen. Und irgend etwas wirkte tatsächlich, denn schließlich wurde ihm ohne ein Wort der Erklärung mitgeteilt, daß er bleiben und bei ihnen lernen könne. Wenn er sich als gewissenhaft und fähig erweise, würde er von ihnen zum Heilkundigen ausgebildet werden.

Er hing versonnen lächelnd diesen Erinnerungen nach. Wie glücklich er gewesen war – und wie sehr sein Großvater und Flick sich gefreut hatten, als sie von seiner Aufnahme gehört hatten. Flick allerdings gab das so wenig zu, wie er den wahren Grund seiner Mißbilligung dieses ganzen Unternehmens eingestand. Wirklichen Kummer nämlich bereitete Flick die große Entfernung, die ihn nun von Wil trennte. Ihm fehlten die Ausflüge zur Jagd und zum Fischen, die Erkundungsexpeditionen, die er gemeinsam mit Wil unternommen hatte, als dieser noch ein Junge gewesen war. Es schmerzte ihn, Wil nicht mehr in seiner Nähe zu haben. Flicks Frau war vor langer Zeit gestorben, und die beiden hatten keine eigenen Kinder gehabt. Wil war ihm wie ein Sohn gewesen. Flick hatte immer geglaubt, Wil würde in Shady Vale bleiben und mit Shea und ihm zusammen das Gasthaus führen. Doch nun war Wil fort und lebte weit entfernt von Shady Vale unter Fremden. Wil wußte, daß sein Onkel diese Entwicklung der Dinge einfach nicht akzeptieren konnte.

»Hörst du mir eigentlich zu?« fragte Flick plötzlich, Ungeduld stand ihm im bärtigen Gesicht.

»Aber natürlich«, versicherte Wil und legte eine Hand behutsam auf die Schulter seines Onkels. »Hab' Geduld, Onkel Flick, eines Tages kehre ich zurück. Aber noch gibt es so viel zu lernen.«

»Mir geht es um dich, nicht um mich«, erklärte Flick eilig und straffte den untersetzten Körper. »Dein Großvater und ich kommen ohne dich gut zurecht, aber ich frage mich, ob du auch ohne uns auskommen kannst. Man braucht dich ja nur anzusehen. Du übernimmst dich, Wil! Du hast eine eigensinnige Ader, die dich blind dafür zu machen scheint, daß du einfach nicht alles tun kannst, was du gern tun würdest. Du bist ein normaler Mensch, genau wie alle anderen. Was muß ich denn nur tun, um dir das klarzumachen?«

Es schien so, als hätte er am liebsten noch mehr gesagt, doch er gestattete es sich nicht. »Das ist nicht die Zeit dafür.« Er seufzte. Seine Hand berührte die von Wil. »Leg dich doch jetzt hin. Wir können später miteinander sprechen, wenn du –«

Seine grauen Augen wandten sich plötzlich von Wil ab, und seine Stimme erstarb. Wil wandte sich hastig um und gewahrte eine Bewegung im Dunst – einen dunklen, einsamen Schatten. Neugierig beobachteten ihn die beiden Männer, sahen, wie er langsam Gestalt annahm. Aus dem Schatten wurde ein Pferd und ein Reiter, beide schwarz wie die Nacht. Der Reiter hing vornübergebeugt im Sattel, so als sei er zu Tode erschöpft von dem Ritt. Die dunklen Gewänder waren vom Regen durchweicht und klebten an seinem langgliedrigen Körper.

Wil erschien alles plötzlich nicht ganz geheuer. Dieser Reiter, der sich aus der Ferne näherte, war kein Stor. Er hatte keine Ähnlichkeit mit den Menschen, wie er sie kannte.

»Das kann doch nicht sein ...« hörte er Flick murmeln.

Der alte Flick verstummte. Er drängte sich an Wil vorbei und trat an den Rand der Veranda. Mit ausgebreiteten Armen stützte er sich auf das regennasse Geländer. Wil trat neben ihn. Der Reiter hielt direkt auf sie zu. So stark war das Gefühl düsterer Vorahnung, das der nahende Reiter in ihm auslöste, daß der junge Mann für einen Augenblick daran dachte, die Flucht zu ergreifen.

Doch er war keiner Bewegung fähig. Er konnte nur stehen und warten und unverwandt der geisterhaften Gestalt entgegenblikken.

Vor den beiden Männern hielt der Reiter an. Sein Kopf war gesenkt, das Gesicht im Schatten einer dunklen Kapuze verborgen.

»Sei mir gegrüßt, Flick.«

Die Stimme des Reiters war ein tiefes, rauhes Flüstern. Wil bemerkte, wie sein Onkel zusammenfuhr.

»Allanon!«

Der hochgewachsene Mann glitt vom Rücken seines Pferdes, ein Arm jedoch blieb um den Hals des Tieres gelegt, als vermöchte er nicht, allein zu stehen. Wil trat einen Schritt näher und blieb stehen. Es war offensichtlich, daß irgend etwas nicht in Ordung war.

Allanons Blick wanderte zu ihm.

»Wil Ohmsford?«

Der junge Talbewohner nickte überrascht.

»Lauf schnell und bitte die Stors, sich hier zu versammeln –« begann er und ging plötzlich in die Knie. Nur mit Mühe gelang es ihm, sich zu fangen, bevor er völlig zusammenbrach.

Augenblicklich sprang Wil von der Veranda, um dem Druiden Beistand zu leisten, doch er hielt inne, als der große Mann warnend die Hand hob.

»Tu, was ich dir sage, Wil Ohmsford! Beeile dich!«

Da erst sah Wil klar und deutlich, was die Nässe des Regens bisher verborgen hatte. Allanons Gewänder waren von Blut durchtränkt. Ohne ein weiteres Wort stürzte der junge Mann die Straße hinauf zum Krankenhaus, und alle Müdigkeit fiel von ihm ab wie ein Traum, der dem Schläfer beim Erwachen entgleitet.

Die Stors brachten Allanon ins Krankenhaus. Wil und Flick wollten den verwundeten Druiden begleiten, doch man gab ihnen mit freundlicher Bestimmtheit zu verstehen, daß ihre Hilfe weder erforderlich noch erwünscht sei. Schweigend und rätselhaft verschwanden die Stors und der Druide in den Gängen des Krankenhauses, und die beiden Talbewohner blieben draußen im Regen zurück. Da im Augenblick keine weiteren Auskünfte über das Kommen des Druiden zu erwarten waren, wünschte Wil Ohmsford seinem Onkel gute Nacht und zog sich zurück.

Am frühen Abend desselben Tages ließ Allanon den beiden Talbewohnern mitteilen, daß er sie zu sprechen wünsche. Wil nahm die Nachricht mit gemischten Gefühlen auf. Einerseits war er neugierig und gespannt darauf zu erfahren, was dem Druiden zugestoßen war. Allanon war ihm aus den Geschichten, die sein Großvater und Flick immer wieder erzählt hatten, wohl vertraut. Doch nirgends in den Berichten war von Verletzungen die Rede gewesen, die so schwer waren wie jene, die der Druide offensichtlich vor seiner Ankunft in Storlock erlitten hatte. Nicht einmal der Schädelträger, der ihn auf der Suche nach dem Schwert von Shannara in der Feuerkammer von Paranor überfallen hatte, hatte ihn so übel zugerichtet, und Wil hätte gern gewußt, was für ein schreckliches Wesen es war, das gefährlicher war als die geflügelten Kämpfer des Dämonen-Lords.

Andererseits beunruhigte ihn das Auftauchen des Druiden in Storlock. Es mochte Zufall sein, daß Allanon gerade zu einer Zeit gekommen war, als Flick und Wil sich beide im Dorf aufhielten. Es konnte Zufall sein, daß er gerade auf sie gestoßen war. Doch daran glaubte Wil nicht. Allanon war mit Bedacht zu ihnen gekommen. Aber aus welchem Grund? Und warum bat er sie nun zu dieser Zusammenkunft? Daß Allanon mit Flick sprechen wollte, konnte Wil noch verstehen; sie kannten einander und teilten gemeinsame Erinnerungen. Doch was wollte er von Wil? Der Druide kannte den jüngsten Ohmsford nicht einmal. Welches Interesse konnte Allanon an einem Zusammentreffen mit ihm haben?

Trotz dieser Zweifel machte er sich gehorsam auf den Weg und eilte in der dichter werdenden Dunkelheit über den Dorfplatz zum Gästepavillon, wo, wie er wußte, Flick ihn erwartete. Wenn er auch hinsichtlich des Zwecks dieser Zusammenkunft äußerst mißtrauisch war, war er doch entschlossen hinzugehen. Er zählte nicht zu denen, die der Mut verläßt, wenn es brenzlich wird; außerdem konnte er sich irren. Vielleicht wollte der Druide ihm lediglich für seine Hilfe danken.

Flick wartete schon auf der Veranda des Gästepavillons, als Wil ankam. Er hatte sich fest in seinen schweren Reiseumhang vermummt und brummelte ärgerlich über das Wetter. Recht unwirsch kam er die Treppe herunter, und die beiden Männer machten sich auf den Weg zum Krankenhaus von Storlock.

»Was meinst du, was er von uns will, Onkel Flick?« fragte Wil nach einer Weile und zog dabei seinen eigenen Mantel fester um sich, um sich gegen die abendliche Kühle besser zu schützen.

»Schwer zu sagen«, brummte Flick. »Aber eines kann ich dir versichern: Jedesmal wenn er auftaucht, gibt's Verdruß.«

»Sein Auftauchen in Storlock hat doch etwas mit uns zu tun, nicht wahr?« meinte Wil.

Flick schüttelte unsicher den Kopf.

»Sicher, ohne Grund ist er bestimmt nicht hierher gekommen. Und nur um uns Guten Tag zu sagen, hat er uns auch nicht zu sich gerufen. Ich sag's dir, Wil, ganz gleich, was er uns mitzuteilen hat, es ist bestimmt nichts, was wir gern hören. Das weiß ich bestimmt. Es war immer so, und ich sehe keinen Grund, diesmal etwas anderes zu erwarten.« Unvermittelt blieb er stehen und blickte seinen Großneffen an. »Sei auf der Hut, Wil. Diesem Burschen kann man nicht über den Weg trauen.«

»Ich gebe schon acht, Onkel Flick, aber ich glaube nicht, daß wir uns Sorgen machen müssen«, erwiderte Wil. »Wir wissen doch beide einiges über Allanon, nicht wahr? Außerdem bist du ja dabei, um darauf zu achten, daß alles seine Ordnung hat.«

»Und genau das werde ich tun.« Flick wandte sich wieder ab und setzte den Weg fort. »Vergiß nur nicht, was ich dir gesagt habe.«

Bald darauf stiegen sie die Stufen zur Veranda des Krankenhauses hinauf und betraten das Gebäude. Es war ein langer, flacher Bau aus Stein, dessen Dach mit Lehmziegeln gedeckt war. Ein weiträumiges, behaglich eingerichtetes Foyer führte zu beiden Seiten in Gänge, die in verschiedene Trakte mündeten. Als die beiden Männer eintraten, kam ihnen einer der weißgekleideten Stors, die Aufsichtsdienst hatten, entgegen, um sie zu begrüßen. Wortlos winkte er ihnen und führte sie einen langen, leeren Gang hinunter. An seinem Ende befand sich eine geschlossene Tür. Der Stor klopfte einmal, drehte sich um und ging davon.

Wil warf Flick einen Blick voller Unbehagen zu, doch der ältere Ohmsford starrte wie gebannt auf die verschlossene Tür. Stumm warteten sie.

Dann schwang die Tür plötzlich auf, und Allanon stand vor ihnen. Er sah aus, als sei er überhaupt nie verletzt gewesen. Nicht eine Wunde war sichtbar. Die schwarzen Gewänder, die seine hochgewachsene Gestalt einhüllten, blitzten vor Sauberkeit; von Blutflecken keine Spur mehr. Sein Gesicht wirkte etwas eingefallen, ließ jedoch kein Anzeichen von Schmerz erkennen. Sein durchdringender Blick richtete sich geraume Zeit auf die beiden Talbewohner, dann winkte er und deutete auf einen kleinen Tisch, an dem vier Stühle standen.

»Setzen wir uns doch zum Gespräch.« Der Vorschlag klang beinahe wie ein Befehl.

Sie traten ein und nahmen auf den Stühlen Platz. Der kleine Raum war fensterlos; abgesehen von dem Tisch und den Stühlen und einem großen Bett war er leer. Wil sah sich flüchtig um, dann richtete er seine Aufmerksamkeit auf den Druiden. Allanon war ihm von Flick und Shea wohl ein dutzendmal beschrieben worden, und er entsprach genau diesen Beschreibungen. Wie aber konnte das sein, fragte sich Wil, da doch die Schilderungen einem Mann galten, den sein Großvater und sein Großonkel seit der Zeit vor seiner – Wils – Geburt nicht mehr zu Gesicht bekommen hatten?

»Also, da wären wir«, bemerkte Flick, als es den Anschein hatte, daß keiner bereit war, die Unterredung einzuleiten.

Allanon lächelte schwach. »So scheint es.«

»Ihr seht wieder recht gesund aus für einen Mann, der noch vor wenigen Stunden mehr tot als lebendig war.«

»Die Stors sind Meister in ihrer Kunst, wie gerade du wissen solltest«, erwiderte der Druide etwas zu freundlich. »Aber leider fühle ich mich nicht halb so wohl, wie ich es gerne möchte. Und wie geht es dir, Flick?«

»Ich bin älter und weiser geworden – so hoffe ich jedenfalls«, entgegnete der Talbewohner vielsagend.

Allanon ging nicht darauf ein. Sein Blick wanderte unvermittelt zu Wil. Eine Weile saß er schweigend da, das dunkle Gesicht unergründlich, während er den jüngeren Ohmsford aufmerksam betrachtete. Wil ließ die Prüfung ruhig über sich ergehen und wandte seinerseits den Blick nicht ab, obwohl ihm unter den Augen des Druiden recht unbehaglich wurde. Mit einer langsamen Bewegung beugte Allanon sich dann vor, legte die großen Hände auf den Tisch und faltete sie ineinander. »Ich bedarf deiner Hilfe, Wil Ohmsford«, erklärte er sachlich. Die beiden Talbewohner starrten ihn an. »Du mußt mit mir ins Westland ziehen.«

»Ich hab's ja gewußt«, murmelte Flick kopfschüttelnd.

Allanon lächelte wehmütig.

»Es ist ein Trost zu wissen, Flick, daß gewisse Dinge im Leben sich niemals ändern. Dafür bist du eindeutig der Beweis. Würde es in deinen Augen einen Unterschied machen, wenn ich dir sagte, daß nicht ich Wils Hilfe brauche, sondern das Elfenvolk und insbesondere ein junges Elfenmädchen?«

»Nein«, versetzte der Talbewohner ohne zu zögern. »Er kommt nicht mit, und dabei bleibt es.«

»Augenblick, Onkel Flick«, warf Wil hastig ein. »Es kann gut sein, daß ich nicht mitgehe, dennoch würde ich diese Entscheidung gern selbst treffen. Zumindest können wir uns etwas mehr darüber erzählen lassen, warum und in welcher Form meine Hilfe vonnöten sein soll.«

Flick ignorierte die Zurechtweisung.

»Glaub mir, es ist das beste, wenn du das Gespräch auf der Stelle abbrichst. Genauso nämlich fing der Ärger stets an. Genauso nämlich nahm er vor fünfzig Jahren für deinen Großvater seinen Anfang.« Er warf einen flüchtigen Blick auf Allanon. »Stimmt das, oder stimmt es nicht? Ging es nicht genauso los, als ihr nach Shady Vale kamt und uns von dem Schwert erzählt habt?«

Allanon nickte. »Doch, das ist wahr.«

»Na bitte – da hast du's!« rief Flick triumphierend aus. »Genau das gleiche. Ich wette, dieses Unternehmen, das ihr da für ihn geplant habt, ist ebenfalls gefährlich, oder vielleicht nicht?«

Wieder nickte der Druide.

»Na also!« Der Talbewohner lehnte sich zurück, und Befriedigung spiegelte sich in seinem bärtigen Gesicht. »Ich denke doch, daß die Angelegenheit damit erledigt ist. Ihr verlangt zuviel. Er kommt nicht mit.«

Allanons dunkle Augen funkelten glitzernd.

»Er *muß*.«

Flick fuhr empört hoch.

»Er muß?«

Der Druide nickte. »Du wirst den Grund verstehen, Flick, wenn ich euch erklärt habe, was in den letzten Tagen in den vier Ländern geschehen ist. Hört mir genau zu, Talbewohner.«

Er rückte seinen Stuhl näher an den Tisch heran und beugte sich vor.

»Vor langer, langer Zeit, noch vor den Großen Kriegen und der Entwicklung der neuen Rassen, ja, noch vor dem Heranwachsen des Menschen zu einem zivilisierten Wesen, wurde zwischen Geschöpfen, die größtenteils heute nicht mehr existieren, ein schrecklicher Kampf ausgefochten. Einige dieser Geschöpfe waren gut und liebevoll; sie liebten und achteten das Land und waren bestrebt, es vor Unbill und Ungemach zu bewahren. Ihnen war alles Leben heilig. Doch es gab auch andere, die böse und selbstsüchtig waren; ihre Lebensweise war zerstörerisch und rücksichtslos. Ohne Notwendigkeit und ohne Sinn beuteten sie das Land aus und alles Leben, das sie nährte.

Alle diese Geschöpfe besaßen körperliche Merkmale und geistige Fähigkeiten, die man bei den heutigen Erdenbewohnern nicht mehr vorfindet – das heißt, ihre äußere Erscheinung hatte mit eurer nichts gemein, und sie besaßen Fähigkeiten, die den Menschen dieser Welt heute nicht mehr eigen sind. Insbesondere verfügten sie in außerordentlichem Maße über Zauberkräfte – zumindest würden wir bei diesen besonderen Kräften von Zauber oder Hexerei oder dem Übersinnlichen sprechen. Solche Kräfte waren zu jener Zeit nicht außergewöhnlich, wenn auch einige dieser Geschöpfe in höherem Maße damit ausgestattet waren als andere; ihre Fähigkeiten zum Guten oder zum Bösen wurden auf diese Weise entsprechend verstärkt. Diese Geschöpfe nun, die Guten wie die Bösen, lebten gemeinsam auf der Welt, und da der Mensch sich noch nicht über eine primitive Lebensform hinaus entwickelt hatte, die nur auf einem eng abgegrenzten geographischen Raum existierte, gehörte die Welt ihnen allein. Dieser Zustand währte einige Jahrhunderte lang. Doch ihr Nebeneinander war niemals zu einem harmonischen Miteinander verschmolzen. Sie lebten in ständiger Zwietracht, denn ihre Ziele waren zu entgegengesetzt – die Guten wollten bewahren und erhalten, die Bösen zerstören. Von Zeit zu Zeit verschob sich das Gleichgewicht der Macht zwischen beiden Seiten, so daß einmal das Gute, dann wieder das Böse die Oberhand gewann.

Der Kampf zwischen den beiden Mächten tobte im Laufe der Jahre immer erbitterter, bis schließlich – nachdem Jahrhunderte ohne eine Lösung des Konflikts vergangen waren – die Anführer der beiden Lager alle jene um sich scharten, die sie unterstützten, um zum Entscheidungskampf anzutreten. Der Krieg brach aus. Doch dieser Krieg glich in nichts denen, die wir seither erlebt haben. Dies war nicht ein Krieg vom Rang der Großen Kriege; in den Großen Kriegen nämlich wurden Kräfte von solcher Gewalt und solchem Umfang eingesetzt, daß eben die Menschen, die sie anwendeten, völlig die Kontrolle darüber verloren und von der heraufbeschworenen Katastrophe vernichtet wurden. Nein, es war vielmehr ein Krieg, in dem Kraft und Macht bei jedem Manöver geschickt eingesetzt wurden – bei dem die Geschöpfe einander im Kampf von Angesicht zu Angesicht gegenüberstanden, und Tod oder Überleben von den Fähigkeiten abhing, die sie besaßen. Dies war den Kriegen der Rassen ähnlich, die die Geschichte der neuen Welt bestimmt haben; in den Rassenkriegen verdarb der Dämonen-Lord die Denkart jener, die ihm dienten. Er hetzte sie gegeneinander auf, damit am Ende er sie alle unterwerfen und beherrschen konnte. In diesem Krieg gab es weder Lug noch Trug, der die Kämpfenden schwankend gemacht hätte. Gut und Böse standen einander von Anfang an als feindliche

Kräfte gegenüber; niemand konnte sich in die Neutralität flüchten. Dieser Krieg wurde geführt, um ein für allemal das Wesen und die Art und Weise der Entwicklung des Lebens auf Erden zu bestimmen. Durch diesen Krieg sollte entschieden werden, ob das Land in Zukunft gehegt und gepflegt werden sollte oder aber auf immer geschändet. Jedes der beiden Lager war entschlossen, diesmal den Gegner vernichtend zu schlagen. Für die Geschöpfe des Bösen bedeutete eine Niederlage die Verbannung; für die Geschöpfe des Guten bedeutete sie Ausgelöschtwerden.

Es kam also, wie ich sagte, zum Krieg. Ein schrecklicher, grausamer Krieg, den in vollem Ausmaß zu schildern ich nicht in der Lage bin, da es sinnlos wäre. Für uns ist im Moment nur der Ausgang dieses Krieges wichtig. Die bösen Mächte wurden geschlagen, ihre Macht gebrochen, sie wurden immer weiter zurückgedrängt und schließlich gefangengenommen. Die Sieger verhängten einen Bannspruch der Verfemung und errichteten eine Mauer, hinter der das Böse eingekerkert wurde. Dieses Gefängnis des Bösen war nicht von dieser Welt, gehörte überhaupt keiner Welt an, sondern war ein schwarzes Verlies der Leere und der Abgetrenntheit, wo nichts als das Böse existieren durfte. Und in dieses Verlies des Nichts wurde das Böse verbannt, gefangen auf alle Zeiten hinter der Mauer der Verfemung.

Der Kraftspender, der die Mauer der Verfemung trug und stützte, war ein wunderbarer Baum mit Namen Ellcrys. Die Geschöpfe des Guten schufen den Ellcrys aus dem Lebensquell der Erde, den sie Blutfeuer nannten, und aus ihren eigenen Kräften. Sie brachten ihn zum Leben, damit durch sein In-der-Welt-Sein die Mauer der Verfemung fortdauern sollte, auch wenn sie selbst längst vergangen waren und die Welt, für deren Erhaltung sie so lange und erbittert gekämpft hatten, sich bis zur Unkenntlichkeit verändert und entwickelt hatte. Die Lebenszeit des Baumes sollte nicht nach Maßstäben bemessen sein, die ihnen geläufig waren. Doch solange er lebte, würde der Bannspruch der Verfemung weiter bestehen, und solange der Bannspruch der Verfemung galt, solange würde das Böse hinter seinen Mauern eingeschlossen sein.«

Behutsam stemmte er sich von dem Tisch, um die verkrampften

Muskeln zu lockern, und ließ sich gegen die Rückenlehne des Sessels sinken. Seine Hände glitten auf seine Knie. Die dunklen Augen blieben unverwandt auf die beiden Talbewohner gerichtet.

»Man glaubte, daß der Ellcrys ewig leben würde – nicht jene glaubten das, die ihm das Leben gegeben hatten, denn diese wußten, daß alle Geschöpfe und Wesen eines Tages vergehen müssen, doch die, die nach ihnen kamen, glaubten es – alle jene, die diesen wundersamen Baum, der Jahrhunderte lang ihr Beschützer gewesen war, hegten und pflegten und liebten. Ihnen wurde der Ellcrys zu einem Symbol der Dauerhaftigkeit; er überlebte die Zerstörung der alten Welt während der Katastrophe der Großen Kriege, er überlebte die Rassenkriege und die Macht des Dämonen-Lords, er lebte weiter, nachdem alle anderen Lebewesen, die seine Existenz geteilt hatten, untergegangen waren – als nichts mehr übrig war außer der Erde selbst, und selbst die Erde ihr Gesicht verändert hatte, während der Ellcrys unwandelbar derselbe geblieben war.«

Er machte eine kurze Pause.

»So wurde es zur festen Überzeugung, daß der Ellcrys ewig leben würde; daß er unsterblich sei. Man glaubte unerschütterlich daran.« Er hob ein wenig den Kopf. »Bis heute. Jetzt ist dieser Glaube zerstört. Der Ellcrys stirbt. Die Mauer der Verfemung befindet sich schon im Verfall. Die bösen Mächte, die hinter ihr gefangen sind, schicken sich an, aus ihrem Kerker auszubrechen und in diese Welt zurückzukehren, die einst ihnen gehörte.«

»Haben etwa diese Wesen Euch die schweren Verletzungen beigebracht?« fragte Wil.

Allanon nickte. »Einige von ihnen durchstreifen bereits die vier Länder. Ich wollte meine Anwesenheit geheimhalten, aber sie haben mich entdeckt. Sie fanden mich in Paranor in der Druidenfestung, und beinahe wäre ich dabei ums Leben gekommen.«

Auf Flicks Gesicht machte sich Entsetzen breit.

»Suchen sie noch immer nach Euch?«

»Ja – aber ich denke, diesmal werden sie mich nicht so rasch finden.«

»Sehr beruhigend ist das nicht«, brummte Flick, während er

ängstlich in Richtung der Fenster des kleinen Raumes blickte.

Allanon ging auf die Bemerkung nicht ein.

»Du wirst dich vielleicht erinnern, Flick, daß ich einst Shea und dir die Geschichte der Rassen erzählte. Ich erklärte euch, wie die verschiedenen Rassen sich nach der völligen Zerstörung durch die Großen Kriege aus der alten Rasse der Menschen entwickelten – das heißt, alle Rassen außer einer. Außer den Elfen. Ich erzählte euch damals, daß die Elfen immer schon existiert hatten. Erinnerst du dich?«

»Ja, ich erinnere mich«, knurrte Flick. »Das war auch so etwas, was Ihr nie näher erklärt habt.«

»Ich sagte damals, ihre Geschichte fände zu einer anderen Zeit ihren Platz. Diese Zeit ist jetzt gekommen – wenn ich auch nicht beabsichtige, in großer Ausführlichkeit auf die Geschichte des Elfenvolkes einzugehen. Einige Dinge jedoch solltet ihr wissen. Wir haben bisher lediglich in abstrakter Form von den Geschöpfen gesprochen, die diesen Krieg zwischen Gut und Böse austrugen, nach dessen Ende der Ellcrys erschaffen wurde. Wir müssen ihnen eine Identität geben. Alle waren sie Geschöpfe, die später, als der Mensch aus der Finsternis der Unwissenheit auftauchte und die Erde zu bevölkern und sich untertan zu machen begann, in die alten Märchen und Sagen von guten und bösen Geistern eingingen. Sie alle waren Geschöpfe, die, wie ich schon sagte, über magische Kräfte verfügten. Es gab eine Reihe verschiedener Arten – einige davon nur gut, einige nur böse, einige schließlich, deren einzelne Völker sich teilten und entgegengesetzte Wege einschlugen. Sie trugen Namen, die ihr erkennen werdet – Feen, Irrwische, Kobolde, Heinzelmännchen und so weiter. Die neuen Rassen wurden, obwohl menschlicher Abstammung, nach vier Gattungen dieser legendären Zauberwesen benannt, nämlich Zwerge, Gnomen, Trolle und Elfen. Nur sind die Elfen eine Rasse für sich. Und zwar insofern, als sie nicht einfach eine wiedergeborene Legende sind. Sie haben in der Tat überlebt. Die Elfen sind die Nachkommen der Geisterwesen, die in der alten Welt existierten.«

»Moment mal!« warf Flick hastig ein. »Soll das heißen, daß die heutigen Elfen dieselben Elfen sind, von denen die alten Märchen erzählen – daß es in der alten Welt tatsächlich Elfen gab?«

»Aber selbstverständlich existierten in der alten Welt Elfen – genauso wie Trolle und Zwerge und all die anderen Geschöpfe, denen die Entstehung der Märchen zu verdanken ist. Der einzige Unterschied besteht darin, daß all die anderen Wesen schon seit Jahrhunderten aus dieser Welt verschwunden sind, während die Elfen weiterleben. Sie haben sich verändert, gewiß; sie haben eine erstaunliche Entwicklung durchgemacht. Sie waren gezwungen, sich anzupassen.«

Flick machte ein Gesicht, als verstünde er nicht ein Wort von dem, was der Druide von sich gab.

»In der alten Welt hat es Elfen in der Tat gegeben?« wiederholte er ungläubig. »Das ist doch nicht möglich!«

»Doch, es ist möglich«, entgegnete der Druide gelassen.

»Ja, wie haben die denn die Großen Kriege überlebt?«

»Wie hat der Mensch die Großen Kriege überlebt?«

»Aber die alten Geschichtsbücher berichten uns doch nur von Menschen – die Elfen erwähnen sie nicht mit einem einzigen Wort!« gab Flick gereizt zurück. »Die Elfen waren ein Märchenvolk. Wenn es auf der alten Welt wirklich Elfen gab, wo lebten sie dann?«

»Genau dort, wo sie immer gelebt hatten – nur, der Mensch konnte sie nicht sehen.«

»Ach, jetzt wollt Ihr mir weismachen, daß die Elfen unsichtbar waren?« Flick warf in gespielter Verzweiflung die Hände hoch. »Ich glaube kein Wort!«

»Du hast auch nicht geglaubt, was ich dir über Shea und das Schwert von Shannara berichtete, wenn ich mich recht erinnere«, erklärte Allanon, den Anflug eines Lachens auf den Lippen. »Ich sehe nicht ein, was all dies mit der Frage zu tun hat, warum die Elfen gerade meine Hilfe brauchen«, warf Wil ein und kam damit einem weiteren Ausbruch Flicks zuvor.

Der Druide nickte. »Ich will versuchen, dir das zu erklären, wenn Flick sich nur noch ein Weilchen in Geduld fassen kann. Die Geschichte der Elfen ist für dieses Gespräch nur aus einem Grunde von Bedeutung. Die Elfen waren es, die den Gedanken des Ellcrys gebaren und zum Leben erweckten. Sie waren es, die dem Baum das Leben schenkten, ihm durch die Jahrhunderte Hege und Pflege angedeihen ließen. Sein Schutz und sein Wohlergehen sind einem Orden ihrer Elfen anvertraut, die sich die Erwählten nennen. Ein Erwählter hat dem Baum jeweils ein Jahr zu dienen und dafür zu sorgen, daß es ihm wohlergeht. Am Ende dieses Jahres wird er abgelöst. So ist es seit der Erschaffung des Baumes. Nur jeweils ein Jahr des Dienstes. Die Erwählten genießen im Elfenvolk hohes Ansehen, und es gilt als eine große Ehre, zum Dienst an dem Baum ausersehen zu werden.

Damit sind wir schon in die Gegenwart gesprungen. Wie ich euch berichtet habe, siecht der Ellcrys langsam dahin. Er selbst offenbarte dies vor einigen Tagen den Erwählten. Das ist deshalb möglich, weil er ein fühlendes Wesen ist und die Fähigkeit besitzt, sich anderen mitzuteilen. Er tat den Erwählten kund, daß sein Tod unvermeidlich sei und kurz bevorstehe. Er ließ sie aber auch noch etwas anderes wissen: Die Legenden der Elfen berichten darüber, und den ersten Elfen war es noch bewußt, doch Generationen später ist es in Vergessenheit geraten – daß nämlich der Ellcrys, auch wenn er sterben muß, wie alle anderen lebenden Wesen, im Gegensatz zu ihnen wiedergeboren werden kann. Seine Wiedergeburt jedoch hängt von den Bemühungen der Erwählten ab. Einer von ihnen muß im Fall des nahenden Todes das Samenkorn des Ellcrys zum Lebensquell der Erde bringen – dem Blutfeuer. Nur ein Erwählter, erklärte der Baum, der gegenwärtig in seinem Dienst stünde, sei dazu befugt. Er zeigte den Erwählten auch, wo das Blutfeuer zu finden ist und befahl ihnen, die nötigen Vorbereitungen zu treffen, und sich auf den Weg dorthin zu machen.«

Der Druide hüllte sich eine Weile in Schweigen.

»Aber noch bevor die Erwählten den Auftrag erfüllen konnten, gelang es einigen der Bösen, die hinter der Mauer der Verfemung eingesperrt gewesen waren, sich zu befreien, da die Mauer mit dem allmählichen Verfall des Ellcrys abzubröckeln begann. Einer von ihnen schlich sich heimlich in die Elfenstadt Arborlon, wo der Ellcrys steht, und tötete die Erwählten, die er dort vorfand. Er glaubte, mit dem Tod sei jede Möglichkeit einer Wiedergeburt des Baumes verhindert. Ich traf zu spät ein, um diese schrecklichen Geschehnisse noch verhindern zu können. Aber ich sprach mit dem Ellcrys, und er eröffnete mir, daß einer aus dem Kreis der Erwählten noch am Leben sei – ein junges Mädchen, das sich nicht in der Stadt aufhielt, als die anderen getötet wurden. Ihr Name ist Amberle. Daraufhin verließ ich Arborlon, um sie zu suchen.«

Wieder beugte er sich vor, so, als könne er dadurch seinen Worten mehr Eindringlichkeit verleihen.

»Aber auch die Bösen haben von ihr Kenntnis erhalten. Einmal schon versuchten sie, mich daran zu hindern, sie zu erreichen, und es wäre ihnen beinahe gelungen. Zweifellos werden sie es wieder versuchen, wenn sich ihnen eine Chance dazu bietet. Aber sie wissen nicht, wo das Mädchen gefunden werden kann, und im Augenblick wissen sie auch nicht, wo ich mich aufhalte. Wenn ich schnell genug bin, müßte es mir möglich sein, zu ihr zu gelangen und sie sicher und wohlbehalten nach Arborlon zu bringen, noch bevor die Bösen mir wieder auf die Spur kommen.«

»Dann finde ich, daß Ihr hier im Gespräch mit uns wertvolle Zeit vergeudet«, erklärte Flick mit Entschiedenheit. »Ihr solltet längst auf dem Weg zu diesem Mädchen sein.«

Der Druide ging auf seine Worte nicht ein, obwohl seine Gesichtszüge sich verfinsterten.

»Selbst wenn es mir gelingt, Amberle nach Arborlon zu bringen, sind damit nicht alle Probleme gelöst. Ihr, als der letzten der Erwählten, wird es obliegen, das Samenkorn des Ellcrys zum Blutfeuer zu bringen. Niemand aber – auch ich nicht – weiß genau, wo dieser Lebensquell der Erde zu finden ist. Der Ellcrys wußte es früher einmal. Doch die Welt, an die er sich erinnert, gibt es nicht mehr. Er nannte den Elfen einen Namen – Sichermal. Es ist ein Name aus der alten Welt, der ihnen nichts sagt. Als ich Arborlon verließ, reiste ich zuerst nach Paranor, um in den Geschichtsbüchern der Druiden zu forschen, die nach den Großen Kriegen vom Rat zusammengestellt wurden und in denen die Geheimnisse der alten Welt aufgezeichnet sind. Es gelang mir, das Land zu finden, in dem Sichermal liegt. Doch der genaue Ort, wo das Blutfeuer sprudelt, muß erst noch von jenen entdeckt werden, die es suchen.«

Plötzlich begriff Wil Ohmsford, warum Allanon wünschte, daß er ins Westland zöge.

Er verstand es und konnte es dennoch nicht glauben.

»Amberle kann dieses Abenteuer nicht allein wagen«, fuhr Allanon fort. »Das Land, das sie aufsuchen muß, ist gefährlich – viel zu gefährlich für ein junges Elfenmädchen. Jene, denen es gelungen ist, die Mauer der Verfemung zu durchbrechen, werden weiterhin ihre Spur suchen; und wenn sie sie finden, dann hat Amberle keinen Schutz gegen sie. Aber es darf ihr nichts zustoßen. Sie ist die letzte Hoffnung ihres Volkes. Wenn der Ellcrys nicht wiedergeboren wird, wird die Mauer der Verfemung schließlich ganz einstürzen, und das Böse, das dahinter gefangen ist, wird von neuem über die Erde einbrechen. Es wird zu einem Krieg mit den Elfen kommen, in dem diese höchstwahrscheinlich unterliegen werden. Werden aber die Elfen vernichtet, so wird das Böse auch in die anderen Länder vordringen. Es wird immer mächtiger werden, wie das in der Natur dieser Wesen liegt, und am Ende wird es alle vier Rassen verschlingen.«

»Aber Ihr seid doch da, um ihr zu helfen ...« begann Wil, der verzweifelt nach einem Ausweg aus dem Netz suchte, in das er verstrickt zu werden drohte.

»Nein, ich kann nicht an ihrer Seite bleiben«, versetzte Allanon.

Darauf folgte ein langes Schweigen. Allanon breitete seine Hände auf dem Tisch aus.

»Das hat seinen guten Grund, Wil Ohmsford. Ich habe dir berichtet, daß die Bösen bereits hinter der Mauer der Verfemung hervorbrechen. Der Ellcrys wird stetig schwächer werden; und in dem Maße, in dem er schwächer wird, werden die Geschöpfe, die durch seine Macht gefangengehalten werden, dreister werden. Sie werden weiterhin gegen die Mauer der Verfemung anrennen. Immer neuen wird es gelingen, sich zu befreien. Und schließlich werden sie die Mauer völlig einreißen. Wenn das geschieht, werden sie über das Elfenvolk herfallen und es vernichten. Es kann der Fall eintreten, daß dies lange vor der Entdeckung des Blutfeuers geschieht. Es kann auch sein, daß das Blutfeuer nie oder doch zu spät gefunden wird. In jedem Fall muß das Elfenvolk zum Kampf bereit sein. Einige der Geschöpfe hinter der Mauer der Verfemung jedoch besitzen große Kräfte; eines zumindest verfügt über magische Kräfte, die sich vielleicht sogar mit den meinen messen können. Dagegen sind die Elfen machtlos. Ihre eigene Zauberkraft ist ihnen auf immer abhanden gekommen. Die Druiden, die ihnen einst zur Seite standen, sind nicht mehr. Nur ich bin noch da. Wenn ich die Elfen aber im Stich lasse und mit Amberle gehe, dann sind sie wehrlos. Darum kann ich das nicht tun. Ich muß ihnen jeden mir möglichen Beistand leisten.

Aber dennoch muß jemand Amberle begleiten – jemand, der über die nötigen Kräfte verfügt, dem Bösen zu widerstehen, das sie verfolgen wird. Es muß jemand sein, bei dem man sich darauf verlassen kann, daß er sein Menschenmögliches tun wird, sie zu beschützen. Und dieser Jemand bist du.«

»Was redet Ihr da?« rief Flick voller Unmut. »Wie soll Wil gegen solche Geschöpfe etwas ausrichten können, die beinahe sogar Euch vernichtet hätten? Ihr wollt doch nicht etwa, daß er zum Schwert von Shannara greift?«

Allanon schüttelte den Kopf.

»Die Kraft des Schwertes wirkt nur gegen Täuschung und Trug. Das Böse, dem wir uns gegenübersehen, ist sehr real, sehr greifbar. Das Schwert vermag nichts dagegen auszurichten.«

Flick fuhr hoch. »Was dann?«

Die Augen des Druiden waren dunkel und erfüllt von einem verborgenen Wissen. Wil Ohmsford überflutete plötzlich Beklommenheit.

»Die Elfensteine.«

Flick war entsetzt. »Die Elfensteine! Aber die Elfensteine hat doch Shea in Verwahrung!«

Wil legte dem alten Mann hastig die Hand auf den Arm.

»Nein, Onkel Flick, die Elfensteine habe ich.« Er griff unter seinen Kittel und brachte einen kleinen Lederbeutel zum Vorschein. »Großvater hat sie mir gegeben, als ich aus Shady Vale fortging, um in Storlock zu studieren. Er sagte damals, er brauche sie nicht länger und fände, sie sollten mir gehören.« Seine Stimme zitterte. »Es ist seltsam; ich nahm sie nur, um ihm eine Freude zu machen – nicht weil ich glaubte, daß ich sie jemals brauchen würde. Ich habe nie auch nur versucht, mich ihrer Kraft zu bedienen.«

»Das wäre auch völlig zwecklos, Wil.« Erregt wandte sich Flick wieder an Allanon. »Er weiß es ganz genau. Keiner außer Shea kann die Kräfte der Elfensteine zum Leben und Wirken erwecken.

Allanons Miene blieb unverändert.

»Das entspricht nicht ganz der Wahrheit, Flick. Nur der kann die Kräfte der Elfensteine einsetzen, dem die Steine freiwillig geschenkt wurden. Ich gab sie Shea zum Gebrauch, als ich ihm riet, das Tal von Culhaven zu fliehen. Sie blieben sein Eigentum, bis er sie Wil zum Geschenk machte. Jetzt gehören sie Wil. Er hat, wie einst Shea, die Macht, sich ihrer Kräfte zu bedienen.«

Flicks Gesicht drückte Verzweiflung aus.

»Du kannst sie zurückgeben«, drängte er Wil, als er die Verwirrung in den Augen des jungen Mannes sah. »Oder du kannst sie jemandem schenken – irgend jemandem. Du brauchst sie nicht zu behalten. Du brauchst dich auf diesen Wahnsinn nicht einzulassen!«

Allanon schüttelte den Kopf.

»Flick, so einfach ist das nicht.«

»Aber was wird aus meinen Plänen, ein Heilkundiger zu werden?« rief Wil plötzlich. »Soll die Zeit und die Arbeit, die ich darauf verwendet habe, einfach verloren sein? Mein Leben lang wollte ich immer nur ein Heilkundiger werden, und jetzt endlich bin ich auf dem besten Weg dazu. Soll ich das alles aufgeben?«

»Wie kannst du ein Heilkundiger werden, wenn du dich weigerst, in dieser Lebensbedrohung Beistand zu leisten?« Die Stimme des Druiden war plötzlich hart. »Ein Heilkundiger muß helfen, wo er kann und wie er kann. Er kann nicht wählerisch sein. Wenn du dich jetzt weigerst zu helfen, und all das, was ich vorausgesehen habe, Wirklichkeit wird, wie willst du dann in der Zukunft mit dem Wissen leben, daß du nicht einmal versucht hast, es zu verhindern?«

Wils Gesicht lief rot an. »Aber wann kann ich dann endlich zurückkehren?«

»Das weiß ich nicht. Es kann lange dauern.«

»Und wenn ich nun mit Euch gehe, könnt Ihr mir dann mit Sicherheit sagen, daß die Kraft der Elfensteine ausreichen wird, dieses Mädchen zu beschützen?«

Allanons Gesicht verschloß sich.

»Nein, das kann ich nicht. Die Kraft der Elfensteine wird durch die Kräfte desjenigen gespeist, der sie in seinem Besitz hat.«

»Ihr könnt mir also keine Versicherungen geben?« Wils Stimme war zu einem Flüstern abgesunken.

»Nein.« Der Blick des Druiden ruhte unverwandt auf ihm. »Dennoch, du mußt mitkommen.«

Ungläubig und verzweifelt sank Wil in den Sessel zurück. »Mir scheint, ich habe da gar keine Wahl.«

»Natürlich hast du eine Wahl!« fuhr Flick ihn ärgerlich an. »Willst du denn alles hier nur aus dem einen Grund aufgeben, daß Allanon sagt, du müßtest ihm folgen? Willst du aus diesem Grund allein ihn begleiten?« Wil hob den Blick. »Habt ihr das nicht auch getan, Onkel Flick – Großvater und du –, als ihr euch auf die Suche nach dem Schwert von Shannara begabt?«

Flick zögerte, unsicher geworden. Dann beugte er sich zu dem jungen Mann hinüber und umschloß fest seine Hände.

»Wil, du läßt dir in dieser Sache nicht genug Zeit der Überlegung. Ich habe dich vor Allanon gewarnt. Jetzt hör mir einmal genau zu. Ich sehe mehr in dieser Geschichte als du. Hinter den Worten des Druiden verbirgt sich etwas. Ich fühle es.« Seine Stimme wurde eindringlicher, und die Furchen in seinem bärtigen Gesicht vertieften sich. »Ich habe Angst um dich. Nur deshalb spreche ich so mit dir, wie ich es jetzt tue. Du bist mir wie ein eigener Sohn; ich möchte dich nicht verlieren.«

»Ich weiß«, flüsterte Wil. »Ich weiß.«

Flick richtete sich wieder auf. »Dann geh nicht. Soll Allanon sich einen anderen suchen.«

Der Druide schüttelte den Kopf.

»Das kann ich nicht, Flick. Einen anderen gibt es nicht. Nur Wil ist dazu befähigt.« Seine Augen suchten die des jungen Talbewohners. »Du mußt mich begleiten.«

»Laßt mich statt dessen gehen«, rief Flick, Verzweiflung in der

Stimme. »Wil kann mir die Elfensteine geben, und ich kann das Elfenmädchen beschützen. Allanon, schon früher sind wir miteinander auf Abenteuer gegangen ...«

Doch der Druide schüttelte wiederum ablehnend das Haupt.

»Flick, du kannst mich nicht begleiten«, sagte er freundlich und behutsam. »Dein Herz ist größer als deine Kraft, Talbewohner. Die Reise, die bevorsteht, ist lang und beschwerlich. Nur ein junger Mann kann die Strapazen ertragen.« Er schwieg eine Weile. »Unsere Zeit der gemeinsamen Reisen ist ein für allemal vorüber, Flick.«

Lange lastete tiefes Schweigen über der Runde. Dann wandte sich der Druide wieder Wil Ohmsford zu. Der junge Mann sah seinen Onkel an. Einen Moment lang blickten die beiden einander wortlos in die Augen. Unsicherheit flackerte in den grauen Augen Flicks, Wils Blick aber war jetzt ruhig und fest. Flick sah, daß er seine Entscheidung getroffen hatte. Beinahe unmerklich nickte er.

»Du mußt das tun, was du für richtig hältst«, murmelte er widerstrebend.

Wil richtete seinen Blick auf Allanon.

»Ich werde Euch begleiten.«

Am folgenden Morgen suchte Allanon in aller Frühe Wil Ohmsford auf und erklärte ihm, daß sie Storlock unverzüglich verlassen müßten. Düster und mit grimmig entschlossener Miene erschien der Druide in der Tür des Häuschens, in dem Wil lebte. Flüchtig erwog Wil, einem so überstürzten Aufbruch zu widersprechen, doch ein Unterton in der Stimme, ein Zug im Gesicht Allanons machten ihm klar, daß es besser wäre, es zu unterlassen. Am vergangenen Abend, als sie auseinandergegangen waren, hatte das Ansinnen des Druiden nichts Drängendes gehabt; jetzt war das anders. Was immer auch Allanon veranlaßt hatte, diese rasche Entscheidung zu treffen, es mußte ein zwingender Grund vorliegen. Wortlos packte der Talbewohner seine wenigen Habseligkeiten und verriegelte die Tür des Häuschens, dann folgte er dem Druiden.

Es regnete wieder. Aus Nordwesten wälzte sich ein neues Gewitter heran, und der Morgenhimmel war schwer und bleiern. Fest in seinen schwarzen Umhang gehüllt, den durch die Kapuze geschützten Kopf leicht gesenkt und gegen den stetig schärfer werdenden Wind, führte Allanon den jungen Talbewohner die schlammige Straße hinauf. Eine Handvoll weißgekleideter Stors erwartete sie auf der Treppe vor dem Krankenhaus, um Wil einen kleinen Nothilfekasten und Proviant für die Reise mitzugeben. Artaq war schon gesattelt und warf ungeduldig den Kopf hin und her. Ohne Verzögerung stieg Allanon auf. Die vorsichtige Behutsamkeit, mit der er sich dabei bewegte, ließ darauf schließen, daß seine Wunden noch nicht ganz ausgeheilt waren und Schmerzen bereiteten.

Wil bekam einen drahtigen grauen Wallach mit Namen Spitter und hatte gerade einen Fuß in den Steigbügel gestellt, als Flick keuchend angelaufen kam. Sein Kopf war hochrot, sein bärtiges Gesicht naß von Schweiß. Hastig zog er den jungen Mann auf die überdachte Veranda des Krankenhauses hinauf.

»Ich hab's eben erst erfahren«, erklärte er schwer atmend, während er sich den Regen aus den Augen wischte. »Es wundert mich, daß man es überhaupt für nötig gehalten hat, mir Bescheid zu sagen.« Er warf einen zornigen Blick zu Allanon hinüber. »Ist es wirklich erforderlich, daß ihr so schnell aufbrecht?«

Wil nickte langsam. »Ich vermute, irgend etwas hat es notwendig gemacht.«

Enttäuschung und Sorge spiegelten sich in Flicks Augen.

»Es ist noch nicht zu spät, dir deinen Entschluß in dieser Sache noch einmal zu überlegen«, flüsterte er rauh und hätte noch mehr gesagt, wenn Wil nicht mit einem Kopfschütteln abgewehrt hätte. »Also gut. Ich werde deinem Großvater berichten, was geschehen ist. Ich bin überzeugt, es wird ihm ebensowenig gefallen wie mir. Sei vorsichtig, Wil. Und denk an meine Worte – uns allen sind Grenzen gesetzt.«

Wil nickte. Barsch, als hätten sie Angst zu zeigen, was sie fühlten, nahmen sie Abschied voneinander. Ihre Gesichter waren starr, ihre Blicke verlegen, als sie einander hastig umarmten. Dann machten sich Allanon und Wil auf den Weg. Flick, die Stors und das Dorf wurden zu Schatten, die allmählich mit den grauen Nebeln der Wälder des Ostlands verschmolzen.

Der Druide und Wil Ohmsford ritten in westlicher Richtung aus Storlock hinaus bis zum Rand der Rabb-Ebene. Dort wandten sie sich nach Süden. Allanon hielt seinen Rappen kurz an, um Wil mitzuteilen, daß die erste Etappe ihrer Reise sie über den Silberfluß hinüber in ein kleines Dorf am westlichen Ausläufer des Unteren Anar führen würde. Havenstead hieß das Dorf, sagte er, und dort würden sie Amberle finden. Nähere Erklärungen gab der Druide nicht, und Wil fragte auch nicht.

In Strömen rauschte der Regen auf sie nieder, während sie, sich am Rand der Wälder haltend, mit eingezogenen Köpfen, tief über ihre Pferde gebeugt, dahinritten, ohne ein Wort untereinander zu wechseln. Wils Gedanken wanderten zurück zu den Ereignissen des vergangenen Abends. Selbst jetzt wußte er nicht recht, warum er sich entschlossen hatte, den Druiden zu begleiten. Und das beunruhigte ihn. Er mußte doch in der Lage sein zu erklären, weshalb er sich auf ein solches Wagnis eingelassen hatte – wenn schon nicht anderen, dann wenigstens sich selbst! Aber er konnte es nicht. Zeit genug hatte er gehabt, über die Gründe für seine Entscheidung nachzudenken, und er hatte in der Tat auch kaum an etwas anderes gedacht. In der Rückschau wenigstens hätte es ihm gelingen müssen, seine Handlungsweise klar zu sehen; aber es gelang ihm nicht. Vielmehr verspürte er ein beharrliches Gefühl der Verwirrung, das sich nicht vertreiben lassen wollte. Alles schien in seinem Geist zu einem wirren Knäuel verfilzt – Argumente, die jeder Logik entbehrten und nicht bis zum Ende durchdacht waren, Emotionen, die wie Farben ineinanderliefen und miteinander verschwammen. Sie ließen sich nicht trennen und zu säuberlicher Überschaubarkeit ordnen. Sie jagten durcheinander wie eine Herde von Wölfen gejagter Schafe, und er hetzte ihnen hoffnungslos hinterher.

Er wollte gern glauben, daß er ausersehen worden war, diesen Weg einzuschlagen, weil er gebraucht wurde. Wenn all das, was Allanon berichtet hatte, der Wahrheit entsprach – und er glaubte es trotz Flicks unverhohlener Skepsis –, dann konnte er dem Elfenvolk und insbesondere dem Mädchen Amberle einen großen Dienst erweisen. Aber machte er sich da nicht etwas vor? Er hatte keine Ahnung, ob er die Elfensteine, die sein Großvater ihm anvertraut hatte, überhaupt zu gebrauchen verstand. Angenommen, ihre zauberischen Kräfte blieben ihm unzugänglich? Angenommen, Allanon täuschte sich, wenn er glaubte, die Elfensteine könnten einfach an ihn weitergegeben werden! Ach, alle möglichen ›Wenn‹ und ›Aber‹ fielen ihm ein. Nur eines stand fest: Er hatte eine reichlich impulsive Entscheidung getroffen, und nun mußte er eben versuchen, dieser Entscheidung gerecht zu werden.

Die Tatsache, daß die Entscheidung so impulsiv getroffen worden war, tat ihrem Verdienst keinen Abbruch. Wenn er die Mittel besaß, den Elfen zu helfen, dann mußte er diese Mittel zur Verfügung stellen. Er mußte wenigstens versuchen, Unterstützung zu leisten. Außerdem – sein Großvater wäre bestimmt mit Allanon gezogen! Shea Ohmsford wäre Allanon gefolgt, hätte dieser sich an ihn gewandt; genau wie er ihm damals gefolgt war, das Schwert von Shannara zu suchen. Wil durfte dem nicht nachstehen.

Er holte tief Atem. Ja, er hatte die richtige Entscheidung getroffen, und er glaubte, sie aus den richtigen Motiven heraus getroffen zu haben, so wirr und unklar sie ihm jetzt auch schienen. Das, was ihm am stärksten zu schaffen machte, erkannte er plötzlich, hatte mit der Entscheidung und den Gründen, die sie bewirkt hatten, gar nichts zu tun. Es hatte mit Allanon zu tun. Wil hätte gern geglaubt, daß sein Entschluß, den Druiden zu begleiten, von ihm allein gefällt worden war. Doch je ehrlicher er die Sache in Augenschein nahm, desto gewisser wurde er, daß er im Grunde mit der Entscheidung nichts zu tun gehabt hatte. Allanon hatte entschieden. Sicher, er – Wil Ohmsford – hatte die Worte ausgesprochen, als kämen sie aus seinem Herzen, hatte sie trotz der Warnungen seines Onkels mutig und beherzt ausgesprochen. Doch er wußte, daß der Druide genau vorausgesehen hatte, mit welchen Argumenten Wil Ohmsford dazu bewogen werden konnte, eben diese Worte auszusprechen; daß er das Gespräch entsprechend gelenkt hatte. Er hatte gewußt, wie Wil und wie Flick reagieren würden, wie die beiden sich gegenseitig beeinflussen würden, wie seine eigenen Bemerkungen auf sie wirken würden. All dies hatte er gewußt und dieses Wissen angewandt. Shea Ohmsford hatte seinem Enkel einmal erzählt, Allanon besäße die Fähigkeit, die Gedanken anderer zu lesen. Wil verstand jetzt, was sein Großvater damit gemeint hatte.

Nun, wie dem auch sei, er hatte sich verpflichtet. Das konnte nicht ungeschehen gemacht werden, selbst wenn er den Wunsch gehabt hätte, sich von dieser Verpflichtung zu befreien, was jedoch nicht der Fall war. Von jetzt an würde er vor derartigen raffinierten Manipulationen des Druiden auf der Hut sein. Soweit es ihm möglich war, würde er sich bemühen, die Gründe zu erkennen, die sich hinter den Worten und Handlungen Allanons verbargen, um auf diese Weise klarer zu sehen, wohin er dirigiert wurde. Wil Ohmsford ließ sich nicht so leicht an der Nase herumführen. Er stand nun schon seit mehreren Jahren auf eigenen Füßen und hatte nicht die Absicht, sich das Heft aus der Hand nehmen zu lassen. Er mußte sich vor dem Druiden in acht nehmen. Er wollte ihm vertrauen, aber nicht blind und ohne kritische Überlegung. Vielleicht konnte er den Elfen und dem Mädchen Amberle Hilfe leisten; aber er würde selbst darüber entscheiden, wie er diese Hilfe geben wollte. Und er würde selbst darüber entscheiden, wessen Interessen er dienen wollte. Er wollte nichts einfach so akzeptieren, wie es sich darstellte.

Vorsichtig hob er den Kopf und spähte durch den Regen zu der dunklen Gestalt hin, die vor ihm ritt – Allanon, der letzte der Druiden, ein Wesen, das aus einer anderen Zeit kam und dessen besondere Kräfte alles Wissen dieser gegenwärtigen Welt klein und gering erscheinen ließen. Wil mußte ihm vertrauen und doch nicht blindlings vertrauen. Wieder fühlte er sich heillos verwirrt. Worauf hatte er sich da eingelassen? Vielleicht hatte Flick doch recht gehabt. Vielleicht hätte er gut daran getan, seine Entscheidung noch einmal zu überdenken. Aber dazu war es jetzt zu spät. Und zu spät war es auch für diese Gedanken. Er schüttelte den Kopf. Es hatte keinen Sinn, weiter solchen Überlegungen nachzuhängen. Besser war es, den Gedanken eine andere Richtung zu geben.

Den Rest des Tages plagte er sich mit diesem Bemühen ab. Ohne Erfolg.

Der prasselnde Regen flaute allmählich zu einem Nieseln ab und versiegte schließlich ganz im kalten Grau des Abends. Immer noch verhüllten Gewitterwolken den Himmel, als der Einbruch der Nacht den Tag verdunkelte. Dunstschwaden woben in der Luft und wanderten am Waldessaum entlang wie verirrte Kinder.

Allanon lenkte sein Pferd unter das schirmende Dach der mächtigen Bäume, und auf einer kleinen Lichtung schlugen sie ihr Nachtlager auf. Hinter ihnen befand sich, die Wipfel der Wälder weit überragend, die finstere Mauer des Wolfsktaag-Gebirges, schwarz im Dunkel der Nacht. Trotz der Nässe fanden sie genug dürres Holz, um ein kleines Feuer zu entfachen, dessen Flammen an diesem feuchtkalten Abend etwas Wärme spendeten. Sie hängten ihre Reisemäntel über Leinen, die sie von Baum zu Baum gespannt hatten, und pflockten die Pferde in der Nähe an.

Beim Essen, einem kargen Mahl aus kaltem Rindfleisch, Früchten und Nüssen, sprachen sie kaum miteinander. Der Druide hockte in grüblerischem Schweigen da, wie schon seit ihrem Aufbruch aus dem Dorf in seine eigenen Gedanken vertieft. An einem Gespräch schien er kein Interesse zu haben. Doch Wil war entschlossen, mehr darüber zu erfahren, was ihn erwartete, und er hatte nicht die Absicht, seine Fragen noch länger zurückzuhalten. Als sie beide gegessen hatten, rückte er ein wenig näher ans Feuer, tat es recht umständlich, um Allanons Aufmerksamkeit auf sich zu ziehen.

»Könnten wir ein Weilchen miteinander reden?« fragte er vorsichtig, eingedenk der Berichte seines Großvaters über das unberechenbare Temperament des großen Alten.

Der Druide blickte ihn einen Augenblick ausdruckslos an, dann nickte er.

»Könnt Ihr mir noch ein wenig mehr über die Geschichte der Elfen erzählen?« fragte Wil, der fand, daß das Gespräch hier seinen Ausgang nehmen müsse.

Allanon lächelte schwach. »Was möchtest du denn gern wissen, Wil Ohmsford?«

Der junge Mann zögerte.

»Gestern abend habt Ihr uns erzählt, daß es die Elfen genau wie die Menschen wirklich gegeben hat, obwohl die geschichtlichen Zeugnisse aus den Zeiten der alten Welt nichts über sie berichten, sondern nur Märchen und Sagen von ihnen erzählen. Ihr sagtet, sie hätten existiert, aber die Menschen hätten sie nicht sehen können. Das hab' ich nicht verstanden.«

»Nein?« Der Druide schien belustigt. »Nun, dann sollst du eine Erklärung bekommen. Einfach gesagt, die Elfen waren immer Geschöpfe des Waldes – ganz besonders in den Zeiten vor den Großen Kriegen. Damals waren sie, wie ich dir schon erzählt habe, Geschöpfe mit magischen Kräften. Sie besaßen die Fähigkeit, mit ihrer Umgebung zu verschmelzen und so unauffällig zu werden wie ein Busch oder Baum, an dem man tausendmal vorbeikommen kann, ohne ihn zu bemerken. Die Menschen konnten die Elfen nicht sehen, weil sie es nicht verstanden, nach ihnen Ausschau zu halten.«

»Aber sie waren nicht unsichtbar?«

»Kaum.«

»Nur schwer zu erkennen?«

»Ja, ja.« In der Stimme des Druiden schwang ein Anflug ungeduldiger Gereiztheit.

»Aber wieso fällt es uns heute nicht schwer, sie zu sehen?«

Allanon richtete sich auf.

»Du hörst nicht zu. In den Tagen der alten Welt waren die Elfen Geschöpfe mit magischen Kräften – genau wie alle anderen sogenannten Geisterwesen. Aber das sind sie heute nicht mehr. Sie sind Menschen genau wie du ein Mensch bist. Ihre Zauberkräfte sind ihnen abhanden gekommen.«

»Wie ist das geschehen?«

Wie ein wißbegieriges Kind stützte Wil die Ellbogen auf die Knie und drückte sein Kinn in die geöffnete Hand.

»Das ist nicht so leicht zu erklären«, erwiderte der Druide. »Aber ich sehe schon, daß du keine Ruhe geben wirst, solange ich nicht wenigstens versucht habe, es dir zu erklären. Also, paß auf.« Er beugte sich nach vorn. »Nach der Erschaffung des Ellcrys, nach der Verbannung der Mächte des Bösen von der Erde, lebten sich die Elfen und die anderen Völker der sogenannten Geisterwelt wieder auseinander. Das war ganz natürlich, denn sie hatten sich ja ursprünglich nur deshalb zusammengetan, um den gemeinsamen Feind zu besiegen. Als das erreicht war, blieb wenig Gemeinsames. Über ihre Sorge hinaus, die Erde zu erhalten, hatten sie fast nichts gemein. Jedes Volk hatte seine eigene Lebensweise, seine eigenen Gewohnheiten, seine eigenen Interessen. Elfen, Zwerge, Gnomen, Trolle und Hexen waren so verschieden voneinander, wie die Tiere des Waldes von den Fischen im Meer verschieden sind.

Die Menschheit war aus ihren frühen, primitiven Anfängen noch nicht erwacht, und die Dämmerung sollte sich noch über Hunderte von Jahren hinziehen. Die Zauberwesen zollten den Menschen kaum Aufmerksamkeit, und es schien ja auch, als gäbe es dazu keinen Anlaß. In diesem Stadium schließlich war der Mensch nicht mehr als ein höheres Tier. Er besaß eine größere angeborene Intelligenz als andere Tiere, aber weniger gut entwickelte Instinkte. Die Elfen und ihre Brüder sahen nicht voraus, welchen Einfluß die Menschen allmählich auf die Entwicklung der Erde gewinnen würden.«

Der Druide machte eine kurze Pause.

»Sie hätten das aber voraussehen können, wenn sie den Unterschieden zwischen ihrer eigenen Art und der Art der Menschen mehr Aufmerksamkeit gewidmet hätten. Zwei Unterschiede waren von besonderer Bedeutung. Die Elfen und ihre Brüder vermehrten sich langsam; die Menschen dagegen vermehrten sich rasch. Die Elfen beispielsweise waren eines der größeren Völker, doch infolge der längeren Lebenszeiten gab es weniger Geburten. Viele der anderen Zauberwesen gebaren im Lauf mehrerer hundert Jahre nur ein einziges Mal. Bei den Menschen hingegen gab es häufige Geburten im Familienverband, und ihre Bevölkerung wuchs rasch. Zu Beginn waren die Zauberwesen den Menschen an Zahl weit überlegen. Innerhalb von tausend Jahren jedoch kehrte sich die Situation um. Und von da an vergrößerte sich die menschliche Bevölkerung stetig, während die Zahl der Zauberwesen abzunehmen begann. Doch darauf komme ich gleich noch zurück.

Der zweite Unterschied zwischen den Zauberwesen und den

Menschen betraf die Fähigkeit, sich den Gegebenheiten anzupassen. Die Elfen waren Geschöpfe des Waldes; nur selten verließen sie den Schutz ihrer Wälder. Ähnlich verhielt es sich mit den anderen Völkern. Jedes lebte innerhalb eines ganz bestimmten geographischen Gebietes, eines scharf abgegrenzten Terrains. So war es immer gewesen. Die einen lebten in den Wäldern, die anderen in und an Flüssen und Meeren, wieder andere in den Bergen oder auf den offenen Ebenen. Sie hatten ihre Lebensweise dem Gebiet angepaßt, das ihr Heim war; sie konnten und wollten anderswo nicht leben. Der Mensch hingegen konnte überall leben; er war anpassungsfähiger. Ob Wälder oder Flüsse, ob Berge oder Täler – er nahm alles für sich in Anspruch. Und so breitete sich die Menschheit ganz natürlich und ohne Schwierigkeiten immer weiter aus, während ihre Zahl immer stetig zunahm. Der Mensch paßte sich jeder Veränderung der Umwelt an. Die Elfen und ihre Brüder widerstanden jeder Veränderung.«

Allanon schwieg. Dann lächelte er schwach und sagte: »Es gab eine Zeit, Wil Ohmsford, da hatte das Leben in der alten Welt viel mit dem heutigen Leben gemein. Das war damals, als die Menschen ihr Leben so ähnlich gestalteten, wie es die heutigen Rassen tun. Überrascht dich das?«

Wil nickte. »Ja, ein bißchen schon.«

Der Druide schüttelte den Kopf.

»Aber es hat eine solche Zeit gegeben. Und damals hätten die Elfen sich zeigen und sich mit den Menschen zusammentun sollen, um gemeinsam ihre Welt zu gestalten. Doch sie unterließen es – ebenso wie ihre Brüder. Sie zogen es vor, weiterhin in ihren Wäldern versteckt zu leben und Beobachter zu bleiben, da sie glaubten, die Entwicklung der Menschheit könne ihre Existenz nicht beeinflussen. Sie erkannten nicht die Bedrohung für sich. Die Menschen besaßen keine Zauberkräfte und wirkten auch nicht zerstörerisch – damals jedenfalls nicht. Kurz und gut, die Elfen hielten an ihrer Politik der Isolation fest und bildeten sich törichterweise ein, es könnte immer so bleiben. Das war ihr Verderben. Die menschliche Bevölkerung der Erde wuchs und wuchs und entwickelte sich immer weiter. Im Lauf der Zeit entdeckte der Mensch die Existenz der Elfen und ihrer Brüder.

Doch da die Zauberwesen es vorzogen, weiter im Verborgenen zu leben, weckten sie das Mißtrauen der Menschen. Man betrachtete sie als unheilbringende Geschöpfe, die andere bespitzelten und sich gegen sie verschworen, als boshafte Geschöpfe, die sich einen Spaß daraus machten, allerhand Schabernack zu treiben und den hart arbeitenden Menschen das Leben noch schwerer zu machen. Ein Körnchen Wahrheit lag in diesen Beschuldigungen. Einige dieser Geschöpfe spielten den Menschen tatsächlich mit Vergnügen üble Streiche, aber im großen und ganzen war ihr schlechter Ruf unverdient.

Nun, die Elfen und ihre Brüder ignorierten einfach die schlechte Meinung, die die Menschen von ihnen hatten. Was die Menschen von ihnen dachten, kümmerte sie nicht. Ihre einzige Sorge galt der Erhaltung und Bewahrung des Landes und der Wesen, die von ihm lebten, und dieser Aufgabe konnten sie trotz der unfreundlichen Gefühle, die die Menschen ihnen entgegenbrachten, weiterhin ungehindert nachgehen.

Doch auch da trat allmählich eine Änderung ein. Die Zahl der Menschen wuchs immer schneller, die Menschheit breitete sich weiter aus, man baute Städte und Festungen, man umsegelte die Welt, um neues Land zu entdecken, man rückte der Wildnis rundum zu Leibe, um sie urbar zu machen. Die Menschen begannen, das Land zu verändern, gaben ganzen Landstrichen ein neues Gesicht, indem sie das Land kultivierten. Die Elfen mußten immer tiefer in die Wälder zurückweichen, während die Menschen mit Äxten und Sägen stetig nachrückten. Alle Zauberwesen sahen durch diese Expansion plötzlich ihren Lebensraum bedroht und wurden immer weiter zurückgedrängt, bis es für einige schließlich keine Heimat mehr gab.«

»Aber versuchten sie denn nicht, sich den Eindringlingen zu widersetzen?« fragte Wil.

»Dafür war es schon zu spät«, antwortete Allanon mit einem bitteren Lächeln. »Als es soweit gekommen war, waren viele der Zaubervölker schon ausgestorben – einige, weil sie einfach nicht genug Nachkommen gezeugt hatten, andere, weil sie unfähig waren, sich einer veränderten Umwelt anzupassen. Jene, die übrigblieben, waren nicht mehr in der Lage, sich zusammenzuschließen, wie sie das einstmals getan hatten; Hunderte von Jahren waren seit dem Krieg mit den bösen Mächten vergangen, und die Zaubervölker hatten sich überall auf der Erde verstreut und die Verbindung miteinander wie untereinander verloren. Das schlimmste Unglück aber war, daß ihre Zauberkräfte erloschen waren. Als die bösen Mächte noch mit ihren Zauberkräften die Erde zu zerstören gesucht hatten, waren gute Kräfte der Magie nötig gewesen, dem Widerpart zu bieten. Doch als die bösen Mächte von der Erde verbannt waren, bestand keine Notwendigkeit mehr, Zauberkräfte einzusetzen. Und mit der Zeit gingen die Kräfte verloren. Da die Menschen kaum Zauberkräfte besaßen, hielten die Elfen es nicht für nötig, ihre magischen Kräfte zu gebrauchen. Und als sie dann einsahen, daß ihnen nur noch die Zauberkräfte helfen konnten, war es zu spät – sie waren ihnen zum großen Teil verloren. So kam es, daß sie dem Eindringen der Menschen in ihre heimatlichen Gebiete nur schwachen Widerstand entgegensetzen konnten. Anfangs kämpften sie mit Erbitterung und setzten all die magische Kraft ein, die ihnen noch verblieben war, doch es half nichts. Der Menschen waren zu viele, der Zauberwesen zu wenige. Ihre Magie hatte keine Wirkung. Sie brachte ihnen unbedeutende Siege ein, kurze Gnadenfristen, nicht mehr. Am Ende wurden sie einfach überwältigt, aus ihren Heimstätten vertrieben. Sie mußten sich entweder eine neue Heimat schaffen oder umkommen.«

»Und die Elfen?« fragte Wil leise.

»Sie lernten zu überleben. Ihre Bevölkerung schrumpfte beträchtlich, doch das Volk starb nicht aus wie viele andere Völker. Sie blieben in ihren Wäldern, zogen sich immer weiter zurück und lebten nunmehr völlig verborgen vor den Menschen, die inzwischen fast die ganze Erde erobert hatten. Mit Entsetzen verfolgten sie die Zerstörung ihrer Welt. Sie sahen, wie die Erde ihrer Bodenschätze beraubt wurde, wie die Tiere, die auf ihr lebten, ausgerottet wurden. Sie mußten mit ansehen, wie die Erde von den Menschen völlig und irreversibel aus ihrem ökologischen Gleichgewicht gebracht wurde. Sie sahen tatenlos zu, wie die Menschen einander unaufhörlich bekriegten, weil immer eines der Völker die Vorherrschaft über die anderen erobern wollte. Sie sahen das alles mit an und warteten und bereiteten sich vor – denn sie erkannten, welches Ende das alles nehmen mußte.«

»Es kamen die Großen Kriege«, sagte Wil.

»Ja, es kamen die Großen Kriege«, bestätigte Allanon nickend. »Die Elfen sahen die Katastrophe voraus, und in einer gewaltigen Anstrengung rafften sie alle ihnen noch verbliebenen magischen Kräfte zusammen, um ihr eigenes Volk zu retten und einige sorgfältig ausgewählte Schätze ihrer Vergangenheit – darunter den Ellcrys – vor dem Untergang zu bewahren. Und die Anstrengung wurde belohnt. Sie überlebten. Die meisten anderen Zaubervölker wurden vernichtet. Eine kleine Zahl von Menschen überlebte ebenfalls, allerdings nicht aufgrund eigenen Weitblicks. Diese Menschen überlebten, weil es von ihrer Art so viele in allen Teilen der Welt gab, daß einige einfach dem Untergang durch die Katastrophe entkamen. Alles aber, was die Menschen erbaut hatten, fiel der Zerstörung anheim. Ihre wuchernde Zivilisation wurde ausgelöscht. Die alte Welt verkarstete in eine öde, wüste Wildnis.

Jahrhundertelang war alles Leben nach der Großen Katastrophe nur ein erbarmungsloser Kampf ums Überleben. Die wenigen Geschöpfe, die in dieser neuen Welt am Leben blieben, mußten sich der primitiven Umwelt anpassen, die durch die Katastrophe völlig verändert worden war. Die menschliche Rasse machte eine grundlegende Wandlung durch. Aus der alten Menschenrasse entwickelten sich vier neue, voneinander deutlich unterschiedliche Rassen: Menschen, Zwerge, Gnomen und Trolle. Man glaubte, und die meisten glauben es noch immer, daß die Elfen eine fünfte aus der Katastrophe geborene Rasse seien. Für die neuen Rassen war die Katastrophe der Beginn des Lebens. Die Geschichte der alten Welt geriet schnell in Vergessenheit; die alten Sitten und Gebräuche verloren sich. Die Elfen bewahrten sich einen großen Teil ihrer Geschichte und ihrer Traditionen. Nur ihre magischen Kräfte waren ihnen verloren – von nun an für immer. Die Notwendigkeit der Anpassung hatte Veränderungen zur Folge, die andernfalls nicht stattgefunden hätten. Diese Veränderungen brachten die Elfen in kultureller und physiologischer Hinsicht den neuen Rassen näher. Die neu geborenen Menschen und die überlebenden Elfen glichen sich in der neuen Welt einander an, bis sie schließlich kaum noch voneinander zu unterscheiden waren.

Und als sich schließlich, nahezu tausend Jahre nach dem Ende der Großen Kriege, die neuen Rassen aus dem primitiven Leben zu erheben begannen, das sie ertragen hatten, solange sie unter den Nachwirkungen der Katastrophe um das nackte Überleben gekämpft hatten, zogen sich die Elfen nicht vor ihnen zurück. Nimmermehr würden sie sich in ihren Wäldern verbergen, um als unbeteiligte Zuschauer die Entwicklung einer neuen Welt zu beobachten. Diesmal würden sie an dieser Entwicklung mitwirken, mit den neuen Rassen zusammenarbeiten, um sicherzustellen, daß die Menschen nicht ein zweites Mal jenen Weg einschlugen, der nur um Haaresbreite an der Vernichtung allen Lebens vorbeigeführt hatte.

Die Elfen riefen also durch den Druiden Galaphile den ersten Druidenrat in Paranor zusammen. Sie bemühten sich, die neuen Rassen abzubringen von der verderblichen Suche nach den alten wissenschaftlichen Erkenntnissen von Kraft und Energie, rieten statt dessen zu einer behutsameren Annäherung an die Geheimnisse des Lebens. Sie strebten danach, die magischen Kräfte wieder zu erlangen, die sie verloren hatten, weil sie glaubten, diese Künste würden ihnen in ihrem Bemühen, die neue Welt und ihr Leben zu erhalten, helfen.«

»Aber die Elfen besitzen keine Zauberkräfte«, erinnerte Wil. »Nur die Druiden besaßen sie.«

»Die Druiden und eine Handvoll anderer, die über das Land verstreut lebten«, berichtigte Allanon.

Eine geraume Weile schien er mit seinen Gedanken woanders zu sein. Als er wieder sprach, klang seine Stimme abweisend. »Die Druiden machten früh Bekanntschaft mit den Gefahren, die der Suche nach den verlorenen Zauberkräften innewohnen. Ein Druide namens Brona führte sie ihnen vor Augen. Seine Begierde, die Magie bis an ihre Grenzen zu erforschen, vernichtete ihn und machte aus ihm jenes Wesen, das wir den Dämonen-Lord nennen. Als die Druiden erkannten, was die Gier nach dem Wissen um die Magie aus ihm gemacht hatte, unterbanden sie weiteres Forschen.

Die Kräfte, auf die sie gestoßen waren, waren weder absolut gut, noch absolut böse; sie waren einfach ungeheuer stark – so stark, daß der sterbliche Mensch sie nicht meistern konnte. Eine Zeitlang kehrte Ruhe ein. Dann aber überfiel Brona die Druiden in Paranor und tötete sie alle. Damit löste er den zweiten Krieg der Rassen aus. Nun war nur noch Brimen übrig, die Zauberkräfte weiterzuvermitteln. Als auch er dann nicht mehr unter den Lebenden weilte, blieb nur noch ich ...«

Seine Stimme erlosch, und die dunklen Augen verengten sich zu schmalen Schlitzen, während er in das züngelnde Feuer zu seinen Füßen starrte. Dann hob er plötzlich den Kopf und sah Wil direkt an.

»Was möchtest du noch wissen, Talbewohner?«

Sein Ton war scharf, beinahe ärgerlich. Es erschreckte Wil, doch er hielt dem Blick des Druiden ruhig stand.

»Was sollte ich denn sonst noch wissen Eurer Meinung nach?« fragte er zurück.

Allanon antwortete nicht. Ein langes unbehagliches Schweigen hing schwer zwischen den beiden Männern, die einander immer noch in die Augen sahen. Schließlich wandte Wil den Blick wieder ab und stocherte mit der Stiefelspitze müßig in der glühenden Asche des Feuers.

»Was hat es mit diesen Geschöpfen auf sich, die hinter die Mauer der Verfemung verbannt wurden?« fragte er schließlich. »Wie haben sie so lange Zeit überlebt? Wie kommt es, daß sie nicht untergegangen sind?«

Allanons düstere Miene veränderte sich nicht.

»Nenn sie Dämonen, denn dazu sind sie geworden. Sie wurden an einen Un-Ort verbannt, eine finstere Leere jenseits alles Lebendigen. In dieser Leere gab es keine Zeit, die Alter und Tod hätte anzeigen können. Die Elfen erkannten das nicht, vermute ich, oder sie hielten es für bedeutungslos, da es ihnen allein darum ging, das Böse aus ihrer eigenen Welt zu bannen. Wie dem auch sei, die Dämonen starben nicht; sie vermehrten sich vielmehr. Das Böse, das in ihnen lebte, nährte sich aus sich selbst und wuchs an Stärke. Es brachte neues Leben hervor. Denn das Böse, das man sich selbst überläßt, Talbewohner, geht nicht zugrunde; es wächst und gedeiht. Das Böse einzusperren, heißt nicht, das Böse zu vernichten. Es nährt sich aus sich selbst, es wuchert innerhalb seines Gefängnisses, schwillt an und tobt und wütet, bis es sich befreit, und dann – und dann gerät es außer Rand und Band.«

»Und seine Zauberkraft?« fragte Wil hastig. »Ist die auch gewachsen?«

Das Gesicht des Druiden verlor etwas von seiner grimmigen Härte, als er nickte.

»Sie wurde auf die gleiche Weise genährt und dazu ständig erprobt. Das Bedürfnis nämlich, ihrem Haß über das, was ihnen angetan worden war, Luft zu machen, trieb die Bösen bis an den Rand der Raserei, so daß sie sich in ihrem Gefängnis gegenseitig bekämpften.«

Jetzt war es an Wil, sich in Schweigen zu hüllen. Er senkte den Kopf, so daß sein Gesicht in den Schatten tauchte, und legte beide Arme fest um seine angezogenen Beine. Im Osten murrte mit gedämpftem Groll das abziehende Gewitter, das sich in den zerklüfteten Wänden des Wolfsktaag-Gebirges verlor.

Eine Spur von Ungeduld trat in Allanons dunkle Züge, während er den jungen Mann beobachtete. Wieder beugte er sich vor.

»Sind jetzt alle deine Fragen beantwortet, Wil Ohmsford?«

Wil blinzelte im Schein des Feuers. »Nein.« Mit einer heftigen Bewegung hob er den Kopf. »Nein, eine Frage habe ich noch.«

Allanon runzelte die Stirn.

»In der Tat. Nun, dann heraus damit.«

Er war offensichtlich verärgert. Wil zögerte, überlegte im stillen, ob es ratsam war, die Sache weiterzuverfolgen. Er kam zu dem Schluß, daß es gar nicht anders ging. Mit Bedacht wählte er seine Worte.

»Alles, was ich gehört habe, läßt darauf schließen, daß diese Dämonen den Elfen weit überlegen sind. Es scheint, daß sie selbst Euch gewachsen sind.« Zorn loderte bei diesen Worten im Gesicht des Druiden auf, doch Wil sprach hastig weiter. »Wenn ich, wie Ihr von mir verlangt, das Mädchen Amberle auf seiner Suche nach dem Blutfeuer begleite, werden die Bösen zweifellos versuchen, uns zu vernichten. Was geschieht, wenn sie uns finden? Habe ich im Kampf gegen sie denn überhaupt eine Chance,

Allanon? Selbst mit den Elfensteinen? Ihr wolltet mir zuvor nicht antworten. So antwortet mir jetzt.«

»Ha!« Der Druide neigte sich leicht zurück. Das hagere, dunkle Antlitz war plötzlich völlig ausdruckslos im mageren Schein des Feuers. »Ich dachte mir doch, daß deine Wißbegier einzig darauf hinausläuft.«

»Bitte beantwortet mir meine Frage«, sagte Wil mit ruhiger Beharrlichkeit.

Allanon neigte nachdenklich den Kopf zur Seite.

»Ich weiß die Antwort selbst nicht.«

»Ihr wißt sie nicht?« rief Wil ungläubig aus.

Der Druide schloß wie erschöpft die Augen.

»Zunächst einmal hoffe ich verhindern zu können, daß sie euch auf die Spur kommen. Wenn sie euch nicht finden, dann können sie euch auch keinen Schaden zufügen. Im Augenblick wissen sie noch nichts. Und wenn es nach mir geht, dann bleibt es so.«

»Aber wenn sie uns finden – was dann?«

»Dann hast du die Elfensteine.« Er zögerte. »Hör mir zu, Wil. Die Elfensteine sind ein Zaubermittel aus der alten Welt. Ihre Zauberkraft bestand schon, als die Elfen diese Mächte des Bösen das erste Mal besiegten. Die Kraft der Steine richtet sich nach der Stärke des Mannes oder der Frau, die sich ihrer bedienen. Es sind drei Elfensteine – einer für das Herz, einer für den Geist, einer für den Körper dessen, der sie besitzt. Alle drei müssen eins werden; wenn das geschieht, dann kann die Kraft, die freigesetzt wird, gewaltig sein.«

Er maß den jungen Mann mit einem scharfen Blick.

»Begreifst du nun, warum ich deine Frage nicht beantworten kann? Du allein wirst die Kraft und Stärke deiner Verteidigung gegen eure Feinde bestimmen; sie muß aus deinem Inneren kommen, nicht aus den Steinen. Ich kann diese innere Stärke in dir nicht beurteilen. Das kannst nur du selbst. Ich kann dir lediglich sagen, daß ich dich für einen ebenso guten Menschen halte, wie dein Großvater einer ist – und einem besseren bin ich nie begegnet, Wil Ohmsford.«

Der junge Mann blickte den Druiden einen Moment lang wortlos an, dann sah er ins Feuer hinunter.

»Ich auch nicht«, flüsterte er.

Allanon lächelte schwach. »Es schien schlecht bestellt um die Aussichten deines Großvaters, als er sich aufmachte, das Schwert von Shannara zu suchen. Der Dämonen-Lord wußte von Anfang an von ihm; die Schädelträger drangen nach Shady Vale selbst ein, um seiner habhaft zu werden. Auf Schritt und Tritt seines Weges wurde er gehetzt und verfolgt. Und dennoch überlebte er – und das, obwohl er selbst beträchtliche Zweifel an einem glücklichen Ausgang des Unternehmens hatte.«

Er hob den Arm und legte Wil eine Hand auf die Schulter. Die tiefliegenden Augen blitzten im Feuerschein.

»Ich denke, du hast gute Aussichten in diesem Kampf. Ich glaube an dich. Jetzt mußt du selbst an dich glauben.«

Er nahm die Hand weg und erhob sich.

»Wir haben uns ausgesprochen für diese Nacht. Du brauchst Schlaf. Wir haben morgen einen langen Ritt vor uns.« Er zog seine schwarzen Gewänder eng um sich. »Ich wache.«

Er machte Anstalten, sich vom Feuer zu entfernen.

»Ich kann wachen«, erbot sich Wil eilig, dem die Verletzungen des Druiden in den Sinn kamen.

»Du kannst schlafen«, brummte Allanon, und die Schatten der Nacht verschluckten ihn.

Wil blickte ihm eine Weile nach, dann breitete er beinahe widerstrebend seine Decke am Feuer aus, wickelte sich darin ein und streckte sich müde aus. Schlafen würde er jetzt nicht, sagte er sich. Noch nicht. Denn erst wollte er alles, was er an diesem Abend gehört hatte, gründlich überdenken, um sich darüber klar zu werden, was er davon halten sollte. Und erst wenn er überzeugt war zu wissen, was für eine Rolle er in dieser Unternehmung spielte, wollte er sich dem erquickenden Schlaf überlassen.

Nur für einen Augenblick schloß er die Augen. Und schlief sofort ruhig und fest.

Bei Tagesanbruch saßen sie wieder auf. Wälder und Wiesen glänzten noch feucht von den Regenfällen des vergangenen Tages, doch der Himmel lachte blau und strahlend über den beiden Männern, als sie an den Rändern des Anar entlang nach Süden ritten. Die triste Eintönigkeit der Rabb-Ebene wich allmählich frischen grünen Wiesen, und der milde Morgenwind wehte den verlockenden Duft von fruchttragenden Obstbäumen herbei.

Am späten Nachmittag erreichten sie den legendären Silberfluß und stießen auf eine Kompanie Zwergenpioniere, die an einer dicht bewaldeten Engstelle des Flusses an einer Brücke bauten. Der Druide ließ Wil mit den Pferden in einem Fichtenwäldchen zurück und ging hinunter an das Flußufer, um mit den Zwergen zu sprechen. Es dauerte geraume Zeit, und als er zurückkehrte, schien ihn etwas stark zu beschäftigen. Erst als sie wieder auf ihren Pferden saßen und flußabwärts ritten, berichtete er Wil, daß er die Zwerge auf die Gefahr aufmerksam gemacht hatte, die den Elfen drohte, und darum gebeten hatte, daß sie so rasch wie möglich Hilfstruppen schickten. Einer der Soldaten hatte den Druiden erkannt und versprochen, daß man dem Ersuchen nachkommen würde. Aber im Handumdrehen ließ sich ein ansehnliches, schlagkräftiges Heer nicht aufbringen.

Mit diesen knappen Erklärungen ließ Allanon die Sache bewenden. Nach einiger Zeit durchquerten sie den Silberfluß an einer Furt, wo eine breite Sandbank das klare Wasser teilte und Felsgestein die Strömung so stark hemmte, daß Pferde und Reiter ungefährdet ans andere Ufer hinübergelangen konnten. Sie ritten weiter in südlicher Richtung und beobachteten, wie ihre Schatten allmählich länger wurden, als der Tag langsam sich seinem Ende zuneigte. Die Sonne stand schon tief, als Allanon seinen Rappen auf dem Rücken eines baumbeschatteten Hügels zügelte und sich aus dem Sattel schwang, und Wil tat es ihm gleich. In einem kleinen Hain von Hickorybäumen banden sie ihre Pferde fest und näherten sich dann einer felsigen Anhöhe, die eine Bresche in die grüne Mauer der Bäume schlug. Allanon voraus, kletterten sie hinauf und blickten von oben weit ins Land.

Zu ihren Füßen öffnete sich ein breites, hufeisenförmiges Tal.

Die Hänge und der Talgrund waren von dichten Wäldern überzogen, doch nach Westen hin dehnten sich grünes Weideland und bebaute Äcker. Dort, wo Wald und Felder sich berührten, lag ein Dorf. Ein schmales Flüßchen wand sich aus den Wäldern durch die kleine Ansiedlung und speiste mit seinem Wasser die säuberlich angelegten Bewässerungsgräben, die das Ackerland berieselten. Männer und Frauen eilten geschäftig umher, winzige Gestalten in den Augen der beiden Betrachter aus der Höhe. Weit im Süden ging das Grasland in ein von Felsbrocken durchsetztes Tiefland über, das sich bis an den Horizont zu dehnen schien.

»Havenstead«, verkündete Allanon und wies auf das Dorf und die umliegenden Äcker. »Da draußen liegt der Schlachtengrund.«

Wil nickte. »Und was tun wir jetzt?«

Der Druide ließ sich in das weiche Gras nieder.

»Wir warten die Dunkelheit ab. Je weniger Leute uns zu Gesicht bekommen, desto besser ist es. Die Stors bewahren zwar Stillschweigen, aber diese Dörfler da unten haben flinke Zungen. Wir stehlen uns schnell und unauffällig ins Dorf hinein und verlassen es auf gleiche Weise wieder.« Er prüfte den Stand der Sonne, die schon in abendlichem Rot leuchtete. »Wir haben nur noch etwa eine Stunde.«

Schweigend saßen sie beieinander, bis der Rand der Sonnenscheibe über den Baumwipfeln gerade noch zu sehen war. Über das Tal hatte bereits die Abenddämmerung das Grau ihrer Schatten geworfen. Allanon erhob sich. Sie kehrten zu ihren Pferden zurück, saßen wieder auf und ritten weiter. Allanon führte sie zunächst nach Osten, und sie hielten sich am oberen Rand des Tals, bis sie einen dicht bewaldeten Hang erreichten, in dessen grünen Tiefen sich ein schmaler Ziehweg verbarg. Auf diesem lenkten sie ihre Pferde hinunter. Den Windungen des Weges folgend trotten sie auf ihren Tieren zwischen den Bäumen abwärts, während der Abend rasch in Dunkelheit versank. Wil verlor bald jede Orientierung, doch Allanon schien den Weg genau zu kennen und verlangsamte das Tempo nicht.

Nach einiger Zeit erreichten sie den Talboden, und das Vorwärtskommen war nicht mehr so beschwerlich. Über den dunklen Wipfeln der Bäume spannte sich ein klarer, mondheller Nachthimmel, und hin und wieder durchdrang der Ruf eines Nachtvogels die Stille. Die Luft war süß und schwer vom Duft der Wälder, und Wil wurde schläfrig.

Endlich bemerkten sie das Flimmern gelber Lichter, deren Schein das Dickicht des Waldes durchdrang, und der gedämpfte Klang von Stimmen schwebte durch das abendliche Schweigen. Allanon stieg ab, bedeutete Wil, das gleiche zu tun, und führte sein Pferd am Zügel weiter. Der Wald lichtete sich merklich, Gestrüpp und Unterholz verschwanden, und bald sahen sie eine niedrige Steinmauer mit einer aus Holz gezimmerten Pforte. Eine Reihe hochgewachsener Nadelbäume zog sich parallel zu der Mauer hin, so daß kaum zu erkennen war, was sich jenseits befand. Wil wurde sich bewußt, daß sie sich am Ostrand des Dorfes befanden. Die flackernden Lichter waren die Flammen von Öllampen.

An der Mauer angekommen, machten sie ihre Pferde an einem Eisenpfosten fest. Allanon legte mahnend einen Finger auf seine Lippen. Lautlos schlichen sie durch das kleine Törchen.

Beim Anblick dessen, was sie auf der anderen Seite erwartete, blieb Wil wie angewurzelt stehen. Ein großer, in Terrassen angelegter Garten breitete sich vor ihnen aus. Die Pracht seiner Blüten und Blumen war selbst im bleichen Mondschein von atemberaubender Faszination. Ein mit Steinen belegter Weg, in dem Silbersprenkel glitzerten, wand sich durch den Garten abwärts zu einer Gruppe von Holzbänken und von dort weiter zu einem kleinen aus Holz und Stein erbauten Haus. Es war ebenerdig mit einem hohen Dachboden und hatte vorn eine offene Veranda. Blumenkästen schmückten die Rautenfenster, und dicht wuchernde, niedrige Büsche standen vor den rauh verputzten weißen Mauern. Scharlachrote Eiben und blaugrün glänzende Blautannen wuchsen vor dem Haus. Ein zweiter Weg führte von der Veranda unter dem Blätterdach einer herrlichen weißen Birke hindurch und schlängelte sich durch eine Hecke zur jenseits befindlichen Straße.

Wil nahm den Anblick voll staunender Verwunderung in sich auf. Überall lachten Farben und Leben, alles bot ein Bild vollendeter Ordnung.

Er warf einen fragenden Blick auf Allanon. Das spöttische Lächeln blitzte flüchtig auf, und der Druide bedeutete ihm zu folgen. Sie nahmen den Weg durch den Garten zu den Sitzbänken und wanderten weiter zu dem kleinen Haus. Gelblichweißer Lichtschein fiel hell aus den durch Vorhänge verhüllten Fenstern, und der leise, sanfte Klang von Stimmen drang nach draußen. Kinderstimmen, dachte Wil. Er war leicht überrascht darüber und hätte beinahe den dicken, getigerten Kater übersehen, der behäbig auf der untersten Stufe der Treppe zur Veranda lag. Er fing sich gerade noch rechtzeitig, um dem schlafenden Tier auszuweichen. Der Kater hob den Kopf und warf ihm einen arroganten Blick zu. Eine zweite Katze, kohlschwarz, flitzte eilig von der Veranda und sprang lautlos ins Gebüsch.

Allanon und Wil stiegen die Treppe hinauf und traten zur Haustür. Allanon klopfte fest und bestimmt. Die Stimmen verstummten. Schritte näherten sich der Tür und hielten an.

»Wer ist da?« fragte eine Stimme leise, und die Vorhänge an der Milchglasscheibe der Haustür wurden einen Spalt auseinandergezogen.

Der Druide beugte sich vor, so daß der Lichtschein von drinnen auf sein dunkles Gesicht fallen konnte.

»Ich bin Allanon«, antwortete er.

Darauf folgte ein langes Schweigen. Dann knirschte der Riegel der Tür, als er zurückgezogen wurde. Die Tür öffnete sich. Ein Elfenmädchen trat heraus. Es war klein, selbst für eine Elfe, sein Körper schmal und zierlich, die Arme von der Sonne gebräunt. Kastanienbraunes Haar fiel ihm bis zur Hüfte und beschattete ein kindliches Gesicht, das unschuldig und wissend zugleich war. Die Augen warfen einen flüchtigen Blick hinüber zu Wil – sie waren grün und von einer lebendigen Tiefe –, und richteten sich dann wieder auf den Druiden.

»Allanon ist seit mehr als fünfzig Jahren nicht mehr in den Vier Ländern gesehen worden.« Ihre Stimme war ruhig, doch in ihren Augen stand Furcht. »Wer bist du?«

»Ich bin Allanon«, wiederholte er. Er ließ einen Augenblick des Schweigens seine Worte wirken. »Wer sonst hätte dich hier aufstöbern können, Amberle? Wer sonst hätte wissen können, daß du eine der Erwählten bist?«

Wortlos starrte das Elfenmädchen ihn an. Als sie sprechen wollte, kam ihr kein Wort über die Lippen. Fest verklammerte sie ihre Hände ineinander, bemühte sich angestrengt, ihre Fassung wiederzufinden.

»Die Kinder werden ängstlich, wenn ich sie zu lange allein lasse. Sie müssen zu Bett gebracht werden. Bitte wartet hier.«

Schon war aus der Tiefe des Hauses das ungeduldige Scharren kleiner Füße zu hören und das feine Flüstern aufgeregter Stimmen. Amberle drehte sich um und verschwand in dem kleinen Haus. Sie konnten ihre Stimme hören, die leise und beruhigend klang, als sie die Kinder die Holztreppe zum Dachboden hinaufführte.

Allanon trat zu einer Bank auf der anderen Seite der Veranda und setzte sich. Wil blieb, wo er war, gleich an der Tür stehen, und lauschte den Stimmen des Elfenmädchens und der Kinder, während er dachte: O Gott, sie ist ja selbst noch ein Kind.

Einen Augenblick später war sie zurück. Leichten Schrittes trat sie auf die Veranda hinaus und schloß die Haustür sorgfältig hinter sich. Sie sah Wil an, der ihren Blick mit einem befangenen Lächeln erwiderte.

»Dieser junge Mann ist Wil Ohmsford.« Körperlos schwebte Allanons Stimme durch die Dunkelheit. »Er studiert in Storlock. Er möchte ein Heilkundiger werden.«

»Guten –« begann Wil, doch sie ging schon an ihm vorbei zu dem großen Alten.

»Warum seid Ihr hierher gekommen, Druide – wenn Ihr der Druide seid?« fragte sie, eine Mischung aus Verärgerung und Unsicherheit in der Stimme. »Hat mein Großvater Euch gesandt?«

Allanon erhob sich. »Können wir uns zum Gespräch in den Garten setzen?«

Das Mädchen zögerte, nickte dann. Sie führte sie von der Veranda den Steinweg hinunter zu den Bänken. Dort ließen sie sich nieder. Der Druide nahm ihr gegenüber Platz, während Wil ein klein wenig abseits einen Platz einnahm. Er erkannte sehr wohl, daß sich seine Rolle bei dieser Zusammenkunft auf die des

Zuschauers beschränkte.

»Warum seid Ihr hierher gekommen?« wiederholte Amberle, deren Stimme jetzt etwas gefestigter klang als anfangs.

Allanon schlang seine Gewänder fester um sich.

»Zunächst einmal – niemand hat mich geschickt. Ich bin aus eigenem Entschluß hier. Ich bin gekommen, dich zu bitten, mit mir nach Arborlon zurückzukehren.« Er machte eine kurze Pause. »Ich will mich kurz fassen. Der Ellcrys stirbt, Amberle. Die Mauer der Verfemung beginnt abzubröckeln; das Böse, das sie gefangenhält, drängt in die Freiheit – alle Dämonen! Bald werden sie das Westland überrennen. Nur *du* kannst es verhindern. Du bist die *letzte* der Erwählten.«

»Die letzte...« flüsterte sie, doch die Worte blieben ihr im Hals stecken.

»Ja. Sie sind alle tot. Die Dämonen haben sie gefunden und getötet. Und jetzt suchen die Dämonen dich.«

Ihr Gesicht erstarrte vor Entsetzen.

»Nein! Was ist das für eine List, Druide? Was für eine List –« Wieder brach sie ab, als Tränen ihr in die Augen traten und über die kindlichen Wangen rannen. Mit einer ungeduldigen Bewegung wischte sie sie weg. »Sind sie wirklich alle tot? Alle?«

Der Druide nickte. »Du mußt mich nach Arborlon begleiten.«

Protestierend schüttelte sie den Kopf.

»Nein! Längst bin ich keine Erwählte mehr. Das weißt du sehr wohl.«

»Mir ist bekannt, daß dein Wunsch ist, nicht zu den Erwählten zu gehören.«

Die grünen Augen blitzten zornig.

»Was ich wünsche, ist in dieser Sache nicht von Bedeutung. Ich diene nicht mehr; das alles liegt hinter mir. Ich bin keine Erwählte mehr.«

»Der Ellcrys hat dich erwählt«, widersprach Allanon ruhig und bestimmt. »Er muß darüber befinden, ob du dieses Amt noch immer innehast oder nicht. Er muß darüber bestimmen, ob du sein Samenkorn zum Blutfeuer bringen sollst, damit er wiedergeboren und die Bannmauer der Verfemung neu errichtet werden kann.«

»Ich begleite Euch nicht nach Arborlon«, erklärte Amberle fest.

»Du mußt.«

»Aber ich werde es nicht tun. Niemals werde ich zurückkehren. Hier ist jetzt mein Zuhause; diese Leute hier sind mein Volk. Ich habe diese Wahl getroffen, endgültig.«

Der Druide schüttelte bedächtig sein Haupt.

»Du kannst dir deine Heimat wählen und du kannst dir dein Volk wählen. Nicht immer aber deine Pflichten. Sie werden dir manchmal auferlegt, ohne daß dir eine Wahl bleibt. Und so ist es in dieser Sache, Elfenmädchen. Du bist die letzte der Erwählten; du bist die letzte Hoffnung der Elfen. Du kannst vor deiner Verantwortung nicht davonlaufen; du kannst dich nicht vor ihr verstecken. Und du kannst nichts daran ändern.«

Amberle sprang auf, tat unentschlossen ein paar Schritte, kam wieder zurück.

»Ihr begreift nicht.«

Allanon betrachtete sie. »Ich begreife besser als du glaubst.«

»Wenn dem so wäre, würdest du von mir nicht verlangen, daß ich zurückkehre. Als ich aus Arborlon fortging, wußte ich, daß ich nie wieder zurückkommen würde. In den Augen meiner Mutter, meines Großvaters und meines Volkes hatte ich Schimpf und Schande auf mich geladen. Ich tat etwas Unverzeihliches – ich wies das Geschenk zurück, in den Kreis der Erwählten aufgenommen zu werden. Selbst wenn ich es wünschte – und ich wünsche es nicht! – ließe sich das nicht ungeschehen machen. Die Elfen sind ein Volk mit einem tief verwurzelten Gefühl für Tradition und Ehre. Niemals können sie das, was geschehen ist, akzeptieren. Selbst wenn ihnen gesagt würde, daß sie alle zugrunde gehen werden, wenn nicht ich – und ich allein! – sie rette, würden sie mich nicht wieder in ihrem Kreis aufnehmen wollen. Ich bin eine Ausgestoßene, und nichts vermag daran etwas zu ändern.«

Nun richtete sich auch der Druide auf. Groß und dunkel stand er vor der zierlichen kleinen Gestalt. Der Blick seiner Augen war beängstigend.

»Töricht sind deine Worte, Elfenmädchen, und hohl deine Einwände. Du sprichst ohne Überzeugungskraft. Das paßt nicht zu dir. Ich weiß, daß du mehr Stärke besitzt, als du gezeigt hast.«

Die Worte trafen. Amberle fuhr hoch.

»Was wißt Ihr schon von mir, Druide? Nichts!« Die grünen Augen sprühten vor Zorn, als sie dicht vor ihn hintrat. »Ich bin Lehrerin. Ich unterrichte Kinder. Einige von ihnen habt Ihr heute abend gesehen. Sie kommen in kleinen Gruppen zu mir und verbringen einen Sommer unter meinem Dach. Sie werden mir von ihren Eltern anvertraut. Ich trage die Verantwortung für sie. Während sie in meinem Hause leben, vermittle ich ihnen das Wissen von den lebendigen Dingen dieser Erde. Ich lehre sie Liebe und Achtung vor der Welt und ihrer Kreatur, in die sie hineingeboren sind – ich lehre sie Verständnis für diese Welt und alle Wesen, die auf ihr leben. Ich lehre sie, Leben zu geben für das Leben, das ihnen gegeben wurde; ich lehre sie, solches Leben zu nähren. Wir beginnen ganz einfach, wie in diesem Garten. Und zum Schluß gelangen wir bis zu den komplexen Zusammenhängen, die das menschliche Leben umgeben. Das, was ich tue, tue ich mit Liebe. Ich bin ein einfacher Mensch mit einer schlichten Gabe, die ich mit anderen teilen kann. Die Erwählten aber teilen nichts mit anderen! Ich war nie eine Erwählte – nie! Ich wurde dazu berufen, obwohl es nicht mein Wunsch war, obwohl ich nicht geeignet war, dieses Amt zu erfüllen. All das habe ich hinter mir gelassen. Dieses Dorf und seine Bewohner sind der Mittelpunkt meines Lebens. Hier bin ich die, die ich bin. Hier gehöre ich hin.«

»Vielleicht.« Die Stimme des Druiden war ruhig und gelassen, wie unberührt von ihrer zornigen Erregung. »Und aus keinem besseren Grund willst du die Elfen im Stich lassen? Ohne dich müssen sie zugrunde gehen. Sie werden kämpfen wie damals in der alten Welt, als die Mächte des Bösen sie das erste Mal bedrohten. Aber diesmal fehlen ihnen die magischen Kräfte, ihnen Stärke zu verleihen. Sie werden vernichtet werden.«

»Diese Kinder sind mir anvertraut worden –« begann das Mädchen hastig von neuem, doch mit einer brüsken Bewegung hob Allanon die Hand.

»Was glaubst du wohl, wird geschehen, wenn die Elfen erst vernichtet sind? Glaubst du, die Bösen werden sich damit zufriedengeben, innerhalb der Grenzen des Westlandes zu bleiben? Was soll dann aus den Kindern werden, die dir anvertraut sind, Elfenmädchen?«

Einen Augenblick starrte Amberle ihn betroffen und schweigend an. Dann sank sie langsam wieder auf der Bank nieder. Tränen strömten ihr aus den Augen, und sie drückte die Lider fest zu.

»Warum wurde ich erwählt?« fragte sie leise, flüsternd beinahe. »Es gab keinen Grund dafür. Ich habe das Amt nicht gesucht –, und es waren so viele andere da, die danach strebten.« Die Hände in ihrem Schoß verkrampften sich. »Es war der reine Spott, Druide – der reine Hohn. Seht Ihr das nicht? Seit mehr als fünfhundert Jahren war keine Frau mehr erwählt worden. Immer nur Männer. Aber dann wurde ich erwählt – ein schrecklicher, grausamer Irrtum. Ein Irrtum.«

Das Gesicht des Druiden wirkte wieder ausdruckslos, als er den Blick durch den Garten wandern ließ.

»Es war kein Irrtum«, antwortete er, obwohl Wil den Eindruck hatte, daß er wie zu sich selbst sprach. Der Druide wandte sich langsam um und blickte das Mädchen an. »Wovor hast du Angst, Amberle? Denn du hast doch Angst, nicht wahr?«

Sie blickte nicht auf, hielt die Augen geschlossen. Nickte nur stumm.

Allanon setzte sich wieder. Seine Stimme klang jetzt sanft und gütig.

»Die Angst ist ein Teil des Lebens, aber man sollte ihr offen ins Angesicht blicken, sie niemals verschleiern. Wovor also fürchtest du dich?«

Seinen Worten folgte ein langes Schweigen.

Schließlich sprach Amberle. Ihre Worte waren nur ein Flüstern.

»Vor ihm.«

Der Druide runzelte die Stirn.

»Vor dem Ellcrys?«

Doch diesmal antwortete Amberle ihm nicht. Sie hob die Hände zu ihrem tränenfeuchten Gesicht und trocknete ihre Tränen. Amberle öffnete ihre grünen Augen und stand wieder auf.

»Wenn ich nun mit dir nach Arborlon reisen würde, wenn ich bereit wäre, meinem Großvater und meinem Volk gegenüberzutreten und ein letztes Mal vor den Ellcrys hinzutreten – wenn ich also alles täte, was Ihr verlangt habt, was geschieht dann, wenn er *mir* sein Samenkorn nicht gibt?«

Allanon richtete sich auf.

»Dann sollst du nach Havenstead zurückkehren, und ich werde dich nicht wieder belästigen.«

»Ich werde es mir überlegen.«

»Für lange Überlegungen bleibt keine Zeit«, entgegnete Allanon eindringlich. »Du mußt dich jetzt entscheiden, noch heute abend. Die Dämonen suchen dich schon.«

»Ich werde es mir überlegen«, wiederholte sie. Ihre Augen hefteten sich auf Wil. »Welche Rolle spielst du in dieser Sache, Heiler?« Wil wollte antworten, doch sie kam ihm mit einem Lächeln zuvor. »Laß nur. Ich spüre, daß wir hier im gleichen Boot sitzen. Du weißt nicht mehr als ich.«

Weniger, hätte Wil gern gesagt, aber sie hatte sich schon abgewandt.

»Ich habe in meinem Haus keinen Platz für Euch.« Sie richtete das Wort wieder an Allanon. »Ihr könnt hier nächtigen, wenn Ihr möchtet. Morgen werden wir uns weiter besprechen.«

Sie machte sich auf den Weg zu ihrem Häuschen. Das kastanienbraune Haar fiel ihr wie ein Schleier den Rücken herab.

»Amberle!« rief der Druide ihr nach.

»Morgen«, gab sie zurück und verlangsamte den Schritt nicht.

Dann war sie verschwunden, und die Haustür fiel hinter ihr lautlos ins Schloß.

Aus den träge wogenden Nebeln seines Schlafes kommend stürzte sich das Ungeheuer auf Wil, ein formloses Geschöpf seiner Träume, das aus den Tiefen seines Unbewußten aufstieg, um ihn zu quälen. Ein Schreckenswesen war es, ein Wesen, das in den finsteren Nischen seines Geistes lauerte, dort, wo er seine tiefsten Ängste verborgen hielt. Schlau und hinterhältig überfiel es ihn, überwand mit Leichtigkeit die Hindernisse, die er ihm entgegenstellen wollte, und seine Bewegungen waren schnell und geschmeidig, als es sich über ihn warf. Er konnte es nicht sehen, als es nahte; würde es nie sehen. Es besaß weder Substanz noch Identität; hatte keinen Sinn. Es existierte nur durch das überwältigende Gefühl des Entsetzens, das es auslöste. Natürlich floh er vor ihm – flog auf schnellen Beinen durch die Landschaften seiner Phantasie, lief und lief, bis ihm schien, daß es ihn nicht mehr einholen könnte. Doch er irrte. Augenblicklich war es wieder da, holte ihn schnell und sicher ein. Voller Verzweiflung floh er wieder, während er lautlos um Hilfe schrie. Aber es war niemand da, der ihm helfen konnte. Er war mutterseelenallein mit dem Ungeheuer und konnte ihm nicht entkommen. Und doch mußte er ihm entrinnen, denn er wußte mit Gewißheit, daß er sterben würde, wenn es ihn einholte, wenn es ihn berührte. So rannte er denn weiter voller Angst, mit blinden Augen, und spürte den Atem des Schreckenswesens heiß in seinem Nacken ...

Mit einem Aufschrei fuhr er aus dem Schlaf, riß sich die Decke herunter und setzte sich auf. Kalt lag die Nachtluft auf seinem Gesicht und seinem Körper. Schweiß strömte ihm aus den Achselhöhlen, und er spürte im Kopf den wilden Schlag seines Herzens.

Allanons dunkle Gestalt kauerte an seiner Seite. Seine kräftigen Hände hielten Wils Schultern umfaßt. Die Stimme des Druiden war ein heiseres Flüstern.

»Schnell, Talbewohner. Sie haben uns gefunden.«

Wil Ohmsford brauchte nicht zu fragen, wer *die* waren, die sie gefunden hatten. Sein Traum war Wirklichkeit geworden. Mit einem Sprung war er auf den Beinen, packte seine Decke und stürzte dem Druiden nach, der schon zu dem kleinen Haus eilte. Als hätte die Intuition sie geweckt, erschien Amberle auf der Veranda. Das weiße Nachtgewand flatterte gespenstisch um ihre zierliche Gestalt. Sie wirkte wie ein Geisterwesen.

Sogleich eilte Allanon zu ihr.

»Ich habe dir befohlen, dich anzuziehen«, flüsterte er zornig.

Sie schien nicht überzeugt.

»Solltet Ihr versuchen, mich mit List von hier fortzulocken, Druide? Sollte dies ein Spiel sein, das Ihr Euch ausgedacht habt, um mich zu bewegen, Euch nach Arborlon zu begleiten?«

Allanons Miene verfinsterte sich.

»Bleib ruhig noch einige Minuten hier stehen, dann wirst du deine Antwort schon bekommen! Kleide dich jetzt an!«

Sie ließ sich nicht einschüchtern.

»Gut. Aber ich kann die Kinder nicht einfach im Stich lassen. Sie müssen an einen Ort gebracht werden, wo sie in Sicherheit sind.«

»Dazu bleibt keine Zeit«, entgegnete der Druide ungeduldig. »Außerdem sind sie hier sicherer, als wenn wir sie jetzt durch die Dunkelheit schleppen.«

»Sie werden es nicht verstehen, daß sie einfach verlassen werden.«

»Bleib, dann werden sie dein Schicksal teilen.« Allanon war mit seiner Geduld am Ende. »Wecke das älteste! Sag ihm, daß du fort mußt, daß du keine Wahl hast. Sag ihm, es soll die anderen zu einem Nachbarn bringen, sobald es draußen hell wird. Tu, was ich dir sage – spute dich!«

Diesmal widersprach sie nicht. Sie machte kehrt und verschwand im Inneren des Häuschens. Wil zog seine Kleider zurecht und wickelte seine Decke zusammen. Gemeinsam mit Allanon sattelte er die Pferde. Sie führten sie vor das dunkle Haus, um dort das Elfenmädchen zu erwarten.

Amberle ließ nicht lange auf sich warten. Ihre Füße steckten in Stiefeln, und über der langen Hose und dem gegürteten Kittel trug sie einen langen blauen Umhang.

Allanon führte das Elfenmädchen und den Talbewohner dicht vor Artaq. Flüsternd sprach er mit dem Tier, während er seinen seidenweichen Hals streichelte. Dann drückte er Wil die Zügel in die Hand.

»Steig auf!«

Wil tat, wie ihm befohlen. Artaq warf den Kopf zurück und wieherte leise. Allanon sprach weiter flüsternd auf ihn ein. Dann faßte er Amberle um die Mitte und hob sie so schwungvoll, als besäße sie höchstens das Gewicht einer Feder, hinter Wil auf das Pferd. Er selbst schwang sich auf Spitter.

»Leise«, mahnte er. »Kein Wort.«

Sie bogen in die Straße ein, die vor dem kleinen Haus vorbeiführte, und folgten ihr in östlicher Richtung durch das schlafende Dorf. Nur das sachte Trappeln der Pferdehufe auf der festgetrampelten Erde durchbrach die tiefe Stille. Bald hatten sie die Häuser des Dorfes hinter sich gelassen und den Rand des Waldes erreicht. Vor ihnen dehnten sich Wiesen und Äcker, und in den Bewässerungsgräben glitzerte das Wasser im Mondlicht.

Wortlos stieg Allanon vom Pferd. Eine Weile stand er unbewegt in der mondhellen Nacht und lauschte in die Stille hinein. Ängstliche Besorgnis spiegelte sich auf seinen Zügen. Schließlich trat er nahe an Artaq heran und bedeutete Wil und Amberle, sich zu ihm herunterzuneigen.

»Sie sind überall.« Er sprach die Worte wie einen Hauch. Wil überlief es eiskalt. Der Druide blickte ihn an, als wolle er seinen Wert taxieren. »Bist du schon einmal zur Jagd geritten?« Wil nickte. »Gut. Du und Amberle behaltet Artaq. Wenn ihr in Bedrängnis geratet, laß ihm die Zügel schießen. Er wird euch sicher aus aller Gefahr herausführen. Wir reiten jetzt am Dorfrand entlang in nördlicher Richtung bis zur Öffnung des Tals. Dort durchbrechen wir ihre Umzingelung. Halte auf keinen Fall an, ganz gleich, was geschieht. Hast du mich verstanden? Wenn wir getrennt werden sollten, dann kehrt nicht um. Reitet weiter nach Norden, bis ihr den Silberfluß erreicht. Wenn ich nicht gleich nachkomme, dann durchquert den Fluß und reitet nach Westen in Richtung auf Arborlon.«

»Was werdet ihr ...?« fragte Wil hastig.

»Kümmere dich nicht darum, was ich tun werde«, fiel ihm der Druide ins Wort. »Konzentriere dich darauf, das zu tun, was ich dir aufgetragen habe.«

Wil nickte widerstrebend. Ihm gefiel das alles gar nicht. Als Allanon sich umdrehte, blickte er Amberle an.

»Halt dich fest«, flüsterte er mit einem Lächeln.

Sie erwiderte das Lächeln nicht. In ihren Augen stand unverhüllte Angst.

Allanon saß wieder auf. Langsam und vorsichtig trabten sie am Waldsaum entlang und schlugen einen Bogen um die westlichen Ausläufer des Dorfes. Tief und lastend hing die Stille über dem Tal. Wie Schatten glitten sie durch die Dunkelheit, während ihre Augen die Nacht nach Bewegungen durchforschten. Nach einer Weile erhob sich vor ihnen dunkel der Nordhang des Tals.

Plötzlich hielt Allanon sein Pferd mit einem Ruck an und bedeutete Wil, ebenfalls stehenzubleiben. Stumm wies er zu den Feldern zu ihrer Linken. Wil und Amberle blickten in die Richtung seines Armes. Zunächst war nichts weiter zu erkennen als endlose Reihen von Getreidehalmen. Doch gleich darauf machten sie die flinke Bewegung eines tierähnlichen Wesens aus, das aus einem der Bewässerungsgräben kroch und im Getreidefeld verschwand.

Eine Weile standen sie wie versteinert und warteten, dann ritten sie weiter. Sie hatten erst ein kurzes Stück Wegs zurückgelegt, als aus den Wäldern hinter ihnen ein tiefes, gieriges Heulen aufstieg. Amberle umfaßte Wil fester und drückte ihren Kopf an seinen Rücken.

»Dämonen-Wölfe«, sagte Allanon ruhig. »Sie haben unsere Spur aufgenommen.«

Er schlug Spitter die Hacken in die Flanken, und das Pferd fiel in einen leichten Trab. Artaq schnaubte angstvoll und folgte. Andere Dämonen-Wölfe stimmten in das Heulen ein, und dann dröhnte das laute Knacken von Ästen und Zweigen, als viele Leiber durch die Bäume brachen.

»Reitet zu!« rief Allanon.

Die Pferde sprangen vorwärts, schwenkten aus dem Schutz des Waldsaums in scharfem Winkel nach links. Im Galopp donnerten sie an den Feldern entlang, folgten der Linie des Hauptbewässerungsgrabens zur Öffnung des Tals, die den Weg ins offene Grasland freigab. Rings um sie herum widerhallte es vom gierigen, wilden Geheul der Dämonen-Wölfe. Gigantische, zuckende Schatten setzten in Riesensprüngen über Getreidehalme und Maisstengel und rasten wie toll vor Mordgier auf sie zu. Wil beugte sich tief über Artaqs Hals und trieb den schwarzen Rappen an. Der Paß, der aus dem Tal herausführte, kam in Sicht.

Ein halbes Dutzend knurrender, fauchender Schatten brach aus dem Wald vor ihnen, wolfsähnliche Wesen von riesenhafter Gestalt. Ihre Gesichter wirkten auf groteske Weise menschlich, als sie sie im Mondlicht emporhoben und die scharfen Zähne fletschten. Allanon ritt ihnen direkt entgegen. Blaue Flammen züngelten an den Fingern der Hand, die er drohend emporschwang. Gleich darauf schnellten die Flammen lodernd mitten in das Rudel hinein, brennend heiß, so daß die Wölfe wie rasend auseinanderstoben. Mittendurch jagte der Druide, und sein Pferd wieherte schrill vor Angst und Schrecken.

Artaq hatte den Druiden und die Dämonen-Wölfe schon hinter sich gelassen, flog in gestrecktem Galopp dem offenen Flachland entgegen. Mehrere dunkle Leiber stürzten aus dem Schutz der Felder, die vor ihnen lagen, und gierige Mäuler schnappten nach den Läufen des Rappen. Artaq ließ sich nicht aufhalten. Er prallte mit der Schulter gegen eines der greulichen Wesen, so daß dieses sich überschlagend zu Boden stürzte. Die anderen blieben rasch zurück. Wil beugte sich noch tiefer über den Hals des Pferdes, zog Amberle mit sich hinunter und ließ die Zügel lockerer. Zu ihrer Rechten tauchte eine neue Schar Dämonen-Wölfe auf. Ihr wütendes Heulen erfüllte die Nacht. Blaue Flammen fuhren wie Messerklingen in den blutrünstigen Haufen hinein, und das Geheul wurde zu jämmerlichem Schmerzensgeschrei. Artaq jagte weiter.

Dann brach aus dem vor ihnen liegenden Wald ein einzelner Dämonen-Wolf hervor, ein gewaltiges Wesen, das an dem Flüßchen entlangschoß, aus dem die Bewässerungsgräben gespeist wurden. Er raste vorwärts, um sie abzufangen, flog mit unglaublicher Geschwindigkeit dahin, geschmeidig in seinen Bewegungen und völlig lautlos. Wil spürte, wie ein kalter, harter Klumpen sich in seiner Brust zusammenzog. Das Ungeheuer verkürzte den Abstand zu ihnen allzu rasch; sie würden ihm nicht entkommen. Er tat das einzige, was ihm einfiel. Er feuerte Artaq mit einem wilden Schrei der Verzweiflung an und ließ ihm die Zügel schießen. Der mächtige Rappe reagierte sofort, vermochte es, neue Kräfte zu mobilisieren. Sein Schritt wurde ausgreifender. Das Ungeheuer hatte sie fast eingeholt, ein finsteres Schreckgespenst, das plötzlich aus der Nacht aufzutauchen schien. Wil schloß die Augen und stieß erneut einen Schrei aus. Artaq wieherte wie zur Erwiderung, dann übersprang er mit einem gewaltigen Satz das Flüßchen. Sobald seine Hufe das andere Ufer berührten, jagte er aus den Wäldern und Feldern von Havenstead hinaus, dem offenen Flachland zu.

Sekundenlang ließ Wil die Augen geschlossen, klammerte sich nur blind an Artaqs Hals und überließ sich den sicheren Bewegungen des kräftigen Tieres, als dieses in die Nacht floh. Als er endlich den Kopf wieder hob und einen Blick nach rückwärts wagte, sah er, daß sie allein waren. Feuer und Rauch stiegen aus der Finsternis des Tals, und die Nacht erzitterte unter schrecklichem Jaulen und Winseln. Von den Dämonen-Wölfen war keine Spur zu sehen. Von Allanon allerdings auch nicht.

Ohne zu überlegen, zügelte Wil den Rappen mit heftiger Bewegung und riß ihn herum. Allanons Anweisungen waren klar und bestimmt gewesen. Unter keinen Umständen durfte er umkehren. Amberle mußte seine vordringlichste Sorge gelten. Sie war seinem Schutz anvertraut; sie mußte behütet werden um jeden Preis. Er warf einen raschen Blick auf das kindliche Gesicht hinter sich. Die grünen Augen blickten ihn fragend an. Er wußte, was er zu tun hatte. Und doch wußte er auch, daß der Druide noch im Tal war, inmitten der Ungeheuer, vielleicht in Gefahr. Wie konnte er ihn einfach im Stich lassen und davonreiten?

Nur einen Moment hielt seine Unschlüssigkeit an. Dann sah er Spitter, der wie von Furien gejagt aus dem Tal hervorschoß. Und tief über seinem Hals hing der Druide, dessen schwarze Gewänder sich im Wind bauschten, während hinter ihm der Himmel blutrot loderte. Dichtauf folgten die Dämonen-Wölfe mit gewaltigen zottigen Leibern und heulten ihren Haß auf die Menschen heraus, die ihnen entkommen waren.

Wil wandte Artaq ohne Verzug nach Norden und schlug ihm die Fersen in die Seiten. Schnaubend sprang der große Rappe vorwärts. Diesmal ließ Wil ihm nicht freien Lauf, sondern hielt ihn sorgfältig unter Kontrolle. Die Jagd würde vielleicht noch lange dauern, und auch die Kräfte des mächtigen Rappen hatten ihre Grenzen. Artaq widersetzte sich nicht, sondern folgte gehorsam seiner Führung. Wil beugte sich wieder nach vorn. Er spürte, wie Amberles Hände seine Körpermitte fester umspannten, während sie das Gesicht wieder an seinen Rücken drückte.

Eine Meile später holte Spitter sie ein. Der Körper des keuchenden Pferdes war schweißnaß, die Nüstern waren weit gebläht. Schon zeigte es Müdigkeit. Wil blickte voll ängstlicher Sorge zu Allanon hinüber, aber der Druide erwiderte den Blick nicht; seine dunklen Augen erforschten das Land, das sich vor ihnen auftat, während er mit flüchtigen Handbewegungen sein Pferd antrieb.

Die Jagd über die grasbewachsenen Ebenen der Landschaft am Silberfluß ging weiter und verlor nichts an grimmiger Entschlossenheit. Das rasende Geheul der Dämonen-Wölfe erstarb schnell; statt dessen hörten sie jetzt keuchenden, röchelnden Atem und wütendes Knurren ohnmächtigen Zorns. Sie galoppierten durch Talmulden, die sich zwischen sanften Hügeln öffneten, und über weite, öde Anhöhen, an Obsthainen vorüber und an einsam stehenden Eichen und Weiden – ohne Pause flogen sie durch die schweigende Finsternis des Flachlandes. Die Zeit hatte keine Bedeutung mehr. Nahezu ein Dutzend Meilen hatten sie schon hinter sich gebracht. Doch der Abstand zwischen ihnen und den Verfolgern blieb unverändert.

Endlich kam der Silberfluß in Sicht, ein breites Band mondfunkelnden Wassers, das zwischen den niedrigen Hügeln am Flußufer in der Dunkelheit aufblitzte. Wil sah den Fluß zuerst und stieß einen lauten Ruf aus. Beim Klang seiner Stimme sprang Artaq augenblicklich vorwärts und setzte sich wieder vor Spitter. Verspätet suchte Wil, ihn zurückzuhalten, doch der Rappe ließ sich diesmal nicht zügeln. Er lief noch immer leichtfüßig und mühelos und ließ den rasch ermattenden Spitter schnell zurück.

Die Lücke zwischen Artaq und jenen, die hinter ihm kamen, wurde größer. Wil mühte sich immer noch, den Rappen zu zügeln, als er die kauernden, dunklen Gestalten gewahrte, die unversehens aus der Nacht hervorbrachen – sich windende, schlängelnde Gestalten, die mit borstigem grauen Haar bedeckt waren. Dämonen! Wil spürte, wie sich sein Magen zusammenkrampfte. Es war eine Falle. Sie hatten ihn hier erwartet für den Fall, daß es ihm und Amberle gelingen sollte, den Dämonen-Wölfen bei Havenstead zu entkommen. Jetzt warteten sie in breiter Front an den Ufern des Silberflusses und rückten enger zusammen, als die Reiter sich näherten.

Artaq sah sie ebenfalls und schwenkte scharf nach links, um auf eine kleine Anhöhe zuzuhalten. Hundert Schritte zurück tat Spitter es ihm nach. Noch weiter zurück, die Distanz zu dem rasch ermüdenden Pferd jedoch verringernd, schossen die Dämonen-Wölfe über die Ebene, und ihr Heulen hallte jetzt wieder schauerlich durch die Nacht. Artaq jagte in gestrecktem Galopp die Anhöhe hinauf und flog schon wieder abwärts, zum Silberfluß hin. Eilig wollten die Dämonen vor ihm sich ihm in den Weg stellen. Wil konnte sie jetzt deutlich sehen, katzenähnliche Ungeheuer mit den Gesichtern von Frauen, die gräßlich verzerrt waren. Mit scheußlichem Gekreische stürzten sie dem Rappen entgegen, und ihre langen, reißenden Zähne blitzten im Mondlicht.

In letzter Sekunde wirbelte Artaq herum und raste wieder zur Anhöhe. Die Ungeheuer blieben wütend kreischend zurück. Im selben Moment erklomm Spitter den Hügel, stolperte vor Müdigkeit und ging in die Knie. Allanon wurde mit flatternden Gewändern zu Boden geschleudert, überschlug sich mehrmals und sprang schließlich wieder auf die Beine. Von allen Seiten jagten die Dämonen-Wölfe heran, aber in einem weiten lodernden Bogen schossen die blauen Flammen aus seinen Fingern und trieben die Unwesen auseinander wie der Herbstwind welke Blätter.

Artaq schwenkte wieder nach links. Wil und Amberle klammerten sich verzweifelt an ihn, um nicht abgeworfen zu werden. Laut wiehernd vor Haß auf diese Katzenwesen, die ihn aufhalten wollten, stürmte der Rappe erneut gegen die Widersacher an, parallel zum Flußufer. So schnell flog er dahin, daß er mitten unter ihnen war, noch ehe sie gewahrten, was er beabsichtigte. Mehrere der Ungeheuer wollten ihn packen, rissen mit klauenbewehrten Gliedern an ihm, doch im selben Augenblick war er an ihnen vorüber, entzog sich mit einem gewaltigen Sprung ihren gierigen Krallen und raste durch die Nacht davon. Hinter ihm übergoß blauer Flammenregen die nächsten Verfolger und verbrannte sie zu Asche. Wil sah sich nur einmal um. Allanon stand noch immer auf der Höhe des Hügels, auf allen Seiten umgeben von Dämonen-Wölfen und Katzenwesen, die immer näherrückten. Zu viele! Feuer schoß aus den Händen des Druiden, und er verschwand in einem nebelhaften Chaos aus Rauch und dunklen, zuckenden Leibern.

Ein sechster Sinn warnte Wil plötzlich vor neuer Gefahr. Hastig wandte er den Blick von der Schlacht oben auf der Anhöhe. Aus dem Nichts tauchte plötzlich eine neue Rotte Dämonen-Wölfe auf. In riesigen, lautlosen Sprüngen jagten sie Artaq entgegen. Wil verspürte einen Anflug kopfloser Angst. Er und Amberle waren zwischen den Ungeheuern und dem Fluß eingekeilt. Vor ihnen stand wie eine Mauer dichter Wald, der ihnen den Fluchtweg abschnitt, hinter ihnen die Dämonen, denen sie eben erst entflohen waren. Es gab keine Rettung.

Artaq zögerte nicht. Er schlug einen Haken und stürmte zum Silberfluß zurück. Die Wölfe folgten, lautloses, schwarzes Entsetzen. Wil war überzeugt, daß sie diesmal nicht entrinnen würden. Allanon war nicht mehr da; er konnte ihnen nicht mehr helfen. Sie waren ganz allein auf sich gestellt.

Der Silberfluß kam näher. Nirgends war eine seichte Stelle, nirgends eine Furt zu sehen – nur mondschimmerndes Wasser, das zu tief, dessen Strömung zu schnell war, um eine Durchquerung zu wagen. Und doch verlangsamte Artaq sein Tempo nicht. Wie groß auch immer die Gefahr sein mochte, die eine Überquerung des Flusses mit sich brachte, der Rappe hatte sich entschieden. Er war entschlossen, es mit dem Fluß aufzunehmen.

Auch die Dämonen-Wölfe spürten das. Weniger als dreißig Schritte zurück, warfen sie sich in wilder Entschlossenheit vorwärts, Wil und das Elfenmädchen doch noch zu fassen. Amberle schrie auf. Verzweifelt suchte Wil in seinem Kittel nach dem Lederbeutel mit den Elfensteinen. Dabei wußte er nicht einmal, ob er fähig sein würde, sie zu gebrauchen. Er wußte nur, daß er etwas tun mußte. Doch er hatte sich ihrer zu spät erinnert. In demselben Moment, als seine Hand sich um die Steine schloß, erreichten sie das Ufer des Flusses. Artaq zog sich zusammen wie eine Feder und sprang. Wil und Amberle klammerten sich an seinen Rücken. Und im selben Augenblick erstrahlte rund um sie herum ein gleißendes weißes Licht und bannte sie in der Bewegung, als wären sie in einem Bild eingefangen worden. Die Wölfe verschwanden. Der Silberfluß versank. Alles war fort. Sie waren allein und stiegen langsam aber stetig ins Licht auf.

Vor den Anfängen der Zeit war er da. Vor den Anfängen der Geschichte der Menschheit. Ja, selbst vor dem Krieg zwischen Gut und Böse, der das Wesen des Lebens, das nach ihm folgte, für immer festlegte. Er war schon in jener Zeit da, als die Welt ein geheiligtes Eden war und alle Lebewesen in Frieden und Harmonie miteinander lebten. Damals war er jung, selbst ein Zauberwesen, während die Zaubergeschöpfe der Erde gerade geboren wurden. Er lebte in einem Garten, der seiner Obhut anvertraut worden war; ihm war die Verantwortung übergeben, dafür zu sorgen, daß der Garten und alle Wesen, die in ihm lebten, gepflegt und erhalten wurden, behütet und erneuert. Er hatte keinen Namen, denn Namen wurden nicht gebraucht. Er war der, der er war, und sein Leben stand gerade erst am Anfang.

Verborgen war ihm geblieben, was dereinst aus ihm werden sollte. Seine Zukunft war eine unbestimmte und ferne Verheißung gewesen, die geisterhaft durch das Labyrinth seiner Träume schwebte, und er hätte ihre Wirklichkeit nicht voraussehen können. Er hätte nicht vorahnen können, daß sein Leben nicht wie das anderer Lebewesen endlich sein werde, sondern fortdauern sollte über Jahrhunderte des Sterbens und Geborenwerdens – ewig. Er hatte nicht voraussehen können, daß alle jene, die gleichzeitig mit ihm, und alle jene, die erst viel später das Licht der Welt erblickten, ob Feenwesen oder Mensch, vergehen und vergessen würden, während er allein weiterleben sollte. Und er hätte es auch nicht gewollt, denn er war noch jung genug, um davon überzeugt zu sein, daß seine Welt immer so bleiben würde, wie sie damals war. Hätte er gewußt, daß es ihm bestimmt war zu erleben, wie sie sich bis zur Unkenntlichkeit veränderte, er hätte nicht überleben wollen. Er hätte sich zu sterben gewünscht, eins zu werden wieder mit der Erde, die ihn hervorgebracht hatte.

Doch er sollte der letzte fortglühende Funke jener goldenen Zeit werden, die die Erschaffung der Welt regierte; der letzte fortglühende Funke von Frieden und Harmonie, von Licht und Schönheit, die das Paradies des Lebens waren. So war es in der Dämmerung der Anfänge bestimmt worden, und so war auf ewig der Lauf seines Lebens, auf ewig der Sinn seines Lebens verändert worden. Er sollte einer Welt, die ihre Mitte verloren hatte, Erinnerung an das sein, was gewesen war. Und er sollte auch Verheißung dafür sein, daß all das, was gewesen war, eines Tages vielleicht wiederkehren würde.

Zu Beginn hatte er dies nicht verstanden. Nur Bestürzung und Schmerz hatte die Entdeckung geweckt, daß die Welt sich veränderte, daß ihre Schönheit welkte und ihr Licht erlosch – daß all das, was mit Frieden und Harmonie erfüllt gewesen war, verloren sein sollte. Bald aber war sein Garten das einzige, was blieb. Von allen denen, die mit ihm in die Welt gekommen waren, war nicht ein einziger mehr da. Er war allein. Von Schmerz und Selbstmitleid gequält, drohte er eine Zeitlang zu verzweifeln. Dann wollten die Klauen der Veränderung, die das Land rund um ihn herum gewandelt hatten, auch nach seiner kleinen Welt greifen und sie auf den Kopf stellen. Da besann er sich der ihm auferlegten Pflichten und nahm den langen und schwierigen Kampf um die Erhaltung des Gartens auf, der sein Heim war. Dieses letzte Bollwerk der ersten Welt sollte überleben, auch wenn alles andere verloren war. Die Jahre verrannen, und sein Kampf dauerte fort. Er merkte, daß er kaum alterte. Er entdeckte in sich eine Kraft, von der er nicht gewußt hatte, daß er sie besaß. Nach einiger Zeit erkannte er den Sinn seines einsamen Daseins – eine neue Verantwortung war ihm übertragen worden, und er durfte sich dieser Verantwortung nicht entziehen. Mit der Erkenntnis kam die Annahme, und mit der Annahme das Verstehen.

Jahrhundertelang lebte und kämpfte er im Verborgenen, und sein Dasein war den Völkern, die rund um ihn herum bauten, nicht mehr als ein Mythos, ein Märchen, das man mit einem wehmütigen Lächeln und besserwisserischer Nachsicht erzählte. Erst nach der alles verheerenden Katastrophe, die die Menschen die Großen Kriege nannten, nach der endgültigen Zerstörung der alten Welt und dem Auftauchen der neuen Rassen, erst da begann man, den Mythos als Wahrheit zu akzeptieren. Damals nämlich entschloß er sich zum erstenmal, aus seinem Garten in das Land hinauszugehen. Er tat es nach sorgfältiger Überlegung. Es gab wieder einen Zauber in der Welt, und dies war der edelste und höchste Zauber – der Zauber des Lebens. Das Land draußen war neu und frisch, und er sah in dieser Wiedergeburt eine Gelegenheit, all das wiederaufleben zu lassen, was er gekannt hatte, als er jung gewesen war. Durch ihn konnten Vergangenheit und Zukunft vielleicht endlich vereint werden. Es würde nicht leicht werden und auch nicht schnell erfolgen; aber es würde kommen. Er konnte sich nun nicht länger in der Abgeschiedenheit seines Gartens verborgen halten. Er mußte herauskommen. Sein kleines Heiligtum barg den Keim all dessen, was die Welt wiedergewinnen mußte, wenn sie fortbestehen wollte. Er sah, daß es nicht genügte, ihn zu erhalten. Er sah, daß er kultiviert werden mußte – mehr, daß dieser Keim aus der alten Welt sichtbar und zugänglich gemacht werden mußte. Und er mußte dafür Sorge tragen, daß dies geschah.

So verließ er also den Garten, der so viele Jahrhunderte lang sein Heim gewesen war, und durchstreifte das Land, das ihn umgab. Eine Landschaft freundlicher grüner Ebenen und sanft wogender Hügel war es, schattiger Waldtäler und stiller Seen, durchzogen von einem Fluß, der ihre Lebensader war. Doch er entfernte sich nicht weit von seinem Garten, denn ihm galt seine erste Sorge, und die Notwendigkeit, ihn zu pflegen und zu hegen, verlangte, daß er in seiner Nähe blieb. Aber er brauchte auch gar nicht weit zu wandern. Das Land, das er vorfand, gefiel ihm. Er pflanzte in seinem Herzen den Keim der ersten Welt, drückte ihm sein Zeichen auf, verlieh ihm einen besonderen Glanz, der es leicht erkennbar machte, gab seinen Bewohnern und den Wanderern, die es durchstreiften, seinen Segen und bot ihnen Schutz gegen alles Böse. Im Lauf der Zeit begannen die neuen Rassen zu begreifen, was er vollbracht hatte; man sprach von ihm und seinem Land mit Ehrfurcht und Achtung. Allenthalben in den Vier Ländern begann man sich seine Geschichte zu erzählen. Sie wuchs und wuchs, bis sie schließlich zur Legende geworden war.

Man gab ihm den Namen des Landes, das er zu seinem eigenen gemacht hatte. Man nannte ihn den König vom Silberfluß.

Wil und Amberle erschien er in der Gestalt eines alten Mannes. Grau und gebeugt von der Last der Jahre trat er aus dem Licht. Seine Gewänder umwallten seinen mageren Körper. Das Haar fiel ihm in vollen, weißen Wellen auf die Schultern. Das Greisengesicht war zerknittert und von der Sonne gebräunt; die tiefblauen Augen hatten die Farbe des Meeres. Lächelnd begrüßte er sie, und Wil und Amberle erwiderten das Lächeln, da sie spürten, daß diesem Mann nichts Böses anhaftete. Sie saßen immer noch auf dem breiten Rücken des Rappen, der, den Körper noch in vollem Lauf gestreckt, bewegungslos war in dem Licht, das sie alle in Reglosigkeit gebannt hielt. Weder der junge Mann noch das Elfenmädchen verstanden, was geschehen war, doch sie verspürten keine Furcht, nur eine tiefe, tröstliche Schläfrigkeit, die sie mit der Kraft eiserner Ketten umfangen hielt.

Verschwommen und undeutlich im Dunsthauch des Lichts, blieb der alte Mann vor ihnen stehen. Seine Hand berührte Artaqs edlen Kopf, und der Rappe wieherte leise. Dann richtete der Greis den Blick auf Amberle, und in seinen Augen schimmerten Tränen.

»Ach, Kind, wärst du mein«, flüsterte er und trat näher, um ihre Hand in die seine zu nehmen. »Nichts Böses soll dir in diesem Land widerfahren. Wir sind am Ziel vereint und werden eins sein mit der Erde.«

Wil wollte etwas entgegnen und konnte es nicht. Der alte Mann trat wieder zurück und hob eine Hand zum Lebewohl.

»Ruht euch jetzt aus. Schlaft.« Seine Gestalt begann zu zerfließen, als er ins Licht zurückglitt. »Schlaft, Kinder des Lebens.«

Wil wurden die Augen schwer. Es war ein angenehmes, willkommenes Gefühl, und er sträubte sich nicht dagegen. Er spürte Amberles zarte Gestalt schwer an seinem Rücken. Locker hielten ihre Hände seine Mitte umfangen. Das Licht schien zurückzuweichen, in Dunkelheit zu verbleichen. Seine Augen fielen zu, und er schlief ein.

Er träumte. Er stand inmitten eines Gartens von unbeschreiblicher Schönheit und Heiterkeit. So wundersam war dieser Garten in der Pracht seiner Farben und dem süßen Hauch seiner Düfte, daß alles, was er in seinem Leben erfahren oder sich vorgestellt hatte, daneben verblaßte. Silbern glitzernde Bäche ergossen sich aus verborgenen Quellen in stille Teiche. Mächtige Bäume breiteten starke Äste aus, und durch ihr Laub sickerte das Sonnenlicht und tauchte alles darunter in ein Gesprenkel warmen Goldes. Weiches, süßes Gras polsterte smaragdgrün die Wege und Pfade. Eine unendliche Vielfalt von Vögeln, Fischen und anderen Tieren belebte den Garten – lebte in Harmonie und Zufriedenheit und Frieden. Wil Ohmsford war erfüllt von einem Gefühl tiefer, bleibender Ruhe, von einem Glücksempfinden so tief, daß er weinte.

Doch als er sich umwandte, um seine Gefühle mit Amberle zu teilen, gewahrte er, daß sie verschwunden war.

Als Wil Ohmsford wieder erwachte, graute der Morgen. Er lag in einem grasbewachsenen Tal unter den schützenden Ästen eines Ahorns. In langen schrägen Strahlen fiel das Morgenlicht durch das üppige Wachstum breiter Blätterbänder. Aus der Nähe war das gedämpfte Plätschern von Wasser zu hören, das gegen ein Ufer anschlägt. Einen Herzschlag lang glaubte er sich noch in dem wundersamen Garten seiner Träume, richtete sich mit einem Ruck auf und blickte sich um. Der Garten war nicht mehr da.

Neben ihm lag Amberle, noch immer schlafend. Er zögerte, doch dann beugte er sich über sie und rüttelte sie sachte an der Schulter. Sie regte sich und schlug die Augen auf. Verwundert blickte sie ihn an.

»Wie geht es dir?« fragte er.

»Gut. Wo sind wir?« Sie rieb sich den Schlaf aus den Augen.

Wil schüttelte den Kopf.

»Ich weiß es nicht.«

Das Elfenmädchen setzte sich langsam auf und sah sich in dem kleinen Tal um.

»Wo ist Allanon?«

»Auch das weiß ich nicht.« Wil streckte versuchsweise die Beine und stellte mit Überraschung fest, daß die Muskeln locker und weich waren. »Er ist weg. Sie sind alle weg – Allanon, diese Ungeheuer ...« Er verstummte, als er vom Unterholz am anderen Ende des Tales her Geräusche wahrnahm. Ein vertrautes schwarzes Gesicht schob sich durch das Blättergewirr. Wil lächelte. »Nun, wenigstens haben wir Artaq noch.«

Der Rappe zupfte träge ein paar Grashalme und trottete zu Wil hinüber, um ihn sacht mit der Schnauze anzustupsen. Wil streichelte flüchtig den schmalen Kopf und kraulte das Tier hinter den Ohren. Amberle saß schweigend dabei.

»Hast du den alten Mann gesehen?« fragte Wil sie.

Sie nickte ernst. »Das war der König vom Silberfluß.«

Wil sah sie an.

»Das dachte ich mir. Mein Großvater hat ihn einmal gesehen, vor Jahren. Ich war mir eigentlich bis heute nicht sicher, ob es ihn wirklich gibt. Merkwürdig.« Artaq entfernte sich ein paar Schritte und begann zu grasen. Wil schüttelte den Kopf. »Er hat uns das Leben gerettet. Die Dämonen-Wölfe hätten uns beinahe eingeholt.« Er bemerkte den Ausdruck, der in die Augen des Elfenmädchens trat, und brach ab. »Jedenfalls sind wir jetzt sicher.«

»Es war wie im Traum, nicht wahr?« meinte sie leise. »Wir schwebten im Licht. Wir saßen auf Artaq und rundherum gleißte nur das Licht. Dann kam er auf uns zu. Er kam aus dem Nichts und sagte etwas ...« Sie verstummte, als verwirre die Erinnerung sie. »Hast du es gesehen?«

Wil nickte.

»Und dann verschwand er«, fuhr sie wie zu sich selbst fort, als wolle sie sich ins Gedächtnis zurückrufen, was geschehen war. »Er verschwand, und das Licht erlosch – und dann – und dann ...« Sie blickte ihn fragend an.

»Der Garten?« fragte er. »Hast du den Garten gesehen?«

»Nein.« Sie zögerte. »Nein, ich habe keinen Garten gesehen. Um mich herrschte nur Dunkelheit, und ich hatte ein merkwürdiges Gefühl, das ich nicht beschreiben kann. Ich – es war wie eine Sehnsucht – ein nach etwas greifen wollen, glaube ich.« Sie blickte ihn hilfesuchend an, doch Wil stand nur Verwirrung im Gesicht. »Du hast neben mir gestanden«, fuhr sie fort. »Du hast neben mir gestanden, aber du konntest mich nicht sehen. Ich habe dir zugerufen, aber es hatte den Anschein, als könntest du mich nicht hören. Es war so sonderbar.«

Wil krümmte die Schultern und beugte sich vor.

»Ich erinnere mich an den alten Mann und das Licht. Genauso, wie du es beschrieben hast. Ja, daran erinnere ich mich. Als der alte Mann und das Licht vergingen, schlief ich ein. Zumindest hatte ich das Gefühl einzuschlafen. Ich saß immer noch auf Artaq, und du warst hinter mir. Ich spürte deine Arme um meinen Körper. Dann stand ich plötzlich in einem Garten, wie ich noch keinen gesehen hatte. Er war wunderschön, und so friedlich und ruhig. Aber als ich mich nach dir umsah, warst du nicht mehr da. Du warst verschwunden.«

Wortlos blickten sie einander an.

»Ich glaube, wir versuchen jetzt am besten, erst mal festzustellen, wo wir eigentlich sind«, meinte Wil schließlich.

Er stand auf und sah sich wieder um. Verspätet fiel es ihm ein, daß er Amberle aufhelfen könnte, doch da stand sie schon neben ihm und zupfte sich Blätter und Gras aus dem Haar. Er zauderte einen Augenblick, dann schritt er voraus durch das Dickicht von Bäumen und Büschen, dem Plätschern des Wassers nach.

Wenig später standen sie am Ufer eines Sees, der so groß war, daß sein Wasser sich am Horizont zu verlieren schien. Tiefblau und klar dehnte sich das Gewässer in der Morgensonne. Hier und dort blitzten silberne Schaumkronen auf. Bäume säumten die grasbewachsenen Ufer, Weiden, Ulmen und Eschen, und ihre Blätter kräuselten sich in einem sanften Südwind, der den Duft von Jelängerjelieber und Azaleen heranwehte. Am wolkenlosen Himmel, der den See überspannte, wölbte sich ein flimmerndes Band vieler Farben, das vom einen Ende des Horizonts zum anderen zu reichen schien.

Wil blickte zur Sonne, dann wandte er sich mit einem ungläubigen Kopfschütteln an Amberle.

»Weißt du, wo wir sind? Irgendwo am Nordufer des Regenbogen-Sees. Der alte Mann hat uns den ganzen Silberfluß hinuntergetragen und dann noch über den See bis hierher. Wir sind meilenweit von unserem Ausgangspunkt entfernt.«

Amberle nickte beinahe zerstreut.

»Ich glaube, du hast recht.«

»Ich weiß, daß ich recht habe.« Wil wanderte erregt auf und ab und blieb schließlich direkt am Wasser stehen. »Ich möchte nur wissen, wie er das geschafft hat.«

Amberle hockte sich ins Gras und blickte auf den See hinaus.

»Die Legende berichtet, daß er denen hilft, die der Hilfe bedürfen, wenn sie sein Land durchreisen – daß er sie beschützt und behütet.« Sie schwieg, ihre Gedanken schienen woanders zu weilen. »Er hat etwas zu mir gesagt... Wenn ich mich nur erinnern könnte, was es war...«

Wil hörte ihr nicht zu.

»Wir sollten uns auf den Weg machen. Arborlon ist weit. Aber wenn wir in nordwestlicher Richtung reiten, müßten wir eigentlich auf den Mermidon stoßen, und dem können wir dann direkt bis in das Westland folgen. Da ist das Land zwar weit und offen, aber so leicht wird man uns jetzt nicht mehr finden. Wir haben keine Spur hinterlassen.«

Die Verstimmung, die über Amberles Gesicht huschte, bemerkte er gar nicht, so beschäftigt war er mit seinen Überlegungen.

»Ich denke, wir werden ungefähr vier Tage brauchen – vielleicht auch fünf, da wir ja zu zweit nur ein Pferd haben. Wenn wir Glück haben, finden wir vielleicht unterwegs noch eines, aber das ist wahrscheinlich ein bißchen viel verlangt. Es wäre auch nicht schlecht, wenn wir eine Waffe hätten; wir haben ja nicht einmal einen Jagdbogen. Da wird uns wohl nichts anderes übrigbleiben, als von den Früchten des Feldes zu leben. Wir könnten natürlich –«

Er brach ab, als er plötzlich gewahrte, daß Amberle unmutig den Kopf schüttelte. Das Elfenmädchen kreuzte die Beine und lehnte sich an einen Baumstamm.

»Was ist?« fragte er und ließ sich auf dem Platz neben ihr

nieder. »Mißfällt dir etwas?«

»Ja, du zum Beispiel.«

»Ich? Wie meinst du das?«

»Du scheinst bereits fest beschlossen zu haben, wie es weitergehen soll. Findest du nicht, du solltest dir vielleicht auch meine Überlegungen zu der Frage anhören?«

Höchst erstaunt starrte Wil sie an.

»Aber natürlich. Ich –«

»Ich habe nicht bemerkt, daß du mich um meine Meinung gefragt hast«, fuhr sie fort, ohne auf seinen Einwurf zu achten. »Hältst du es für überflüssig zu fragen?«

Wil lief vor Scham rot an. »Entschuldige. Ich habe nur –«

»Du hast nur Entscheidungen getroffen, die zu treffen du gar kein Recht hast.« Sie machte eine Pause und betrachtete ihn kühl. »Ich weiß nicht einmal, was du hier tust. Der einzige Grund, weshalb ich überhaupt bis hierher mitgekommen bin, ist der, daß mir im Grund keine Wahl gelassen wurde. Ich finde es an der Zeit, mir über einige Punkte Gewißheit zu verschaffen. Warum hat Allanon dich überhaupt damit beauftragt, Wil Ohmsford? Wer bist du?«

Wil stand ihr Rede und Antwort. Er begann mit der Geschichte seines Großvaters, Shea Ohmsford, und der Suche nach dem Schwert von Shannara, und er endete mit Allanons Auftauchen in Storlock und seinem Begehren, er – Wil Ohmsford – solle den Elfen bei der Suche nach dem Blutfeuer helfen. Er erzählte ihr alles, verschwieg nichts, da er spürte, daß das Mädchen sich weigern würde, weiter in seiner Gesellschaft zu bleiben, wenn er ihr gegenüber nicht völlig ehrlich war.

Als er geendet hatte, blickte Amberle ihn stumm an und schüttelte dann den Kopf.

»Ich weiß nicht, ob ich dir glauben soll. Wahrscheinlich doch. Ich habe eigentlich keinen Grund, es nicht zu tun. Aber es ist einfach so viel geschehen, daß ich jetzt vollkommen unsicher bin.« Sie zögerte. »Ich habe von den Elfensteinen gehört. Sie waren ein altes Zaubermittel, von dem es hieß, es sei lange vor den Großen Kriegen verlorengegangen. Und du behauptest nun, Allanon hätte drei von ihnen deinem Großvater gegeben, und der wiederum hätte sie dir geschenkt. Wenn dem so wäre...« Sie verstummte, den Blick forschend auf Wil gerichtet. »Würdest du sie mir zeigen?« fragte sie dann.

Wil zögerte, dann griff er in seinen Kittel. Er wußte, daß sie ihn auf die Probe stellen wollte. Aber, sagte er sich, dazu hatte sie wohl auch ein Recht. Schließlich stand ja nur sein Wort dafür, daß seine Erklärungen der Wahrheit entsprachen, und von ihr wurde verlangt, daß sie ihre Sicherheit in seine Hände legte. Er zog den abgegriffenen Lederbeutel heraus, lockerte die Zugschnüre und schüttete die Steine in seine Hand. Sie waren von vollendeter Form. Leuchtend blau glänzten sie im morgendlichen Sonnenlicht.

Amberle neigte sich tief über sie und betrachtete sie mit feierlichem Ernst. Dann richtete sie den Blick wieder auf Wil.

»Woher weißt du, daß es die Elfensteine sind?«

»Ich habe darauf das Wort meines Großvaters. Und Allanons.«

Sie schien nicht beeindruckt.

»Kannst du dich ihrer denn bedienen?«

Er schüttelte den Kopf.

»Ich habe es nie versucht.«

»Dann weißt du also in Wirklichkeit gar nicht, ob sie dir nützen oder nicht.« Sie lachte leise. »Das wirst du erst erfahren, wenn du sie brauchst. Kein sehr beruhigender Gedanke, nicht?«

»Nein«, stimmte er zu.

»Aber trotzdem bist du mitgekommen.«

Er zuckte die Schultern.

»Es erschien mir richtig.« Er ließ die Elfensteine wieder in den Beutel gleiten und steckte ihn in die Tasche seines Kittels zurück. »Mir wird nichts anderes übrigbleiben als abzuwarten, was geschieht, wenn es soweit ist.«

Einen Lidschlag lang musterte sie ihn aufmerksam, ohne etwas zu sagen. Wil schwieg.

»Wir haben vieles gemeinsam, Wil Ohmsford«, erklärte sie schließlich. Sie umschlang ihre Beine mit den Armen. »Nun hast du mir kundgetan, wer du bist. Dann hast du wohl ein Recht darauf auch zu erfahren, wer ich bin. Mein Familienname lautet Elessedil. Eventine Elessedil ist mein Großvater. In gewisser

Weise sind wir beide durch unsere Großväter in diese Sache hineingeraten.«

Wil nickte. »Ja, das ist wohl wahr.«

Der Wind faßte ihr kastanienbraunes Haar und blies es wie einen Schleier über ihr Gesicht. Sie strich es sich aus den Augen und blickte wieder über den See.

»Du weißt, daß ich nicht nach Arborlon zurückkehren möchte«, sagte sie.

»Ja, ich weiß es.«

»Aber du bist der Meinung, daß ich dorthin gehen sollte, nicht wahr?«

Er lehnte sich zurück und stützte sich auf seine Ellbogen und blickte zu dem Regenbogen am Himmel auf.

»Ich glaube, daß du dorthin gehen *mußt*«, erwiderte er. »Nach Havenstead kannst du nicht zurück; dort suchen dich die Dämonen. Bald werden sie dich auch hier suchen. Du mußt weiter. Wenn Allanon entkommen ist...« Er unterbrach sich, als ihm die Bedeutung dieser vier Worte klar wurde. »Wenn Allanon entkommen ist«, fuhr er dann fort, »wird er damit rechnen, daß wir nach Arborlon weiterreiten, und dort werden wir auf ihn stoßen.« Er senkte den Kopf und sah sie an. »Wenn du bessere Vorschläge hast, dann lasse sie hören.«

Lange Zeit antwortete sie nicht, sondern starrte wortlos auf den Regenbogen-See hinaus, vertieft in die anmutige Bewegung des Wassers. Als sie endlich doch den Mund öffnete, war es nur ein Flüstern.

»Ich habe Angst.«

Jetzt erst sah sie ihn an. Es schien, als wollte sie noch etwas sagen, aber dann überlegte sie es sich anders. Sie lächelte – das erste echte Lächeln, das er bei ihr bemerkte.

»Hm, wir sind zwei ausgemachte Narren, nicht wahr? Du mit deinen Elfensteinen, von denen du gar nicht weißt, ob sie überhaupt echt sind, und ich auf dem Weg dorthin, wohin ich niemals in meinem Leben zurückkehren wollte.«

Sie stand auf und tat ein paar Schritte. Als er sich ebenfalls erhob, wandte sie sich ihm zu. »Eines sollst du wissen: Ich halte diese Reise nach Arborlon für sinnlos. Ich glaube, daß Allanon sich täuscht. Weder der Ellcrys noch das Elfenvolk werden mich wieder aufnehmen; denn ich bin keine Erwählte mehr, ganz gleich, was der Druide meint. Aber etwas anderes zu tun, hätte wohl auch nicht viel Sinn, wie?«

»In meinen Augen nicht.«

Sie nickte. »Dann ist es abgemacht.« Das kindliche Gesicht war ernst, als sie ihn ansah. »Ich hoffe nur, daß alles nicht ein großer Irrtum ist.«

Wil seufzte. »Wenn es das ist, werden wir es wahrscheinlich bald genug erfahren.« Er zwang sich zu einem Lächeln. »Komm, holen wir Artaq und reiten wir los. Dann wird es sich schon zeigen.«

Zwei Tage lang ritten sie nun in nord-westlicher Richtung durch das weite Grasland von Callahorn. Das Wetter war warm und trocken, und die Zeit flog schnell dahin. Gegen Mittag des ersten Tages ballten sich im Norden über den scharfzackigen Felsgipfeln der Drachenzähne drohende Gewitterwolken zusammen, doch bei Sonnenuntergang hatten frische Winde sie nach Osten zur Rabb-Ebene getrieben und endgültig verjagt.

Wil und Amberle suchten Artaq zu schonen, indem sie abwechselnd zu Fuß gingen oder beide zusammen auf ihm ritten. Artaq wirkte auch noch frisch, nachdem er sie mehrere Stunden getragen hatte, aber Wil wollte auf keinen Fall ein Risiko eingehen. Von den Dämonen, die sie am Silberfluß abgeschüttelt hatten, sahen sie keine Spur, doch sie zweifelten nicht daran, daß die Ungeheuer weiterhin nach ihnen auf der Suche waren. Und wenn sie ihnen erneut auf die Spur kommen sollten, dann mußte Artaq bei Kräften sein.

Da sie außer einem kleinen Jagdmesser, das Wil im Gürtel trug, keine Waffen besaßen, mußten sie sich von Früchten und Kräutern nähren, die in der weiten, grasigen Ebene wild wuchsen.

In der ersten Nacht schliefen sie unter einer Gruppe von Balsampappeln, dicht gelegen an einer kleinen Quelle, die ihnen frisches Trinkwasser spendete. Am Nachmittag des zweiten Tages erreichten sie den Mermidon und folgten seinem Lauf in nördlicher Richtung. Bisher waren sie keiner Menschenseele begegnet, doch nun stießen sie auf ein halbes Dutzend Reisender, von denen einige zu Fuß unterwegs waren, andere zu Pferd. Alle tauschten sie ein freundliches Wort und ein Winken mit ihnen, bevor sie ihre Reise fortsetzten.

Bei Sonnenuntergang schlugen sie am Ufer des Mermidon im Schutz eines Wäldchens aus Föhren und Weiden ihr Lager auf. Sie befanden sich nun südwestlich der Stadt Tyrsis. Aus einer Weidengerte, einem Stück Schnur und einem Haken seines Umhangs fertigte Wil eine Angel, und eine halbe Stunde später hatte er tatsächlich zwei Barsche gefangen. Er hockte noch am Flußufer und schuppte die Fische, als aus Süden ein Wagenzug in Sicht kam, der gemächlich zum anderen Ufer hin in Bewegung war. Hell blitzten die hübsch bemalten Häuser auf Rädern mit ihren Spitzdächern aus Holzschindeln, die handgeschnitzten Holztüren und messingverzierten Fensterrahmen in der Abendsonne. Die Wohnwagen wurden von kräftigen Pferden gezogen, auf deren Geschirr Silberbeschläge funkelten. Mehrere Reiter begleiteten den Zug. Sicher und anmutig saßen sie in ihren seidenen Umhängen in den Sätteln ihrer Pferde, von deren Zügeln wehende bunte Bänder herabhingen.

Unwillkürlich hielt Wil in seiner Arbeit inne und beobachtete den seltsamen Zug, der sich dem Flußufer näherte. Achsen stöhnten, Lederriemen knarrten, laute Rufe der Aufmunterung schallten durch die Stille. Beinahe gegenüber von der Stelle, wo Wil saß, bildeten die Wagen einen Kreis und hielten an. Männer, Frauen und Kinder kletterten heraus und machten sich daran, die Pferde auszuspannen.

Aus den Bäumen hinter Wil tauchte Amberle auf und kam näher. Wil warf ihr nur einen flüchtigen Blick zu und sah dann wieder zum anderen Ufer hinüber.

»Fahrendes Volk«, meinte er nachdenklich.

Sie nickte. »Ich weiß. Die Elfen haben für diese Leute nicht viel übrig.«

»Niemand hat für sie viel übrig.« Er machte sich wieder über das Schuppen der Fische. »Sie stehlen alles, was nicht niet- und nagelfest ist oder beschwatzen einen mit solcher Beharrlichkeit, bis man es ihnen freiwillig gibt. Sie haben ihre eigenen Gesetze und geben nichts auf die anderer.«

Amberle berührte seinen Arm. Er blickte auf und sah einen hochgewachsenen Mann, der unter einem waldgrünen Umhang ganz in Schwarz gekleidet war. Er begleitete zwei ältere Frauen in langen bunten Röcken und Blusen zum Wasser hinunter. Als die Frauen sich bückten, um ihre Eimer zu füllen, lüftete der Mann seinen breitkrempigen Hut und verneigte sich mit schwungvoller Bewegung zu Wil und Amberle hin. Auf dem dunkel-gebräunten Gesicht mit dem schwarzen Bart blitzte ein breites Lächeln. Wil hob einen Arm und winkte freundlich zurück.

»Ich bin nur froh, daß sie nicht auf unserer Seite sind«, bemerkte er zu Amberle, als sie aufstanden, um zu ihrem Lager zurückzukehren.

Nach dem Mahl mit Fisch, Gemüse, Obst und Quellwasser ließen sie sich am Feuer nieder und blickten zwischen den Bäumen hindurch zu den lodernden Feuern der Fahrensleute am anderen Ufer hinüber. Lange schwiegen sie beide, jeder in seine Gedanken vertieft. Dann sah Wil Amberle an.

»Wie kommt es, daß du so viel über das Wesen und das Wachstum von Pflanzen weißt? Hat jemand dich das alles gelehrt?«

Überraschung flog über ihre Züge.

»Dafür, daß du Elfenblut in deinen Adern hast, weißt du wahrhaftig nicht viel von uns, wie?«

Wil zuckte die Schultern.

»Nein, eigentlich nicht. Das Elfenblut hab' ich von meinem Vater, und der starb, als ich noch sehr jung war. Ich glaube nicht, daß mein Großvater je im Westland war – zumindest spricht er nie davon. Ich habe wahrscheinlich einfach nie viel darüber nachgedacht, was es bedeutet, mit Elfenblut geboren worden zu sein.«

»Darüber hättest du aber nachdenken sollen«, versetzte sie leise, und ihre grünen Augen sahen ihn an. »Wenn wir verstehen wollen, wer wir sind, müssen wir erst verstehen, wer wir waren.«

Die Worte klangen vorwurfsvoll. Doch der Vorwurf galt nicht Wil, sondern eher Amberle selbst. Wil verspürte ein plötzliches

Verlangen, mehr über dieses Mädchen zu erfahren, sie irgendwie dazu zu bewegen, sich ihm wenigstens ein klein wenig zu öffnen.

»Vielleicht könntest du mir helfen, das zu verstehen«, meinte er nachdenklich.

Augenblicklich verdunkelte Zweifel ihre Augen. Es war beinahe so, als glaubte sie, er wolle sie zum Narren halten. Lange zauderte sie, ehe sie ihm antwortete.

»Also gut, ja, vielleicht kann ich es.« Sie wandte sich zu ihm um, so daß sie ihm ins Gesicht blicken konnte. »Als erstes mußt du folgendes wissen: Die Elfen sind der Überzeugung, daß die Erhaltung der Erde und aller Wesen, die auf ihr leben, Tiere wie Pflanzen, eine moralische Verpflichtung ist. Diese Überzeugung hat vor allem anderen ihr Verhalten als Geschöpfe dieser Erde bestimmt. In der alten Welt widmeten sie ihr ganzes Leben der Pflege der Wälder, in denen sie lebten, kümmerten sich um die Pflanzen aller Art, die in ihnen gediehen, und um die Tiere, die in ihnen hausten. Damals gab es natürlich kaum andere Aufgaben, derer sie sich annehmen mußten, denn sie lebten ja völlig abgeschieden wie Einsiedler. Das ist jetzt anders, aber die Elfen halten auch heute an der Überzeugung fest, daß sie für den Zustand ihrer Welt die moralische Verantwortung tragen. Von jedem Elf wird erwartet, daß er einen Teil seines Lebens dem Bemühen widmet, der Erde etwas von dem zurückzugeben, was er von ihr bekommen hat. Das soll heißen, es wird von jedem Elf erwartet, daß er einen Teil seines Lebens dafür gibt, zum Wohl der Erde zu arbeiten – sei es, daß er Schäden beheben hilft, die durch Mißbrauch oder Vernachlässigung entstanden sind, sei es, daß er sich der Tiere annimmt oder der Bäume und anderen Pflanzen, die Pflege und Fürsorge brauchen.«

»Und das hast du in Havenstead getan?«

Sie nickte. »In gewisser Weise. Die Erwählten sind von diesem Dienst an der Erde befreit. Als ich nicht mehr zu den Erwählten gehörte und in meiner Heimat nicht mehr willkommen war, beschloß ich, der Erde zu dienen. Die meisten Elfen suchen sich ihre Aufgaben im Westland, weil das ihr Heimatland ist. Wir sind aber der Meinung, daß die Sorge um die Erde in der Verantwortung aller Menschen liegt. Bis zu einem gewissen Grad teilen die

Zwerge unser Interesse, aber die anderen Rassen haben sich immer ziemlich gleichgültig gezeigt. Deshalb ziehen manche Elfen aus dem Westland in andere Gemeinden und versuchen, den Menschen, die dort leben, ihre Verantwortlichkeit für die Pflege und Erhaltung ihres Landes begreiflich zu machen. Ich habe das in Havenstead versucht.«

»Und zu diesem Zweck hast du mit den Kindern des Dorfes gearbeitet«, bemerkte Wil.

»In erster Linie mit den Kindern, denn die Kinder sind offener für das, was ich lehre, und haben Zeit zu lernen. Ich erhielt meinen Unterricht im Umgang mit der Erde, als ich noch ein Kind war; so ist das bei uns Elfen. Ich verstand es besser als die meisten, das Gelernte umzusetzen – ich vermute, das ist einer der Gründe, warum ich erwählt wurde. Der Ellcrys hat Gespür für so etwas. Er besitzt die Fähigkeit –«

Es war, als ertappe sich Amberle mitten in einem Gedanken, den sie nicht weiterverfolgen wollte. Abrupt brach sie ab und zuckte die Schultern.

»Jedenfalls verstand ich es mit den Kindern von Havenstead sehr gut, und die Leute im Dorf waren nett zu mir. Havenstead war mein Zuhause, und ich wollte nicht fort.«

Sie senkte den Blick auf das Feuer zwischen ihnen. Wil schwieg, legte nur ein paar frische Zweige auf. Nach einer Weile sah Amberle wieder zu ihm auf.

»So, jetzt weißt du ein wenig über die Beziehung der Elfen zur Erde. Sie ist ein Teil deines Erbes, deshalb solltest du versuchen, sie zu verstehen.«

»Ich glaube, ich verstehe sie schon«, erwiderte Wil nachdenklich. »Zumindest teilweise. Zwar wurde ich nicht nach Elfenart unterwiesen, aber ich habe bei den Stors die Heilkunst erlernt. Ihr Interesse am menschlichen Leben hat viel Ähnlichkeit mit dem Interesse der Elfen am Wohlbefinden der Erde. Ein Heilkundiger muß tun, was in seiner Macht steht, um das Leben und die Gesundheit der Menschen zu erhalten, die er behandelt. Das ist eine Verpflichtung, die ich eingegangen bin, als ich mich entschloß, ein Heilkundiger zu werden.«

Das Elfenmädchen musterte ihn mit neugierigem Blick.

»Irgendwie finde ich es darum um so sonderbarer, daß Allanon dich überreden konnte, mich zu begleiten. Du bist ein Heilkundiger, der sich der Erhaltung des Lebens verpflichtet hat. Was willst du tun, wenn du in eine Situation gerätst, in der du anderen Schaden antun, sie vielleicht sogar töten mußt, um mich zu schützen?«

Wil starrte sie wortlos an. Er hatte die Möglichkeit, daß es sich so zutragen könnte, nie in Erwägung gezogen. Als er ihr jetzt ins Gesicht blickte, verspürte er ein unbehagliches Gefühl des Zweifels.

»Ich weiß nicht, was ich dann tun werde«, bekannte er voll Unsicherheit.

Danach schwiegen sie beide lange. Über das Feuer hinweg sahen sie einander an und waren nicht fähig, die Befangenheit des Augenblicks zu verdrängen. Dann aber stand Amberle unvermittelt auf, ging zu Wil hinüber und setzte sich neben ihn. Impulsiv ergriff sie seine Hand.

»Die Frage war nicht fair, Wil Ohmsford. Es tut mir leid, daß ich sie gestellt habe. Du hast dich bereit gefunden, mich auf dieser Reise zu begleiten, weil du glaubtest, du könntest mir helfen. Es ist unrecht von mir, daran zu zweifeln, daß du es tun würdest.«

»Die Frage war berechtigt«, widersprach Wil, »aber ich weiß eben keine Antwort darauf.«

»Das ist auch gar nicht nötig«, meinte sie. »Gerade ich müßte eigentlich wissen, daß es Entscheidungen gibt, die nicht im voraus getroffen werden können. Wir können nicht immer voraussehen, wie die Dinge sich entwickeln werden, und wir können daher auch nicht vorausplanen, wie wir handeln werden. Damit müssen wir uns abfinden. Die Frage war wirklich nicht in Ordnung. Ebensogut könntest du mich fragen, was ich tun werde, wenn der Ellcrys mir eröffnet, daß ich noch immer eine Erwählte bin.«

Wil lächelte schwach. »Vorsichtig! Ich bin in Versuchung, dir genau diese Frage zu stellen.«

Augenblicklich ließ sie seine Hand los und stand auf.

»Tu es nicht. Die Antwort, die ich dir gäbe, würde dir nicht behagen.« Sie schüttelte traurig den Kopf. »Du glaubst, ich stehe vor einer einfachen Entscheidung. Aber du irrst dich.«

Sie kehrte auf die andere Seite des Feuers zurück und breitete ihren Umhang auf dem Boden aus. Bevor sie sich in ihn einwikkelte, drehte sie sich noch einmal nach ihm um.

»Glaub mir, Wil Ohmsford, wenn diese Entscheidungen wirklich notwendig werden sollten, dann wirst du es leichter haben als ich.«

Sie senkte den Kopf in die Falten ihres Umhangs und war Augenblicke später eingeschlafen. Wil starrte grüblerisch ins Feuer. Er konnte es nicht erklären, aber er glaubte ihr.

Als sie am folgenden Morgen erwachten, war Artaq nicht mehr da. Im ersten Moment glaubten sie, er sei vielleicht in der Nacht davongewandert, aber sie fanden ihn weder im Wald rund um ihr Lager noch jenseits auf der offenen Ebene. In Wil erwachte ein furchtbarer Verdacht. Sogleich machte er sich daran, die Stelle, wo Artaq gegrast hatte, aufmerksam zu untersuchen, und schritt dann langsam im Kreis um ihren Lagerplatz. Von Zeit zu Zeit ließ er sich auf die Knie nieder, um direkt am Boden zu riechen oder das Erdreich mit den Fingern zu betasten. Nach ein paar Minuten schien er etwas gefunden zu haben. Den Blick weiterhin zu Boden geheftet, streifte er südwärts durch das Wäldchen und in die Wiesen hinaus. Nach etwa zweihundert Fuß schwenkte er ab in Richtung zum Fluß. Amberle folgte ihm stumm. Wenig später standen sie beide am Ufer des Mermidon und blickten auf die sandigen Untiefen, die sich mehrere hundert Fuß stromabwärts von ihrem Lager befanden.

»Die Fahrensleute!« Wil spie das Wort aus wie eine bittere Pille. »Sie haben in der Nacht hier den Fluß durchquert und Artaq gestohlen.«

Amberle machte ein erstauntes Gesicht.

»Bist du sicher?«

»Vollkommen.« Wil nickte. »Ich habe ihre Spuren gefunden. Außerdem kann das sonst niemand fertiggebracht haben. Artaq hätte sich gewehrt, wenn irgendwelche unerfahrenen Leute versucht hätten, ihn zu entführen. Aber diese Burschen sind ganz geschickte Pferdeabrichter. Schau dort hinüber, sie sind schon fort.«

Er wies zum anderen Ufer des Flusses hinüber, wo am vergangenen Abend die Wohnwagen Halt gemacht hatten. Jetzt war dort alles verlassen.

»Und was tun wir nun?« fragte Amberle schließlich.

Wil war so wütend, daß er kaum sprechen konnte.

»Zunächst packen wir unsere Sachen. Dann gehen wir hinüber ans andere Ufer und sehen uns ihren Lagerplatz an.«

Sie kehrten zu ihrem eigenen Lager zurück, packten eilig die paar Sachen, die sie mit sich trugen, und liefen wieder zum Fluß. An den Untiefen durchquerten sie ihn ohne Mühe und rannten zu dem jetzt verlassenen Lagerplatz der Fahrensleute. Wieder unterzog Wil den Boden einer aufmerksamen Prüfung. Dann ging er zu Amberle zurück.

»Mein Onkel Flick hat mich das Spurenlesen gelehrt, als ich zu Hause in Shady Vale mit ihm auf die Jagd ging«, erzählte er ihr, sichtlich besserer Stimmung. »Wir waren manchmal wochenlang in den Duln-Wäldern und haben geangelt und gejagt. Ich habe mich später oft gefragt, ob ich das, was ich damals gelernt habe, jemals wieder brauchen würde.«

Sie nickte ungeduldig. »Was hast du entdeckt?«

»Sie sind nach Westen weitergezogen, wahrscheinlich kurz vor Tagesanbruch.«

»Und das ist alles? Gibt es keinen Hinweis darauf, ob sie Artaq mitgenommen haben?«

»O ja, den haben sie mitgenommen. Da hinten bei den Untiefen sind Spuren genug, die zeigen, daß vom anderen Ufer ein Pferd in den Fluß gegangen und hier drüben wieder herausgekommen ist. Ein Pferd und mehrere Männer. Nein, da gibt's gar keinen Zweifel, die haben ihn. Aber wir holen ihn uns wieder.«

Sie warf ihm einen zweifelnden Blick zu.

»Du willst ihnen folgen?«

»Natürlich!« Sein Zorn erwachte von neuem. »Wir beide werden diese Burschen verfolgen.«

»Nur du und ich, Talbewohner?« Sie schüttelte den Kopf. »Zu Fuß?«

»Bis zum Einbruch der Nacht können wir sie einholen. Die Wagen kommen nur langsam vorwärts.«

»Das setzt voraus, daß wir sie finden, oder nicht?«

»Das ist kinderleicht. Früher konnte ich mal die Fährte eines einzelnen Rehs im Wald verfolgen, auch wenn es wochenlang nicht geregnet hatte; da wird es mir doch jetzt wohl noch gelingen, einem ganzen Wagenzug auf der Spur zu bleiben.«

»Irgendwie gefällt mir das alles nicht«, erklärte sie ruhig. »Selbst wenn wir sie finden, und sie Artaq tatsächlich haben, was sollen wir dann tun?«

»Darüber zerbrechen wir uns den Kopf, wenn wir sie haben«, erwiderte er unerschüttert.

Amberle ließ nicht locker.

»Ich bin der Meinung, wir sollten uns jetzt darüber den Kopf zerbrechen. Diese Leute, denen du folgen willst, sind schließlich alle bewaffnet. Ich bin über den Diebstahl von Artaq genauso erbost wie du, aber das ist doch kein Grund, Hals über Kopf irgend etwas zu unternehmen, ohne zuvor vernünftig zu überlegen.«

Es kostete Wil Mühe, seinen Zorn und seine Ungeduld zu bezähmen.

»Ich laß' mir doch das Pferd nicht einfach stehlen. Überleg mal, wenn Artaq nicht gewesen wäre, dann hätten uns die Dämonen schon in Havenstead erwischt. Er hat ein besseres Schicksal verdient, als von nun an diesen Gaunern dienen zu müssen. Außerdem brauchen wir ihn. Ohne ihn müssen wir zu Fuß weiter. Bis nach Arborlon. Wir würden länger als eine Woche benötigen, und fast die ganze Zeit führt der Weg durch offenes Land. Da können wir von diesen gräßlichen Wesen, die immer noch nach uns suchen, viel leichter aufgestöbert werden. Und das ist mir gar nicht sympathisch. Wir brauchen Artaq.«

»Ich habe den Eindruck, du hast deinen Entschluß bereits gefaßt«, meinte sie ausdruckslos.

Er nickte. »Richtig. Außerdem reisen die Fahrensleute ohnehin in Richtung Westland; es kommt uns nur entgegen.«

Einen Augenblick lang sah sie ihn nur an. Dann nickte sie schließlich.

»Also gut, versuchen wir, sie einzuholen. Ich möchte Artaq auch zurückhaben. Aber ein bißchen nachdenken müssen wir vorher schon. Ich finde, wir sollten einen festen Plan haben, wenn wir auf den Zug stoßen.«

Er lächelte. »Den haben wir bis dahin ganz bestimmt.«

Den ganzen Tag wanderten sie, den Räderspuren des Wagenzuges folgend, durch das offene Grasland. Es war heiß und trocken, und die Sonne brannte von einem wolkenlosen blauen Himmel auf sie herunter.

Sie fanden kaum Schatten, in den sie sich vor der Hitze flüchten konnten. Das bißchen Wasser, das sie bei sich trugen, war bald getrunken, und sie trafen auf kein Gewässer, an dem sie ihren Vorrat hätten auffüllen können. Am späten Nachmittag schmeckten sie nur noch den Staub der Ebene und ihren Durst. Die Beinmuskeln schmerzten, und ihre Füße waren voller Blasen. Sie sprachen wenig miteinander, konzentrierten sich nur darauf, einen Fuß vor den anderen zu setzen, während sie zusahen, wie die Sonne vor ihnen langsam versank. Schließlich blieb vom Tag nur ein matter lohfarbener Schein über dem weiten Land.

Wenig später begann es zu dunkeln, der Tag versank im Zwielicht, das Zwielicht wurde von der Nacht verschluckt. Sie marschierten weiter, obwohl sie jetzt die Spuren der Wagenräder nicht mehr erkennen konnten. Sich ganz auf ihren Richtungssinn verlassend, versuchten sie, in gerader Linie westwärts zu wandern. Mond und Sterne erwachten blitzend am Nachthimmel und sandten ihr weiches Licht in die Ebene hinunter, um den Talbewohner und das Elfenmädchen zu führen. Schmutz und Schweiß erkalteten und trockneten auf den Körpern der beiden jungen Menschen, und sie spürten, wie ihre Kleider unangenehm steif wurden. Keiner von beiden jedoch dachte daran, den anderen zu einer Rast aufzufordern. Stumm und entschlossen wanderten sie weiter, das Mädchen ebenso wie der junge Mann. Ihn überraschte die Ausdauer des Elfenmädchens, und er bewunderte ihre Tatkraft und ihren Mut.

Dann sahen sie in der Ferne ein Licht. Es waren Flammen, die wie ein Leuchtfeuer die Nacht erhellten. Sie hatten die Fahrensleute gefunden. Ohne ein Wort zu wechseln, trotteten sie näher an den Feuerschein heran; die Giebeldächer der Wagen nahmen in der Nacht allmählich Form und Gestalt an, und schließlich sahen sie vor sich den Wagenzug, in losem Kreis gruppiert, wie am Abend zuvor am Ufer des Mermidon.

Wil nahm Amberle bei der Hand und zog sie mit sich herunter, als er sich niederkauerte.

»Wir gehen rein«, flüsterte er, ohne den Blick vom Lager der Fahrensleute zu wenden.

Sie starrte ihn ungläubig an.

»Das ist dein Plan?«

»Ich kenne mich mit diesen Leuten ganz gut aus. Mach einfach alles mit, was ich sage, dann wird's schon klappen.«

Ohne ihre Antwort abzuwarten, stand er auf und machte sich auf den Weg zum Wagenzug. Das Elfenmädchen blickte ihm einen Moment lang unschlüssig nach, dann stand auch sie auf und folgte ihm. Als sie sich dem Kreis der Wagen näherte, wurden die Gesichter der Männer, Frauen und Kinder sichtbar, die sich im Feuerschein hin und her bewegten. Gelächter und Stimmengewirr drangen zu ihnen. Die Fahrensleute hatten gerade ihr abendliches Mahl beendet, hier und dort stattete eine Familie einer anderen einen Besuch ab. Von irgendwoher kam der melodische Schlag eines Saiteninstruments.

Fünfzig Schritte von der Wagenburg entfernt stieß Wil einen Ruf aus. Amberle war so überrascht, daß sie zusammenfuhr. Drinnen im Lager hielten alle in ihrer jeweiligen Tätigkeit inne. Die Köpfe flogen herum. Eine Handvoll Männer tauchte an der Lücke zwischen den Wagen auf, die den sich nähernden jungen Leuten am nächsten war. Stumm spähten die Männer in die Nacht hinaus. Der Feuerschein loderte hinter ihnen, so daß ihre Gesichter im Schatten lagen, und nicht zu erkennen waren. Wil zögerte nicht. Er ging direkt auf sie zu. Amberle folgte ihm mit einem Schritt Abstand. Im ganzen Lager war es mucksmäuschenstill.

»Guten Abend«, sagte Wil freundlich, als er die Gruppe von Männern erreichte, die ihnen den Durchgang ins Lager versperrte.

Die Männer antworteten nicht. Im tanzenden Schimmer des Feuers sah Wil Ohmsford das Blitzen eiserner Klingen.

»Wir haben euer Feuer gesehen und dachten, ihr könntet uns etwas Wasser geben«, fuhr er immer noch lächelnd fort. »Wir marschieren seit Tagesanbruch ohne Wasser und sind der Erschöpfung nahe.«

Ein hochgewachsener Mann in einem waldgrünen Umhang und einem breitkrempigen Hut – der Mann, den sie am Fluß gesehen hatten – drängte sich durch das Knäuel schweigender Männer.

»Ah, die jungen Reisenden von gestern abend«, stellte er ruhig fest, ohne sie zu begrüßen.

»Ach, guten Abend«, sagte Wil nochmals in aller Freundlichkeit. »Wir haben leider großes Pech gehabt. Im Lauf der Nacht ist uns unser Pferd abhanden gekommen – es ist offenbar ausgerissen, während wir schliefen. Nun sind wir den ganzen Tag ohne Wasser marschiert und wären dankbar für einen Schluck zu trinken.«

»Ah ja.« Der große Mann lächelte ohne Wärme. Er war sehr hochgewachsen, mager und grobknochig, mit einem dunklen Gesicht, das von einem schwarzen Bart umrahmt war. Er verlieh seinen Zügen eine solche Düsternis, daß sein Lächeln beinahe bedrohlich wirkte. Augen, schwärzer als die Nacht, blickten unter einer von Wind und Wetter gegerbten Stirn hervor, die in eine Hakennase überging. Mit beringter Hand winkte der Mann den anderen, die hinter ihm standen.

»Laßt Wasser bringen«, befahl er, den Blick noch immer auf den Talbewohner gerichtet. In seiner Miene regte sich nichts. »Wer seid Ihr, junger Freund, und wohin des Wegs?«

»Mein Name ist Wil Ohmsford«, antwortete der Talbewohner. »Dies ist meine Schwester Amberle. Wir sind auf dem Weg nach Arborlon.«

»Arborlon.« Nachdenklich wiederholte der hochgewachsene Mann diesen Namen. »Hm, ihr seid natürlich Elfen – das sieht jeder Blinde. Wenn auch vielleicht noch anderes Blut in eueren Adern fließt. Hm, ihr sagt, daß ihr euer Pferd verloren habt. Wäre es nicht klüger gewesen, dem Mermidon zu folgen, anstatt geradewegs nach Westen zu wandern?«

Wil ließ wieder sein Lächeln strahlen.

»Oh ja, daran haben wir auch gedacht; aber seht ihr, es ist von größter Wichtigkeit, daß wir Arborlon so bald wie möglich erreichen. Ein Fußmarsch würde viel zu lange dauern. Wir haben euch und eure Leute natürlich gestern abend am anderen Ufer gesehen und haben auch bemerkt, daß ihr eine Anzahl sehr schöner Pferde besitzt. Da dachten wir, daß ihr uns vielleicht eines eurer Pferde überlaßt, wenn wir euch etwas von Wert dafür geben.«

»Etwas von Wert?« Der hochgewachsene Mann zuckte die Schultern. »Vielleicht. Wir müßten natürlich erst einmal sehen, was Ihr uns zu bieten habt.«

Wil nickte. »Natürlich.«

Eine alte Frau erschien, die einen Krug Wasser und einen hölzernen Becher brachte. Sie reichte beides Wil. Er nahm es wortlos entgegen. Unter den Blicken der Fahrensleute goß er etwas Wasser in den Becher. Ohne ihn Amberle anzubieten, die ihn erstaunt anstarrte, trank er das Wasser hinunter. Dann schenkte er einen zweiten Becher ein und trank auch den aus. Als er fertig war, reichte er Amberle den leeren Becher und den Krug ohne ein Wort.

»Mir scheint, Ihr kennt die Sitte«, bemerkte der hochgewachsene Mann, und Interesse flackerte in seinen dunklen Augen auf. »Dann wißt Ihr auch, daß wir Fahrensleute sind.«

»Ja, ich habe schon Fahrensleute behandelt«, erwiderte Wil. »Ich bin ein Heilkundiger.«

Ein Murmeln pflanzte sich durch die Gruppe von Menschen fort, die seit dem Beginn des Gesprächs beträchtlich angewachsen war. Nahezu das vollständige Lager hatte sich jetzt versammelt, etwa dreißig Männer, Frauen und Kinder, alle in farbenprächtige seidene Gewänder mit bunten Bändern und Schals gekleidet.

»Ein Heilkundiger? Das ist eine Überraschung.« Der hochgewachsene Mann trat vor, zog mit schwungvoller Geste seinen Hut und verbeugte sich. Als er sich wieder aufrichtete, bot er Wil die Hand zum Gruß. »Mein Name ist Cephelo. Ich bin der Führer dieser Familie.«

Wil nahm die dargebotene Hand und schüttelte sie. Cephelo lächelte.

»Aber ihr solltet nicht hier draußen in der Kälte der Nacht stehen bleiben. Kommt mit mir. Auch Eure Schwester ist uns willkommen. Ihr seht mir beide aus, als könntet ihr ein Bad und ein kräftiges Mahl gebrauchen.«

Er führte sie durch das Gedränge der Fahrensleute ins Innere des Wagenkreises. Ein mächtiges Feuer brannte in der Mitte des Lagers, und darüber stand ein Dreifuß, von dem ein eiserner Kessel herabhing. Der Schein des Feuers spiegelte sich in den buntbemalten Wagen, so daß sich der Regenbogen von Farben mit den Schatten der Nacht mischte. Kunstvoll geschnitzte und glänzend polierte Holzbänke standen zu Füßen der Wagen. Die breiten Sitze waren mit Federkissen gepolstert. In den offenen Fenstern, deren Messinggriffe blitzten und funkelten, spielte ein leichter Wind mit Spitzenvorhängen und Perlschnüren. Auf einem langen Tisch, der etwas abseits stand, lag ein ganzes Sortiment ordentlich aufgereihter Waffen – Spieße, Schwerter und Messer. Zwei kleine Jungen waren damit beschäftigt, eifrig und gewissenhaft die scharfen Klingen mit Öl einzureiben.

Als sie das Feuer erreichten, drehte Cephelo sich unvermittelt um.

»Nun, was soll es zuerst sein – eine Mahlzeit oder ein Bad?«

Wil verschwendete nicht einmal einen Blick an Amberle.

»Ein Bad, denke ich – auch für meine Schwester, wenn Ihr das Wasser entbehren könnt.«

»Das können wir.« Cephelo nickte und drehte sich um. »Eretria!«

Seide raschelte, und gleich darauf sah sich Wil einem Mädchen von atemberaubender Schönheit gegenüber. Sie war so klein und zierlich wie Amberle, doch sie hatte nichts von der kindlichen Unschuld des Elfenmädchens. Dichtes schwarzes Haar ergoß sich in lockigem Schwall über ihre Schultern, ein Gesicht umrahmend, das von ebenmäßiger Schönheit war. Unergründlich und geheimnisvoll blickten die dunklen Augen. Das Mädchen trug hohe Lederstiefel, dazu eine Hose und einen Kittel aus scharlachroter Seide, welche die weiblichen Formen wohl bedeckten, aber nicht verhüllten. Silber blitzte an Handgelenken und Hals.

Wil starrte sie voll Erstaunen an und konnte den Blick nicht von ihr wenden.

»Meine Tochter Eretria.« Cephelos Stimme klang gelangweilt. Er wies auf Amberle. »Kümmere dich um das Elfenmädchen. Sie möchte ein Bad nehmen.«

Eretria lächelte spitzbübisch. »Es wäre viel reizvoller, wenn ich mich um ihn kümmern dürfte«, bemerkte sie mit einem Nicken zu Wil hin.

»Tu, was ich dir gesagt habe«, befahl ihr Vater scharf.

Eretria ließ Wil nicht aus den Augen.

»Dann komm, Mädchen«, forderte sie Amberle auf.

Gleich darauf wandte sie sich ab und war verschwunden. Amberle folgte ihr. Übermäßig beglückt schien sie nicht.

Cephelo führte Wil auf die andere Seite des Lagers, wo zwischen zwei Wagen ein kleiner Platz durch aufgehängte Decken abgeschirmt war. Hinter den Decken wartete ein Zuber mit Wasser. Wil entledigte sich seiner Kleider und legte sie ordentlich auf den Boden neben sich. Er merkte sehr wohl, daß der Führer der Fahrensleute jedes Stück, das er ablegte, genau musterte. Er wollte wohl sehen, ob er etwas von Wert besäße. Wil achtete darauf, daß ihm der Beutel mit den Elfensteinen nicht aus der Tasche seines Kittels fiel.

Nachdem er sich völlig entkleidet hatte, stieg er in den Zuber, um sich den Schmutz und den Schweiß des langen Marsches wegzuwaschen.

»Es kommt nicht häufig vor, daß wir einem Heiler begegnen, der bereit ist, Fahrensleute zu behandeln«, bemerkte Cephelo nach einer Weile. »Im allgemeinen müssen wir selbst uns um unsere Kranken kümmern.«

»Ich habe bei den Stors gelernt«, antwortete Wil. »Sie leisten jedem Hilfe, der Hilfe braucht.«

»Bei den Stors?« Cephelo machte kein Hehl aus seiner Verwunderung. »Aber die Stors sind doch Gnomen.«

Wil nickte. »Ich war eine Ausnahme.«

»Ihr scheint mir in vieler Hinsicht eine Ausnahme zu sein«, stellte Cephelo fest. Er ließ sich auf einer Bank nieder und betrachtete den Talbewohner, während dieser sich abtrocknete und dann daranging, seine Kleider auszuwaschen. »Wir haben Arbeit für Euch, so daß Ihr Euer Essen und Eure Unterkunft bei uns bezahlen könnt, Heiler. Es gibt einige unter uns, die Eure Hilfe brauchen.«

»Ich bin gern bereit zu tun, was ich kann«, erwiderte Wil.

»Gut.« Cephelo nickte zufrieden. »Ich will sehen, ob ich ein paar trockene Sachen für Euch finden kann.«

Er stand auf und ging davon. Augenblicklich nahm Wil den Beutel mit den Elfensteinen aus der Tasche seines Kittels und ließ ihn in seinen Stiefel gleiten. Dann wusch er weiter seine Kleider. Es dauerte nicht lange, dann kam Cephelo mit einem Bündel seidener Gewänder zurück. Wil nahm sie dankend entgegen und kleidete sich an. Der Klumpen an der Fußspitze seines rechten Stiefels drückte zwar höchst unangenehm, doch das würde er eben aushalten müssen. Cephelo rief die alte Frau herbei, die zuvor das Wasser gebracht hatte, und befahl ihr, Wils nasse Kleider mit sich zu nehmen. Der Talbewohner reichte ihr die Sachen wortlos; er wußte, daß sie gründlich durchsucht werden würden.

Danach kehrten die beiden Männer zum Feuer in der Mitte des Lagers zurück, wo wenig später Amberle sich zu ihnen gesellte. Auch sie trug seidene Gewänder wie Wil. Beide bekamen nun einen Teller mit dampfendem Essen und einen Becher Wein. Sie saßen am Feuer und aßen schweigend, während die Fahrensleute sich rundum niederließen, um sie neugierig zu beobachten. Cephelo hockte sich mit gekreuzten Beinen auf einem Sitzkissen mit goldenen Quasten nieder und beobachtete seine beiden Gäste mit ausdrucksloser Miene. Von Eretria war nirgends eine Spur zu sehen.

Nach dem Essen versammelte der Führer der Fahrensleute jene Mitglieder seiner Familie um sich, die der Fürsorge eines Heilers bedurften. Nacheinander untersuchte und behandelte der Talbewohner die Patienten. Obwohl er Amberle nicht um ihre Hilfe gebeten hatte, arbeitete sie an seiner Seite, hielt Bandagen und heißes Wasser bereit, ging ihm beim Auflegen einfacher Kräuterpflaster und Salben zur Hand. Als Wil nach etwa einer Stunde den letzten Patienten versorgt hatte, trat Cephelo zu ihm.

»Ihr habt Eure Arbeit gut gemacht, Heiler.« Er lächelte ein wenig freundlich. »Nun wollen wir sehen, was wir als Gegenleistung für Euch tun können. Begleitet mich doch ein Stück – hier hinunter.«

Er legte Wil Ohmsford einen Arm um die Schultern und führte ihn weg vom Feuer. Amberle blieb allein zurück. Die beiden Männer schlenderten zur anderen Seite des Lagers.

»Ihr habt mir berichtet, daß Euch gestern nacht nicht weit von unserm Lager am Mermidon Euer Pferd abhanden gekommen ist.« Die Stimme Cephelos klang nachdenklich. »Wie hat das Tier denn ausgesehen?«

Wils Miene blieb ausdruckslos. Er kannte das Spiel, was da gespielt wurde.

»Es ist ein Hengst, ein schwarzer Hengst.«

»Ach was.« Cephelo schien noch nachdenklicher als zuvor. »Gerade ein solches Pferd haben wir heute morgen gefunden. In aller Frühe. Ein sehr schönes Tier. Es wanderte in unser Lager herein, als wir gerade anspannten, um wieder aufzubrechen. Vielleicht war das Euer Pferd, Heiler.«

»Vielleicht.«

»Wir wußten selbstverständlich nicht, wem das Tier gehört.« Cephelo lächelte. »Deshalb haben wir es mitgenommen. Sehen wir es uns doch einmal an.«

Dreißig Schritte vom Lager entfernt waren die Pferde der Fahrensleute in einer Reihe nebeneinander angepflockt. Zwei dunkle Gestalten tauchten aus der Nacht auf, Wachposten, die mit Spießen und Pfeil und Bogen bewaffnet waren. Auf ein Wort von Cephelo verschwanden sie wieder. Der Führer der Fahrensleute führte Wil an der Reihe von Pferden entlang. Das letzte Tier war Artaq.

Wil nickte. »Ja, das ist unser Pferd.«

»Trägt es Euer Zeichen, Heiler?« fragte Cephelo beinahe so, als sei ihm die Frage peinlich.

Wil schüttelte den Kopf.

»Ach, das ist aber sehr schade, denn dann läßt sich natürlich nicht mit Sicherheit feststellen, ob es sich tatsächlich um Euer

Pferd handelt. Es gibt schließlich in den Vier Ländern eine stattliche Anzahl von Rapphengsten, und wie sollen wir sie voneinander unterscheiden, wenn ihre Eigentümer sie nicht kennzeichnen? Das ist nun wirklich ein Problem, Heiler. Nichts wünsche ich mehr, als Euch dieses Pferd zu geben, doch ich ginge damit ein großes Risiko ein. Nehmt an, ich gebe Euch das Tier, wie ich das wünsche, und dann taucht ein anderer Mann auf und erzählt mir, daß er ebenfalls einen schwarzen Hengst verloren hat, und dann entdecken wir, daß ich irrtümlich Euch sein Pferd gegeben habe. Dann wäre ich ja wohl verantwortlich für den Verlust dieses Mannes.«

»Ja, da habt Ihr wahrscheinlich recht.«

Wil nickte mit wohldosiertem Zweifel, ohne der lächerlichen Mutmaßung Cephelos zu widersprechen. Das gehörte schließlich auch zum Spiel.

»Ich glaube Euch natürlich.« Cephelos bärtiges Gesicht drückte feierlichen Ernst aus. »Wenn man überhaupt einem Menschen auf dieser Welt vertrauen kann, dann doch gewiß einem Heilkundigen.« Er lächelte listig. »Dennoch gehe ich ein gewisses Risiko ein, wenn ich mich dafür entscheide, Euch das Tier auszuhändigen – diese Tatsache kann ich als praktischer Mensch in einem oft harten Geschäft nicht übersehen. Hinzu kommt die Pflege und Versorgung des Tieres. Wir haben uns mit der gleichen Fürsorge um den Hengst gekümmert wie um unsere eigenen Pferde; wir haben ihm die Nahrung zu fressen gegeben, die wir unseren eigenen Tieren geben. Ihr werdet sicher Verständnis dafür haben, wenn ich sage, daß uns meiner Meinung nach für all diese Fürsorge ein Entgeld zusteht.«

»In der Tat.« Wil nickte.

»Schön, gut.« Cephelo rieb sich befriedigt die Hände. »Wir verstehen uns. Nun müssen wir uns nur noch über den Preis einigen. Ihr sagtet vorhin etwas davon, daß Ihr uns für ein Pferd etwas von Wert geben wollt. Vielleicht können wir jetzt einen gerechten Tausch machen – Ihr gebt uns das, was Ihr bei Euch habt, zur Begleichung Eurer Schuld. Ich würde dafür keinem anderen, der sich bei mir nach einem abhanden gekommenen schwarzen Hengst erkundigt, etwas davon sagen, daß wir dieses

Pferd gefunden haben.«

Er zwinkerte verschmitzt. Wil trat zu Artaq und streichelte den glatten Kopf des Pferdes, das seine Schnauze an seine Brust drückte.

»Ich kann Euch leider doch nichts von Wert bieten«, sagte er schließlich. »Ich habe nichts bei mir, womit ich Euch für das entlohnen könnte, was Ihr getan habt.«

Cephelo machte ein enttäuschtes Gesicht.

»Nichts?«

»Gar nichts.«

»Aber Ihr sagtet doch vorhin, Ihr hättet etwas von Wert mitgebracht ...«

»O ja.« Wil nickte rasch. »Damit meinte ich, daß ich Euch meine Dienste als Heilkundiger anbieten könnte. Ich dachte, das sei etwas von Wert.«

»Aber Eure Dienste als Heilkundiger habt Ihr doch als Gegenleistung für Essen und Unterkunft für Euch und Eure Schwester zur Verfügung gestellt.«

»Ja, das ist wahr.« Wil sah nicht sehr glücklich aus. Er holte tief Atem. »Vielleicht darf ich einen Vorschlag machen?« Neuerliches Interesse flackerte im Gesicht des anderen auf. »Wir befinden uns doch beide auf dem Weg ins Westland. Wenn Ihr uns erlaubt, Euch weiter zu begleiten, ergibt sich vielleicht noch eine Gelegenheit für uns, Euch zu bezahlen – vielleicht bedürft Ihr meiner Künste noch einmal.«

»Das ist unwahrscheinlich.« Cephelo dachte über den Vorschlag nach. Dann schüttelte er den Kopf. »Ihr habt gar nichts von Wert, was Ihr uns für das Pferd geben könnt – gar nichts?«

»Nein, nichts.«

»Eine armselige Art zu reisen«, brummte der Führer der Fahrensleute, während er sich das bärtige Kinn rieb. Wil sagte nichts. »Nun, ich denke es wird nichts schaden, wenn Ihr bis zu den Wäldern mit uns reist. Aber das sind nur noch ein paar Tagereisen, und wenn Ihr bis dahin nichts für uns getan habt, werden wir das Pferd als Lohn für unsere Mühe behalten müssen. Ihr versteht das wohl.«

Wil nickte stumm.

»Eines noch.« Cephelo trat näher. Sein Gesicht war jetzt gar nicht mehr freundlich. »Ich vertraue darauf, daß Ihr nicht so töricht seid, uns das Pferd stehlen zu wollen, Heiler. Ihr kennt uns gut genug, um zu wissen, was mit Euch geschehen würde, solltet Ihr solches versuchen.«

Wieder nickte Wil. Ja, das wußte er.

»Gut.« Cephelo trat wieder zurück. »Vergeßt es nicht.« Es lag auf der Hand, daß ihm die Entwicklung der Dinge gar nicht gefiel, doch er tat seinen Unmut jetzt mit einem Achselzucken ab. »Genug der Geschäfte. Kommt mit ins Lager und trinkt mit mir.«

Er führte Wil wieder in den Kreis der hohen Wagen zurück, klatschte laut in die Hände und rief seinen Leuten zu, sie sollten sich zu ihm gesellen, um mit ihm zusammen bei Wein und Musik den jungen Heilkundigen willkommen zu heißen, der sich ihnen gegenüber so freundlich und hilfsbereit gezeigt hatte. Wil bekam einen Platz neben Cephelo auf einer gepolsterten Bank vor dem Wohnwagen des Führers. Die Männer, Frauen und Kinder des Lagers strömten eifrig zusammen. Aus einem großen Faß wurde Wein gezapft, und Becher machten die Runde. Cephelo erhob sich und brachte einen blumigen Toast auf die Gesundheit seiner Familie aus. Hoch erhoben alle ihre Becher und leerten sie mit einem Zug. Auch Wil trank mit. Er sah sich suchend nach Amberle um und fand sie ziemlich weit außen in dem Kreis von Gesichtern, der ihn umgab. Sie wirkte gar nicht erfreut. Er wünschte, er hätte ihr alles erklären können, was sich da abspielte, doch damit mußte er warten, bis sie allein waren. Fürs erste mußte sie eben die Dinge einfach so hinnehmen, wie sie kamen.

Die Becher wurden aufgefüllt, wieder wurde angestoßen, wieder wurden die Becher geleert. Cephelo rief laut nach Musik. Die Saiteninstrumente und Becken wurden gebracht, und Männer und Frauen begannen zu spielen. Die Musik war wild und zügellos, und doch zugleich von einer betörenden Schönheit. Frei und ungebunden stiegen ihre Klänge in die Nacht, und mit ihnen das fröhliche, unbekümmerte Gelächter der Fahrensleute. Wieder wurde Wein nachgeschenkt, wieder wurden die Becher rasch geleert. Anfeuerungsrufe und Gesang begleiteten die Musiker. Wil spürte, wie ihm der Wein zu Kopf stieg. Er war viel zu stark für jemanden, der das Trinken nicht so gewöhnt war wie die Fahrensleute. Ich muß vorsichtig sein, dachte Wil, als ein neuer Toast ausgebracht wurde, und er wieder den Becher hob. Diesmal nippte er nur von der bernsteinfarbenen Flüssigkeit. In der Spitze seines rechten Stiefels fühlte er den Druck der Elfensteine.

Die Rythmen der Musik wurden schneller, und jetzt sprangen die Fahrensleute auf und begannen zu tanzen. Ein Dutzend etwa bildete mit untergehakten Armen einen Kreis, der sich immer schneller um das Feuer drehte. Andere sprangen auf, sich in den Kreis einzureihen, und jene, die noch saßen, klatschten im Takt in die Hände. Wil stellte seinen Becher auf die Bank, um mitklatschen zu können. Als er einen Augenblick später danach griff, war er frisch gefüllt. Vom wilden Rhythmus der Musik gepackt, trank er den Wein unbesonnen hinunter. Der Kreis der Tanzenden brach jetzt auseinander, Paare bildeten sich, die sich rund um die lodernden Flammen des Feuers drehten. Irgend jemand sang ein Lied voller Sehnsucht und Wehmut, das mit der Musik verschmolz.

Dann plötzlich stand Eretria vor ihm, dunkel und schön, die zierliche Gestalt in scharlachrote Seide gehüllt. Mit einem betörenden Lächeln nahm sie ihn bei den Händen und zog ihn hoch, mitten unter die Tanzenden. Dort löste sie sich einen Moment lang von ihm und kreiselte in einem Wirbel von fliegenden Bändern und wehendem schwarzen Haar davon. Doch gleich darauf stand sie wieder vor ihm. Ihre schlanken Arme umschlangen ihn, während sie tanzten. Der Duft ihres Haares und ihres Körpers mischte sich mit der Wärme des Weins, die durch sein Blut pulste. Er spürte, wie sie sich an ihn schmiegte, federleicht und weich, und Worte sprach, die er nicht recht verstehen konnte. Ihm wurde schwindlig von den Drehungen des Tanzes; alles um ihn herum verschwamm in einem Rausch von Farben, der von der Schwärze der Nacht wogte. Die Musik und das Klatschen, das Gelächter und das Pfeifen der Fahrensleute wurden lauter. Er spürte, wie seine Füße vom Boden abhoben und er zu schweben begann, Eretria noch immer in den Armen.

Dann jedoch war sie plötzlich verschwunden, und er begann zu fallen.

Er erwachte mit den schlimmsten Kopfschmerzen, die er je in seinem Leben gehabt hatte. Das Gefühl, wie ein schlanker Ast in einem wilden Sturm geschüttelt zu werden, riß ihn aus dem Schlaf, und er brauchte mehrere Minuten, um sich bewußt zu werden, daß er sich in einem der Wohnwagen der Fahrensleute befand. Er lag auf einem Strohsack im hinteren Teil des Wagens, die Augen auf ein merkwürdiges Sortiment von Wandbehängen, Seiden- und Spitzenstoffen, Metall- und Holzgeräten gerichtet, die alle mit der Bewegung des holpernden Wagens hin und her schwangen. Ein Strahl hellen Sonnenlichts fiel durch ein angelehntes Fenster, und da wußte er, daß er die ganze Nacht durchgeschlafen hatte.

Amberle erschien neben ihm, in den meergrünen Augen einen Ausdruck des Tadels.

»Ich brauche dich wohl nicht zu fragen, wie du dich heute morgen fühlst, wie?« sagte sie. Ihre Worte gingen beinahe unter im Rumpeln der Räder. »Ich hoffe nur, es hat sich gelohnt, Talbewohner.«

»Nein.« Sehr langsam und vorsichtig setzte er sich auf. Sein Kopf schmerzte heftig bei der Bewegung. »Wo sind wir?«

»In Cephelos Wagen. Seit gestern abend, wenn deine Erinnerung so weit zurückreicht. Ich hab' ihnen gesagt, du hättest dich noch nicht ganz von einem Fieber erholt, das dich in den letzten Tagen geplagt hat, und es wäre möglich, daß du nicht nur vom Wein berauscht, sondern richtig krank bist. Daraufhin haben sie mich zu dir gelassen, damit ich mich um dich kümmern kann. Hier, trink das.«

Sie reichte ihm einen Becher, der mit einer dunklen Flüssigkeit gefüllt war. Wil musterte das Gebräu mißtrauisch.

»Trink es«, wiederholte sie energisch. »Es ist ein Kräutersaft, der gut ist, wenn man zuviel Wein getrunken hat. Gewisse Dinge weiß man einfach, da braucht man nicht erst die Heilkunst zu studieren.«

Er trank den Saft ohne Widerrede. Und da merkte er plötzlich, daß seine Stiefel weg waren.

»Meine Stiefel! Was ist –?«

»Still!« warnte sie und deutete hastig zu der kleinen hölzernen Tür im vorderen Teil des Wagens. Wortlos griff sie unter sein Lager und holte die Stiefel hervor. Dann zog sie aus der Schärpe, die sie um die Hüften trug, den kleinen Lederbeutel mit den Elfensteinen.

Mit einem Stoßseufzer der Erleichterung lehnte Wil sich zurück.

»Du warst den Festlichkeiten nicht ganz gewachsen«, erklärte sie mit einem Anflug von Sarkasmus in der Stimme. »Nachdem du das Bewußtsein verloren hattest, ließ Cephelo dich hier in seinen Wagen bringen. Er wollte dich gerade von diesem alten Weib entkleiden lassen, da gelang es mir, ihn davon zu überzeugen, daß das gefährlich sein könnte. Ich sagte, wenn das Fieber wieder aufgeflammt wäre, dann bestünde die Gefahr der Anstekkung. Außerdem erklärte ich ihm, daß du es als Beleidigung betrachten würdest, wenn man dir einfach deine Kleider wegnähme. Offenbar war ihm die Sache nicht allzu wichtig, denn er warf die Alte hinaus. Nachdem er dann ebenfalls gegangen war, habe ich dich gründlich durchsucht und die Elfensteine gefunden.«

Er nickte beifällig. »Du hast einen klaren Kopf behalten.«

»Was man von dir nicht behaupten kann.« Sie zog spöttisch die Brauen hoch. Dann blickte sie wieder zu der verschlossenen kleinen Tür hinüber. »Cephelo hat das alte Weib nebenan einquartiert, damit sie uns im Auge behalten kann. Ich habe den Eindruck, er ist nicht überzeugt davon, daß er über dich alles weiß, was er wissen möchte.«

Wil beugte sich vor und stützte das Kinn auf seine Hände.

»Das würde mich nicht wundern.«

»Warum sind wir dann immer noch hier – ich meine, jetzt mal abgesehen davon, daß du gestern abend zuviel getrunken hast?« wollte sie wissen. »Warum sind wir eigentlich überhaupt noch hier?«

Er streckte die Hand nach den Elfensteinen aus, und sie gab sie ihm. Er steckte den Lederbeutel wieder in seinen rechten Stiefel und zog beide Stiefel an. Dann bedeutete er ihr, sich näher zu ihm zu neigen.

»Weil wir einen Weg finden müssen, Artaq zurückzubekommen, und das geht nur, wenn wir bei diesen Leuten bleiben«, flüsterte er so laut, daß sie es trotz des Ächzens des Wagens hören konnte. »Und es hat auch noch einen anderen Grund. Die Dämonen, die uns bei Havenstead gejagt haben, halten nach zwei Leuten Ausschau – nicht nach einem ganzen Wagenzug. Vielleicht können wir sie abschütteln, wenn wir mit den Fahrensleuten reisen. Im übrigen führt unser Weg direkt nach Westen, und wir kommen auf diese Weise schneller voran als zu Fuß.«

»Schön. Aber es ist auch gefährlich, mit diesen Fahrensleuten zu reisen, Talbewohner«, entgegnete sie. »Was willst du tun, wenn wir die Wälder von Westland erreichen, und Cephelo sich noch immer weigert, dir Artaq zurückzugeben?«

Er zuckte die Schultern.

»Darüber zerbrech' ich mir den Kopf, wenn es soweit ist.«

»Immer dasselbe.« Sie schüttelte ärgerlich den Kopf. »Du könntest doch wenigstens versuchen, mich ein bißchen mehr einzuweihen als bisher. Es ist nicht gerade beruhigend, sich auf dich verlassen zu müssen, ohne die geringste Ahnung zu haben, was du planst.«

»Da hast du recht«, stimmte er zu. »Es tut mir leid, daß ich dich gestern abend so völlig im unklaren ließ. Ich hätte dir mehr sagen sollen, bevor wir das Lager betraten, aber ich hatte mir, ehrlich gesagt, gar nicht überlegt, was ich tun wollte. Ich hab' einfach aus dem Stegreif gehandelt, als wir auf das Lager stießen.«

»Das glaube ich dir«, erwiderte sie stirnrunzelnd.

»Aber ich kann's dir jetzt erklären«, erbot er sich. »Die Fahrensleute reisen immer in Familien – das weißt du ja bereits. Das Wort ›Familie‹ ist etwas irreführend, denn die Mitglieder einer Familie bei den Fahrensleuten sind nicht immer blutsverwandt. Diese Leute verkaufen ihre Frauen und Kinder häufig an andere Lager oder benutzen sie als Tauschobjekte. Persönliches Eigentum in dem Sinn gibt es nicht. Jede Familie hat einen Führer – eine Vaterfigur, die sämtliche Entscheidungen trifft. Die Frauen sind den Männern untergeordnet. Das ist in den Augen der Fahrensleute die natürliche Ordnung der Dinge. Sie sind fest davon überzeugt, daß die Frauen den Männern, die sie schützen und versorgen, dienen und gehorchen müssen. Jeder, der ihr Lager betritt, sollte diese Sitte beachten, wenn er von ihnen willkommen geheißen werden will. Deshalb habe ich zuerst von dem Wasser getrunken. Deshalb habe ich dich allein aufräumen lassen, nachdem wir die Kranken behandelt hatten. Ich wollte sie davon überzeugen, daß ich ihre Sitten verstehe und achte. Ich dachte, dann bestünde eher die Chance, daß sie uns Artaq zurückgeben.«

»Aber es scheint nicht geholfen zu haben«, bemerkte Amberle.

»Nein, noch nicht«, bekannte er. »Aber immerhin haben sie uns gestattet, mit ihnen zu reisen. Normalerweise würden sie so etwas nicht einmal in Erwägung ziehen. Die Fahrensleute haben für Außenseiter nicht viel übrig.«

»Sie haben uns gestattet, mit ihnen zu reisen, weil Cephelo neugierig ist und mehr über dich wissen möchte.« Sie hielt einen Augenblick inne. »Eretria interessiert sich auch für dich. Sie hat gar keinen Hehl daraus gemacht.«

Er lachte unwillkürlich. »Und du glaubst wohl, daß ich das Trinkgelage und die Tanzerei gestern abend auch noch genossen habe?«

»Wenn du es unbedingt wissen willst – ja, das glaube ich.«

Sie sagte es ohne die Spur eines Lächelns. Wil lehnte sich zurück und hielt sich stöhnend den Kopf.

»Gut, ich gebe zu, daß ich es übertrieben habe. Aber das hatte seinen Grund, ganz gleich, was du denkst. Ich mußte sie glauben machen, daß ich nicht gerissener bin als sie. Wenn sie nämlich den Eindruck bekommen hätten, daß ich sie überlisten will, wären wir jetzt beide tot. Deshalb habe ich getrunken und getanzt und mich genauso benommen, wie sich jeder Fremde unter den gleichen Umständen benommen hätte – um zu vermeiden, daß sie argwöhnisch werden.« Er zuckte die Schultern. »Für Eretrias Interesse an mir kann ich nichts.«

»Das hab' ich ja auch gar nicht behauptet.« Sie wurde plötzlich ärgerlich. »Es ist mir völlig gleichgültig, ob Eretria sich für dich interessiert oder nicht. Mir ist nur wichtig, daß du uns nicht beide aus Torheit verrätst.«

Sie sah den Ausdruck der Verwunderung, der über sein Gesicht flog, und errötete.

»Bitte sei vorsichtig, ja?« fügte sie hastig hinzu, nahm ihm dann den leeren Becher aus der Hand und ging auf die andere Seite des Wagens. Wil blickte ihr neugierig nach.

Einen Augenblick später kam sie zurück, wieder kühl und ruhig.

»Noch etwas mußt du wissen. Heute am frühen Morgen begegnete der Wagenzug einem alten Fallensteller, der nach Osten reiste. Er war gerade durch den Tirfing gekommen – das Seengebiet unterhalb vom Mermidon, ehe man die Wälder von Westland erreicht. Er warnte Cephelo. Er sagte, dort triebe ein Teufel sein Unwesen.«

Wil krauste die Stirn.

»Ein Teufel?«

»Er nannte es einen Teufel – das ist ein Name, den die Fahrensleute für ein Wesen gebrauchen, das nicht menschlich ist, ein böses Wesen.« Sie legte eine vielsagende Pause ein. »Es kann sein, daß dieser Teufel einer der Dämonen ist, die die Mauer der Verfemung eingerissen haben.«

»Was sagte denn Cephelo zu diesem Teufel?«

Amberle lächelte schwach. »Er kennt keine Angst vor Teufeln. Er beabsichtigt, dennoch durch den Tirfing zu reisen – er scheint fest entschlossen zu sein. Ich habe die Vermutung, daß er dort Geschäfte abwickeln will, die nicht zulassen, daß er den Tirfing meidet. Der Rest der Familie ist nicht allzu glücklich über seine Entscheidung.«

Wil nickte. »Das kann ich verstehen.«

In stetiger Fahrt rollten die Wagen westwärts bis zum Mittag. Dann machte man kurz Rast, um hastig ein Mittagsmahl zu verzehren. Wil fühlte sich inzwischen viel besser und konnte sogar etwas von dem Dörrfleisch und den Gemüsen essen, aus denen die Mahlzeit bestand. Cephelo erkundigte sich höflich nach seinem Befinden, ließ sich aber nicht auf ein längeres Gespräch ein, sondern entfernte sich bald wieder, in Gedanken offensichtlich bei anderen Dingen. Mit gesenkten Stimmen unterhielten sich die Fahrensleute über den Teufel, der angeblich in Tirfing sein Unwesen treiben sollte, und Wil sah deutlich, daß die Familie recht beunruhigt war über den Bericht des alten Fallenstellers. Fahrensleute waren von Natur aus abergläubisch, und Cephelos Entschluß, eine solche Warnung einfach zu mißachten, fand nicht viel Anklang.

Der Nachmittag verflog rasch. Einmal setzte sich Wil eine Weile auf den Bock des Wagens und lenkte die Pferde, während die alte Frau ruhte. Amberle saß an seiner Seite, während er das Vierergespann im Zug der Wagen über die weite, grasbewachsene Ebene steuerte. Sie summte leise vor sich hin und sprach sehr wenig mit ihm. Wil ließ sie in Frieden, konzentrierte sich auf seine Aufgabe als Wagenlenker, während er sinnend den Blick über die Grenzenlosigkeit der Ebene schweifen ließ. Mehrmals ritt Cephelo auf einem großen Fuchs an ihnen vorüber. Sein waldgrüner Umhang bauschte sich hinter ihm, und auf seinem dunklen Gesicht schimmerte ein dünner Schweißfilm. Einmal erhaschte Wil einen flüchtigen Blick auf Artaq, als die Reservepferde an den Wagen vorbei zu einem Wasserloch irgendwo vor dem Zug getrieben wurden. Der Rappe wurde nicht geritten, es schien, als hätte sich Cephelo noch nicht entschieden, was er mit ihm anfangen wollte.

Eine gute Stunde vor Sonnenuntergang erreichten sie den Tirfing, eine Landschaft kleiner, von lichten Wäldern umgebener Seen. Weit im Westen, unter der rotglühenden Kugel der untergehenden Sonne, dehnten sich die dunklen Westlandwälder. Über einen holprigen Trampelpfad, den zahllose Wanderer vor ihnen ausgetreten hatten, wand sich der Zug der Fahrensleute aus der Ebene in das waldreiche Gebiet des Tirfing. Die sengende Hitze, die sie durch das weite Flachland begleitet hatte, blieb hinter ihnen zurück, als sie tiefer in das Grün der Bäume eindrangen, und mit dem Nahen des Abends wurden die Schatten, die vor ihnen auf den Weg fielen, länger. Durch Schneisen in den Wäldern sahen sie hier und dort das silberne Wasser der Seen blitzen, von denen das Land rundherum überzogen war.

Die Dunkelheit war hereingebrochen, als Cephelo schließlich auf einer großen, von Eichen umfriedeten Lichtung halten ließ. Mehrere hundert Fuß nördlich glitzerte ein kleiner See. Die Wohnwagen formierten sich wie immer zum Kreis, und langsam kamen die holpernden, ächzenden Wagen zum Stehen. Wil war so steif, daß er sich kaum noch bewegen konnte. Während die Männer ausspannten und die Frauen mit den Vorbereitungen zum Nachtmahl begannen, kletterte Wil steifbeinig vom Bock herunter, um sich ein wenig die Füße zu vertreten. Amberle ging in der anderen Richtung davon, er folgte ihr nicht. Statt dessen hinkte er zwischen zwei Wagen hindurch zu den Bäumen, welche die Lichtung umgaben, und machte dort halt, um die schmerzenden Glieder zu strecken und seine Muskeln zu lockern.

Plötzlich hörte er Schritte, und als er sich umwandte, sah er, daß Eretria sich näherte, ihre zierliche Gestalt glitt wie ein Schatten durch das abendliche Zwielicht. Sie trug hohe Stiefel und ein Reitkostüm aus Leder, dazu eine rotseidene Schärpe um die Hüfte. Vom Wind zerzaust fiel ihr das üppige schwarze Haar auf die Schultern. Sie lächelte, als sie zu ihm trat, und ihre dunklen Augen blitzten spitzbübisch.

»Entferne dich nur nicht so weit vom Lager, Wil Ohmsford«, sagte sie. »Sonst läufst du plötzlich einem Teufel in die Arme. Das wäre doch schrecklich.«

»Für den Teufel oder für mich?« gab Wil mit einem Lächeln zurück. »Aber ich habe ohnehin nicht die Absicht, mich allzuweit vom Lager zu entfernen, denn mein Hunger ist viel zu groß.«

Vorsichtig ließ er sich ins hohe Gras nieder und lehnte sich mit dem Rücken gegen einen der Eichenstämme. Eretria betrachtete ihn ein Weilchen stumm, dann setzte sie sich neben ihn.

»Was hast du denn den ganzen Tag getrieben?« erkundigte sich Wil, nur um etwas zu sagen.

»Ich hab' dich beobachtet«, antwortete sie und lächelte schalkhaft, als sie den Ausdruck sah, der auf sein Gesicht trat. »Du hast mich natürlich nicht bemerkt. Das solltest du auch nicht.«

Er spürte Unbehagen. »Ja, und warum hast du mich beobachtet?«

»Cephelo wollte es.« Sie zog die Augenbrauen hoch. »Er traut dir nicht über den Weg – und dem Elfenmädchen auch nicht, das angeblich deine Schwester ist.«

Sie blickte ihm jetzt ganz keck ins Gesicht, als wollte sie ihn herausfordern, ihr zu widersprechen. Eine Aufwallung von Panik ergriff Besitz von Wil.

»Amberle ist meine Schwester«, erklärte er so bestimmt, wie er konnte.

Eretria schüttelte den Kopf.

»Sie ist so wenig deine Schwester, wie ich Cephelos Tochter bin. Die Blicke, die sie dir zuwirft, sind nicht die einer Schwester; ihre Augen verraten, daß sie dir etwas anderes ist. Aber mir ist das gleichgültig. Wenn du möchtest, daß sie als deine Schwester gilt, dann soll es so sein. Nur laß dich von Cephelo nicht bei diesem kleinen Spielchen ertappen.«

Wil starrte sie verdutzt an.

»Augenblick«, sagte er. »Was soll das heißen, sie ist so wenig meine Schwester, wie du Cephelos Tochter bist? Er hat doch gesagt, daß du seine Tochter bist, oder nicht?«

»Das was Cephelo sagt, und das, was wahr ist, stimmt nicht unbedingt überein – es stimmt sogar höchst selten überein.« Sie neigte sich ihm ein wenig zu. »Cephelo hat keine Kinder. Er kaufte mich meinem Vater ab, als ich fünf Jahre alt war. Mein Vater war arm und konnte mir nichts bieten. Er hatte noch andere Töchter. Jetzt gehöre ich Cephelo. Aber ich bin nicht seine Tochter.«

Sie erklärte das so sachlich, daß Wil im ersten Moment überhaupt nicht wußte, was er darauf sagen sollte. Sie sah seine Verwirrung und lachte.

»Wir sind Fahrensleute, Wil – du kennst unsere Sitten und Gebräuche. Außerdem hätte es für mich viel schlimmer kommen können. Es hätte mir passieren können, daß ich an einen viel geringeren Mann verkauft worden wäre. Cephelo ist ein Führer; er genießt Achtung und hat einen hohen Rang inne. Das kommt auch mir als seiner Tochter zugute. Ich habe mehr Freiheit in meinem Leben als die meisten Frauen. Und ich habe viel gelernt, Heiler. Ich kann es mit den meisten aufnehmen.«

»Das bezweifle ich nicht«, meinte Wil. »Aber warum erzählst du mir das alles?«

Sie schürzte spitzbübisch die Lippen.

»Weil ich dich mag – warum sonst?«

»Das eben möchte ich gern wissen.« Er ignorierte ihren Blick.

Mit einer plötzlichen Bewegung richtete sie sich auf. Ihr Gesicht zeigte Verstimmung.

»Bist du mit diesem Elfenmädchen verheiratet? Ist sie dir versprochen?«

Seine Überraschung war deutlich.

»Nein.«

»Gut.« Die Verstimmung löste sich auf. Das Schalklächeln blitzte wieder in ihrem Gesicht. »Cephelo hat nicht die Absicht, dir dein Pferd zurückzugeben.«

Wil reagierte mit Vorsicht auf diese Behauptung.

»Das weißt du?«

»Ich weiß, wie er ist. Er wird dir das Pferd nicht zurückgeben. Er wird dich deiner Wege gehen lassen, wenn du ihm keinen Ärger machst und nicht versuchst, dir dein Pferd selbst wiederzuholen; aber das Pferd gibt er dir bestimmt nicht zurück.«

Das Gesicht des jungen Mannes war ausdruckslos.

»Ich frage dich noch einmal – warum erzählst du mir das alles?«

»Weil ich dir helfen kann.«

»Und warum solltest du mir helfen wollen?«

»Weil du dafür mir helfen kannst.«

Wil zog die Brauen zusammen.

»Wie?«

Belustigung funkelte in Eretrias dunklen Augen.

»Ich habe den Verdacht, Wil Ohmsford, daß du nicht der harmlose junge Mann bist, für den du dich bei uns ausgegeben hast. Ganz sicher bist du mehr als ein simpler Heilkundiger, der mit seiner Schwester durch die Ebenen von Callahorn reist. Ich habe den Verdacht, daß dieses Elfenmädchen deiner Obhut anvertraut wurde und daß du sie begleitest, um sie zu beschützen.« Eilig hob sie ihre gebräunte Hand, als er etwas entgegnen wollte. »Du brauchst nicht zu leugnen, Heiler – eine Lüge von deinen Lippen wäre an mich verschwendet, denn ich bin die Tochter des größten Lügners der Welt und verstehe mich viel besser als du auf die Kunst des Lügens.«

Sie lächelte und legte eine Hand auf seinen Arm.

»Ich mag dich, Wil – das ist keine Lüge. Ich möchte gern, daß du das Pferd zurückbekommst. Es ist dir offensichtlich wichtig, es zurück zu erhalten, sonst wärst du uns nicht gefolgt. Allein aber wird es dir nicht gelingen, dir dein Pferd zurück zu holen. Doch ich könnte dir helfen.«

Zweifel spiegelten sich in Wils Miene.

»Warum würdest du das tun?« fragte er.

»Wenn ich dir helfe, dein Pferd wieder zu bekommen, dann sollst du mich mitnehmen, wenn du von hier fortgehst.«

»Was!«

»Ich möchte, daß du mich mitnimmst«, wiederholte sie mit Entschiedenheit.

»Das kann ich nicht!«

»Du kannst es, wenn du dein Pferd zurückhaben möchtest.«

Hilflos schüttelte er den Kopf.

»Warum möchtest du fort von hier? Du hast mir doch eben erzählt, daß –«

»Das alles gehört der Vergangenheit an«, fiel sie ihm ungeduldig ins Wort. »Cephelo ist der Meinung, daß es für mich an der Zeit ist zu heiraten. Nach alter Tradition wird er mir meinen Ehemann aussuchen und mich ihm gegen die Bezahlung eines Preises übergeben. Mein Leben bisher war gut, aber ich habe nicht die Absicht, mich ein zweites Mal verkaufen zu lassen.«

»Könntest du denn nicht einfach allein fortgehen? Du scheinst mir dazu imstande.«

»Ich kann noch viel mehr schaffen, wenn es darauf ankommen sollte, Heiler. Das ist der Grund, weshalb du mich brauchst. Wenn du dir dein Pferd wieder holst – und ich bezweifle, daß du das ohne meine Hilfe fertigbringst –, werden die Fahrensleute dir nachjagen. Da du auf jeden Fall verfolgt werden wirst, ist es für dich keine zusätzliche Belastung, außer dem Pferd auch mich mitzunehmen – insbesondere, da ich die Fahrensleute so gut kenne, daß ich dir die nötigen Kniffe verraten kann, ihnen zu entkommen.«

Wil zuckte die Schultern.

»Ich habe natürlich daran gedacht, allein fortzugehen. Wenn ich keine andere Wahl hätte, würde ich es auch tun. Es wäre immer noch besser als verkauft zu werden. Aber wohin sollte ich gehen? Fahrensleute sind nirgends willkommen, und ich bin nun mal eine von ihnen, ob es mir gefällt oder nicht. Auf mich selbst gestellt müßte ich das Leben einer Ausgestoßenen führen, und das wäre sicherlich nicht angenehm. Mit dir aber würde ich bei den anderen Rassen Aufnahme finden; du bist ein Heiler und genießt Achtung. Ich könnte sogar mit dir reisen. Ich könnte dir bei der Behandlung der Kranken zur Hand gehen. Du würdest schon sehen, daß ich –«

»Eretria«, unterbrach Wil sanft. »Es ist sinnlos, das zu erörtern. Ich kann dich nicht mitnehmen. Ich kann niemanden außer Amberle mitnehmen.«

Ihr Gesicht verdunkelte sich.

»Nicht so hastig, Heiler. Deine Verachtung für mich –«

»Mit Verachtung hat das nichts zu tun«, fiel er ihr ins Wort, während er überlegte, wieviel er ihr sagen konnte. Nicht sehr viel, das war ihm schnell klar. »Hör mir zu, Eretria. Es wäre gefährlich für dich, jetzt mit mir zu reisen. Wenn ich von hier verschwinde, wird Cephelon nicht der einzige sein, der mich sucht. Andere haben es auf mich abgesehen, die viel gefährlicher sind als er. Sie suchen auch jetzt in diesem Moment nach meiner Spur. Wenn ich dich mitnähme, wärst du keinen Moment sicher.«

»Aber das Elfenmädchen reist doch mit dir«, beharrte sie.

»Amberle reist mit mir, weil sie muß.«

»Worte! Ich glaube ihnen nicht. Du wirst mich mitnehmen, Wil Ohmsford. Du wirst mich mitnehmen, weil du mußt.«

Er schüttelte den Kopf. »Das kann ich nicht tun.«

Mit einer heftigen Bewegung stand sie auf. Das schöne Gesicht war zornig, in den Augen blitzte eigensinnige Entschlossenheit.

»Du wirst es dir schon noch anders überlegen, Heiler. Der Moment wird kommen, wo dir keine Wahl bleibt.«

Sie machte kehrt und stapfte wütend davon. In einiger Entfernung von ihm blieb sie plötzlich stehen und blickte zurück. Ihre schwarzen Augen sahen ihn eindringlich an, und auf ihrem dunklen Gesicht breitete sich plötzlich dieses wundersame, strahlende Lächeln aus.

»Ich bin dir bestimmt, Wil Ohmsford«, rief sie.

Einen Moment noch hielt sie seinen Blick fest, dann wandte sie sich ab und setzte ihren Weg zurück ins Lager fort. Mit Verwunderung blickte Wil Ohmsford ihr nach.

Kurz nach dem Abendessen durchbrach plötzlich ein tiefes, dröhnendes Brüllen die friedliche Stille der Nacht. Die Fahrensleute am Feuer erstarrten. Die erschreckenden Laute kamen vom Südende des Sees, an dem das Lager aufgeschlagen war. Einmal, zweimal, dann wieder Stille. Alle Köpfe flogen herum, alle Gesichter spiegelten ängstliche Erwartung. Augenblicke später erscholl das Gebrüll wieder. Wie wütendes Donnergrollen eines gigantischen Stiers klang es durch die Nacht. Hastig griffen die Fahrensleute nach ihren Waffen und stürzten an den Rand ihres Lagers, um in die Dunkelheit hinauszuspähen. Doch das Brüllen erstarb, und diesmal wurde es nicht wieder laut. Cephelo und mehr als ein Dutzend seiner Männer blieben dennoch abwartend stehen. Als sich jedoch nichts tat, befahl der Führer seinen Leuten barsch, sich wieder ans Feuer zu setzen. Mit lauten Bemerkungen machte er sich über Teufel und andere Ungeheuer lustig, die in der Nacht ihr Unwesen trieben, und behauptete prahlerisch, keines dieser Geschöpfe würde es wagen, in ein Lager der Fahrensleute einzubrechen, ohne vorher um Erlaubnis zu fragen. Die Weinbecher wurden neu gefüllt und machten die Runde. Man trank und plauderte und lachte. Und doch wanderten immer wieder verstohlene Blicke in jene Richtung, aus der das Gebrüll gekommen war.

Eine halbe Stunde später dröhnte es wieder durch die Nacht, näher jetzt, noch bedrohlicher als zuvor. Erschreckt sprangen die Fahrensleute auf und packten erneut ihre Waffen, um an den Rand des Lagers zu eilen. Diesmal folgte Wil ihnen. Amberle hielt sich nur einen Schritt hinter ihm, als er an einer Lücke zwischen zwei Wohnwagen halt machte und vorsichtig in die Finsternis hinausblickte. Es war nichts zu sehen. Nichts rührte sich. Etwas zaghaft marschierte Cephelo bis zum Rand des Waldes, der die kleine Lichtung umschloß. Beide Hände lagen auf dem Griff seines wuchtigen Schwerts. Eine Zeitlang blieb er dort am Waldrand stehen, eine schwarze Silhouette vor dem Hintergrund der Bäume, darauf gefaßt, jeden Moment einen Angriff abwehren zu müssen. Aber nichts rührte sich. Alles blieb still. Schließlich machte er kehrt und schritt wieder zurück. Sein Gesicht war starr.

Jetzt scherzte er nicht mehr. Die Pferde, die an einer schmalen Bucht des Sees angepflockt waren, wurden näher zur Wagenburg gebracht, damit man sie besser im Auge behalten konnte. Rund um die Lichtung wurden Wachposten aufgestellt und ermahnt, die Augen offen zu halten. Alle anderen kehrten ins Lager zurück und ließen sich im anheimelnden Feuerschein nieder. Der Wein wurde wieder herumgereicht, aber diesmal tranken nur wenige. Langsam kam auch das Gespräch wieder in Gang, doch die Stimmen waren gedämpft und ohne Ausgelassenheit, und häufig konnte man das Wort ›Teufel‹ vernehmen.

Wil führte Amberle ein paar Schritte von der Gruppe der anderen fort.

»Halte dich immer dicht bei mir«, sagte er leise. »Geh auf keinen Fall von mir weg.«

Mit forschendem Blick sah sie ihn erschrocken an. »Glaubst du –?«

Das Gespräch der beiden wurde unterbrochen, als Cephelo plötzlich in die Hände klatschte und nach Musik rief. Mit lauten Rufen ermunterte er die anderen, es ihm nachzutun. Wil und Amberle folgten. Ein paar Beifallsrufe wurden laut, als Cephelo im Tanzschritt um das Feuer sprang.

Wil blickte sich voller Unbehagen um.

»Wenn da draußen irgendwas herumschleicht und womöglich das Lager angreift, dann verschwinden wir hier. Wir werden versuchen, an Artaq heranzukommen, und dann die Flucht wagen. Bist du bereit das zu riskieren?«

Sie nickte. »Sehr.«

Silbern klirrten die Becken, und die Saiteninstrumente sangen leise. Viele Hände klatschten in stetigem Rhythmus, ruhig und sicher.

Da brach das schreckliche Brüllen von neuem los. Ganz nahe diesmal dröhnte es wild und fürchterlich aus der Finsternis. Und in das Gebrüll mischten sich die Schreie der Wachposten, die voller Entsetzen waren. »Teufel! Teufel!« schrien die Männer am Rande der Lichtung.

Die Leute am Feuer stoben auseinander. Die Männer stürzten zu ihren Waffen, während Frauen und Kinder in heilloser Verwirrung flohen. Ein Aufschrei, dünn und hoch, übertönte das allgemeine Lärmen. Beinahe augenblicklich erstarb er wieder. Jenseits des Wagenrings schob sich ein massiger dunkler Schatten durch die Nacht.

»Ein Dämon!« Wil flüsterte das Wort beinahe ohne Überlegung.

Einen Augenblick später tauchte das Geschöpf in einer Lücke zwischen zwei Wohnwagen auf. Es schob die kleinen Häuser auf Rädern auseinander, als seien sie aus Pappe. Kein Zweifel, es war ein Dämon, aber viel, viel größer als die Ungeheuer, vor denen Wil und Amberle aus Havenstead geflohen waren. Er bewegte sich auf zwei Beinen vorwärts und war mehr als fünfzehn Fuß groß. Der massige Körper, schwerfällig und gebeugt, war mit einer schwieligen, graubraun gesprenkelten Haut bedeckt, die in schweren Falten um Rumpf und Glieder schlotterte. Ein Schuppenkamm lief vom Hals des Geschöpfes den ganzen Rücken und beide Beine hinunter. Das Gesicht war eine leere Maske des Nichts, ein von Zähnen blitzender Rachen, aus dem das tiefe, dröhnende Brüllen hervorquoll. In zwei gewaltigen, klauenbewehrten Händen baumelte der leblose Körper eines der Wachposten.

Der Dämon schleuderte den Toten zur Seite und kam näher. Cephelo und ein Dutzend anderer Männer traten ihm mit Spießen und Schwertern entgegen. Einige Hiebe durchbohrten die dicke Haut, doch die meisten wurden abgewehrt. Das Ungeheuer bewegte sich langsam und schwerfällig, verfügte jedoch über unglaubliche Kräfte. Mit schlürfendem Schritt trampelte es die Mauer der Verteidiger einfach nieder, fegte die Männer, die sich ihm entgegenstellten, mühelos aus seinem Weg. Cephelo warf sich dem Dämon direkt in den Weg und schnellte sich mit einem gewaltigen Sprung vom Boden ab, um dem Ungeheuer das Schwert in den aufgerissenen Rachen zu stoßen. Das monströse Geschöpf zermalmte das Schwert mit einem Biß in kleine Splitter, während seine Klauenhände nach dem Führer der Fahrensleute faßten. Cephelo war flink und entkam, doch ein anderer Mann, der in seiner Hast über die eigenen Füße stolperte, ging zu Boden. Schwer wie ein Felsbrocken fiel der Fuß des Dämonen auf den hilflos am Boden liegenden Mann.

Wil zog Amberle zur anderen Seite des Lagers, wo die Pferde festgemacht waren. Da sah er, wie auch Cephelo zu Boden ging. Die Verteidiger versuchten, die Beine des Dämonen zu umklammern, um ihn aufzuhalten, als ein massiger Arm mit wuchtigem Schlag den Führer der Fahrensleute traf, so daß er Hals über Kopf zu Boden stürzte. Wil sah, wie die anderen Männer Cephelo zu Hilfe kamen. Zwei packten den leblosen Körper und brachten ihn in Sicherheit, während die anderen mit Spießen und Schwertern auf das Ungeheuer einhieben, um es abzulenken. Der Dämon wirbelte herum und streckte die Arme nach dem nächsten Wohnwagen aus. Er packte das schwere Gefährt und kippte es mit einem einzigen Stoß um. Der Wagen stürzte krachend auf die Seite, die Holzwände gingen in Trümmer, aus Metall gearbeitete Schmuckstücke und Ballen leuchtender Seide rollten und sprangen auf die Lichtung hinaus. Wütend schrien die Verteidiger auf und erneuerten ihren hoffnungslosen Angriff.

Amberle zog ungeduldig an Wils Arm, doch noch immer zögerte dieser. Er konnte einfach nicht glauben, daß dieses gewaltige und so schwerfällige Ungeheuer es fertiggebracht haben sollte, ihnen den ganzen Weg von Havenstead zu folgen. Nein, dieses Geschöpf war allein durch die Mauer der Verfemung entkommen und blindlings in den Tirfing eingedrungen, wo es durch Zufall auf den Wagenzug gestoßen war. Es war allein, doch von solcher Kraft und Zerstörungswut, daß die Fahrensleute – das war schon jetzt klar – ihm nicht gewachsen waren. Sie mochten sich noch so sehr bemühen, den Dämonen aufzuhalten, er würde mit Sicherheit das ganze Lager zerstören.

Fliehen aber wollten die Fahrensleute nicht. Die bunten Wagen, die schwerfälligen Häuser auf Rädern – sie waren ihre Heimat, ihr ganzer Besitz. Nein, fliehen würden die Fahrensleute auf keinen Fall. Sie würden sich dem Kampf stellen, und wenn sie das taten, dann würden sie sterben. Der Dämon war ein Wesen aus einem anderen Zeitalter; er verfügte über Kräfte, die den menschlichen Kräften weit überlegen waren. Nur eine Kraft, die so groß war wie die seine, konnte ihn aufhalten. Wil Ohmsford allein besaß diese Kraft. Doch dies war nicht sein Kampf. Die Fahrensleute hatten ihn bestohlen; er schuldete ihnen nichts. Verantwortlich war er in erster Linie für Amberle. Das beste war, sie bei der Hand zu nehmen und rasch zu fliehen. Doch wenn er das tat, was würde dann aus den Fahrensleuten werden – nicht nur aus den Männern, sondern auch aus Frauen und Kindern? Hatten sie ihm etwas angetan? Ohne seine Hilfe hatten sie gegen den Dämon überhaupt keine Chance.

Seine Unschlüssigkeit wurde noch größer, als ihm einfiel, was sein Großvater ihm einmal berichtet hatte. Als er auf der Flucht vor dem Dämonen-Lord die Elfensteine gebraucht hatte, hatte er auf diese Weise dem Feind, ohne es zu wollen, genau gesagt, wo er gefunden werden konnte. So konnte es auch jetzt sein. Unter diesen Dämonen gab es zweifellos einige, die der Zauberkunst mächtig waren; Allanon hatte ihm das ja gesagt. Wenn er jetzt die Kraft der Elfensteine mobilisierte, würde er diesen Ungeheuern vielleicht verraten, wo er und Amberle sich im Augenblick befanden.

Er warf einen raschen Blick auf Amberle. Was sie in seinen Augen sah, verriet ihr sogleich, was er vorhatte. Wortlos ließ sie seinen Arm los. Er riß sich seinen rechten Stiefel herunter und griff hinein, um die Elfensteine herauszuholen. Versuchen wenigstens mußte er es, sagte er sich. Das war das mindeste, was er tun konnte. Er konnte diese Leute nicht einfach sterben lassen. Mit fliegenden Fingern zog er den Beutel auf und ließ die drei blauen Steine in seine Hand gleiten. Sie in der fest geschlossenen Faust haltend, machte er sich auf den Weg zurück ins Lager.

»Bleib du hier«, sagte er zu Amberle.

»Nein, warte!« rief sie ihm nach, doch er rannte schon über die Lichtung.

Der Dämon hatte sich von den Wagen abgewandt und trieb jetzt die Fahrensleute vor sich her, während er zur Mitte des Lagers strebte. Cephelo stand wieder auf den Füßen. Schwankend lehnte er an einem der Wagen und feuerte die Verteidiger mit lauten Rufen an. Wil rannte, bis ihn noch höchstens dreißig Schritte von den Kämpfern trennten. Da blieb er stehen, hob die Faust über seinen Kopf und beschwor die Kraft der Elfensteine.

Nichts geschah.

Eisiges Entsetzen erfaßte ihn. Das, was er am meisten befürchtet hatte, war geschehen – er konnte die Kraft der Elfensteine nicht lenken, Allanon hatte sich geirrt. Nur sein Großvater hatte die Kraft der Steine beschwören können; er vermochte es nicht. Ihm standen sie nicht zu Gebote. Ihm gehorchten sie nicht.

Aber sie mußten es! Er versuchte es noch einmal. Während er sich auf die Form und Substanz der Steine in seiner Hand konzentrierte, rief er die Zauberkräfte an, die irgendwo in ihrem Inneren verborgen lagen. Doch noch immer geschah nichts. Diesmal jedoch spürte er etwas, was ihm zuvor entgangen war – eine Sperre, die sich seinen Bemühungen entgegenstellte, eine Sperre, die sich irgendwo in seinem eigenen Inneren befand.

Die Rufe und Schreie der Fahrensleute brachen in seine Überlegungen ein, und er sah, daß der Dämon direkt auf ihn zukam. Die Verteidiger befanden sich jetzt hinter dem Geschöpf, stachen und hieben mit ihren Waffen nach seinen Beinen und Flanken, während sie sich bemühten, es von Wil abzulenken. Mit gewaltigem Arm schlug der Dämon zu, zwei der Männer stürzten, während die anderen angstvoll auseinanderstoben. Das dröhnende Gebrüll quoll aus dem aufgerissenen Rachen. Auf eine abgebrochene Lanze gestützt eilte Cephelo hinkend zu seinen kämpfenden Leuten. Seine Kleider waren zerfetzt und von Staub und Blut bedeckt. Wil sah das Geschehen wie aus weiter Ferne, während er sich verzweifelt bemühte, die Kraft freizusetzen, die in den Elfensteinen eingeschlossen war. Der Gedanke zu fliehen kam ihm gar nicht; unerschütterlich stand er in der Mitte des Lagers, eine einsame Gestalt, die einen Arm zum Nachthimmel emporgeschwungen hatte.

Plötzlich tauchte Eretria auf. Ihre schlanke, zierliche Gestalt huschte wie ein Schatten zwischen Dämon und Talbewohner hindurch, während eine braune Hand dem Ungeheuer eine lodernde Fackel ins Gesicht schleuderte. Der Dämon fing das brennende Holz mit seinem Maul auf, schlug krachend die mächtigen Kiefer darüber zusammen; doch er blieb dabei stehen, als machten ihm Feuer und Rauch etwas zu schaffen. Eretria nutzte diese Gelegenheit, um Wil am Arm zu packen und hastig nach hinten zu ziehen, bis sie beide stolperten und zu Boden stürzten.

Augenblicklich scharten sich die Verteidiger wieder um sie, rissen brennende Holzscheite vom Feuer und schleuderten sie dem Dämon entgegen, um ihn in Verwirrung zu bringen. Doch das Ungeheuer rückte schon wieder vor. Hastig sprang Wil wieder auf die Beine und zog Eretria mit sich hoch. In demselben Augenblick tauchte Amberle an seiner Seite auf. In ihren kleinen Händen hielt sie mit festem Griff einen langen Spieß. Wortlos nahm Wil sie beim Arm und stieß die beiden Frauen hinter sich, während er sich gleichzeitig umdrehte, dem herankommenden Dämon die Stirn zu bieten.

Fast schon hatte das Ungeheuer sie jetzt erreicht. Wil Ohmsford streckte die Hand aus, die die Elfensteine umschloß. Keine Unschlüssigkeit, keine Verwirrung verunsicherten ihn jetzt. In die Tiefe tauchend, sprengte er die Sperre, die zwischen ihm und der Kraft der Steine stand, zertrümmerte sie mit der Kraft seines Willens, die aus Verzweiflung und dringender Notwendigkeit geboren war. Und in diesem Moment spürte er, wie etwas in seinem Inneren sich veränderte, das er nicht erklären konnte. Er hatte nur den Eindruck, daß es nicht unbedingt gut war. Es blieb keine Zeit, darüber nachzudenken. Tief in das Herz der Elfensteine eindringend, brachte er sie endlich zum Leben. Leuchtend blaues Licht züngelte von seiner geballten Faust in die Höhe, sammelte sich, schoß in einer Stichflamme vorwärts und traf den Dämon. Das gewaltige Ungeheuer heulte brüllend auf, als die Kraft der Steine sich brennend in es hineinfraß. Dennoch stolperte es weiter, und seine Klauenhände suchten wild tastend nach einem Opfer. Wil hielt stand. Er tauchte noch tiefer in die Steine ein und spürte, wie ihre Kraft immer stärker wurde. Alles um ihn herum verschwamm in ihrem blauen Glühen, und wieder schlugen die Elfensteine nach dem Dämon. Diesmal konnte das Geschöpf des Bösen dem Zauber nicht widerstehen. Die massige Gestalt ging in Flammen auf und wurde zu einer Säule blendenden Lichts. Einen Moment lang loderte sie tiefblau im Dunkel der Nacht, dann zerfiel sie in Asche und war verschwunden.

Langsam senkte Wil Ohmsford den Arm. Dort, wo der Dämon gestanden hatte, war jetzt nur noch verkohlte Erde, von der ein schwarzer Rauchfaden in die Dunkelheit aufstieg. Grabesstille herrschte in den Wäldern rundum, und nur das Knistern des Lagerfeuers war zu hören. Unsicher blickte der Talbewohner in die Runde. Keiner der Fahrensleute regte sich; sie standen wie angewurzelt, die Männer noch mit kampfbereit gezückten Waffen in der Hand, die Frauen und Kinder dicht aneinandergedrängt. Und auf allen Gesichtern spiegelten sich Ungläubigkeit und Furcht. Schrecken fuhr durch alle Glieder. Würden sie sich jetzt gegen ihn wenden, da sie wußten, daß er sie getäuscht hatte? Rasch blickte er zu Amberle, doch auch die stand wie versteinert, und in ihren grünen Augen lag ein tiefes Staunen.

Dann endlich kam Cephelo hinkend auf ihn zu. Er warf die abgebrochene Lanze beiseite, als er vor dem Talbewohner stand. Sein dunkles, bärtiges Gesicht war von Ruß und Blut verschmiert.

»Wer seid Ihr?« fragte er leise. »Sagt mir, wer Ihr seid.«

Wil zögerte. »Ich bin der, der ich sagte, daß ich bin«, antwortete er schließlich.

»Nein.« Cephelo schüttelte den Kopf. »Nein, Ihr seid gewiß nicht nur ein schlichter Heiler. Ihr seid mehr als das.« Seine Stimme war barsch und drängend. »Ich habe von Anfang an recht gehabt, in Euch etwas Besonderes zu vermuten, nicht wahr?«

Wil wußte nicht, was er darauf entgegnen sollte.

»Sagt mir, wer Ihr seid«, forderte Cephelo wieder, und in seiner leisen Stimme lag ein gefährlicher Unterton.

»Ich habe Euch bereits gesagt, wer ich bin.«

»Gar nichts habt Ihr mir gesagt!« Das Gesicht des Führers der Fahrensleute färbte sich rot vor Zorn. »Ich glaube, daß Ihr von diesem Teufel wußtet. Ich glaube, daß er Euretwegen hierherkam. Ich glaube, daß all dies Euretwegen geschehen ist!«

Abwehrend schüttelte Wil den Kopf.

»Das Ungeheuer ist durch Zufall auf Euch gestoßen; und es war ebenso ein Zufall, daß ich bei Euch war, als es geschah.«

»Heiler, Ihr belügt mich!«

Wil spürte, wie auch in ihm sich der Zorn regte.

»Wer hat wen belogen, Cephelo? Das war doch Euer Spiel, das

hier gespielt wurde – Ihr habt die Regeln bestimmt!«

Der hochgewachsene, dunkle Mann trat einen Schritt näher.

»Gewisse Regeln muß man Euch vielleicht erst noch lehren!«

»Das glaube ich nicht«, versetzte Wil gelassen.

Er hob ein klein wenig die Faust, in der die Elfensteine eingeschlossen waren. Cephelo entging die Geste nicht. Langsam wich er zurück. Das Lächeln, das sich auf seinem Gesicht ausbreitete, war unverkennbar gezwungen.

»Ihr sagtet, daß Ihr nichts von Wert bei Euch habt, Heiler. Hattet Ihr diese da vergessen?«

»Die Steine besitzen für keinen einen Wert, außer für mich. In Eurer Hand wären sie wertlos.«

»In der Tat!« Cephelo sprach mit offenem Hohn. »Dann seid Ihr wohl ein Zauberer? Vielleicht selbst ein Teufel? Warum wollt Ihr nicht offenbaren, wer Ihr seid?«

Wil zögerte. Der Streit führte zu nichts. Er mußte dem ein Ende machen. Amberle trat neben ihn. Ihre kleine Hand berührte leicht seinen Arm. Wil fand es beruhigend, sie an seiner Seite zu wissen.

»Cephelo, Ihr müßt mir mein Pferd zurückgeben«, sagte er ruhig.

Das Gesicht des Fahrensmannes verschloß sich.

»Amberle und ich müssen unverzüglich weiter. Dieser Teufel, den ich vernichtet habe, ist nicht der einzige im Land – soviel will ich Euch immerhin sagen. Es sind noch andere Dämonen unterwegs, die es auf das Elfenmädchen abgesehen haben. Und jetzt, da ich die Steine gebraucht habe, werden sie wissen, wo wir zu finden sind. Wir müssen fort von hier – und auch Ihr müßt fort von hier.«

Eine Weile starrte Cephelo ihn wortlos an, offensichtlich unschlüssig, ob er ihm glauben sollte oder nicht. Am Ende siegte die Vorsicht über sein Mißtrauen. Er nickte kurz.

»Nehmt Euer Pferd und geht. Ich möchte mit Euch nichts mehr zu tun haben.«

Damit machte er auf dem Absatz kehrt und ging davon, während er seinen Leuten schon mit lauter Stimme Befehl gab, das Lager abzubrechen. Auch er, das war klar, hatte kein Verlangen, länger im Tirfing zu verweilen. Wil beobachtete ihn noch eine Zeitlang, dann ließ er die Elfensteine in den kleinen Lederbeutel fallen und steckte diesen wieder in seinen Kittel. Er nahm Amberle beim Arm und zog sie mit sich zu den Pferden. Dann fiel ihm Eretria ein. Er hielt nach ihr Ausschau und fand sie im Schatten der Wohnwagen. Ihre dunklen Augen sahen ihn unverwandt an.

»Leb wohl, Wil Ohmsford«, sagte sie leise.

Er lächelte schwach. Sie wußte, daß sie ihre Chance, mit ihm zu gehen, verloren hatte. Einen Augenblick lang zögerte er. Sie hatte ihm das Leben gerettet; dafür stand er in ihrer Schuld. Warum sollte er ihr jetzt nicht helfen? Doch er wußte, daß er es nicht konnte. Seine einzige Sorge mußte in diesen Tagen nur Amberle gelten. Davon durfte er sich nicht ablenken lassen, nicht einmal von diesem Mädchen, das ihn so bezauberte. Seine Schuld an sie mußte er ein andermal begleichen.

»Leb wohl, Eretria«, erwiderte er.

Ein Funke jenes strahlenden Lächelns blitzte in ihrem Gesicht auf.

»Wir sehen uns wieder«, rief sie, ehe sie davonlief.

Minuten später ritten Wil und Amberle auf Artaq in nördlicher Richtung aus dem Lager hinaus und verschwanden in der Nacht.

Knapp eine Stunde vor Sonnenaufgang erreichten sie das Südufer des Mermidon mehrere Meilen stromabwärts von der Stelle, wo der Fluß aus den Wäldern des Westlands auftauchte, um seinen Lauf weiter durch Callahorn zu nehmen. Fast die ganze Nacht waren sie in gleichmäßigem Trab in nördlicher Richtung durch das grüne Flachland geritten, um den Tirfing so weit wie möglich hinter sich zu lassen. Nur einmal hatten sie kurz gerastet, um zu trinken und die verkrampften Muskeln zu lokkern, dann waren sie wieder aufgesessen. Als sie schließlich an das Flußufer gelangten, waren Pferd und Reiter der Erschöpfung nahe. Wil Ohmsford konnte nirgends eine Furt oder Untiefen entdecken, die ein Durchqueren des Flusses ermöglicht hätten. Breit und tief wälzte sich der Mermidon durch das Land, und den beiden jungen Leuten wurde bald klar, daß sie ihn entweder würden durchschwimmen oder seinem Lauf so lange folgen müssen, bis sie eine Furt fanden. Solange es noch dunkel war, wollten sie weder das eine noch das andere versuchen, und Wil fand, es sei das beste, bis Tagesanbruch Rast zu machen. Er führte also Artaq in einen Hain von Balsampappeln, nahm ihm dort den Sattel ab und band ihn fest und bereitete schließlich für Amberle und sich selbst Decken im Gras aus. Im Schutz der dichtbelaubten Bäume schliefen sie schnell ein.

Es war beinahe Mittag, als Wil erwachte. Die Wärme des Sommertags strömte von einem klaren, sonnenhellen Himmel durch das Laub der Balsampappeln herab. Behutsam berührte Wil das Elfenmädchen, und es erwachte. Sie standen auf, wuschen sich, aßen ein wenig und nahmen ihre Reise nach Arborlon wieder auf.

Mehrere Meilen ritten sie stromaufwärts fast bis zum Rand der Westland-Wälder, fanden aber keine seichte Stelle, die ihnen eine sichere Durchquerung des Flusses ermöglicht hätte. Weil sie nicht noch mehr Zeit darauf verwenden wollten, umzukehren und stromabwärts zu reiten, beschlossen sie, das Wagnis einzugehen und den Fluß zu durchschwimmen. Nachdem sie ihre wenigen Habseligkeiten an Artaqs Hals festgeschnallt hatten, banden sie sich selbst mit einem Strick an seinem Sattel fest, führten den mächtigen Rappen zum Wasser hinunter und sprangen hinein. Das Wasser war kalt, und die Kälte benahm ihnen einen Moment lang den Atem. Ein paar Minuten lang schlugen sie wild um sich, um gegen die eisige Kälte und den Sog der Strömung anzukämpfen, dann aber fanden sie einen gleichmäßigen Rhythmus, während ihre Hände fest das Sicherheitsseil faßten. Artaq schwamm kraftvoll und ruhig. Obwohl die Strömung sie beinahe eine halbe Meile flußabwärts trieb, erreichten sie wohlbehalten das gegenüberliegende Ufer.

Von dort aus ritten sie in gemächlichem Tempo weiter nach Norden, wanderten beträchtliche Strecken zu Fuß neben Artaq her, um ihn zu schonen. Wil glaubte, daß sie sich nun weit genug vom Tirfing entfernt hatten, um eventuelle Verfolger zu verwirren, und er sah keinen Grund, den Rappen noch länger zu ermüden. Der lange Ritt der vergangenen Nacht hatte das tapfere Pferd eine Menge Kraft gekostet, und es brauchte jetzt Gelegenheit, wieder zu Kräften zu kommen. Wenn es diese Gelegenheit nicht bekam, würde es später zu erschöpft sein – und Wil hielt es durchaus für möglich, daß sie seine Kraft und Stärke noch dringend brauchen würden, ehe sie endlich Arborlon erreichten. Im übrigen würden sie selbst in diesem ruhigen Tempo das Rhenn-Tal spätestens am folgenden Morgen erreichen. Und das genügte, so sagte er sich. Wenn sie erst einmal so weit waren, dann waren sie in Sicherheit.

Möglich, daß Amberle eine andere Meinung hatte, doch sie behielt sie für sich. Jetzt, nachdem sie den Fahrensleuten entkommen waren, zeigte sie sich merklich besserer Stimmung. Sie sang und summte vor sich hin, während sie marschierten, und blieb häufig stehen, um sich zu Blumen und Pflanzen hinunterzubeugen, die auf den grünen Matten der Ebene wuchsen. Mit Wil sprach sie wenig. Sie antwortete ihm freundlich, wenn er sie ansprach, und lächelte geduldig, wenn er ihr Fragen über das Pflanzenleben stellte, das sie so fesselnd fand. Die meiste Zeit jedoch blieb sie ihm gegenüber zurückhaltend und unzugänglich, lehnte es ab, sich in ein allgemeines Gespräch verwickeln zu lassen. Sie verkroch sich hinter den Mauern jener geheimen Eigenwelt, in die sie sich geflüchtet hatte, seit sie diese Wanderung aufgenommen hatten.

Im Laufe des Tages ertappte sich Wil immer wieder dabei, daß seine Gedanken zu Eretria wanderten. Er fragte sich, ob sie wirklich, wie sie gedroht hatte, Cephelo und seine Familie verlassen würde, ob er sie in der Tat eines Tages wiedersehen würde. Das Mädchen besaß eine sprühende Lebendigkeit, die ihn faszinierte. Sie erinnerte ihn an eine flüchtige Vision, wie sie die Sirenen heraufzubeschwören pflegten, die auf dem Schlachtengrund wuchsen – betörend und verlockend, ein Bildnis, das wilde und herrliche Gefühle weckte. Er lächelte über den Vergleich. Unsinnig im Grunde. Sie war aus Fleisch und Blut, sie war kein Bildnis.

Doch wenn er ihr je näherkommen sollte, würde er dann entdekken, daß sie, wie die Sirene, Blendwerk war? Sie hatte etwas an sich, das diesen Verdacht in ihm weckte, und es beunruhigte ihn stark. Er hatte nicht vergessen, wie sie ihr eigenes Leben aufs Spiel gesetzt hatte, um seines zu retten; schrecklich wäre es ihm gewesen, erkennen zu müssen, daß der Edelmut Schein gewesen war.

Als die Nacht hereinbrach, schwenkten sie nach Westen und folgten der Linie des Waldes, der sich nordwärts dehnte zu den Weiten der Streleheim-Ebene. Als die Dunkelheit sie umhüllte, lenkte Wil Artaq in den Wald hinein, und sie folgten einem kleinen Bach durch die Bäume bis zu einem weißschäumenden Wasserfall. Dort schlugen sie ihr Nachtlager auf. Sie fütterten und tränkten Artaq, ehe sie an sich selbst dachten. Da ein Feuer vielleicht zu gefährlich wäre, begnügten sie sich mit einem Mahl aus Früchten und Kräutern, die Amberle im Lauf des Tages gesammelt hatte. Wil war diese Kost fremd, doch sie schmeckte ihm. Mit der Zeit, dachte er, würde er sich vielleicht sogar daran gewöhnen. Er hatte die letzte der merkwürdigen, länglichen orangefarbenen Früchte beinahe verzehrt, als das Elfenmädchen ihn plötzlich mit einem fragenden Blick ansah.

»Macht es dir etwas aus, wenn ich dir eine Frage stelle?« wollte sie wissen.

Er lachte. »Woher soll ich wissen, ob es mir etwas ausmacht, wenn ich gar nicht weiß, was du mich fragen willst?«

»Du brauchst nicht zu antworten, wenn du es nicht willst – aber die Frage geht mir schon im Kopf herum, seit wir gestern abend aus dem Lager der Fahrensleute fortgeritten sind.«

»Dann frag doch.«

Auf der kleinen Lichtung, wo sie saßen, herrschte tiefe Dunkelheit. Das bleiche Licht des Mondes und der Sterne konnte nicht durch das Gewirr dichtbelaubter Äste hindurchdringen. Amberle rückte näher an Wil heran, so daß sie sein Gesicht schwach erkennen konnte.

»Versprichst du mir, ehrlich zu antworten?« Sie sah ihn eindringlich an.

»Ja.«

»Als du die Elfensteine gebrauchtest, hast du da –« Sie zögerte, als sei sie sich des Wortes nicht recht sicher, das sie verwenden sollte. »Hast du dich da – verletzt?«

Überrascht blickte er sie an, und in den Tiefen seines Geistes regte sich eine plötzliche Vorahnung, unbestimmt und verschwommen noch, aber spürbar.

»Das ist eine seltsame Frage.«

»Ich weiß.« Sie nickte, und ein schwaches Lächeln huschte über ihre Züge, dann wurde ihr Gesicht wieder ernst. »Ich kann es eigentlich nicht richtig erklären – es war ein Gefühl, das ich bekam, als ich dich beobachtete. Anfangs hatte es den Anschein, als könntest du den Elfensteinen gar nicht deinen Willen aufzwingen. Du hast sie hochgehalten und es geschah nichts, obwohl ganz deutlich zu sehen war, daß du versuchtest, dich ihrer Kraft zu bedienen, um den Dämon aufzuhalten. Und als die Steine dann schließlich doch reagierten, da ging eine Veränderung mit dir vor – dein Gesicht zeigte es ganz deutlich – es sah aus wie ein großer Schmerz.«

Wil nickte sinnend. Er erinnerte sich jetzt, und die Erinnerung war nicht erfreulich. Bis zu diesem Augenblick hatte er sie aus seinem Geist verbannt gehabt – ohne nachzudenken, beinahe wie im Unbewußten. Selbst jetzt wußte er nicht, warum er das getan hatte. Und erst in diesem Augenblick, als sie es ihm ins Gedächtnis zurückrief, erinnerte er sich dessen, was er empfunden hatte.

Anteilnahme spiegelte sich in den Augen des Elfenmädchens, als sie ihn jetzt anblickte.

»Wenn du nicht –«, begann sie hastig.

»Doch!« Seine Stimme war ruhig und fest. »Doch. Ich weiß nicht, ob ich selbst überhaupt verstehe, was vorgegangen ist – aber es wäre sicher eine Hilfe, darüber zu sprechen, denke ich mir.«

Er holte tief Atem und wählte seine Worte mit Bedacht.

»Irgendwo in meinem Inneren war eine Sperre. Ich weiß nicht, was es war, oder wodurch sie hervorgerufen wurde, aber sie war da, und sie hinderte mich daran, die Kraft der Steine einzusetzen. Es war so, als könnte ich diese Sperre nicht überwinden.« Er schüttelte nachdenklich den Kopf. »Dann stand der Dämon praktisch direkt vor mir, und du und Eretria ward neben mir. Ich wußte, daß wir alle sterben würden, und irgendwie brachte ich es fertig, die Sperre zu sprengen – ich zerschmetterte sie und konnte endlich ins Innere der Steine eindringen ...«

Er machte eine Pause, ehe er weitersprach.

»Ich spürte keinen Schmerz, aber ich hatte das Gefühl, daß etwas Unschönes in meinem Inneren geschah – etwas – ich weiß nicht, wie ich es beschreiben soll. Ich hatte das Gefühl, etwas Unrechtes getan zu haben – obwohl doch an dem, was ich getan hatte, gar nichts Unrechtes war.«

»Vielleicht wurde das Unrecht dir angetan«, murmelte sie nach einem Augenblick der Überlegung. »Vielleicht ist der Elfenzauber irgendwie schädlich für dich.«

»Vielleicht«, pflichtete er ihr bei. »Aber mein Großvater hat mir nie davon gesprochen. Kann es sein, daß der Zauber auf ihn keine Wirkung hatte, während er auf mich sehr wohl wirkt? Aber wenn das so wäre, weshalb dann der Unterschied?«

Sie schüttelte zweifelnd den Kopf.

»Der Zauber der Elfen ruft bei dem einzelnen Menschen verschiedene Wirkungen hervor. Es war immer schon so. Es ist ein Zauber, der aus dem Geist geboren ist, und der Geist ist nun mal keine Konstante.«

»Aber mein Großvater und ich, wir sind einander so ähnlich – nicht einmal meinem eigenen Vater war ich so ähnlich.« Wil schwieg grübelnd. »Verwandte Geister, könnte man sagen – und nicht so unterschiedlich geartet, daß sich diese – diese andersartige Reaktion damit erklären ließe.«

Amberle neigte sich zu ihm und legte ihm fest die Hand auf den Arm.

»Ich finde, du solltest die Kraft der Elfensteine nicht wieder einsetzen.«

Er lächelte. »Nicht einmal, um dich zu schützen?«

Er sagte es leichthin, doch sie erwiderte sein Lächeln nicht. Für sie war nichts Erheiterndes an diesem Gespräch.

»Niemals würde ich wollen, daß du meinetwegen Schaden nimmst, Heiler«, erwiderte sie still. »Nicht mein Wille war es, der dich zu dieser Reise zwang, und es ist mir arg, daß du überhaupt hier bist. Aber da du nun einmal hier bist, will ich offen sprechen.

Elfenzauber ist kein Spielzeug; er kann sich als gefährlicher erweisen als das Böse, das abzuwehren er geschaffen wurde. Unsere Geschichtsbücher haben uns diese Warnung hinterlassen, wenn auch sonst herzlich wenig. Der Zauber kann nicht nur auf den Körper, sondern auch auf den Geist wirken. Körperliche Wunden kann man behandeln. Was aber ist mit geistigen Schäden? Wie willst du die behandeln, Heiler?«

Sie neigte sich noch näher zu ihm. »Niemand ist dieses Wagnis wert – niemand! Und schon gar nicht ich.«

Er blickte sie schweigend an und war erstaunt, Tränen in ihren Augen zu sehen. Er legte seine Hand auf die ihre.

»Wir werden aufeinander achtgeben«, versprach er und versuchte nochmals ein aufmunterndes Lächeln. »Vielleicht werden wir die Steine nicht wieder brauchen.«

Der Blick, mit dem sie ihn ansah, verriet, daß sie seinen Worten nicht glaubte.

Es war Mitternacht, als das Heulen der Dämonen-Wölfe aus der Stille des Graslandes aufstieg, schrill, gierig, haßerfüllt. Wil und Amberle erwachten mit einem Schlage, und eine eisige Angst verscheuchte die Seligkeit ihres Schlummers. Sie fuhren unter ihren Decken hoch und saßen einen Moment lang reglos, während sie mit weit aufgerissenen Augen in die Dunkelheit starrten. Das Heulen erstarb, verklang in der Stille der Nacht, schwoll wieder an, durchdrang gellend und kreischend das Schweigen. Diesmal zögerten die beiden nicht. Ohne ein Wort sprangen sie auf, schlüpften in ihre Stiefel, warfen sich ihre Umhänge über die Schultern. Innerhalb von Sekunden hatten sie Artaq gesattelt, saßen auf und galoppierten wieder nach Norden.

Dem Saum des Waldgebietes folgend, ritten sie in scharfem Tempo und hielten sich dabei im offenen Flachland, das von Mond und Sternen beleuchtet war. Kühle Nachtluft, schwer von Feuchtigkeit und den Gerüchen der Nacht, strömte über sie hinweg, während sie dahinjagten. Das wütende Heulen hinter ihnen verstummte nicht; noch war es weit entfernt, irgendwo jenseits des Mermidon. Die Dämonen-Wölfe waren auf der Suche. Die Spur, der sie folgten, war einen Tag alt; sie ahnten nicht, wie nahe sie ihrer Beute tatsächlich waren.

Artaq lief ruhig und leicht. Ohne Anstrengung flog sein mächtiger Körper über das Grasland, einem der vielen Schatten gleich, die die Sommernacht belebten. Er hatte Ruhe genug gehabt, um sich zu erholen, und würde nicht so schnell an Kraft verlieren. Wil achtete sorgfältig darauf, daß die Geschwindigkeit gleichmäßig blieb, und dem Rappen nicht zuviel abverlangt wurde. Es war noch früh; die Jagd hatte gerade erst begonnen. Wil war zornig auf sich selbst; er hatte nicht geglaubt, daß die Verfolger ihnen so rasch auf die Spur kommen würden. Die Elfensteine mußten ihnen ihre Anwesenheit im Tirfing verraten haben. Und augenblicklich hatten die Dämonen-Wölfe die Verfolgung des Talbewohners und des Elfenmädchens aufgenommen, hatten ihre Spur nach Norden verfolgt, hatten sie jetzt aus den Wäldern des Westlands aufgescheucht. Wenn die Wölfe erst den fluchtartig verlassenen Lagerplatz entdeckt hatten, würden sie wie die Besessenen hinter ihrem Wild herjagen. Die Dämonen würden Wil und Amberle hetzen, bis sie sie faßten.

Mehr als eine Stunde ritten sie über das Land, ohne das Tal zu sichten, unaufhörlich verfolgt vom schrillen Geheul der Bösen. In das Heulen mischten sich jetzt Schreie, die aus dem Grasland unterhalb der Drachenzähne und aus den Ebenen im Norden aufstiegen. Wil erschrak. Die Wölfe hatten sie umzingelt. Nur der Weg in das Westland stand ihnen noch offen. Er fragte sich plötzlich, ob nicht auch dort schon die Feinde warteten. Er erinnerte sich, wie es am Silberfluß gewesen war. Vielleicht war auch das Rhenn-Tal eine Falle. Vielleicht trieben die Verfolger sie absichtlich in das Tal hinein, um sie dort zu vernichten. Aber hatten sie denn noch eine Wahl? Nein, es blieb ihnen gar nichts anderes übrig, als dieses Risiko einzugehen.

Sekunden später steigerte sich das Heulen hinter ihnen zur Raserei. Die Dämonen-Wölfe hatten ihr Lager entdeckt.

Wil spornte Artaq zu gestrecktem Galopp an. Jetzt würden die Dämonen rasch näherkommen, siegessicher, daß ihr Wild dicht vor ihnen floh. Aus Norden und Osten antwortete gellendes, blutgieriges Kreischen dem tollwütigen Geheul aus den Wäldern. Artaq schwitzte, während er mit weit vorgestrecktem Kopf, die

Ohren flach angelegt, über das flache Land jagte. Das Gras wurde spärlicher, wich dürren Krüppelbüschen und verdorrendem Gestrüpp; sie hatten die Streleheim-Ebene erreicht. Das Rhenn-Tal konnte nicht mehr weit entfernt sein. Wil neigte sich tief über Artaqs muskulösen Hals und trieb das tapfere Pferd noch mehr an.

In der dritten Stunde der Verfolgungsjagd, als sie das Grasland von Callahorn weit hinter sich gelassen hatten, und die Erde unter Artaqs donnernden Hufen hart und rissig geworden war, als das rasende Geheul der Dämonen-Wölfe so nahe herangekommen war, daß Wil meinte, die riesigen grauen Leiber müßten jeden Augenblick in Sicht kommen, als ihnen die Augen vom Wind tränten und vom Staub verklebt waren und ihre Körper fröstelten vor Angstschweiß, da endlich erblickten der Talbewohner und das Elfenmädchen den zerklüfteten Felskamm, der die Mündung des Rhenn-Tales bildete. Er erhob sich aus dem Flachland unterhalb der Elfenwälder, ein dunkler Felsrücken, der sich schwarz vor dem Nachthimmel abhob. Ohne das Tempo zu verlangsamen, nahmen die Reiter Kurs auf den Paß. Artaqs Flanken arbeiteten, und sein Atem kam mit keuchenden Stößen aus den geblähten Nüstern; der glatte schwarze Körper glänzte von Schweiß. Noch länger machte er sich, während er durch die Dunkelheit preschte, und die beiden jungen Leute, die auf seinem Rücken saßen, klammerten sich verzweifelt fest.

Innerhalb von Sekunden öffnete sich der Paß vor ihnen, zu beiden Seiten bewacht von zerklüfteten Felskämmen. Der Rappe jagte hinein in den engen Flaschenhals des Tals. Aus tränenden Augen spähte Wil in die Finsternis, während der Wind ihm ins Gesicht peitschte, und hielt Ausschau nach den Dämonen, die er hier erwartet hatte. Zu seiner Verwunderung entdeckte er nichts. Sie waren allein in dem kleinen Tal. Eine Aufwallung erleichterten Überschwangs überwältigte ihn. Sie würden entkommen! Die Verfolger lagen zu weit zurück, um sie einzuholen, bevor sie die Wälder des Westlands erreichten, das Land der Elfen. Dort wartete Hilfe...

Unvollendet blieb der Gedanke in seinem Hirn haften, wiederholte sich in endloser Monotonie mit dem Klang von Artaqs donnernden Hufen. Wil wurde eiskalt. Welchen Gedanken gab er sich da hin? Es gab keine Hilfe für sie. Niemand wußte ja, daß sie kamen – niemand außer Allanon, und der Druide war vernichtet. Hilfe? Welche Art Hilfe erwartete er denn? Schon waren die Dämonen bis ins Herz der Stadt Arborlon eingedrungen, um die Erwählten zu töten. Was könnte sie davon abhalten, einen unglaublich törichten Talbewohner und ein unbewaffnetes Elfenmädchen bis in die einsamen Wälder des Festlandes zu verfolgen? Sie hatten das Rhenn-Tal erreicht, doch was war damit gewonnen? Nichts. Im Gegenteil – draußen, im offenen Land, hatte Artaq ungehindert galoppieren können; und hier, im behindernden Gewirr der Wälder, konnte er es nicht. Nichts konnte hier die Dämonen-Wölfe daran hindern, sie zu verfolgen; diese Geschöpfe waren schneller und wendiger als sie, besser in der Lage, das Geschlinge von Ästen und Büschen zu durchdringen. Den Bösen würde die Verfolgung leichter fallen, als ihnen die Flucht. Am liebsten hätte er alles hinausgeschrien, was er empfand. Dummheit! Durch seine Kurzsichtigkeit hatte er sie ihrer einzigen Chance auf ein Entkommen beraubt. Sie würden nie entkommen. Sie würden eingeholt und getötet werden. Und das war seine Schuld. Er hatte ihnen das angetan.

Er mußte etwas unternehmen.

Seine Gedanken überstürzten sich, während er voller Verzweiflung überlegte. Nur eine Waffe blieb ihm. Die Elfensteine.

Da schrie Amberle plötzlich auf. Wil fuhr herum. Sein Blick folgte dem Arm des Elfenmädchens, das himmelwärts wies.

Durch die Talöffnung segelte ein gewaltiges schwarzes Geschöpf auf ledrigen Schwingen, die weit ausgespannt waren. Auf seinen Schultern saß ein Kopf, so schief und verdreht wie ein verkrüppeltes Glied. Kreischend flog das Ungeheuer aus der Streleheim-Ebene in die Talspalte hinein und setzte ihnen nach. Nie zuvor hatte Wil ein so gigantisches Wesen gesehen. Außer sich vor Angst und Entsetzen schrie er auf Artaq ein, doch der Rappe hatte nichts mehr zuzugeben – nur die Willenskraft trieb ihn noch vorwärts. Dreihundert Schritte entfernt ragte schwarz der Gebirgszug in die Dunkelheit, durch den ein zweiter Paß aus dem Tal hinausführte in die Wälder auf der anderen Seite. Dort konnten sie sich vor dieser Ausgeburt eines Alptraums verstekken, dorthin konnte ihnen ein Ungeheuer von solcher Größe nicht folgen. Nur ein paar Sekunden brauchten sie.

Das geflügelte Ungeheuer stieß aus der Luft herab. Wie ein riesiger Felsbrocken schien es auf sie hinunterzufallen, wie es da taumelnd durch die Nacht stürzte. Wil Ohmsford sah es kommen und erblickte flüchtig den Reiter, den es trug, ein menschenähnliches Wesen, doch bucklig und mißgestaltet, mit roten Augen, die im Schwarz des Gesichtes glühten. Die Augen schienen ihn zu durchbohren, und er spürte, wie sein Mut dahinschmolz.

Einen Moment lang dachte er, es sei aus mit ihnen. Doch da hatte Artaq mit einem letzten verzweifelten Sprung den Paß erreicht, jagte zwischen den hohen Felsgipfeln hindurch und tauchte in die Dunkelheit der Bäume.

Einen schmalen, von tiefen Furchen durchzogenen Pfad donnerte der große Rappe hinunter, wurde kaum langsamer, während sein mächtiger Körper sich geschmeidig durch das Gewirr von Bäumen und Büschen schlängelte. Wil und Amberle hielten sich mit der Kraft der Verzweiflung auf dem Rücken des Pferdes. Zweige und stachlige Ranken schlugen ihnen ins Gesicht, und bei jeder Wendung des Rappen drohten sie abgeworfen zu werden. Wil versuchte Artaq zu zügeln, doch der war nicht zu bändigen. Der Talbewohner hatte völlig die Kontrolle über ihn verloren. Der Rappe lief jetzt sein eigenes Rennen.

Verwirrt durch die Finsternis des Waldes, die sie jetzt einhüllte, und durch den gewundenen Pfad, verloren die Reiter innerhalb von Sekunden völlig die Orientierung. Obwohl Wil das Heulen der Dämonen-Wölfe und das Kreischen des fliegenden Ungeheuers nicht mehr hören konnte, stand er Todesängste aus, daß sie im Kreise reiten und am Ende eben den Ungeheuern in die Fänge geraten könnten, denen sie zu entrinnen suchten. Zornig riß er am Zügel, doch Artaq reagierte überhaupt nicht.

Wil hatte schon die Hoffnung aufgegeben, den Rappen jemals zum Stillstand zu bringen, als das mächtige Pferd plötzlich langsamer wurde und dann anhielt. Keuchend, mit geblähten Nüstern blieb es mitten auf dem Waldweg stehen, senkte den edel geformten Kopf und wieherte leise. Wil und Amberle tauschten einen fragenden Blick.

Da tauchte unversehens eine hochgewachsene schwarze Gestalt vor ihnen auf. Lautlos glitt sie aus dem Schatten der Waldnacht. Es geschah so schnell, daß Wil nicht einmal Zeit blieb, an die Elfensteine zu denken. Die dunkle Gestalt trat näher, und eine Hand berührte behutsam Artaqs schweißtriefenden Hals und streichelte das seidige Fell. Aus dem Schatten einer dunklen Kapuze hob sich ein Gesicht zum Licht.

Es war Allanon.

»Ist dir auch nichts geschehen?« fragte er leise, während er die Arme ausstreckte, um Amberle aus dem Sattel zu heben und sie sanft auf den Boden hinunterzulassen.

Das Elfenmädchen schüttelte stumm den Kopf. Verwunderung spiegelte sich in ihren meergrünen Augen – Verwunderung und ein Anflug von Zorn. Der Druide runzelte die Stirn, dann wandte er sich ab, um Wil zu helfen, doch der junge Mann schwang sich schon aus dem Sattel.

»Wir dachten, Ihr seid tot!« stieß er ungläubig hervor.

»Ich habe den Eindruck, daß irgend jemand mich dauernd für tot erklärt«, versetzte der Druide leicht gereizt. »Wie du siehst, bin ich völlig –«

»Allanon, wir müssen fort von hier.« Wil warf einen angstvollen Blick über die Schulter. Seine Worte überschlugen sich, so eilig hatte er es, sie herauszubringen. »Die Dämonen-Wölfe sind hinter uns her, sie haben uns den ganzen Weg verfolgt, und drinnen im Tal hätte uns so ein riesiges, schwarzes fliegendes Ungeheuer –«

»Langsam, Wil!«

»– beinahe erwischt. Es ist größer als alles, was mir je unter die Augen gekommen ist –«

»Wil!«

Wil Ohmsford verstummte. Allanon schüttelte mißbilligend den Kopf.

»Würdest du mich vielleicht auch einmal zu Wort kommen lassen?« Wil nickte errötend. »Danke. Zunächst einmal brauchst du dir keine Sorgen mehr zu machen, ihr seid hier in Sicherheit. Die Dämonen verfolgen euch nicht länger. Ihr Anführer wittert meine Anwesenheit. Ich bin ihm nicht geheuer, und er hat kehrt gemacht.«

Wil war skeptisch. »Seid Ihr ganz sicher?«

»Vollkommen. Niemand ist euch gefolgt. Kommt jetzt beide mit mir dort hinüber und setzt euch.«

Er führte sie zu einem umgestürzten Baumstamm, der neben dem Pfad lag, und die beiden jungen Leute ließen sich erschöpft darauf niedersinken. Allanon blieb stehen.

»Wir müssen noch heute abend nach Arborlon«, sagte er zu ihnen. »Aber ein paar Minuten Rast können wir uns schon erlauben, bis wir aufbrechen.«

»Wie seid Ihr hierher gekommen?« fragte Wil.

»Ich könnte euch die gleiche Frage stellen.« Der Druide ließ sich auf ein Knie nieder und zog die schwarzen Gewänder eng um seinen mageren Körper. »Ihr begreift wohl, was euch unten am Fluß geschehen ist?«

Wil nickte. »Ich glaube schon.«

»Es war der König vom Silberfluß«, warf Amberle ein. »Wir haben ihn gesehen; er hat mit uns gesprochen.«

»Er hat mit Amberle gesprochen«, berichtigte Wil. »Aber was ist Euch widerfahren? Hat er auch Euch geholfen?«

Allanon schüttelte den Kopf.

»Ich habe ihn leider nicht einmal zu Gesicht bekommen – ich habe nur das Licht gesehen, das euch einhüllte und davontrug. Er ist ein einsiedlerischer und geheimnisvoller Alter, und er zeigt sich nur sehr wenigen. Diesmal beliebte es ihm, sich euch zu zeigen. Den Grund dafür weiß nur er selbst. Wie dem auch sei, sein Auftauchen stiftete beträchtliche Verwirrung unter den Dämonen, und ich machte mir diese Verwirrung zunutze, um zu entkommen.«

Er hielt einen Augenblick inne und richtete das Wort dann an Amberle.

»Amberle, du sagtest, daß er mit dir gesprochen hat. Erinnerst du dich, was er sagte?«

Das Elfenmädchen war verlegen.

»Nein, nicht genau. Es war wie ein Traum. Er sagte etwas von – von einem Vereintsein.«

Flüchtig glomm ein Funke des Verständnisses in den dunklen Augen des Druiden auf. Doch weder Wil noch Amberle sahen ihn, und er erlosch sogleich wieder.

»Nun, es spielt keine Rolle.« Allanon tat die Episode mit einer gewissen Nachlässigkeit ab. »Er hat euch geholfen, als ihr Hilfe brauchtet, und dafür stehen wir in seiner Schuld.«

»O ja, in seiner Schuld ganz gewiß. Aber nicht in Eurer.« Amberle gab sich keine Mühe, ihren Zorn zu verbergen. »Wo seid Ihr gewesen, Druide?«

Allanon schien überrascht. »Ich habe nach euch gesucht. Als der König vom Silberfluß euch half, trennte er uns leider voneinander. Ich wußte natürlich, daß ihr in Sicherheit ward, aber ich wußte nicht, wohin der Alte euch gebracht hatte, oder wie ich euch wiederfinden sollte. Ich hätte es mit Zauberkraft versuchen können, doch das schien mir unnötig gefährlich. Der Führer dieser Dämonen, die die Mauer der Verfemung durchbrochen haben, verfügt über Kräfte, die so groß sind wie meine eigenen. Vielleicht sogar größer. Hätte ich Zauberkraft angewendet, so hätte ihm das womöglich den Weg zu mir und zu euch gewiesen. Ich entschied mich deshalb dafür, die Reise nach Arborlon fortzusetzen und unterwegs nach euch Ausschau zu halten. Ich hoffte, ihr würdet euch der Anweisungen erinnern, die ich euch gegeben hatte, und euch daran halten. Da ich gezwungen war, zu Fuß weiterzumarschieren – dein Grauer, Wil, kam in der Schlacht um –, war ich die ganze Zeit überzeugt, ihr wärt vor mir. Erst als du, Wil, die Kraft der Elfensteine gebrauchtest, erkannte ich, daß ich mich geirrt hatte.«

Er zuckte die Schultern.

»Da war ich schon fast in Arborlon. Ich kehrte augenblicklich um und marschierte in südlicher Richtung durch das Waldland, da ich glaubte, daß ihr schon unterhalb des Mermidon den Schutz der Wälder suchen würdet. Wieder irrte ich mich. Als ich das Heulen der Dämonen-Wölfe wahrnahm, wurde mir klar, daß ihr versuchtet, das Rhenn-Tal zu erreichen. Diese Erkenntnis führte mich hierher.«

»Ich habe den Eindruck, du hast dich sehr häufig geirrt«, bemerkte Amberle schnippisch.

Allanon antwortete darauf nichts. Ihre Blicke trafen sich.

»Meiner Meinung nach begingt Ihr den ersten Irrtum schon, als Ihr zu mir gekommen seid«, fuhr sie mit anklagender Stimme fort.

»Ich mußte zu dir kommen.«

»Das wird sich erweisen. Was mir im Augenblick Sorge macht, ist die Tatsache, daß die Dämonen uns von Anfang an immer einen Schritt voraus gewesen sind. Wie oft haben sie mich jetzt schon beinahe gefaßt?«

Allanon erhob sich. »Zu oft. Es wird nicht wieder vorkommen.«

Auch Amberle sprang auf. Ihr Gesicht war zornig.

»Eure Versprechungen sind mir längst keine Beruhigung mehr. Ich sehne das Ende dieser Reise herbei. Ich möchte zurück nach Hause – nach Havenstead, nicht nach Arborlon.«

Das Gesicht des Druiden zeigte keinerlei Ausdruck.

»Begreife doch: Ich tue für dich, was ich kann.«

»Vielleicht. Vielleicht tut Ihr aber auch nur das, was Euch paßt.«

Der Druide war gekränkt.

»Das ist ungerecht, Elfenmädchen. Du weißt weniger über diese Sache, als du glaubst.«

»Aber eines weiß ich – ich weiß, daß weder Ihr noch der Beschützer, den Ihr mir an die Seite gestellt habt, sich als sonderlich hilfreich erwiesen habt. Viel glücklicher wäre ich, wenn ich keinen von euch beiden je gesehen hätte.«

Sie war so zornig, daß sie nahe daran war, in Tränen auszubrechen. Trotzig starrte sie Allanon und Wil an, als wolle sie ihren Widerspruch herausfordern. Da sich beide in Schweigen hüllten, wandte sie sich ab und stapfte energischen Schrittes den dunklen Pfad hinunter.

»Ihr habt gesagt, daß wir noch heute Arborlon erreichen müssen, Druide«, rief sie nach einer Weile. »Ich möchte diese Sache endlich hinter mich bringen!«

Wil Ohmsford blickte ihr wortlos nach. Ärger und Verwirrung spiegelten sich auf seinen Zügen. Einen Lidschlag lang dachte er ernsthaft daran, einfach hier sitzen zu bleiben und das Elfenmädchen seines Wegs gehen zu lassen. Sie empfand offensichtlich ohnehin nichts für ihn. Dann spürte er Allanons Hand auf seiner Schulter.

»Sei mit deinem Urteil nicht zu voreilig«, mahnte der Druide leise.

Dann trat er zu Artaq hin und nahm die Zügel des Pferdes. Wil stand auf. Mitgehangen, mitgefangen, sagte er sich.

Der Druide hatte sich schon auf den Weg gemacht, der zierlichen Gestalt des Elfenmädchens zu folgen, die unter den Bäumen verschwunden war. Grollend trottete Wil hinterher.

Es war am Abend des folgenden Tages. Die Schatten über der Waldstadt Arborlon wurden länger, und graues Zwielicht verdunkelte sich langsam zur Nacht. Eventine Elessedil saß allein in der Abgeschiedenheit seines Studierzimmers, vor sich eine von Gael aufgestellte Liste aller jener Angelegenheiten, die am folgenden Morgen erledigt werden sollten. Müdigkeit zeichnete sein Gesicht, und seine Augen blinzelten matt in das Licht der Öllampe, die vor ihm auf dem Schreibtisch stand. Es war still in diesem Zimmer, in dem der hochbetagte König der Elfen in die Tiefe seiner Gedanken eintauchte.

Er warf einen Blick zu Manx hinüber, der in tiefem Schlummer vor einem Bücherregal lag. Die ergrauenden Flanken des Wolfshundes hoben und senkten sich in gleichmäßigem Rhythmus, während er mit einem seltsamen dünnen Winseln den Atem durch die Nase stieß. Eventine lächelte. Getreuer alter Hund, dachte er, dich flieht der Schlaf nicht, dir wird er Nacht um Nacht geschenkt, tief und traumlos und ohne Sorgen. Er schüttelte den Kopf. Viel hätte er darum gegeben, nur eine einzige Nacht ungestörten Schlafs genießen zu können. Er fand kaum noch Ruhe. Alpträume bedrängten seinen Schlaf – Alpträume, die Verzerrungen der bedrückenden Realität seiner wachen Stunden waren. Sie quälten und peinigten ihn, schlichen sich boshaft in seinen Schlaf und ließen ihn keine Ruhe finden. Jede Nacht kehrten sie wieder und geisterten beängstigend durch seinen Schlaf, so daß er sich wieder und wieder selbst wachrüttelte, bis endlich die Morgendämmerung dem Kampf ein Ende machte.

Er rieb sich die Augen und drückte die Hände auf die geschlossenen Lider, um das Licht nicht durchzulassen. Bald würde er schlafen müssen, denn er brauchte den Schlaf dringend. Er wußte dennoch, daß er kaum Ruhe finden würde.

Als er die Hände wieder vom Gesicht nahm, erblickte er Allanon vor sich. Für einen Augenblick lang traute er seinen Augen nicht, glaubte, die Phantasie spiele ihm einen Streich. Doch als er mit scharfem Blick die Augen zusammenkniff, und das Bild noch immer stehenblieb, sprang er auf.

»Allanon! Ich dachte, ich litte unter Wahnvorstellungen!«

Der Druide trat näher zu ihm, und sie reichten einander die Hände. Ein schwaches Flackern von Unsicherheit zitterte in den Augen des Elfenkönigs.

»Habt Ihr sie gefunden?«

Allanon nickte. »Sie ist hier.«

Eventine wußte nicht, was er darauf sagen sollte. Die beiden Männer blickten einander wortlos an. Manx hob den Kopf und gähnte.

»Ich hätte nicht geglaubt, daß sie je zurückkehren würde«, sagte der König schließlich. Er zögerte. »Wohin habt Ihr sie gebracht?«

»An einen Ort, wo sie beschützt werden kann«, erwiderte Allanon. Er ließ die Hand des Königs los. »Wir haben nicht viel Zeit. Ich möchte, daß Ihr Eure Söhne und diejenigen Eurer Berater zusammenruft, denen Ihr größtes Vertrauen entgegenbringt – jene, denen Ihr die Wahrheit über die Gefahr, die den Elfen droht, mitgeteilt habt. Laßt ihnen ausrichten, sie mögen sich in einer Stunde im Saal des Hohen Rats der Elfen versammeln. Laßt ihnen ausrichten, daß ich mit ihnen sprechen möchte. Sagt sonst keinem Menschen etwas. Sorgt dafür, daß Eure Garde draußen wacht. In einer Stunde. Wir sehen uns dann.«

Er machte kehrt und steuerte wieder auf die offene Fenstertür zu, durch die er eingetreten war.

»Amberle ...?« rief Eventine ihm nach.

»In einer Stunde«, wiederholte der Druide. Der Vorhang teilte sich, und Allanon war in der Nacht verschwunden.

Der Ratssaal war ein großer, sechseckiger Raum, aus Stein und Eichenbalken errichtet. Die schweren dunklen Balken der gewölbten Decke liefen in der Mitte des Sechsecks sternförmig zusammen. Eine hohe Flügeltür aus massivem Holz führte in den Saal, der von tiefhängenden, an schwarzen Eisenketten befestigten Öllampen beleuchtet wurde. An einer Wand befand sich das Podium, auf dem der König Platz zu nehmen pflegte. Mehrere Stufen führten zu einem wuchtigen, kunstvoll geschnitzten Eichenthron, zu beiden Seiten von Fahnenstangen flankiert, an denen die Banner der Königshäuser des Elfenreichs herabhingen. An den übrigen Wänden reihten sich in Stufen aufgebaut lange Sitzbänke, von denen man auf ein weites Rund glänzend polierten Steinbodens hinunterblickte, das wie eine Arena von einem niedrigen Eisengitter umschlossen war. Genau in der Mitte des Raumes stand ein großer ovaler Tisch mit einundzwanzig Stühlen, wo die Mitglieder des Hohen Rats der Elfen ihren Platz innehatten.

Nur sechs der Stühle waren an diesem Abend besetzt. Auf einem hatte Andor Elessedil Platz genommen. Er sprach kaum mit den fünf anderen, die mit ihm am Tisch saßen. Seine Augen wanderten immer wieder rastlos und ungeduldig zu der geschlossenen Flügeltür am anderen Ende des Saales. Die Gedanken an Amberle beschäftigten seinen Geist. Obwohl sein Vater nicht von dem Mädchen gesprochen hatte, als er ihm von der Rückkehr Allanons berichtet hatte, war Andor überzeugt, daß es dem Druiden gelungen war, sie nach Arborlon zurückzubringen; sonst wäre diese Ratssitzung nicht in solcher Eile einberufen worden. Ebenso überzeugt war er, daß Allanon die Absicht hatte, Amberle vor den Hohen Rat zu bringen, um die Ratsmitglieder zu bitten, ihr die Suche nach dem Blutfeuer zu übertragen. Er war nicht sicher, wie die Ratsmitglieder darauf reagieren würden. Wenn der König sich dafür entschied, als erster zur Bitte des Druiden Stellung zu nehmen und sie seiner Unterstützung zu versichern, dann würden die anderen sich wahrscheinlich stillschweigend seinen Wünschen fügen – fest damit rechnen konnte man allerdings nicht angesichts der heftigen Emotionen, die Amberles Verhalten bei den Elfen ausgelöst hatte. Aber er glaubte ohnehin nicht, daß sein Vater das tun würde. Er würde sich vielmehr zuerst die Meinung der Männer anhören, die er im Rat zusammengerufen hatte, und dann entscheiden.

Andor streifte mit einem kurzen Blick seinen Vater. Wozu, fragte er sich plötzlich, würde er selbst raten? Er würde aufgefordert werden, seine Meinung zu sagen, wie aber konnte er hoffen, objektiv zu sein, wenn es um Amberle ging? Widerstreitende Gefühle stritten miteinander in seiner Brust. Liebe und Enttäuschung vermischten sich. Vielleicht, dachte er, war es am besten, wenn er schwieg. Vielleicht war es am besten, wenn er sich einfach dem Urteil der anderen anschloß.

Sein Blick glitt über die verschiedenen Gesichter. Abgesehen von Dardan und Rhoe, die draußen vor der Flügeltür Wache standen, war niemand sonst von dieser Sitzung unterrichtet worden. Es waren noch andere da, an die sein Vater sich hätte wenden können – gute, zuverlässige Männer. Doch er hatte sich für diese entschieden. Eine ausgewogene Wahl, dachte Andor bei sich, während er sich den Charakter jedes einzelnen vor Augen hielt. Aber welches Urteil würden sie fällen, wenn sie hörten, worum es ging?

Arion Elessedil saß zur Rechten seines Vaters, auf dem Platz, der dem Kronprinzen des Reiches vorbehalten war. Arions Rat würde der König zuerst suchen, wie er das immer tat, wenn eine wichtige Entscheidung anstand. Arion war die Stütze seines Vaters, und der alte Mann liebte ihn von ganzem Herzen. Seine Anwesenheit allein vermittelte Eventine ein Gefühl der Sicherheit, das er – Andor – ihm niemals geben konnte, mochte er sich noch so sehr bemühen. Doch Arion mangelte es an Mitgefühl, und es gab Zeiten, da zeigte er eine Starrköpfigkeit, die alle gesunde Einsicht verdrängte. Es war schwer vorherzusagen, wie er im Hinblick auf Amberle reagieren würde. Früher einmal hatte er sie geliebt, die einzige Tochter seines Bruders Aine. Doch das lag lange zurück. Mit dem Tod des Bruders hatten seine Gefühle sich gewandelt – hatten sich noch tiefer gewandelt mit Amberles Verrat an ihrer Aufgabe als Erwählte. Eine große Bitterkeit wohnte im Herzen des Kronprinzen, und sie hatte ihren Ursprung großenteils in der Kränkung, die Amberle dem König angetan hatte. Es war unmöglich zu sagen, wie tief diese Bitterkeit ging. Sehr tief, dachte Andor, und war beunruhigt.

Auf dem Sessel neben Arion hatte der erste Minister des Königs, Emer Chios, seinen Platz inne. Er war es, der in Abwesenheit des Königs den Vorsitz bei einer Ratsversammlung führte. Er war ein Mann, der es verstand, sich in seiner Rede klar auszudrükken, und man konnte sich darauf verlassen, daß er auch in diesem Fall offen und unmißverständlich seine Meinung äußern würde. Eventine und sein erster Minister waren zwar nicht immer einer Meinung, doch sie hatten große Achtung voreinander, und einer schätzte die Ansichten des anderen. Eventine würde den Worten seines ersten Ministers große Beachtung schenken.

Kael Pindanon, der Befehlshaber des Elfenheeres, war der älteste und engste Freund des Königs. Obwohl zehn Jahre jünger als der König, sah er mindestens um soviel älter aus. Sein Gesicht war so rissig und spröde wie dürres Holz, seine Gestalt so verwittert und knorrig wie ein alter Baum, aber gestählt von ständigem Kampf. Weißes Haar floß ihm über die Schultern herab, und ein gewaltiger, herabhängender Schnauzbart wölbte sich über der schmalen Linie seiner Lippen. Eisenhart und geradlinig in der Verfolgung seiner Ziele, war Pindanon jener unter Eventines Beratern, dessen Reaktionen sich am ehesten voraussagen ließen. Der alte Kämpe war dem König treu ergeben; bei seinen Ratschlägen hatte er stets das Wohl des Königs im Auge. Und so würde es auch in diesem Fall sein, da es um Amberle ging.

Der letzte Mann am Tisch war kein Mitglied des Hohen Rates. Er war jünger noch als Andor, ein schlanker, dunkelhaariger Elf mit einem wachen Gesicht und begierigen braunen Augen. Er saß neben Pindanon, seinen Sessel ein Stück vom ovalen Tisch abgerückt, stumm, aber voll gespannter Aufmerksamkeit. Zwei Dolche trug er an seinem Gürtel, und ein breites Schwert hing in seiner Scheide von der Rückenlehne des Sessels. Abgesehen von einem kleinen Medaillon mit dem Wappen der Elessedils, das an einer silbernen Halskette auf seiner Brust lag, trug er keinerlei Amtszeichen. Sein Name war Crispin. Er war der Hauptmann der Leibgarde, der Elitetruppe von Elfenjägern, deren einzige Aufgabe der Schutz des Königs war. Seine Anwesenheit bei dieser Ratssitzung war ungewöhnlich; er war kein Mann, bei dem Eventine Elessedil Rat zu suchen pflegte. Aber nun, sagte sich Andor, sein Vater tat eben nicht immer das, was man gemeinhin von ihm erwartete.

Immerhin, eines verband all diese Männer so unterschiedlicher Herkunft, Werdegang und Persönlichkeit: ihre absolute Treue zu dem alten König. Und deshalb vielleicht glaubte Eventine, die Entscheidung vertrauensvoll in ihre Hände legen zu können, wie schwierig auch immer sie sein mochte. Vielleicht aber hatte er sie auch zusammengerufen, weil sie es waren, deren Rat er suchen würde, wenn es notwendig wurde, die Heimat zu verteidigen.

Und dieser Tag war nahe. Auf Schritt und Tritt sahen sie sich mit der Unvermeidlichkeit eines schrecklichen Kampfes zwischen Elfen und Dämonen konfrontiert. Jeden Tag siechte der Ellcrys mehr dahin, da Verfall und Welke sich unerbittlich in seinen Zweigen ausbreiteten und ihm Schönheit und Leben raubten, die Kraft untergruben, die den Bannspruch der Verfemung hielt. Tag für Tag liefen neue Meldungen von fremdartigen, erschreckenden Geschöpfen ein, die, aus Alpträumen und finsteren Phantasien geboren, an den Grenzen des Westlands ihr Unwesen trieben. Soldaten des Elfenreichs patrouillierten in dem Gebiet vom Rhenn-Tal bis zum Sarandanon, von Wirrnismoor bis zum Kershalt, und noch immer wuchs die Zahl dieser Kreaturen. Es war sicher, daß noch viele folgen würden, bis ihre Schar so groß war, daß sie sich zu einem Heer vereinigen und die Elfen mit geballter Kraft angreifen konnten.

Andor stützte die Ellbogen auf den Tisch und drückte die gefalteten Hände an seine Stirn, um seine Augen zu beschatten. Der Ellcrys verfiel so rasch, daß er sich fragte, ob überhaupt noch genug Zeit blieb, um das Blutfeuer zu erreichen, selbst wenn es Allanon gelungen war, Amberle heimzuführen. Zeit! Darauf lief alles hinaus.

Die hohe Flügeltür am anderen Ende des Saales tat sich auf, und sechs Köpfe flogen herum. Groß und ehrfurchtgebietend in seinen schwarzen Gewändern, trat Allanon über die Schwelle. Er wurde von zwei kleineren Gestalten begleitet, die weite Umhänge trugen. Ihre Gesichter waren in der Tiefe fülliger Kapuzen verborgen.

Amberle! dachte Andor sogleich. Eine dieser Gestalten mußte Amberle sein.

Aber wer war der zweite Begleiter?

Ohne ein Wort schritten die drei zum gegenüberliegenden Ende des breiten ovalen Tisches. Dort wartete der Druide, bis seine Begleiter sich gesetzt hatten, dann hob er sein dunkles Gesicht zum König auf.

»Mein König und Herr, Eventine.« Er verneigte sich leicht.

»Allanon«, erwiderte der König. »Ihr seid willkommen.«

»Sind alle versammelt?«

»Ja, alle«, bestätigte Eventine und nannte dann einen nach dem anderen beim Namen. »Bitte sagt jetzt, was Ihr mitzuteilen gekommen seid.«

Allanon trat ein paar Schritte vor. Auf halbem Weg zwischen den Elfen und den beiden verhüllten Gestalten blieb er stehen.

»Nun gut. Ich werde dies alles nur einmal sagen, deshalb, ich bitte Euch, hört mir aufmerksam zu. Schweres Unheil droht dem Volk der Elfen. Der Ellcrys stirbt. Er verfällt rasch, mit jedem Tag schneller. Mit seinem Verfall beginnt auch die Mauer der Verfemung zu bröckeln. Schon ist es den ersten der Dämonen, die Eure Vorväter hinter diese Mauer verbannt haben, gelungen, sich zu befreien und wieder in Eure Welt einzudringen. Bald werden sie alle frei sein, und dann werden sie Euch für immer zu vernichten trachten.«

Der Druide trat noch einen Schritt vor.

»Tut das nicht als unglaubwürdige Schwarzseherei ab, Ihr Herren Räte. Noch kennt Ihr nicht, wie ich, das Ausmaß des Hasses, der diese Geschöpfe antreibt. Nur einer Handvoll von ihnen bin ich begegnet, einigen wenigen, denen es bereits gelungen ist, die Mauer der Verfemung zu überwinden, doch die zeigten mir in aller Deutlichkeit die ganze Gewalt des Hasses, der in jedem einzelnen von ihnen brennt. Alles vernichtend ist dieser Haß. Er verleiht ihnen Kräfte, größer als jene, die sie besaßen, als Ihr sie von der Erde verbanntet. Ich glaube nicht, daß Ihr in der

Lage sein werdet, diesen Kräften standzuhalten.«

»Ihr kennt das Heer der Elfen nicht!« Pindanons Miene war finster.

»Befehlshaber.« Eventine sprach leise. Der alte Soldat drehte sich sofort um. »Wir wollen ihn doch zu Ende hören.«

Pindanon lehnte sich wieder zurück, mühsam unterdrückter Zorn stand in seinem Gesicht.

»Der Ellcrys ist Garantie für den Fortbestand Eures Volkes«, fuhr Allanon fort, ohne weiter auf Pindanon zu achten. »Wenn der Ellcrys stirbt, verliert der Bannspruch seine Wirkung. Die Zauberkraft, die ihn und die Mauer der Verfemung geschaffen hat, ist verloren. Es gibt nur eine Möglichkeit, das zu verhindern, nur eine einzige. Gemäß der Überlieferung der Elfen und gemäß den Gesetzen der Magie, die ihn zum Leben erweckten, muß der Ellcrys wiedergeboren werden. Es gibt nur einen Weg, eine solche Wiedergeburt herbeizuführen. Ihr kennt ihn. Ein Mitglied aus dem Kreise der Erwählten, die im Dienst des Baumes stehen, muß sein Samenkorn zum Quell allen Lebens bringen, zum Blutfeuer der Erde. Dort muß der Keim in das Feuer eingetaucht, und dann dort, wo der Mutterbaum wächst, an die Erde zurückgegeben werden. Nur dann wird es neues Leben für den Ellcrys geben. Nur dann wird die Mauer der Verfemung wiedererstehen, und die Dämonen werden wieder von der Erde verbannt sein.

Männer von Arborlon! Vor zwei Wochen, nachdem ich entdeckt hatte, daß der Ellcrys dem Tode nahe ist, kam ich zu Eventine Elessedil, ihm meine Hilfe anzubieten. Ich kam nicht rechtzeitig. Die Wirkung des Bannspruchs hatte bereits angefangen nachzulassen, einigen der Dämonen, die hinter der Mauer eingeschlossen waren, war der Ausbruch schon gelungen. Ehe ich es verhindern konnte, hatten sie die Erwählten ermordet, im Schlaf getötet, alle, die sie antrafen.

Dennoch sagte ich dem König, daß ich versuchen würde, den Elfen in zweierlei Hinsicht zu helfen. Zunächst wollte ich nach Paranor reisen, zur Burg der Druiden, und dort in den Geschichtsbüchern meiner Vorgänger forschen, um dem Geheimnis des Wortes ›Sichermal‹ auf die Spur zu kommen. Dies habe ich getan. Ich weiß jetzt, wo das Blutfeuer zu finden ist.«

Er schwieg, und sein Blick wanderte über die Gesichter der Männer, die ihm gebannt lauschten.

»Ich versprach dem König außerdem, jene zu suchen, die das Samenkorn des Ellcrys zum Blutfeuer bringen könnten, denn ich war überzeugt, daß es einen solchen Erwählten noch gab. Auch dies habe ich getan. Ich habe ihn mit mir nach Arborlon gebracht.«

Andor blickte voll gespannter Erwartung auf Allanon, während die Männer am Tisch murmelnd ihre Ungläubigkeit kundtaten. Allanon drehte sich um und winkte die kleinere der beiden verhüllten Gestalten zu sich.

»Tritt vor.«

Zaghaft erhob sich die dunkle Gestalt und ging auf Allanon zu.

»Nimm deine Kapuze ab.«

Wieder zögerte die vermummte Gestalt. Ungeduldig beugten die Versammelten sich vor – alle außer Eventine, der kerzengerade in seinem Sessel saß und mit beiden Händen die geschnitzten Armlehnen umklammerte.

»Nimm deine Kapuze ab«, wiederholte Allanon freundlich.

Diesmal gehorchte die vermummte Gestalt. Schmale braune Hände kamen unter dem Faltenwurf des Gewandes hervor und schoben die Kapuze zurück. Amberles meergrüne Augen blickten voll banger Unsicherheit auf Eventine Elessedil. Es war totenstill im Saal.

Dann sprang Arion auf, kreidebleich vor Zorn.

»Nein! Nein, Druide! Bringt sie hinaus! Bringt sie dorthin zurück, wo Ihr sie gefunden habt!«

Auch Andor sprang auf, Bestürzung im Gesicht über die Worte seines Bruders, doch sein Vater faßte ihn am Arm und zog ihn auf seinen Sessel zurück. Zornige Bemerkungen flogen hin und her, doch die Worte gingen im Gewirr der Stimmen unter.

Mit einer gebieterischen Bewegung hob Eventine die Hand, und es wurde wieder still im Saal.

»Wir werden Allanon zu Ende anhören«, erklärte er mit Entschiedenheit, und Arion sank wieder auf seinen Sessel nieder.

Der Druide nickte. »Euch alle möchte ich bitten, eines zu bedenken: Nur ein Erwählter, der im Dienst steht, kann den

Keim des Ellcrys zum Blutfeuer tragen. Zu Beginn des Dienstjahres waren es sieben. Sechs sind tot. Amberle Elessedil ist Eure letzte Hoffnung.«

Wieder sprang Arion auf.

»Sie ist keine Hoffnung! Sie ist längst keine Erwählte mehr!«

Die Stimme des Elfenprinzen klang hart und bitter. Kael Pindanon nickte zustimmend, Unwillen auf den verwitterten Zügen.

Wieder trat Allanon einen Schritt vor.

»Ihr bezweifelt, daß sie noch immer zum Kreis der Erwählten gehört?« Ein schwaches, spöttisches Lächeln flog über seine Lippen. »Dann wißt, daß sie selbst es ebenfalls bezweifelt. Aber ich habe ihr gesagt, und ich habe ihrem Großvater gesagt, und ich sage jetzt Euch, weder ihre noch Eure persönlichen Gefühle in dieser Sache sind für die Wahrheit dessen, was sie ist, von Bedeutung. Sie sind völlig ohne Belang. Enkelin des Königs oder Ausgestoßene ihres Volkes – was spielt das für eine Rolle, Elfenprinz? Eure Sorge sollte dem Überleben Eures Volkes gelten – Eures eigenen Volkes und der Völker anderer Länder, denn diese Gefahr bedroht auch sie. Wenn Amberle ihnen und Euch helfen kann, dann muß das, was geschehen ist, vergessen sein.«

Arion ließ sich nicht beschwichtigen.

»Ich werde es aber nicht vergessen. Niemals werde ich es vergessen!«

»Was verlangt Ihr denn von uns?« unterbrach Emer Chios eilig, und Arion setzte sich wieder nieder.

Alanon wandte sich dem Ersten Minister zu.

»Nur dies: Weder Ihr noch ich noch Amberle selbst besitzen das Recht, darüber zu entscheiden, ob sie noch eine Erwählte ist oder nicht. Der Ellcrys allein hat dieses Recht, denn der Ellcrys war es, der sie zur Erwählten erkor. Wir müssen daher den Baum befragen. Laßt Amberle vor den Ellcrys treten; laßt den Ellcrys darüber entscheiden, ob er sie annehmen oder zurückweisen will. Wenn sie als Erwählte angenommen wird, dann wird sie sein Samenkorn bekommen und aufbrechen und das Blutfeuer suchen.«

»Und wenn sie zurückgewiesen wird?«

»Dann können wir nur hoffen, daß Kael Pindanons Vertrauen

in das Elfen-Heer berechtigt ist.«

Wieder erhob sich Arion, ohne auf den warnenden Blick seines Vaters zu achten.

»Ihr verlangt zuviel von uns, Druide. Ihr verlangt von uns, daß wir einer Frau Vertrauen schenken, die sich dieses Vertrauens bereits als unwürdig erwiesen hat.«

Allanons Stimme war ruhig.

»Ich verlange, daß Ihr dem Ellcrys Euer Vertrauen schenkt, so wie Ihr das Jahrhunderte hindurch getan habt. Laßt ihn entscheiden.«

Arion schüttelte den Kopf.

»Nein, ich spüre, daß Ihr hier Euer Spiel mit uns treibt, Druide. Der Baum spricht zu niemandem; er wird auch nicht mit diesem Mädchen sprechen.« Sein zorniger Blick wanderte zu Amberle hinüber. »Wenn ihr an unserem Vertrauen liegt, so soll sie uns doch erklären, warum sie Arborlon verlassen hat. Soll sie uns doch erklären, warum sie sich und ihre Familie in Schande stürzte.«

Allanon schien sich die Forderung einen Moment lang durch den Kopf gehen zu lassen. Schließlich blickte er auf das Elfenmädchen hinunter, das neben ihm stand. Amberles Gesicht schimmerte bleich.

»Es war nicht meine Absicht, irgend jemanden in Schande zu stürzen«, sagte sie still. »Ich tat, was ich tun mußte.«

»Du hast Schande über uns gebracht!« schrie Arion heftig. »Du bist die Tochter meines Bruders, und ich habe meinen Bruder sehr geliebt. Ich möchte gern verstehen, was du getan hast, aber ich kann es nicht. Mit deinem Handeln hast du Schmach und Schande über deine Familie gebracht – über uns alle. Schmach und Schande über das Andenken deines Vaters. Kein Erwählter hat jemals die Ehre zurückgewiesen, als bedeutete sie nichts!«

Amberle war wie erstarrt.

»Ich war nicht zur Erwählten bestimmt, Arion. Es war ein Irrtum. Ich habe mich bemüht, wie die anderen zu dienen, aber ich konnte es nicht. Ich weiß, daß es von mir erwartet wurde, aber ich – ich konnte es nicht.«

»Du konntest es nicht?« Arion näherte sich ihr mit drohender

Gebärde. »Warum nicht? Ich möchte wissen, warum nicht! Jetzt hast du Gelegenheit, dich zu erklären – tu es!«

»Ich kann nicht!« erwiderte sie tonlos. »Ich kann nicht. Ich könnte es dir nicht begreiflich machen, selbst wenn ich es wünschte, selbst wenn ich –« Flehend sah sie Allanon an. »Warum habt Ihr mich hierher zurückgebracht, Druide? Das ist doch sinnlos. Ich bin hier nicht gelitten. Ich habe nicht den Wunsch hier zu sein. Ich habe Angst, versteht Ihr? Laßt uns nach Hause zurückkehren.«

»Du bist zu Hause«, entgegnete der Druide sanft, eine Traurigkeit in der Stimme, die vorher nicht darin mitgeschwungen hatte. Er blickte zu Arion hinüber. »Deine Fragen haben weder Sinn noch Zweck, Elfenprinz. Denke doch einmal nach über den Zweck dieser Fragen! Denke nach über ihre Quelle. Schmerz weicht Bitterkeit, Bitterkeit weicht Zorn. Reist man zu weit auf dieser Straße, dann verirrt man sich für immer.«

Er verstummte, und seine dunklen Augen richteten sich auf die Männer am Tisch.

»Ich will nicht behaupten, daß ich verstehe, was dieses Mädchen veranlaßte, ihr Volk zu verlassen. Ich will nicht behaupten, daß ich verstehe, was sie veranlaßte, ein Leben zu wählen, das so ganz anders war als jenes, das sie in Arborlon erwartete. Es ist nicht an mir, über sie zu richten, und es ist auch nicht an Euch. Was geschehen ist, ist abgeschlossen. Sie hat Mut und Entschlossenheit gezeigt, indem sie die Reise zurück nach Arborlon auf sich nahm. Die Dämonen haben von ihrer Existenz erfahren; sie haben sie verfolgt und gejagt. Sie machen noch immer Jagd auf sie. Sie hat Mühsal und Gefahr auf sich genommen, um nach Arborlon zurückzukehren. Soll das alles vergebens gewesen sein?«

Als Allanon von Gefahr sprach, flackerte Erschrecken in Eventines Augen auf. Andor erkannte es; es blitzte auf und erlosch wieder.

»Ihr hättet das Mädchen vor den Ellcrys führen können, ohne uns zu befragen«, bemerkte Emer Chios plötzlich. »Warum habt Ihr das nicht getan?«

»Amberle wünschte nicht, nach Arborlon zurückzukehren«,

antwortete Allanon. »Sie kam zurück, weil ich sie davon überzeugte, daß es notwendig ist, daß sie ihrem Volk helfen muß, wenn sie es vermag. Nicht heimlich und verstohlen sollte sie hierher zurückkehren, sondern ganz offen. Und wenn sie vor den Ellcrys treten soll, dann mit Eurer Zustimmung.«

Er legte Amberle den Arm um die schmalen Schultern. Sie blickte zu ihm auf. Überraschung spiegelte sich in ihrem kindlichen Gesicht.

»Ihr müßt Euch entscheiden.« Die Miene des Druiden war unbewegt. »Wer von Euch ist bereit, sich an ihre Seite zu stellen, Ihr Herren Räte?«

Wieder legte sich Totenstille über den Saal. Wortlos starrten die Elfen und der Druide einander an, und ihre Blicke bohrten sich ineinander. Die zweite vermummte Gestalt saß ruhelos am anderen Ende des Tisches. Die Zeit verrann. Keiner der Räte erhob sich.

Dann spürte Andor Elessedil plötzlich, daß Allanon ihm direkt in die Augen sah. Ein unsichtbares Band spannte sich zwischen ihnen, beinahe wie ein Band des Verständnisses. Und in demselben Augenblick wußte Andor, was er zu tun hatte.

Langsam richtete er sich auf.

»Andor!« hörte er seinen Bruder rufen.

Er warf rasch einen Blick auf Arions dunkles Gesicht, sah die Warnung in den harten Augen, wandte sich wieder ab. Wortlos ging er um den Tisch herum zu Amberle. Ängstlich blickte sie zu ihm auf, einem scheuen Waldtier gleich, das zu sofortiger Flucht bereit ist. Behutsam legte er seine Hände auf ihre Schultern und beugte sich nieder, um ihre Stirn zu küssen. In ihren Augen schimmerten Tränen, als sie ihn umarmte.

Emer Chios erhob sich.

»Ich sehe keine Schwierigkeit, mich hier zu entscheiden, meine Herren«, wandte er sich an die anderen. »Die Möglichkeiten, die sich uns bieten, sollten wir nutzen.«

Damit trat er zu Andor und Amberle.

Crispin blickte Eventine flüchtig an. Der König saß noch immer wie gelähmt, und seine Miene war ohne Ausdruck, als er dem Blick des Hauptmanns begegnete. Crispin stand auf und trat neben Andor.

Der Rat war zu gleichen Teilen gespalten. Drei seiner Mitglieder standen bei Amberle; drei blieben am Tisch sitzen. Eventine sah Arion an. Der Kronprinz der Elfen begegnete dem Blick seines Vaters, richtete dann seine Augen voll Bitterkeit auf Andor.

»Ich bin nicht der Narr, der mein Bruder ist. Ich sage nein.«

Der König wandte sich an Pindanon. Das Gesicht des alten Kämpen war hart.

»Ich setze mein Vertrauen in das Elfenheer, nicht in dieses Kind.« Dann schien er zu zögern. »Sie ist Euer Fleisch und Blut. Ich werde mit Euch stimmen, mein König.«

Alle Augen waren jetzt auf Eventine gerichtet. Einen Moment lang schien er nicht gehört zu haben. Reglos starrte er auf die glänzende Tischplatte, und auf seinen Zügen lag ein Ausdruck von Traurigkeit und Resignation. Langsam glitten seine Hände über das schimmernde Holz, schlossen sich dann fest ineinander.

Er stand auf.

»Dann ist es beschlossen. Amberle soll vor den Ellcrys treten. Damit ist die Sitzung beendet.«

Arion Elessedil sprang auf, warf einen vernichtenden Blick auf Andor und stakte ohne ein Wort aus dem Saal.

Im verhüllenden Schatten seiner Kapuze sah Wil Ohmsford den Schmerz und die Ungläubigkeit, die sich in Andor Elessedils Augen spiegelten, als dieser seinem Bruder nachblickte. Eine Kluft hatte sich zwischen den beiden Brüdern geöffnet, die sich so schnell nicht wieder schließen würde. Plötzlich traf der Blick des Elfenprinzen den seinen, und verlegen senkte er die Lider.

Allanon nahm wieder das Wort, teilte den Zurückgebliebenen mit, daß Amberle ein bis zwei Tage brauche, um sich von den Strapazen der langen Reise zu erholen, bevor sie vor den Ellcrys treten könne. Sobald das geschehen war, würden sie wieder zusammenkommen.

Wil stand auf, den Umhang noch immer fest um sich gezogen, da Allanon ihn ermahnt hatte, sich nicht zu erkennen zu geben. Rasch leerte sich der Saal, und Wil trat nun hinüber zu Amberle. Er sah, wie Andor Elessedil sich noch einmal nach ihnen umdrehte, zögerte, dann den anderen nach draußen folgte. Allanon hatte Eventine beiseitegenommen und sprach mit gesenkter Stimme auf ihn ein. Es erweckte den Eindruck, als gäbe es zwischen ihnen eine Meinungsverschiedenheit. Mit einem widerwilligen Nicken schritt schließlich auch der Elfenkönig aus dem Saal. Wil und Amberle blieben mit dem Druiden allein zurück.

Allanon winkte ihnen.

»Folgt mir.«

Rasch führte er sie aus dem Ratssaal den Gang hinunter, bis sie wieder im kühlen Dunkel der Vorhalle standen. Dort hielt der Druide inne, lauschte, wandte sich dann ihnen zu.

»Amberle.« Er wartete, bis ihre Augen ihn ansahen. »Ich möchte, daß du heute abend den Ellcrys aufsuchst.«

Überraschung und Verwirrung spiegelten sich auf dem Gesicht des Elfenmädchens.

»Warum?« fragte sie erstaunt und schüttelte dann hastig den Kopf. »Nein. Nein, das geht mir zu schnell! Ich brauche Zeit, um mich auf dieses Zusammentreffen vorzubereiten. Außerdem habt Ihr soeben meinem Vater und den anderen erklärt, ich würde erst in ein oder zwei Tagen zu dem Baum gehen.«

Allanon nickte ungeduldig. »Eine kleine, aber notwendige Täuschung. Darf ich fragen, welcher Art die Vorbereitungen sind, die du noch treffen willst? Es handelt sich doch hier nicht um eine Erprobung deiner Fähigkeiten oder deiner Ausdauer; Vorbereitung hilft dir hier nicht. Entweder bist du noch eine Erwählte im Dienste des Baumes, oder du bist es nicht mehr.«

»Ich bin müde, Druide!« Sie war jetzt zornig. »Ich bin müde und ich will schlafen. Ich kann jetzt nicht zu dem Baum gehen.«

»Du mußt.« Er schwieg einen Augenblick. »Ich weiß, daß du müde bist; ich weiß, daß du Schlaf brauchst. Doch das muß warten. Zuerst mußt du zu dem Baum gehen – jetzt!«

Sie erstarrte bei seinen Worten, und in ihren Augen flackerte der Ausdruck eines gehetzten Tieres. Dann begann sie zu weinen. Es war, als wolle all das, was geschehen war – das unerwartete Auftauchen des Druiden in ihrem Häuschen, die Nachricht vom Sterben des Ellcrys und vom Tod der Erwählten, die Erkenntnis, die beängstigende Flucht nach Norden, die Konfrontation mit dem Hohen Rat und ihrem Großvater und jetzt dies – als wolle dies alles sie mit einem Schlag überwältigen. All ihre Schutzmauern schienen einzustürzen. Klein und hilflos stand sie vor ihnen und schluchzte herzzerreißend. Als Allanon sie trösten wollte, fuhr sie scheu zurück, wandte sich von ihnen beiden ab. Wil Ohmsford starrte ihr hilflos nach.

Schließlich hörte sie auf zu weinen. Als sie sprach, das Gesicht noch immer abgewandt, war ihre Stimme nur ein Flüstern.

»Ist es wirklich notwendig, Allanon – wirklich und wahrhaftig notwendig –, daß ich noch heute abend zu dem Baum gehe?«

Der Druide nickte. »Ja, Elfenmädchen.«

Es folgte ein langes Schweigen.

»Dann werde ich es tun.«

Ruhig und gefaßt kehrte sie zu ihnen zurück. Ohne ein Wort führte Allanon die beiden jungen Leute in die Stadt hinaus.

Der Druide von Shannara

Blaß-silbernes Mondlicht strömte vom Himmel und brachte die Sommernacht zum Leuchten. Süße Düfte stiegen aus der Dunkelheit auf und schwebten in betäubenden Wogen auf dem milden Wind dahin, um sich in den Hecken und Hainen, den Blumenbeeten und Büschen des Gartens des Lebens zu fangen. Das Spiel von Licht und Schatten zauberte seltsam geknüpfte Muster in Schwarzweiß aus den Farben des Gartens. Kleine Lebewesen, die mit dem Einbruch der Nacht erwacht waren, flatterten auf und schossen jäh davon, ohne eine Spur zu hinterlassen.

Auf dem kleinen Hügel, der das Heimatland der Elfen überblickte, stand einsam und still der wundersame Baum, der den Namen Ellcrys trug, und erwartete den Tod, der langsam, aber unerbittlich Besitz von ihm ergriff. Schon hatte er dem Baum sein Mal aufgedrückt. Die vollendete Schönheit, die den gesunden Ellcrys ausgezeichnet hatte, war zerstört, die vollkommene Ebenmäßigkeit seiner Gestalt verzerrt. Die silberne Borke hatte sich von Stamm und Ästen gelöst und hing in rissigen Fetzen herab, schwarz und welk. Die blutroten Blätter hatten sich fest eingerollt unter der Einwirkung der Krankheit, und viele lagen dürr und ausgezehrt auf der Erde unter dem Baum, wo raschelnd der Wind mit ihnen spielte. Nackt und kahl wie eine verwitterte Vogelscheuche auf einem Getreidefeld ragte der Baum in den nächtlichen Himmel.

Allanon, Wil Ohmsford und Amberle standen am Fuß der Anhöhe und blickten wortlos zu dem Baum hinauf. Lange standen sie still und unbewegt, und nur der Stoff ihrer Gewänder, mit denen der Wind spielte, raschelte. Als Amberle endlich das Wort ergriff, klang ihr Flüstern beinahe heftig in der Stille.

»Ach, Allanon, er sieht so traurig aus.«

Die hochgewachsene Gestalt des Druiden war wie erstarrt ter den dunklen Gewändern, und sein Gesicht war im Schatten der Kapuze verborgen. Er antwortete nicht auf Amberles Worte. Ein Duft nach Flieder zog an ihnen vorüber und verflüchtigte sich wieder. Amberle wandte den Kopf und sah den Druiden fragend an.

»Hat er Schmerzen?«

Kaum merklich bewegte Allanon den Kopf.

»Etwas.«

»Er stirbt wirklich?«

»Sein Leben wird bald erlöschen. Seine Zeit ist beinahe abgelaufen.«

»Könnt Ihr denn nichts tun?«

»Was getan werden kann, muß von dir getan werden.« Allanons tiefe Stimme war ein sanftes Murmeln.

Amberle seufzte. Ein Schauder durchrann ihren zierlichen Körper. Die Sekunden verstrichen. Müde wippte Wil auf den Füßen hin und her, während er darauf wartete, daß das Elfenmädchen mit sich ins reine käme. Doch es war nicht leicht für sie. Sie hatte nicht erwartet, daß sie schon an diesem Abend vor den Baum würde treten müssen; sie hatten es beide nicht erwartet. Sie hatten geglaubt, nach der Beratung im Hohen Rat würde ihnen erst einmal ein langer Schlaf gegönnt sein. Sie hatten seit den Stunden vor ihrer Flucht durch das Rhenn-Tal keine Ruhe mehr gefunden. Beide waren sie der Erschöpfung nahe.

»Er schläft«, flüsterte Amberle.

»Für dich wird er erwachen«, erwiderte der Druide.

Sie möchte es nicht tun, dachte Wil. Sie hat es nie gewollt. Es ist nicht nur Abneigung, es ist Angst. Schon in jener ersten Nacht in dem Gärtchen hinter ihrem Haus hat sie gesagt, daß sie Angst hat. Aber sie hat nie offen gesagt, warum oder wovor.

Wil blickte zur Höhe des Hügels hinauf. Was an dem Baum machte ihr solche Angst?

»Ich bin bereit.«

Schlicht die Worte, ruhig die Stimme. Allanon schwieg. Dann nickte er unmerklich.

»Dann geh. Wir warten hier auf dich.«

Sie setzte sich nicht gleich in Bewegung, sondern blieb noch einen Augenblick lang still stehen, als erwarte sie noch etwas von dem Druiden. Dann raffte sie ihren langen Umhang und machte sich auf den Weg. Das Gesicht zu dem reglosen, kranken Baum erhoben, der oben wartete, schritt sie den Hang hinauf.

Sie blickte nicht zurück.

Nur Augenblicke dauerte der Anstieg, dann stand sie allein vor dem Ellcrys. Noch befand sie sich nicht in Reichweite des Baumes, sondern ein paar Schritte entfernt, eine vermummte kleine Gestalt, die Arme fest an ihre Seiten gepreßt. Von der Höhe des Hügels lag das Westland weit und offen zu ihren Füßen, und Amberle fühlte sich schwach und hilflos. Mit den Düften des Gartens gewürzt, fächelte der Nachtwind ihr Gesicht, und sie sog die Luft tief ein, um dadurch ihre innere Ruhe zu erlangen.

Es währt ja nur einen Augenblick, sagte sie sich. Nur einen kurzen Augenblick.

Aber sie empfand solch entsetzliche Angst.

Sie verstand noch immer nicht, woher das kam, nicht einmal jetzt, nach so langer Zeit. Sie hätte es doch begreifen müssen! Sie müßte doch fähig sein, die Angst unter Kontrolle zu halten! Aber sie konnte es nicht. Und gerade das machte es um so schlimmer. Es war eine irrationale, blinde Angst, die nicht zu fassen war. Immer war sie da, lauerte in den Tiefen ihrer Seele wie ein böses Raubtier, um aus ihrem Versteck hervorzukommen, sobald sie – Amberle – an den Ellcrys dachte. Sie hatte gekämpft, hatte sich mit Enschlossenheit gewehrt, doch die Angst überwältigte sie immer wieder, finster, nicht zu bändigen. In Havenstead hatte sie sie unterdrücken können, denn in Havenstead war ihr Auslöser fern und vergangen gewesen. Jetzt war alles wieder gegenwärtig, in Arborlon zurück, keine fünf Schritte entfernt von dem Baum und seiner Berührung...

Sie fröstelte, als Erinnerungen aufstiegen. Es war die Berührung des Baumes, die sie fürchtete. Aber warum? Sie brachte weder Kummer noch Schmerz. Sie diente dem Ellcrys allein zur Übermittlung seiner Bilder. Doch immer, wenn der Ellcrys sie berührt hatte, hatte sie das Gefühl gehabt, daß da noch etwas anderes war, das mehr war als nur eine Gedanken übermittelnde

Berührung. Schon beim erstenmal, als der Ellcrys zu ihr gesprochen hatte, hatte sie das empfunden.

Ihre Gedanken zerstoben beim gedämpften Ruf einer Eule. Sie wurde sich bewußt, daß sie nun schon seit Minuten hier oben stand. Die beiden Männer unten beobachteten sie. Das wollte sie nicht.

Eilig ging sie um den Baum herum auf die andere Seite.

Der Druide und der Talbewohner blickten stumm zu der dunklen Gestalt des Elfenmädchens hinauf, das um den Ellcrys herumging und dann aus dem Blickfeld verschwand. Einen Moment lang blieben sie noch stehen, doch als Amberle nicht wieder auftauchte, ließ sich Allanon ins Gras nieder. Wil blickte zu ihm hinunter und setzte sich dann neben ihn.

»Was wollt Ihr tun, wenn der Ellcrys sagt, daß sie keine Erwählte mehr ist?«

Der Druide wandte nicht einmal den Kopf.

»Das wird nicht geschehen.«

Wil zögerte kurz, ehe er weitersprach.

»Ihr wißt etwas, wovon Ihr uns beiden nichts gesagt habt, nicht wahr?«

Allanons Stimme war kalt.

»Nein. Nicht in dem Sinn, wie du es meinst.«

»Aber in einem anderen Sinn.«

»Deine Pflicht, Talbewohner, ist einzig, daß dem Elfenmädchen nichts geschieht, wenn ihr Arborlon verlassen habt.«

Die Art und Weise, wie er das sagte, vermittelte Wil den deutlichen Eindruck, daß er dieses besondere Thema damit als abgeschlossen betrachtete. Mit Unbehagen rückte der junge Mann ein wenig von dem großen Alten ab.

»Könnt Ihr mir dann wenigstens etwas anderes sagen?« fragte er schließlich. »Könnt Ihr mir sagen, warum sie vor dem Allcrys so große Angst hat?«

»Nein.«

Wil lief zornrot an. »Warum nicht?«

»Weil ich mir nicht sicher bin, daß ich selbst diese Angst verstehe. Und ich glaube, auch sie versteht sie nicht. Im übrigen wird sie es dir selbst erklären, wenn sie soweit ist, daß sie darüber sprechen möchte.«

»Das bezweifle ich.« Wil neigte sich und legte seine Arme locker auf die Knie. »Ich habe den Eindruck, sie hält nicht sehr viel von mir.«

Allanon erwiderte nichts. Eine ganze Weile hockten sie schweigend nebeneinander und sahen immer wieder zur Höhe des Hügels hinauf, wo der einsame Baum stand. Von Amberle war keine Spur zu sehen. Wil warf einen Blick auf den Druiden.

»Kann ihr auch nichts passieren, wenn sie ganz allein da oben ist?«

Allanon schüttelte den Kopf. Wil wartete darauf, daß er ihm erklären würde, warum sie dort oben sicher war, doch der Druide gab ihm keine Erklärung. Wil zuckte die Schultern. Er hatte wohl Mittel und Wege, sie zu beschützen, sagte er sich, wenn er ihr so nahe war. Zumindest hoffte Wil es.

Lange Zeit rührte sich Amberle nicht. Sie konnte nicht. Ihre Angst lähmte sie. Starr und kalt bis ins innerste Mark stand sie keine fünf Fuß von den nächsten Zweigen entfernt und blickte wie gebannt auf den Ellcrys. Wie flüssiges Eis strömte die Angst in ihren Adern und ließ jeden Gedanken erstarren. Sie verlor jegliches Gefühl für Zeit und Ort, nahm nichts wahr als ihre Unfähigkeit, diese letzten Schritte zu tun.

Als sie es schließlich doch tat, hatte sie das Gefühl, es sei ein anderes Wesen, das den Weg für sie ging. Sie erinnerte sich später nur, daß der Abstand zwischen ihr und dem Ellcrys sich verkürzt hatte und dann nicht mehr gewesen war. In tiefe Schatten getaucht, stand sie unter dem Blätterdach des Baumes. Der Nachtwind erstarb, und die eisige Kälte in ihrem Inneren wandelte sich in flammende Hitze.

Stumm sank sie auf dem Teppich toter Blätter und abgebrochener Zweige auf die Knie und faltete die Hände in ihrem Schoß. Sie wartete.

Nicht lange, da senkte ein kranker Zweig sich abwärts und legte sich behutsam um ihre Schultern.

»Amberle.«

Das Elfenmädchen begann zu weinen.

Es war lange still gewesen zwischen ihnen, als Wil plötzlich eine seltsame Bemerkung Allanons ins Gedächtnis kam. Nach dem letzten Gedankenaustausch hatte er beschlossen, dem Druiden keine Fragen mehr zu stellen, doch jetzt gewann die Neugier die Oberhand.

»Allanon!«

Der Druide blickte ihn an.

»Mir geht da etwas im Kopf herum.« Er nahm sich Zeit, um seine Worte zu ordnen. »Als Ihr Amberle erklärtet, daß wir schon heute abend hierherkommen müßten, erinnerte sie Euch daran, daß Ihr den Elfen bei der Sitzung gesagt hattet, sie brauche ein bis zwei Tage Ruhe. Darauf erklärtet Ihr, das sei eine notwendige Täuschung gewesen. Was meintet Ihr damit?«

Das Mondlicht enthüllte das vertraute spöttische Lächeln auf dem schmalen Gesicht des Druiden.

»Ich habe mich schon gefragt, wann diese Frage kommen würde, Wil Ohmsford.« Er lachte leise. »Deine Wißbegierde macht vor nichts halt.«

Wil lächelte unbestimmt.

»Erhalte ich auf meine Frage eine Antwort?«

Allanon nickte. »Sie wird dir allerdings nicht gefallen. Die Täuschung war notwendig, weil sich im Lager der Elfen ein Spion befindet.«

Wil wurde eiskalt. »Woher wißt Ihr das?«

»Logische Überlegung. Als ich in Paranor eintraf, erwarteten mich die Dämonen schon. Sie erwarteten mich, Talbewohner – ich wurde nicht verfolgt! Das läßt darauf schließen, daß sie im voraus von meinem Kommen wußten. Aber woher wußten sie es? Woher wußten sie überhaupt von mir? Nur Eventine wußte, daß ich in die Vier Länder zurückgekehrt war. Nur Eventine wußte von meinem Plan, nach Paranor zu reisen; ihm allein vertraute ich an, daß ich nach Paranor reisen wollte, um in den alten Geschichtsbüchern der Druiden nach einem Hinweis auf die Lage des Ortes Sichermal zu suchen. Ich bat Eventine, niemandem etwas zu verraten, und ich bin sicher, das hat er auch nicht getan.«

Er schwieg einen Augenblick.

»Damit bleibt nur eine Möglichkeit. Jemand hat unser Gespräch belauscht – jemand, der Grund hatte, uns an die Dämonen zu verraten.«

Wils Miene zeigte Zweifel.

»Aber wie soll das denn geschehen sein? Ihr sagtet doch selbst, niemand hätte gewußt, daß Ihr in die Vier Länder zurückgekehrt seid.«

»Ja, das verursacht auch mir Kopfzerbrechen«, bekannte der Druide. »Der Spion muß jemand sein, dem es keine Mühe macht, zum König Zugang zu erhalten; jemand, der über all sein Tun und Lassen Bescheid weiß. Jemand aus seinem Haushalt vielleicht.« Er zuckte die Schultern. »Auf jeden Fall war es ein Glück, daß ich dem König nichts davon sagte, wo Amberle sich aufhielt, sonst wären die Dämonen zweifelsohne vor mir bei ihr gewesen.« Er hielt inne, und seine schwarzen Augen fixierten den jungen Talbewohner. »Und über dich wären sie auch hergefallen, denke ich mir.«

Wil überlief eine Gänsehaut. Die Vorstellung war selbst jetzt noch beängstigend. Zum erstenmal, seit er Allanon begegnet war, war er froh, daß der Druide so zugeknöpft und verschwiegen war.

»Wenn das so ist, warum habt Ihr dann den Elfen bei der Sitzung des Hohen Rats so viel anvertraut?« fragte er. »Wenn sich im Lager der Elfen wirklich ein Spion verbirgt, ist dann nicht damit zu rechnen, daß er alles erfährt, was bei der Sitzung gesprochen wurde?«

Der Druide neigte sich zu Wil Ohmsford hinüber.

»Durchaus. Ich habe sogar die Absicht, dafür zu sorgen, daß er alles erfährt. Das ist der Grund für die Täuschung. Siehst du, die Dämonen wissen bereits, daß wir hier sind, und sie wissen auch, warum wir hier sind. Sie wissen, wer ich bin; sie wissen, wer Amberle ist. Aber sie wissen noch nicht, wer du bist. Alles, was sie wissen, haben sie aus meinen Gesprächen mit Eventine erfahren. Wir haben den Elfen bei der Ratssitzung nichts Neues mitgeteilt – abgesehen von einem Punkt. Wir haben ihnen erklärt, daß Amberle einige Tage Erholung braucht, ehe sie vor den Ellcrys hintritt. Folglich werden die Dämonen nicht erwarten, daß wir in den nächsten Tagen etwas unternehmen werden. Und diese Täuschung wird uns, hoffe ich, einen kleinen, aber sehr nützlichen Vorteil liefern.«

»Was für einen Vorteil?« wollte Wil wissen. »Was habt Ihr vor, Allanon?«

Der Druide schürzte die Lippen.

»Da, Freund Wil, muß ich dich noch um ein Weilchen Geduld bitten. Aber ich verspreche dir, daß du die Antwort bekommen wirst, ehe die Nacht vorüber ist. Nun, ist das ein faires Angebot?«

Wil fand es gar nicht fair, aber er wußte, daß es sinnlos war, Allanon zu drängen. Wenn der Druide einmal etwas beschlossen hatte, war daran nicht mehr zu rütteln.

»Noch eines.« Der Druide legte dem jungen Mann mahnend die Hand auf die Schulter. »Sag Amberle nichts von alledem. Ihre Angst ist groß genug; es besteht keine Notwendigkeit, ihr noch mehr Angst zu machen. Laß dies ein Geheimnis zwischen dir und mir sein.«

Wil Ohmsford nickte.

Minuten später trat Amberle aus dem Schatten des Baumes. Die Umrisse ihrer Gestalt hoben sich scharf vom Nachthimmel ab, als sie einen Augenblick zaudernd verharrte. Dann setzte sie sich in Bewegung und schritt hangabwärts, den beiden Männern entgegen. Sie ging langsam, vorsichtig, als sei sie sich ihrer Bewegungen nicht sicher, und hielt die Hände fest vor der Brust gefaltet. Die Kapuze hatte sie abgestreift, und ihr langes kastanienbraunes Haar wehte im Nachtwind. Als sie sich ihnen näherte, konnten sie die Verzweiflung in ihrem Antlitz deutlich sehen. Ihre Züge waren bleich, die Wangen feucht von Tränen, und Angst spiegelte sich grell in den grünen Augen.

Vor ihnen blieb sie stehen. Ihr zierlicher Körper zitterte.

»Allanon«, stieß sie weinend hervor.

Der Druide sah, daß sie einem Zusammenbruch nahe war. Sogleich nahm er sie in seine Arme und hielt sie fest umschlungen. Diesmal ließ sie sich seine Umarmung gefallen, weinte still an seiner Brust. Lange hielt er sie so, ohne ein Wort. Wil betrachtete die Szene verlegen und kam sich nutzlos vor.

Nach einiger Zeit versiegten die Tränen. Allanon ließ das Elfenmädchen los und trat zurück. Einen Moment noch hielt sie den Kopf gesenkt, dann erhob sie ihn und blickte den Druiden an.

»Ihr hattet recht«, flüsterte sie.

Die zusammengepreßten Hände lösten sich von den Falten ihres Gewandes und öffneten sich langsam. In ihrem Inneren lag ein vollendet geformter silberweißer Stein, das Samenkorn des Ellcrys.

Allanon führte sie aus dem Garten hinaus. Bis zur Unkenntlichkeit vermummt in Umhänge und Kapuzen, glitten sie schattengleich durch das Tor, vorbei an den Posten der Schwarzen Wache, und traten den Rückweg zur Stadt an. Der Druide erklärte ihnen nicht, wohin er sie bringen wollte, und sie fragten nicht. Sie schritten schweigend aus, Allanon immer ein, zwei Schritte voraus. Wil und Amberle waren zu Tode erschöpft. Immer wieder blickte der Talbewohner voller Besorgnis auf das Elfenmädchen, doch sie ließ sich kaum etwas anmerken von den Gefühlen, die sie beherrschten, und er erhaschte nur hin und wieder einen Blick auf das von der Kapuze verdunkelte Antlitz. Einmal fragte er sie leise, ob alles in Ordnung sei, und sie nickte stumm.

Kurze Zeit später erkannten sie, daß sie sich dem Herrenhaus der Elessedils näherten. Wortlos winkend führte Allanon sie in den Park, der das lichtlose Haus umschloß. An einem Föhrenwäldchen vorbei, das die Südwiese säumte, ging es an einer langen Hecke entlang zu einer kleinen Nische und einer hohen Fenstertür, die in dichtes Dunkel gehüllt war. Vor dieser Tür blieb Allanon stehen und klopfte verhalten an das Glas.

Sie mußten einen Augenblick warten, bis die Vorhänge im Inneren ein wenig auseinandergeschoben wurden. Ein Riegel wurde entsichert, und die Tür öffnete sich. Eilig bedeutete Allanon ihnen hineinzugehen, sah sich noch einmal um und folgte ihnen dann.

Einige Sekunden standen sie in der Finsternis und lauschten den gedämpften Schritten einer Person, die langsam durch den Raum ging. Dann flammte eine Kerze auf. Wil sah, daß sie sich in einem kleinen Studierzimmer befanden. Dunkles Eichenholz von Wänden und Bücherborden schimmerte im Schein der Kerze, sanfte Farben alter Bücher und kostbarer Wandbehänge tauchten aus den Schatten. Auf einer kleinen, erdfarbenen Matte auf der anderen Seite des Raumes lag ein angegrauter alter Wolfshund, der neugierig den Kopf hob und freundlich mit dem Schwanz wedelte.

Eventine Elessedil stellte die Kerze auf einen kleinen Schreibtisch und wandte sich ihnen zu.

»Ist alles vorbereitet?« fragte Allanon mit tiefer Stimme in die Stille hinein.

Der alte König nickte.

»Und Euer Haushalt?«

Der Druide glitt schon durch das Zimmer zu der einzigen Tür. Er öffnete sie lautlos, warf einen kurzen Blick nach draußen und schloß sie wieder.

»Alles schläft außer Dardan und Rhoe. Und die beiden stehen vor meiner Schlafzimmertür Wache, weil sie glauben, ich schliefe ebenfalls. Hier ist niemand außer meinem alten Manx.«

Der Wolfshund sah ihn an, als er seinen Namen hörte; dann senkte er den Kopf wieder auf die Vorderpfoten und schloß die Augen.

Allanon kam von der Tür zurück.

»Dann können wir beginnen.«

Er bedeutete Wil und Amberle, sich in den Sesseln vor dem Schreibtisch niederzulassen, und zog sich selbst ebenfalls einen heraus. Wil setzte sich müde. Amberle tat einen Schritt vorwärts, blieb stehen, die Augen auf ihren Großvater gerichtet. Eventine sah sie an, zögerte, trat dann rasch auf sie zu und schloß sie in die Arme. Amberle erstarrte sekundenlang, aber dann schlang sie die Arme um seinen Hals.

»Ich hab' dich lieb, Großvater«, flüsterte sie. »Du hast mir so gefehlt.«

Der alte König schwieg ergriffen. Er nickte nur stumm an ihrer Schulter und streichelte ihr über das Haar. Dann umschloß er sanft ihr Gesicht mit beiden Händen und neigte ihren Kopf zurück, so daß er ihre Züge sehen konnte.

»Was geschehen ist, liegt hinter uns, Amberle. Es ist vergessen. Zwischen uns soll es keine harten Worte mehr geben. Dies hier ist dein Zuhause. Ich möchte dich hier haben, bei mir, bei deiner Familie.«

Amberle schüttelte den Kopf.

»Ich habe mit dem Ellcrys gesprochen, Großvater. Er hat mir gesagt, daß ich seine Erwählte bin. Er hat mir sein Samenkorn gegeben.«

Das Gesicht des Greises wurde blaß, und er senkte die Lider.

»Ach Amberle, ich weiß, du wünschtest, es könnte anders sein. Glaub mir, auch ich wünsche es.«

»Das weiß ich«, antwortete sie, doch in ihren Augen lag tiefe Verzweiflung.

Sie löste sich von ihm und setzte sich zu Wil und Allanon an den Tisch. Der König blieb noch einen Augenblick stehen und betrachtete stumm seine Enkelin. Er wirkte so verloren und voller Bangnis wie ein Kind, das in die Irre gegangen ist. Langsam faßte er sich wieder, trat an seinen Schreibtisch und setzte sich zu den anderen.

Die Hände auf dem Tisch gefaltet, beugte Allanon sich vor.

»Eventine und ich verabredeten nach der Sitzung des Hohen Rats, daß wir uns im Lauf dieser Nacht heimlich treffen würden. Alles, was hier gesprochen wird, bleibt unter uns, die wir hier anwesend sind. Keiner sonst wird davon erfahren. Die Zeit eilt, und wir müssen rasch handeln, wenn wir das Elfenvolk vor dem Untergang retten wollen. Der Ellcrys siecht immer mehr dahin. Bald werden die Dämonen, die hinter der Mauer der Verfemung gefangen sind, sich befreien und über die Vier Länder herfallen. Eventine und ich werden ihnen entgegentreten, wenn es soweit ist. Du aber, Amberle, und auch du, Wil, ihr müßt euch auf die Suche nach dem Blutfeuer machen.«

Er wandte sich direkt an das Elfenmädchen.

»Ich würde euch begleiten, wenn ich könnte. Ich würde mit euch gehen, wenn es dazu eine Möglichkeit gäbe, aber es gibt keine. Einer der Dämonen, die die Mauer bereits durchbrochen haben, und auch einige, die noch hinter ihr gefangen sind, besitzen Kräfte, gegen die dein Großvater und das Elfenvolk ohne meine Hilfe nichts ausrichten können. Meine Aufgabe wird es sein, die Elfen vor diesen gewaltigen Kräften zu schützen. Zauberei, um der Zauberei Widerpart zu bieten. So muß es nun einmal sein.

Doch an meiner Stelle schicke ich Wil Ohmsford, und ich habe mich nicht ohne gründliche Überlegung entschlossen, dein Wohl und deine Sicherheit in seine Hände zu legen. Sein Großvater war es, der gemeinsam mit mir auszog, das Schwert von Shannara zu suchen. Er fand es und trat allein dem Dämonen-Lord entgegen, um ihn schließlich zu vernichten. Sein Großonkel Flick Ohmsford rettete deinem Großvater einst das Leben. Wil besitzt die Charakterstärke, die beide Männer auszeichnete; er besitzt ihr Ehrgefühl. Du hast gesehen, daß er die Elfensteine in Besitz hat, die ich einst seinem Großvater gab. Er wird dich so schützen, wie ich dich schützen würde. Er wird zu dir stehen, Amberle – er wird dich nicht im Stich lassen.«

Auf diese Worte folgte langes Schweigen. Wil Ohmsford war verlegen. Und er fühlte sich unbehaglich. Er war sich seiner nicht so sicher. Als er rasch einen Blick auf Amberle warf, bemerkte er, daß sie ihn nachdenklich betrachtete.

»Du bist eine Erwählte im Dienst des Ellcrys«, fuhr Allanon fort und zog damit die Aufmerksamkeit des Elfenmädchens wieder auf sich. »Wenn wir vielleicht auch alle wünschten, es wäre anders, so ist die Sache doch jetzt klar. Du bist die letzte der Erwählten und daher die letzte Hoffnung deines Volkes. Du allein kannst die Mauer der Verfemung wieder aufrichten. Eine schwere Verantwortung, Amberle, aber sie ruht nun einmal auf dir. Wenn du versagst, werden Dämonen und Elfen gegeneinander zu Felde ziehen und nicht eher die Waffen niederlegen, als bis einer oder beide völlig vernichtet sind. Der Ellcrys hat dir sein Samenkorn gegeben. Du mußt es daher zum Blutfeuer bringen. Das wird nicht einfach werden. Das Blutfeuer befindet sich an einem Ort mit dem Namen Sichermal, und Sichermal ist ein Teil der alten Welt. Diese Welt ist vergangen, unwiederbringlich verloren, und der Ort Sichermal wurde im Lauf der Jahrhunderte vergessen. Selbst der Ellcrys weiß nicht mehr den Weg, der dorthin führt. Wären nicht die Geschichtsbücher der Druiden, so wäre Sichermal vielleicht auf ewig unauffindbar für uns geblieben. Doch diese Bücher bilden eine Verbindung zwischen Vergangenheit und Gegenwart. Ich habe in ihnen gelesen und weiß, wo Sichermal liegt.«

Er machte eine Pause.

»Es liegt im Wildewald«, sagte er dann.

Keiner sprach ein Wort. Selbst Wil Ohmsford, ein Südländer und Talbewohner, der bis zu diesem Tag nie einen Fuß über die Grenze des Westlandes gesetzt hatte, hatte vom Wildewald gehört. Es war, von den Wäldern südlich der Heimat der Elfen umschlossen, ein unwirtliches und gefährliches Stück Wildnis, das nur über rauhe Bergketten oder unheimliche Sümpfe zu erreichen war. Nicht einmal ein halbes Dutzend Dörfer oder Weiler lagen in dieser abgelegenen Gegend, und die waren von Dieben, Halsabschneidern und Banditen jeder erdenklichen Art bevölkert. Selbst diese wagten sich nur selten aus ihren Dörfern heraus, verließen kaum je die wenigen Reisewege, die das Gebiet durchzogen, denn in der Wildnis rundum, munkelte man, lauerten Geschöpfe, denen man besser aus dem Wege ging.

Wil holte tief Atem.

»Und Ihr wißt nicht, wo genau im Inneren des Wildewaldes das Blutfeuer zu finden ist?«

Allanon schüttelte den Kopf.

»Das läßt sich nicht mit Sicherheit feststellen. Selbst in den alten Büchern der Druiden wird teilweise auf die Geographie der alten Welt Bezug genommen, und die Orientierungspunkte, die es damals gab, existieren heute nicht mehr. Du wirst dich auf die Elfensteine verlassen müssen.«

»Das dachte ich mir schon.« Wil Ohmsford ließ sich wieder in seinen Sessel sinken. »Wenn wir uns der Elfensteine bedienen, verraten wir den Dämonen damit, wo wir zu finden sind.«

»Ja, das ist leider wahr. Du wirst mit größter Vorsicht zu Werke gehen müssen, Wil. Ich will euch berichten, was der Ellcrys den Erwählten über Sichermal mitteilte, ehe sie niedergemetzelt wurden – was der Baum später auch mir mitteilte. Das wird euch vielleicht bei der Suche nützen. Das Blutfeuer wohnt in einer Wildnis, die rundum von schroffen Bergen und unwegsamen Sümpfen eingeschlossen ist – zweifellos der Wildewald, wie das die Bücher der Druiden berichten. Ein dichter Nebel, sagte der Ellcrys weiter, zieht dort ein und aus. Mitten in der Wildnis erhebt sich ein einsamer Gipfel; unter dieser Bergspitze befindet sich ein Labyrinth von unterirdischen Gängen, die tief in die Erde hineinführen. Irgendwo in diesem Irrgarten befindet sich eine Tür aus Glas, das nicht zerbricht. Hinter dieser Tür werdet ihr das Blutfeuer finden.«

Er neigte nachdenklich den Kopf zur Seite.

»Ihr seht, die allgemeine Beschreibung des Wildewaldes ist überraschend zutreffend geblieben, selbst nach Ablauf so vieler Jahre, selbst nach den umwälzenden Veränderungen in der Geographie der Erde durch die Großen Kriege. Vielleicht ist auch der Rest der Beschreibung heute noch zutreffend. Vielleicht ist das Blutfeuer noch immer unter einer einsamen Bergspitze in einem Labyrinth unterirdischer Gänge zu finden.« Er zuckte die Schultern. »Ich würde euch gern mehr sagen, wenn ich das könnte. Aber ich weiß nicht mehr. Ihr müßt versuchen, mit diesen wenigen Anhaltspunkten euer Bestes zu tun.«

Wil brachte ein schwaches Lächeln zustande. Er wagte nicht, Amberle anzusehen.

»Wie kommt man zum Wildewald?« fragte er.

Der Druide warf einen fragenden Blick auf Eventine, doch der Elfenkönig schien in Gedanken versunken. Aufmerksam geworden schließlich durch die plötzliche Stille, sah er zu Allanon hinüber und nickte zerstreut.

»Es ist alles veranlaßt.«

Der Druide schien zu zögern, dann wandte er sich Amberle zu.

»Dein Großvater hat euch Hauptmann Crispin, den Befehlshaber der Leibwache, als Führer und Beschützer auf dieser Reise zugedacht. Crispin ist ein überaus einfallsreicher und mutiger Soldat; er wird euch gute Dienste leisten. Er hat Anweisung, sechs Jäger zu eurer Begleitung auszuwählen. Das ist eine geringe Zahl, doch in diesem Fall vielleicht das klügste. Eine so kleine Schar wird weit weniger Aufmerksamkeit auf sich ziehen als ein großer Zug und wird es euch ermöglichen, rascher vorwärtszukommen.

Der König und ich haben uns auf folgenden Plan geeinigt: Ihr werdet heimlich aus der Stadt hinausgebracht werden; das Wie wurde Hauptmann Crispin überlassen. Crispin weiß von eurer Mission. Er und die Jäger unter seinem Kommando werden euch begleiten, solange ihr sie braucht. Alle sind angewiesen, für eure Sicherheit zu sorgen, alles in ihrer Macht Stehende zu tun, um euch zu beschützen.«

»Allanon!«

Es war Eventine, der den Druiden plötzlich unterbrach. Ein Ausdruck tiefer Besorgnis lag auf seinem Gesicht, als seine durchdringenden blauen Augen den Blick Allanons suchten.

»Eines habe ich Euch noch nicht gesagt. Ich habe nicht früher davon gesprochen, weil uns nur die wenigen Augenblicke nach der Sitzung zur Verfügung standen. Aber ich glaube, jetzt muß es gesagt werden. Es gibt auf dieser bevorstehenden Reise noch einen anderen Anlaß zur Sorge als die Gefahr, daß ihr von den Dämonen aufgespürt werdet, die euch auf eurem Weg nach Arborlon verfolgt haben.«

Die Arme leicht auf den Schreibtisch gestützt, beugte er sich vor. Sein Gesicht wirkte sehr alt im flackernden Licht der Kerze.

»Ihr wißt, wie die Erwählten umgekommen sind – Wil und Amberle wissen es vielleicht nicht.« Er richtete den Blick auf die beiden jungen Leute. »Sie wurden buchstäblich zerrissen, in Fetzen gerissen.«

Entsetzen spiegelte sich auf den Zügen Wils und Amberles. Der König legte seiner Enkelin beruhigend die Hand auf die Schulter.

»Ich sage das nicht, um deine Angst noch mehr zu vergrößern, Amberle, und auch Euch will ich damit nicht ängstigen, Wil.« Er sah wieder Allanon an. »Seit Ihr aus Arborlon fortgegangen seid, sind noch andere den gleichen Tod gestorben wie die Erwählten. Viele. Das Ungeheuer, das die Erwählten getötet hat, treibt sich seitdem in der Umgebung der Stadt herum und mordet wahllos jeden, der ihm in den Weg kommt, ob Mensch oder Tier, ob jung oder alt. Mehr als fünfzig Elfen sind umgekommen – alle auf die gleiche Weise: von dem Ungeheuer in Fetzen gerissen. Vor drei Tagen wurde ein ganzer Spähtrupp aus dem Hinterhalt angegriffen und vernichtet. Sechs bewaffnete Männer! Eine Woche zuvor wurde ein Soldatenlager überfallen, und zwanzig Männer wurden im Schlaf umgebracht. Seit das Siechtum des Ellcrys begonnen hat, wurden im Westland immer mehr Dämonen gesichtet, und es ist hier und dort auch zu schlimmen Kämpfen gekommen – aber etwas dieser Art hat es sonst nirgends gegeben. Dieses Ungeheuer weiß genau, was es will; es tötet mit Vorsatz. Wir haben ohne Erfolg versucht, ihm auf die Spur zu kommen. Wir können es nicht ausfindig machen. Wir haben es noch nicht einmal zu Gesicht bekommen. Niemand hat es bisher gesehen. Aber es treibt sich in unserem Land herum – und es macht Jagd auf uns.«

Er hielt einen Moment inne.

»Es wurde einmal ausgesandt, Allanon, die Erwählten zu vernichten. Und es hat es getan. Es hat sie alle vernichtet – außer Amberle. Es kann sein, daß es wieder ausgesandt wird.«

Amberle war blaß geworden. Allanon rieb sich gedankenvoll das bärtige Kinn.

»Ja, so einen Dämon gab es in der alten Zeit«, meinte er sinnend. »Einen Dämon, der aus einem instinktiven Bedürfnis heraus tötete. Man nannte ihn den Raffer.«

»Es ist mir gleich, wie er genannt wurde«, sagte Wil unvermittelt. »Ich möchte nur wissen, wie man ihm entkommt.«

»Mit Verschwiegenheit«, versetzte der Druide. »Dieser Dämon mag noch so bösartig und schlau sein, er hat so wenig Grund wie seine Brüder zu der Vermutung, daß ihr Arborlon verlassen habt. Und wenn er glaubt, daß ihr euch noch in der Stadt befindet – wenn sie das alle glauben –, werden sie euch anderswo gar nicht suchen. Vielleicht können wir diesen Eindruck bei ihnen erwecken.«

Er wandte den Kopf und sah Eventine an.

»Bald wird der Tag kommen, an dem der Ellcrys die Mauer der Verfemung nicht mehr halten kann. Wenn es soweit ist, werden die Dämonen, die noch hinter ihr gefangen sind, ihre Kräfte vereinen, um die Mauer an ihrer schwächsten Stelle zu sprengen und so die Freiheit zu gewinnen. Das können wir nicht abwarten. Wir müssen die Stelle finden, wo sie den Durchbruch versuchen werden, und mit allen Mitteln versuchen, das zu verhindern. Selbst wenn es uns nicht gelingt, können wir einen Verzögerungskrieg führen, der das Dämonenheer auf seinem Marsch auf Arborlon aufhalten wird. Daß sie auf Arborlon marschieren werden, steht außer Zweifel, denn sie werden den Ellcrys vernichten wollen. Das müssen sie. Sie können den Baum nicht dulden. Solange er gesund und kräftig war, war er ja ihr ärgster Feind. Nun aber, da er immer schwächer wird, ist er nicht mehr so gefährlich. Wenn die Dämonen erst die Mauer durchstoßen haben, werden sie nichts Eiligeres im Sinn haben, als den Ellcrys zu vernichten. Wir müssen unser möglichstes tun, um das zu verhindern. Wir müssen Amberle einen Vorsprung verschaffen, das Blutfeuer zu erreichen und hierher zurückzukehren. Bis zu diesem Augenblick müssen wir die Dämonen daran hindern, nach Arborlon einzudringen.

Und deshalb ...« Er ließ das Wort in der Stille des Raumes hängen und sprach erst nach einer Pause weiter. »Deshalb werden wir die Dämonen täuschen, die die Mauer der Verfemung schon durchstoßen haben. Wir werden den Anschein erwecken, als müßten die Vorbereitungen für die Reise zum Blutfeuer erst noch getroffen werden. Wir werden den Anschein erwecken, als hieltet ihr euch noch hier auf. Die Dämonen wissen, daß ich es war, der Amberle hierher brachte; sie werden erwarten, daß ich sie begleite, wenn sie sich auf den Weg macht. Das können wir uns zunutze machen. Wir können ihre Aufmerksamkeit auf mich lenken. Bis sie dann merken, daß sie getäuscht worden sind, solltet ihr längst außer Reichweite sein.«

Es sei denn, ihr Spion ist gerissener, als du vermutest, hätte Wil gern gesagt, doch er unterließ es.

»Das klingt alles sehr optimistisch«, bemerkte er statt dessen.

»Damit scheint alles geklärt außer der Frage, wann wir nun aufbrechen.«

Der Druide lehnte sich in seinem Sessel zurück.

»Ihr brecht bei Morgengrauen auf.«

Wil starrte ihn ungläubig an.

»Bei Morgengrauen? Morgen früh?«

Amberle sprang auf. »Das ist unmöglich, Druide. Wir sind erschöpft. Wir haben beinahe zwei Tage lang nicht geschlafen – wir brauchen mehr als ein paar Stunden der Ruhe, ehe wir uns wieder auf den Weg machen.«

Allanon hob beide Hände.

»Friede, Elfenmädchen! Ich sehe das alles ein. Aber überlege: Die Dämonen wissen, daß du hierhergekommen bist, um das Samenkorn des Ellcrys zum Blutfeuer zu bringen. Sie wissen, daß du versuchen wirst, die Stadt zu verlassen, und sie werden genau achtgeben. Aber jetzt werden sie nicht so aufmerksam sein wie in ein paar Tagen. Und soll ich dir sagen, warum? Weil sie erwarten, daß du erst einige Tage rastest. Und genau deshalb mußt du ohne Verzug aufbrechen. Ein Überraschungsmanöver bietet dir die besten Chancen, ihnen zu entkommen.«

Begreifen blitzte in Wils Augen auf. Dies war der Vorteil, den der Druide mit seiner Täuschungstaktik zu gewinnen hoffte.

»Ihr werdet genug der Ruhe pflegen können, wenn ihr erst aus der Stadt heraus seid«, versprach Allanon. »In zwei Tagesreisen solltet ihr spätestens den Vorposten im Drey-Wald erreicht haben; dort könnt ihr den versäumten Schlaf nachholen. Aber ein Aufenthalt in Arborlon ist gefährlich. Je schneller ihr von hier fortgeht, desto besser sind eure Chancen.«

Wil gab es nicht gern zu, doch die Argumente des Druiden entbehrten nicht der Logik. Rasch blickte er zu Amberle hinüber. Diese sah ihn einen Moment lang schweigend an, voll Zorn und Enttäuschung, dann wandte sie sich wieder an Allanon.

»Ich möchte meine Mutter sehen, ehe ich abreise.«

Der Druide schüttelte den Kopf.

»Das ist nicht ratsam, Amberle.«

Ihr Gesicht wurde trotzig.

»Ihr scheint zu glauben, daß Ihr über alles, was ich wünsche, die letzte Entscheidung habt, Druide. Dem ist aber nicht so. Ich möchte meine Mutter sehen.«

»Die Dämonen wissen, wer du bist. Wenn sie auch von deiner Mutter wissen, werden sie erwarten, daß du sie aufsuchst. Auf eine solche Gelegenheit warten sie nur. Das ist äußerst gefährlich.«

»Für mich ist schon das Hiersein gefährlich. Ihr werdet doch wohl einen Weg finden können, der es mir ermöglicht, meine Mutter zu sehen, und sei es nur fünf Minuten.« Sie senkte die Lider. »Und kommt mir jetzt ja nicht damit, daß ich sie sehen kann, wenn ich wieder zurück bin.«

Eine Weile unerquicklicher Stille folgte auf diese Worte. Allanons dunkles Gesicht verschloß sich plötzlich, als hätte er Angst, er könne etwas preisgeben, was besser verborgen blieb. Wil entging die Veränderung nicht, und sie machte ihn neugierig.

»Wie du wünschst«, meinte der Druide schließlich. Er stand auf. »Jetzt müßt ihr schlafen. Gehen wir also.«

Eventine erhob sich ebenfalls und trat zu seiner Enkelin.

»Es tut mir leid, daß Arion im Hohen Rat so harte Worte gebrauchte«, sagte er. Es schien, als wolle er noch etwas sagen, doch dann schüttelte er den Kopf. »Ich denke, mit der Zeit wird er verstehen wie ich...« Verlegen hielt er inne. Dann legte er seine Arme um Amberle und küßte ihre Wangen. »Wenn ich nicht so alt wäre –«, begann er in tiefer Bewegung.

Amberle legte ihre Finger auf seinen Mund und schüttelte den Kopf.

»Du bist nicht so alt, daß du nicht sehen kannst, daß dein Platz hier ist, wo du am dringendsten gebraucht wirst.« Sie lächelte, und in ihren Augen standen Tränen, als sie ihn küßte.

Etwas verlegen trat Wil vom Tisch weg und ging leise zu dem schlafenden Manx. Der alte Wolfshund hörte ihn kommen und blickte blinzelnd zu ihm auf. Impulsiv beugte sich Wil nieder, um den Hund zu streicheln, doch der stieß ein tiefes, kaum hörbares Knurren der Warnung aus. Wil fuhr zurück. Unfreundlicher Köter, dachte er bei sich.

Er kehrte zu den anderen zurück. Eventine schüttelte ihm die Hand und wünschte ihm Glück. Dann folgte Wil Seite an Seite mit Amberle dem Druiden zur hohen Fenstertür, und die drei traten wieder in die Nacht hinaus.

Der Druide führte sie zu einem kleinen Haus am Nordrand der Stadt, das inmitten einer Ansiedlung ähnlich gebauter Häuser an einem bewaldeten Hang stand. Durch nichts unterschied es sich von seinen Nachbarn, und dies, vermutete Wil, war wohl gerade der Grund, weshalb es als Unterkunft für sie ausgesucht worden war. Niemand erwartete sie, als sie eintraten, doch das Häuschen war behaglich eingerichtet und offensichtlich bewohnt. Allanon ließ sich nicht darüber aus, was aus seinen Bewohnern geworden war. Er ging in das Haus hinein, als sei es sein eigenes, entzündete in der Wohnstube mehrere Öllampen und schloß dann vor sämtlichen Fenstern sorgfältig die Vorhänge. Während Wil und Amberle sich an einen kleinen, mit frischen Blumen geschmückten Tisch setzten, machte er eine prüfende Runde durch das Haus, um dann mit Brot, Käse, Früchten und einem Krug Wasser zurückzukehren.

Sie aßen schweigend. Wil langte kräftig zu, trotz der späten Stunde, Amberle jedoch brachte kaum einen Bissen hinunter. Nach diesem Nachtmahl führte Allanon das Elfenmädchen in ein kleines Gästezimmer im hinteren Teil des Hauses. Das Fenster hinter den zugezogenen Vorhängen war vergittert und durch Holzläden gesichert. Der Druide überprüfte gewissenhaft den Riegel, dann nickte er zufrieden.

Ohne ein Wort trat Amberle an das Bett. Sie war so todmüde, daß sie sich nicht einmal auskleidete. Sie schlüpfte nur aus ihren Stiefeln und ließ sich dann auf das weiche Lager fallen. Beinahe augenblicklich war sie eingeschlafen. Allanon breitete eine leichte Decke über ihr aus, dann löschte er das Licht und ging aus dem Zimmer.

Wil Ohmsford, der mittlerweile allein in der Wohnstube saß, starrte durch die verhüllten Fenster in die Dunkelheit hinaus. Die Lichter der Stadt blinzelten ihm zu wie Glühwürmchen im Schatten des Waldes. Als der Druide zurückkam, fuhr Wil rastlos herum.

»Ich muß mit Euch sprechen, Allanon.«

Der große Alte schien nicht verwundert.

»Neue Fragen, Wil Ohmsford?«

»Nicht direkt.« Wil machte ein verlegenes Gesicht.

»Hm. Gut. Aber setzen wir uns doch.«

Wil nickte, und sie ließen sich auf den Stühlen an dem kleinen Tisch nieder, an dem sie gegessen hatten. Wil schien unschlüssig, wie er anfangen sollte. Allanon betrachtete ihn mit ausdrucksloser Miene und wartete.

»Als ich an dem Abend im Tirfing mit den Elfensteinen gegen diesen Dämon kämpfen wollte, da ist etwas in mir vorgegangen, das ich nicht verstehe«, fing Wil schließlich an. »Ich war schon halb und halb entschlossen, Euch das gar nicht zu erzählen, weil ich nicht wollte, daß Ihr glaubt, ich suche nur nach einer Ausrede, um die Reise in den Wildewald nicht antreten zu müssen.«

»Das wäre töricht gewesen.« Allanons Ton war ernst und ruhig. »Erzähle mir, was geschehen ist.«

Wil schien ihn nicht zu hören.

»Ich habe mich nur deshalb entschlossen, mit Euch darüber zu sprechen, weil ich Angst bekam, daß Amberles Sicherheit gefährdet ist, wenn ich Euch nichts sage. Wenn ich sie beschützen soll, kann ich es mir nicht leisten, auf meinen Stolz Rücksicht zu nehmen.«

»Erzähle mir, was geschehen ist«, wiederholte der Druide.

Voller Unbehagen blickte Wil auf.

»Ich will versuchen, es so gut wie möglich zu erklären. Wie ich schon sagte, als der Dämon auf mich zukam und ich die Kraft der Elfensteine freisetzen wollte, da widersetzte sich etwas in meinem Inneren. Es war wie eine Art Sperre, eine Mauer, die sich zwischen mir und den Elfensteinen aufgerichtet hatte, so daß ich nicht zu ihrer helfenden Kraft durchdringen konnte. Ich hielt sie vor mich hin und versuchte, in sie einzudringen, um ihre Kräfte freizusetzen, aber es geschah nichts. In diesem Augenblick war ich sicher, Eure Überzeugung, ich könnte mich genau wie mein Großvater der Elfensteine bedienen, sei falsch. Ich war sicher, Ihr hättet Euch getäuscht. Ich dachte, ich würde sterben müssen. Aber im letzten Augenblick dann, kurz bevor der Dämon sich auf mich stürzen konnte, schien die Mauer in meinem Inneren plötzlich einzustürzen, und die Kraft der Steine brach hervor und vernichtete das Ungeheuer.«

Er schwieg nachdenklich.

»Seitdem habe ich immer wieder darüber nachgedacht, was in diesem Augenblick eigentlich geschehen ist. Zuerst sagte ich mir, ich hätte wahrscheinlich einfach nicht verstanden, die Kraft der Elfensteine zu gebrauchen; ich meinte, es sei Mangel an Erfahrung oder Unsicherheit die Ursache des inneren Widerstands gewesen. Aber das glaube ich jetzt nicht mehr. Es war etwas anderes. Es war etwas, das mit meinem Wesen zu tun hat.«

Der Druide betrachtete ihn eine ganze Weile, ohne etwas zu sagen. Eine Hand zupfte zerstreut an dem kleinen schwarzen Bart. Schließlich wurde die Hand ruhig, und Allanon beugte sich ein wenig vor.

»Du wirst dich erinnern, daß ich dir sagte, daß den Elfensteinen eine alte Zauberkraft innewohnt, eine Zauberkraft aus jener Zeit, als es den Menschen noch gar nicht gab, aus einer Zeit, als noch die Feenvölker über die Erde herrschten und Zauberei etwas Alltägliches war. Damals gab es viele verschiedene Elfensteine, und sie dienten vielen unterschiedlichen Zwecken. Ihr Anwendungsgebiet war durch ihre Farben gekennzeichnet. Blaue Elfensteine, so wie du sie in Besitz hast, waren suchende Steine. Wer die blauen Elfensteine besaß, konnte alles finden, was ihm verborgen war, wenn er es nur kräftig wünschte. So könntest du mit ihrer Hilfe beispielsweise das Blutfeuer finden. Andere Elfensteine besaßen andere Eigenarten. Allen aber war eines gemeinsam: Sie boten ihrem Besitzer Schutz vor anderen Zauberkräften und Dingen, die durch Zauberei und Hexerei geschaffen waren. Jedoch der Umfang dieses Schutzes – ja, der Umfang der Kraft der Steine – hing allein von der Charakterstärke des Besitzers ab. Immer gab es diese Steine in einer Dreiheit, und auch das hatte seinen Grund. Jeder Stein symbolisierte einen Aspekt des Besitzers: ein Stein für das Herz, ein Stein für den Körper, ein Stein für den Geist. Damit die Zauberkraft wirken konnte, mußten diese drei Aspekte in Einklang sein – drei individuelle Kräfte, die sich zu einer einzigen vereinigten. Je besser es einem Besitzer gelang, diese drei Kräfte zu bündeln, desto stärker wirkte die Zauberkraft der Steine.«

Er spreizte die Hände auf dem Tisch.

»Die Elfensteine besitzen noch eine andere Eigenart, Wil, die grundlegend ist für ihre Anwendung. Die Elfensteine sind ein Zaubermittel der Elfen, von Elfenzauberern für Elfen geschaffen. Sie wurden von Generation zu Generation weitergegeben, von Familie zu Familie – aber immer von Elfen zu Elfen, denn kein anderes Geschöpf könnte von den Steinen Gebrauch machen.«

Ungläubigkeit flog wie ein Schatten über Wils Züge.

»Wollt Ihr mir sagen, daß ich die Elfensteine nicht gebrauchen kann, weil ich kein Elf bin?« rief er.

Allanon schüttelte den Kopf.

»So einfach ist es nicht.« Er beugte sich noch ein Stück vor und wählte mit Sorgfalt seine Worte. »In deinen Adern fließt Elfenblut, Wil. Und so ist es auch mit deinem Großvater. Er aber ist das Kind eines Elfs und einer Menschenfrau. Er ist also zur Hälfte ein Elf. Bei dir ist das ganz anders. Weder deine Mutter noch deine Großmutter gehörten dem Elfenvolk an; beide gehörten der Rasse der Menschen an. Du hast nur das Elfenblut in dir, das du über deinen Vater von deinem Großvater geerbt hast.«

»Ich sehe nicht ein, was das für eine Rolle spielt«, entgegnete Wil. »Wieso sollte ich mit den Elfensteinen Mühe haben, wenn mein Großvater keine hatte? Ihr habt es selbst gesagt – in meinen Adern fließt Elfenblut.«

»Gewiß«, antwortete der Druide rasch. »Die Schwierigkeiten macht dir jener Teil von dir, der Mensch ist. Du besitzt die körperlichen Eigenschaften deines Großvaters – an ihnen ist dein Elfenerbe augenblicklich zu erkennen. Doch das ist nur ein geringer Teil des Ganzen; der größere Teil deines Wesens ist Mensch.«

Er machte eine Pause.

»Wenn du versuchst, die Elfensteine zu gebrauchen, Wil, dann kann sich nur jener kleine Teil von dir, der Elf ist, mit ihrer Kraft verbinden. Jener Teil aber deines Wesens, der Mensch ist, widersteht dem Eindringen der Zauberkraft. Er bildet eine Sperre. Die drei Kräfte sind also geschwächt. Das, denke ich, hast du erlebt, als du die Steine gebrauchtest – die Ablehnung des Elfenzaubers durch jenen Teil von dir, der Mensch ist.«

Voller Verwirrung schüttelte Wil den Kopf.

»Aber mein Großvater hat diese Ablehnung doch nie gespürt!«

»Nein«, bestätigte Allanon. »Dein Großvater war ja auch zur Hälfte Elf. Das Elfenblut dominierte, und dadurch war es ihm möglich, die Kraft der Elfensteine zu beherrschen. Der Widerstand, der sich in seinem Inneren aufbaute, war kaum meßbar. Bei dir aber liegt die Sache ganz anders. Deine Verbindung mit der Zauberkraft der Elfensteine ist beträchtlich schwächer.«

»Wil starrte ihn fassungslos an.

»Allanon, das habt Ihr gewußt, als Ihr zu mir nach Storlock kamt. Ihr müßt es gewußt haben. Und doch habt Ihr kein Wort davon gesagt. Nicht ein einziges Wort!«

Die Miene des Druiden blieb unverändert.

»Was hätte ich denn sagen sollen, Wil Ohmsford? Ich konnte nicht vorhersagen, in welchem Maß du auf Schwierigkeiten stoßen würdest, wenn du versuchen solltest, die Elfensteine zu gebrauchen. Immer ist die Wirkung ihrer Kraft vom Charakter ihres Besitzers abhängig. Ich hielt dich für stark genug, einen Widerstand in deinem Inneren zu überwinden. Ich halte dich immer noch für stark genug. Hätte ich dir damals schon von dieser Schwierigkeit gesprochen, so hätte ich nur Zweifel in dir geweckt, die vielleicht zu deinem Tod im Tirfing geführt hätten.«

Wil stand wortlos auf, ungläubige Bestürzung auf dem Gesicht. Schweigend ging er ein paar Schritte durch das Zimmer und kehrte dann wieder um.

»Das kann doch wieder geschehen, nicht wahr?« fragte er leise. »Jedesmal, wenn ich versuche, die Elfensteine zu gebrauchen, kann es so werden, nicht?«

Der Druide nickte, während Wil forschend in das dunkle Gesicht blickte.

»Jedesmal«, wiederholte er, und plötzlich kam ihm ein erschreckender Gedanke. »Und es kann auch der Tag kommen, an dem sich der Widerstand in meinem Inneren als unüberwindlich erweist. Es kann der Tag kommen, an dem ich die Kraft der Elfensteine zu beschwören versuche, und die Steine nicht ansprechen.«

Es dauerte lange, ehe Allanon antwortete.

»Ja, auch das ist möglich.«

Wil setzte sich wieder. Die Fassungslosigkeit auf seinen Zügen hatte sich in Entsetzen gewandelt.

»Wie könnt Ihr mir Amberles Schutz anvertrauen, wenn Ihr das wißt?«

Die Hand des Druiden fiel auf den Tisch wie ein Hammer.

»Weil kein anderer da ist!« Sein dunkles Gesicht war gerötet vor Zorn, doch seine Stimme blieb ruhig. »Ich habe dir schon einmal gesagt, du sollst endlich anfangen, an dich selbst zu glauben. Ich sage es dir jetzt noch einmal. Wir sind nicht immer angemessen gerüstet, den Schwierigkeiten entgegenzutreten, die das Leben uns in den Weg stellt. So verhält es sich auch jetzt. Ich wünschte, ich verfügte über solche Macht, daß deine Hilfe in dieser Situation nicht notwendig wäre. Ich wünschte, ich könnte dir besseres Rüstzeug geben, das Elfenmädchen und dich selbst zu schützen. Ich wünsche vieles, was unmöglich ist. Ich habe dich nach Arborlon geholt, weil ich wußte, daß ich allein die Elfen nicht vor der Katastrophe retten kann, die sie bedroht. Wir kämpfen in dieser Sache beide mit unzulänglichen Waffen, Wil Ohmsford. Aber wir müssen mit dem, was wir haben, unser Bestes tun. Die Druiden sind untergegangen; der Elfenzauber der alten Welt ist verloren. Nur wir beide sind noch da, du und ich. Nur die Elfensteine sind noch da, die du in Besitz hast, und die Zauberkraft, die mir eigen ist. Das ist alles, aber es muß reichen.«

Wil hielt dem Blick des großen Alten ruhig stand.

»Ich fürchte nicht für mich; ich fürchte für Amberle. Wenn ich versage –«

»Du darfst eben nicht versagen, Wil Ohmsford!« Die Stimme des Druiden war hart, eindringlich. »Du darfst nicht! Du bist ihr einziger Schutz!«

Wil richtete sich auf.

»Es kann aber sein, daß ich dieser Aufgabe nicht gewachsen bin.«

»Daß du nicht genügst?« Die Worte spieen Sarkasmus. Allanon schüttelte den Kopf. »Auch dein Großvater glaubte das einst vor nicht allzu vielen Jahren. Er konnte nicht begreifen, wie ich glauben konnte, er besäße die Fähigkeit, ein so fürchterliches Wesen wie den Dämonen-Lord zu besiegen. Schließlich war er doch nur ein unbedeutender kleiner Talbewohner.«

Nach diesen Worten folgte ein langes Schweigen. Talbewohner und Druide sahen einander stumm an, während der flakkernde Schein der Öllampen über ihre Gesichter tanzte. Dann stand Allanon langsam und bedächtig auf.

»Glaube an dich selbst! Du hast die Elfensteine schon einmal gebraucht; du hast den Widerstand in dir gespürt und überwunden und die Zauberkraft freigesetzt. Das gelingt dir auch wieder. Du bist ein Sohn des Hauses Shannara; du bist der Erbe von Kraft und Mut, die stärker sind als die Zaghaftigkeit und Furcht, die dich an deinem Elfenblut zweifeln lassen.« Er beugte sich zu Wil hinunter. »Reich mir deine Hand.«

Wil gehorchte. Allanon umfaßte sie fest.

»Hier ist meine Hand, und hier ist mein Versprechen. Du wirst dieses Unterfangen zu einem guten Ende bringen, Wil Ohmsford. Du wirst das Blutfeuer finden und die letzte der Erwählten, die, welche den Ellcrys zu neuem Leben erwecken wird, sicher nach Hause zurückgeleiten.« Seine Stimme war leise und gebieterisch. »Daran glaube ich, und du mußt ebenfalls daran glauben.«

Die harten, dunklen Augen tauchten tief in die des jungen Talbewohners ein, und Wil hatte das Gefühl, völlig bloßgelegt zu werden. Und doch wandte er den Blick nicht ab. Als er sprach, war seine Stimme beinahe ein Flüstern.

»Ich werde es versuchen.«

Der Druide nickte. Er war klug genug, es dabei bewenden zu lassen.

Nachdem die drei verschwunden waren, blieb Eventine Elessedil noch lange in dem kleinen Studierzimmer zurück. Schweigend saß er im Lichtschein der einzigen Öllampe, die im Zimmer brannte, eine zusammengesunkene Gestalt, deren Konturen sich in verhüllenden Gewändern und flackernden Schatten verloren. In die Tiefen seines Lieblings-Sessels geschmiegt, ein schweres Möbelstück mit abgewetztem Lederbezug, starrte der König der Elfen, ohne wirklich zu sehen, auf die Gemälde und Wandteppiche an der Wand gegenüber, während er darüber nachsann, was gewesen war, und was noch sein würde.

Mitternacht kam und ging vorüber.

Endlich stand der König auf. Seine schweifenden Gedanken ordnend, löschte er die Lampe und schritt müde durch die Tür in den Gang hinaus. In dieser Nacht konnte nichts mehr getan werden. Bei Tagesanbruch würde Amberle ihre Reise zum Wildewald antreten. Er durfte jetzt nicht mehr an sie denken; er mußte an sein Volk denken.

Langsam schritt der König durch den breiten Gang zu seinem Schlafgemach.

Und die ganze Zeit über verfolgten ihn die Augen des Wandlers. In der undurchdringlichen Schwärze des Waldes südlich der Stadt Arborlon erhob sich der Dagda Mor von dem Stein, auf dem er gesessen hatte. Grausame, rotglühende Augen spiegelten die Genugtuung des Dämons wider. Diesmal würde er keinen Fehler machen. Diesmal würde er dafür sorgen, daß alle vernichtet wurden.

Seine unförmige Gestalt schlurfte voran. Zuerst würde er sich das Elfenmädchen vornehmen.

Mit einer klauenbewehrten Hand winkte er, und aus den Schatten trat der Raffer.

Verschleiert und eisengrau brach der neue Tag über Arborlon an. Schwarze Wolken jagten sich am Himmel. Als Wil und Amberle sich angekleidet und ihr Morgenmahl eingenommen hatten, hatte es schon zu regnen begonnen. Erst waren es nur ein paar Tropfen, doch sie verdichteten sich rasch zu stetig herabströmenden Wasserschnüren, die prasselnd auf das Dach des Häuschens aufschlugen. In der Ferne erschütterten krachende Donnerschläge die Wälder.

»Bei diesem Wetter seid ihr nicht so leicht zu finden«, stellte Allanon mit Befriedigung fest und führte sie in das Gewitter hinaus.

In lange Reiseumhänge gehüllt, unter denen sie wollene Kittel und Hosen und dazu hohe Lederstiefel trugen, marschierten sie hinter dem Druiden her durch den strömenden Regen. Er führte sie über Waldpfade am äußersten Westrand der Stadt den breiten Rücken des Carolan entlang. Wil und Amberle, kaum fähig, die Hand vor den Augen zu sehen in der frühsommerlichen Düsternis, blieben ihm dicht auf den Fersen. Bruchstückhafte Bilder von Häusern und Bäumen, von Zäunen und Gärten tauchten wie Luftspiegelungen aus dem Dunst auf und zerflossen wieder. Ein scharfer kalter Wind blies ihnen den Regen ins Gesicht, obwohl sie die Kapuzen tief in die Stirn gezogen hatten. Mit gesenkten Köpfen wateten sie durch Pfützen und schlammige Bäche, die sich in den Furchen des Ziehwegs bildeten, dem sie folgten.

Auf der anderen Seite der Stadt schwenkte Allanon plötzlich von dem Pfad ab und führte sie zu einem einsamen Stallgebäude, das linker Hand an einen Hang gelehnt stand. Die zweiflügelige Holztür war nur angelehnt, und eilig schlüpften sie unter das schützende Dach. Durch die Ritzen der Fensterläden und durch Sprünge in den verwitterten Mauern sickerte graues, dunstiges Licht in das Innere des Baus. Die Luft roch muffig und scharf.

Sie blieben stehen, um sich das Wasser von den Umhängen zu streifen, dann steuerten sie auf die Tür im Hintergrund des Stalls zu. Wie durch Zauber tauchten plötzlich zwei schwerbewaffnete Elfen-Jäger aus dem dämmrigen Grau auf und gesellten sich an ihre Seite. Allanon beachtete sie nicht. Ohne sich auch nur umzudrehen, schritt er geradewegs auf die Tür zu. Nachdem er geklopft hatte, legte er eine Hand auf die verrostete eiserne Klinke und blickte dann zu Amberle zurück.

»Fünf Minuten. Mehr Zeit haben wir nicht.«

Er stieß die Tür auf. Amberle und Wil spähten in den Raum dahinter, wo Sattelzeug aufbewahrt wurde. Crispin stand dort, und an seiner Seite eine Elfenfrau in langem Umhang mit Kapuze. Die Frau streifte die Kapuze ab, und verdutzt sah Wil, daß ihr Gesicht, wenn auch älter, Amberles Züge widerspiegelte. Allanon hatte sein Versprechen wahrgemacht; es war Amberles Mutter.

Amberle stürzte auf sie zu, umschlang sie mit beiden Armen und küßte sie. Crispin trat aus dem Sattelraum heraus und zog leise die Tür hinter sich zu.

»Niemand ist euch gefolgt.« So, wie der Druide es sagte, klang es wie die Feststellung einer Tatsache.

Der Hauptmann der Leibwache schüttelte den Kopf. Er war gekleidet wie die anderen Jäger – in eine lose sitzende, bequeme Uniform, deren Graubraun gut mit den Farben des Waldes verschmolz. Unter dem Umhang, der um seine Schultern lag, trug er an dem Gürtel um seine Leibmitte mehrere lange Messer. An der Hüfte hing ein breites Schwert herab, und auf den Rücken geschnallt war ein Bogen aus Eschenholz. Das vom Regen feuchte und zerzauste lichtbraune Haar verlieh ihm etwas Jungenhaftes; doch die braunen Augen blickten ernst und männlich. Er nickte Wil kurz zu, dann trat er zu seinen Jägern. Einer von ihnen eilte auf ein paar Worte von ihm schweigend aus dem Schuppen in den Regen hinaus, während der andere zum Heuboden hinaufstieg. Sie bewegten sich so geschmeidig und behende wie Katzen.

Minuten verrannen. Wil stand stumm neben Allanon und lauschte dem Rauschen des Regens, der in Kaskaden auf das Stalldach prasselte. Er hatte das Gefühl, daß die Feuchtigkeit ihm durch Mark und Bein drang. Endlich trat der Druide wieder zu der Tür zum Sattelraum und klopfte leise. Einen Augenblick später öffnete sich die Tür, und Amberle und ihre Mutter erschienen. Beide hatten geweint. Allanon nahm die Hand des Elfenmädchens und hielt sie fest.

»Es ist Zeit. Ihr müßt gehen. Crispin wird euch sicher und wohlbehalten aus Arborlon hinausgeleiten. Deine Mutter wird hier bei mir bleiben, bis du fort bist.« Er hielt einen kurzen Moment inne.

»Hab Vertrauen, Amberle. Sei tapfer und mutig.«

Amberle nickte stumm. Dann trat sie noch einmal zu ihrer Mutter hin und umarmte sie. Allanon winkte derweilen Wil Ohmsford zu sich.

»Ich wünsche dir Glück, Wil Ohmsford.« Seine Stimme war kaum vernehmbar. »Denke daran, daß ich mich mehr als alles andere auf dich verlasse.«

Er schüttelte Wil kurz die Hand und trat dann zurück. Wil sah ihn einen Moment lang an, dann spürte er Crispins Hand auf seiner Schulter und drehte sich um.

»Bleibt dicht bei mir«, empfahl der Elf und ging schon auf die große Stalltür zu.

Wil und Amberle folgten ihm. An der Tür blieb er stehen und stieß einen schrillen Pfiff aus, um den anderen Jägern das Signal zu geben. Beinahe augenblicklich erscholl die Antwort. Crispin glitt durch die Tür in den Regen hinaus. Wil und Amberle zogen ihre Umhänge fester um sich und eilten ihm nach.

Schnell liefen sie den Hang hinunter zum Ziehweg, gingen ein kurzes Stück in der Richtung, aus der sie gekommen waren, und bogen dann in einen anderen Pfad ein, der nach Osten führte. Drei Elfen-Jäger, die wie Schatten aus dem Wald auftauchten, schlossen sich ihnen an. Wil warf noch einen Blick zurück zu dem einsamen Schuppen, doch er war schon in Dunst und Regen verschleiert.

Der Pfad wurde jetzt sehr schmal, und die Bäume des Waldes rückten immer näher heran. Zwischen dunklen, regenfeuchten Stämmen hindurch und unter durchhängenden, wasserschweren Zweigen hinweg folgten die sechs Wanderer dem von Furchen durchzogenen Pfad hügelabwärts. Er mündete schließlich in einer langen Holztreppe, die sich den Hang hinunter durch den Wald wand. Weit unten, kaum erkennbar durch die Schwaden allmählich lichter werdenden Nebels, lag das graue Band des Singenden Flusses. Im Osten dehnten sich Weiden und Wälder aus.

Crispin winkte sie vorwärts. Es war ein langer und recht beschwerlicher Abstieg. Die Stufen waren schmal und glitschig vom Regen, so daß man bei jedem Schritt darauf achten mußte, nicht abzurutschen. Ein rauhes, teilweise zerfranstes Seil, das lose von Pfosten zu Pfosten hing, diente als Führung, und Wil und Amberle hielten sich vorsichtig daran fest, während sie Stufe um Stufe abwärts stiegen. Hunderte von Stufen tiefer erreichten sie wiederum einen Pfad, der in ein Föhrenwäldchen mündete. Irgendwo vor sich konnten sie das träge Glucksen des vom Regen angeschwollenen Flusses hören. Sein Rauschen vermischte sich mit dem tiefen Heulen des Windes, der von den Höhen des Carolan herunterwehte.

Als sich mehrere hundert Schritte weiter der Wald lichtete, sahen sie, daß sie sich am Ufer einer kleinen Bucht befanden, die im Schutz mächtiger alter Trauerweiden und Zedern lag. Hier schaukelte, an einem morschen, langsam verrottenden Steg festgemacht, ein kleines Schiff auf den Wellen. Auf seinem Deck stapelten sich Kisten und Säcke, die mit Ölzeug überdeckt waren.

Crispin gab ein Zeichen zum Anhalten. Die Jäger hinter ihm verschwanden unter den Bäumen wie Gespensterwesen. Er blickte sich aufmerksam um und ließ dann wiederum einen schrillen Pfiff hören. Vom Schiff kam sogleich Antwort, und wenig später ertönte auch von der anderen Seite der Bucht ein Erwiderungspfiff. Crispin nickte Wil und Amberle zu und trat aus dem Schutz des Waldes heraus. Die Köpfe eingezogen, um der Gewalt des Windes zu trotzen, hasteten die drei den Steg entlang. Dumpf klang das Poltern ihrer Stiefel auf dem nassen Holz. Dann sprangen sie an Bord des wartenden Schiffes. Ein Jäger tauchte plötzlich unter dem Ölzeug hervor, zog eilig ein Stück des Tuches zurück, um eine Öffnung zwischen den aufgetürmten Kisten freizugeben. Crispin bedeutete Wil und Amberle einzutreten. Beinahe geräuschlos fiel das Ölzeug hinter ihnen wieder herab.

Drinnen war es warm und trocken. Die Finsternis verwirrte sie anfangs, und sie blieben unsicher stehen, während sie das Schwanken des Schiffes unter ihren Füßen spürten. Doch durch einen Spalt an jener Stelle, wo das Öltuch zum Deck herabfiel, sickerte etwas Licht, und langsam gewöhnten sich ihre Augen an die Dunkelheit. Sie entdeckten, daß man hier inmitten der gestapelten Kisten eine Art Kabine für sie eingerichtet hatte. Nahrungsmittel und Decken lagen an einer Wand bereit, und in einer Ecke warteten Waffen in Lederhüllen. Sie streiften ihre Umhänge ab und breiteten sie auf dem Boden zum Trocknen aus. Dann setzten sie sich nieder und harrten der Dinge, die da kommen sollten.

Wenig später spürten sie, wie das Schiff von dem alten Steg abstieß und sacht auf der Strömung davonglitt. Ihre Reise in den Wildewald hatte begonnen.

Diesen und den folgenden Tag verbrachten sie im Versteck ihrer kleinen Kabine, da Crispin ihnen untersagt hatte, auch nur einen Schritt an Deck zu tun. Es regnete ohne Unterlaß, und Land und Himmel blieben grau und dunstig. Ein gelegentlicher Blick nach draußen zeigte ihnen die Landschaft, durch die diese erste Etappe ihrer Reise sie führte – weite Wälder und sanft gewellte Hügel. Nur einmal zwängten mehrere Stunden lang schroffe Felswände den Singenden Fluß ein, auch sie verhangen im Nebel und Regen, der alles in ein sanftes graues Licht tauchte. Der Fluß, der von den Regenfällen angeschwollen war und auf dessen Wasser abgebrochene Äste und viel anderes Strandgut dahintrieben, schüttelte und rüttelte das kleine Schiff gründlich durch.

Schlaf zu finden war unmöglich. Sie mußten sich mit kurzen Ruhepausen begnügen, aus denen sie unausgeschlafen erwachten. Meist brauchten sie ein paar Augenblicke, ehe sie sich erinnerten, wo sie waren. Muskeln und Gelenke wurden steif und begannen zu schmerzen. Das ständige Schlingern des Schiffes raubte ihnen den Appetit.

Endlos schien die Zeit sich hinzuziehen. Meist waren sie allein miteinander. Nur ab und zu kamen Crispin oder einer der anderen Elfen herein, um sich etwas aufzuwärmen. Wann die Elfen aßen und schliefen, war ein Rätsel; es hatte den Anschein, als seien sie dauernd mit ihrer Arbeit an Bord und mit der Überwachung ihrer beiden Passagiere beschäftigt. Immer stand mindestens ein Elf vor dem Eingang zu der verborgenen kleinen Kabine Wache. Mit der Zeit wurden Wil und Amberle die Namen geläufig, weil sie sie immer wieder im Gespräch hörten. Einige Namen konnten sie auch mit Gesichtern in Verbindung bringen, wie im Fall von Dilph, dem kleinen dunklen Elf mit den verschmitzten Augen und den kräftigen Händen, oder wie bei Katsin, dem grobknochigen Burschen, der kaum je ein Wort sprach. Das waren die, die ab und an in die Kabine kamen. Andere, wie Kian, Rin, Cormac und Ped, blieben gesichtslose Stimmen.

Crispin bekamen sie häufiger als die anderen zu Gesicht. Er schaute nämlich regelmäßig herein, um sich nach ihrem Befinden zu erkundigen und sie über den Fortgang der Reise zu unterrichten. Doch er blieb nie länger als ein paar Minuten, hatte es stets eilig, zu den Leuten zurückzukehren, die seinem Oberbefehl anvertraut waren.

Die Gespräche, die sich mit der Zeit zwischen ihnen entspannen, waren es schließlich, die das Eingesperrtsein, die Monotonie und die Einsamkeit erträglich machten. Sie ergaben sich, dachte Wil, aus einem beiderseitigen Bedürfnis heraus, wenn sie auch mit aller Vorsicht und einiger Verlegenheit begonnen wurden, da sie sich beide noch mit einem starken Gefühl von Unsicherheit gegenüberstanden. Wie es kam, daß Amberle sich aus dem Schneckenhaus herauswagte, in das sie sich seit Anfang ihrer Reise in Havenstead zurückgezogen hatte, wußte Wil nicht zu sagen; doch ihre Haltung schien sich auf erstaunliche Weise zu verändern. Anfangs hatte sie sich nur widerstrebend auf einen Austausch mit Wil eingelassen; jetzt hingegen schien sie ganz versessen darauf, sich mit ihm zu unterhalten, wollte alles über seine Kindheit in Shady Vale hören, als seine Eltern noch am Leben gewesen waren, und über seine späteren Jahre, als er mit seinem Großvater und seinem Großonkel Flick zusammengelebt hatte. Sie wollte wissen, wie es ihm bei den Stors ergangen war, und wie er sich seine Arbeit vorstellte, wenn er Storlock wieder den Rücken kehrte, um als Heilkundiger ins Südland heimzukehren. Ihr Interesse an ihm war echt und tiefgehend, und es entsprang einem inneren Bedürfnis.

Aber nicht nur um ihn drehten sich ihre Gespräche. Sie sprachen auch von ihr, von ihrer Kindheit als Enkelin des Königs der Elfen, von ihrer Jugend als einziges Kind des verstorbenen Sohnes von Eventine. Sie erzählte Wil viel über die Lebensweise der Elfen und ihren unerschütterlichen Glauben, daß man dem Land, das einen genährt hatte, etwas von seinem eigenen Leben zurückgeben müsse. Sie tauschten ihre Vorstellungen darüber aus, wie die verschiedenen Rassen den Bedürfnissen der anderen und den Bedürfnissen der Erde besser gerecht werden könnten. Sie plädierten beide für gegenseitiges Verständnis, Mitgefühl und Liebe, und entdeckten verwundert, daß sie in vielem gleicher Ansicht waren.

Behutsam, Schritt um Schritt, knüpften sie das Band zwischen sich. Absichtlich vermieden sie es, auch nur mit einem Wort den Auftrag zu erwähnen, der ihnen aufgegeben war, und sie sprachen auch nicht von dem schrecklichen Unglück, das das Elfenvolk bedrohte, und von ihrer eigenen Verantwortung dafür, dieses Unglück zu verhindern. Auch des uralten, geheimnisvollen Baumes mit Namen Ellcrys gedachten sie mit keinem Wort. Dazu blieb später noch Zeit; diese Wartezeit konnte nutzbringender verbracht werden. Nicht durch Worte kamen sie zu dieser Auffassung, sondern durch stillschweigendes Einverständnis. Sie wollten offen von der Vergangenheit und von der Zukunft sprechen; von der Gegenwart aber wollten sie nichts sagen.

Die Gespräche vermittelten ihnen ein Gefühl von Geborgenheit. Draußen fiel unablässig der Regen, und graue Nebelschwaden wallten über das Land, während der Singende Fluß all seine Lieder vergessen zu haben schien und mit mürrischem Gurgeln sich nach Süden ergoß. Eingesperrt in Finsternis, von Wind und Regen bedrängt, ohne Schlaf und ohne Appetit, hätten sie vielleicht schnell Furcht und Zweifeln nachgegeben. Doch die Gespräche gaben ihnen Trost und Kraft, die gemeinsamen Empfindungen und gegenseitigem Verständnis entsprangen. Jedem vermittelte die Gegenwart des anderen ein Gefühl von Sicherheit, verdrängte zumindest teilweise das beängstigende Gefühl, daß ihre Welt im Untergehen begriffen war, und daß sich mit diesem Untergang ihr Leben auf immer verändern würde. Jedem schenkte die Gegenwart des anderen, das Gespräch mit ihm, Hoffnung. Ganz gleich, was in den kommenden Tagen auf sie einstürzen würde, sie würden ihm gemeinsam ins Gesicht blikken. Keiner würde allein stehen müssen.

Irgendwann im Laufe dieser grauen, bleischwer dahinsickernden Stunden geschah Wil Ohmsford etwas Seltsames. Zum erstenmal seit jener Nacht in Storlock, als er sich bereit erklärt hatte, mit Allanon ins Westland zu ziehen, empfand er eine tiefe herzliche Sorge um Amberle Elessedil.

Am späten Nachmittag des zweiten Reisetags erreichten sie den Drey-Wald. Die schweren Regenfälle waren zu dünnem Nieselregen abgeflaut, und die Luft war mit dem Nahen der Nacht plötzlich bitterkalt geworden. Graues Zwielicht hüllte den Wald ein. Aus Westen wälzte sich eine neue dunkle Wand drohender Wolken heran.

Der Drey-Wald überzog mit dichtem Baumbestand eine Kette niedriger Hügel, die vom linken Ufer des Singenden Flusses nach Osten führten zu einem zackigen Kamm schroffer Felsspitzen. Ulmen, Eichen und rauhborkige Hickory-Bäume breiteten ihre ausladenden Äste über einem wirren Geschlinge von Gestrüpp und toten Büschen aus, und der ganze Wald roch modrig und faul. Nur ein paar Dutzend Schritte landeinwärts vom Fluß war nichts mehr als tiefe, undurchdringliche Schwärze. Das feine Rauschen des Regens, der in dünnen Schnüren in die Bäume fiel, war das einzige Geräusch in der Stille.

Die Elfen-Jäger steuerten das Schiff in eine seichte Bucht, wo eine Schlippe vom Ufer herausragte. Die Wellen der Bucht brachen sich an den Pfählen, auf denen sie errichtet war, und spülten über ihre Holzbohlen hinweg. Am Ufer, dicht am Waldrand, stand eine verwitterte Blockhütte, deren Tür und Fenster mit Läden verschlossen waren. Nachdem die Elfen-Jäger das

Schiff an den Pfählen festgemacht hatten, sprangen sie an das Ufer.

Crispin holte Wil und Amberle aus ihrer Kabine, nicht ohne sie vorher ermahnt zu haben, ihre Umhänge überzuwerfen und die Kapuzen aufzusetzen. Froh, endlich ihre Glieder wieder strecken zu können, folgten ihm die beiden auf die Schlippe hinaus. Das Wasser des Singenden Flusses leckte an ihren Füßen, und sie eilten rasch ans Ufer.

Dilph trat zu der Blockhütte, öffnete die Tür, blickte sich flüchtig um und zog sich zurück. Mit einem Kopfschütteln sah er Crispin an. Der Hauptmann runzelte die Stirn.

»Ist etwas nicht in Ordnung?« fragte Wil.

Crispin sah ihn nicht an.

»Eine Vorsichtsmaßnahme. Der Hauptstützpunkt ist eine halbe Meile landeinwärts auf der Höhe eines Hügels, wo man rundum das Land überblicken kann. Ich hätte angenommen, daß die Jäger, die dort stationiert sind, uns hätten kommen sehen müssen. Aber vielleicht war das bei diesem Wetter nicht möglich.«

»Und was ist das hier für eine Hütte?« wollte Wil wissen.

»Das ist eines von mehreren Wachhäuschen, die zu dem Stützpunkt gehören. Im allgemeinen ist es besetzt.« Er zuckte die Schultern. »Aber bei dem miesen Wetter hat der Befehlshaber des Stützpunktes vielleicht alle seine Leute zurückgezogen. Er wurde ja von unserem Kommen nicht unterrichtet, hatte daher keinen Grund, uns zu erwarten.« Er richtete den Blick wieder auf den Wald. »Entschuldigt mich einen Augenblick, bitte.«

Er winkte den anderen Elfen, zu ihm zu kommen, und sie steckten in flüsternder Beratung die Köpfe zusammen.

Amberle trat näher zu Wil heran.

»Glaubst du ihm?« wisperte sie.

»Ich weiß nicht recht.«

»Ich vertraue ihm jedenfalls nicht. Vielmehr glaube ich, hier ist etwas nicht in Ordnung.«

Wil antwortete nicht. Schon war die Besprechung beendet. Katsin kehrte zur Landungsschlippe zurück und nahm nahe beim festgemachten Schiff Aufstellung. Cormac und Ped hatten am Waldrand Posten bezogen. Crispin sprach jetzt mit Dilph, und Wil rückte näher heran, um hören zu können, was vor sich ging.

»Erkunde mit Rin und Kian zusammen den Hauptstützpunkt.« Der Hauptmann warf einen Blick zurück über die Schulter auf Wil. »Wenn alles in Ordnung ist, dann gebt uns ein Zeichen.«

Wil faßte einen schnellen Entschluß.

»Ich komme mit«, verkündete er und trat vor.

Crispin verzog das Gesicht.

»Ich sehe keinen Grund dafür.«

Wil gab nicht nach.

»Ich glaube, den kann ich Euch nennen. Nicht nur Ihr, sondern auch ich trage die Verantwortung für Amberles Sicherheit; weil ich sie beschützen soll, hat Allanon mich zum Begleiter für sie bestellt. Wie man sich dieser Pflicht entledigt, ist Ansichtssache, Crispin, ich jedenfalls bin der Ansicht, daß es meine Pflicht ist, mit Dilph zusammen das Terrain zu sondieren.«

Crispin ließ sich das durch den Kopf gehen, dann nickte er.

»Gut, aber Ihr müßt Euch strikt an Dilphs Befehle halten.«

Wil wandte sich wieder Amberle zu.

»In Ordnung?«

Sie nickte und blickte ihm stumm nach, als er den Elfen-Jägern in die Finsternis der Bäume folgte und aus ihrem Blickfeld verschwand.

Wie Geister glitten die vier durch die Schatten der Bäume, und ihr Schritt war lautlos auf dem feuchten Boden. Nebel umwob sie in dichten, wasserschweren Girlanden, und leise und sacht fiel der Regen. Endlose Reihen dunkler Stämme glitten an ihnen vorüber, während sie sich durch dichtes Gestrüpp schlugen, immer aufwärts, steile Hänge hinauf und Hügelrücken entlang. Die Minuten verrannen, und Wil spürte, wie ihm immer unbehaglicher wurde.

Dann trennten sich Kian und Rin von ihnen und verschwanden in den Bäumen. Wil war mit Dilph allein. Eine Lichtung tauchte plötzlich aus den Dämmerschatten auf, und Dilph ging in die Knie, wobei er Wil bedeutete, das gleiche zu tun. Dann wies er in die Bäume hinauf.

»Da!« flüsterte er.

Hoch im verschlungenen Geäst zweier mächtiger Eichen befand sich der Stützpunkt der Elfen. Regen und Nebel verschleierten die Hütten und Gänge, die sie miteinander verbanden. Weder Öllampen noch Fackeln brannten im Inneren. Nichts rührte sich. Kein Laut war zu hören. Es war, als sei der Stützpunkt verlassen.

Doch das durfte nicht sein.

Dilph kroch vorsichtig ein kleines Stück vorwärts, spähte nach links in die Düsternis, bis er Rin erblickte, dann nach rechts, bis er Kian fand. Beide knieten im Schutz der Bäume, jeder etwa fünfzig Schritte von ihnen entfernt, und beobachteten den Stützpunkt, der völlig ohne Leben war. Dilph pfiff leise, um ihre Aufmerksamkeit auf sich zu ziehen. Als sie zu ihm herüberblickten, bedeutete er Kian, sich näher heranzuschleichen, während er Rin aussandte, den Umkreis der Lichtung zu erkunden.

Wil sah, wie Kian zum Fuß der Eichen rannte, die den Stützpunkt trugen, wie er die versteckten Stufen in dem gewaltigen Stamm fand und aufwärts zu klettern begann. Dann erhob sich Dilph, und Wilf folgte ihm, als er sich, im Schatten der Bäume am Rand der Lichtung bleibend, nach rechts wandte, um mit scharfen Blicken nach einer Spur der verschwundenen Elfen zu suchen. Es war lichtlos und grau im Wald, und durch das Dickicht war kaum etwas zu sehen.

Wil blickte zurück zu dem Stützpunkt. Kian hatte den untersten Unterschlupf fast erreicht, eine niedrige Hütte unmittelbar unterhalb des Haupthauses. Rin war nirgends zu sehen. Wil hielt noch nach ihm Ausschau, als er plötzlich über eine Unebenheit stolperte und bäuchlings über die grauenvoll zerfetzte Leiche eines Elfen-Jägers stürzte. Von Entsetzen gepackt, sprang er auf, während sein Blick schon fieberhaft die Finsternis rundum durchstreifte. Links von ihm lagen noch zwei tote Elfen mit zerschmetterten Knochen und verrenkten Gliedern.

»Dilph!« flüsterte er rauh.

Sogleich war der Elf neben ihm. Nur einen Moment hielt er inne, das Schreckliche aufzunehmen, dann stürzte er an den Rand der Lichtung und pfiff schrill. Rin tauchte aus dem Wald auf, Bestürzung auf den Zügen. Von der Höhe der Eichen blickte Kian herab. Wie ein Rasender winkte Dilph sie zurück.

Doch da verschwand Kian plötzlich. Es war, als griffe etwas nach ihm und risse ihn in die Finsternis. So plötzlich geschah es, daß der verblüffte Wil den Eindruck hatte, der Elf hätte sich einfach in Luft aufgelöst. Doch da gellte der Schrei durch die Stille, kurz und erstickt. Dann stürzte Kians Körper aus den Bäumen, fiel wie ein abgebrochener Ast durch den Regen und schlug leblos auf den durchweichten Boden auf.

»Lauft!« schrie Dilph und hetzte in den Wald.

Wil war einen schrecklichen Augenblick lang wie gelähmt. Kian war tot. Mit ziemlicher Sicherheit war die gesamte Besatzung des Elfen-Stützpunktes im Drey-Wald ebenfalls tot. Seine Gedanken überschlugen sich in heller Panik – nur einer blieb beherrschend: Wenn er nicht rechtzeitig zu Amberle kam, dann würde auch sie getötet werden. Da lief er los, jagte wie ein gehetztes Reh durch das Dickicht des Waldes, sprang über Büsche und Gestrüpp, nur ein Ziel vor Augen, das Schiff zu erreichen und das arglose Elfenmädchen zu warnen, dessen Leben er beschützen sollte. Irgendwo zu seiner Rechten konnte er Dilph hören, der floh wie er, und weiter zurück Rin. Er wußte instinktiv, daß etwas sie alle verfolgte. Er konnte es nicht sehen und konnte es nicht hören, aber er spürte es, schrecklich und schwarz und erbarmungslos. Regen peitschte ihm ins Gesicht und rann ihm in die Augen, so daß er kaum noch etwas sah, während er krampfhaft versuchte, umgestürzten Baumstämmen und Dornengestrüpp auszuweichen. Einmal stürzte er, raffte sich jedoch gleich wieder auf, hastete weiter, ohne nachzulassen, nur das eine im Sinn, den Abstand zwischen sich und dem unsichtbaren Verfolger zu vergrößern. Die Brust wollte ihm schier bersten vor Anstrengung, und seine Beine schmerzten. Selten in seinem Leben hatte er Angst gehabt, jetzt aber trieb ihn Todesangst an.

Rins Schrei zerriß gellend die Stille. Das Ungeheuer hatte ihn eingeholt. Wil biß die Zähne zusammen. Vielleicht waren die Elfen am Schiff jetzt gewarnt. Vielleicht würden sie gleich ablegen, so daß wenigstens Amberle entkommen würde, selbst wenn er wie Rin eingeholt werden sollte.

Äste und Zweige hielten ihn fest wie zupackende Hände. Er suchte Dilph, doch der Elf war nicht mehr zu sehen. Allein rannte er weiter.

Rasch senkte sich der Abend über den Drey-Wald, und der graue Nachmittag wurde zur Nacht. Der Nieselregen, der den ganzen Tag in stetiger Monotonie niedergegangen war, wurde plötzlich zum strömenden Guß, und der Wind begann in stürmischen Böen zu tosen, als eine neue Zusammenballung schwarzer Gewitterwolken sich über den Himmel schob. Die Elfen-Jäger und das Mädchen, das ihrer Obhut anvertraut war, zogen die wärmenden Umhänge fester um sich.

Dann drang aus den Tiefen des Waldes der Schrei, hoch und dünn, so flüchtig, daß er im Toben des Windes beinahe untergegangen wäre. Einen Moment lang standen alle wie versteinert und starrten auf die finstere Mauer der Bäume. Dann brüllte Crispin mit scharfer Stimme Befehle, schickte Amberle aufs Schiff, in die Verborgenheit der kleinen Kabine, rief Ped und Cormac zu sich. Mit gezogenen Waffen wichen die drei Jäger bis zum Ende des Stegs zurück, während sie mit durchdringenden Blicken das von Nebeln durchzogene Gewirr des Waldes absuchten. Katsin, der aufs Schiff zurückbeordert worden war, machte die Taue los und wartete nur auf den Befehl abzulegen.

Amberle hockte zusammengekauert in der Dunkelheit der Kabine und lauschte dem Prasseln des Regens und dem Heulen des Windes. Dann sprang sie auf, schlug die Klappe vor der Kabinenöffnung zur Seite und trat wieder an Deck hinaus. Gleichgültig, was für Folgen es hatte, sie konnte sich nicht in dieser Kabine verkriechen, ohne zu wissen, was um sie herum vorging. An den aufgetürmten Kisten entlang tastete sie sich zum Steg. Katsin, die Schiffstaue fest in den Händen, aber bereit, sie jederzeit loszulassen, warf ihr einen strengen Blick zu, doch Amberle achtete nicht auf ihn. Am Ufer, mehrere Schritte vom

Steg entfernt, standen mit gezogenen Waffen die übrigen Jäger. Das Metall ihrer Schwertklingen schimmerte matt im Regen.

Plötzlich brach keine fünfzig Schritte flußabwärts eine keuchende Gestalt aus dem Wald hervor, stolperte und stürzte der Länge nach hin. Als die Gestalt sich wieder aufgerappelt hatte, sahen sie, daß es Dilph war.

»Weg!« schrie er warnend. »Schnell, weg hier!«

Er rannte zu ihnen hin, stürzte wieder.

Doch Crispin war schon in Aktion. Mit einem gebieterischen Wort sandte er Ped und Cormac aufs Schiff, während er dem geschwächten Dilph zu Hilfe eilte. In vollem Lauf beinahe riß er den Elf vom Boden in seine Arme, schwang ihn über seine Schulter und war schon auf dem Rückweg zum wartenden Schiff.

Amberle spähte durch Dunst und Regen in die Bäume. Wo war Wil Ohmsford?

»Ablegen«, brüllte Crispin.

Katsin ließ die Taue fahren und stieß Amberle dann hastig aufs Schiff, wo Ped und Cormac schon warteten. Eine Sekunde später war auch Crispin mit Dilph an Bord, und das schwere Fahrzeug begann davonzugleiten.

Da tauchte plötzlich Wil Ohmsford auf, sprang wie ein gehetztes Wild aus dem Dunkel des Waldes und hielt auf den Steg zu. Amberle sah ihn, wollte rufen, erstarrte. Im Schatten der Bäume hinter dem fliehenden Talbewohner bewegte sich ein riesiges Wesen, das ihn verfolgte.

»Gib acht!« rief sie warnend.

Von ihrem Ruf angespornt, gewann Wil den Steg mit einem einzigen großen Sprung, raste, ohne innezuhalten, die Holzbohlen hinunter und schnellte sich ab, um mit einem gewaltigen Satz das davontreibende Schiff noch zu erreichen. Nur mit einem ausgestreckten Fuß berührte er das Deck und wäre ins Wasser gestürzt, hätten nicht die Elfen-Jäger ihn gepackt und hochgezogen.

Das Schiff glitt ins offene Wasser des Singenden Flusses hinaus, und die Fahrt wurde schneller. Erschöpft sank Wil zu Boden, und Amberle streifte rasch ihren Umhang ab und hüllte

Wil fest darin ein. Neben ihnen beugte sich Crispin über Dilph. Der Wind und das Rauschen des Flusses zerfetzten seine Worte.

»... tot – alle ... zerschmetterte Glieder ... wie die Leute von dem Spähtrupp in Arborlon, wie die Erwählten.« Mit weit geöffnetem Mund schnappte er nach Luft. »Kian auch – und Rin. Beide tot ... der Dämon hat sie eingeholt ... er erwartete uns ...«

Das übrige hörte Amberle nicht mehr. Ihr Blick traf sich mit dem Wils. Mit schrecklicher Gewißheit erkannten sie beide die Wahrheit.

Der Dämon hatte sie erwartet.

Allanon hatte ihm einen Namen gegeben. Er hatte ihn den Raffer genannt.

Es war Mitternacht, als Crispin das Schiff wieder anlegen ließ. Unmittelbar unterhalb vom Drey-Wald schwenkte der Singende Fluß auf seinem langen, gewundenen Weg zum Innisbore-See nach Westen. Als die Elfen das Schiff in einen schmalen, von dichtem Wald umgebenen Seitenarm steuerten, befanden sie sich am nördlichsten Zipfel des Wirrnismoors, Meilen von dem Punkt entfernt, wo sie ursprünglich beabsichtigt hatten, den Fluß zu verlassen. Die prasselnden Wolkenbrüche waren wieder zu einem feinen Sprühregen verebbt, der wie ein zarter Dunstschleier in der kühlen Luft hing. Dicke Wolkenmassen verdunkelten Mond und Sterne, und die Nacht war so schwarz, daß selbst die Elfen nicht weiter als ein Dutzend Schritte sehen konnten. Der Wind hatte sich völlig gelegt, und feiner Nebel hatte sich über das ganze Land gesenkt.

Die Elfen-Jäger fuhren das Schiff auf einer flachen Sandbank am oberen Ende des stillen Wassers auf Grund, zogen es mit vereinten Kräften ganz aus dem Fluß und machten es fest. So lautlos wie Katzen erkundeten sie dann das Gelände in einem Umkreis von mehreren hundert Schritten und kehrten nach einer Weile zu Crispin zurück, um ihm zu melden, daß sie nichts Bedrohliches entdeckt hatten. Der Hauptmann der Elfen-Jäger war der Meinung, es sei sinnlos, in dieser Finsternis zu versuchen, die Reise fortzusetzen, und befahl Wil und Amberle, bis zum Morgen in ihrer Kabine zu bleiben. In warme Decken gehüllt, zum erstenmal seit zwei Tagen vom Stampfen und Schlingern des Schiffes erlöst, fielen die beiden augenblicklich in tiefen Schlaf. Die Elfen bewachten in Schichten das Schiff und seine schlafenden Passagiere, und Crispin machte es sich neben der Kabinenöffnung so bequem wie möglich.

Bei Tagesanbruch verstaute die kleine Truppe Proviant und Waffen und löste dann die Vertäuung des Schiffes, so daß der Fluß es forttragen konnte. Es trieb rasch davon, und Wil und Amberle brachen mit den Elfen-Jägern zu ihrem Marsch durch das Wirrnismoor auf.

Das Moor war eine sumpfige Niederung, von Gestrüpp und verkrüppeltem Buschwerk überwuchert, von stillen, schlammigen Tümpeln überzogen. Es spaltete die weiten Wälder des Westlands von den Ufern des Singenden Flusses bis zur gewaltigen Felswand des Steinkamm-Gebirges, eine unwegsame Wildnis, in die nur wenige Menschen sich hineinwagten. Jene, die das Wagnis dennoch auf sich nahmen, liefen ständig Gefahr, sich in den nebelumwallten Sümpfen und dem verwilderten Buschland zu verirren. Schlimmer noch, sie mußten mit unliebsamen Begegnungen mit den unleidlichen Bewohnern des Moors rechnen, bösartigen, hinterhältigen Geschöpfen, die bei der Wahl ihrer Opfer keine Unterschiede machten.

»Wenn es eine andere Möglichkeit gäbe, hätten wir diesen Weg gewiß nicht gewählt«, sagte Crispin zu Wil, als er einen Augenblick nach hinten kam, um seine Gedanken mit dem Talbewohner auszutauschen. »Wenn alles wie geplant verlaufen wäre, wären wir vom Stützpunkt aus mit Pferden am westlichen Rand des Wirrnismoors entlang zum Mermidon geritten, und dann weiter nach Westen in den Steinkamm. Aber die Geschehnisse im Drey-Wald haben das unmöglich gemacht. Jetzt darf sich unsere Sorge nicht darauf beschränken, was vor uns liegen mag, sondern muß auch die Frage einschließen, was uns noch bevorsteht. Der einzige Vorteil dieses Marsches durch das Moor liegt darin, daß man hier unsere Spur nicht finden wird.«

Wil schüttelte zweifelnd den Kopf.

»Ein Ungeheuer wie der Raffer gibt sicher nicht so leicht auf.«

»Nein, er wird uns weiter jagen«, stimmte der Elf zu. »Aber ein zweites Mal wird er uns nicht so aus heiterem Himmel überraschen. Er erwartete uns im Drey-Wald, weil er wußte, daß wir kommen. Ich weiß nicht, woher er seine Kenntnis hatte, aber er wußte es.« Er warf einen Blick auf Wil, doch der hüllte sich in Schweigen. »Auf jeden Fall weiß er nicht, wo wir uns jetzt befinden. Wenn er uns wieder aufstöbern will, muß er erst unsere Spur finden. Das wäre ihm vielleicht ganz leicht möglich gewesen, wenn wir in den Wäldern geblieben wären; hier aber wird es ihm schwerfallen. Zuerst muß er nämlich einmal herausbekommen, wo wir den Fluß verlassen haben; das allein könnte ihn Tage kosten. Dann muß er uns ins Moor folgen, nur wird er da keine Anhaltspunkte finden. Die Sümpfe verschlucken jede Spur innerhalb von Sekunden. Und wir haben den Vorteil, daß wir Katsin bei uns haben, der in dieser Gegend aufgewachsen ist und das Moor schon früher durchquert hat. Der Dämon hingegen, mag er noch so große Kräfte besitzen, befindet sich auf fremdem Gebiet. Er muß sich ausschließlich auf seinen Instinkt verlassen. Damit sind wir ganz entschieden im Vorteil.«

Wil Ohmsford konnte dem Hauptmann nicht beipflichten. Allanon hatte geglaubt, die Dämonen würden seine Spur nicht finden, als er nach Paranor geritten war. Doch sie hatten sie aufgenommen. Wil hatte geglaubt, sie würden ihn und Amberle nicht wiederfinden, nachdem der König vom Silberfluß sie zu den Gestaden des Regenbogen-Sees gebracht hatte. Doch sie hatten sie gefunden. Warum sollte es diesmal anders sein? Die Dämonen waren Geschöpfe eines anderen Zeitalters; ihre Kräfte waren die Kräfte eines anderen Zeitalters. Allanon selbst hatte das gesagt. Und er hatte auch gesagt, daß der, welcher die Dämonen führte, ein Zauberer war. Konnte es für diese Wesen so schwierig sein, eine Handvoll Elfen-Jäger, ein junges Mädchen und einen jungen Talbewohner aufzustöbern?

Wil seufzte. Das waren Überlegungen, die zu nichts führten, denn es war ja nichts zu ändern. Crispin hatte schon die richtige Entscheidung getroffen. Die Elfen-Jäger waren fähige junge Männer; vielleicht würden sie ihre Schutzbefohlenen sicher und wohlbehalten ans Ziel bringen.

Viel mehr Sorge machte Wil eine andere Möglichkeit, und seit der Begegnung mit dem Raffer im Drey-Wald war ihm die Sache nicht aus dem Kopf gegangen. Der Raffer hatte gewußt, daß sie zu diesem Elfen-Stützpunkt kommen würden. Er mußte es gewußt haben, denn er hatte ihnen ja aufgelauert. In dieser Hinsicht hatte Crispin recht. Aber nur auf eine Weise konnte der Dämon von ihren Plänen erfahren haben – durch den Spion, der sich im Lager der Elfen verbarg, durch eben jenen Spion, den zu täuschen Allanon sich solche Mühe gegeben hatte. Und wenn die Dämonen von ihrem Vorhaben gewußt hatten, im Drey-Wald Station zu machen, was wußten sie dann noch alles über diese Reise? Es war durchaus möglich, sagte sich Wil, daß ihnen alles bekannt war.

Das war eine beängstigende Möglichkeit, mit der er sich am liebsten nicht näher befaßt hätte, die aber bei genauerer Betrachtung der Umstände immer greifbarer wurde. Allanon war sicher gewesen, daß sich im Lager der Elfen ein Spitzel verbarg. Irgendwie war es diesem Spitzel gelungen, ihr Gespräch in Eventines Studierzimmer zu belauschen. Wil konnte sich nicht vorstellen, wie er das zuwege gebracht haben sollte, doch es war ihm gelungen, soviel stand fest. Man hatte über den geplanten Aufenthalt im Drey-Wald gesprochen; daher der Raffer. Aber man hatte auch vom Wildewald gesprochen, und das hieß, daß die Dämonen genau wußten, wohin Wil und Amberle vom Drey-Wald aus zu reisen gedachten; und wenn die Dämonen das wußten, dann konnte die kleine Truppe noch so geheime Wege wählen und noch so schlaue Täuschungsmanöver anwenden, um die Verfolger abzuschütteln, sie würden im Wildewald doch von den Dämonen erwartet werden.

Diese Vorstellung quälte Wil Ohmsford den ganzen Tag über, während die kleine Truppe beherzt durch die sumpfigen Niederungen des Moors marschierte. Dorniges Gestrüpp zerrte bei jedem Schritt an ihren Kleidern, weiße Nebel umhüllten sie mit Kälte und Feuchtigkeit, die ihnen in alle Glieder kroch, Schlamm und brackiges Wasser sickerten durch die Nähte ihrer Stiefel und raubten ihnen mit ihrem üblen Geruch den Atem. Sie marschierten einzeln, wechselten kaum ein Wort miteinander, während sie scharf durch dünnen Sprühregen und wogenden Nebel spähten, die das ganze Land mit einem eintönigen grauen Vorhang verschleierten.

Als die Nacht hereinbrach, waren sie todmüde und erschöpft. Im Schutz einiger dürrer Büsche am Fuß eines niedrigen Hügels schlugen sie ihr Lager auf. Ein Feuer zu machen, wäre zu gefährlich gewesen; sie wickelten sich deshalb fest in Decken, die klamm waren von der Kälte und Feuchtigkeit des Moors.

Die Elfen-Jäger hatten ihr Mahl rasch beendet und teilten nun die Nachtwachen ein. Wil hatte eben den letzten Bissen Dörrfleisch mit einem Schluck Wasser hinuntergespült, als Amberle zu ihm kam und sich neben ihn niedersetzte. Ihr kindliches Gesicht blickte aus den Falten der Decke zu ihm auf, die sie sich über den Kopf gezogen hatte. Ein paar lockige Strähnen ihres kastanienbraunen Haares fielen ihr in die Augen.

»Wie fühlst du dich?« fragte er.

»Es geht mir gut.« Sie sah aus wie ein Kind, das nicht weiß, wohin es gehört. »Aber ich muß unbedingt mit dir reden.«

»Ja?«

»Ich hab' den ganzen Tag über etwas nachgedacht.«

Er nickte stumm.

»Der Raffer hat uns im Drey-Wald erwartet«, sagte sie leise. »Ist dir klar, was das heißt?«

Er antwortete nicht. Er wußte, was sie als nächstes fragen würde. Es war, als hätte sie seine Gedanken gelesen.

»Das bedeutet, daß er von unserem Kommen wußte.« Sie sprach aus, was ihm durch den Kopf gegangen war. »Wie ist das nur möglich?«

Er schüttelte den Kopf. »Es war eben so.«

Es war die falsche Antwort, und er wußte es. Röte schoß ihr ins Gesicht.

»So, wie uns die Dämonen eben in Havenstead fanden? So,

wie sie Allanon eben in Paranor fanden? So, wie sie uns eben überall zu finden scheinen, wo wir gerade sind?« Ihre Stimme blieb gesenkt, doch Zorn schwang unverkennbar mit. »Sag mal, wofür hältst du mich eigentlich, Wil?«

Es war das erstemal, daß sie ihn bei seinem Vornamen nannte, und das überraschte ihn so, daß er sie für eine Weile nur stumm anstarrte. Gekränktheit und Argwohn spiegelten sich in ihren Augen, und er sah, daß er ihr entweder verraten mußte, was Allanon vor ihr hatte verheimlichen wollen, oder daß er ihr ein Märchen auftischen mußte. Die Entscheidung war leicht getroffen. Er berichtete ihr von dem Spion. Als er geendet hatte, schüttelte sie verstimmt den Kopf.

»Du hättest mir das viel früher erzählen sollen.«

»Allanon bat mich, es nicht zu tun«, erklärte er. »Er meinte, für dich sei das alles schon schlimm genug.«

»Der Druide kennt mich nicht so gut, wie er meint. Du hättest es mir trotzdem sagen sollen.«

Er wollte sich nicht länger mit ihr über diesen Punkt streiten. Deshalb nickte er zustimmend.

»Ich weiß. Aber ich hab's eben nicht getan.«

Sie schwiegen. Einer der Wachtposten tauchte wie ein Gespenst aus dem Nebel auf und verschwand wieder. Amberle blickte ihm nach, wandte sich dann wieder Wil zu. Ihre Stimme drang aus den Falten ihrer Kapuze hervor, während ihr Gesicht von dunklen Schatten umwölkt war.

»Ich bin nicht zornig. Wirklich nicht.«

Er lächelte schwach. »Gut. Es ist hier auch so schon trist genug.«

»Aber ich wäre zornig gewesen, wenn du mir jetzt nicht die Wahrheit gesagt hättest.«

»Deswegen hab' ich sie dir ja gesagt.«

Sie ließ das Thema auf sich beruhen.

»Wenn dieser Spitzel gehört hat, was in der Nacht vor unserem Aufbruch im Studierzimmer meines Großvaters gesprochen wurde, dann kennen die Dämonen unser Ziel, nicht wahr?«

»Ich denke schon.«

»Das heißt, daß sie auch von Sichermal wissen; sie wissen

alles, was der Ellcrys den Erwählten gesagt hat, weil Allanon es uns weitererzählt hat. Ihre Aussichten, das Blutfeuer zu finden, sind so gut wie unsere.«

»Vielleicht doch nicht.«

»Weshalb nicht?«

»Wir haben die Elfensteine.« Er fragte sich, ob das wirklich der Vorteil war, als den er es hinstellte. Er wußte ja gar nicht, ob er fähig sein würde, sich ihrer noch einmal zu bedienen. Der Gedanke machte ihn niedergeschlagen.

»Wer kann so nahe gekommen sein, daß er hören konnte, was wir sprachen?« fragte sie stirnrunzelnd.

Er schüttelte wortlos den Kopf. Diese Frage hatte er sich auch schon gestellt.

»Ich hoffe nur, meinem Großvater geht es gut«, murmelte sie nach einer kleinen Weile.

»Ich vermute, es geht ihm besser als uns.« Wil seufzte. »Wenigstens hat er ein warmes Bett.«

Er zog die Knie bis unter sein Kinn in dem Bemühen, ein wenig wärmer zu werden. Amberle zitterte vor Kälte, und er zog sie an sich, um sie zu wärmen.

»Ich wollte, es wäre schon vorüber«, flüsterte sie wie zu sich selbst.

»Ich wollte, es hätte nie begonnen.«

Sie hob den Kopf und sah ihn an.

»Da wir gerade bei Wünschen sind – ich wünschte, du wärst immer ehrlich zu mir, Wil. Von jetzt an keine Geheimnisse mehr, ja?«

»Keine Geheimnisse mehr«, versprach er.

Danach schwiegen sie. Wenig später sank Amberles Kopf an seine Schulter. Sie schlief. Wil störte sie nicht. Er starrte in die Finsternis hinaus und dachte an schönere Tage.

Zwei Tage lang stapfte die kleine Truppe durch die düstere Trostlosigkeit des Wirrnismoors. Die meiste Zeit regnete es – stetiger dünner Nieselregen, der hin und wieder von schweren Wolkenbrüchen abgelöst wurde, die die schon durchweichte Erde noch schlammiger machten und die Wanderer, denen schon kalt und elend genug war, völlig durchnäßten. Über ihnen hing der Nebel in dichten Schwaden, die über Buschwerk und stillen, moorigen Teichen wogten. Die Sonne blieb hinter dunklen Wolken verborgen, und nur ein schwaches Aufleuchten des Himmels gegen Mittag kündigte von ihrer Anwesenheit. In der Nacht herrschte nur undurchdringliche Schwärze.

Der Marsch war beschwerlich, und die Wanderer kamen nur langsam voran. Im Gänsemarsch schlugen sie sich durch das Geschlinge des Moors, bahnten sich mit Schwertern einen Weg durch dorniges Gestrüpp, stapften über schlammigen Grund, der unter ihren Füßen gluckste und gurgelte, zogen an Seen und Tümpeln vorüber, aus deren von grünem Schleim bedecktem Wasser widerlicher Gestank aufstieg. Dürres Holz lag überall, und bei jedem Schritt mußten sie achtgeben, daß sie nicht über knorrige Wurzeln stolperten. Über der Vegetation hing ein grauer Schleier, der ihre Grüntöne dämpfte und der ganzen Landschaft etwas kränklich Winterliches gab. Jene Wesen, die im Moor lebten, hielten sich verborgen. Nur hin und wieder waren seltsame Laute zu hören, die sich in der Stille auflösten, und Schatten glitten geisterhaft durch die regengraue Düsternis.

Kurz vor Mittag des dritten Tages erreichten die Wanderer einen See, dessen Wasser still und reglos unter dem bleiernen Himmel lag. Wurzeln und tote Bäume, die wie die gebrochenen Glieder der Erde selbst aus dem von Seerosen bedeckten Wasser ragten, schienen den See ersticken zu wollen. Seine Ufer waren, so weit das Auge reichte, von dichtem Gestrüpp und verwildertem Buschwerk überwuchert. Das andere Ufer war in den Nebelschwaden, die sich über das Wasser wälzten, versunken.

Es war klar, daß jeder Versuch, den See zu umrunden, einen riesigen Umweg verlangen und Stunden wertvoller Zeit kosten würde. Es blieb nur eine Alternative, und für die entschieden sie sich. Katsin führte sie, wie er das fast den ganzen Tag getan hatte. Die anderen Elfen-Jäger gruppierten sich paarweise, so daß ein Paar vor Wil und Amberle schritt, und eines hinter ihnen. Nachdem sie sich durch das Gestrüpp gekämpft hatten, das ihnen den Zugang verwehren wollte, traten sie auf eine schmale Brücke aus Erde und Wurzelwerk, die vom Ufer in den See hinausragte und sich im Nebel verlor. Wenn sie Glück hatten, spannte sich die Brücke bis an das andere Ufer.

Vorsichtig tasteten sie sich voran, setzten mit Bedacht einen Fuß vor den anderen auf dem unebenen Grat, der zu beiden Seiten von glucksendem Sumpfwasser umspielt wurde. Schnell schloß sich die Nebelwand hinter ihnen, und das Land versank hinter ihr. Regen schlug ihnen in die Gesichter, während sie vorwärtsschritten, und Windböen rissen an ihren Kleidern. Dann lichtete sich unversehens der Nebel, und sie sahen, daß die Brücke keine dreißig Schritte entfernt im See versank. Jenseits hob sich ein massiger Erdhaufen aus dem Wasser, der mit Steinen und wuchernden Pflanzen bedeckt war. Das andere Ufer des Sees war nicht zu sehen. Sie waren in eine Sackgasse geraten.

Crispin wollte ein Stück vorauseilen, um zu erkunden, was sich jenseits des gewaltigen Erdhaufens befand, doch Katsin hob abwehrend die Hand. Er warf rasch einen Blick nach hinten zu den anderen und legte mahnend einen Finger auf die Lippen. Dann wies er auf den Erdhaufen, machte Crispin auf einen langgezogenen Kamm aufmerksam, der sich leicht gewölbt zum Wasser hinunterschwang. Ganz vorn stieg aus zwei kleinen Löchern, die unmittelbar über dem Wasserspiegel lagen, Dampf in die Luft auf.

Atemlöcher!

Wortlos winkte Crispin sie zurück. Er hatte nicht die Absicht, das Ding, das da draußen im Wasser schlief, zu stören.

Doch es war zu spät. Das Geschöpf hatte sie gewittert. Urplötzlich hob sich sein massiger Leib aus dem See und überschüttete sie mit stinkendem brackigen Wasser. Mit einem lauten Schnauben öffnete es die gelben Augen, die bis dahin unter Seerosenblättern verborgen gewesen waren. Zuckende Fühler tasteten von dem schlammstarrenden Leib in die Luft, und ein breites, flaches Maul wandte sich ihnen mit weit geöffnetem Rachen zu. Einen Moment lang hing es über dem See, dann sank es unter das Wasser und war verschwunden.

Wil Ohmsford erhaschte nur einen flüchtigen Blick auf das massige Ungeheuer. Dann packte er Amberles Hand und zog das Elfenmädchen hinter sich her, während er hinter Ped und Cormac durch den Nebel hetzte. Hinter sich hörte er das Keuchen von Katsin, Dilph und Crispin und riskierte einen hastigen Blick zurück, um zu sehen, ob das Ungeheuer sie verfolgte. Genau in diesem Moment verfing sich sein Fuß in einer losen Wurzel, und er stürzte zu Boden.

Der Sturz, bei dem er Amberle mit sich zog, rettete ihnen das Leben. Aus dem wallenden Nebel nämlich stieß jetzt das gewaltige Ungeheuer empor und schob sein weit aufgerissenes Maul über die schmale Brücke wie einen Kescher. Angstschreie kamen von Ped und Cormac, als das Monstrum sie packte und in den See riß. Der massige Leib sank erneut ins Wasser und verschwand.

Wil war wie versteinert vor Entsetzen, während er dort, wo das Ungeheuer verschwunden war, in den Nebel spähte. Dann sprang Crispin zu ihnen hin, zog Amberle hoch und schwang sie sich über die Schulter, um mit ihr das sichere Ufer zu erreichen. Katsin hievte Wil über seine Schulter, ehe der noch ans Aufstehen dachte, und jagte Crispin nach. Dilph folgte als letzter mit gezogenem Schwert.

Sekunden später stolperten sie durch Dickicht und Gestrüpp und ließen sich schließlich weit vom Ufer entfernt auf die schlammige Erde niederfallen. Keuchend vor Anstrengung lauschten sie. Aber sie vernahmen nichts. Sie wurden nicht verfolgt. Das Ungeheuer hatte sich zurückgezogen.

Doch jetzt waren ihrer nur noch fünf.

Mit zarten Schleiern grauen Zwielichts glitt die Nacht über das Westland, und der kühle Hauch des Abends ließ sich in den Wäldern nieder. Die Wolken, die beinahe sieben Tage lang den sommerlichen Himmel verhüllt hatten, öffneten sich, so daß im verblassenden Sonnenlicht schmale Streifen von Blau aufleuchteten. Im Westen färbte sich der Horizont zu einem glühenden Scharlachrot, und der Widerschein des strahlenden

Lichts fiel sanft über die regennassen Wälder.

Aus den Nebelschleiern, die das Wirrnismoor verdunkelten, tauchten jene fünf auf, die von dem kleinen Trupp, der in Arborlon aufgebrochen war, noch übrig waren. Wie verlorene Seelen, die der Unterwelt entkommen sind, glitten sie ins Licht. Abgespannt und erschöpft waren sie, ihre Gesichter und Hände voller Schwielen und Kratzer, ihre Kleider schmutzverkrustet und zerfetzt. Sie sahen aus wie zerlumpte Bettler. Nur ihre Waffen verrieten, daß sie etwas anderes waren. Schwerfällig stapften sie durch den letzten schlammigen Graben, an den letzten dornigen Büschen vorüber, kletterten mühsam zu einer kleinen Anhöhe hinauf und machten schließlich schweratmend vor den Zwillingstürmen des Pykon halt.

Es war ein ehrfurchtgebietender, großartiger Anblick. Zu beiden Seiten des breiten Mermidon, der sich glitzernd zum ostwärts gelegenen Grasland von Callahorn wand, erhoben sich in majestätischer Würde die beiden gewaltigen Felsspitzen des Pykon, der ein natürliches Tor zu der weitläufigen, buckeligen Bergkette bildete, die die Elfen den Steinkamm nannten. Einsam und unzugänglich ragten die beiden Felstürme in den Himmel hinein, schweigenden Wächtern gleich, die das Land zu ihren Füßen behüteten. Ihre Felswände waren von Rissen und Wülsten gezeichnet wie das Gesicht eines Greises von den Linien des Alters. Am Nordfuß des Berges leuchtete grün ein Fichtenwald, der sich nach oben hin lichtete, immer dünner wurde, bis schließlich nur noch vereinzelte Krüppelkiefern blieben und wilde Blumen, die dem dunklen Fels farbenfrohe Glanzlichter aufsetzten. Noch weiter oben funkelten Schnee und Eis.

In aller Eile hielt Crispin eine Beratung ab. Auf ihrem Marsch durch die Wildnis des Wirrnismoores waren sie weiter nach Osten geraten, als in seiner Absicht gelegen hatte, so daß sie nun hier, am Pykon, angelangt waren, statt wie geplant an den Ausläufern des Steinkamms. Das Naheliegende wäre nun gewesen, den Pykon zu umgehen und am Mermidon flußaufwärts zu marschieren bis zum Steinkamm. Doch sie hätten diesen langen Marsch zu Fuß unternehmen müssen und mindestens zwei weitere Tage gebraucht, um die Strecke zu bewältigen. Außerdem – und das war ein wesentlicher Gesichtspunkt – hätten sie eine leicht zu verfolgende Spur hinterlassen.

Der Hauptmann der Elfen-Jäger meinte, er hätte eine bessere Möglichkeit zu bieten. Tief im Inneren des Pykon, eine gewaltige Felsspalte in der näher liegenden Spitze überbrückend, stand eine Festung der Elfen, die seit dem Zweiten Krieg leer und verlassen lag. Crispin war vor drei Jahren einmal dort gewesen, und wenn er sie wiederfinden konnte, dann konnte er ihnen auch die Wege zeigen, die von der trutzigen alten Burg durch die Felswüste des Berges abwärts führten zum Mermidon. Am Fluß gab es einen Schiffsanlegeplatz und vielleicht auch ein Boot; wenn nicht, so war auf jeden Fall Holz genug da, um eines zu bauen. Der Mermidon floß von dieser Stelle aus anfangs noch ein Stück nach Osten, ehe er abschwenkte und südwärts zum Steinkamm strebte. Wenn sie sich des Flusses bedienten und von seinen Wassern tragen ließen, konnten sie die Reise in der Hälfte der Zeit bewältigen, die sie zu Fuß brauchen würden – an einem Tag also etwa. Und, fügte Crispin hinzu, es gab noch einen anderen Grund, diesen Weg einzuschlagen. Der Fluß würde alle Spuren auslöschen.

Dieses letzte Argument bestimmte ihre Entscheidung. Keiner hatte die Begegnung mit dem Raffer im Drey-Wald vergessen. Es war anzunehmen, daß der Dämon noch immer nach ihnen suchte, und sie wollten alles tun, um ihm die Suche zu erschweren. Sie waren sich schnell einig darüber, daß es am besten wäre, den von Crispin vorgeschlagenen Weg zu gehen.

Ohne weitere Zeit zu verlieren, nahmen sie den Aufstieg zum Pykon in Angriff. Den Fichtenwald am Fuß des Berges hatten sie schnell durchquert und erreichten die unteren Hänge, als die Nachmittagssonne hinter dem bewaldeten Horizont unterging. Die Nacht senkte sich über das Land, und im Osten ging mit sanftem Glanz der Mond auf. Sterne funkelten am tiefen Blau des Himmels und erhellten den Weg der fünf Wanderer, die stetig aufwärts stiegen. Es war eine stille, friedliche Nacht, von süßen Düften erfüllt, die ein milder Südwind aus den Wäldern mitbrachte. Sie fanden einen breiten, viel begangenen Trampelpfad, der sich zwischen Felsbrocken hindurchwand und an zerklüfteten Abgründen vorüberführte, während er sich im Schatten des Berges aufwärts schlängelte. Die Wälder dahinter versanken allmählich in der Tiefe, und sie konnten weit auf das dunkle Wirrnismoor hinaussehen, das sich wüst und öde nach Norden dehnte bis zur feinen Linie des Singenden Flusses.

Es war fast Mitternacht, als endlich die Elfenfestung in Sicht kam. Das massige alte Kastell war tief in eine gewaltige Felsspalte hineingebaut, mit seinen Zinnen und Türmen, seinen Schießscharten und Wehrgängen eine eindrucksvolle Silhouette vor dem mondhellen Felsen des Berges. Eine lange, gewundene Treppe führte den Steilhang hinauf zu einem gähnenden Tor im äußeren Schutzwall der Burg. Die schweren, eisenbeschlagenen Torflügel, die rissig und verwittert in den rostigen Angeln hingen, waren der Nacht geöffnet. Wachtürme kauerten wie vierschrötige Raubtiere auf wuchtigen, aus Steinquadern errichteten Mauern, deren schmale Fensterhöhlen schwarz und leer waren. Eisendornen bewehrten die Brüstungen. Hoch oben im Wald spitzer Türme schlugen Eisenketten, an denen einst die Banner der Elfenkönige befestigt waren, klirrend gegen eiserne Masten. Aus den Tiefen des Berges hoch über der Festung scholl der durchdringende Ruf eines Nachtvogels, schwoll an, bis er vom gellenden Pfeifen des Windes nicht mehr zu unterscheiden war, verlor sich dann in vielfältigem Echo. Die fünf, die von der kleinen Truppe aus Arborlon geblieben waren, kletterten keuchend die Treppe zum Tor der verlassenen Festung hinauf und traten vorsichtig ins Innere. Ein hoher, geschlossener Gang führte zu einer zweiten Mauer. Unkräuter hatten sich durch die Risse in dem Stein gebohrt, der den Gang pflasterte. Dumpf hallten die Schritte der fünf Wanderer durch die Stille. Fledermäuse flatterten mit wild schlagenden Flughäuten aus der Dunkelheit auf. Kleine Nagetiere huschten flink über den brüchigen Stein. Spinnweben hingen in feinen Schleiern von der Decke und hefteten sich in langen bleichen Fäden an die Kleider der Wanderer.

Am Ende des Durchgangs führte ein Tor in einen großen Hof, der vom Heulen des Windes erfüllt war. Zu beiden Seiten einer Brustwehr führten Treppen zu einem Söller vor dem Hauptturm der uralten Festung hinauf. Es war eine gewaltige steinerne Zitadelle, die Hunderte von Fuß in den Nachthimmel hinaufragte. Fenster kennzeichneten die verschiedenen Stockwerke des Turmes, der weit über das Land blickte. In der Mitte des Söllers, in eine schützende Nische eingelassen, befand sich eine hölzerne Tür. Darunter war eine zweite Tür, die vom Hof direkt in den Turm führte. Beide waren verschlossen.

Wil war gar nicht recht geheuer, als er den Blick über die uralten, verwitterten Mauern und Brustwehren wandern ließ. Der tobende Wind pfiff ihm um die Ohren und blies ihm Staub und Schmutz in die Augen. Er zog die Kapuze seines Umhangs tiefer in die Stirn. Die Festung war ihm unheimlich. Sie flößte ihm Angst ein. Die Geister der Toten waren hier zu Hause; Lebende waren hier Störenfriede. Er blickte Amberle an und sah das gleiche Unbehagen auf ihren Zügen.

Crispin hatte Dilph zum Söller hinaufgeschickt. Er selbst trat jetzt mit Katsin im Schlepptau auf die untere Tür im Turm zu. Den Riegel konnte er nicht öffnen, so warf er sich denn mit dem ganzen Gewicht seines Körpers gegen die Tür. Sie gab nicht nach. Sie widerstand auch Katsins Bemühungen. Wil beobachtete diese Anstrengungen, die Tür gewaltsam zu öffnen, mit wachsender Beunruhigung. Die Festung schloß sie alle ein wie ein Gefängnis. Er wollte nur fort von hier.

Dilph kam die Treppe vom Söller herunter. Seine Worte verloren sich beinahe im gellenden Heulen des Windes. Die obere Tür war offen. Crispin nickte. Nachdem er einige herumliegende Holzscheite aufgesammelt hatte, die ihnen im Turm als Fackeln dienen konnten, führte er die kleine Truppe die Treppe hinauf zum Söller. Die Tür oben war angelehnt. Crispin trat nur einen Schritt hinein, entzündete mit Zunder eines der Scheite als Fackeln, die er bei sich hatte, zündete eine zweite an und gab sie Dilph, winkte sie dann alle herein und drückte die Tür zu.

Sie befanden sich in einem kleinen Vorraum, von dem mehrere dunkle Gänge abzweigten. Hinten war eine Wendeltreppe, die sich vom Erdgeschoß aufwärts in die Finsternis wand. Dichter Staub hing in der vom Wind bewegten Luft, und das Felsgestein des Turms war durchdrungen vom modrigen Geruch ständiger Feuchtigkeit.

Die Fackel hoch in der Hand, schritt Crispin einmal durch den kleinen Raum, prüfte den schweren Eisenriegel, durch den die Tür gesichert war, und kehrte wieder zu den anderen zurück. Hier würden sie bis zum Morgen rasten. Katsin und Dilph würden im Hof Wache halten, während Wil und Amberle schliefen. Crispin würde sich inzwischen auf die Suche nach dem Durchgang machen, der sie durch den Berg zu den Ufern des Mermidon führen würde.

Dilph reichte Wil seine Fackel. Gefolgt von Katsin schlüpfte er in die Nacht hinaus. Crispin verriegelte die Tür hinter ihnen, ermahnte Wil und Amberle, sie keinesfalls zu öffnen, und verschwand dann in der Finsternis eines der Gänge. Wil und Amberle blickten ihm nach, bis das Licht seiner Fackel in der Schwärze unterging. Dann trat Wil an die Tür, steckte seine Fackel in einen eisernen Halter an der Wand, und hockte sich, den Rücken zur Tür gelehnt, auf dem Boden nieder. Amberle wickelte sich fest in ihre Decke und streckte sich neben ihm aus. Durch die Türritzen drang pfeifend der Wind und jagte mit gespenstischem Wimmern durch die dunklen Gänge.

Sie brauchten lange, bis sie einschliefen.

Wil konnte später nicht sagen, ob er überhaupt geschlafen hatte. Er hatte den Eindruck, daß es mehr ein Dahindämmern als ein Schlafen war, ein leichter, unruhiger Schlummer, in unsicherer Schwebe zwischen Wachen und Schlafen. Er träumte, irrte durch die Schleier des Halbschlafs, die wie Nebel über seinem Unbewußten hingen. Dunkelheit und Nebel senkten sich in einem Wald der Phantasien über ihn, und er verlor den Weg. Und doch, so schien es ihm, war er hier schon einmal gewesen. Sie war ihm vertraut, diese labyrinthhafte Landschaft, die er da durchwanderte, während Dunkelheit und Nebel sie verschleierten. Es war ein Traum und doch kein Traum ...

Da spürte er plötzlich die schreckliche Gegenwart des Ungeheuers, das irgendwo in der Dunkelheit auf ihn lauerte, und schlagartig erinnerte er sich. Havenstead – diesen Traum hatte er in Havenstead gehabt. Das Ungeheuer hatte ihn verfolgt, und er war geflohen, doch vergebens geflohen, denn es hatte kein Entrinnen gegeben. Schließlich war er erwacht. Aber konnte er das jetzt auch? Helle Panik überfiel ihn. Es war wirklich da draußen, das Ungeheuer, das schreckliche Wesen. Es trachtete ihm nach dem Leben. Er konnte ihm nicht entfliehen, konnte ihm nicht entrinnen, wenn er nicht erwachte. Doch er konnte den Weg nicht finden, der aus Dunkelheit und Nebel herausführte.

Er hörte sich aufschreien, als es ihn packen wollte.

Augenblicklich war er wach. Die Elfensteine in der Tasche seines Kittels brannten wie Feuer an seinem Körper. Wild fuhr er unter seiner Decke hoch und blinzelte angespannt in das schummrige Licht der Fackel. Amberle setzte sich neben ihm auf, das Gesicht noch vom Schlaf umwölkt. Ihre Züge waren bleich und voller Angst. Mit unsicherer Hand berührte Wil die Elfensteine. War es sein Schrei gewesen, der sie beide geweckt hatte, fragte er sich. Doch das Elfenmädchen sah ihn gar nicht an. Sie starrte unverwandt auf die Tür.

»Da draußen«, wisperte sie.

Mit einem Sprung war Wil auf den Beinen, zog Amberle mit sich hoch. Er lauschte, doch er hörte nichts.

»Vielleicht war es der Wind«, sagte er schließlich leise und voller Zweifel. Er legte seine Hand auf ihren Arm. »Ich seh' lieber mal nach. Sperr die Tür hinter mir ab. Mach nur auf, wenn du meine Stimme hörst.«

Er zog den schweren Eisenriegel zurück und glitt in die Nacht hinaus. Schrill pfiff der Wind durch die Tür, bevor er sie hinter sich schloß. Amberle schob den Riegel wieder vor und wartete.

Einen Moment lang kauerte Wil abwartend in der Dunkelheit der Türnische und spähte in die Nacht. Mondlicht erhellte den Söller und fiel milchig auf die Mauern und Brustwehren rundum. Vorsichtig huschte Wil zur Brüstung und blickte in den Hof hinunter. Er war leer. Von Katsin und Dilph war keine Spur zu sehen. Er zögerte, unsicher, was er tun sollte. Dann eilte er über den Söller zur Treppe. Dort hielt er noch einmal an, um den stillen Hof zu überblicken. Nichts. Er stieg die ersten

Stufen hinunter.

Der wütende Wind fegte Staub und kleine Steine über den Hof. Wil glitt lautlos die Stufen hinunter. Er hatte beinahe den Hof erreicht, als er Katsin sah. Oder das, was von Katsin noch übrig war – ein Körper mit grotesk verrenkten Gliedern, der zusammengesunken an der Turmwand unter dem Söller hockte. Nur ein paar Fuß entfernt lag Dilph, kaum sichtbar unter dem schweren Holz der Turmtür, die so fest verschlossen gewesen war, daß keiner von ihnen sie hatte öffnen können.

Wil überlief es eiskalt. Der Raffer! Er hatte sie gefunden. Und er war im Turm!

Wie von Furien gejagt, stürzte er die Treppe zum Söller wieder hinauf. Hoffentlich war es nicht schon zu spät!

Amberle glaubte, aus der Düsternis des Treppenschachts hinter ihr ein Geräusch aufsteigen hören, das irgendwo aus den Tiefen des Turmes kam. Ängstlich sah sie sich um und lauschte. Sie hockte noch immer lauschend da, als jemand an die Turmtür trommelte. Mit einem erschreckten Aufschrei sprang sie auf.

»Amberle! Mach auf!«

Es war Wils Stimme, kaum hörbar im Toben des Windes. Hastig schob sie den schweren Riegel zurück. Wil schoß herein und schlug krachend die Tür hinter sich zu. Sein Gesicht war kreideweiß vor Angst.

»Sie sind tot – alle beide!« Nur mit Anstrengung gelang es ihm, leise zu sprechen. »Der Raffer hat sie ermordet. Er ist hier, in diesem Turm!«

Amberle wollte etwas sagen, doch Wil drückte ihr hastig die Hand auf den Mund. Ein Geräusch – er hatte ein Geräusch gehört –, ja, dort im Treppenschacht. Es war der Raffer. Er wußte es mit absoluter Sicherheit. Er suchte sie. Und wenn er den Weg in diesen kleinen Raum gefunden hatte, dann gab es für sie kein Entkommen mehr. Kopflose Panik überwältigte Wil. Wie hatte das geschehen können? Wie hatte der Dämon sie so rasch finden können? Was sollte er jetzt tun?

Die Fackel vor sich haltend wie einen Schild, trat er von der Tür weg und weg vom Treppenschacht. Amberle schien ihm versteinert, wie sie stolpernd zurückwich wie er. Hier konnten sie nicht bleiben, sagte er sich wie betäubt, und blickte auf die Korridore, die sich zu beiden Seiten öffneten. In welchen von ihnen war Crispin hineingelaufen? Er war nicht sicher. Er entschied sich für den, in dem seiner Erinnerung nach der Hauptmann der Elfenjäger verschwunden war, und raste, Amberle fest an der Hand haltend, in die Finsternis hinein.

Mehrere hundert Fuß weiter hielten sie stolpernd an. Der Korridor endete hier, verzweigte sich in drei neue Gänge. Wieder wollte wilde Angst Wil alle klare Überlegung rauben. Welchen Gang sollte er nehmen? Er hielt die Fackel tief zum Boden hinunter. Crispins Stiefel hatte im Staub der Jahrhunderte eine klare, leicht zu lesende Spur hinterlassen. Ihr konnten sie folgen. Doch ihr konnte auch der Raffer folgen. Er schluckte seine Angst hinunter und rannte weiter.

Seite an Seite hetzten Wil und Amberle durch die finsteren Korridore der Festung, durch Säle, in denen Moder und Staub sich breitgemacht hatten, durch Gemächer, an deren Wänden zerfallende Teppiche hingen, über Altane und Gesimse, unter denen schwarze Abgründe gähnten. Ein tiefes, alles durchdringendes Schweigen wohnte in der uralten Zitadelle, so daß sogar das Heulen des Windes verklang und nur das Donnern ihrer Stiefel auf dem Steinboden zu hören war. Zweimal liefen sie in die Irre, rannten einen falschen Gang hinunter, bis sie merkten, daß die Spur verschwunden war und sie in ihrer Hast eine Abzweigung übersehen hatten. Mehrmals stießen sie auf zwei Spuren, wenn Crispin auf seiner Suche nach dem richtigen Weg einen Fehler gemacht hatte und wieder umgekehrt war. Jedesmal verloren sie kostbare Sekunden mit dem Bemühen, festzustellen, wohin Crispin tatsächlich gelaufen war. Und immer saß ihnen das schreckliche Gefühl im Nacken, daß gleich der Raffer aus der Düsternis hinter ihnen auftauchen und ihre letzte Chance auf ein Entkommen vertan sein würde.

Dann schimmerte das flackernde Licht einer Fackel in der Dunkelheit vor ihnen auf. Sie liefen ihm keuchend entgegen und sahen mit tiefer Erleichterung, wie sich langsam Crispins Gestalt aus den Schatten hob. Der Hauptmann war auf dem Rückweg von seiner Suche nach dem Weg, der durch den Berg führte. Die Klinge seines gezogenen Schwertes blitzte im Fackelschein, als er ihnen entgegenstürzte und abrupt stehenblieb.

»Was ist geschehen?« fragte er, als er die Angst in ihren Augen sah.

In aller Eile berichtete Wil. Crispins Gesicht wurde aschfahl.

»Dilph und Katsin auch noch! Kann denn nichts dieses Ungeheuer aufhalten?« Einen Moment lang blickte er schweigend auf sein Schwert hinunter, dann winkte er ihnen. »Kommt. Wir haben vielleicht doch noch eine Chance.«

Zusammen rannten sie den Gang hinunter, durch den Crispin gekommen war, bogen nach links in einen anderen Gang ab, durchquerten einen großen Saal, der früher als Waffenkammer gedient hatte, hasteten eine Treppe hinunter in eine weite, öde Rundhalle, bogen wieder in einen Gang ein. Am Ende dieses letzten Korridors wartete eine hohe Eisentür, die mit schweren Bolzen in den Fels des Berges eingelassen war. Crispin zog die Riegel zurück und öffnete die Tür. Brüllend schlug ihnen der Wind in die Gesichter, als wolle er sie ins Innere der Festung zurückschleudern. Der Elfen-Hauptmann warf seine Fackel weg, senkte entschlossen den Kopf und trat in die Dunkelheit hinaus. Amberle und Wil folgten.

Zu ihren Füßen gähnte eine tiefe Kluft, die entstanden war, als der Berg in uralter Zeit durch eine schwere Erschütterung vom Gipfel bis zum Fuß hinunter gespalten worden war. Ein schmaler Steg überspannte den Abgrund. Er führte von der kleinen Felsnische, in der sie standen, zu einem schlanken Turm, der in die gegenüberliegende Wand gebaut war. Der Wind fegte jaulend über die Kluft und rüttelte mit wütendem Geheul an dem schmalen eisernen Steg. Nur ein dünner Mondstrahl drang in die Tiefe der Schlucht hinunter und erhellte ein kurzes Stück des Stegs auf der anderen Seite.

Crispin zog Wil und Amberle nahe zu sich heran.

»Wir müssen hinüber!« schrie er durch das Tosen des Windes. »Haltet Euch am Geländer fest und schaut nicht nach unten.«

»Ich weiß nicht, ob ich das schaffe!« rief Amberle, den Blick voller Besorgnis auf den Steg gerichtet.

Wil spürte, wie ihre kleinen Hände krampfhaft seinen Arm umfaßt hielten.

»Ihr müßt!« Crispins Erwiderung duldete keine Widerrede. »Das ist unser einziger Ausweg.«

Amberle warf einen flüchtigen Blick auf die Eisentür in der Felswand, dann sah sie Crispin wieder an. Stumm nickte sie.

»Bleibt dicht bei mir!« mahnte der Elf.

Sie gingen los. Vorn der Elfen-Hauptmann, dann Amberle, zum Schluß Wil. Langsam und vorsichtig tappten sie durch die Dunkelheit, die Hände fest am Geländer auf beiden Seiten, die Köpfe gesenkt. Der Wind zerrte in wilden Stößen an ihnen, riß an ihren Kleidern und rüttelte an dem schmalen Steg, bis sie das Gefühl hatten, er müsse jeden Moment in den Abgrund stürzen. Als sie aus dem Schutz der Felswand traten, fegte die eisige Luft von den Gletschern des Berges über sie hinweg. Hände und Füße wurden rasch gefühllos vor Kälte, und das Eisen der Brücke fühlte sich an wie Eis. Schritt für Schritt tasteten sie sich voran, gelangten endlich aus den Schatten der Wand in silbriges Mondlicht, das in einem schmalen Streifen über dem Steg lag. Endlich hatten sie die letzte Etappe dieser gefährlichen Gratwanderung erreicht. Und Augenblicke später sprangen sie auf die Plattform vor dem einsamen Turm. Die Fenster in den dunklen Nischen waren dunkel, die Steinmauern von glitzerndem Eis überzogen. Eine Tür führte in das Innere des Turms.

Crispin führte Amberle vom Steg zum Eingang des Turms. Als Wil an ihrer Seite war, griff der Elf in einen Holzkasten, der an die Turmmauer gelehnt stand, und entnahm ihm zwei schwere Hämmer. Einen reichte er Wil und wies dann zur schmalen Brücke hinaus.

»Die Pfeiler des Stegs werden von sechs Bolzen gehalten – drei auf jeder Seite. Wenn wir die Bolzen herausschlagen, bricht der Steg ein. Das wurde extra so angelegt, um feindlichen Verfolgern zu entgehen, falls die Festung je überrannt werden sollte. Nehmt Ihr die drei auf der rechten Seite.«

Wil eilte auf die Plattform hinaus. Drei Bolzen, die horizontal durch Ringe getrieben waren, hielten die Strebepfeiler des Stegs in der Plattform, auf der er stand. Den Hammer fest in der

Hand, begann er, gegen den ersten Bolzen zu schlagen. Rost und Schmutz hatten sich rundherum festgesetzt, und er löste sich nur sehr langsam aus seiner Fassung. Als er endlich heraussprang, fiel er lautlos in die Schlucht. Eilig nahm Wil sich den nächsten Bolzen vor. Im Rasen des Windes konnte er die Hammerschläge kaum hören, doch er spürte die Kälte, die seine ungeschützten Hände gefühllos machte. Der zweite Bolzen löste sich und fiel in die Tiefe.

Plötzlich begann die Brücke unter einer schweren Erschütterung zu schwanken. Wil und Crispin, die Hämmer in den Händen, blickten gleichzeitig auf. In den tiefen Schatten der gegenüberliegenden Wand bewegte sich etwas.

»Schnell!« rief der Elfen-Hauptmann.

Wie ein Wahnsinniger schlug Wil auf den letzten Bolzen ein, ließ einen wahren Hagel von Schlägen auf den runden Kopf niedergehen, doch der Bolzen rührte sich nicht von der Stelle. Er war eingerostet. Wil packte den Hammer mit beiden Händen und donnerte mit aller Wucht auf den Bolzen ein. Jetzt endlich bewegte er sich ein winziges Stück.

Auf der Brücke schob sich ein Schatten heran, der finsterer war als die Nacht. Mit einem Sprung kam Crispin auf die Beine. Zwei der Bolzen auf seiner Seite waren heraus, der dritte zur Hälfte herausgeschlagen.

Doch die Zeit war abgelaufen. Der Raffer tauchte aus dem Dunkel ins Mondlicht – gigantisch, finster, gesichtslos. Crispin spannte seinen Bogen und schoß seine Pfeile mit solcher Geschwindigkeit auf das Ungeheuer ab, daß Wil seine Bewegungen kaum verfolgen konnte. Doch alle Pfeile wurden mühelos zur Seite geschleudert. Wil krampfte sich der Magen zusammen. Verzweifelt schlug er auf den Bolzen ein, und dieser rutschte noch ein Stück weiter durch den Ring. Doch dann blieb er stecken.

Da fielen ihm plötzlich die Elfensteine ein. Die Elfensteine! Jetzt mußte er sich ihrer Kraft bedienen! Wilde Entschlossenheit durchflammte ihn. Er sprang auf, griff in seinen Kittel und riß den Lederbeutel heraus. In Sekundenschnelle hatte er die Steine in der Hand, hielt sie so fest umfaßt, daß sie in sein Fleisch einschnitten. Der Raffer kam immer näher, ein riesenhaftes, schattendunkles Ungeheuer, das tief zusammengekauert den Steg entlangkroch. Er war keine zwanzig Fuß mehr entfernt. Wil schwang die Faust mit den Steinen in die Höhe und beschwor mit aller Willenskraft, die ihm zu Gebote stand, das Feuer, das dieses Ungeheuer vernichten würde.

Die Elfensteine flammten blitzartig auf, und ihr blaues Feuer stieß züngelnd in die Nacht. Dann aber schien in Wils Innerem eine Schranke herabzufallen. Und im nächsten Moment versiegte der Kraftstrom der Steine.

Entsetzen packte Wil. Verzweifelt versuchte er noch einmal sein Glück. Nichts geschah. Amberle stürzte zu ihm, schrie wie eine Rasende auf ihn ein – doch ihre Worte verloren sich im gellenden Heulen des Windes. Wil war wie vom Donner gerührt vor Schreck und Entsetzen. Er hatte versagt! Er besaß keine Macht mehr über die Kraft der Elfensteine.

Da sprang plötzlich Crispin auf den Steg hinaus. Keinen Augenblick hatte er gezögert. Er warf den Bogen beiseite und zog sein Schwert, um dem Dämon entgegenzutreten. Das Ungeheuer schien flüchtig zu zögern. Eine direkte Konfrontation hatte es nicht erwartet. Wild rüttelte der Wind an der schmalen Eisenbrücke.

»Die Bolzen!« rief Crispin scharf nach hinten zurück.

Immer noch fassungslos schob Wil die Elfensteine unter seinen Kittel, ergriff wieder den Hammer und begann erneut, mit aller Kraft auf den Bolzen einzuschlagen. Er rührte sich nicht. Amberle kam aus den Schatten hinter ihm gelaufen. Sie nahm den Hammer, den Crispin weggeworfen hatte, und fing an, den anderen Bolzen mit erbitterten Schlägen zu bearbeiten.

Draußen auf der schmalen Brücke focht Crispin einen Kampf der Verzweiflung. Mit Scheinangriffen drang er auf den Raffer ein, um ihn aus dem Gleichgewicht zu werfen und so seinen Sturz in den Abgrund herbeizuführen. Doch der Dämon ließ sich nicht aus der Reserve locken, blieb in Lauerstellung, während er die Hiebe und Attacken des Elfen mit wuchtigem Arm abwehrte. Crispin verstand sich auf den Kampf mit dem Schwert, doch er vermochte nicht, die Abwehr des Ungeheuers zu durchdringen. Immer weiter schob sich der Raffer vorwärts, und der Elf war gezwungen, Boden abzugeben.

Ein ungeheurer Zorn über seine eigene Ohnmacht packte Wil Ohmsford. Den Hammerstiel mit beiden Händen umspannend, hieb er mit aller Gewalt auf den runden Kopf des Bolzens ein, und endlich sprang dieser aus seiner Fassung und sauste in die Schlucht hinunter. Doch da lief ein plötzlicher Ruck durch die Brücke und der waghalsig kämpfende Crispin verlor das Gleichgewicht. Als er taumelnd nach hinten stolperte, stürzte sich der Raffer auf ihn. Krallenhände schlugen sich in den Kittel des Elfs. Mit blankem Entsetzen sahen Wil und Amberle, wie der Raffer Crispin in die Höhe schleuderte. Das Schwert des Elfen-Hauptmanns sauste blitzend abwärts zur Kehle des Dämonen, doch die Klinge zersprang, als sie auftraf. Der Raffer wehrte den Hieb ab wie eine lästige Fliege. Noch einen Moment lang hielt er Crispin über seinem vermummten Kopf, dann schleuderte er den Elf von der Brücke in die schwarze Tiefe. Lautlos taumelte Crispin durch die Luft und war verschwunden.

Und wieder rückte der grauenhafte Töter näher.

Da packte ein plötzlicher Windstoß mit gewaltiger Kraft die schon schwankende Brücke und rüttelte mit solcher Heftigkeit an ihr, daß auch der letzte Bolzen aus seiner Fassung brach. Der schmale Steg löste sich von der Plattform, an der er festgemacht war, und fiel klirrend in den Abgrund, den Raffer mit sich reißend, der das eiserne Gestänge umklammert hielt. Gemächlich beinahe sank der Steg herab, schwang mit metallischem Knirschen zur gegenüberliegenden Wand hinüber, fiel durch den schmalen Streifen Mondlicht in den Schatten zurück und krachte schließlich donnernd gegen den Fels. Doch er löste sich nicht ganz aus seiner Verankerung. Die Pfeiler auf der anderen Seite, geknickt zwar und verbogen, hielten ihn noch, und schaukelnd wippte er im tosenden Wind hin und her. In den finsteren Schatten der Wand war er kaum sichtbar. Der Raffer war nirgends zu sehen.

Amberles Stimme übertönte plötzlich das Heulen des Sturms, ein schrilles, verängstigtes Wimmern. Doch Wil konnte nicht verstehen, was das Elfenmädchen rief. Er hielt noch immer seinen Hammer umklammert, und in seinem Geist herrschte das Chaos. Crispin und die Elfen-Jäger waren nicht mehr. Die Kraft der Elfensteine war verloren. Amberle und er waren allein.

Weinend drückte sie sich an seine Schulter und flehte ihn an, diesen Ort zu verlassen. Jetzt erst wandte er sich ihr zu und zog sie an sich. Flüchtig war ihm, als höre er Allanons Stimme, die ihm sagte, daß der Druide sich vor allen anderen auf ihn, Wil Ohmsford, verlasse. Amberle fest an seiner Seite, verschwand er im Schutz des einsamen Turmes.

Sie brauchten die ganze Nacht, um aus dem Turm wieder herauszufinden. Beim flackernden Licht der Fackel, die Crispin in einem eisernen Halter neben dem Turmtor zurückgelassen hatte, durchwanderten sie eine scheinbar endlose Folge von Gängen und Treppenschächten, die sich durch den Fels des Berges stetig abwärtswanden. Zu Tode erschöpft von den Strapazen der vergangenen Tage, rannten sie stolpernd Hand in Hand durch die dunklen Gänge des uralten Steinturms. Sie sprachen nichts; sie hatten nichts zu sagen. Sie waren noch immer wie betäubt vor Schreck und Entsetzen über das, was geschehen war. Es beherrschte sie nur ein Gedanke – diesem Berg zu entfliehen.

Rasch verloren sie jegliches Zeitgefühl, und sie hätten nicht sagen können, ob sie nun Stunden oder gar schon Tage durch die Finsternis des Berges flohen. Sie hatten keine Vorstellung, wohin die Gänge sie führten. Sie vertrauten blind auf ihren Instinkt und auf das Glück, während sie in der verzweifelten Hoffnung durch das Labyrinth der Gänge irrten, daß sie irgendwo schließlich doch wieder an das Tageslicht gelangen müßten. Ihre Glieder schmerzten, und ihre Muskeln verkrampften sich, und ihnen schwindelte vor Müdigkeit. Die Fackel brannte herunter, und noch immer nahm der Irrgarten der Gänge kein Ende.

Doch dann standen sie unversehens vor einer wuchtigen Eisentür, die durch einen schweren Riegel gesichert war. Wil wollte ihn öffnen, als Amberle ihn am Arm faßte.

»Wil«, fragte sie ängstlich, und ihre Stimme war heiser vor Erschöpfung, »was tun wir, wenn da draußen auch Dämonen auf uns warten? Was tun wir, wenn der Raffer nicht allein war?«

Wil blickte sie schweigend an. Diese Möglichkeit hatte er bis jetzt nicht in Erwägung gezogen. Er hatte sich nicht gestattet, sie in Betracht zu ziehen. Er dachte zurück an alles, was ihnen seit dem Halt im Drey-Wald widerfahren war. Immer und überall gelang es den Dämonen, sie zu finden. Es hatte etwas Unausweichliches. Selbst wenn der Raffer vernichtet sein sollte, warteten andere Dämonen. Und der Spitzel in Arborlon hatte alles mitangehört.

»Wil?« Amberles Gesicht war voller Bangnis, während sie seine Antwort erwartete.

Er traf seine Entscheidung.

»Wir müssen es wagen. Es gibt keinen anderen Weg für uns.«

Behutsam streifte er ihre Hand von seinem Arm und schob Amberle hinter sich. Dann öffnete er vorsichtig den Riegel und zog die Tür auf. Dunstiges Tageslicht sickerte durch die Öffnung. Sie hörten das Plätschern des Flusses, dessen Wellen sachte gegen die Wände einer Grotte schlugen, in der sich der versteckte Anlegeplatz der Elfen befand. Nichts regte sich. Wil und Amberle tauschten flüchtig einen Blick. Wil ließ die Fackel auf den Grund des Tunnels fallen, wo ihr Feuer erlosch.

Der Pier und die Boote, die an ihm festgemacht waren, waren morsch und nicht mehr zu gebrauchen. Wil und Amberle liefen einen schmalen Sims in der Grotte entlang und gelangten schließlich an ein bewaldetes Flußufer am Fuß des Pykon. Nirgends war eine Seele zu sehen. Sie waren allein.

Gerade erst graute der Tag mit kaltem, silbernem Licht. An Bäumen und Büschen glitzerten zu Kristallen gefrorene Tautropfen, und das Land lag unter einem weißen Schleier von Rauhreif. Verwundert blickten sie sich um, sahen ihren eigenen Atem, der in Wölkchen vor ihren Gesichtern aufstieg, spürten die Kälte, die ihnen durch die Kleider hindurch in alle Glieder kroch. Laut gurgelnd strömte der Fluß zwischen den beiden Bergspitzen dahin, kaum sichtbar unter dem dichten Gespinst weißen Nebels. Dunkel und mächtig ragten die Zwillingstürme des Pykon in den Nebel hinein.

Unsicher blickte Wil sich um. Die Boote der Elfen, die in der Dunkelheit der Höhle versteckt waren, waren nur noch Wracks. Hier schien es nichts zu geben, was ihnen weiterhelfen konnte. Aber dann fiel sein Blick auf ein kleines Ruderboot, das ein gutes Dutzend Schritte entfernt, halb von Gebüsch verborgen, am Flußufer lag. Er nahm Amberle bei der Hand und führte sie am dichtbewachsenen Ufer entlang zu dem kleinen Boot. Es war ein Fischerboot in gutem Zustand, fest und sicher am Gesträuch vertäut. Offenbar hatte es jemand zurückgelassen, der sich von Zeit zu Zeit damit vergnügt hatte, hier, in der Nähe der Grotte, zu fischen, wo das Wasser besonders tief war. Wil löste die Vertäuung, half Amberle ins Boot und stieß es vom Ufer ab. Sie brauchten den Kahn viel dringender als der abwesende Fischer.

Von der Strömung des Flusses ließen sie sich ostwärts tragen, während der Tag heller wurde und die Luft sich allmählich erwärmte. Fest in ihren Umhang gehüllt schlief Amberle vor Erschöpfung bald ein. Wil hätte es ihr gern nachgetan, doch der Schlaf mied ihn. Er war so übermüdet, daß er sich nicht entspannen konnte. Unablässig plagten ihn die Erinnerungen an all das, was ihnen auf dieser Reise zugestoßen war. Nach einer Weile schob er das kleine Ruder, das auf dem Boden des Bootes lag, in die Dolle, hockte sich aufs Heck des zierlichen Kahns und steuerte das Gefährt den Fluß hinunter, während er mit abgestumpften Sinnen beobachtete, wie hinter den Bergen die Sonne aufging und die Nebel des frühen Morgens aufzehrte. Der Rauhreif auf Büschen und Bäumen schmolz dahin. Die Gipfel des Pykon verloren sich in der Ferne, als der Fluß sie weiter ostwärts trug, und rundum leuchtete jetzt das satte Grün der Wälder. Strahlend blau lachte der Himmel, nur hier und dort trieben träge einige weiße Federwölkchen durch den Morgensonnenschein.

Als es Mittag wurde, erreichten sie die Stelle, wo der Mermidon sich nach Süden wandte, um der dunklen Kette des Steinkamms entgegenzutreten. Es war ein warmer Tag, die Sonne hatte die Feuchtigkeit und Kälte des frühen Morgens vertrieben. Über dem Wasser des Mermidon kreisten Vögel in leuchtenden Farben und erfüllten den Tag mit ihrem Gesang. Der Duft wilder Blumen hing betörend in der Luft.

Amberle räkelte sich und erwachte. Schlaftrunken blickte sie Wil an.

»Hast du gleichfalls geschlafen?«

Er schüttelte den Kopf.

»Ich konnte nicht.«

Sie setzte sich auf.

»Dann schlaf doch jetzt. Ich übernehme die Steuerung des Bootes schon. Du mußt dich ausruhen.«

»Nein, es ist schon gut. Ich bin nicht müde.«

»Wil, du bist doch völlig erschöpft.« Sorge sprach aus ihrer Stimme. »Du mußt schlafen.«

Tiefe Qual lag in seinen Augen, er blickte sie einen Moment lang wortlos an.

»Weißt du, was mir da heute nacht geschehen ist?« fragte er schließlich.

»Nein.« Sie schüttelte langsam den Kopf. »Und ich glaube, du weißt es auch nicht.«

»O doch, ich weiß es genau. Ich weiß ganz genau, was geschehen ist. Ich wollte die Elfensteine einsetzen, und ich vermochte es nicht. Ich habe keine Macht mehr über sie. Sie ist mir verlorengegangen.«

»Das kannst du nicht wissen. Du hattest doch schon das erste Mal Mühe mit den Steinen, als du sie im Tirfing gebrauchen wolltest. Vielleicht hast du es diesmal allzusehr erzwingen wollen. Vielleicht hast du dir selbst gar keine Chance gelassen.«

»Doch, doch, ich hab' mir jede Chance gelassen«, widersprach er leise. »Ich habe alles eingesetzt, was ich in mir habe, um die Kraft der Elfensteine freizusetzen. Aber es geschah nichts. Gar nichts. Allanon anvertraute mir, daß dies eintreten könnte. Das kommt daher, daß mein Elfenblut mit Menschenblut gemischt ist. Nur Elfenblut hat die Macht über die Steine, und das meine ist, scheint's, äußerst schwach. In mir ist eine

Sperre, Amberle. Einmal habe ich sie überwunden, aber jetzt gelingt es mir nicht mehr.«

Sie rückte näher an ihn heran und legte ihre Hand leicht auf seinen Arm.

»Dann müssen wir es eben ohne die Steine schaffen.«

Er lächelte schwach bei diesen Worten.

»Die Elfensteine sind die einzige Waffe, die wir besitzen. Wenn die Dämonen uns wiederfinden, sind wir erledigt. Wir haben nichts, womit wir uns schützen können.«

»Dann dürfen die Dämonen uns eben nicht finden.«

»Sie haben uns noch jedesmal gefunden, Amberle, trotz aller Vorsichtsmaßnahmen, die wir ergriffen haben. Wir konnten gehen, wohin wir wollten, sie haben uns immer wieder gefunden. Und sie werden uns auch diesmal finden. Das weißt du.«

»Ich weiß nur, daß du derjenige warst, der sich nach unserer Flucht aus Havenstead strikt weigerte, umzukehren«, erwiderte sie. »Ich weiß, daß du derjenige bist, der nicht ein einziges Mal daran gedacht hat, die Flinte ins Korn zu werfen. Ich weiß, daß du derjenige bist, den Allanon als meinen Beschützer ausgewählt hat. Würdest du mich im Stich lassen?«

Wil errötete. »Nein. Niemals.«

»Und ich dich auch nicht. Wir haben diesen Weg gemeinsam angetreten, und wir werden ihn zusammen beenden. Wir können uns aufeinander verlassen, du und ich. Wir werden einander helfen, alles bis zum Ende durchzustehen. Ich habe so ein Gefühl, daß es gelingen wird.« Sie hielt inne, und ein scheues Lächeln flog über ihr Gesicht. »Dir ist doch wohl klar, daß eigentlich du mir diesen Vortrag hättest halten sollen, nicht ich dir. Ich war es doch, die nicht an ihr Erbe glaubte, die kein Vertrauen in den Druiden hatte. Du hast immer geglaubt.«

»Ja, wenn die Elfensteine mir nicht den Dienst versagt hätten –«, begann Wil bedrückt.

Amberle schloß ihm rasch mit einem Finger die Lippen.

»Sei nicht so sicher, daß sie dir den Dienst versagt haben. Überleg doch mal einen Augenblick, was du mit ihnen bewirken wolltest. Du wolltest sie als eine Waffe der Vernichtung einsetzen. Ist dir das überhaupt möglich, Wil? Vergiß nicht, daß du ein Heilkundiger bist. Du hast es dir zur Aufgabe gemacht, Leben zu erhalten, nicht zu zerstören. Der Elfenzauber ist immer nur ein Teil dessen, der sich seiner bedient. Vielleicht solltest du die Elfensteine nicht auf die Weise gebrauchen, wie du sie einsetzen wolltest, als du dich dem Raffer gegenübersahst.«

Wil überdachte Amberles Worte reiflich. Allanon hatte ihm erklärt, daß sich in den drei Steinen Herz, Geist und Körper zu jener einen Kraft vereinigen mußten, die den Zauber ausmachte. Wenn es eines Teiles mangelte ...

»Nein.« Er schüttelte mit Nachdruck den Kopf. »Das ist Haarspalterei. Mein Großvater glaubte so fest an die Erhaltung des Lebens wie ich, und doch setzte er die Elfensteine ein, um zu vernichten. Und er tat es ohne die Schwierigkeiten, die ich erlebte.«

»Nun, dann gibt es noch eine andere Möglichkeit«, fuhr sie fort. »Allanon warnte dich vor dem inneren Widerstand, der seinen Ursprung in deinem gemischten Blut hat. Einmal schon hattest du ihn verspürt. Vielleicht hat das dich veranlaßt, deine eigene Sperre zu schaffen – eine geistige Sperre in der Form, daß du – dir selbst unbewußt – befürchtest, daß die Kraft der Elfensteine dir verloren ist, obwohl es in Wirklichkeit gar nicht zutrifft. Vielleicht war die Sperre, die dich heute nacht hinderte, von dir selbst geschaffen.«

Wil starrte sie nachdenklich an. War das möglich? Er schüttelte den Kopf.

»Ich weiß nicht. Ich bin mir nicht sicher. Es ging alles so schnell.«

»Dann hör mir zu.« Sie neigte sich zu ihm hinüber, so daß ihr Gesicht dem seinen ganz nahe war. »Akzeptiere nicht so rasch als Wahrheit, was nur Mutmaßung ist. Einmal hast du dich der Elfensteine bedient. Da hast du ihre Kraft heraufbeschworen und sie zu deiner eigenen gemacht. Ich glaube nicht, daß einem eine solche Gabe so leicht verlorengeht. Vielleicht hast du sie nur verschüttet. Nimm dir Zeit, sie zu suchen, ehe du sagst, daß sie dir auf immer genommen sei.«

Voll tiefer Verwunderung blickte er sie an.

»Du hast mehr Vertrauen in mich als ich selbst. Wie seltsam! Auf unserer Reise nach Arborlon hegtest du noch große Zweifel an mir. Erinnerst du dich?«

Sie rückte ein Stück von ihm ab.

»Das war falsch von mir. Ich habe Dinge gesagt, wovon ich besser geschwiegen hätte. Ich hatte Angst...«

Einen Augenblick schien es so, als wolle sie noch mehr sagen; doch wie schon bei anderer Gelegenheit, als es den Anschein hatte, als wolle sie ihre Angst erklären, ließ sie das Thema fallen. Wil war klug genug, sich damit zufriedenzugeben.

»Nun, in einer Hinsicht hast du jedenfalls recht gehabt«, meinte er, bemüht, in leichtem Ton zu sprechen. »Diesen Vortrag hätte ich dir halten sollen. Nicht du mir.«

Eine unbestimmbare Wehmut lag tief in ihren Augen.

»Dann denk daran, das zu tun, wenn du siehst, daß ich es brauche. So, kannst du jetzt schlafen?«

Er nickte. »Ja, ich glaube schon – ein Weilchen wenigstens.«

Sie tauschten den Platz, und er streckte sich auf dem Boden des Kahns aus, seinen zusammengerollten Umhang als Kissen unter dem Kopf. Gedanken an die Elfensteine huschten aufreizend durch seinen Geist. Er schloß die Augen und hüllte solche Gedanken in Schwärze. Glaub an dich selbst, hatte Allanon zu ihm gesagt. Hatte er diesen Glauben? War dieser Glaube stark genug?

Die Gedanken verwirrten sich. Er versank in tiefen Schlaf.

Es war schon später Nachmittag, als Wil erwachte. Mit steifen, schmerzenden Gliedern stemmte er sich von dem harten Boden des Bootes in die Höhe und erhob sich vollends, um Amberle am Ruder abzulösen. Er war hungrig und durstig, doch sie hatten nichts zu essen und nichts zu trinken. Sie hatten alles auf ihrer Flucht durch den Pykon verloren.

Nach einiger Zeit verengte sich der Lauf des Flusses, und die Zweige der Bäume zu beiden Seiten des Ufers schlossen sich wie ein Baldachin über ihnen. Die Schatten auf dem Wasser wurden länger, und im Westen hing die Sonne jetzt schon tief über der Wand des Steinkamm-Gebirges. Ihr goldenes Licht färbte sich mit dem Nahen des Abends zu roter Glut. Eine Folge von Stromschnellen schüttelte das kleine Boot wild hin und her, doch Wil gelang es, die gefährlichen Felsbrocken zu meiden, und er hielt mit eiserner Hand den Kurs, bis sie die gefährlichen Strudel und Untiefen hinter sich gelassen hatten. Als der Fluß auf seiner langen Wanderung nach Callahorn wieder nach Osten schwenkte, steuerte Wil den Kahn an Land, und sie stiegen aus.

Die Nacht verbrachten sie im Schutz einer ausladenden alten Weide, mehrere hundert Schritte vom Flußufer entfernt. Nachdem sie das Boot im Gebüsch versteckt hatten, sammelten sie Früchte und Kräuter für ein karges Nachtmahl und machten sich auf die Suche nach Trinkwasser. Doch sie fanden nirgends eine Quelle und mußten sich schließlich mit der harten Nahrung begnügen. Bald nach dem Essen schliefen sie ein.

Der Morgen zog hell und freundlich herauf, und Wil und Amberle brachen zeitig auf, um den Marsch zum Steinkamm in Angriff zu nehmen. In zügigem Tempo wanderten sie durch den frühen Morgen, während sie mit herzhaftem Appetit die Früchte verspeisten, die vom vergangenen Abend übrig waren. Die Stunden verflogen rasch. Am späten Vormittag entdeckten sie einen Bach mit einem sprudelnden Wasserfall und stellten fest, daß das Wasser genießbar war. Sie tranken gierig und ausgiebig, doch da sie keinen Behälter hatten, konnten sie nichts mitnehmen.

Der Tag wurde älter, und immer näher rückte hinter der grünen Mauer der Wälder das Steinkamm-Gebirge, eine gewaltige Kette gezackter Spitzen, die sich über den westlichen Horizont dehnte. Nur im Süden, wo das öde, undurchdringliche Totenmoor lag, waren keine Berge. Dort war die Luft von dichten grauen Nebeln verschleiert, die wie Rauchwolken aus dem Moor aufstiegen.

Zum erstenmal, seit sie dem Pykon entronnen waren, machte sich Wil Gedanken darüber, wie ihre Reise weitergehen sollte. Ihr Entschluß, dem Mermidon bis zu den Wäldern am Fuß der Bergkette zu folgen, war durchaus naheliegend gewesen. Jetzt aber, da sie hier waren, fragte er sich, wie sie es je schaffen sollten, diese gigantischen Gipfel zu überwinden. Sie kannten beide dieses Gebiet nicht; sie wußten beide nicht, ob es Pässe gab, die einigermaßen gefahrlos über das Gebirge hinwegführten. Wie sollten sie es jetzt, ohne die Führung der Elfen-Jäger, verhindern, daß sie hoffnungslos in die Irre gingen?

Als die Sonne unterging, standen sie unmittelbar am Fuß des Steinkamms und blickten Tausende von Fuß hinauf zu einem Wald nadelspitzer Felsgipfel, der nirgends eine Lücke zeigte, nirgends einen Durchgang bot. Sie ließen den Wald hinter sich und erklommen die unteren Hänge des unmittelbar vor ihnen sich auftürmenden Berges. Die weiten grünen Matten waren mit leuchtenden blauen Glockenblumen und rotem Tausendgüldenkraut übersät. Die Sonne war beinahe hinter dem Horizont verschwunden, und sie sahen sich nach einem Lagerplatz um. Bald hatten sie einen Bach gefunden, der munter aus den oberen Felshängen herabsprang; an einem kleinen Teich im Schutz einer Gruppe von Föhren ließen sie sich zur Nacht nieder. Wieder gab es nur frische Früchte und Kräuter zum Nachtmahl, doch Wil hungerte nach Fleisch und Brot und aß das, was sie hatten, ohne viel Appetit. Sie wünschten einander gute Nacht, wickelten sich in ihre Umhänge und schlossen die Augen.

Wil überlegte noch immer, wie es ihnen gelingen sollte, das Gebirge zu überwinden, als der Schlaf ihn übermannte.

Als er erwachte und die Augen aufschlug, saß ein Junge neben ihnen im Gras und musterte ihn. Es war früh am Morgen, und die Sonne stieg wie in einem Glorienschein dunstverschleierten, goldenen Lichts aus den fernen Wäldern empor. Auf den weiten, offenen Hängen des Berges, die sich über ihnen dehnten, öffneten sich die Blüten der wilden Blumen, und Tautropfen schimmerten im Gras.

Wil blinzelte überrascht. Im ersten Moment glaubte er, seine Augen spielten ihm einen Streich, und wartete darauf, daß der Junge wieder in den Gefilden seiner Phantasie untertauchen würde. Doch der Junge blieb, wo er war. Mit gekreuzten Beinen hockte er vor Wil im Gras und betrachtete diesen schweigend. Es war also kein Trugbild, sagte sich Wil und richtete sich ein wenig auf.

»Guten Morgen«, sagte er endlich.

»Guten Morgen«, antwortete der Junge feierlich.

Wil rieb sich den Schlaf aus den Augen und nahm sich Zeit, um den Jungen zu mustern. Er war ein Elf, ziemlich groß, mit zerzaustem, sandblondem Haar, das ihm in sein Gesicht fiel. Auf der Nase saßen ein paar Sommersprossen. Der Junge trug eine Hose und ein Wams aus Leder, und um seinen Hals sowie an seinem Gürtel hing eine Vielzahl von Beuteln und Säcken. Er war sehr jung, viel jünger noch als Wil und Amberle.

»Ich wollte Euch nicht wecken«, erklärte der Junge.

Wil nickte. »Du warst sehr leise.«

»Ich weiß. Ich kann mich durch einen Wald schleichen, ohne daß mich jemand hört.«

»Tatsächlich?«

»Ja. Und ich kann mich an einen Fuchsbau heranpirschen, ohne daß der Fuchs was merkt. Das hab' ich schon einmal gemacht.«

»Das ist ja allerhand.«

Der Junge sah ihn neugierig an.

»Was tut ihr hier draußen?«

Wil mußte unwillkürlich lachen.

»Genau das gleiche wollte ich dich gerade fragen. Wohnst du hier?«

Der Junge schüttelte den Kopf.

»Nein. Ich wohne im Süden, unterhalb vom Irrybis. Im Rockshort.«

Wil hatte keine blasse Ahnung, was ein Rockshort sein könnte. Er hörte, wie Amberle sich hinter ihm regte.

»Sie ist sehr schön«, sagte der Junge leise. »Seid ihr verheiratet?«

»Äh – nein, wir reisen nur zusammen«, erwiderte Wil leicht verlegen. »Wie bist du denn hierhergekommen?«

»Ich bin geflogen«, antwortete der Junge. »Ich bin ein Himmelsreiter.«

Wil war sprachlos. Der Junge blickte an ihm vorbei zu Amberle, die sich jetzt aufsetzte.

»Guten Morgen, schöne Dame«, begrüßte er sie.

»Guten Morgen«, antwortete Amberle. Belustigung mischte sich mit Verwunderung in ihren grünen Augen. »Wie heißt du?«

»Perk.«

»Ich heiße Amberle.« Das Elfenmädchen lächelte. »Und das ist Wil.«

Der Junge stand auf und trat zu Wil, um ihm die Hand zu schütteln. Mit Überraschung stellte Wil fest, daß die Innenhand des Jungen schwielig und von Hornhaut überzogen war. Der Junge schien sich dieser Tatsache bewußt zu sein und zog seine Hand rasch zurück. Amberle bot er sie gar nicht, sondern nickte ihr nur zu.

»Möchtet ihr etwas zum Frühstück?« fragte er.

Wil zuckte die Schultern. »Woran hattest du denn gedacht, Perk?«

»Milch, Nüsse, Käse und Brot. Das ist alles, was ich bei mir habe.«

»Nun, das ist doch wunderbar.« Wil lachte und blickte rasch zu Amberle hinüber. Er hatte keine Ahnung, was Perk hier tat, doch was er zum Frühstück zu bieten hatte, klang köstlich.

»Wir teilen das Frühstück mit Freuden mit dir.«

Sie ließen sich im Gras nieder. Aus einem der Beutel, die er bei sich trug, holte der junge Elf die versprochenen Nüsse, den Käse und das Brot hervor, dazu drei kleine Becher. Diese füllte er mit Milch aus einem anderen Beutel.

Wil und Amberle verzehrten die kleine Mahlzeit mit Heißhunger.

»Woher hast du die Milch?« fragte Amberle.

»Von den Ziegen«, murmelte der Junge mit vollem Mund. »Ein paar Meilen weiter nördlich ist ein Ziegenhirt mit einer kleinen Herde. Ich hab' heute morgen in aller Frühe eine von den Geißen gemolken.«

Amberle warf einen fragenden Blick auf Wil. Der zuckte die Schultern.

»Er hat mir erzählt, daß er ein Himmelsreiter ist. Er fliegt.«

»Ein richtiger Himmelsreiter bin ich nicht – noch nicht«, schränkte der Junge ein. »Dazu bin ich noch zu jung. Aber eines Tages werde ich einer sein.«

Ein etwas verlegenes Schweigen folgte auf diese Worte, das der Junge schließlich brach.

»Ihr habt mir noch gar nicht erzählt, was ihr hier draußen tut«, bemerkte er. »Lauft ihr vor irgendwas davon?«

»Warum fragst du das, Perk?« wollte Amberle sogleich wissen.

»Weil ihr so ausseht, als ob ihr vor irgendwas flieht. Eure Kleider sind ganz zerrissen und schmutzig. Ihr habt keine Waffen und kein Essen und keine Decken. Ihr habt kein Feuer entzündet. Und ihr seht so aus, als ob euch etwas schreckliche Angst gemacht hat.«

»Perk, du bist ein kluger Junge«, bemerkte Wil eilig und wußte schon, wie er diese Situation anpacken wollte. »Versprichst du mir, daß du es nicht weitererzählst, wenn ich dir jetzt etwas sage?«

Der Junge nickte mit einer Miene gespannter Erwartung. »Ja, das verspreche ich.«

»Gut.« Vertraulich neigte sich Wil ihm zu. »Diese Dame hier – Amberle – ist etwas ganz Besonderes. Sie ist eine Prinzessin, eine Enkelin von Eventine Elessedil, dem König der Elfen.«

»Dem König der Landelfen«, verbesserte Perk. Als Wil, durch den Einwurf des Jungen verwirrt, innehielt, rückte dieser begierig näher an ihn heran. »Seid ihr auf Schatzsuche? Oder ist die Dame verzaubert? Ist sie behext?«

»Ja. Nein.« Wil brach ab. Worauf hatte er sich da eingelassen? »Wir suchen – äh, wir sind auf der Suche nach einem – einem Talisman, Perk. Nur Amberle kann seine Kraft zur Wirkung bringen. Das Volk der Elfen wird von großem Unheil bedroht. Nur dieser Talisman kann vor diesem Unheil schützen, und wir müssen ihn schnell finden. Wärst du bereit, uns zu helfen?«

Perks Augen blitzten aufgeregt.

»Ein Abenteuer? Ein richtiges Abenteuer?«

»Wil, ich weiß nicht –« unterbrach Amberle mit gerunzelter Stirn.

»Vertrau mir bitte.« Wil hob beschwichtigend die Hände. Er wandte sich wieder an Perk. »Das ist eine sehr gefährliche Sache, Perk. Die Wesen, vor denen wir fliehen, haben schon eine ganze

Anzahl von Elfen getötet. Das ist kein Spiel. Du mußt genau das tun, was ich dir sage, und wenn ich dir sage, daß es vorbei ist, dann mußt du uns auf der Stelle verlassen. Ist das klar?«

Der Junge nickte zustimmend.

»Was soll ich denn tun?«

Wil wies zum Steinkamm-Gebirge hinauf.

»Du sollst mir einen Weg durch dieses Gebirge zeigen. Kennst du einen?«

»Aber natürlich.« Perks Stimme klang entrüstet. »Wohin wollt ihr denn?«

Wil zögerte. Eigentlich hätte er das dem Jungen lieber nicht verraten.

»Spielt das eine Rolle?« fragte er.

»Aber gewiß spielt das eine Rolle«, gab Perk sogleich zurück. »Wie kann ich euch zeigen, wie ihr zu eurem Ziel kommt, wenn ich gar nicht weiß, wo euer Ziel liegt?«

»Das klingt sehr vernünftig«, bemerkte Amberle und warf Wil einen Blick zu, der besagte, daß er all dies hätte voraussehen müssen. »Ich glaube, es ist besser, du sagst es ihm, Wil.«

Wil nickte. »Also gut. Wir wollen in den Wildewald.«

»In den Wildewald?« Mit ernster Miene schüttelte Perk den Kopf, und sein Eifer wurde ein wenig gedämpfter. »Der Wildewald ist mir verboten. Er ist gefährlich.«

»Das wissen wir«, pflichtete Amberle ihm bei. »Aber wir haben keine andere Wahl. Wir müssen dorthin. Kannst du uns helfen?«

»Ja, ich kann euch helfen«, antwortete der Junge fest. »Aber ihr könnt nicht durch das Gebirge wandern. Da würdet ihr Tage brauchen.«

»Ja, aber wenn wir nicht durch das Gebirge gehen, wie kommen wir dann hin?« fragte Wil. »Gibt es denn einen anderen Weg?«

Perk lachte. »Klar. Wir können fliegen.«

Wil sandte einen hilfesuchenden Blick zu Amberle hinüber.

»Perk, das geht doch gar nicht, wir können nicht fliegen«, sagte sie behutsam.

»Doch, wir können fliegen«, beharrte er. »Ich hab' euch doch gesagt, daß ich ein Himmelsreiter bin – jedenfalls schon fast.«

Eine blühende Phantasie hat der Knabe, dachte Wil.

»Schau mal, Perk, zum Fliegen braucht man Flügel, und die haben wir nicht.«

»Flügel?« Der Junge machte ein verwirrtes Gesicht. Dann lachte er. »Ach so, ihr dachtet – ach so, jetzt verstehe ich. Nein, nein, nicht wir selbst. Wir haben Genewen. Hier, kommt mit.«

Eilig sprang er auf und lief aus dem Schatten der Föhren auf die Wiese hinaus. Verwundert folgten ihm Wil und Amberle. Als sie die Bäume hinter sich gelassen hatten und am offenen Hang standen, griff Perk in einen der Lederbeutel, die er am Hals trug, und zog eine kleine silberne Pfeife heraus. Er legte sie an die Lippen und blies hinein. Kein Laut war zu hören. Wil blickte wieder zu Amberle hinüber und schüttelte verstohlen den Kopf. Perk steckte das silberne Pfeifchen wieder ein und hob den Kopf zum Himmel hinauf. Ganz mechanisch taten es Wil und Amberle ihm nach.

Plötzlich stieg aus den Zacken des Steinkamms ein gewaltiges, golden schimmerndes Wesen in die Lüfte empor. Hell blitzte es im warmen Sonnenlicht des Morgens, als es am Hang des Berges abwärtstauchte und auf sie zukam. Wil und Amberle fuhren erschreckt zusammen. Es war der größte Vogel, den sie je gesehen hatten, ein riesenhaftes Geschöpf mit einer Spannweite von vollen dreißig Fuß. An dem schlanken, von einem Kamm gekrönten Kopf, der, schwarz gesprenkelt, wie Feuer leuchtete, saß ein mächtiger gebogener Schnabel, und scharfe Krallen schoben sich aus den Füßen, als der Vogel sich näherte. Einen Moment lang fühlten sich Wil und Amberle an das geflügelte schwarze Ungeheuer erinnert, das sie auf ihrer Flucht durch das Rhenn-Tal beinahe eingeholt hätte, doch dann sahen sie, daß dies nicht dasselbe Geschöpf war. Keine zehn Fuß von ihnen entfernt, landete der Vogel auf der Wiese und faltete die gewaltigen Schwingen über seinem golden gefiederten Körper. Sein durchdringender Schrei zerriß die morgendliche Stille, und dann neigte er den schmalen Kopf begierig zu Perk hinunter. Der Junge antwortete mit einem raschen, seltsamen Ruf und wandte sich dann wieder seinen erstaunten Begleitern zu.

»Das ist Genewen«, verkündete er strahlend. Dann lachte er. »Seht ihr? Ich sagte euch, daß wir fliegen können.«

Angesichts des Riesenvogels waren Wil und Amberle eher bereit, die Geschichte zu glauben, die Perk ihnen dann erzählte.

Vor der Zeit von Jerle Shannara und vor dem Ausbruch des Zweiten Krieges der Rassen verließ eine kleine Schar von Elfen – aus Gründen, die nun längst vergessen waren – ihre Heimat und wanderte nach Süden, um sich am Fuß des Irrybis-Gebirges in einem rauhen, unerforschten Gebiet bergigen Waldlands anzusiedeln, das an ein großes Wasser grenzte, den Rassen als blaue Scheide bekannt. Diese Elfen waren Perks Vorfahren. Im Lauf der Jahre wurden sie zu Jägern und Fischern, die westlich vom Myrian-See in kleinen Dörfern an der steilen Felsküste der blauen Scheide hausten. Die Elfen entdeckten schon bald, daß sie diese Felsen mit einer Familie riesiger Vögel teilten, die in den Höhlen über den Wassern der blauen Scheide ihre Nester bauten.

Nach einem legendären Vogel der alten Welt nannten sie diese Vögel Rocks. Die Rocks und die Elfen wahrten zunächst tunlichst Abstand voneinander, doch mit der Zeit erkannten die Elfen, daß die Riesenvögel ihnen von großem Nutzen sein konnten, wenn es möglich war, sie zum Tragen und Befördern von Lasten abzurichten. Die Elfen waren einfallsreiche und resolute Leute und machten sich sogleich daran, dieses Ziel zu verwirklichen. Nach zahlreichen Fehlschlägen entdeckten sie tatsächlich einen Weg, mit den Vögeln Kontakt aufzunehmen und sich mit ihnen zu verständigen, und das führte dazu, daß zunächst einige der jungen Vögel ins Geschirr genommen wurden. Nach einiger Zeit der Erfahrung schafften es die Elfen schließlich, sich zu Herren der ganzen Vogelsippe zu machen. Die Rocks wurden zu Reittieren der Elfen, die jetzt ihre Jagd- und Fischgründe weiter ausdehnen konnten. Die Vögel wurden aber auch zu starken Beschützern ihrer Herren, indem man sie darauf abrichtete, mit den Feinden der kleinen Gemeinde zu kämpfen. Die Elfen ihrerseits verteidigten die Rocks gegen andere Tiere, die etwa die Brutstätten überfallen oder in ihre

Futtergebiete einfallen wollten. Sie machten es sich zur Aufgabe, für die Vögel zu sorgen, sie bei Krankheit und Verletzung zu behandeln und zu heilen, sich stets um ihr Wohlbefinden zu kümmern. Im Lauf der Jahre wurde das Band zwischen Elf und Vogel immer fester. Das Land, in dem sie gemeinsam lebten, nannten sie Rockshort. Es war klein und abgeschieden, in einer Wildnis gelegen, die nur dünn besiedelt war und selten von Reisenden aufgesucht wurde. Jede Verbindung zwischen Rockshort und den größeren Elfengemeinden nördlich vom Wildewald war längst abgebrochen. Die Elfen im Rockshort hatten ihre eigene Regierung gebildet, und wenn sie auch die Souveränität des Elfenkönigs in Arborlon über die Mehrheit der Westland-Elfen anerkannten, so betrachteten sie sich doch als ein selbständiges Volk. Sie nannten sich selbst die Luftelfen und die übrigen Westland-Elfen die Landelfen.

Perk war Sohn und Enkel von Himmelsreitern. Himmelsreiter waren jene Männer, die die gewaltigen Rocks abrichteten, ritten, und die für die Ernährung und für die Verteidigung der im Rockshort lebenden Elfen und Vögel zuständig waren. Es gab noch andere Ämter, die den Männern und Frauen vom Rockshort übertragen wurden, doch das des Himmelsreiters war das am meisten begehrte. Nur der Himmelsreiter konnte dem Rock befehlen. Nur er durfte fliegen, die Himmelsbahnen von einem Zipfel des Landes bis zum anderen durchreiten. Der Himmelsreiter war ein Mann, der Vertrauen und Ehre genoß, der sein Leben in den Dienst seiner Mitbürger stellte, der stets als ein Symbol ihrer Lebensweise gelten würde.

Perk befand sich im zweiten Jahr seiner Ausbildung als Himmelsreiter. Die, denen dieses Amt einmal übertragen werden sollte, wurden früh ausgewählt, und die Ausbildung dauerte dann bis zu dem Tag, an dem der Junge das Mannesalter erreichte. Häufig war die Wahl schon vorbestimmt, wie im Fall von Perk, von dem erwartet wurde, daß er in die Fußstapfen seines Vaters und seines Großvaters treten würde, die beide Himmelsreiter waren. Genewen war der Vogel seines Großvaters, doch dieser war zu alt, um noch regelmäßig im Dienste des Rockshort zu fliegen. Wenn Perk das Mannesalter erreichte, würde Genewen in seinen Besitz übergehen. Die Rocks wurden sehr alt, lebten im allgemeinen vier-, in seltenen Fällen fünfmal so lang wie die Elfen. Ein Rock konnte also im Lauf seines Lebens mehreren Herren dienen. Genewen war zuerst von Perks Großvater in Dienst genommen worden, doch wenn ihre Gesundheit erhalten blieb, würde sie eines Tages Perks Sohn dienen, vielleicht auch seinem Enkel.

Im Augenblick jedoch diente sie Perk, der unter der Aufsicht seines Großvaters zum Himmelsreiter ausgebildet wurde. Ein Übungsflug hatte den Elfenjungen ins Steinkamm-Gebirge und zu dieser Begegnung mit Wil und Amberle geführt. Im Rahmen seiner Ausbildung zum Himmelsreiter mußte er vom Rockshort aus immer längere Flüge unternehmen. Und bei jedem Flug hatte er ganz bestimmte Aufgaben zu erfüllen, mußte ganz bestimmte Vorschriften befolgen. Diesmal sollte er dem Rockshort sieben Tage fernbleiben, wobei man ihm nur einen schmalen Proviant an Brot und Käse und einen Kanister Wasser mitgegeben hatte. Was er sonst noch brauchte, um seinen Hunger zu stillen, mußte er sich selbst beschaffen. Er hatte den Auftrag, bestimmte Teile des Gebirgslandes rund um den Wildewald zu erforschen und bei seiner Rückkehr genau zu beschreiben. Der Wildewald selbst war ihm verboten, wie allen, die sich noch in der Ausbildung befanden. Er durfte in dem Land, das an den Wildewald angrenzte, landen, nicht aber in dem Gebiet selbst. Und er war gehalten, allen Kontakt mit seinen Bewohnern zu vermeiden.

Die Anweisungen waren klar und deutlich, und Perk stellte sie nicht in Frage. Am Morgen seines zweiten Tages jedoch entdeckte er, während er am Ostrand des Steinkamms entlang nach Süden flog, Wil und Amberle, zwei vermummte Gestalten, die im Schutz einer Gruppe von Fichten unter ihm schliefen. Er schwang sich herab, um die beiden näher in Augenschein zu nehmen, und sogleich war seine Neugier geweckt. Wer waren diese Wanderer, Elfen wie er selbst, ein junger Mann und ein junges Mädchen, ganz offensichtlich aus einem anderen Teil des Landes? Was taten sie so schlecht ausgerüstet in diesem rauhen Land? Es bedurfte nur kurzer Überlegung, dann war sein Entschluß gefaßt. Er hatte Anweisung, jeden Kontakt mit den Bewohnern des Wildewalds zu vermeiden, hinsichtlich eventueller Kontakte mit anderen jedoch war ihm nichts gesagt worden – ein Versehen seines Großvaters vielleicht, aber auf jeden Fall eine Tatsache. Obwohl Perk durch die hohen Anforderungen seiner Ausbildung Bedachtsamkeit und Vorsicht gelernt hatte, war er dennoch ein Junge mit eben der Abenteuerlust eines Jungen. Sein Großvater hatte die Tür angelehnt gelassen, da war es nur natürlich, daß er sie jetzt ganz aufstoßen wollte. Er wollte gehorsam sein, aber er war auch wißbegierig. Und manchmal mußte eben der Gehorsam vor der Wißbegierde weichen.

Und dies war eine solche Gelegenheit – zum Glück für Wil und Amberle.

Nachdem Perk zum Ende gekommen war, beantwortete er geduldig die Fragen der beiden. Doch seine Ungeduld, das neue Abenteuer anzugehen, gewann schließlich die Oberhand. Mit erwartungsfrohem Blick fragte er seine neuen Freunde, ob sie zum Abflug bereit seien. Genewen war zwar nicht daran gewöhnt, mehr als einen Reiter zu tragen, doch sie konnte es leicht schaffen. Sie würde sie im Nu über die Bergkette des Steinkamms hinwegtragen.

Wil und Amberle musterten den Riesenvogel mit skeptischen Blicken. Hätte es einen anderen Weg gegeben, sie hätten ihn mit Freuden eingeschlagen. Allein schon der Gedanke an das Fliegen machte ihnen Angst. Doch es gab keine Alternative, und da stand der Junge, die Hände in die Hüften gestemmt, und wartete darauf, daß es endlich losging. Mit einem Schulterzucken erklärte Wil, sie seien bereit. Lieber Himmel, wenn ein Knabe dies konnte, dann konnten sie es doch gewiß auch.

Perk folgend, gingen sie zu Genewen hinüber. Der Riesenvogel trug ein ledernes Geschirr, das eng um seinen Körper lag. Perk zeigte ihnen die Fußschlingen, die ihnen gestatteten, an dem Geschirr bis zur Mitte des gefiederten Rückens hochzuklettern. Er hielt Genewen ruhig, während sie hinaufstiegen, schob ihre Stiefel dann in lederne Schlaufen, führte ihre Hände zu verknoteten Haltegriffen und band sie vorsichtshalber schließlich noch mit Sicherheitsgurten an das Geschirr. So, klärte er sie auf, würden sie auch dann nicht abstürzen, wenn ein starker Wind sie vom Rücken des Vogels herunterwehen sollte. Wil und Amberle, die auch ohne diese Aussicht Angst genug hatten, fanden das wenig tröstlich. Als sie beide fest saßen, gab Perk jedem von ihnen ein kleines Stück einer bräunlichen Wurzel und sagte, sie sollten sie gut kauen und dann hinunterschlucken. Diese Wurzel, erklärte er, helfe gegen das Unwohlsein während des Flugs. Sie schoben sie eiligst in den Mund.

Der Elfenjunge saß nun ebenfalls auf, zog unter den Gurten des Geschirrs eine lange, mit Leder umwickelte Peitsche hervor und versetzte Genewen einen scharfen Schlag. Mit einem durchdringenden Schrei spannte der Rock seine gewaltigen Schwingen aus und stieg steil in den leuchtenden Morgen auf. Starr vor Angst sahen Wil und Amberle, wie die grüne Wiese unter ihnen zurückblieb. Die Fichten, unter denen sie geschlafen hatten, schienen zu schrumpfen, als Genewen hoch über dem grünen Weideland kreiste, sich von den Strömungen des Windes weiter aufwärts tragen ließ und in weitem Bogen westwärts flog, den Gipfeln der Berge entgegen.

Wil und Amberle wurden von einer Mischung seltsamer Gefühle überwältigt, die zwischen Angst und Schwindel einerseits und jauchzendem Frohlocken andererseits schwankten. Nur der Saft der fremdartigen Wurzel verhinderte, daß sich ihnen der Magen umdrehte. Mit der Zeit jedoch vergingen Schwindel und Übelkeit, während das Gefühl schwereloser Beschwingtheit intensiver wurde und ganz von ihnen Besitz ergriff und sie auf das weite Land hinunterblickten, das sich in einem überwältigenden Panorama von Wäldern, Sümpfen, Bergen und Flüssen unter ihnen dehnte. Es war ein unbeschreiblicher Anblick. Vor ihnen stießen die schwarzen Spitzen des Steinkamms wie zackige Zähne aus der Erde empor, und das dünne blaue Band des Mermidon schlängelte sich aus dem unfruchtbaren Fels ins flache Wiesenland hinaus. Im Norden, eingeschlossen vom Grün der Westland-Wälder, lag dunkel und verschleiert das Wirrnismoor. Im Osten, jetzt weit entfernt, ragten die Zwillingstürme des Pykon in den Himmel. Im Süden hüllten die brodelnden Dämpfe, die aus dem Totenmoor aufstiegen, das Irrybis-Gebirge in graue Schleier. Da lag es unter ihnen ausgebreitet, das ganze Land, scharf gezeichnet von der Morgensonne, die aus einem wolkenlosen, leuchtendblauen Himmel herunterbrannte.

Genewen stieg zu einer Höhe von mehreren hundert Fuß auf, während sie mit stetigem Flügelschlag immer tiefer in das Steinkamm-Gebirge hineinflog, sich in diesem Felslabyrinth mit sicherem Instinkt ihren Weg suchte, durch Spalten und Klüfte tauchte, in Täler hinabstieß, dann wieder steil nach oben stieg, um einen neuen scharfzackigen Rücken zu überwinden. Wil und Amberle klammerten sich eisern mit ihren Händen an ihren Riemen fest, doch es war ein runder, glatter Flug; der gewaltige Vogel sprach auf jede Bewegung des Knaben, der ihn lenkte, an. Der Wind fegte in kurzen Böen über sie hinweg, doch er war freundlich und warm an diesem Sommertag, wehte sacht aus Süden. Ab und zu warf Perk einen Blick über die Schulter auf seine neuen Freunde und lachte über das ganze sommersprossige Gesicht. Der Höflichkeit halber lächelten sie zurück, doch Begeisterung sprach nicht aus diesem Lächeln.

Fast schon eine Stunde dauerte der Flug, immer tiefer hinein in das Gebirge, bis die grünen Wälder ganz aus ihrem Blickfeld entschwunden waren. Von Zeit zu Zeit konnten sie durch eine Lücke im Zackenwald die Dämpfe des Totenmoores sehen, das grau und abweisend im Süden lag. Dann aber schlossen sich die Berge wie eine undurchdringliche Wand um sie, massige Felstürme, die das Sonnenlicht verdunkelten. Flüchtig dachte Wil daran, wie es wohl gewesen wäre, wenn er und Amberle versucht hätten, diese grimmigen Berge zu Fuß zu überqueren. Es schien unmöglich, daß sie es geschafft hätten, schon gar nicht ohne die Hilfe der Elfenjäger. Die Dämonen, dachte er, jagten ihnen gewiß noch immer nach, doch diesmal würde es selbst dem Raffer, wenn er den Einsturz der Brücke am Pykon überlebt hatte, unmöglich sein, ihnen wieder auf die Spur zu kommen.

Nach einer Weile lenkte Perk den Riesenvogel zu einem baumlosen Hochplateau über einem funkelnden Bergsee. Der Rock landete ruhig und sicher wieder auf festem Boden, und seine Reiter stiegen ab. Perk sprang flink und behende vom Rücken des Vogels, während Wil und Amberle sich mit steifen, ungelenken Bewegungen herunterließen. Auf ihren Gesichtern stand tiefe Erleichterung.

Eine halbe Stunde rasteten sie auf dem Plateau, dann kletterten sie wieder auf Genewens Rücken, und der Flug ging weiter, immer in westlicher Richtung. Noch zweimal machten sie im Laufe des Morgens Rast, und jedesmal erbot sich Perk, Essen und Trinken mit seinen neuen Freunden zu teilen. Doch diese lehnten ab. Nur ein weiteres Stück von der geheimnisvollen braunen Wurzel nahmen sie gern entgegen. Perk versagte sich einen Kommentar. Ihm war es genauso gegangen, als er das erste Mal geflogen war.

Am späten Morgen erreichten sie den Ostrand des Wildewalds. Von Genewens Rücken aus konnten sie das ganze Tal überblicken, eine schier undurchdringliche Wildnis aus dichtem Wald und struppigem Dickicht, eingeschlossen von den Gipfeln des Steinkamms und des Irrybis-Gebirges und von der weiten, nebelverhangenen Einöde des Totenmoors. Ein unheimliches Gebiet war es, dicht überwuchert von Buschwerk und Gestrüpp, ein Auf und Ab von Talmulden und Hügelkämmen, von Sümpfen durchzogen. Hier und da ragten einsame Felsspitzen auf, die aus dem grünen Meer der Bäume emporstießen wie himmelsuchende Arme. Nirgends waren Anzeichen menschlicher Besiedlung auszumachen; es gab keine Dörfer, keine Einödhöfe, keine bebauten Äcker, kein grasendes Vieh. Das ganze Tal war eine einzige Wildnis, finster und bedrohlich. Wil und Amberle blickten voll Bangnis hinunter.

Nun aber steuerte Perk den Vogel wieder in den Schatten der Berge hinein, und der Wildewald verschwand hinter den Gipfeln. Ohne Pause flogen sie weiter bis kurz nach Mittag, als Perk Genewen wieder nach Süden wandte. Der Rock segelte durch eine schmale Kluft, und vor ihnen tauchte erneut der Wildewald auf. Sie flogen direkt darauf zu, indem sie dem Gefälle einer langen Geröllhalde folgten, die bis zum oberen Rand der Talmulde reichte. Dort schwenkte Genewen nach rechts ab und landete wenig später im Schutz einiger Tannen auf einem weiten

Hang, der Blick auf den Wildewald bot.

Vorsichtig kletterten Wil und Amberle vom Rücken des Rock und rieben sich die Muskeln, die vom langen Flug ganz verkrampft waren. Nachdem Perk seinem Riesenvogel rasch einen Befehl erteilt hatte, folgte er seinen beiden Freunden. Seine Augen blitzten.

»Seht ihr! Wir haben es geschafft!« Er strahlte über das ganze Gesicht.

»Ja, tatsächlich.« Wil lächelte ungläubig.

»Und was tun wir jetzt?« erkundigte der Junge sich eifrig.

Mit einem dankbaren Lächeln richtete Wil sich auf.

»Du tust jetzt gar nichts mehr, Perk. Hier ist für dich das Ende des Wegs.«

»Aber ich möchte euch helfen«, beharrte Perk.

Amberle trat zu ihm und legte ihm den Arm um die Schultern.

»Du hast uns schon sehr geholfen, Perk. Ohne dich wären wir nicht so weit gekommen.«

»Aber ich möchte –«

»Nein, Perk«, unterbrach Amberle ihn rasch. »Das, was wir jetzt tun müssen, ist viel zu gefährlich. Da dürfen wir dich nicht mit hineinziehen. Wil und ich müssen in den Wildewald hinein. Du hast selbst gesagt, daß du dorthin nicht darfst. Darum mußt du uns jetzt verlassen. Vergiß nicht, du hast Wil versprochen zu gehorchen.«

Der Junge nickte enttäuscht.

»Aber ich hab' keine Angst«, murmelte er.

»Das weiß ich.« Amberle lächelte. »Ich glaube, es gibt kaum etwas, wovor du Angst hast.«

Perks Gesicht hellte sich ein wenig auf bei diesem Kompliment, und ein flüchtiges Lächeln huschte über seine Züge.

»Eines kannst du noch für uns tun.« Wil legte dem Jungen eine Hand auf die Schulter. »Wir wissen nicht sehr viel über den Wildewald. Kannst du uns etwas darüber berichten, was uns da unten erwartet?«

»Ungeheuer«, antwortete der Junge, ohne zu zögern.

»Ungeheuer?«

»Ja, Ungeheuer aller Art. Hexen auch, hat mein Großvater

immer gesagt.«

Wil wußte nicht, ob er das glauben sollte. Schließlich lag dem Großvater daran, seinen Enkel von einem Ausflug in den Wildewald abzuschrecken; da hatte er in seinen Warnungen vielleicht übertrieben.

»Hast du schon einmal von einem Ort namens Sichermal gehört?« fragte er, einem Impuls folgend.

Perk schüttelte bedauernd den Kopf.

»Das dachte ich mir.« Wil seufzte. »Ungeheuer und Hexen also, wie? Gibt es Straßen und Wege da unten?«

Der Junge nickte. »Ich zeig's euch.«

Er führte sie aus den Tannen heraus zu einer kleinen Anhöhe, von wo aus sie ins Tal hinunterblicken konnten.

»Seht ihr das da?« fragte er und wies auf ein wirres Chaos umgestürzter Bäume am Fuß des Hangs. Wil und Amberle blickten seinem ausgestreckten Arm nach. »Auf der anderen Seite dieser Bäume verläuft eine Straße, die nach Grimpen Ward führt. Alle Straßen im Wildewald führen nach Grimpen Ward. Das ist ein Dorf, das irgendwo mitten im Wald liegt. Von hier aus kann man es nicht sehen. Mein Großvater hat mir erzählt, daß es ein ganz schlimmer Ort ist, wo nur lauter Banditen wohnen. Aber vielleicht findet ihr dort jemanden, der euch führen kann.«

»Ja, vielleicht.«

Wil lächelte zum Zeichen seines Dankes. Banditen, dachte er bei sich, waren Hexen und Ungeheuern immer noch vorzuziehen. Dennoch war Vorsicht geboten. Selbst wenn alle Banditen und Hexen und Ungeheuer Ausgeburten der Phantasie waren, so mußten sie doch vor den Dämonen auf der Hut sein, die, nur allzu real, sie verfolgten, sie jagten, vielleicht schon auf sie warteten.

Perk war tief in Gedanken versunken. Nach einer kleinen Weile blickte er auf.

»Was habt ihr denn vor, wenn ihr dieses Sichermal gefunden habt?« fragte er.

Wil zögerte. »Nun, Perk, wenn wir Sichermal gefunden haben, dann haben wir auch den Talisman gefunden, von dem ich dir erzählt habe. Dann können wir nach Arborlon zurückkehren.«

Der Junge strahlte.

»Dann kann ich doch noch etwas für euch tun«, verkündete er voller Eifer.

Er griff in den kleinen Beutel, den er um den Hals trug, und entnahm ihm das silberne Pfeifchen, um es Wil zu reichen.

»Perk, was–?« begann Wil, als der Junge ihm das Pfeifchen in die Hand drückte.

»Ich habe noch fünf Tage Zeit, ehe ich in den Rockhort zurückkehren muß«, erklärte der Junge rasch. »Jeden Tag fliege ich zur Mittagszeit einmal über das Tal. Wenn ihr mich braucht, dann gebt mir das Signal mit dieser Pfeife, und ich komme. Der Ton kann von Menschen nicht vernommen werden – nur von den Rocks. Wenn es euch gelingt, den Talisman innerhalb der fünf Tage zu finden, die mir noch bleiben, dann können Genewen und ich euch wieder nach Norden bringen, in eure Heimat.«

»Perk, ich glaube nicht–«, begann Amberle kopfschüttelnd.

»Moment mal«, unterbrach Wil. »Wenn Genewen uns wieder nach Norden fliegen könnte, würden wir viele Tage sparen. Und wir müssen so schnell wie möglich zurück, Amberle, das weißt du doch.« Rasch wandte er sich Perk zu. »Könnte Genewen denn einen solchen langen Flug unternehmen? Könntest du es?«

Der Junge nickte voller Selbstvertrauen.

»Aber er hat doch gerade gesagt, daß ihm der Wildewald verboten ist«, wandte Amberle ein. »Wie soll er dann dort landen?«

Perk ließ sich den Einwand durch den Kopf gehen.

»Nun ja, wenn ich Genewen nur so lange lande, bis ihr aufgestiegen seid – das wäre doch nur ein Moment.«

»Mir gefällt das alles nicht«, erklärte Amberle und blickte Wil stirnrunzelnd an. »Das ist viel zu gefährlich für Perk –, und er verletzt damit das Vertrauen, das man in ihn gesetzt hat.«

»Aber ich möchte euch helfen«, beharrte der Junge. »Außerdem habt ihr mir doch selbst erzählt, wie wichtig das alles ist.«

In seiner Stimme lag so viel Entschlossenheit, daß Amberle zunächst kein weiteres Gegenargument vorbringen konnte. Wil nutzte die Gelegenheit, um sich nochmals einzuschalten.

»Paß auf, machen wir doch einen Kompromiß. Ich verspreche dir, wenn für Perk auch nur die geringste Gefahr besteht, werde ich ihn auf keinen Fall rufen. Was hältst du davon?«

»Aber Wil –«, begann der Junge.

»Und Perk verspricht uns, daß er nach Ablauf der fünf Tage zum Rockhort zurückkehren wird, wie er das seinem Großvater zugesagt hat, ganz gleich, ob ich ihn rufen werde oder nicht«, schloß Wil, ohne den Einwendungen Raum zu lassen, die der Junge erheben wollte.

Amberle überdachte Wils Argumentation, dann nickte sie widerstrebend.

»Also gut. Aber ich werde dafür sorgen, daß du dein Versprechen hältst, Wil.«

Die Augen der jungen Leute trafen sich.

»Dann ist es abgemacht«, entschied Wil und wandte sich wieder an den Jungen. »Wir müssen jetzt los, Perk. Wir schulden dir großen Dank.«

Er nahm die schwielige Hand des Elfenjungen und drückte sie lange und fest.

»Leb wohl«, sagte Amberle und beugte sich zu Perk hinunter, um ihn auf die Wange zu küssen.

Der Junge errötete und senkte die Lider.

»Leb wohl, Amberle. Viel Glück.«

Mit einem letzten Winken machten sich Wil und Amberle auf den Weg den Hang hinunter in die Wildnis des ausgedehnten Waldes. Perk blickte ihnen nach, bis sie außer Sichtweite waren.

In den frühen Abendstunden des zweiten Tages nach dem Aufbruch von Wil und Amberle aus Arborlon saß Eventine allein in seinem Studierzimmer, den Kopf grübelnd über Landkarten geneigt, die aufgeschlagen vor ihm auf dem Schreibtisch lagen. Draußen fiel in langen grauen Schnüren der Regen, so wie er nun schon seit zwei Tagen niederging und die Wälder des Elfenlandes überflutete. Schon stahlen sich die Schatten des Abends ins Zimmer, fielen lang und dunkel durch die hohen Fenster.

Manx lag zusammengerollt zu Füßen seines Herrn. Der zottige graue Kopf ruhte auf den Vorderpfoten, der Atem ging tief und regelmäßig.

Der alte König hob den Kopf von seiner Arbeit und rieb sich die von Müdigkeit geröteten Augen. Zerstreut blickte er durch das Zimmer, dann rückte er seinen Sessel vom Tisch weg. Allanon müßte eigentlich längst hier sein, dachte er besorgt. Es gab noch so viel zu tun, so vieles, was ohne die Hilfe des Druiden nicht geschafft werden konnte. Eventine hatte keine Kenntnis davon, wo der große Alte sich diesmal hinbegeben hatte; er war am frühen Morgen aufgebrochen und seitdem nicht mehr gesehen worden.

Der König starrte in den Regen hinaus. Seit drei Tagen nun arbeitete er mit dem Druiden und den Mitgliedern des Hohen Rates an den Verteidigungsplänen für das Elfenland, denn sie alle wußten, daß eine Verteidigung notwendig werden würde. Die Zeit zerrann ihnen förmlich zwischen den Fingern. Der Ellcrys siechte immer mehr dahin, die Mauer der Verfemung wurde immer brüchiger. Jeden Tag erwartete der König zu hören, daß beide gefallen waren, daß die gefangenen Dämonen sich in Freiheit befanden und die Invasion des Westlandes begonnen hatte. Das Elfenheer war in Alarmbereitschaft versetzt worden: Fußsoldaten und Reiterei; Leibgarde und Schwarze Wache; reguläres Heer und Reservetruppen. Der König hatte gerufen, und alle Männer, die nicht durch Alter oder Gebrechen daran gehindert wurden, waren seinem Ruf gefolgt, hatten ihr Heim und ihre Familien verlassen und waren in Scharen nach Arborlon geströmt, um sich zum Kampfe ausrüsten zu lassen. Doch der König war sich bewußt, daß auch die wilde Entschlossenheit des Elfenheeres nicht ausreichen würde, einem Angriff der Dämonen zu widerstehen, wenn es den Mächten des Bösen einmal gelungen war, sich zu befreien und zum Kampf zu vereinen. Allanon hatte ihm das prophezeit, und Eventine war klug genug, diese Vorhersage des Druiden, so bitter sie sein mochte, nicht in Zweifel zu ziehen. Die Dämonen verfügten über größere körperliche Kräfte als die Elfen; und sie waren den Elfen an Zahl überlegen. Grausame, tollwütige Geschöpfe, von einem Haß getrieben, der am Tag ihrer Verbannung aufgeflammt war und sich auf jene konzentrierte, die die Verbannung herbeigeführt hatten. Jahrhundertelang hatte nur der Haß sie aufrechterhalten, und jetzt würde dieser Haß sich Bahn brechen. Eventine gab sich keinen Illusionen hin. Wenn den Elfen nicht von anderer Seite noch geholfen wurde, würden die Dämonen sie alle vernichten.

Es wäre töricht gewesen, sich allein auf Amberle und das Samenkorn des Ellcrys zu verlassen. Der Gedanke mochte noch so schmerzlich sein, Eventine wußte, er mußte sich mit dem Gedanken vertraut machen, daß er seine Enkelin vielleicht nie wiedersehen würde. Schon vor ihrer Rückkehr nach Arborlon hatte der König Boten an die anderen Rassen ausgesandt, um diese zu bitten, mit den Elfen gegen das Böse anzugehen, das sein Land bedrohte, das letztlich sie alle vernichten würde. Die Boten waren nun schon seit mehr als einer Woche unterwegs; keiner war bisher zurückgekehrt. Es war in der Tat noch zu früh, eine Antwort von den anderen Rassen zu erwarten; selbst Callahorn war mehrere Tagesritte entfernt. Aber Eventine zweifelte ohnehin daran, daß viele sich auf seine Seite stellen würden.

Die Zwerge würden sie zweifellos unterstützen, so wie sie stets Beistand geleistet hatten. Die Zwerge und die Elfen hatten gemeinsam gegen jeden Feind gekämpft, der die freien Völker der Vier Länder seit den Tagen des ersten Druidenrats bedroht hatte. Doch die Zwerge mußten aus den Tiefen der Wälder des Anar herbeieilen. Und das zu Fuß, denn sie waren keine Reiter. Eventine schüttelte den Kopf. Sie würden kommen, so schnell es ihnen möglich war – doch vielleicht nicht rasch genug, um den Elfen beizustehen.

Callahorn lag näher, aber es war nicht mehr das Callahorn von früher, nicht mehr das Callahorn Balinors. Hätte Balinor noch gelebt oder die Buckhannahs noch regiert, so wäre die Grenzlegion unverzüglich aufgebrochen. Doch Balinor war tot, und er war der letzte der Buckhannahs gewesen. Callahorns gegenwärtiger Herrscher, ein entfernter Verwandter der Buckhannahs, der mehr auf zufälligem als auf rechtmäßigem Wege auf den Thron gelangt war, war ein übermäßig vorsichtiger Zauderer, der es vielleicht für das einfachste halten würde, zu vergessen, daß die Elfen auch Callahorn zu Hilfe gekommen waren, als dieses gerufen hatte. Im übrigen besaßen die vereinigten Räte von Tyrsis und Varfleet und von Kern, nach seiner Zerstörung vor fünfzig Jahren wiederaufgebaut, jetzt mehr Macht als der König. Sie würden sich Zeit lassen mit einem Entschluß, selbst wenn es Eventines Boten gelang, ihnen die Dringlichkeit der Lage deutlich zu machen, denn ihnen fehlte ein starker Führer, der fähig gewesen wäre, sie zu einen. Sie würden diskutieren und debattieren, und die Grenzlegion würde sich inzwischen in ihrer Garnison langweilen.

Ironischerweise würde gerade das Mißtrauen, das sie gegen ihre Landsleute aus dem Südland – und insbesondere gegen die Föderation – hegten, die Männer von Callahorn daran hindern, rasch zu handeln. Erst nach der Vernichtung des Dämonen-Lords und nach dem Sieg über sein Heer hatten die größeren Städte verspätet das Ausmaß der Bedrohung erkannt, das diese dunklen Mächte dargestellt hatten. Von Furcht getrieben, hatten sie sich zu einem Bündnis zusammengetan, das zunächst nicht mehr war als eine lockere Vereinigung von Ländern, die gemeinsame Grenzen und gemeinsame Ängste hatten, sich jedoch rasch zu der sehr starr strukturierten Föderation entwickelte. Die Föderation war seit mehr als tausend Jahren der erste Versuch der Menschenrasse, eine Gemeinschaftsregierung zu bilden. Ihr Ziel war die Vereinigung des Südlands und der Menschenrasse unter einer einzigen Regierung. Diese Regierung sollte natürlich die Föderation sein. Zu diesem Zweck hatte man erste gemeinsame Bemühungen unternommen, auch die anderen Städte und Provinzen zu vereinigen. In den vier Dekaden ihres Bestehens war es der Föderation gelungen, beinahe das gesamte Südland unter ihrer Regierung zu einen. Von den bedeutenden Städten des Südlands hatte nur Callahorn sich den Vereinigungsbestrebungen der Föderation widersetzt. Die Folge waren beträchtliche Reibungen zwischen beiden Regierungen – insbesondere, da die Föderation ihren stetigen Vormarsch nach Norden, den Grenzen Callahorns entgegen, weiter fortsetzte.

Eventine runzelte die Stirn und verschränkte die Arme über seiner Brust. Er hatte einen Boten an die Föderation entsandt, hatte jedoch wenig Hoffnung, von dort Beistand zu erhalten. Die Föderation hatte kaum Interesse an den Angelegenheiten der anderen Rassen gezeigt, und es war zu bezweifeln, daß sie eine Dämoneninvasion des Westlands als besorgniserregend betrachten würde. Ja, es war sogar zu bezweifeln, daß sie eine solche Invasion überhaupt für möglich halten würden. Die Menschen des tiefen Südlands wußten kaum etwas über die Zaubermächte, die die anderen Länder seit den Tagen des ersten Druidenrats geplagt hatten. Sie hatten zunächst ein abgekapseltes Dasein geführt und waren im Rahmen ihrer noch recht jungen Expansionsbestrebungen noch nicht auf die unerfreulichen Realitäten gestoßen, die jenseits ihrer eigenen begrenzten Erfahrungswelt lagen.

Wieder schüttelte der König den Kopf. Nein, die Städte der Föderation würden keine Hilfe entsenden. Wie damals, als sie vor der Ankunft des Dämonen-Lords gewarnt worden waren, würden sie nicht an die Gefahr glauben.

An die Gnomen war kein Bote geschickt worden. Es wäre sinnlos gewesen. Die Gnomen waren eine Rasse, die sich aus vielen einzelnen Stämmen zusammensetzte. Sie hatten keinen gemeinsamen Herrscher, keine Regierung, die sie unter sich vereinigte. Ihre Häuptlinge und ihre Seher waren ihre Führer, und jeder Stamm hatte seinen eigenen Häuptling und seinen eigenen Seher, und sie alle befehdeten einander unablässig. Verbittert und voller Groll seit ihrer Niederlage bei Tyrsis, hatten sich die Gnomen in den fünfzig Jahren, die seitdem vergangen waren, nicht mehr um die Angelegenheiten der anderen Rassen gekümmert. Es war kaum zu erwarten, daß sich das jetzt ändern würde.

Somit blieben die Trolle. Auch die Trolle waren eine Rasse, die sich aus verschiedenen Stämmen zusammensetzte, doch seit dem Ende des fehlgeschlagenen Dritten Krieges der Rassen waren bei den Trollen, die in den Weiten des Nordlandes lebten, Bestrebungen zum Zusammenschluß im Gange. In gewissen Gebieten hatten sich bereits die ersten Stämme unter einer gemeinsamen Ratsregierung zusammengefunden. Eine der größten dieser Gemeinden lebte im Kershalt-Territorium, an der nördlichen Grenze des Elfenlandes. Das Kershalt war in erster Linie von Felstrollen besiedelt, es lebten allerdings auch einige der weniger angesehenen Stämme in bestimmten Teilen dieses Gebietes. Traditionsgemäß waren Elfen und Trolle immer Feinde gewesen; in den letzten beiden Rassenkriegen hatten sie erbittert gegeneinander gekämpft. Mit dem Sturz des Dämonen-Lords jedoch hatte die Feindschaft zwischen den beiden Völkern fühlbar nachgelassen, und in den letzten fünfzig Jahren hatten sie in relativ friedlichem Nebeneinander gelebt. Besonders gut waren dabei die Beziehungen zwischen Arborlon und dem Kershalt. Der Handel zwischen beiden Regionen florierte, und es gab bereits Pläne, Delegationen auszutauschen. Es bestand also eine Chance, daß die Trolle des Kershalt sich bereitfinden würden, den Elfen Beistand zu leisten.

Der alte König bremste seinen Optimismus, eine geringe Chance, sagte er sich. Doch sie mußten jede Möglichkeit nutzen. Wenn die Elfen überleben wollten, dann brauchten sie die Hilfe aller, die bereit waren, ihnen zur Seite zu stehen.

Seufzend erhob er sich, reckte seine müden Glieder und blickte dann auf das Sortiment von Landkarten, das auf dem Tisch ausgebreitet lag. Jede Karte zeigte einen anderen Teil des Westlands; das gesamte erforschte Gebiet, das zum Elfenreich gehörte, sowie die Territorien, die es umgaben, war hier eingezeichnet. Eventine hatte die Karten so gründlich und eingehend studiert, daß er meinte, er könne sie jetzt im Schlaf nachzeichnen. Aus einem dieser Teilgebiete würden die Dämonen anrükken; und dort mußte der Abwehrblock der Elfen errichtet werden. Aber wo? Wo würde die Mauer der Verfemung zuerst abbröckeln? Wo würde die Invasion beginnen?

Der König ließ seine Augen von einer Karte zur anderen wandern. Allanon hatte ihm versprochen, wenn möglich, festzustellen, wo der Durchbruch stattfinden würde, und auf diese wichtige Information wartete nun das Elfenheer. Doch bis dahin...

Er richtete sich auf und ging zur Fenstertür, die in den Park hinausführte; während er dort verweilte und in die dichter werdende Dunkelheit hinausblickte, sah er Andor den Fußweg heraufkommen. Er hielt den Kopf gesenkt gegen den Regen und trug in den Armen einen Stapel von Truppenverzeichnissen und Proviantlisten, die zu beschaffen er beauftragt worden war. Die tiefen Falten, welche die Stirn des alten Königs durchfurchten, glätteten sich. Andor war ihm in diesen letzten Tagen eine unschätzbare Hilfe gewesen. Ihm war die zeitraubende, aber notwendige Aufgabe zugefallen, Informationen zusammenzutragen – eine undankbare Aufgabe, die Arion zweifellos zurückgewiesen hätte. Andor jedoch hatte die Arbeit ohne ein Wort des Widerspruchs auf sich genommen.

Der König schüttelte den Kopf. Sonderbar, doch obwohl Arion der Kronprinz der Elfen war und ihm von seinen beiden Söhnen der nächste, hatte es in diesen letzten Tagen Momente gegeben, in denen er sich selbst gerade in Andor wiedererkannt hatte. Sein Blick schweifte zum bleiernen Abendhimmel hinauf, und er fragte sich plötzlich, ob es Andor manchmal ebenso ging.

Tiefe Kerben der Müdigkeit zeichneten Andor Elessedils Gesicht, als er durch das Portal in das Herrenhaus trat. Er nahm seinen vom Regen durchweichten Umhang ab und ging dann, die Dokumente, die er mitgebracht hatte, fest im Arm, den Korridor hinunter, der zum Studierzimmer seines Vaters führte. Er hatte einen harten Tag hinter sich, und die beharrliche Weigerung seines Bruders, auch nur ein Wort mit ihm zu wechseln, machte die Dinge nicht einfacher, sie setzten ihm arg zu. Seit er sich im Hohen Rat für Amberle entschieden hatte, war es so. Die Kluft, die immer schon zwischen ihnen bestanden hatte, hatte sich zu einem Abgrund geweitet, der sich nicht mehr überbrükken ließ. Die letzte Begegnung mit seinem Bruder hatte das wieder deutlich offenbart. Von seinem Vater beauftragt, die Unterlagen zu beschaffen, die er jetzt bei sich trug, hatte er sich an Arion gewandt, da diesem die Verantwortung für die Mobilmachung und die Ausrüstung des Elfenheeres übertragen worden war. Arion hätte ihm Stunden an Arbeit ersparen können, doch er hatte sich geweigert, auch nur mit ihm zu sprechen, hatte statt seiner einen jungen Offizier geschickt und sich den ganzen Tag nicht blicken lassen. Dieses Verhalten hatte Andor so erzürnt, daß er nahe daran gewesen war, mit Gewalt eine Konfrontation herbeizuführen. Doch in eine solche Auseinandersetzung wäre womöglich auch ihr Vater hineingezogen worden, und der alte König hatte in diesen Tagen schon Sorgen genug. Nur um seinen Vater zu schonen, hatte Andor die Sache auf sich beruhen lassen. Solange die Dämonenhorden das Elfenreich bedrohten, mußten persönliche Dinge zurückstehen.

Er schüttelte den Kopf. Das war zwar vernünftig, aber besser fühlte er sich deshalb nicht.

Vor dem Studierzimmer angekommen, blieb er stehen und stieß die Tür mit der Fußspitze auf. Um seines Vaters willen zwang er sich beim Eintreten zu einem aufmunternden Lächeln. Dann ließ er sich müde in einen Sessel sinken.

»Das ist alles«, sagte er und reichte seinem Vater die Unterlagen.

Eventine legte die Papiere zu den Landkarten auf dem Tisch und musterte seinen Sohn.

»Du siehst müde aus.«

Andor erhob sich und reckte sich. »Das bin ich auch ...«

Plötzlich flog eine der hohen Fenstertüren auf, und ein Windstoß fuhr fauchend ins Zimmer. Vater und Sohn wirbelten herum, während Landkarten und Listen knisternd zu Boden flatterten und die Öllampen flackerten. Allanon stand in der Tür. Seine schwarzen Gewänder glänzten feucht, und kleine Wasserbäche rannen von ihnen herab auf den Boden des Studierzimmers. Die kantigen Züge waren starr und abgespannt, die schmale Linie des Mundes hart. In den Händen hielt der Druide einen schlanken hölzernen Stab, der wie Silber glänzte.

Für einen Moment begegneten sich die Blicke des Elfenprinzen und des Druiden, und Andor spürte, wie ihm das Blut in den Adern gefror. Etwas Schreckliches lag im Ausdruck des Druiden, grimmige Entschlossenheit und Machtbewußtsein, eine

Vorahnung von Tod und Verderben.

Der Druide wandte sich um und schloß die hohe Tür gegen Wind und Regen. Als er sich dem König und seinem Sohn wieder zuwandte, sah Andor, was es für ein silberner Stab war, den der Druide da in den Händen hielt, und sein Gesicht wurde totenbleich.

»Allanon, was habt Ihr getan!« Die Worte sprangen ihm über die Lippen, noch ehe er überlegen konnte.

Auch sein Vater erkannte es jetzt und stieß einen unterdrückten Entsetzensschrei aus.

»Der Ellcrys! Druide, Ihr habt von dem lebenden Baum einen Ast abgeschnitten!«

»Nein, Eventine«, entgegnete der große Alte leise. »Nicht abgeschnitten. Ich habe dem, der das Leben dieses Landes bedeutet, keine Verletzung zugefügt. Das würde ich nie tun.«

»Aber der Stab –« entgegnete der König und streckte so abwehrend die Hände aus, als verlange man von ihm, glühendes Feuer zu berühren.

»Er ist nicht abgeschnitten«, wiederholte Allanon. »Seht es Euch genau an.«

Er hielt dem König den Stab hin und drehte ihn langsam. Andor und sein Vater neigten sich ganz nahe heran. Beide Enden des Stabes waren glatt und gerundet. Nirgends war ein Riß im Holz zu sehen, nirgends eine Wunde, die von einer Klinge herrührte. Der Stab war völlig frei von Narben und Verletzungen.

Eventine blickte den Druiden voller Verwirrung an.

»Aber wie –?«

»Der Stab wurde mir übergeben, König der Elfen – übergeben vom Ellcrys selbst, als Waffe gegen die Feinde, die sein Volk und sein Land bedrohen.« Die Stimme des Druiden war so kalt, daß die Luft in dem kleinen Zimmer unter ihrem Klang zu gefrieren schien. »Hier ist eine Zauberkraft, um das Elfenheer zu stärken, damit es dem Bösen, das in den Dämonen lebt, widerstehen kann. Dieser Stab soll unser Talisman sein – die rechte Hand des Ellcrys, die uns beschützen wird, wenn die Heere in der Schlacht aufeinanderprallen.«

Den Stab noch immer in den Händen, trat er vor. In den harten Augen im Schatten der hohen Stirn stand ein harter Glanz.

»Heute am frühen Morgen bin ich allein zu dem Ellcrys gegangen, weil ich hoffte, ein Mittel zu finden, das uns befähigen würde, dem Feind zu widerstehen. Der Baum schenkte mir Gehör, und er sprach in den Bildern zu mir, die seine Worte sind. Er fragte mich, warum ich gekommen sei. Ich erklärte ihm, daß den Elfen kein Zauber außer meinem eigenen zur Verfügung steht, mit dem sie der Macht der Dämonen begegnen können; ich erklärte ihm, daß ich fürchtete, dies allein könne nicht ausreichen; daß ich fürchtete, mein Zauber könne versagen. Ich sagte dem Baum, ich suchte eine Waffe gegen die Dämonen, die etwas von dem verkörpert, was er ist, da er ja die Macht besäße, sie in Bann zu halten.

Da tauchte der Baum tief in sein Inneres und brach diesen Stab, den ich jetzt in meinen Händen halte, dieses Glied seines Körpers. Geschwächt wie er ist, dem Tode nahe, konnte er mir dennoch etwas von sich selbst geben, was dem Elfenvolk eine Hilfe sein wird. Ich habe den Ellcrys nicht berührt, ich stand nur wie gebannt vor Ehrfurcht angesichts solcher Willenskraft. Berührt dieses Holz, König der Elfen – berührt es nur!«

Er übergab den Stab in Evetines Hände, und diese schlossen sich darum. Die Augen des Königs weiteten sich voller Bestürzung. Da nahm der Druide den Stab wieder aus seinen Händen und reichte ihn wortlos dem Sohn. Der Elfenprinz fuhr zusammen. Das Holz des Stabes war warm, es pulste das Lebensblut durch seine Adern.

»Er lebt!« hauchte der Druide ehrfürchtig. »Er ist von dem Baum ganz abgetrennt und dennoch mit seinem Leben erfüllt. Das ist die Waffe, die ich gesucht habe. Das ist der Talisman, der die Elfen vor dem schwarzen Zauber der Dämonenhorden schützen wird. Solange sie diesen Stab tragen, werden die Kräfte, die in dem Ellcrys wohnen, sie beschützen und für ihr Wohlergehen Sorge tragen.«

Er nahm Andor den Stab aus den Händen, und wieder trafen ihre Blicke einander. Der Elfenprinz spürte, wie etwas Unausgesprochenes zwischen ihnen stand, etwas, das er nicht verstehen konnte; es war so wie an jenem Abend im Saal des Hohen Rates, als er sich an Amberles Seite gestellt hatte.

Die Augen des Druiden richteten sich jetzt auf den König.

»Hört mich an.« Seine Stimme war leise, und er sprach schnell. »In dieser Nacht wird der Regen versiegen. Ist das Heer bereit?«

Eventine nickte.

»Dann brechen wir bei Morgengrauen auf. Wir müssen schnell handeln.«

»Aber wohin führt unser Marsch?« fragte der König sogleich. »Habt Ihr denn entdeckt, wo der Durchbruch stattfinden wird?«

Die schwarzen Augen des Druiden funkelten.

»Ja. Der Ellcrys hat es mir kundgetan. Er spürt, daß die Dämonen sich an einem einzigen Punkt hinter der Mauer der Verfemung sammeln. Er spürt, wie er selbst dort schwach wird, wo sie sich zusammendrängen. Er weiß, daß dort der Bannfluch zuerst seine Wirkung verlieren wird. Schon einmal ist die Mauer an dieser Stelle durchbrochen worden, nämlich von denen, welche die Erwählten ermordet haben. Die Lücke wurde wieder geschlossen, aber die Wunde ist nicht geheilt. Und an dieser Stelle wird die Mauer der Verfemung schließlich nachgeben. Schon gibt sie ständig nach, kann den Kräften, die gegen sie andrängen, kaum noch standhalten. Von jenem, der ihr Führer ist und dessen zauberische Kräfte den meinen beinahe gleich sind, werden die Dämonen zu diesem Ort gerufen. Dagda Mor heißt der Führer. Mit seiner Hilfe werden die Dämonen eine neue Bresche in die Mauer schlagen, und diesmal wird sie sich nicht wieder schließen.

Doch wir werden auf ihr Kommen vorbereitet sein.« Seine Hand umfaßte den Stab fester. »Wir werden sie erwarten. Wir werden sie überraschen, während sie, gerade erst der Finsternis entronnen, noch verwirrt und uneins sind. Wir werden ihnen den Weg nach Arborlon versperren, solange wir dazu fähig sind. Wir werden Amberle die Zeit geben, die sie braucht, um das Blutfeuer zu finden und hierher zurückzukehren.«

Mit gebieterischer Miene winkte er Andor und dessen Vater.

Dann bückte er sich und hob eine der Landkarten vom Boden auf, breitete sie auf dem Schreibtisch aus.

»Hier wird die Mauer brechen«, flüsterte er leise.

Sein Finger deutete auf das weite Ödland der Rauhen Platte.

An eben diesem Nachmittag, als das Tageslicht fast schon ganz verblaßt war, und der Regen in feinen Dunst übergegangen war, ritt die Legionsfreitruppe in Arborlon ein. Die Leute der Stadt, die sie sahen, hielten mitten in ihrem Tun inne und flüsterten tuschelnd. Von den Höhen der Baumpfade bis hinunter zu den Waldwegen pflanzte sich das Stimmengemurmel fort. Die Soldaten der Freitruppe waren nicht zu verwechseln.

Andor Elessedil befand sich noch mit seinem Vater und Allanon im Studierzimmer des Herrenhauses – merkwürdigerweise von Allanon festgehalten, der darauf bestand, daß er sich mit den Karten des Sarandanon und den vorgeschlagenen Abwehrplänen vertraut machte –, als Gael die Nachricht von dem Eintreffen der Truppen überbrachte.

»Herr, eine Kavallerieeinheit der Grenzlegion aus Callahorn ist eingetroffen«, verkündete der junge Elf. »Unsere Patrouillen sichteten sie vor einer Stunde östlich der Stadt und geleiteten sie dann herein. Sie müßten in wenigen Minuten die Stadt erreichen.«

»Die Grenzlegion!« Ein Lächeln unsagbarer Erleichterung breitete sich auf dem müden Antlitz des alten Königs aus. »Das hatte ich nicht zu hoffen gewagt. Welche Einheit ist es, Gael? Wie viele sind ihrer?«

»Das ist noch nicht bekannt, Herr. Ein Bote, den der Spähtrupp ausgesandt hatte, überbrachte die Neuigkeit, aber Einzelheiten wurden nicht mitgeteilt.«

»Ganz gleich!« Eventine war aufgesprungen und eilte an die Tür. »Jede Hilfe ist willkommen, ganz gleich –«

»Elfenkönig!« Allanons tiefe Stimme hielt Eventine Elessedil auf. »Wir haben hier eine wichtige Arbeit zu verrichten, die nicht unterbrochen werden sollte. Vielleicht kann Euer Sohn an Eurer Stelle gehen – sei es nur, um die Grenzlegionäre zu begrüßen.«

Überrascht starrte Andor den Druiden an, wandte sich dann fragend an seinen Vater. Der König zögerte. Als er den fragenden Blick in den Augen seines Sohnes sah, nickte er.

»Gut, Andor. Heiße den Befehlshaber der Legion in meinem Namen willkommen und sage ihm, daß ich ihn später am Abend persönlich begrüßen werde. Trage Sorge, daß der Truppe angemessenes Quartier zur Verfügung gestellt wird.«

Erfreut darüber, zur Abwechslung einmal mit einer Aufgabe von einiger Bedeutung betraut worden zu sein, eilte Andor in Begleitung einer Schar von Elfen-Jägern aus dem Herrenhaus. Seine Überraschung über den unerwarteten Vorschlag Allanons schlug rasch in neugierige Verwunderung um. Dies, so fiel ihm auf, war nicht das erste Mal, daß der Druide sich bemühte, ihn in den Gang der Ereignisse einzuschließen. Der Druide hatte auf seiner – Andors – Anwesenheit bestanden, als Eventine von Amberle und dem Blutfeuer berichtet hatte. Vor seinem Aufbruch nach Paranor hatte er Andor die Verantwortung für den Schutz des Königs übertragen. Und er hatte es verstanden, in Andor ein Gefühl der Verbundenheit zu wecken, das allein ihn im Hohen Rat veranlaßt hatte, sich für Amberle zu entscheiden, obwohl alle gegen sie zu sein schienen. Dieses gleiche Gefühl hatte Andor an diesem Nachmittag verspürt, als Allanon seinem Vater den Stab des Ellcrys übergeben hatte. Arion, dachte Andor, hätte bei diesen Anlässen zugegen sein müssen, nicht er. Wie kam es, daß Arion stets abwesend war?

Mit diesen Überlegungen beschäftigt, hatte er gerade das Tor zum Park des Herrensitzes hinter sich gelassen, als die ersten Marschformationen der Grenz-Kavallerie auf der Straße auftauchten, die nach Arborlon hineinführte. Andor machte halt und blickte dem sich nähernden Zug stirnrunzelnd entgegen. Diese Reiter kannte er. Lange graue, scharlachrot gesäumte Umhänge bauschten sich im Wind, und breitkrempige Hüte, mit einer scharlachroten Feder geziert, saßen schräg auf den

Köpfen der Reiter. Lange Bogen und breite Schwerter waren an den Sätteln festgemacht, kurze Schwerter schräg über den Rükken der Reiter geschnallt. Jeder hielt eine Lanze, an deren Spitze ein kleiner Wimpel in den Farben Rot und Grau flatterte, und die Pferde trugen leichten Lederharnisch mit Metallspangen. Geleitet von den Elfen-Jägern, die ihrer auf Patrouille östlich der Stadt ansichtig geworden waren, ritten sie in Reih und Glied durch die vom Regen aufgeweichten Straßen Arborlons und blickten weder nach rechts noch nach links in die staunend gaffende Menge.

»Die Freitruppe«, murmelte Andor vor sich hin. »Sie haben uns die Freitruppe geschickt.«

Es gab kaum jemanden, der nicht schon einmal von der Freitruppe gehört hatte, der berühmtesten und umstrittensten Einheit, die der Grenzlegion von Callahorn angehörte. Ihr Name beruhte auf dem Versprechen, das jenen gegeben wurde, die sich dieser Einheit anschlossen – daß sie, ohne Fragen fürchten zu müssen, ohne Erklärungen abgeben zu müssen, alles hinter sich lassen konnten, was bis zu ihrem Eintritt in die Freitruppe Teil ihres Lebens gewesen war. Die meisten hatten viel zurückzulassen. Sie kamen aus verschiedenen Ländern, und jeder hatte eine andere Geschichte, doch die Gründe, weshalb sie kamen, waren einander ähnlich. Es waren Diebe unter ihnen, Mörder und Betrüger, Deserteure, Männer von niederer Geburt und von hoher, Männer von Ehre und Ehrlose, Männer, die auf der Suche waren, Männer, die auf der Flucht waren – alle jedoch hatten sie eines gemeinsam: Sie wollten dem entkommen, was sie waren, sie wollten vergessen, was sie gewesen waren, sie wollten von vorn anfangen. Bei der Freitruppe wurde ihnen diese Chance gegeben. Kein Soldat der Freitruppe wurde je nach seiner Vergangenheit gefragt; sein Leben begann an dem Tag, an dem er zu der Truppe stieß. Was vorher gewesen war, war abgeschlossen; nur die Gegenwart war von Bedeutung und das, was einer aus sich machte, solange er bei der Truppe diente.

Meist war diese Zeitspanne kurz. Die Freitruppe war die Stoßtruppe der Legion; als solche wurde sie als entbehrlich betrachtet. Ihre Soldaten ritten als erste in die Schlacht und starben als erste. Bei jeder Auseinandersetzung seit Gründung der Freitruppe vor etwa dreißig Jahren waren ihre Verlustzahlen stets am höchsten gewesen. Ihre Soldaten konnten zwar die Vergangenheit hinter sich lassen, handelten sich jedoch dafür eine höchst ungewisse Zukunft ein. Doch die meisten fanden, das sei ein fairer Tausch. Im Leben hatte schließlich alles seinen Preis, und dieser Preis war nicht zu hoch. Er war, im Gegenteil, den Soldaten, die ihn bezahlten, eine Quelle des Stolzes; er verlieh ihnen ein Gefühl von Bedeutung, eine Identität, die sie unter allen übrigen Soldaten der Vier Länder heraushob. Es gehörte zur Tradition der Freitruppe, daß ihre Soldaten den Tod in der Schlacht fanden. Die Männer der Freitruppe fürchteten das Sterben nicht; der Tod gehörte zu ihrem täglichen Leben, und sie betrachteten ihn wie einen alten Bekannten, mit dem sie mehr als einmal in Tuchfühlung gekommen waren. Nein, das Sterben war nicht wichtig; wichtig war nur, heldenhaft zu sterben.

Sie hatten ihren Mut und ihre Tapferkeit oft genug unter Beweis gestellt. Jetzt, so schien es, waren sie nach Arborlon gesandt worden, um sie von neuem zu beweisen.

Vor dem schmiedeeisernen Tor machte die Kompanie halt, und ein hochgewachsener Mann, der an der Spitze des Zuges ritt, schwang sich von seinem Pferd. Nachdem er die Zügel einem anderen Reiter übergeben hatte, schritt er dem Elfenprinzen entgegen. Vor ihm blieb er stehen und zog den breitkrempigen Hut.

»Ich bin Stee Jans«, sagte er, sich verneigend, »der Befehlshaber der Legionsfreitruppe.«

Aufs höchste erstaunt über die Erscheinung des Befehlshabers, antwortete Andor nicht gleich. Groß und mächtig wie ein Turm stand Stee Jans vor dem Elfenprinzen. Sein von Wind und Wetter gegerbtes, dennoch jugendliches Gesicht war von zahllosen Narben bedeckt. Rostrotes Haar fiel dem Befehlshaber in festgeflochtenen Zöpfen auf die Schultern. In einem Ohr blinzelte ein großer goldener Ring. Nußbraune Augen, so hart, daß sie wie aus Stein gemeißelt schienen, fixierten den Elfenprinzen.

Andor ertappte sich dabei, daß er diesen Mann entgeistert

anstarrte, und faßte sich hastig.

»Ich bin Andor Elessedil – Eventine ist mein Vater.«

Er streckte dem anderen zum Gruß die Hand entgegen. Der Druck von Stee Jans' schwieliger, knorriger Hand war eisenhart. Andor entzog ihm rasch die seine und blickte die lange Reihen grauer Reiter hindurch. Doch vergebens suchte er nach anderen Einheiten der Legion.

»Der König hat mich gebeten, Euch in seinem Namen willkommen zu heißen und Euch ein angemessenes Quartier zu beschaffen. Wann können wir die anderen Einheiten erwarten?«

Ein dünnes Lächeln glitt über das narbige Gesicht des Befehlshabers.

»Es kommen keine anderen Einheiten, Herr. Nur die Soldaten der Freitruppe.«

»Nur die –« Andor brach verwirrt ab. »Und wie viele sind Euer, Befehlshaber?«

»Sechshundert.«

»Sechshundert!« Es gelang Andor nicht, seine Enttäuschung zu verbergen. »Aber was ist mit der Grenzlegion? Wann wird die geschickt werden?«

Stee Jans schwieg einen Moment.

»Herr, ich denke, ich sollte unverblümt zu Euch reden. Es kann sein, daß die Legion überhaupt nicht geschickt wird. Der Rat der Städte hat noch keine Entscheidung getroffen. Wie den meisten Räten fällt es ihnen leichter, über Entscheidungen zu diskutieren, als welche zu fällen. Euer Gesandter hat überzeugend gesprochen, wie ich hörte, doch im Rat sitzen viele, die zur Vorsicht mahnen, und manche, die sich auf nichts einlassen wollen. Der König unterwirft sich den Beschlüssen des Rates; der Rat schielt immer mit einem Auge nach Süden. Die Föderation ist eine Gefahr, die der Rat real sehen kann; Euere Dämonen sind kaum mehr als ein Mythos.«

»Ein Mythos!« Andor war entsetzt.

»Ihr könnt von Glück sagen, daß man Euch wenigstens die Freitruppe zu Hilfe gesandt hat«, fuhr der hochgewachsene Mann unerschüttert fort. »Und nicht einmal die hätte man ausgeschickt, läge dem Rat nicht daran, sein Gewissen zu beruhigen. Den guten Willen wenigstens müsse man den Elfen zeigen, hieß es. Da war die Freitruppe gerade recht – wie immer, wenn jemand geopfert werden muß.«

Die Worte waren eine schlichte Feststellung, ohne Groll und ohne Bitterkeit vorgebracht. Die Augen des Befehlshabers blieben undurchdringlich und ausdruckslos. Andor errötete.

»Ich hatte nicht gedacht, daß die Männer von Callahorn so einfältig sind!« stieß er ärgerlich hervor.

Stee Jans musterte ihn abschätzend einen Augenblick lang.

»Soweit ich unterrichtet bin, baten die Grenzländer die Elfen um Unterstützung, als Callahorn von den Heeren des Dämonen-Lords angegriffen wurde. Doch Eventine wurde vom Dämonen-Lord gefangengenommen, und in seiner Abwesenheit war der Hohe Rat der Elfen unfähig zu handeln.« Er machte eine kurze Pause. »So ähnlich liegen die Dinge jetzt in Callahorn. Die Grenzgebiete haben Führer; diese haben seit Balinors Tod keinen Führer mehr.«

Andor musterte den anderen mit einem kritischen Blick, und sein Zorn verrauchte langsam.

»Ihr seid ein offener, freimütiger Mann, Befehlshaber.«

»Ich bin ein ehrlicher Mann, Herr. Das erlaubt mir, die Dinge klarer zu sehen.«

»Was Ihr mir da berichtet habt, wird einigen Leuten in Callahorn vielleicht nicht gefallen.«

Der Grenzländer zuckte die Schultern.

»Vielleicht ist das auch der Grund, weshalb ich hier bin.«

Ein Lächeln breitete sich langsam auf Andors Gesicht aus. Stee Jans gefiel ihm – sowenig er im Augenblick über ihn wußte.

»Befehlshaber, ich wollte Euch nicht im Zorn empfangen. Mein Zorn hat nichts mit Euch zu tun. Bitte versteht das. Die Freitruppe ist hier höchst willkommen. Jetzt laßt mich für eine Unterkunft für Euch sorgen.«

Stee Jans schüttelte den Kopf.

»Das ist nicht nötig; ich schlafe dort, wo meine Soldaten schlafen. Herr, wie ich höre, beabsichtigen die Elfen morgen in aller Frühe aufzubrechen.« Andor nickte. »Dann wird auch die Freitruppe aufbrechen. Wir brauchen nur die eine Nacht Rast.

Bitte richtet das dem König aus.«

»Ich werde es ihm sagen«, versprach Andor.

Der Befehlshaber der Freitruppe salutierte, dann machte er kehrt und schritt zu seinem Pferd zurück. Nachdem er sich wieder in den Sattel geschwungen hatte, nickte er den Reitern der Elfenpatrouille, die ihn und seine Leute begleiteten, kurz zu, und der lange graue Zug schwenkte wieder nach links, die schlammige Straße hinunter.

Mit einer Mischung aus Bewunderung und Ungläubigkeit blickte Andor den Soldaten nach. Sechshundert Mann! Und die Dämonen werden zu Tausenden über das Elfenreich herfallen! Er fragte sich, was sechshundert Südländer da noch ausrichten konnten.

Singend zogen die Elfen bei Tagesanbruch unter Pfeifenklang und Trommelschlag aus Arborlon hinaus. Die Banner ihrer Regimenter flatterten bunt vor einem bleigrauen und wolkenverhangenen Himmel. Eventine Elessedil ritt an der Spitze seines Heeres. Das graue Haar fiel auf das Kettenhemd hinunter, das aus blauem Eisen geschmiedet war, und in seiner rechten Hand hielt er fest den silberweißen Stab des Ellcrys. An seiner Seite ritt Allanon, einem geisterhaften Schatten gleich, schwarz und gewaltig auf dem Rücken Artaqs, und es war, als sei der Tod aus den Tiefen der Erde emporgefahren, um über die Elfen zu wachen. In zweiter Reihe folgten die Söhne des Königs – Arion ganz in Weiß, die Kriegsflagge der Elfen tragend, einen herabstoßenden Adler auf scharlachrotem Fell; Andor ganz in Grün mit dem Banner des Hauses Elessedil, einer Krone, die über einer mächtigen Eiche schwebte. Nach dieser Spitzengruppe kamen Dardan, Rhoe und drei Dutzend kampfgestählter Elfen-Jäger, die Leibwache des Hauses Elessedil; danach die grauen Reiter der Legions-Freitruppe, sechshundert Mann stark. Pindanon ritt allein an der Spitze des Heeres, eine hagere, gebeugte

Gestalt auf seinem kampferfahrenen Pferd. So mager war er, wirkte so asketisch, daß man den Eindruck gewann, er müsse die Rüstung tragen, um seinen Körper zusammenzuhalten. Ihm folgte, gewaltig und furchterregend, sechs Kolonnen breit und viele tausend Mann stark, das Heer der Elfen. Es bestand aus drei Reiterkompanien, die Soldaten mit Lanzen bewehrt, die wie ein Eisenwald in den Himmel ragten; aus vier Kompanien von Fußsoldaten, die mit Spießen und Schilden ausgerüstet waren; dazu zwei Kompanien von Bogenschützen, welche die gewaltigen Langbogen der Elfen trugen. Alle schützte die traditionelle Rüstung des Elfen-Kriegers – Kettenhemd und Lederschutz –, die Schnelligkeit und Wendigkeit nicht beeinträchtigte.

Es war ein beeindruckender Zug. Pferdegeschirre und Waffen klirrten in der morgendlichen Stille und blitzten matt im grauen Licht des neuen Tages. Gestiefelte Füße und eisenbeschlagene Hufe stampften über schlammige Erde, während die Kolonnen von Männern und Pferden sich den Carolan hinaufschoben, um auf den Elfitch abzubiegen, die lange gekrümmte Rampe, die von den Höhen Arborlons in die Wälder hinunterführte. Die Bewohner der Stadt waren zusammengeströmt, um den Aufbruch des Heeres mitzuerleben. Auf dem Carolan, auf Mauern und Zäunen, in Feldern und Gärten, überall standen sie und winkten den Soldaten Lebewohl, manche mit Anfeuerungsrufen voll Hoffnung und Zuversicht, andere in stummer Erregung, die keine Stimme hatte. Vor dem Tor zum Garten des Lebens stand die versammelte Schwarze Wache, die Lanzen zum Gruß erhoben. Am Rande der rauhen Felswand hatten sich die Elfen-Jäger der Leibgarde eingefunden, geführt von jenem Mann, der sie in Abwesenheit des Königs befehligen würde – Emer Chios, erster Minister des Hohen Rates, jetzt zum Verteidiger der Stadt Arborlon ernannt.

Abwärts zog das Elfenheer, den Windungen der aus Steinquadern errichteten Rampe folgend, die zwischen bewaldeten Felsen hindurch abwärts führte durch sieben Tore, die terrassenartig aufeinander folgten. Am Ende der langen Rampe schwenkte das Heer nach Süden, dem Engpaß zu. Eine einsame Brücke überspannte hier den Singenden Fluß, von Westen der einzige

Zugang zur Stadt. Wie eine Schlange mit metallischem Rückenpanzer kroch das Heer auf die Brücke, überquerte sie und verschwand in den schweigenden Wäldern am anderen Ufer. Das Funkeln der Waffen und Rüstungen wurde von Dunkelheit verschluckt, die bunten Fahnen verschwanden, singende Stimmen, klingende Pfeifen und wirbelnde Trommeln verstummten. Als die Morgensonne die Wolken des abziehenden Gewitters zerriß und über dem Kamm des Carolan aufging, um die Wälder zu seinen Füßen zu erwärmen, waren auch die letzten Reihen dieses großartigen Zugs außer Sicht.

Fünf Tage lang marschierte das Heer von Arborlon aus in westlicher Richtung, suchte sich seinen Weg durch die tiefen Wälder zum Sarandanon. Die Regenwolken hatten sich verzogen, waren nach Callahorn abgetrieben, und die Sonne schien von einem wolkenlos blauen Himmel herab. In gemessenem Tempo bewegte sich der Zug vorwärts, da die Reiter gezwungen waren, den Schritt ihrer Pferde dem der Fußsoldaten anzugleichen. Während die Armee in westlicher Richtung durch die Arborlon vorgelagerten Provinzen zog, häuften sich beständig die Anzeichen der Gefahr, die dem Elfenreich drohte. Familien, die sich mit all ihrer Habe auf der Flucht nach Osten befanden, Haus und Hof im Stich gelassen hatten, wußten Schreckliches zu berichten. Grauenvolle Geschöpfe trieben in den westlichen Gebieten ihr Unwesen, erzählten sie mit verängstigten Stimmen – finstere und grausame Ungeheuer, die, wie es schien, aus reiner Lust am Töten mordeten und so rasch wieder verschwanden, wie sie aufgetaucht waren. Häuser waren überfallen und ausgeraubt und ihre Bewohner erbarmungslos niedergemetzelt worden. An den verschiedensten Orten hatten sich solche Zwischenfälle zugetragen, und dies überzeugte die fliehenden Dorfbewohner, daß es westlich von Arborlon keinen Ort mehr gab, der sicher war. Sie begrüßten das vorüberziehende Heer mit lauten Anfeuerungsrufen, doch ihre Gesichter blieben ohne Hoffnung und voller Zweifel.

Als sich der fünfte Tag langsam seinem Ende zuneigte, schob sich das Heer aus den Wäldern in das Tal des Sarandanon. Im

Süden und Osten von Wäldern eingeschlossen, wurde es im Norden vom Kensrowe-Gebirge und im Westen von den blauen Fluten des Innisbore-Sees begrenzt. Es war ein flacher, überaus fruchtbarer Landstrich, die Kornkammer des Elfenreichs. Mais, Weizen und andere Feldfrüchte wurden von den Talbewohnern angebaut und nach der Ernte verkauft oder gegen andere Güter eingetauscht. Das Klima mit seinen milden Temperaturen und den gemäßigten Regenfällen begünstigte den Ackerbau, und seit Generationen wurde von diesem Tal aus praktisch das ganze Elfenreich mit Nahrung versorgt.

Das Elfenheer schlug an diesem Abend sein Lager am östlichen Ausgang des Tals auf und brach am folgenden Tag im Morgengrauen zum Weitermarsch auf. Eine breite Erdstraße schlängelte sich durch das Herz des Sarandanon an Zäunen und kleinen Ansiedlungen vorüber, und dieser Straße folgte das Heer nach Westen. Auf den Feldern arbeiteten die Familien fleißig und ruhig. Aus dieser Gegend war noch kaum jemand nach Osten geflohen. Alles, was dem Leben der Leute dieses Tals einen Sinn gab, war mit dem Boden verwurzelt, den sie bebauten, und sie würden sich nicht so leicht vertreiben lassen.

Am späten Nachmittag hatte das Heer den Westrand des Tales erreicht. In der Ferne, jenseits des Innisbore-Sees, ragten die schroffen Felsgipfel des Grimmzacken-Gebirges auf, das sich oberhalb der Kensrowe-Berge nach Norden hinzog bis in die Wildnis des Kershalt-Gebiets. Die Sonne hing schon tief über den Bergen, und ihr goldenes Licht ergoß sich glitzernd über den Fels. In der einbrechenden Dunkelheit des östlichen Himmels schimmerte bleich der Mond.

Das Heer schwenkte nach Norden. Zwischen dem Innisbore-See und dem Kensrowe-Gebirge führte das Tor des Baen Draw aus dem unwirtlichen Hügelland zu Füßen des Grimmzacken-Gebirges in das Sarandanon-Tal hinein. Und dort schlug das Heer der Elfen sein Lager auf. In der Abenddämmerung kam Allanon so still und unerwartet aus dem Kensrowe-Gebirge herab, wie er Stunden zuvor zwischen den Gipfeln verschwunden war. Wie ein Schatten der Nacht tauchte seine hochgewachsene Gestalt im Lager der Elfen auf, schob sich, dunkel und einsam, zwischen den flackernden Feuern hindurch, welche die Soldaten überall angefacht hatten. Den Kopf in der dunklen Vermummung seiner Kapuze, ging er direkt zum Zelt des Königs der Elfen, ohne der Soldaten zu achten, die ihm neugierig nachblickten. Die Elfen-Jäger, die vor Eventines Hauptquartier Wache hielten, traten stumm zur Seite, als er herankam, und ließen ihn eintreten.

Drinnen saß der König an einem kleinen, behelfsmäßigen Tisch, der aus Brettern und Holzpflöcken errichtet war. Vor sich hatte er sein Nachtmahl. Dardan und Rhoe standen schweigend im Hintergrund des Zeltes. Auf einen Blick des Druiden schickte Eventine sie hinaus. Als sie gegangen waren, trat Allanon an den Tisch und nahm Platz.

»Ist alles bereit?« fragte er leise.

Eventine nickte.

»Und die Verteidigungspläne?«

Im düster flackernden Licht der Öllampen konnte der König erkennen, daß das dunkle Gesicht des Druiden naß war von Schweiß. Unsicher betrachtete er den großen Alten, dann schob er sein Essen beiseite und breitete eine Karte des Elfenlandes auf dem Tisch aus.

»Bei Morgengrauen marschieren wir zum Grimmzacken-Gebirge.« Er zeichnete die Route mit dem Finger nach. »Wir blockieren die beiden Pässe, das Halys-Joch und den Spindelpaß, und werden sie so lange, wie es uns möglich ist, gegen den Ansturm der Dämonen halten. Wenn die Pässe genommen werden sollten, weichen wir ins Sarandanon zurück. Bei Baen Draw errichten wir unsere zweite Verteidigungslinie. Wenn die Dämonen das Grimmzacken-Gebirge überwunden haben, stehen ihnen drei Wege offen. Sie können sich nach Süden wenden, dann müssen sie einen weiten Bogen um den Innisbore-See schlagen und wieder nach Norden heraufkommen. Wenn sie gleich die Richtung nach Norden einschlagen, dann müssen sie durch das rauhe Vorgebirgsland oberhalb der Kensrowe-Berge und dann wieder nach Süden schwenken. Gleich, ob sie nun diese oder jene Route einschlagen, ihr Vormarsch nach Arborlon wird sich gleich um mehrere Tage verzögern. Die einzige andere Möglichkeit, die ihnen bleibt, ist die, durch die schmale Pforte des Draw vorzudringen – wo das Elfenheer wartet.«

Allanons dunkle Augen blickten den König ernst an.

»Sie werden den Draw wählen.«

»Es sollte uns eigentlich möglich sein, diesen Engpaß mehrere Tage lang zu halten«, meinte der König. »Vielleicht sogar länger, wenn sie nicht auf den Gedanken kommen, uns von den Flanken anzugreifen.«

»Zwei Tage, nicht mehr.« Der Ton des Druiden war sachlich und entschieden.

Eventine konnte seine Bestürzung kaum verbergen.

»Gut, dann also zwei Tage. Doch wenn der Draw genommen wird, ist das Sarandanon verloren. Arborlon ist dann unsere letzte Bastion.«

»So sei es.« Allanon beugte sich vor, die langgliedrigen Hände ineinander verschränkt. »Es ist jetzt an der Zeit, daß wir über etwas anderes sprechen, was ich dir bisher verschwiegen habe.« Seine Stimme war leise, nur ein Flüstern beinahe. »Die Dämonen sind nicht mehr in unserer Nähe – die, die die Mauer der Verfemung schon durchbrochen haben, der Dagda Mor und jene, die ihm folgen. Sie beobachten uns nicht mehr, und sie verfolgen uns nicht mehr. Wenn sie es täten, würde ich das spüren, und ich habe nichts verspürt – seit dem Tag, an dem wir Arborlon verlassen haben.«

Der Elfenkönig sah ihn in stummer Frage an.

»Ich fand es seltsam, daß ihr Interesse an uns so gering sein sollte.« Der Druide lächelte schwach. »Heute nachmittag habe ich mich in die Berge begeben, um allein zu sein und herauszufinden, wohin die Dämonen sich zurückgezogen haben. Ich besitze die Macht, jene aufzuspüren, die meinen Augen verborgen sind. Doch ich muß vorsichtig mit ihr umgehen, denn wenn ich sie gebrauche, offenbare ich anderen, die über ähnliche Kräfte wie ich verfügen – wie zum Beispiel der Dagda Mor – sowohl meinen eigenen Aufenthaltsort als auch den Aufenthaltsort jener, die ich suche. Ich konnte es nicht wagen, diese Kraft einzusetzen, um Wil Ohmsford und Eurer Enkelin auf ihrem Weg nach Süden zu folgen; hätte ich es getan, so hätte ich womöglich den Dämonen verraten, wo sie zu finden sind. Doch um den Dagda Mor selbst aufzuspüren ... Dies, fand ich, war es wert, die Gefahr auf mich zu nehmen.

Ich suchte ihn also, durchforschte das umliegende Land, um zu entdecken, wo er sich verborgen hielt. Doch er gab sich keine Mühe, sich verborgen zu halten. Ich fand ihn und die, die ihm folgen, jenseits des Grimmzacken-Gebirges, in der Einöde der Rauhen Platte. Doch wenig konnte ich erspüren von dem, was sie im Schilde führen; ihre Gedanken blieben mir verschlossen. Nur ihre Gegenwart konnte ich fühlen. Das Böse, das sie durchdringt, ist so stark, daß mir selbst eine flüchtige Berührung mit ihm großen Schmerz verursacht, deshalb war ich gezwungen, mich sogleich wieder zurückzuziehen.«

Der Druide richtete sich auf.

»Es ist sicher, daß die Dämonen sich auf der Rauhen Platte in Erwartung des völligen Zusammenbruchs der Bannmauer versammelt haben. Es ist sicher, daß sie alles tun, um diesen Einsturz zu beschleunigen. Sie tun es ganz offen und ohne sich über die möglichen Pläne der Elfen Kopfzerbrechen zu machen. Das beweist mir, daß sie diese Pläne bereits kennen müssen.«

Eventine wurde bleich. »Der Spion in meinem Hause – der Spion, der die Dämonen von Eurer Reise in Paranor in Kenntnis setzte.«

»Ja, das wäre eine Erklärung für das offenkundig fehlende Interesse der Dämonen an Eurem Tun und Lassen«, stimmte Allanon zu. »Wenn sie bereits wissen, daß wir die Absicht haben, ihnen im Grimmzacken-Gebirge entgegenzutreten, dann besteht für sie keine Notwendigkeit, uns zu folgen und zu beobachten. Sie brauchen dann nur unser Eintreffen abzuwarten.«

Eventine erkannte, was das bedeuten konnte.

»Dann kann das Grimmzacken-Gebirge zu einer Falle für uns werden.«

Der Druide nickte. »Die Frage ist, was für eine Falle wollen die Dämonen uns stellen. Noch sind ihrer nicht genug, um einem Heer unserer Stärke standzuhalten. Sie brauchen jene, die noch hinter der Mauer der Verfemung gefangen sind. Wenn wir schnell genug sind ...«

Er ließ den Satz unvollendet und stand auf.

»Eines noch, Eventine. Seid vorsichtig. Der Spion ist noch unter uns. Es kann sein, daß er sich in diesem Lager befindet, unter denen, die Euer Vertrauen besitzen. Es kann sein, daß er versuchen wird, Euch zu töten, wenn die Gelegenheit sich bietet.«

Allanon machte kehrt und schritt zum Ausgang. Riesenhaft zuckte sein Schatten im flackernden Licht der Öllampen an der Zeltwand empor. Einen Lidschlag lang blickte der König ihm wortlos nach, dann sprang er hastig auf.

»Allanon!«

Der Druide wandte sich um.

»Wenn die Dämonen wissen, daß wir uns auf dem Marsch zum Grimmzacken-Gebirge befinden – wenn sie das wissen, dann wissen sie vielleicht auch, daß Amberle mit dem Samenkorn des Ellcrys auf dem Weg zum Wildewald ist.«

Den Worten des Königs folgte bedrücktes Schweigen. Die beiden Männer sahen einander an. Ohne etwas zu erwidern, verschwand der Druide durch die Zeltöffnung in der Nacht.

Zu derselben Zeit wanderte Andor Elessedil auf der Suche nach der Legions-Freitruppe und Stee Jans durch das abendliche Treiben im Lager der Elfen. Vordergründig ging es ihm darum, sich zu vergewissern, daß die Legionssoldaten über alles verfügten, was sie zu ihrem Wohlbefinden brauchten; dahinter verbarg sich ein persönliches Interesse an ihrem Befehlshaber. Seit dem Eintreffen der Freitruppe in Arborlon hatte er kein Wort mehr mit Jans gewechselt, und es interessierte ihn, mehr über den rätselhaften Südländer zu erfahren. Da er im Augenblick keinen dringenderen Auftrag zu erfüllen hatte, hatte er beschlossen, die Gelegenheit zu einem Gespräch mit Stee Jans zu suchen.

Er fand das Lager der Freitruppe schließlich am Südrand der Kensrowe-Berge. Die Pferde waren schon angebunden und gefüttert, auch die Wachen schon aufgestellt. Doch keiner der Wachposten rief ihn an, als er ins Lager hineinwanderte. Als er das Quartier des Befehlshabers nicht gleich finden konnte, hielt er mehrere Soldaten an, um sie nach Jans zu fragen, und wurde schließlich an einen Hauptmann der Truppe verwiesen.

»Jans?« Der Hauptmann war ein stämmiger Bursche mit einem dichten Vollbart. Sein Lachen klang tief und dröhnend. »Weiß der Himmel! In seinem Zelt ist er jedenfalls nicht, das kann ich Euch sagen. Wir hatten kaum das Lager aufgeschlagen, da war er schon verschwunden. Rauf in die Berge.«

»Auf Erkundung?« fragte Andor ungläubig.

Der Hauptmann zuckte die Schultern.

»So ist er nun mal. Der will immer schon vorher ganz genau wissen, was das für ein Ort ist, wo er vielleicht ins Gras beißt.« Er lachte. »Nie läßt er einen anderen auf Kundschaft gehen. Das tut er immer selbst.«

Andor nickte mit einigem Unbehagen.

»Ich vermute, das ist der Grund, weshalb er noch am Leben ist.«

»Der! Der hat doch das ewige Leben! Wißt Ihr, wie man ihn nennt? Den Eisenmann. Ja, genau das ist er. Das ist unser Befehlshaber.«

»Ja, hart genug sieht er ja aus«, meinte Andor zustimmend. Seine Neugier wuchs schier unbezähmbar.

Der Hauptmann winkte ihn näher zu sich heran, und einen Moment lang vergaßen beide, mit wem er es da zu tun hatte.

»Habt Ihr die Geschichte von Rybeck gehört?« fragte der Grenzbewohner.

Andor schüttelte den Kopf, und ein Funke von Befriedigung loderte in den harten Augen des anderen auf.

»Dann hört mir zu. Vor zehn Jahren fiel eine Horde von Gnomen immer wieder über die Dörfer am Ostrand der Grenzländer her, plünderte Häuser und Höfe und tötete die Bewohner. Ein niederträchtiges Geschmeiß war das, und die Legion versuchte mit allen Mitteln, die Bande zu stellen, aber ohne Erfolg. Schließlich hetzte ihnen der König die Freitruppe auf die Fersen, und zwar mit dem Befehl, die Gnomen zu stellen und zu vernichten, und wenn es Monate dauern sollte. Ich erinnere mich an diese Jagd; ich war schon damals bei der Truppe.«

Er kauerte sich an einem Feuer nieder, und Andor hockte sich neben ihn. Andere gesellten sich zu ihnen und lauschten dem Bericht.

»Fünf Wochen dauerte die Jagd, und die Truppe verfolgte diese Gnomen bis in den oberen Anar hinein. Eines Tages dann, als wir der Bande schon ziemlich dicht auf den Pelz gerückt waren, geriet ein Spähtrupp von uns – ganze dreiundzwanzig Mann – in eine Nachhuttruppe von mehreren hundert Plünderern. Der Spähtrupp hätte zurückweichen können, aber das tat er nicht. Die Männer entschieden sich für den Kampf. Einer wurde zurückgeschickt, um Verstärkung zu holen, die anderen warfen sich den Plünderern in einem kleinen Dorf namens Rybeck entgegen – ein paar windschiefe alte Häuser, sonst nichts. Drei Stunden lang hielten diese zweiundzwanzig Soldaten den Plünderern stand – warfen jeden Angriff zurück, den die Gnomen eröffneten. Ein Leutnant, drei Unteroffiziere und achtzehn Soldaten. Einer der Unteroffiziere war fast noch ein Knabe. Er war erst seit sieben Monaten bei der Truppe – aber schon Korporal. Niemand wußte viel über ihn. Wie die meisten, erzählte auch er kaum etwas über seine Vergangenheit.«

Der Hauptmann beugte sich ein Stück vor.

»Nach den ersten zwei Stunden war der Junge der einzige Offizier, der noch am Leben war. Er verschanzte sich mit dem halben Dutzend Soldaten, das noch geblieben war, in einem Steinhaus. Weigerte sich zu kapitulieren, wollte von Gnade nichts wissen. Als die Verstärkungstruppen schließlich eintrafen, war das ganze Gelände von toten Gnomen übersät.« Die Hand des Mannes ballte sich zur Faust. »Mehr als hundert tote Gnomen! Unsere Männer waren alle gefallen bis auf zwei, und einer von ihnen starb noch im Laufe desselben Tages. Nur einer überlebte das Gemetzel. Der junge Korporal.«

Er machte eine kleine Pause und lachte leise.

»Der Junge war Stee Jans. Deshalb nennen sie ihn den Eisenmann. Und Rybeck?« Er schüttelte feierlich den Kopf. »Rybeck zeigt, wie ein Soldat der Freitruppe kämpfen, und wenn es sein muß, sterben sollte.«

Die Soldaten, die sich um ihn gedrängt hatten, bekundeten murmelnd ihre Zustimmung. Andor blieb noch einen Augenblick, dann stand er auf. Der Hauptmann tat es ihm nach, nahm Haltung an, als ihm plötzlich einzufallen schien, mit wem er da gesprochen hatte.

»Jedenfalls ist der Befehlshaber im Augenblick nicht hier, Herr.« Er sah den Elfenprinzen fragend an. »Kann ich etwas für Euch tun?«

Andor schüttelte den Kopf.

»Ich wollte Euch fragen, ob Ihr irgend etwas braucht.«

»Einen guten Tropfen«, rief jemand, doch der Hauptmann brachte ihn mit einem Fluch zum Schweigen.

»Uns fehlt es an nichts, Herr«, erwiderte er. »Wir haben alles, was wir brauchen.«

Andor nickte. Harte Männer, diese Soldaten der Freitruppe.

»Dann wünsch' ich Euch eine gute Nacht, Hauptmann«, sagte er.

Damit machte er kehrt und wanderte zum Lager der Elfen zurück, während er über die Geschichte nachdachte, die der Hauptmann ihm erzählt hatte, und über den Befehlshaber, den alle den Eisenmann nannten.

Am folgenden Morgen marschierten die Elfen und ihre Verbündeten aus dem Sarandanon hinaus in Richtung Norden. Der neue Tag hatte noch nicht mehr als ein schwaches silbernes Leuchten über den östlichen Wäldern erkämpft, als der lange Zug sich durch den Engpaß des Baen Draw drängte und sich in das Hügelland hineinschob, das jenseits davon lag. Rüstungen und Harnische klirrten und knarrten, Stiefel und Hufe schlugen in dröhnendem Rhythmus auf die Erde, Männer wie Pferde pafften weiße Dampfwölkchen in die frostigklare Morgenluft. Niemand sprach, pfiff oder sang gar. Gespannte Erwartung hielt alle in Atem. Elfen-Jäger und Grenzländer wußten, daß die Schlacht bevorstand.

In Windungen schlängelte sich der Zug kahle, schroffe Hügel

hinauf, die von Wind und Regen zerfressen und ausgehöhlt waren. Weit entfernt noch hob sich die massige dunkle Silhouette des Grimmzacken-Gebirges vom langsam heller werdenden Nachthimmel ab, während die Sonne allmählich den Himmel heraufzog, ein gewaltiges Massiv aus nadelspitzen Gipfeln und messerscharfen Graten, steilen Wänden und gähnenden Schluchten. Der Tag erwärmte sich langsam. Die Morgenstunden zerrannen, und das Heer schwenkte nach Westen, marschierte in langen Kolonnen durch das unfreundliche, hügelige Land. Im Süden funkelten blau die Wogen des Innisbore-Sees, und über dem bewegten Wasserspiegel kreisten weiße Möwen, deren Schreie schrill und gespenstisch durch die Stille hallten.

Am Mittag erreichte das Heer die Grimmzacken-Berge, und Eventine gab das Zeichen zum Anhalten. Als eine dunkle, abweisende Mauer aus grauem Fels erhob sich die Bergkette vor dem Horizont. Tausende von Fuß ragten die nackten Felsspitzen in den Himmel hinein, stumm, schroff und kalt. Nichts wartete dort als Leere, Finsternis und Tod.

Zwei Pässe führten über das Grimmzacken-Gebirge, schmale Durchlässe, die das Land der Elfen mit der Rauhen Platte verbanden. Im Süden lag das Halys-Joch, im Norden der Spindelpaß. Wenn die Dämonen, wie Allanon vorhergesagt hatte, innerhalb der Rauhen Platte die Mauer der Verfemung durchbrechen würden, dann mußten sie, wollten sie Arborlon erreichen, über einen dieser Pässe nach Osten ziehen. Und dort wollten die Elfen sie erwarten und aufhalten.

»Hier trennen wir uns«, verkündete Eventine, nachdem er seine Offiziere um sich versammelt hatte.

Andor ritt näher an den kleinen Kreis der Männer heran, um genau zu hören, was besprochen wurde.

»Das Heer teilt sich hier. Die eine Hälfte marschiert mit Prinz Arion und Oberbefehlshaber Pindanon nach Norden, um den Spindelpaß zu sichern. Die andere zieht mit mir nach Süden zum Halys-Joch. Befehlshaber Jans?« Das von Wind und Wetter gegerbte Gesicht des Führers der Freitruppe tauchte im Kreis der Offiziere auf. »Ich möchte, daß die Freitruppe mit mir nach Süden marschiert. Pindanon, gebt den Befehl.«

Der Ring der Reiter löste sich auf. Andor blickte zu Arion hinüber, der ihn mit kalten Augen fixierte und sich dann abwandte.

»Andor, ich möchte, daß du mit mir reitest«, rief sein Vater ihm zu.

Kael Pindanon kam zum König zurückgaloppiert. Es war alles bereit. Mit festem Händedruck sagten die beiden alten Kameraden einander Lebewohl. Noch einmal hielt Andor nach seinem Bruder Ausschau, doch Arion war schon auf dem Weg zur Spitze seiner Kolonne.

Allanon tauchte an Andors Seite auf. Sein dunkles Gesicht war unbewegt.

»Sein Zorn ist unbegründet und fehl am Platz«, sagte der Druide leise und ritt weiter.

Laut dröhnten Pindanons Befehle über das Heer hinweg. Banner und Lanzen wurden grüßend geschwenkt, als das Heer der Elfen sich teilte. Laute Rufe der Zuversicht und des Übermuts zerrissen die morgendliche Stille und hallten von den Hängen der Berge wider. Eine Zeitlang war der Tag erfüllt von sorglosen Stimmen und unbekümmertem Gelächter. Dann setzte sich Pindanons Zug in nördlicher Richtung in Bewegung, wälzte sich unter einer gewaltigen Staubwolke in das Hügelland hinein und verschwand aus dem Blickfeld.

Die Soldaten des Königs wandten sich nach Süden. Viele Stunden marschierten sie am Fuß der Grimmzacken-Berge entlang, folgten dem stetigen Auf und Ab des vorgelagerten Hügellandes. Die Sonne schwand langsam über die Bergrücken nach Westen, und die Schatten wurden länger, dunkle Muster bildend. Die unbewegte, schwüle Luft des Mittags kühlte sich in einem leichten Südwind ab, der aus den fernen Wäldern herüberwehte. Allmählich weiteten sich die Hügel zu einer grasbewachsenen Ebene. An ihrem Rand öffnete sich im Schatten schroffer Felsspitzen das dunkel gähnende Maul des Halys-Joch-Passes.

Eventine ließ sein Heer halten, um kurz mit seinen Offizieren zu beratschlagen. Unterhalb des Ostzugangs zum Paß dehnten sich mehrere Meilen offenen Landes, das sich südlich am Waldrand hinzog. Wenn es den Dämonen gelingen sollte, einen Weg zu finden, um das Grimmzacken-Gebirge unterhalb des Halys-Jochs zu überqueren, konnten sie durch die Waldgebiete nordwärts ziehen und das Elfenheer im Paß einschließen. Eine Nachhut mußte ein solches Manöver verhindern. Am besten konnte eine Kavallerie-Einheit diese Aufgabe übernehmen; die Kavallerie würde innerhalb des engen Passes ohnehin nicht von großem Nutzen sein.

Andor sah, wie der Blick seines Vaters flüchtig zu Stee Jans wanderte, sich dann wieder entfernte. Kavallerie-Einheiten des Elfenheers würden die Nachhut bilden, verkündete der König.

Nachdem der Befehl dazu erteilt war, löste sich die Kavallerie vom Gros des Heeres und verteilte sich über die Ebene. Auf ein Signal von Eventine hin nahm das übrige Heer den Marsch zum Halys-Joch in Angriff.

Schroffe Felswände blickten düster auf die Elfen herab, während diese durch den breiten, schattigen Einschnitt zwischen den Bergen marschierten. Beinahe augenblicklich begann das Gelände anzusteigen, und der Weg führte die Soldaten im kahlen Fels immer höher hinauf. Rasch kühlte die Luft ab, und der Klang von Hufeisen und Stiefeln, die auf nackten Stein schlugen, brach sich in gespenstischem Echo. Das Gelände stieg weiter an, und der Weg wurde immer beschwerlicher. Der Boden war von Geröll übersät, und Spalten und Risse klafften auf Schritt und Tritt. Männer und Pferde stolperten und rutschten immer wieder, und das Tempo verlangsamte sich.

Dann kam der Zug jäh zum Halten. Vor dem Heer gähnte plötzlich eine schier bodenlose Kluft, ein gewaltiger Spalt, der sich, den Paß auf Hunderten von Schritten der Länge nach sprengend, in schwarzem Nichts verlor. Zur Linken schwang sich der Weg breit und eben an der Bergflanke entlang abwärts, um am Ende der Kluft in einen Hohlweg zu münden. Auf der rechten Seite zog sich ein schmaler Sims am Rand des Abgrunds entlang, ein unsicherer, bröckeliger Pfad, der mit Müh und Not einem einzelnen Reiter Platz bot. Blickte man aufwärts, so hatte man den Eindruck, daß die kahlen Felswände sich emporstrebend nach innen neigten, so daß vom Himmel nur ein dünnes, ausgefranstes blaues Band zu sehen war. Das Heer schwenkte nach links, um den breiteren Weg hinunter zu marschieren. Durch den Hohlweg gelangte es in eine Schlucht, die erhellt war vom Sonnenlicht des Nachmittags. Grün leuchteten niedrige Büsche und kurzes grobes Gras, und zwischen den Felsbrocken, die auf dem Boden der Schlucht verstreut lagen, schlängelte sich ein dünnes Bächlein hindurch, um dann in einer kleinen, von Büschen beschatteten Mulde einen Teich zu bilden. Kaninchen sprangen auf und jagten davon, als das Heer in die Schlucht eindrang, und eine Schar Vögel, die am Bachrand getrunken hatte, ergriff flügelschlagend die Flucht.

Die Elfen marschierten bis an das andere Ende der Schlucht. Von dort führte der Paß in Windungen durch eine breite Klamm in die weite Einsamkeit der Rauhen Platte hinunter. Mit scharfer Geste hob Eventine die Hand zum Zeichen, daß das Heer halt machen sollte. Aufmerksam schweifte sein Blick durch die Klamm, über Felsnischen und steile Hänge, dann nickte er. Hier würde das Heer sich dem Ansturm der Dämonen entgegenstellen.

Der Abend stahl sich ins Grimmzacken-Gebirge, graues Zwielicht verdunkelte die Sonne, die im Untergehen den Himmel über der Rauhen Platte in funkelndes rotgoldenes Feuer tauchte. Hinter der Bergkette stieg die silberne Scheibe des Mondes über den Wäldern auf, und schon blitzten die ersten Sterne am Himmel. Das Halys-Joch lag in tiefe Stille getaucht.

Andor Elessedil stand allein auf einer kleinen Anhöhe etwa in der Mitte der Klamm, die zur Rauhen Platte hinunterführte. In den Armen hielt er den silberweißen Stab des Ellcrys. Während sein Blick über die Reihen der Elfen-Jäger und der Freitruppen-Soldaten schweifte, überdachte er zum wiederholten Male während der letzten halben Stunde die Taktik, die sein Vater zur Verteidigung des Passes ersonnen hatte. Ein breiter Hügelrükken zog sich mehrere hundert Schritte von der Öffnung des Passes entfernt quer durch die Klamm, ein Felsplateau, das auf einen von Krüppelbüschen überwucherten und mit Geröll übersäten Hang hinunterblickte. Hier wollte das Heer der Elfen die Dämonen erwarten. Vorn würde das Plateau mit Bogenschützen bemannt werden, die ihre Pfeile auf die Dämonen abschießen würden, sobald diese von der Rauhen Platte her durch die Öffnung des Halys-Joch-Passes drangen, um den Hang hinaufzuklettern. Wenn die Dämonen dann so nahe herankamen, daß die Schützen mit ihren langen Bogen nichts mehr ausrichten konnten, würde eine Phalanx von Lanzern und Pikenieren sie ablösen, um sich der Wucht des Angriffs entgegenzustemmen. Eine zweite Schlachtenreihe würde in Reserve gehalten werden, um der ersten Verstärkung zu geben. Die Verteidiger würden das Plateau so lange wie möglich halten, dann mehrere hundert Schritte zurückweichen und neuerlich Stellung beziehen. Wenn die Klamm verloren war, würden sie bis zum Eingang in die Schlucht zurückweichen. Wenn auch der verlorenging, würde die Schlucht selbst verteidigt werden – und so weiter, bis schließlich das Heer ganz aus dem Paß hinausgedrängt wurde. Es war ein trefflicher Plan. Leicht, sagte sich Andor, würde der Paß von den Dämonen nicht zu nehmen sein. Die Verteidigungspositionen waren gut gewählt; und wenn der Angriff erfolgte, würde er die Elfen nicht unvorbereitet treffen.

Er hob den Blick und spähte zur Rauhen Platte hinaus. Nichts rührte sich. Verlassen und still lag das Land. Von den Dämonen war nirgends eine Spur zu entdecken.

Doch sie würden kommen, dessen war Andor sicher. Seine Hände glitten langsam über das glatte Holz des Ellcrys-Stabs, und seine Finger zeichneten die Maserung der Rinde nach. Eventine hatte den Stab in seine Obhut übergeben, während er selbst den Hang hinuntergestiegen war, um die Abwehrstellungen der Elfen zu inspizieren. Tief sog Andor die Nachtluft ein. Würde der Stab die Elfen wirklich beschützen? Würde er seine Zauberkraft jenen verleihen, die nurmehr Sterbliche waren, und nicht mehr Geschöpfe der Geisterwelt, wie es ihre Vorväter einst gewesen waren? Er betrachtete den silbernen Stab, während er ihn mit beiden Händen fest umfaßte und versuchte, Kraft und Mut aus ihm zu ziehen. Allanon hatte gesagt, daß die Macht des Ellcrys über die Dämonen in diesem Stab geborgen war und daß sie die Bösen schwächen und sie verletzlich machen würde für die Waffen der Elfen. Doch Zweifel trübten Andors

Zuversicht. Die Dämonen stellten eine unbegreifliche Macht des Bösen dar, aus einer Welt geboren, die längst vergangen war, die keiner außer ihnen je gesehen hatte, die kein anderer sich auch nur vorstellen konnte.

Er hielt inne in seinem Gedankenfluß. Keiner außer Allanon, verbesserte er sich, und Allanon selbst war vielleicht ein Teil dieser dunklen, vergessenen Welt.

Sein Vater, der König, tauchte plötzlich aus der Finsternis auf und trat an seine Seite. Stumm reichte Andor ihm den Ellcrys-Stab zurück. Müdigkeit und Besorgnis zeichneten das Antlitz des alten Mannes, spiegelten sich in seinen Augen wider. Andor zwang sich, den Blick abzuwenden.

»Ist alles in Ordnung?« fragte er nach einem kurzen Schweigen.

Der König nickte verschlossen.

»Alle Verteidigungsstellungen sind planmäßig bezogen.«

Sie schwiegen wieder. Andor hatte das Bedürfnis, mehr mit seinem Vater zu sprechen. In ihm machte ein Unbehagen sich breit, das sich nicht beruhigen ließ und den Wunsch in ihm weckte, seinem Vater nahe zu sein. Dann hätte er ihm das begreiflich gemacht. Doch aus irgendeinem Grund fiel es ihm schwer, mit seinem Vater über solche Dinge zu sprechen. Sie hatten sich beide noch nie sehr gut darauf verstanden, einander ihre Gefühle auszudrücken.

Seine Stimmung verdüsterte sich. Auch mit Arion war es so – ganz besonders mit Arion. Zwischen ihnen stand eine Wand der Entfremdung, die er nie richtig verstanden hatte; sie hätte vielleicht zum Einstürzen gebracht werden können, wäre einer von ihnen fähig gewesen, darüber zu sprechen. Doch keiner von beiden hatte es je versucht. Und jetzt war es natürlich noch schlimmer geworden. Arion war zornig über das, was sich auf der Sitzung des Hohen Rates zugetragen hatte; war zornig über Andors Bereitwilligkeit, Amberle als rechtmäßige Überbringerin des Ellcrys-Samens anzuerkennen, und über seine Weigerung, von ihr, wie Arion das für richtig hielt, Rechenschaft für ihr Tun zu verlangen; und so lehnte er es nun ab, auch nur ein Wort mit seinem Bruder zu wechseln. So viel Bitterkeit gärte in

Arion! Doch es war eine Bitterkeit, die Andor verstand. Als Amberle damals Arborlon verlassen hatte, ohne Erklärung ihre Pflichten als eine der Erwählten im Stich gelassen hatte, da hatten beide Brüder diese Bitterkeit erfahren – er so sehr wie Arion, denn auch er hatte das Kind geliebt. Allzulange aber hatte er sich von dieser Bitterkeit blenden lassen. Erst als er sie wiedergesehen hatte, war es ihm vergönnt gewesen, einen Teil der früheren Gefühle, die er ihr entgegengebracht hatte, wiederzuentdecken. Gern hätte er das alles Arion erklärt; er hatte das Bedürfnis, es ihm zu erklären. Doch es schien keinen Weg zu geben.

Er fuhr zusammen, als er sich plötzlich bewußt wurde, daß Allanon neben ihm stand. Der Druide war geräuschlos aus dem Nichts aufgetaucht, nicht einmal ein Rascheln der schwarzen Gewänder, die seine Gestalt einhüllten, hatte ihn verraten. Das von der Kapuze beschattete Gesicht blickte Andor einen Moment lang an, dann wandte Allanon sich an den König.

»Ihr schlaft nicht?«

Eventine wirkte zerstreut. »Nein. Noch nicht.«

»Ihr müßt aber ruhen, Elfenkönig.«

»Bald. Allanon, glaubt Ihr, daß Amberle noch am Leben ist?«

Andor stockte der Atem, und er warf einen scheuen Blick auf den Druiden. Allanon besann sich einen Augenblick, bevor er antwortete.

»Sie ist am Leben.«

Als er darauf wiederum schwieg, sah Eventine ihn von der Seite an.

»Wie könnt Ihr das so bestimmt wissen?«

»Ich kann es nicht wissen; aber ich glaube es.«

»Weshalb glaubt Ihr dann, daß sie noch am Leben ist?«

Der Druide hob den Kopf, und die tief eingesunkenen Augen blickten gen Himmel.

»Weil Wil Ohmsford die Elfensteine noch nicht eingesetzt hat. Wäre Amberles Leben in Gefahr, so würde er sich der Kraft der Steine bedienen, um sie zu schützen.«

Andor runzelte die Stirn. Die Elfensteine? Wil Ohmsford? Was hatte das alles zu bedeuten? Dann fiel ihm die zweite vermummte Gestalt im Ratssaal ein, die mit Allanon und Amberle eingetreten war und sich nicht geoffenbart hatte. Das mußte Wil Ohmsford gewesen sein. Hastig wandte er sich nach Allanon um. Fragen formten sich auf seinen Lippen. Doch er sprach sie nicht aus. Statt dessen wandte er sich wieder ab. Vielleicht war es bessser, dachte er, diese Fragen nicht zu stellen. Wenn Allanon ihn mehr hätte wissen lassen wollen, dann hätte er von selbst gesprochen. Warum aber hatte der Druide überhaupt etwas erwähnt?

Verwirrt starrte er in die wilde Einöde der Rauhen Platte hinaus. Die Sonne verschwand hinter dem Horizont, und ihre leuchtenden Farben verschmolzen langsam mit den Schatten der Nacht.

»Am Eingang zum Paß sind Wachfeuer aufgeschichtet worden«, murmelte Eventine. »Ich muß den Befehl geben, sie zu entzünden.«

Wieder schritt er in die Klamm hinunter, und Andor blieb mit Allanon allein zurück. Schweigend standen sie beide da, reglose Gestalten in der heranbrechenden Dunkelheit, und blickten dem alten König nach, der über Fels und Geröll abwärts wanderte. Die Minuten verrannen. Andor glaubte schon, Allanon hätte ihn vergessen, da schwebte plötzlich die Stimme des Druiden durch die Stille.

»Möchtet Ihr mehr über Wil Ohmsford wissen, Elfenprinz?«

Andor starrte den großen Alten verwundert an und nickte dann erstaunt.

»Gut.« Allanon sah ihn nicht an. »So hört.«

Leise erzählte er Andor von Wil Ohmsford – von seinem Erbe und seinem Auftrag. Erinnerungen kamen dem Elfenprinzen an Berichte seines Vaters von den beiden Talbewohnern Shea und Flick Ohmsford und von ihrer Suche nach dem legendären Schwert von Shannara. Und nun war Sheas Enkel, zauberischer Kräfte teilhaftig, die keinem Elf seit der Vernichtung der Alten Welt zugänglich gewesen waren, zu Amberles Beschützer berufen worden.

Als der Druide zum Ende kam, schwieg Andor lange Zeit. Schweigsam blickte er in die Schatten, in die sein Vater eingetaucht war, und dachte über das Gehörte nach. Dann hob er den Kopf und blickte den Druiden wieder an.

»Warum habt Ihr mir das erzählt, Allanon?«

»Das ist etwas, was Ihr wissen solltet.«

Andor schüttelte langsam den Kopf.

»Nein – ich meine, warum gerade mir?«

Da endlich wandte der Druide sich um und sah ihn an. Das Raubvogelgesicht war kaum zu erkennen im Schutz der Kapuze.

»Aus vielen Gründen, Andor«, sagte er leise. »Vielleicht, weil Ihr Euch für Amberle entschiedet an jenem Abend, als kein anderer im Hohen Rat für sie Partei ergreifen wollte. Vielleicht deshalb.«

Seine schwarzen Augen ruhten lange unverwandt auf Andor, dann wandte er sich wieder ab.

»Ihr solltet jetzt ruhen. Auch Ihr solltet schlafen.«

Andor nickte, in Gedanken weit fort. Hatte der Druide wirklich seine Frage beantwortet? Er streifte Allanon mit einem kurzen Blick. Das dunkle Gesicht verriet keine Regung. Und als Andor wenig später noch einmal den Kopf erhob, um den Druiden forschend zu betrachten, war dieser verschwunden.

Der Tag brach an, und dichte graue Nebelschwaden überzogen das Gebiet der Rauhen Platte. Unbewegt und undurchdringlich hingen sie wie Totenschleier über der Erde. Die Nacht schlich davon, als das bleiche, silberne Licht des Sonnenaufgangs über dem Grimmzacken-Gebirge zu schimmern begann; und als die Nacht endgültig gewichen war, erwachten die Nebel. In trägen, schweren Wellen brandeten sie kreiselnd gegen die Bergkette. Schneller und schneller drehten sie sich, während sie an Hängen und Wänden emporstiegen, bis es schien, als müsse der Fels in ihren weißen Wogen untergehen.

Hoch oben, in der von Berggipfeln überschatteten Abgeschlossenheit des Halys-Jochs, stand Andor Elessedil mit seinem Vater und Allanon, von den Soldaten der Leibwache umringt, und blickte in die Tiefe hinab. Dort richtete das Heer der Elfen sich darauf ein, den Paß gegen den Ansturm der Dämonen-Horden zu verteidigen. Reihen von Bogenschützen, Lanzern und Pikenieren versperrten die Klamm, die sich zur Rauhen Platte hinaus öffnete. Ihre Waffen kampfbereit in den Händen, spähten die Soldaten angespannt in den Nebel hinaus, der in dichten Schwaden vor der Öffnung des Passes brodelte. Aus diesem kochenden Nebel mußten die Dämonen auftauchen, aber noch war nichts von ihnen zu sehen. Die Zeit verstrich, und noch immer ließ der Angriff auf sich warten; die Soldaten begannen unruhig zu werden. Andor spürte, wie ihr Unbehagen sich wie das seine langsam in Furcht wandelte.

»Seid unverzagt; habt keine Furcht!« erscholl plötzlich Allanons Stimme, und alle Augen wandten sich dem schwarzgekleideten Druiden zu. »Es sind nur Nebelschwaden, wenn auch von Dämonen gesandt. Habt Mut! Die Mauer der Verfemung wankt schon; die Dämonen werden jeden Augenblick hinter ihr hervorbrechen!«

Noch immer drehten sich die Nebel vor dem Eingang des Passes, als hielte eine unsichtbare Sperre sie auf. Tiefe Stille hing über dem Land. Andors Hände zitterten, als er die Stange ergriff, von der schlaff das Banner des Hauses Elessedil herabhing, und er mühte sich stumm, das Beben zu unterdrücken.

Dann wurden plötzlich Schreie laut, fern und gespenstisch, als stiegen sie aus den Tiefen der Erde auf. Im weißen Nebel sprangen Zungen roten Feuers aufwärts zu dem noch immer dunklen Morgenhimmel, und der brodelnde Dunst schien sich in gewaltigen Wogen zu heben und zu senken. Die Schreie wurden lauter, gingen in ein schrilles, wütendes Kreischen über, das von Wahnsinn erfüllt war. Stetig schwollen sie an, bis sie sich zu einem einzigen gellenden Schrei ohne Ende vereinten, der sich aus dem wüsten Ödland der Rauhen Platte in den schmalen Hohlweg am Halys-Joch ergoß.

»Jetzt kommt es«, flüsterte Allanon heiser.

Die Soldaten des Elfenheeres ließen sich auf die Knie nieder, als die Wogen der schrillen Schreie über ihnen zusammenschlugen. Hastig wurden die Bogen gespannt, Lanzen und Piken gegen die Erde gestemmt. Vor dem Paß barsten die Nebelschwaden in einem Schwall roten Feuers, dessen Widerschein Himmel und Erde scharlachrot färbte. Das Schreien und Kreischen schwoll zu ohrenbetäubender Lautstärke an, und plötzlich war es, als explodiere die Luft selbst in einem krachenden Donnerschlag, der aus der Wildnis hervorbrach und den Fels des Grimmzacken-Gebirges bis in seine Grundfesten erschütterte. Andor schrie auf vor Entsetzen, und der gewaltige Druck des Donnerschlags schleuderte sie alle zu Boden. Eilig rappelten sie sich wieder auf, sahen sich suchenden Auges um. Totenstill war es geworden. Grau und reglos hingen plötzlich die Nebelschwaden.

»Allanon?« fragte Andor leise.

»Es ist soweit – die Mauer der Verfemung ist gefallen«, hauchte der Druide.

Im nächsten Augenblick stiegen aus der Wildnis der Rauhen Platte von neuem die gellenden Schreie auf, ein irres Freudengeheul, und die Dämonen-Horden, endlich aus ihrem Gefängnis befreit, strömten durch die Öffnung des Halys-Joch-Passes. In einer mächtigen Woge zuckender, dunkler Leiber wälzten sie sich durch die Schlucht, Dämonen jeglicher Größe und Gestalt, krumm und mißgestaltet von der Schwärze, die sie eingeschlossen hatte. Mit reißenden Zähnen und scharfen Krallen und tödlichen Stacheln bewehrt; zottiges Haar, glänzende Schuppen und wütend gesträubtes Fell; sie krochen und robbten, sie schlängelten sich wie Würmer und flogen wie Insekten, sie sprangen und hüpften und glitten wie Schlangen über den rauhen Fels; alle waren sie Wesen aus Legende und Alptraum. Jedes Geschöpf aus den ältesten Schauermärchen war vertreten: Werwölfe, halb Mensch, halb Tier, flüchtige graue Schatten, denen das Auge kaum folgen konnte; massige, schwerfällig dahinschlürfende Monster mit gräßlich verzerrten Fratzen; Kobolde, die dahinflitzten wie vom Wind getragen; Irrwische, die schwarz waren von Schmutz und Schlamm; Nachtmahre mit ledrigen Flughäuten; schlangenhafte Wesen, die zischend ihr Gift verspritzten, während ihre Leiber in wütenden Windungen zuckten; Furien und Dämonen-Wölfe; Ghuls und andere Unholde, die Menschenfleisch fraßen und menschliches Blut tranken; Vampire, die den Himmel verdunkelten, als sie sich mit schwerfälligen Körpern aus der Masse ihrer Brüder in die Lüfte erhoben. Und während diese wilden Horden durch den Nebel drängten, schnappten sie in ihrer Begierde, endlich freizukommen, mit reißenden Zähnen nach ihren Brüdern, schlugen mit klauenbewehrten Händen nach ihnen.

Die langen Bogen der Elfen surrten, und ein Hagel schwarzer Pfeile ging auf die Dämonen der vordersten Reihe nieder. Die übrigen kannten kein Zögern, kletterten und stolperten vielmehr eilig über die Leichen jener, die gefallen waren. Wieder und wieder feuerten die Bogenschützen der Elfen ihre Pfeile auf die Dämonen ab, doch die wütenden Horden wichen nicht zurück, stürmten schreiend und brüllend immer näher. Keine hundertfünfzig Schritte trennten die beiden Heere mehr, und nun wichen die Bogenschützen zurück, scherten nach beiden Flanken aus, während die erste Schlachtreihe von Lanzern und Pikenieren mit stoßbereiten Waffen zur Höhe des Plateaus stürmte. Wie ein Meer wildzuckender Leiber brandete die Masse der Dämonen vorwärts, wälzte sich wogend den Hang hinauf zu der Stelle, wo die Elfen warteten.

Knirschend brach sich die Flutwelle an der Mauer der Phalanx. Die vorderen Linien der Abwehrmauer gerieten leicht ins Schwanken, doch sie hielten. Dämonen wurden von Speeren aufgespießt, und ihr gellendes Heulen erfüllte die Klamm. Mit gewaltigem Schwung schleuderten die Elfen-Jäger sie zu ihren Brüdern zurück und sahen mit Entsetzen, wie die toten Leiber von der Flut verschlungen wurden, die sich nach ihnen den Hang hinaufwälzte. Wieder prallten die Dämonen-Horden gegen die Schlachtreihen der Elfen, und diesmal gelang mehreren Knäueln der Durchbruch, doch sie wurden augenblicklich von der hinteren Phalanx vernichtet, die rasch in die Bresche sprang, um die Lücken in den vorderen Linien zu schließen. Jetzt aber begann das Sterben auch unter den Elfen. Von der schwarzen Masse der Angreifer wurden sie gewaltsam zu Boden gerissen und zerfetzt. Und immer noch strömten die Dämonen in Scharen aus dem Nebel, Tausende an der Zahl, überfluteten die Klamm und kletterten an ihren Wänden empor. Pfeile regneten auf sie herab, doch wo einer fiel, tauchten drei neue auf. Die Flügel des Elfenheeres begannen unter dem Ansturm zu wanken, und die ganze Linie war in Gefahr, überrannt zu werden.

Eventine gab Befehl zum Zurückweichen. Da wandten sich die Elfen vom Feind ab, zogen sich zu ihrer zweiten Verteidigungsstellung zurück, einem Felssims, der unmittelbar unterhalb des Durchgangs lag, der in die Schlucht hineinführte. Wieder sangen die langen Bogen, und die Pfeile flogen in dichten Schauern auf die Masse wogender Leiber weiter unterhalb. Lanzer und Pikeniere formierten sich neu und machten sich bereit, dem nächsten Ansturm zu trotzen. Er brandete beinahe augenblicklich heran. In ungeheurer Zahl suchten die Dämonen den Hang zu erklimmen, um den Damm von Elfenspeeren einzureißen. Hunderte starben bei dem Vorstoß, von Pfeilen und Speeren durchbohrt, unter den Füßen ihrer Brüder zertrampelt. Und doch versiegte die Flut nicht, wälzte sich in einer immer erneuerten gewaltigen Woge aus dem Nebel in den tiefen Schlund der Klamm, um gegen die Linien der Verteidiger zu branden. Die Elfen warfen die Angreifer zurück – einmal, zweimal, ein drittes Mal. Der Paß am Halys-Joch füllte sich mit dunklen Leibern, die blutend und zerschmettert auf dem Boden lagen und mit gellenden Schreien ihren Schmerz und ihren Haß herausbrüllten.

An der Öffnung der Schlucht stehend, beobachtete Andor Elessedil stumm das Auf und Nieder des Kampfgetümmels. Die Elfen verloren an Boden. Wie Allanon versprochen hatte, schwächte der Ellcrys-Stab die Kräfte der Dämonen, so daß sie, von den Waffen der Elfen getroffen, in großer Zahl starben. Doch dies würde die Horden, die sich aus der Wildnis der Rauhen Platte ergossen, nicht aufhalten können – auch wenn die Soldaten noch so tapfer kämpften, auch wenn die Verteidigungsstellungen noch so umsichtig gewählt waren. Der Dämonen waren einfach zu viele, der Elfen zu wenige.

Andor blickte zu seinem Vater hinüber, doch der König sah ihn nicht. Eventines Hände umfaßten den knorrigen Silberstab des Ellcrys, und seine gebannte Konzentration richtete sich auf den Kampf, der zu seinen Füßen tobte. Die Stellung der Elfen wankte gefährlich unter dem Ansturm des Feindes. Mit den Waffen, die sie den getöteten Elfen aus den Händen gerissen hatten, mit Felsbrocken und Holzknüppeln, mit Zähnen und Krallen und erbarmungsloser Urgewalt kämpften die Dämonen, um die sich lichtenden Reihen von Lanzern und Pikenieren, die ihnen noch heldenhaft den Durchgang versperrten, restlos zu vernichten. Die Freitruppe der Grenzlegion, die bis jetzt in Reserve gehalten worden war, stürzte sich mit wildem Kampfschrei in die Schlacht. Doch noch immer drangen die Dämonen schier unaufhaltsam vor.

»Wir können die Stellung nicht halten«, murmelte Eventine und schickte sich an, den Befehl zum Rückzug zu geben.

»Bleibt in der Nähe«, flüsterte Allanon Andor plötzlich zu.

Genau in diesem Augenblick durchbrachen die Dämonen an der linken Flanke die Schlachtenreihe und strömten in wilden ungeordneten Scharen die Klamm herauf zu der kleinen Gruppe von Männern, die vor dem Eingang zur Schlucht Wache hielt. Die Leibgarde stellte sich schützend vor den König und Andor, und das Metall ihrer kurzen Schwerter blitzte im frühen Morgenlicht. Hastig rammte Andor die Fahne der Elessedils in die steinige Erde und zog seine eigene Waffe. Schweiß rann ihm unter seinem Kettenhemd den Körper hinunter, und sein Mund war wie ausgedörrt vor Furcht.

Jetzt trat Allanon vor. Seine schwarzen Gewänder flatterten im Wind, als er die Arme erhob. Blaues Feuer, das aus den Fingern des Druiden zügelte, durchzuckte das graue Licht des neuen Tages, und der Boden unter den Angreifern barst. Rauch stieg in dichten Wolken aus dem Fels auf, verteilte sich dann über einem Feld lebloser dunkler Körper. Aber nicht alle waren gefallen. Nur einen Bruchteil zauderten die, die überlebt hatten. Hinter ihnen hatte sich die Bresche wieder geschlossen; es gab keine Umkehr. Kreischend vor Wut stürmten sie von neuem voran und stürzten sich auf die Leibgarde. Es war ein verzweifelter Kampf. Dämonen fielen unter den Schwertern der Elfen-Jäger, doch eine Handvoll durchbrach die Abwehr und griff den

König an. Ein geschmeidiger schwarzer Kobold fiel Andor an, und seine scharfen Klauen suchten die Kehle des Elfenprinzen. Wie ein Rasender riß Andor sein kurzes Schwert hoch und wehrte den Angriff ab. Nochmals versuchte das scheußliche Wesen ihn zu packen, doch ein Elfen-Jäger sprang dazwischen und durchbohrte den Dämon mit einem einzigen Hieb seines Schwertes.

Voller Entsetzen taumelte Andor zurück. Wieder war es den Dämonen gelungen, den linken Flügel zu durchbrechen, und wieder sprang Allanon ein, um den Ansturm aufzuhalten. Blaue Flammen trafen wie blitzende Messer die Angreifer, und ihre Schreie erfüllten die Luft. Einem anderen Trupp von Dämonen war es gelungen, an der rechten Flanke durchzustoßen, und in einem todesmutigen Versuch, jenen ihrer Brüder zu helfen, die hinter den Abwehrstellungen der Elfen eingeschlossen waren, jagten sie nun den Hang hinunter. Andor erstarrte. Der Elfen-Jäger waren nicht genug, sie alle aufzuhalten.

Da geschah plötzlich das Unglaubliche – Eventine stürzte zu Boden, gefällt von einem Knüppel, den einer aus der Masse der Angreifer geschleudert hatte. Der Schlag traf den alten König an der Schläfe, und er sank taumelnd zu Boden. Der Ellcrys-Stab entfiel seiner Hand. Tierisches Triumphgeheul brach aus den Kehlen der Dämonen hervor, und sie drängten mit neuer Macht vorwärts. Ein halbes Dutzend aus der Rotte, die den Hang heruntergeschossen war, umzingelte den gefallenen König, um ihm den Todesstoß zu versetzen.

Doch Andor sprang schon für seinen Vater in die Bresche. Seine eigene Angst war verflogen, sein Gesicht verzerrt vor Zorn. Mit einem Wutschrei drang er auf die nächsten Angreifer ein, schwarze Kobolde wie jene, die ihm kurz zuvor selbst ans Leben gewollt hatten. Zwei krümmten sich sterbend auf der Erde, bevor den anderen überhaupt bewußt wurde, was geschah. Wie von blinder Raserei gepackt, stürzte sich Andor auf die anderen, um sie von dem wankenden König zurückzutreiben.

Unerbittlich tobte das Chaos. Auf dem Plateau waren die Elfenlinien beinahe bis zum Eingang in die Schlucht zurückgedrängt worden. Kreischend vor Freude beim Anblick des gefallenen Königs, stürmten die Dämonen in Scharen vor und schlugen wie tollwütig auf die Elfen ein, die versuchten, sich ihnen in den Weg zu stellen. Andor kämpfte verzweifelt, um die Dämonen von seinem Vater fernzuhalten. In seinem blinden Kampfesmut stolperte er über einen, den er niedergestochen hatte, und stürzte zu Boden. Augenblicklich warfen sie sich auf ihn. Krallen schlugen sich in sein Fleisch und rissen an seiner Rüstung, und einen schrecklichen Augenblick lang glaubte er sich verloren. Doch Dardan und Rhoe schlugen sich zu ihm durch, trieben seine Angreifer auseinander und brachten ihn in Sicherheit. Benommen torkelte er zurück zu der Stelle, wo sein Vater lag, und kniete neben dem alten Mann nieder. Ungläubigkeit und tiefe Bestürzung lähmten ihn. Seine Hände suchten den Puls. Er ging langsam und schwach. Eventine war noch am Leben, doch den Elfen war er verloren – der König, der einzige, der sie vor dem retten konnte, was da geschehen sollte...

Dann stand Allanon neben ihm. Mit einer schnellen Bewegung hob er den herabgefallenen Ellcrys-Stab vom Boden auf, riß Andor auf die Füße und drückte ihm den Zauberstab in die Hand.

»Trauert später, Elfenprinz!« Sein dunkles Gesicht neigte sich dem Andors sehr nahe zu. »Denn jetzt müßt Ihr die Führung übernehmen. Schnell – zieht die Elfen in die Schlucht zurück.«

Andor wollte Einwände erheben, hielt aber sogleich inne. Das, was ihm aus den Augen des Druiden entgegenfunkelte, überzeugte ihn, daß dies weder die Zeit noch der Ort für Widerreden war. Stumm gehorchte er. Er ließ seinen Vater wegtragen, dann sammelte er die Leibgarde um sich, schickte Kuriere zur Mitte und zu beiden Flügeln der Verteidigungslinien und gab seinen Elfen Befehl zum Rückzug. Mit Allanon an seiner Seite stellte er sich am Zugang zur Schlucht auf, wo Elfen und Grenzländer ihn sehen konnten, und beobachtete, wie das Schlachtgetümmel ihm entgegenwogte.

Lanzer und Pikeniere und die grauen Soldaten der Freitruppe zogen sich zurück. Der Zugang zur Schlucht war schnell verstopft. Stee Jans tauchte auf, ritt mit fliegendem roten Haar, ein mächtiges Schwert in den Händen schwingend, mitten durch den Hexenkessel. Da hob Allanon seine Arme hoch über sein Haupt, und in züngelnden Flammen schoß das blaue Feuer aus seinen Fingern.

»Jetzt!« rief er Andor zu. »Zurück in die Schlucht!«

Andor hob den Ellcrys-Stab und rief laut. Die letzten Elfen und Freitruppen-Kämpfer lösten sich vom Feind und rannten durch den Paß zurück, der Klamm und Schlucht verband. Wutschnaubend jagten die Dämonen ihnen nach.

Allanon stand allein am Zugang zur Schlucht. In wildem Sturmlauf stürzten die Dämonen ihm entgegen, wälzten sich in einer gewaltigen Woge schwarzer Leiber durch die Klamm. Der Druide schien sich zu sammeln, und seine hagere Gestalt richtete sich vor dem Schatten der Felswand kerzengerade auf. Wieder hob er die Hände, und wiederum schoß funkelnd blaues Feuer durch die Luft. Wie eine blitzende blaue Mauer züngelte es vor den wutschnaubenden Dämonen in die Höhe und versperrte ihnen den Zugang zur Schlucht. Heulend und kreischend wichen sie zurück.

Drinnen in der Schlucht wandte sich Allanon Andor zu.

»Das Feuer wird nur kurze Zeit brennen.« Das Antlitz des Druiden war fahl und eingefallen, von Schweiß und Schmutz gezeichnet. »Dann werden sie uns wieder auf den Fersen sein.«

»Allanon, wie sollen wir einer solchen Überzahl standhalten ...?« begann Andor hoffnungslos.

»Wir können es nicht – jedenfalls nicht hier und nicht jetzt.« Der Druide faßte seinen Arm. »Die Pässe durch das Grimmzakken-Gebirge sind verloren. Wir müssen auf dem schnellsten Wege fliehen.«

Andor brüllte schon Befehle. Das Heer der Elfen flutete durch die Schlucht zurück. Voran ritten die Kavalleriereserven mit Verwundeten, die noch in der Lage waren, auf einem Pferd zu sitzen; Pikeniere, Lanzer und Bogenschützen folgten, trugen die, die zu schwer verwundet waren, um zu reiten. Die Leibgarde bemühte sich um den bewußtlosen König. Allanon und Andor bildeten den Schluß. Sie hatten gerade den von Buschwerk umrahmten Teich passiert, der in der Mitte der Schlucht lag, als die Flammen, die den Zugang versperrten, noch einmal züngelnd aufloderten und dann erloschen.

In ihrer wilden Flucht blickten die Elfen zurück. Einen Moment lang zeigte sich ihnen der Zugang zur Schlucht offen und frei, dann aber drängten die Dämonen in Scharen hindurch und blockierten den Engpaß in ihrem wilden Bestreben, in die Schlucht zu gelangen. Heulend fegten sie den fliehenden Elfen hinterher. Doch sie kamen zu spät. Das Gros des Heeres hatte schon den Hohlweg gewonnen, der in die Felsspalte hineinführte, und hatte die Kluft durcheilt. Eine Nachhut aus Kämpfern der Freitruppe unter dem Befehl von Stee Jans bezog Posten, während Allanon, Andor und die restlichen Soldaten der Leibgarde das letzte Stück des Weges durch die Schlucht hetzten. An der Mündung zum Hohlweg drehten sie sich kurz nach ihren Verfolgern um.

Es war ein schrecklicher, beängstigender Anblick, der sich ihnen bot. Wie eine finstere Wolke verdunkelte das Heer der Dämonen die Schlucht, während es sich von Wand zu Wand ausbreitete. Die zuckenden schwarzen Leiber eng zusammengepfercht, stürzten sie kreischend vorwärts wie eine riesige Meute von Ratten, die vor den Wassern einer gewaltigen Flut auf der Flucht ist. Schwarz war der Boden von springenden, kriechenden, sich schlängelnden Leibern, und die Luft darüber war dunkel gesprenkelt von jenen, die durch die Luft flogen. Druide und Elfen wollten ihren Augen nicht trauen. Es war, als seien der Dämonen unendlich viele.

Plötzlich teilte sich die finstere Wolke, und ein gewaltiges, gepanzertes Ungeheuer drang durch die Öffnung der Schlucht. Wie Zwerge wirkten die anderen Dämonen neben dem scheußlichen grünen Untier, das sich hoch aufbäumte und jene, die ihm im Weg waren, zur Seite schleuderte wie nichts. Die Elfen schrien auf vor Entsetzen. Es war ein Drache, dessen schlangenähnlicher Leib über und über mit Stacheln bedeckt und glitschig war von seinen eigenen schleimigen Absonderungen. Sechs schwerfällige, stämmige Beine, mit Krallen bewehrt und mit Büscheln dunklen Haares bewachsen, trugen den massigen Körper. Der gehörnte, krustige Kopf, den das Ungeheuer suchend in die Höhe reckte, war nicht mehr als ein mißgestalteter Klumpen, in dem ein einziges, lidloses grünes Auge prangte. Als der Geruch von Elfenblut dem Drachen in die Nüstern wehte, riß er weit den gierigen Rachen auf und zeigte zwei Reihen spitzer Zähne. In wütender Raserei schlug der lange, schuppige Schwanz auf und nieder, schleuderte zerschmetterte Leiber durch die Luft wie tote Fliegen. Eilig machten die Dämonen Platz, und das Ungeheuer wälzte sich schnaubend vorwärts. Der Fels erzitterte unter dem Gewicht seines Körpers und der Wucht seines Schrittes.

Am anderen Ende der Schlucht beobachtete Allanon noch einen Augenblick lang das Nahen des Drachens, bis er sich Andor zuwandte.

»Zieht Euch auf die andere Seite der Felsspalte zurück. Schnell!«

Andor war schrechensbleich. »Aber der Drache –«

»– ist zuviel für Euch.« Die Stimme des Druiden klang schneidend und kalt. »Tut, was ich Euch gesagt habe. Überlaßt den Drachen mir.«

Andor gab den Befehl des Druiden weiter, und das Elfenheer zog sich auf die andere Seite der Felsspalte zurück. Stee Jans neben sich, beobachtete Andor die weiteren Vorgänge. Allanon stand ganz allein, den Blick unverwandt in die Schlucht gerichtet. Der Drache hatte den Teich in der Mitte schon passiert und stieß sich jetzt mit zuckenden Bewegungen den Hang hinauf zum Hohlweg. Schon hatte er den Druiden gesichtet, diese einsame schwarze Gestalt, die nicht floh wie die anderen, und er gierte danach, diesen verwegenen Gegner zu fassen und zu zerschmettern. Die kräftigen Beine wirbelten in schnellem Lauf, zertrampelten Erde und Fels. Heulend und kreischend vor Erwartungsfreude folgten die Dämonen in sicherem Abstand ihrem gewaltigen Bruder.

Die schwarzen Gewänder eng um sich gezogen, wich Allanon nicht einen Schritt zurück, bis der Drache nur noch ein paar hundert Schritte vom Hohlweg entfernt war. Da aber flatterten die schwarzen Gewänder weit auseinander, die sehnigen Arme hoben sich, die Hände schienen nach dem Drachen greifen zu wollen. Blaue Flammen schossen aus den gespreizten Fingern, trafen den Kopf und die Kehle des Ungeheuers, und der Geruch nach versengtem Fleisch erfüllte die Luft. Doch der Drache wich nicht zurück, wurde nicht einmal langsamer; er schüttelte den Angriff ab, als wäre er ihm nur lästig, und sein gewaltiger Leib schob sich ungehindert vorwärts. Wieder packten ihn züngelnde Flammen, brannten auf Beinen und Brust, ließen schwarze Rauchfäden zurück, die vom Leib des Drachens aufstiegen. Mit einem scharfen Zischen der Wut registrierte das Ungeheuer den Angriff, doch es stapfte weiter vorwärts.

Allanon glitt in den Hohlweg hinein, eilte auf flinken Füßen bis zum anderen Ende. Dort wandte er sich um. Hoch aufgerichtet kam der Drache in Sicht, zwängte sich durch den engen Durchgang. Allanon ließ erneut die blauen Flammen blitzen. Das Zischen des Drachen war giftig und haßerfüllt, als er schnappend seinen Rachen aufriß, voll ohnmächtiger Wut darüber, daß er das Geschöpf nicht erreichen konnte, das ihn auf solche Weise reizte. Die engen Wände des Hohlwegs behinderten ihn in der Bewegung, als er schwerfällig weiter vorwärtsstieß. Hinter ihm feuerten die Dämonen-Brüder ihn mit wildem Geschrei an.

Langsam wich Allanon von der Öffnung des Hohlwegs in die Felsspalte zurück. Der Durchgang war von Rauch- und Staubwolken verhüllt, und der scheußliche grüne Leib des Drachen war durch den Dunst nur undeutlich zu sehen. Plötzlich aber kam das Ungeheuer wieder deutlich in Sicht, und wieder riß es gierig den Rachen auf. Beide Hände vor sich verschränkt, schoß Allanon einen feurigen Blitz auf das Auge des Drachen ab. Als der Feuerstrahl traf, hüllten blaue Flammen den Kopf des Untiers ein. Diesmal brüllte der Drache laut auf; es war ein gräßliches Heulen des Schmerzes und der Wut. Hoch bäumte sich der schuppige grüne Leib im Hohlweg auf und schlug in wilden Zuckungen gegen die Felswände, bis der massige Berg unter der Wucht der Schläge erzitterte. Felsbrocken brachen los und holperten auf das vor Schmerz zuckende und wild um sich schlagende Ungeheuer hinunter.

Gleich darauf barst mit ohrenbetäubendem Krachen die Südwand, und der ganze Felshang geriet langsam ins Rutschen, bewegte sich abwärts zum Hohlweg hin. Der Drache witterte die Gefahr, in der er sich befand, und stürzte vorwärts, um der Falle zu entkommen. Halb blind vor Schmerz brach er aus dem Hohlweg hervor, als hinter ihm ungeheuere Felsmassen herabstürzten und die Dämonen unter sich begruben, die dem Drachen folgen wollten. Wieder blitzten blaue Flammen auf, doch blieben sie ohne Wirkung. Diesmal war der Drache auf den Angriff gefaßt und schwenkte den unförmigen Kopf hin und her, um dem Feuer auszuweichen. Vor sich erblickte er jetzt die dunkle Gestalt des Druiden. Wutschnaubend, den riesigen Schlund weit aufgerissen, raste das Ungeheuer auf seinen Feind zu. Allanon wirbelte herum und lief zurück zur Felsspalte, aber nicht zum breiteren Weg, der rechts durch die Kluft führte, sondern zu dem schmalen Sims, der sich hoch über dem Abgrund links an der Felswand entlangzog. Blind vor Raserei, der Gefahr nicht achtend, die ihm drohte, jagte der Drache ihm nach. Seine stämmigen Beine trugen ihn mit rasender Geschwindigkeit vorwärts, als er auf den Sims donnerte und gierig nach dem Menschen schnappte, der vor ihm floh.

Aber plötzlich gab der Sims nach. Brüchiger Fels bröckelte unter dem Gewicht des massigen Ungeheuers ab. Mit einer verzweifelten Anstrengung sprang der Drache vorwärts, um den Druiden noch zu erhaschen. Allanon entkam den spitzen Zähnen nur um Haaresbreite. Mit einem letzten schrecklichen Schnauben der Wut rutschte der Drache von dem herabstürzenden Sims in den schwarzen Abgrund der Kluft und verschwand in einer Lawine von Erde und Gestein. Nur das Echo seiner haßerfüllten Schreie hallte noch eine Weile in den Bergen mit vielfachem Echo wider.

Andor Elessedil wartete ungeduldig am Ausgang der Kluft, während Allanon sich vorsichtig seinen Weg über Geröll und brüchiges Gestein bahnte, das vom Sims geblieben war.

Ein niedergeschlagenes Heer marschierte vom Halys-Joch in die Ebene hinunter – beschämt über die Niederlage, die ihm beigebracht worden war, bestürzt über die Zahl seiner Toten und Verwundeten. Die Toten, die man auf der Flucht durch den Paß hatte zurücklassen müssen, konnten nun nicht, wie es der Brauch wollte, der Erde wiedergegeben werden, die ihnen das Leben geschenkt hatte. Für die Verwundeten gab es keine Linderung der unmenschlichen Schmerzen, welche ihnen die von Dämonengift verseuchten Verletzungen verursachten; ihr Stöhnen und Schreien bebte, den Kameraden kaum erträglich, in der mittäglichen Stille. Die anderen, die an den Felshängen des Grimmzacken-Gebirges entlang nach Süden marschierten, konnten keinen Trost in den Ereignissen des Tages finden. Die sengende Hitze der Mittagssonne dörrte ihnen die Kehlen aus, und ihre Gedanken waren düster und schwarz vor Bitterkeit.

Andor Elessedil führte sie; er war kein Mann, dem es gegeben war zu führen, sondern ein Opfer der Umstände, und tiefe Bedrücktheit lastete auf ihm. Er wünschte, dies alles wäre vorüber, sein Vater wieder bei Bewußtsein, sein Bruder zurück. Er hielt den knorrigen Stab des Ellcrys in seinen Händen und kam sich vor wie ein Narr. Und doch wußte er, daß er die Rolle, die ihm aufgezwungen worden war, noch eine Weile ausfüllen mußte, wenigstens so lange, bis das Heer den Baen Draw erreichte. Dann aber würde es hoffentlich vorbei sein.

Sein Blick schweifte zu Allanon hinüber. Der Druide ritt schweigend an seiner Seite, dunkel und unergründlich das Gesicht. Sorgsam hielt er seine Gedanken vor Andor verborgen, und nur einmal auf dem Rückmarsch hatte er sein Schweigen gebrochen.

»Mir ist jetzt klar, warum sie uns so weit herankommen ließen«, hatte er gesagt. »Sie wollten uns in diese Berge locken.«

»Sie wollten?« hatte Andor gefragt.

»Ja, Elfenprinz«, hatte Allanon erwidert. »Da ihrer so viele sind, wußten sie, daß wir keine Möglichkeit hatten, sie aufzuhalten. Sie ließen uns in eine Falle tappen.«

Ein Reiter tauchte am Horizont auf, jagte einsam über das

grüne Land dem Zug der Elfen entgegen. Andor hob den Ellcrys-Stab und gab das Zeichen zum Halten. Mit Allanon an seiner Seite ritt er voran, dem einsamen Reiter entgegen. So ruckartig hielt dieser sein Pferd an, daß das Tier sich hoch aufbäumte. Andor kannte den Mann, einen Kurier im Dienst seines Bruders.

»Flyn«, rief er, den Elf mit seinem Namen begrüßend.

Der Kurier, staubbedeckt und schweißnaß im Gesicht, zögerte. Sein Blick ging an Andor vorbei und streifte über den Zug der Soldaten.

»Ich soll dem König selbst Meldung machen –«, begann er.

»Laßt den Prinzen Eure Botschaft hören«, fuhr Allanon ihn ungeduldig an.

»Herr!« Flyn salutierte. Sein Gesicht war weiß. Tränen standen plötzlich in seinen Augen. »Herr –« begann er wieder, doch seine Stimme brach, und er konnte nicht weitersprechen.

Andor sprang vom Pferd und bedeutete Flyn, ein gleiches zu tun. Stumm legte er dem verwirrten Boten einen Arm um die Schultern und führte ihn einige Schritte von den anderen weg, so daß er allein mit ihm sprechen konnte. Dann blickte er dem Elf eindringlich ins Gesicht.

»Jetzt laßt mich hören, was Ihr zu melden habt.«

Flyn nickte. »Herr, mir ist befohlen, dem König zu melden, daß Prinz Arion gefallen ist. Herr – er ist tot.«

Andor schüttelte fassungslos den Kopf. »Tot?« Ihm war, als spräche ein anderer. »Wie kann er tot sein? Er kann nicht tot sein.«

»Wir wurden bei Morgengrauen angegriffen, Herr.« Flyn weinte jetzt hemmungslos. »Die Dämonen – es waren so unglaublich viele. Sie drängten uns aus dem Paß. Wir wurden überrannt. Die Fahne fiel – und als Prinz Arion sie aufheben wollte, holten die Dämonen ihn ein ...«

Hastig hob Andor die Hand, um den Worten des Elf Einhalt zu gebieten. Er wollte den Rest nicht hören. Es mußte ein Alptraum sein, es konnte nicht Wirklichkeit sein. Sein Blick flog zu Allanon, und er sah, daß das verschlossene Gesicht des Druiden ihm zugewandt war. Allanon wußte ...

»Habt ihr die Leiche meines Bruders geborgen?« zwang Andor sich, den Boten zu fragen.

»Ja, Herr.«

»Ich möchte, daß sie zu mir überführt wird.«

Flyn nickte wortlos. »Herr, das ist noch nicht alles.« Andor, der sich schon abgewandt hatte, drehte sich wieder um. »Herr, der Spindelpaß ist verloren, aber Befehlshaber Pindanon meint, er könne zurückgewonnen werden. Er bittet um Unterstützung durch Kavallerieeinheiten, um –«

»Nein!« fiel Andor ihm sogleich ins Wort. Seine Stimme klang scharf. Es kostete ihn Mühe, ruhig zu bleiben. »Nein, Flyn. Richtet Befehlshaber Pindanon aus, daß er unverzüglich den Rückzug antreten soll. Er soll ins Sarandanon zurückkehren.«

Der Bote schluckte kurz, warf einen unsicheren Blick auf Andor.

»Verzeiht, Herr, aber ich hatte Auftrag, dies dem König mitzuteilen. Der Befehlshaber wird wissen wollen –«

Andor verstand. »Sagt dem Befehlshaber, daß mein Vater verwundet ist.« Flyn wurde noch bleicher, und Andor holte tief Atem. »Sagt Kael Pindanon, daß ich das Heer der Elfen befehlige und von ihm erwarte, daß er unverzüglich den Rückzug antritt. Nehmt ein frisches Pferd, Flyn, und eilt Euch. Glück mit Euch.«

Flyn grüßte und eilte davon. Allein blieb Andor stehen und starrte in die Weite der sonnenüberfluteten Ebene. Eine seltsame Gefühllosigkeit breitete sich in ihm aus, als ihm klarwurde, daß er die Kluft, die ihn und Arion getrennt hatte, nun niemals würde schließen können. Allanon den Rücken zugewandt, weinte er haltlos.

Still senkte sich der Abend über das Tal des Sarandanon, sandte seine Schatten bis zum Baen Draw und dem Heer der Elfen. In seinem Zelt lag Eventine Elessedil und schlief. Noch immer war er ohne Bewußtsein, und sein Atem ging flach und unregelmäßig. Andor saß allein wachend an seinem Lager und blickte unverwandt auf ihn nieder, beseelt von dem inständigen Wunsch, daß er wieder erwachen möge. Erst wenn der König erwachte, würde man beurteilen können, wie schwer seine Verletzungen wirklich waren. Er war ein vom Alter geschwächter Mann, und Andor hatte Angst um ihn.

Impulsiv ergriff er die Hand seines Vaters und nahm sie behutsam in die seine. Die Hand war schlaff. Der alte Mann regte sich nicht. Andor hielt die Hand eine Weile fest, dann ließ er sie wieder los und lehnte sich müde zurück.

»Vater«, flüsterte er beinahe wie zu sich selbst.

Voller Qual stand er auf und entfernte sich vom Lager des Königs. Wie hatte dies geschehen können – sein Vater schwer verwundet; sein Bruder gefallen; er selbst Führer der Elfen – wie hatte dies alles nur geschehen können? Es war ein grenzenloses Unheil, das er nicht akzeptieren wollte. Sicherlich, die Möglichkeit hatte immer bestanden, daß sein Vater und sein Bruder sterben und er als letzter Elessedil zurückbleiben würde, um die Herrschaft zu übernehmen; aber es war eine absurde Möglichkeit gewesen. Keiner hatte ernsthaft geglaubt, daß sie je wahr werden könnte, am wenigsten er selbst. Er war schlecht vorbereitet auf dieses Amt, dachte er sorgenvoll. Was war er seinem Vater und seinem Bruder je anderes gewesen als ein Paar Hände, das in ihrem Auftrag handeln konnte? Ihre Bestimmung war es gewesen, über das Elfenvolk zu herrschen, ihr Wunsch, ihre Erwartung – doch niemals die seine. Doch jetzt...

Müde schüttelte er den Kopf. Nun sollte er die Herrschaft ausüben, zumindest für eine gewisse Zeit. Und er mußte dieses Heer führen, das vor ihm dem Befehl seines Vaters gehorcht hatte. Er mußte das Sarandanon verteidigen und einen Weg finden, den Vormarsch der Dämonen-Horden zu bremsen. Die Schlacht am Halys-Joch hatte bewiesen, wie schier unmöglich das war. Die Elfen wußten, daß die Dämonen sie wahrscheinlich eingeholt und bis auf den letzten Mann niedergemetzelt hätten, wäre nicht durch den Kampf Allanons mit dem Drachen der gewaltige Erdrutsch ausgelöst worden, der den Paß zugeschüttet hatte. Er sah darum seine erste Aufgabe darin, das Vertrauen und Selbstgefühl der Elfen wieder so aufzurichten, daß sie daran glauben konnten, daß sich solches Schicksal hier, am Baen Draw, nicht wiederholen würde, auch wenn der König sie nicht selbst führen konnte. Kurz, er mußte ihnen Hoffnung geben.

Er setzte sich wieder an das Lager seines Vaters. Keal Pindanon konnte ihm helfen, er hatte in vielen Schlachten gekämpft, war ein kriegserfahrener Soldat. Aber würde er ihm helfen? Er wußte, daß Pindanon wegen seines Befehls zum Rückzug aus dem Grimmzacken-Gebirge erzürnt über ihn sein mußte. Pindanon war noch nicht zurück, da er mit einer Nachhut von Kavalleriesoldaten das Vorrücken der Dämonen zum Sarandanon aufhalten wollte. Einen Vorgeschmack auf seinen Unmut jedoch hatte Andor schon bekommen: Er hatte sehr wohl die Kommentare einer Handvoll von Offizieren vernommen, die zur Kompanie des Befehlshabers gehörten. Sobald Pindanon zurückkehrte, würde er die direkte Konfrontation mit Andor suchen. Und dann würde es zur Krise kommen. Andor wußte schon jetzt, daß der alte Kämpe ihn auffordern würde, ihm das oberste Kommando über das Heer zu geben. Andor schüttelte wieder den Kopf. Leicht wäre es, das zu tun, Pindanon den Oberbefehl und damit die gesamte Verantwortung für die Verteidigung des Elfenreiches zu übertragen. Vielleicht sollte er es tatsächlich tun. Aber irgend etwas in ihm wehrte sich gegen eine so einfache Lösung.

»Was würdest du tun?« fragte er leise seinen Vater, obwohl er wußte, daß er ihm keine Antwort und keinen Rat würde geben können.

Die Zeit rann zäh dahin, und die Dunkelheit brach herein.

Endlich erschien Dardan an der Zeltöffnung.

»Befehlshaber Pindanon ist zurückgekehrt, Herr«, meldete er, »und bittet um eine Unterredung mit Euch.«

Andor nickte und überlegte flüchtig, wohin Allanon wohl verschwunden sein konnte. Seit ihrer Rückkehr hatte er den Druiden nicht mehr gesehen. Aber diese Begegnung mit Pindanon war ohnehin allein seine Sache.

Er erhob sich schwerfällig. Dann erinnerte er sich des Ellcrys-Stabs, der neben dem Lager seines Vaters auf dem Boden lag. Er bückte sich und hob ihn auf. Den Stab in beiden Händen haltend, verharrte er einen Moment lang und blickte auf den alten Mann hinunter.

»Ruh dich gut aus«, flüsterte er schließlich.

Dann drehte er sich um und trat aus dem kleinen Zelt des Königs.

Ein schneller Blick zum Hohlweg zeigte ihm, daß dieser durch Geröll- und Gesteinsmassen völlig blockiert war. Ein bitteres Lächeln flog über sein blutverschmiertes Gesicht. Die Dämonen würden ihnen nicht weiter durch den Halys-Joch Paß folgen können. Die Elfen hatten eine Gnadenfrist gewonnen, eine Chance, sich neu zu ordnen, um an anderer Stelle dem Feind mit frischen Kräften entgegenzutreten.

Er drehte sich um. Hinter ihm drängte sich das Elfenheer. Stumm spähten die Soldaten aus den Schatten, die Gesichter von Erschöpfung und Unsicherheit gezeichnet. Der Elfenprinz wußte, was sie dachten. So viele Dämonen waren aus dem finsteren Verlies hinter der Mauer der Verfemung emporgestiegen – so viele, mehr als sie je für möglich gehalten hatten! Es war ihnen nicht gelungen, ihren Vormarsch hier aufzuhalten. Wie sollten sie sie im Sarandanon halten?

Stumm wandte er sich wieder ab. Er hatte auch keine Antwort darauf.

Im Nachbarraum wartete Kael Pindanon. Staub und Blut bedeckten die Rüstung des Befehlshabers, und das weißbärtige Gesicht war hochrot vor Zorn, als er raschen Schrittes auf den Elfenprinzen zuging.

»Warum habt Ihr mir den Rückzug befohlen, Andor?« fragte er aufgebracht.

Andor ließ sich nicht verunsichern.

»Sprecht leiser, Befehlshaber. Nebenan liegt der verwundete König.«

Einen Augenblick schwiegen beide. Pindanons Augen funkelten zornig. Dann fragte er mit gesenkter Stimme: »Wie geht es ihm?«

»Er schläft«, antwortete Andor kühl. »Also – wie lautet Euer Anliegen?«

Pindanons Gestalt straffte sich.

»Warum habt Ihr mir den Befehl zum Rückzug gegeben? Ich hätte den Spindelpaß zurückerobern können. Wir hätten die Stellung nie halten können, wie Euer Vater es wünschte.«

»Mein Vater wünschte, daß die Stellungen hier so lange gehalten werden würden, wie das möglich war«, entgegnete Andor, ohne sich von Pindanons zornigem Blick einschüchtern zu lassen. »Jetzt, da mein Vater verwundet ist und mein Bruder tot, wo das Halys-Joch verloren ist, ist das nicht mehr möglich. Die Dämonen haben uns in die Flucht geschlagen, so wie sie Euch in die Flucht geschlagen haben.« Pindanon fuhr auf, doch Andor beachtete ihn nicht. »Um den Spindelpaß zurückzugewinnen, hätte ich mit einem Heer, das gerade vernichtend geschlagen worden war, einen Gewaltmarsch nach Norden machen müssen. Wenn dann unsere vereinten Streitkräfte besiegt worden wären, hätten die Soldaten einen überaus anstrengenden Rückmarsch zum Sarandanon vor sich gehabt, und es wäre ihnen kaum Zeit geblieben, sich zu erholen, weil sie sogleich das Sarandanon gegen die nachrückenden Dämonen hätten verteidigen müssen. Hinzu kommt, daß jede Schlacht in den Grimmzacken-Bergen ohne den Einsatz der Kavallerie geschlagen werden müßte. Wenn wir aber dem Vormarsch der Dämonen standhalten wollen, dann brauchen wir unsere vereinten Kräfte. Das, Befehlshaber, ist der Grund, weshalb ich Euch den Befehl zum Rückzug gab.«

Pindanon schüttelte langsam den Kopf.

»Ihr seid kein ausgebildeter Soldat, mein Prinz. Ihr hattet kein Recht, eine so lebenswichtige Entscheidung zu treffen, ohne Euch zuerst mit dem Befehlshaber des Heeres zu beraten. Fühlte ich mich nicht Eurem Vater verpflichtet –«

»Sprecht diesen Satz besser nicht zu Ende, Befehlshaber«, fiel Andor ihm scharf ins Wort.

In demselben Augenblick öffneten sich die äußeren Klappen des Zelts, und Allanon und Stee Jans traten ein. Allanons Erscheinen war nicht unerwartet, doch Andor war etwas überrascht, auch den Befehlshaber der Freitruppe zu sehen. Der Grenzländer nickte höflich, sagte aber nichts.

Andor wandte sich wieder Pindanon zu.

»Wie dem auch sei, die Sache ist erledigt. Wir sollten uns jetzt dringend mit dem befassen, was vor uns liegt. Wieviel Zeit bleibt uns, bis die Dämonen uns erreichen?«

»Ein Tag, vielleicht auch zwei«, gab Pindanon brüsk zurück. »Sie müssen rasten, sich neu formieren.«

Allanon hob die schwarzen Augen.

»Morgen bei Tagesanbruch.«

Es wurde totenstill.

»Seid Ihr sicher?« fragte Andor leise.

»Ihr Haß treibt sie mit solcher Heftigkeit an, daß sie an Schlaf nicht denken. Morgen bei Tagesanbruch.«

Pindanon spie auf den hartgestampften Boden des Zeltes.

»Dann müssen wir jetzt beschließen, wie wir sie aufhalten wollen, wenn sie hier eintreffen«, erklärte Andor, dessen Hände leicht über den Ellcrys-Stab glitten.

»Sehr einfach«, fuhr Pindanon ungeduldig dazwischen. »Wir verteidigen Baen Draw. Wir riegeln es ab. Halten sie am Engpaß auf, bevor sie das Tal erreichen.«

Andor holte tief Atem.

»Genau das haben wir bereits am Halys-Joch versucht. Doch ohne Erfolg. Die Dämonen haben die Phalanx der Elfen allein aufgrund ihrer zahlenmäßigen Überlegenheit gesprengt. Es besteht kein Grund zu der Vermutung, daß es diesmal anders sein wird.«

»Es besteht aller Grund dazu«, beharrte Pindanon. »Unsere Kräfte sind hier nicht gespalten, wie das im Grimmzacken-Gebirge der Fall war. Die Dämonen werden auch nicht frisch und ausgeruht sein, wenn sie von der Rauhen Platte direkt hierher durchmarschieren. Wir können unsere Kavallerie einsetzen, was am Paß nicht möglich war. Die Lage ist doch eine völlig andere! Entsprechend wird auch das Resultat ein anderes sein.«

Andor warf einen kurzen Blick auf Allanon, doch der Druide schwieg beharrlich. Pindanon trat einen Schritt vor.

»Andor, gebt mir an Eures Vaters Stelle das Kommando. Laßt mich die Stellungen errichten, so wie ich weiß, daß er sie errichten würde. Die Elfen können den Engpaß halten, ganz gleich, wie stark die Dämonen sind. Euer Vater und ich, wir wissen –«

»Befehlshaber!« Der Elfenprinz sprach leise, aber entschieden. »Ich habe auf dem Halys-Joch gesehen, wessen die Dämonen fähig sind. Ich habe gesehen, wie sie die Verteidigungsstellungen gesprengt haben, die mein Vater für unerschütterlich hielt. Dies ist ein Feind von besonderer Art, gegen den wir kämpfen. Die Dämonen hassen die Elfen, sie werden von diesem Haß getrieben – dieser Haß brennt so heiß, daß selbst der Tod ihnen nichts bedeutet. Können wir, denen das Leben so kostbar ist, das gleiche von uns sagen? Ich glaube es nicht. Wir bedürfen etwas ganz anderes als der üblichen Strategien, wenn wir diesen Zusammenstoß überleben wollen.«

Aus den Augenwinkeln fing er Allanons flüchtiges Nicken auf.

Pindanon wurde ärgerlich. »Euch fehlt das Vertrauen, mein Prinz. Euer Vater würde nicht so schnell –«

»Mein Vater ist nicht anwesend«, unterbrach Andor ihn. »Aber wenn er unter uns wäre, dann würde er so mit Euch sprechen, wie ich gesprochen habe. Ich erwarte Vorschläge, Befehlshaber – und suche keinen Streit.«

Pindanon lief vor Empörung rot an, dann wandte er sich unvermittelt gegen Allanon.

»Und was hat dieser hier zu sagen? Hat er keine Vorschläge zu unterbreiten, wie diese Dämonen aufgehalten werden können?«

Allanons dunkles Gesicht blieb ausdruckslos.

»Wir können sie nicht aufhalten, Befehlshaber. Ihr könnt nur ihren Vormarsch verzögern.«

»Verzögern?«

»Ja, verzögern, nicht mehr, um der Botin des Ellcrys den Vorsprung zu verschaffen, um das Blutfeuer zu finden und nach Arborlon zurückzukehren.«

»Hört mir damit auf!« rief Pindanon verächtlich schnaubend. »Soll unser Schicksal in den Händen dieses Mädchens liegen? Druide, ich glaube nicht an die Legenden der alten Welt. Wenn das Westland gerettet werden soll, dann kann es nur durch den Mut seiner waffentragenden Männer gerettet werden – durch das Geschick und die Erfahrung seiner Soldaten. Dämonen sterben genau wie andere Wesen aus Fleisch und Blut.«

»Ja, ebenso wie Elfen«, versetzte der Druide vielsagend.

Darauf lastete eine bedrückende Stille im Raum. Pindanon wandte den anderen zornig den Rücken zu. Nach einer Weile wirbelte er herum.

»Treten wir ihnen nun am Baen Draw entgegen oder nicht, Prinz Andor? Bisher habe ich nur meine eigenen Vorschläge vernommen.«

Andor zögerte, wünschte, Allanon würde dem etwas entgegnen. Doch es war Stee Jans, der vortrat, und dessen tiefe Stimme das Schweigen brach.

»Herr, gestattet Ihr, daß ich spreche?«

Andor hatte beinahe vergessen, daß auch der Befehlshaber der Freitruppe anwesend war. Er sah den kräftigen, hochgewachsenen Mann an und nickte.

»Herr, während ihres Einsatzes in den Grenzländern hat sich die Freitruppe mehr als einmal ähnlichen Situationen gegenübergesehen. Wir sind stolz darauf, daß wir stets den Sieg davongetragen haben, obwohl unsere Feinde uns häufig an Zahl überlegen waren. Wir sind durch eine harte Schule gegangen, aber wir haben einiges gelernt. Beispielsweise dies: Niemals sollte man feste Verteidigungsstellungen errichten, wenn die Gefahr besteht, daß ein zahlenmäßig überlegenes Heer einen überrennen wird. Wir haben gelernt, unsere Abwehrfront in eine Anzahl beweglicher Linien aufzuteilen, die immer wieder den Standort wechseln. Diese Linien greifen nacheinander an und weichen dann wieder zurück, wobei sie den Feind bald in der einen, bald in der anderen Richtung mit sich ziehen. Immer greifen sie an den Flügeln an, so daß der Feind gezwungen wird, sich dorthin zu konzentrieren, und entziehen sich dann mit schneller Flucht dem Gegenangriff des Feindes.«

Pindanon lachte verächtlich. »Auf diese Weise macht ihr keinen Boden gut, ja, ihr könnt die Stellungen nicht einmal halten, Befehlshaber.«

Stee Jans wandte sich ihm zu.

»Wenn man mit diesen Flügelangriffen die feindlichen Linien weit genug auseinandergezogen hat, dann schließt man an beiden Flügeln die Reihen und nimmt ihn in die Zange. Etwa so!«

Er legte die Hände V-förmig gegeneinander und schlug sie klatschend zusammen. Verblüfftes Schweigen folgte der Demonstration.

»Ich weiß nicht«, murmelte Pindanon zweifelnd.

»Wie würdet Ihr Baen Draw verteidigen?« fragte Andor gespannt.

»Ich würde eine Variation dessen, was ich Euch eben geschildert habe, anwenden«, antwortete Stee Jans. »Bogenschützen an den Hängen des Kensrowe unmittelbar über der Einmündung in den Engpaß, um den Vormarsch zu stören. Fußsoldaten am Ende des Passes, so als wolltet Ihr den Baen Draw auf die gleiche Art und Weise zu halten versuchen wie das Halys-Joch. Wenn die Dämonen angreifen, halten die Linien eine Zeitlang stand, dann aber weichen sie zurück. Sollen die Dämonen ruhig die Stellung durchbrechen. Ihr müßt ihnen nur ein Kaninchen geben, dem sie hinterherjagen können, das heißt, Ihr müßt eine Kavallerieeinheit abstellen, um den Feind immer weiter zu locken. Wenn die Linien weit auseinandergezogen sind und die Flügel ungedeckt, dann gilt es, von beiden Seiten auf sie einzudringen, und zwar schnell, damit sie nicht zurückweichen können oder Verstärkung bekommen. Am besten halten sich die Soldaten die Dämonen mit Lanzen vom Leibe. Die Dämonen haben keine Waffen wie die unseren. Wenn man außerhalb ihrer Reichweite bleibt, können sie einem nichts anhaben. Sobald die vorderen Reihen ihres Heeres vernichtet sind, laßt Ihr das Kaninchen ein zweites Mal springen. Diesmal lockt es die Dämonen in eine andere Richtung. Es kommt darauf an, sie nicht zur Ruhe kommen zu lassen und sich auf ihre Flügel zu konzentrieren.«

Die Elfen starrten den Grenzländer an. Pindanon runzelte noch immer zweifelnd die Stirn.

»Und wer wäre das Karnickel bei diesem Spiel?«

Stee Jans lächelte verschmitzt.

»Wer wohl, Befehlshaber?«

Pindanon zuckte die Schultern. Andor blickte fragend zu ihm hinüber.

»Es könnte gelingen«, gab der alte Krieger wiederstrebend zu. »Vorausgesetzt natürlich, das Karnickel versteht sein Handwerk.«

»Oh, das Karnickel hat einige Tricks auf Lager«, versetzte Stee Jans. »Nur deshalb ist es ja noch am Leben.«

Andor blickte rasch zu Allanon hinüber. Der Druide nickte ihm zu.

»Dann haben wir unseren Plan zur Verteidigung des Sarandanon«, verkündete der Elfenprinz. Seine Hand umschloß die Pindanons, dann jene des Eisenmannes. »Wir wollen alles dafür tun, daß ihm Erfolg beschieden ist.«

Arion Elessedil wurde beim ersten Licht des neuen Tages der Erde zurückgegeben. Sein Bruder, Pindanon und vier Dutzend Soldaten der Leibgarde bestatteten ihn gemäß der Elfentradition zum Zeitpunkt der Geburt des neuen Tages, zum Zeitpunkt seines Anfangs. Schweigend trugen sie den Leichnam zu einer von Eichen beschatteten Anhöhe unterhalb vom Baen Draw, die nach Westen hin die blauen Weiten des Innisbore-Sees überblickte und nach Osten das grüne Tal des Sarandanon. Dort legten sie den erstgeborenen Sohn Eventine Elessedils zur letzten Ruhe, gaben seine sterbliche Hülle der Erde zurück, die ihm das Leben geschenkt hatte.

Sie setzten dem Kronprinzen kein Zeichen. Allanon hatte gewarnt, daß es unter den Dämonen welche gab, die nach solchen Zeugnissen suchen und die Ruhe der Toten stören würden. Nicht mit Liedern, nicht mit Worten, nicht mit Blumen gedachte man Arion Elessedils. Nichts blieb von ihm als Erinnerungen.

Andor bemerkte die Tränen in den Augen all jener, die sich mit ihm eingefunden hatten, und sagte sich, daß Erinnerungen genügen mußten.

Kaum eine knappe Stunde später griffen die Dämonen die Elfen am Baen Draw an. Ihr Kreischen und Heulen zerfetzte die Stille der Morgendämmerung, als sie in wilden Scharen aus den nördlichen Hügeln herabstömten. Wie am Halys-Joch wälzten sie sich in einer gewaltigen Woge zuckender dunkler Leiber heran, den entfesselten Wassern einer Springflut gleichend.

Am unteren Ende des Baen Draw warteten die Schlachtreihen der Elfen, Lanzer und Pikeniere, die mit kampfbereiten Waffen Schulter an Schulter standen. Als die vordersten Dämonen-Horden sich ihnen entgegenstürzten, hob plötzlich auf den Hängen des Kensrowe ein mächtiges Summen an, und ein Schauer gefiederter Pfeile regnete auf die kreischenden Horden herab. Unzählige Dämonen fielen und wälzten sich zuckend am Boden, wurden von jenen überrannt, die nach ihnen kamen. Schauer um Schauer dunkel gefiederter Pfeile brach über sie herein, und Hunderte starben in dem ersten Ansturm.

Schließlich aber war die Phalanx doch erreicht, und die Dämonen rannten blind und haßerfüllt gegen sie an. Ihre Schmerzensschreie gellten durch den Morgen, als die eisernen Spitzen von Lanzen und Piken ihre Körper durchbohrten. Der Angriff geriet ins Stocken und wurde schließlich vollends zurückgeschlagen. Und auch der nächste, eine plötzliche Flutwelle mißgestalteter Leiber mit klauenbewehrten Gliedern und gierigen Zähnen, wurde zurückgeworfen. Auf der Erde vor der Abwehrmauer der Elfen häuften sich Sterbende und Tote. Aber immer noch stürmten die Dämonen-Horden an, unerschöpflich an Zahl, und endlich gerieten die Linien der Elfen ins Wanken und zerbrachen. Triumphierend quoll die zuckende Masse der Dämonen durch die Bresche, die sie geschlagen hatte.

Augenblicklich wurden sie von einer Schar grauer Reiter bedrängt, die von einem hochgewachsenen, narbengesichtigen Mann auf einem mächtigen Rotschimmel angeführt wurden. Die Reiter jagten mit durch die Luft sirrenden Lanzen an der Spitze des Dämonensturms vorüber. Und schon waren sie wieder entschwunden, galoppierten mit fliegenden grauen Umhängen, tief über die Hälse ihrer Pferde geneigt, ins Tal zurück. In blinder Raserei setzten die Dämonen ihnen nach. Nur Augenblicke später wirbelten die Reiter herum und fielen mit gesenkten Lanzen erneut über die Verfolger her. Verwundete brüllten im Todeskampf, und Tote blieben reglos liegen, während die Geisterreiter schon wieder abschwenkten. Die Dämonen stürzten ihnen heulend vor ohnmächtiger Wut nach.

Da plötzlich machten die graugekleideten Reiter in einer geschlossenen Linie kehrt, die den Dämonen den Vormarsch sperrte. Der narbengesichtige Mann erhob den Arm. Die Dämonen, welche die Verteidigungslinien der Elfen durchbrochen hatten, erkannten jetzt, wozu man sie verleitet hatte, und blickten in wilder Panik hilflos um sich. Nicht mehr dicht geballt wie zuvor waren ihre Scharen, sondern weit, weit auseinandergezogen, schutzlos und leicht verletzlich. Zu beiden Seiten tauchten jetzt Kavallerie-Einheiten der Elfen auf, die sie zusammentrieben wie Schafe. Die Bresche hinter ihnen war durch einen hochgewachsenen, schwarz gekleideten Mann geschlossen worden, aus dessen gespreizten Fingern blaues Feuer loderte, um die Dämonen zu vernichten, die durch den Engpaß nachdrängten. Verzweifelt versuchten jene, die blindlings in die Falle gelaufen waren, die Umzingelung zu durchbrechen. Doch die Elfen trieben sie immer enger zusammen, während sie mit Schwert und Lanze die finsteren Gestalten bekämpften, die nach ihnen fassen wollten. Innerhalb von Sekunden war die Vortruppe der Dämonen vollständig vernichtet. Und durch den Engpaß des Baen Draw hallte das Siegesgeheul der Elfen hundertfach verstärkt wider.

Doch das war längst nicht das Ende. Noch während des ganzen Morgens und bis in den frühen Nachmittag hinein tobte die Schlacht hin und her. Immer wieder formierten sich die Dämonen zum Ansturm auf die Phalanx der Elfen, die den Engpaß des Baen Draw versperrte. Immer wieder gelang es ihnen, diese Phalanx zu durchbrechen, den Pfeilen der Bogenschützen und dem Feuer des Druiden, den Lanzen und Piken auszuweichen, nur um sich dann den grauen Reitern der Freitruppe der Grenzlegion gegenüberzusehen. Wütend und gereizt nahmen sie die Verfolgung auf. Ohne Rücksicht auf das, was sie möglicherweise erwartete, ließen sie sich von den Geisterreitern fortlocken, manchmal an die Ufer des Innisbore-Sees, dann wieder bis zu den Hängen des Kensrowe hinüber oder in das Tal des Sarandanon. Und gerade wenn es dann schien, als wäre es ihnen gelungen, die flüchtigen Reiter zu stellen, sahen sie sich von Kavallerie-Einheiten umzingelt, mußten erkennen, daß ihre eigenen Linien dünn und licht waren, da sie sich zu weit von ihren Brüdern entfernt hatten, die noch im Baen Draw kämpften. In tolldreister Raserei stürzten sie sich dann auf ihren Feind, doch es gab kein Entkommen. Die Elfen jagten zurück, und ihre Linien schlossen sich wieder, um den Baen Draw erneut zu versperren.

Eine Zeitlang versuchten die Dämonen, die Hänge des Kensrowe einzunehmen, um den verhaßten Bogenschützen den Garaus zu machen. Doch die Elfen-Krieger, deren Reihen tief gestaffelt im Schutz der Felsen aufgestellt waren, vernichteten die Angreifer bis auf den letzten Mann. Und in ihrer Mitte stand der schwarzgewandete Riese, aus dessen Fingern das blaue Zauberfeuer loderte. Alle Arten von Dämonen mühten sich, ihn zu erreichen – Dämonen, die auf der Erde krochen, solche, die flogen, solche, die an Felswänden emporklettern konnten wie Fliegen. Und alle starben sie.

Bei einem Angriff sprengten die Dämonen die Schlachtreihen der Elfen an einer Stelle, wo sie ans Ufer des Innisbore-Sees grenzte, und zwangen die Soldaten zurückzuweichen. Einen Augenblick lang, während Hunderte von Dämonen über die sandigen Hügel zum jenseits liegenden Tal ausschwärmten, schien es, als sei nun die Phalanx der Elfen endgültig zerbrochen. Doch in einer heldenhaften Anstrengung sammelten sich die Reiter der Kavallerie östlich von diesem neuen Stoßtrupp und ritten eine Attacke, die die Dämonen bis in die Fluten des Innisbore-Sees zurücktrieb. Wieder gelang es den Mächten des Bösen nicht, eine geschlossene Formation zu bilden, wieder waren sie weit auseinandergezogen an den Gestaden verstreut. Der Angriff wurde vereitelt, zerbrach an den Lanzen der Elfen. Und wieder schloß sich die Bresche in den Schlachtreihen.

Tausende von Dämonen fielen an diesem Nachmittag im sinnlosen, hirnlosen Anstürmen auf das Elfenheer. Unaufhörlich griffen sie an, wälzten sich mit der blinden Entschlossenheit von Lemmingen vorwärts, ohne der Vernichtung zu achten, die sie erwartete. Elfen und Grenzländer starben mit ihnen, Opfer ihres rasenden Bestrebens, das Sarandanon zu erreichen. Doch die vernichtende Niederlage, die den Elfen am Halys-Joch beigebracht worden war, wiederholte sich in diesem Tal nicht; immer wieder wurden ihre Sturmtrupps vernichtet, bevor ihnen aus den nachdrängenden Massen Verstärkung kommen konnte.

In der Mitte des Nachmittags schließlich eröffneten die Dämonen ihren entscheidenden Angriff. Nachdem sie sich im Engpaß des Baen Draw gesammelt hatten, rannten sie in einem gewaltigen Ansturm gegen die Phalanx der Elfen an und trieben sie lediglich aufgrund ihrer zahlenmäßigen Überlegenheit zurück. Die Schlachtenreihen fielen auseinander. Und in die Lükken und Breschen fielen nun die Dämonen ein, und plötzlich blieb keine Zeit mehr für sorgsam ausgeklügelte Strategien, für Geschicklichkeit und Finesse. Die Elfen und die Freikämpfer schlugen wütend zurück; ihre Reiter stürmten tief in das Wogen der Schlacht hinein. Schwerter und Speere stachen wie giftige Stacheln in das Knäuel zuckender dunkler Leiber. Pferde und Reiter schrien gellend auf und stürzten. Hin und her wogte der Kampf, doch endlich mußten die Dämonen weichen. Fauchend und schnaubend vor Wut flohen sie in den Draw zurück, und gellendes, haßerfülltes Kreischen stieg aus ihrer Mitte auf. Diesmal kehrten sie nicht um. Sie flohen über ihre eigenen Toten und Sterbenden hinweg, zogen sich hinkend und kriechend ins Hügelland zurück. Der Baen Draw war leer.

Zu Tode erschöpft und ungläubig starrten die Elfen den zurückweichenden Feinden nach und beobachteten, wie die letzten in den Hügeln verschwanden. Geschrei und Kreischen verloren sich allmählich. Erst als wieder Stille eingekehrt war, blickten die Elfen sich um und gewahrten mit schrecklicher Klarheit, welch entsetzlicher Kampf hier am Baen Draw getobt hatte. Tausende verkrümmter dunkler Leiber lagen über das Grasland verstreut. Vom Kensrowe bis zum Innisbore dehnte sich ein einziges Feld von Toten und Verwundeten. Und der Engpaß selbst war mit den Leibern der Toten übersät. Die Elfen wurden von Grauen geschüttelt. Es war, als habe das Leben den Dämonen nichts bedeutet, als zögen sie ihm den Tod vor. Die Männer suchten ihre Freunde und Kameraden. Hände trafen sich, umspannten einander fest, und eine tiefe Erleichterung übermannte die Elfen, Dankbarkeit, daß sie dieses grauenvolle Chaos überlebt hatten.

An der Mündung des Baen Draw stieß Andor Elessedil auf Kael Pindanon und umarmte impulsiv den alten Kämpen. Freudenschreie entrangen sich den Kehlen der Elfen, als sie erkannten, daß dies ihr Tag war. Stee Jans ritt an der Spitze seiner Freikämpfer heran, und er und seine Leute stimmten in die Triumphrufe der Elfen ein. Durch das Sarandanon-Tal pflanzten sich die freudigen Stimmen des Sieges fort.

Nur Allanon stand abseits. Allein stand er am Fuß des Kensrowe-Gebirges, die dunklen Züge den Hügeln im Norden zugewandt, wohin die Dämonen entschwunden waren. Er fragte sich, was der Grund dafür gewesen war, daß sie bereit gewesen waren, ihr Leben so bereitwillig zu opfern, und – das war vielleicht noch wichtiger – wie kam es, daß während der schrecklichen Schlacht keine Spur jenes Gewaltigen zu sehen gewesen war, den sie den Dagda Mor nannten.

Der Nachmittag verblich, und dem Abend folgte leise die Nacht. An der Mündung des Baen Draw erwartete das Heer von Westland einen neuerlichen Angriff der Dämonen. Doch die Dämonen griffen nicht an. Und sie kamen auch bei Morgengrauen nicht, dennoch verstärkten Elfen und Grenzländer ihre Alarmbereitschaft. Die Morgenstunden krochen dahin, und wachsendes Unbehagen breitete sich unter den Verteidigern aus.

Als der Mittag nahte, machte Andor sich auf die Suche nach Allanon. Er hoffte, der Druide könnte ihm eine Erklärung für das merkwürdige Verhalten der Dämonen geben. Allein erklomm er die Hänge des Kensrowe und wanderte zu dem Felsüberhang, wo Allanon einsam Wache hielt, halb verborgen im Schatten, während er den Blick über das Sarandanon schweifen ließ. Der Elfenprinz hatte seit dem vergangenen Tag, seit der Druide in diese Berge hinaufgestiegen war, nicht mehr mit

Allanon gesprochen; niemand hatte ein Wort mit ihm gewechselt. Und in seiner Freude über den Sieg der Elfen hatte Andor kaum einen Gedanken an den Druiden verschwendet. Schließlich kam und ging Allanon stets, wie es ihm gefiel, und selten gab er eine Erklärung für sein Handeln. Jetzt aber, als Andor sich dem Druiden näherte, fragte er sich dennoch, warum Allanon gerade diesen Zeitpunkt gewählt hatte, um allein zu sein. Die Antwort auf diese Frage erhielt er, als der Druide sich nach ihm umwandte. Allanons Gesicht war aschfahl. Tief eingegrabene Linien durchzogen sein Gesicht, das schlaff und welk wirkte, und in den durchdringenden schwarzen Augen stand ein grüblerischer Ausdruck. Andor blieb wie angewurzelt stehen und starrte den Druiden entsetzt an.

Seine Bestürzung brachte ein schwaches Lächeln auf Allanons Lippen.

»Ist etwas mit Euch, Elfenprinz?«

Andor fuhr zusammen. »Nein, ich – es ist nur – Allanon, Ihr seht...«

Der Druide zuckte die Schultern.

»Für die Art und Weise, wie wir unsere Kräfte einsetzen, müssen wir einen Preis zahlen. Das ist eines der Naturgesetze, wenn wir es auch häufig außer acht lassen. Selbst ein Druide ist dem Willen der Natur unterworfen.« Er hielt einen Moment inne. »Versteht Ihr, was ich meine?«

Andor blickte ihn unsicher an.

»Diese Wirkung hat die Zauberkraft auf Euch?«

Allanon nickte. »Wer Zauberkraft einsetzt, dem wird Leben entzogen – ihm wird etwas von seiner Kraft und seinem Wesen genommen. Zum Teil kann es wiedergewonnen werden, aber die Erholung schreitet nur langsam voran. Und der Schmerz...«

Seine Stimme verklang, der Satz blieb unvollendet. Andor fröstelte plötzlich.

»Allanon, habt Ihr Eure Zauberkräfte verloren?«

Der Kopf unter der Kapuze hob sich.

»Die Zauberkraft geht nicht verloren, solange derjenige noch lebt, der sich ihrer bedient. Aber es gibt Grenzen, die nicht überschritten werden können, und die Grenzen werden mit dem Lauf der Jahre immer enger. Wir alle werden alt, Elfenprinz.«

»Auch Ihr?« fragte Andor leise.

Die schwarzen Augen waren verschleiert. Unvermittelt wechselte Allanon das Thema.

»Was führt Euch zu mir?«

Andor brauchte eine Zeitlang, um seine Gedanken wieder zu sammeln.

»Ich wollte Euch fragen, ob Ihr den Grund kennt, warum die Dämonen nicht angreifen.«

Der Druide wandte den Blick ab.

»Weil sie dazu noch nicht bereit sind.« Er schwieg einen Moment, dann richtete sich sein Blick wieder auf Andor. »Laßt Euch nicht in die Irre führen; sie werden kommen. Sie zögern den Angriff nur hinaus, doch hinter dieser Verzögerung steckt ein Sinn. Jener, der sie führt, jener, den sie den Dagda Mor nennen, tut nichts ohne Grund.« Er neigte sich leicht vornüber. »Laßt Euch dies durch den Kopf gehen: Der Dagda Mor befand sich nicht unter jenen, die uns gestern angriffen.«

Andor runzelte besorgt die Stirn.

»Wo war er dann?«

Allanon schüttelte den Kopf.

»Wir sollten eine andere Frage stellen: Wo ist er jetzt?« Einen Lidschlag lang blickte er Andor schweigend an, dann zog er seine schwarzen Gewänder fest um sich. »Ich habe mir überlegt, daß es klug wäre, Kundschafter nach Norden und nach Süden auszuschicken, um sicherzugehen, daß die Dämonen nicht die Absicht haben, uns von den Flügeln her in die Zange zu nehmen.«

Nach einer bedrückenden Zeit des Schweigens fragte Andor: »Ist die Zahl der Dämonen denn groß genug, um das zu tun?«

Allanons Lachen war spröde.

»Groß genug.« Der Druide wandte sich wieder ab. »Laßt mich jetzt allein, Elfenprinz.«

Von Zweifeln geplagt stieg Andor wieder aus dem Kensrowe-Gebirge herab. Nach seiner Rückkehr wurden Kundschafter ausgesandt, und das Heer wartete weiter. Der Morgen neigte sich zum Nachmittag, der Nachmittag zum Abend. Schwere Wolkenmassen wälzten sich über den dunkler werdenden Himmel, und die Nacht brach rasch herein.

Und noch immer kamen die Dämonen nicht.

Es ging auf Mitternacht zu, als der Angriff endlich losbrach. So plötzlich, daß die Wachtposten kaum Zeit hatten, Alarm zu schlagen, als die ersten Dämonen schon über sie herfielen. In gewaltigem Ansturm drängten sie durch den Engpaß des Baen Draw, Wogen schwarzer, mißgestalteter Körper, die aus den dunklen Hügeln im Norden herabströmten in das flackernde Licht der Feuer. Eines nach dem anderen erloschen die Feuer, erstickt von den Dämonen-Horden, die sich durch den Engpaß und über die Hänge des Kensrowe-Gebirges wälzten. Nun, da die Feuer erstorben und der Nachthimmel von den finsteren Wolken verdunkelt war, die von Osten her aufgezogen waren, lag das Gebiet um den Baen Draw in tiefe Finsternis gehüllt. Den Dämonen war diese Schwärze vertraut, sie hatten sich während der Zeit ihrer Einkerkerung hinter der Mauer der Verfemung an sie gewöhnt. Sie konnte ihnen nur dienlich sein. Elfen und Südländer waren beinahe wie blind in dieser Finsternis, die Dämonen jedoch sahen so scharf, als wäre es heller Tag. Mit schrillem Geheul der Siegesgewißheit griffen sie an.

Am oberen Ende des Engpasses, um Andor Elessedil und den leuchtend silberglänzenden Stab des Ellcrys geschart, begegnete eine Phalanx von Elfen dem Ansturm. Die Wucht des Angriffs schleuderte die Soldaten zurück, doch sie hielten die Linien. Hunderte dunkler Leiber rannten mit reißenden Klauen und Zähnen gegen sie an. Die Elfen kämpften mit wilder Entschlossenheit. Lanzen und Piken stachen blind in das Gewimmel vorwärtsdringender Dämonen, und Schmerzensschreie schallten gellend durch die Nacht. Doch die Dämonen ließen nicht locker, sammelten sich zu immer neuen Attacken, stürmten wie rasend auf die Elfen ein, um ihre Abwehrkette zu sprengen. Einige verzweifelte Minuten lang widerstanden die Elfen den wütenden Überfällen und hielten die Feinde zurück, die gegen sie anrannten. Doch die Dunkelheit verwirrte und behinderte sie. Und schließlich wurden sie überwältigt. Die Schlachtenreihen gerieten ins Wanken, wichen schrittweise zurück, fielen gänzlich auseinander. Sekunden später schafften die Dämonen den Durchbruch.

Das wäre das Ende gewesen, wäre nicht Allanon gewesen. Der Druide eilte zu den unteren Hängen des Kensrowe hinunter, wo die Bogenschützen in der Dunkelheit einen aussichtslosen Kampf gegen die anstürmenden Dämonen führten, und nahm dort eine Handvoll glitzernden Staubes aus einem kleinen Beutel, den er am Gürtel trug. Hoch schleuderte er den Staub in die Luft. Augenblicklich breitete er sich am Nachthimmel über den kämpfenden Elfen aus und erfüllte die Finsternis mit einem leuchtend weißen Licht, welches das Land heller als der Schein des Mondes beleuchtete.

Die Finsternis war vertrieben, die Dämonen konnten sich nicht mehr unter ihrem Mantel verstecken. Hinter der gesprengten Phalanx der Elfen erhob sich lautes Anfeuerungsgeschrei in die Luft. In die größte Lücke, dort, wo die dichteste Zusammenballung von Dämonen vorwärtsdrängte, ritten Stee Jans und die Männer der Freitruppe. Einem Eisenkeil gleich trieben sie die vorderste Front der Angreifer auseinander. Weniger als vierhundert waren ihrer jetzt, doch furchtlos preschten sie mitten unter die Dämonenhorde und drängten sie zurück zur Mündung des Baen Draw. Ihnen Beistand zu leisten, galoppierte die Elfen-Kavallerie heran, geführt von Kael Pindanon, der mit wehendem weißen Haar sein Pferd antrieb. Erbarmungslos stachen die Reiter mit ihren Lanzen auf die vorwärtsstürmenden Dämonen ein und warfen sie zurück.

An den Hängen des Kensrowe-Gebirges war es den Dämonen gelungen, die Reihe der Bogenschützen aufzubrechen, und nun strömten sie ins Sarandanon hinunter. Praktisch allein stellte sich Allanon ihnen in den Weg. Blaues Feuer züngelte aus seinen Händen. Von allen Seiten drangen sie auf ihn ein, und ihr rasendes Geheul widerhallte in der Nacht, als das Feuer sie zu Asche verbrannte. Der Druide hielt stand. Als der Dämonen allzu viele wurden, verwandelte er das ganze Land rundum in ein Flammenmeer. Er errichtete eine hohe Mauer blauen Feuers, die die tollwütigen Dämonen umschloß und deren Flammen alle vernichtete, die versuchten, dem Flammenmeer zu entkommen.

Einige hundert Schritt von der Mündung des Baen Draw entfernt kämpften die Elfen und die Grenzländer mit dem Mut der Verzweiflung, um die Übermacht der Dämonen am Einbruch in das Sarandanon zu hindern. Es war eine schreckliche, grausame Schlacht, und der Geruch des Todes breitete sich in der Sommernacht aus. Kael Pindanon stürzte, als sein Pferd unter ihm in die Knie ging. Der alte Kämpe kam nur schwankend wieder auf die Füße, und noch während seine Hand zum Schwert griff, stürzten sich die Dämonen heulend auf ihn. Elfen-Jäger versuchten, ihren bedrängten Befehlshaber zu erreichen, bahnten sich mit Schwertern und Lanzen einen Weg durch die Dämonenmassen, die sich ihnen entgegenstemmten. Doch sie kamen zu spät, krallenbewehrte Hände packten Pindanon und rissen den alten Mann in den Tod.

In demselben Augenblick löste sich eine Handvoll Dämonen aus dem Gros der Angreifenden und drang auf Andor Elessedil ein. Durch den Ring der Elfen-Jäger, die sich rund um ihn mit dem Feind schlugen, brachen die Dämonen und sprangen wie Raubkatzen den Elfenprinz an. Wie einen Schild riß er den Ellcrys-Stab in die Höhe, und seine Angreifer wichen kreischend vor Wut zurück. Doch Andor war jetzt ganz allein, umzingelt von mißgestalteten schwarzen Wesen, die nach ihm schnappten und an ihm rissen und nur auf eine Gelegenheit warteten, die Abwehr seines Talismans einzureißen. Elfen-Jäger mühten sich verzweifelt, dem Prinzen zu Hilfe zu kommen, doch die Dämonen versperrten ihnen den Weg, zerfetzten alle, die sich zu nahe heranwagten, wehrten fauchend und schnaubend die Hiebe und Stiche von Lanzen und Schwertern ab. Ihre Brüder eilten herbei, um ihnen Beistand zu leisten, als sie sahen, daß der Träger des verhaßten Talismans umzingelt war.

Da warf sich ein hünenhafter, narbengesichtiger Grenzländer in das Kampfgetümmel. Der graue Umhang, mit Schmutz und Blut besudelt, flatterte im Wind, als der Riese mit kraftvollen Schlägen seines großen Schwertes die finsteren Dämonen-Horden auseinandertrieb, bis er schließlich direkt an Andors Seite stand. Wutgebrüll erhob sich von den Dämonen, und sie stürzten sich auf ihn. Doch Stee Jans stand unerschütterlich wie ein Fels und wehrte Andors Angreifer ab, während er seine Leute herbeirief. Augenblicklich preschten sie auf ihren Pferden heran und schlossen sich in einem eisenbewehrten Kreis um ihn. Da schwang er sich wieder auf seinen Rotschimmel und hob sein Schwert. Die grauen Reiter griffen an, und ihr Schlachtruf gellte laut durch die Nacht.

Eine ganze Weile gewahrte Andor gar nicht, was um ihn geschah. Dann erblickte er im dunstigen Schein des trügerischen Mondlichts die Männer der Freitruppe unter der Führung von Stee Jans. In der einen Hand sein gewaltiges Schwert, in der anderen die Kriegsfahne der Freitruppe, ritt er mit fliegendem roten Haar gegen die Dämonen an. Die Freitruppe griff an, ein kleiner Trupp Todesmutiger gegen Hunderte von Dämonen! Sogleich ergriff der Elfenprinz die Zügel eines reiterlosen Pferdes, schwang sich in den Sattel und trieb das Tier an, während er seine Leute zusammenrief. Aus allen Richtungen strömten die Elfen herbei, um sich um ihn zu scharen, und er stürmte furchtlos mitten in die Reihen der Dämonen hinein, um an der Seite der Grenzländer zu kämpfen. In kraftvollem Ansturm jagten Elfen und Grenzländer in den Baen Draw hinein und trieben die Dämonen vor sich her. Wie Berserker schlugen sich Reiter und Fußsoldaten mit Lanzen, Piken und Schwertern den Weg frei, während sie sich, wie aus einem Munde, mit den Schlachtrufen ihrer Heimatländer Mut machten.

Nur kurze Zeit widerstanden die Dämonen dem Angriff. Kreischend vor Wut und Haß versuchten sie, die Wahnsinnigen, die sich so beherzt in ihre Mitte geworfen hatten, zu Boden zu reißen. Doch der Hüne mit dem gewaltigen Schwert und der Kriegsfahne der Freitruppe hatte den Elfen neuen Mut verliehen, der sie anspornte, dem Tod ohne Furcht ins Auge zu sehen, alles hintansetzend außer ihrer Entschlossenheit, diese schleimigen, zuckenden, grauenvollen Gestalten zu vernichten, die sich ihnen in den Weg stellten. Die Reihen der Dämonen gerieten ins Wanken und wichen zurück, schrittweise zunächst, dann in wilder Flucht, denn der Zorn und die Wut, die jetzt von dem Heer der Elfen Besitz ergriffen hatten, waren verheerender als ihre eigene. So ergriffen sie die Flucht in das nördliche Hügelland, in die bergenden Schatten der Nacht.

Innerhalb von Augenblicken war der Baen Draw zurückerobert worden, und das Sarandanon lag wieder in den Händen der Elfen.

Mit nacktem Oberkörper saß Andor Elessedil in seinem Zelt, während Elfen-Jäger die Verletzungen behandelten, welche die Dämonen ihm in der Schlacht beigebracht hatten. Schweigend saß er da auf seinem Lager. Die Verwundungen schmerzten höllisch, und alle Glieder taten ihm weh, vor Mattigkeit und Erschöpfung. Boten kamen und gingen, um ihm von den Aktivitäten des Heeres zu berichten, das sich anschickte, neuerlich die Einmündung zum Baen Draw zu blockieren. Soldaten der Leibgarde bewachten das Zelt. Das Eisen ihrer Waffen glitzerte im Licht der Feuer.

Der Elfenprinz war gerade dabei, sich die Rüstung anzulegen, als sich plötzlich die Klappe des Zelts öffnete und Stee Jans aus dem Dunkel der Nacht auftauchte. Seine hochgewachsene Gestalt war von Schmutz, Asche und Blut bedeckt. Im Zelt wurde es augenblicklich still. Mit einem kurzen Wort gebot Andor allen zu gehen, und Andor trat zu dem Grenzländer hin. Wortlos drückte er ihm die Hand.

»Ihr habt uns heute abend alle gerettet, Befehlshaber«, sagte er leise. »Wir stehen tief in Eurer Schuld.«

Stee Jans schüttelte langsam den Kopf.

»Herr, Ihr schuldet mir nichts. Ich bin Soldat. Was ich heute nacht getan habe, war nicht mehr als meine Pflicht.«

Andor lächelte müde. »Davon werdet Ihr mich nie überzeugen. Aber ich achte und bewundere Euch zu sehr, um mich darüber mit Euch zu streiten. Ich will Euch einfach danken.« Er gab die Hand des Hünen frei und trat zurück. »Kael Pindanon ist tot. Ich brauche einen neuen Befehlshaber für mein Heer. Ich wünsche, daß Ihr dieses Amt übernehmt.«

Der Grenzländer schwieg einen Augenblick.

»Herr, ich bin kein Elf, ich stamme nicht einmal aus diesem Land.«

»Ich weiß keinen Elfen oder Landsmann, der besser als Ihr geeignet wäre, dieses Heer zu befehligen«, entgegnete Andor sogleich. »Euer Plan war es, der es uns ermöglichte, den Baen Draw zu halten.«

Stee Jans senkte den Blick nicht.

»Es gibt gewiß Leute, die die Klugheit Eurer Entscheidung bezweifeln würden.«

»Es gibt Leute, die die Klugheit jeder Entscheidung bezweifeln würden.« Andor schüttelte den Kopf. »Ich bin nicht mein Vater und auch nicht mein Bruder, und ich bin auch nicht der Führer, den sie sich ausgesucht hätten. Doch wie dem auch sei, ich bin es jetzt, der die Entscheidungen zu treffen hat, und ich habe meine Entscheidung gefällt. Ich wünsche Euch als Befehlshaber des Heeres. Nehmt Ihr an?«

Der Grenzländer überlegte lange, bevor er antwortete.

»Ja«, sagte er dann.

Andor spürte, wie ein Teil der Mattigkeit von ihm abfiel.

»Dann wollen wir anfangen ...«

Sie fuhren beide herum, als sich in den Schatten nahe des Eingangs plötzlich etwas bewegte. Dort stand Allanon. Sein Gesicht war eine starre Maske der Bitterkeit.

»Die Kundschafter, die Ihr nach Süden und Norden geschickt habt, sind zurück.« Der Druide sprach leise. Die Worte entflohen beinahe wie ein Zischen seinem Mund. »Jene, die nach Süden ritten, am Innisbore-See entlang, erkundeten nichts. Die aber, die im Norden waren, stießen auf ein Heer von Dämonen, so gewaltig, daß die Horden, mit denen wir uns hier am Baen Draw geschlagen haben, sich daneben wie ein armseliges Häuflein ausnehmen. Das Heer marschiert an der Ostwand des Kensrowe-Gebirges entlang nach Süden. Es wird schon jetzt ins Sarandanon eingedrungen sein.«

Stumm starrte Andor Elessedil ihn mit großen Augen an, während die Hoffnung in seinen Augen langsam erlosch.

»Dies war von Anbeginn an ihr Plan, Elfenprinz – Euch hier am Baen Draw mit der kleineren Streitmacht zu binden, während das größere Heer im Norden die Kensrowe-Berge umrundete, um von hinten in das Sarandanon einzufallen und auf diese Weise das Elfenheer einzuschließen. Hättet Ihr die Kundschafter nicht ausgeschickt...«

Er ließ den Satz unvollendet in der Luft hängen. Andor wollte etwas erwidern, aber er konnte kein Wort hervorbringen. Plötzlich standen Tränen in seinen Augen, Tränen des Zorns und der Entmutigung.

»All die Männer, die hier gefallen sind – hier und am Halys-Joch... Mein Bruder, Pindanon – alle fielen sie, um das Sarandanon zu halten... Können wir denn gar nichts tun?«

»Mit dem Heer, das aus Norden herunterkommt, nahen Dämonen, deren Kräfte alles, was Ihr bisher erlebt habt, bei weitem in den Schatten stellen.« Allanon schüttelte bedächtig den Kopf. »Ihre Kräfte, fürchte ich, sind zu übermächtig, als daß Ihr ihnen widerstehen könntet – ihre Zahl ist unübersehbar. Wenn Ihr noch länger versucht, das Sarandanon zu halten, wenn Ihr darauf beharrt, ihnen hier am Baen Draw entgegenzutreten, dann werdet Ihr bis auf den letzten Mann vernichtet werden.«

Andors jugendliches Gesicht war grau und trostlos.

»Dann ist das Sarandanon verloren.«

Allanon nickte langsam. Der Elfenprinz warf unwillkürlich einen Blick zum Nebenraum des Zelts, wo der König noch immer bewußtlos lag, in traumlosem Schlaf eingefangen, weit entfernt vom Schmerz und der Realität, die seinen Sohn quälten. Verloren! Das Grimmzacken-Gebirge, das Sarandonan, seine Familie, sein Heer – alles! Er hatte das Gefühl, in ihm bräche etwas. Allanons Hand umfaßte hart seine Schulter. Ohne den Kopf zu erheben, nickte er.

»Wir brechen sofort auf.«

Mit gesenktem Kopf schritt er aus dem Zelt, um den Befehl zu geben.

Wil Ohmsford fand den Wildewald so abschreckend und bedrohlich, wie man ihn ihm geschildert hatte. Obwohl die Sonne hell und leuchtend vom Himmel gestrahlt hatte, als er und Amberle vom Steinkamm aufgebrochen waren, lag der Wildewald in tiefen Schatten und dämmriger Finsternis, von der Welt abgeschlossen durch Bäume und Buschwerk, so verwildert und verwachsen, daß es in dem Wirrwarr keinen Anfang und kein Ende zu geben schien. Knorrig und gebeugt ragten die massigen Stämme in die Höhe, auf denen Moos und Flechten wuchsen, und ihre Zweige krümmten sich wie Spinnenbeine. Sie waren von schmarotzenden Kletterpflanzen überwuchert, und ihre dornigen Blätter schimmerten wie weißglühendes Silber. Dürres Holz und welkes Laub bedeckten den Talboden und verrotteten langsam auf der dunklen Erde, die unangenehm weich und schwammig unter den Füßen gluckste. Der Wildewald, feucht von Moder und Fäulnis, hatte etwas Mißratenes, Entstelltes, Unnatürliches an sich. Es war, als hätte die Natur das Land und das Leben, das auf ihm wuchs, verkrüppelt und gesunden Wachstums unfähig gemacht, so daß es auf immer den modrigen Todesgeruch atmen mußte, der aus seinem eigenen langsamen Sterben aufstieg.

Aus vorsichtigen, ängstlichen Augen spähten Wil Ohmsford und Amberle Elessedil in die Finsternis rundum, während sie dem gewundenen Waldpfad folgten. Aus der Ferne hörten sie die nächtlichen Geräusche der Wesen, die im Dickicht des Waldes lauerten und jagten. Der Pfad war wie ein Tunnel, nur hier und dort von schwachen Lichtstrahlen erhellt, die irgendwie durch das Geschlinge der Äste eindrangen. Es gab keine Vögel in diesem Wald; das war Wil sogleich aufgefallen. Vögel würden niemals in solcher Finsternis leben, hatte Wil bei sich gedacht – jedenfalls nicht, solange sie die Möglichkeit hatten, im Sonnenlicht zu fliegen. Auch die anderen kleinen Tiere, die man sonst im Wald anzutreffen pflegte, fehlten; nicht einmal Schmetterlinge gab es. Die Wesen, die hier lebten, beließ man am besten in Finsternis, Nacht und Schatten: Fledermäuse mit ledrigen Flughäuten, Schlangen und gepanzerte Jäger, die sich von Ungeziefer nährten, das in stinkenden Tümpeln und schlammigen Sümpfen hauste; Katzenwesen, die flink und wendig auf lautlosen Pfoten durch das Gewirr der Bäume huschten. Ein- oder zweimal kreuzten ihre Schatten den Pfad, und Wil und Amberle verhielten ängstlich ihren Schritt. Doch so rasch wie sie aufgetaucht waren, verschwanden die Schatten wieder, verloren sich in der Schwärze des Dickichts, während die beiden Menschenkinder noch eine Weile mißtrauisch auf dem Pfad stehenblieben und dann weitereilten.

Einmal, als sie tief in den Dämmerschatten des Waldes eingedrungen waren, hörten sie das Rumoren irgendeines großen, massigen Wesens, das sich einen Weg zwischen den Bäumen bahnte und sogar die Äste so leicht knickte, als wären es dünne Zweiglein. Laut stieß sein schnaubender Atem durch die Stille. Es schien Wil und Amberle nicht zu sehen, während es da unsichtbar durch die Finsternis stampfte, vielleicht aber waren ihm die beiden kleinen Geschöpfe, die da zitternd auf dem Pfad standen, auch einfach nicht der Beachtung wert. Bedächtig schlurfte es davon. In der nachfolgenden Stille flohen Wil und Amberle wie von Furien gehetzt.

Nur wenigen Reisenden begegneten sie auf dem Weg durch den Wald. Alle außer einem waren sie zu Fuß unterwegs, und dieser eine hockte auf einer Schindermähre, die so mager und ausgezehrt war, daß sie eher wie eine Vision als wie ein Wesen aus Fleisch und Blut wirkte. In Umhänge und Kapuzen vermummt, schlichen die Reisenden einzeln oder in Paaren an ihnen vorüber, ohne ihnen einen Gruß zu bieten. Doch im Schutz ihrer Kapuzen wandten sie die Köpfe und blickten den beiden Eindringlingen mit dem kalten Interesse raubgieriger Katzen nach, als wollten sie den Zweck ihres Hierseins ergründen. Ein eiskaltes Gefühl der Angst beschlich die beiden unter diesen Blicken, und mehrmals sahen sie den vermummten Gestalten lange und furchtsam nach.

Die Sonne wollte schon untergehen, als sie endlich aus der Dunkelheit der Wildnis traten und vor sich den Ort Grimpen Ward erblickten, ein unfreundliches Dorf aus heruntergekommenen alten Holzhäusern, die so eng aneinandergepfercht lagen, daß man kaum das eine vom anderen unterscheiden konnte. Schäbig waren sie, diese Läden und Buden, diese Gasthäuser und Spelunken. Der grelle Anstrich ihrer Wände war verblichen und blätterte an vielen Stellen ab. Viele der ungepflegten Häuser waren vergittert und verriegelt, ihre Fenster durch Läden gesichert. Schlecht beschriftete Schilder mit Warenangeboten hingen an windschiefen Pfosten und über dunklen Türen. Durch Fenster und Türritzen fiel der flackernde Schein von Öllampen in die sich vertiefenden Schatten des Abends.

Die Bürger von Grimpen Ward saßen in den Gasthäusern und Schenken an rohgezimmerten Tischen und Theken vor Wein und Bier. Ihre Stimmen gröhlten laut und grob, ihr Gelächter schrill. Männer und Frauen aller Rassen mit harten Augen und kaltem Blick wanderten durch die Gassen, manche grell und bunt gekleidet, andere in Lumpen, manche frech und dreist im blendenden Schein des Lampenlichts, andere verstohlen im Schatten der Häuser. Viele bewegten sich schwankend und torkelnd, von Alkoholdünsten umgeben. Münzen klingelten und wechselten rasch den Besitzer, oft verstohlen oder unter Gewaltanwendung. Hier kauerte zusammengekrümmt eine schlaffe Gestalt in einer Türnische und schlief ihren Rausch aus, ohne schon zu ahnen, daß man Geld und Kleider gestohlen hatte. Dort lag einer verkrümmt in einem dunklen Durchgang, und das Lebensblut sickerte ihm aus einer Wunde am Hals. Überall strichen räudige, ausgehungerte Hunde umher, huschten gespenstisch durch die Schatten wie Geister.

Diebe und Halsabschneider, Huren und Schwindler, Händler, die Leben und Tod und falsches Vergnügen verkauften, der Abschaum des Gesindels. Wil Ohmsford spürte, wie sich ihm die Haare im Nacken sträubten. Perks Großvater hatte recht gehabt mit seiner Warnung vor Grimpen Ward.

Amberles Hand fest in der seinen, folgte er den ausgefahrenen Furchen der Straße, die sich zwischen den häßlichen Häusern hindurchzog. Was sollten sie jetzt tun? In den Wald zurück konnten sie nicht – nicht jetzt, da bald die Nacht hereinbrach. Er fürchtete sich davor, in Grimpen Ward zu bleiben, doch hatten sie überhaupt eine Wahl? Sie waren beide müde und hungrig, es war Tage her, seit sie das letzte Mal in einem Bett geschlafen oder eine heiße Mahlzeit zu sich genommen hatten. Die Chancen allerdings, daß sie eines dieser beiden Dinge ausgerechnet hier bekommen würden, schienen gering. Sie hatten beide kein Geld, um etwas zu kaufen, sie hatten nichts, was sie gegen Unterkunft und Verpflegung eintauschen konnten. Sie hatten alles auf ihrer Flucht aus dem Pykon verloren. Wil hatte geglaubt, daß sich im Ort jemand finden würde, bei dem sie sich mit Arbeit eine Mahlzeit und ein Bett verdienen könnten; aber was er hier rundum sah, ließ ihn vermuten, daß es so jemanden in diesem Ort gar nicht gab.

Ein betrunkener Gnom torkelte gegen ihn und hielt sich an seinem Umhang fest. Wil gab ihm einen hastigen Stoß. Der Gnom solperte und fiel auf die Straße, wo er mit dümmlichem Lachen liegenblieb. Wil starrte einen Moment auf ihn hinunter, dann faßte er Amberle am Arm und eilte weiter.

Es stellten sich auch noch andere Probleme. Wenn sie Grimpen Ward wieder verließen, wie sollten sie sich dann weiter zurechtfinden? Wie sollte es ihnen gelingen, sich in der Wildnis da draußen nicht zu verirren? Sie brauchten unbedingt jemanden, der sie führen konnte, gab es aber in Grimpen Ward jemanden, dem sie vertrauen konnten? Wenn sie gezwungen sein sollten, weiterzumarschieren, ohne eine Ahnung zu haben, wohin ihr Weg führte, dann würde Wil die Elfensteine gebrauchen müssen – oder zumindest versuchen müssen sie zu gebrauchen –, noch bevor sie die unterirdischen Gänge von Sichermal und das Blutfeuer gefunden hatten, lange bevor sie nach Arborlon zurückkehren konnten. Und wenn er das tat, würde er den Dämonen verraten, wo sie sich befanden. Doch wenn sie keinen Führer hatten, und er die Steine nicht gebrauchte, dann hatten sie überhaupt keine Chance, Sichermahl zu finden – und wenn sie ein ganzes Jahr Zeit gehabt hätten.

Ratlos blieb Wil stehen und starrte unsicher auf die erleuchteten Fenster der Häuser. Es war eine beinahe aussichtslose Situation, und er wußte nicht, wie er sie meistern sollte.

»Wil.« Amberle zupfte ihn ängstlich am Ärmel. »Komm weg hier von dieser Straße.«

Wil warf ihr einen flüchtigen Blick zu und nickte. Immer alles schön der Reihe nach, dachte er. Zunächst mußten sie eine Unterkunft für die Nacht finden; und sie brauchten etwas zu essen. Alles übrige konnten sie später bedenken.

Hand in Hand mit Amberle lief er weiter und musterte die Gasthäuser zu beiden Seiten der Straße. Nach etwa fünfzig Schritten gewahrte er eine kleine zweistöckige Herberge, die, etwas zurückgesetzt von anderen Gebäuden, im Schatten einiger Fichten stand. In den Fenstern des Erdgeschosses flackerte Licht, während das obere Geschoß im Dunkeln lag. Hier waren die Stimmen nicht so trunken laut, das Gelächter nicht so schrill, die Zahl der Gäste war klein.

Wil eilte durch den Hof vor dem Gasthaus und spähte durch das verschmierte Glas eines der Fenster in den Gastraum. Alles schien ruhig. Er blickte auf. Auf dem Schild am Torpfosten stand, daß dies das Gasthaus zum Mond war. Er zögerte noch einen Augenblick, dann faßte er seinen Entschluß. Aufmunternd nickte er Amberle zu, deren Miene tiefe Zweifel verriet, und führte sie durch das Tor. Die Tür des Gasthauses stand offen, um die milde Luft der Sommernacht in den Schankraum einzulassen.

»Zieh dir die Kapuze tief ins Gesicht«, flüsterte Wil plötzlich, und als sie ihn verständnislos anstarrte, tat er es für sie. Mit einem Lächeln, das von seiner eigenen Unsicherheit nichts verriet, nahm er dann ihre Hand und trat in das Gasthaus.

Der Gastraum war nicht sonderlich groß, und die Luft war schwer vom Rauch der Öllampen und Tabakspfeifen. Vorn war eine kurze Theke, an der sich eine Gruppe grober Männer und Frauen drängte. Im Hintergrund des Raums standen mehrere Tische, nicht alle besetzt. Türen führten aus diesem Raum zu anderen Teilen des Hauses, und eine Treppe schwang sich auf der linken Seite nach oben und mündete in Finsternis. Die Bodendielen waren rissig und abgetreten, und in den Ecken hingen Spinnweben von der Decke. Neben der Haupttür nagte ein alter Jagdhund zufrieden an einem Knochen.

Wil führte Amberle zu einem kleinen Tisch, auf dem eine dicke Kerze stand, und sie setzten sich. Ein paar Köpfe drehten sich, als sie vorübergingen, doch die Neugierigen verloren rasch das Interesse.

»Was tun wir hier?« fragte Amberle bang.

Wil schüttelte den Kopf. »Nur Geduld.«

Wenig später näherte sich eine wenig freundlich aussehende Frau ungewissen Alters schlürfend ihrem Tisch. Über einem Arm trug sie ein schmuddeliges Geschirrtuch. Als sie näher kam, bemerkte Wil, daß sie stark hinkte. Er glaubte die Ursache dieses Hinkens zu erkennen, und der Keim einer Idee regte sich in seinem Hirn.

»Etwas zu trinken?« fragte die Frau.

Wil lächelte freundlich. »Zwei Gläser Bier.«

Die Frau humpelte ohne Kommentar davon. Wil blickte ihr nach.

»Ich mag gar kein Bier«, protestierte Amberle. »Was soll das alles?«

»Ich gebe mich umgänglich. Ist dir aufgefallen, daß diese Frau hinkt?«

Amberle starrte ihn entgeistert an.

»Was soll das denn nun wieder heißen?«

Wil lächelte. »Du wirst schon sehen.«

Eine Weile saßen sie schweigend am Tisch, dann brachte die Frau die Krüge mit dem Bier. Sie stellte sie auf den Tisch und trat einen Schritt zurück, wobei sie sich mit ihrer fleischigen Hand über das zerzauste, von Grau gesträhnte Haar fuhr.

»Ist das alles?«

»Habt Ihr vielleicht etwas zu essen übrig?« erkundigte sich Wil und trank einen Schluck von seinem Bier.

Amberle rührte ihr Glas gar nicht an.

»Eintopf, Brot, Käse, vielleicht auch Kuchen – er ist ganz frisch aus dem Ofen.«

»Hm. Ein heißer Tag zum Backen.«

»Das kann man sagen. Und vergebene Liebesmüh ist es dazu. Keiner will was davon.«

Wil schüttelte teilnahmsvoll den Kopf.

»Das ist aber schade.«

»Die meisten trinken lieber«, meinte die beleibte Frau mit

einem spöttischen Lachen. »Würd' ich wahrscheinlich auch lieber tun, wenn ich die Zeit hätte.«

Wil grinste. »Ja, kann schon sein. Führt Ihr das Gasthaus ganz allein?«

»Mit meinen Söhnen zusammen.« Sie wurde etwas freundlicher und verschränkte die Arme auf ihrer Brust. »Der Mann ist mir auf und davon. Die Jungs helfen mir, wenn sie nicht grade trinken oder spielen – was selten ist. Ich würd's allein leicht schaffen, wenn das verflixte Bein nicht wär. Die Schmerzen, die hören überhaupt nicht auf.«

»Habt Ihr es schon einmal mit Wärme versucht?«

»Gewiß. Ein bißchen hilft das schon.«

»Kräutersalben?«

Sie spie aus. »Taugen nichts.«

»Ja, das ist ein schwieriges Problem. Wie lange geht das denn schon?«

»Ach, Jahre. Ich zähl' schon gar nicht mehr. Vom Grübeln wird's auch nicht besser.«

»Hm.« Wil machte ein nachdenkliches Gesicht. »Das Essen klingt verlockend. Ich denke, wir werden den Eintopf mal versuchen.«

Die Wirtin des Gasthauses zum Mond nickte und humpelte wieder davon. Hastig beugte Amberle sich vor.

»Wie willst du das alles bezahlen? Wir haben doch gar kein Geld.«

»Das weiß ich«, entgegnete Wil. »Aber ich glaube, wir werden gar keins brauchen.«

Amberle machte ein Gesicht, als wolle sie ihm eine Ohrfeige geben.

»Du hast mir versprochen, daß du das nicht wieder tust. Du hast versprochen, daß du erst mit mir redest, wenn du was vor hast – weißt du noch? Das letzte Mal, als du so geheimnisvoll getan hast, bei den Fahrensleuten, hätte es uns beinahe das Leben gekostet. Und diese Leute hier sehen nicht ungefährlicher aus als die Fahrensleute.«

»Ich weiß, ich weiß, aber es ist mir eben erst eingefallen. Wir müssen was zu essen haben, und ein Bett brauchen wir auch, und das hier scheint mir unsere beste Chance zu sein.«

Amberles Gesicht im Schatten der Kapuze verzog sich ängstlich.

»Mir ist dieses Gasthaus nicht geheuer, Wil Ohmsford – das Gasthaus nicht, das Dorf nicht, die Leute nicht. Wir könnten doch auch ohne Nachtlager und ohne Essen auskommen.«

Er schüttelte den Kopf.

»Ja, das könnten wir, aber werden's nicht tun. Pscht – sie kommt wieder.«

Die Frau war mit ihrem Nachtmahl zurückgekommen. Sie stellte die dampfenden Teller vor ihnen auf den Tisch und wollte gerade wieder gehen, als Wil sie ansprach.

»Bleibt einen Augenblick«, bat er. Die Wirtin wandte sich um. »Ich hab' mir das mit Eurem Bein durch den Kopf gehen lassen. Vielleicht kann ich Euch helfen.«

Argwöhnisch sah sie ihn an.

»Was meint Ihr damit?«

Er zuckte die Schultern.

»Nun, ich glaube, ich kann den Schmerz lindern.«

Der Ausdruck des Argwohns vertiefte sich.

»Und warum wollt Ihr das für mich tun?«

Wil lächelte. »Geschäft. Geld.«

»Ich hab' nicht viel Geld.«

»Wie wär's dann mit einem Tausch? Gegen das Nachtmahl, das Bier und ein Nachtlager nehme ich Euch den Schmerz. Einverstanden?«

»Einverstanden.« Schwerfällig ließ sie sich auf den Stuhl neben ihm fallen. »Aber wie schafft Ihr das überhaupt?«

»Bringt mir eine Tasse heißen Tee heraus und ein sauberes Tuch, dann werden wir schon sehen.«

Augenblicklich sprang die Frau auf und schlürfte humpelnd in die Küche. Mit einem schwachen Lächeln sah Wil ihr nach. Amberle schüttelte den Kopf.

»Ich hoffe nur, du weißt, was du tust.«

»Ja, das hoffe ich auch. Jetzt iß schon, für den Fall, daß ich es doch nicht weiß.«

Als die Frau mit dem Tee und dem Tuch zurückkam, hatten

sie ihr Nachtmahl fast verzehrt. Wil blickte an ihr vorbei zu den Gästen an der Theke. Schon drehten sich einige Köpfe nach ihnen um. Keinesfalls, dachte er, wollte er noch mehr Aufmerksamkeit auf sich ziehen. Er blickte zu der Frau auf und lächelte.

»Das sollten wir aber nicht hier in aller Öffentlichkeit bewerkstelligen. Können wir uns irgendwo zurückziehen?«

Mit einem gleichgültigen Achselzucken führte die Frau Wil und Amberle durch eine der Türen in einen kleinen Raum, in dem nur ein Tisch mit sechs Stühlen stand. Sie entzündete die Kerze auf dem Tisch und schloß die Tür. Die drei setzten sich.

»Was geschieht jetzt?« fragte die Frau.

Wil nahm aus einem Beutel, der an seinem Gürtel hing, ein dürres Blatt und zerkrümelte es zu Staub, den er in den Tee fallen ließ. Nachdem er gründlich umgerührt hatte, reichte er die Tasse der Frau.

»Trinkt das. Es wird Euch ein wenig schläfrig machen, aber nicht mehr.«

Die Frau blickte einen Moment lang in das dunkle Gebräu, dann trank sie es. Als die Tasse leer war, nahm Wil sie ihr ab und ließ ein anderes Blatt hineinfallen und goß etwas Bier aus seinem Glas darüber. Dieses Gemisch rührte er gemächlich um, bis das Blatt sich völlig aufgelöst hatte. Amberle, die ihm am Tisch gegenübersaß, schüttelte den Kopf.

»Legt Euer Bein da auf den Hocker«, befahl Wil, und die Frau gehorchte. »Jetzt zieht den Rock hoch.«

Die Wirtin warf ihm einen fragenden Blick zu, als hätte sie Zweifel an seinen Absichten, dann lupfte sie ihren Rock bis zum Oberschenkel. Das Bein war voller Knoten und mit dunklen Flecken bedeckt. Wil tauchte das Tuch in die Flüssigkeit in der Tasse und rieb das Bein damit ab.

»Das prickelt ein bißchen.« Die Frau kicherte.

Wil lächelte ermutigend. Als die Tasse wiederum leer war, griff er nochmals in den Beutel und zog eine lange silberne Nadel mit abgerundetem Kopf hervor. Erschreckt beugte die Frau sich vor.

»Ihr werdet mir das Ding doch nicht ins Fleisch stechen?«

Wil nickte ungerührt.

»Doch, Ihr werdet gar nichts spüren, es tut nicht weh.« Langsam schob er die Nadel durch die Flamme der Kerze, die in der Mitte ihres Tisches brannte. »Haltet Euch jetzt ganz still«, befahl er.

Sehr behutsam senkte er die Nadel oberhalb des Kniegelenkes in das Bein der Frau, bis nur noch der abgerundete Kopf sichtbar war. Er ließ sie eine Zeitlang stecken, dann zog er sie wieder heraus. Die Frau verzog das Gesicht, schloß die Augen und öffnete sie dann wieder. Sie lehnte sich zurück.

»Fertig«, verkündete er und hoffte, daß die Behandlung gewirkt hatte. »Steht auf und geht ein bißchen herum.«

Die Frau starrte ihn verdutzt an, dann schob sie entrüstet ihren Rock runter und stand auf. Vorsichtig trat sie ein paar Schritte vom Tisch weg und verlagerte probeweise ihr Gewicht auf das kranke Bein. Dann wirbelte sie plötzlich mit einem Ruck herum, und ein breites Grinsen ging über ihr grobes Gesicht.

»Er ist weg! Der Schmerz ist weg! Das erste Mal seit Monaten!« Sie lachte aufgeregt. »Ich kann es nicht glauben. Wie habt Ihr das nur gemacht?«

»Zauberei.« Wil grinste zufrieden und wünschte gleich darauf, er hätte das nicht gesagt. Amberle schoß einen ärgerlichen Blick auf ihn ab.

»Zauberei, wie?« Die Frau machte noch ein paar Schritte und schüttelte den Kopf. »Nun, wenn Ihr es sagt. Es fühlt sich wahrlich so an. Überhaupt keine Schmerzen.«

»Nun, Zauberei war es natürlich nicht ...« begann Wil, doch die Frau war schon auf dem Weg zur Tür. »Ich fühle mich so glänzend, daß ich jetzt alle Gäste auf ein Glas einlade.« Sie öffnete die Tür und ging hinaus. »Die Gesichter möcht' ich sehen, wenn ich ihnen das erzähle.«

»Nein, wartet –!« rief Wil ihr nach, doch sie hatte die Tür schon hinter sich zugezogen. »Verdammt«, murmelte er und wünschte allzu spät, er hätte ihr das Versprechen abgenommen, nichts über die Behandlung zu erzählen.

Amberle faltete die Hände und sah ihn fragend an.

»Wie hast du es wirklich gemacht?«

Er zuckte die Schultern.

»Ich bin ein Heilkundiger, das weißt du doch. Die Stors haben mich einiges gelehrt.« Mit Verschwörermiene neigte er sich zu ihr hinüber. »Der Haken ist nur, daß die Behandlung nicht von Dauer ist.«

»Nicht von Dauer!« Amberle war entsetzt.

Wil drückte einen Finger auf die Lippen.

»Sie wirkt nur vorübergehend. Morgen früh sind die Schmerzen wieder da. Dann müssen wir also weg sein.«

»Wil, du hast diese Frau betrogen«, rief Amberle empört. »Du hast behauptet, du würdest sie heilen.«

»Nein, so habe ich mich nicht ausgedrückt. Ich habe gesagt, ich könne ihr den Schmerz nehmen. Ich habe nichts darüber gesagt, wie lange. Eine schmerzfreie Nacht für sie und ein Bett und ein Nachtmahl für uns. Ein reelles Geschäft.«

Amberle sah ihn vorwurfsvoll an und erwiderte nichts.

Wil seufzte. »Wenn es dir ein Trost ist, der Schmerz wird nicht mehr so schlimm werden, wie er vorher war. Aber das, woran sie leidet, kann kein Heilkundiger kurieren; es hat mit dem Leben zu tun, das sie führt in ihrem Alter, mit ihrem Gewicht – mit einer Menge anderer Dinge, auf die ich keinen Einfluß habe. Ich habe für sie getan, was ich konnte. Würdest du also bitte vernünftig sein!«

»Kannst du ihr etwas geben, was sie einnehmen kann, wenn der Schmerz wiederkommt?«

Wil beugte sich über den Tisch und nahm ihre Hände.

»Du bist wirklich eine liebevolle kleine Person, weißt du das? Gegen den Schmerz kann ich ihr etwas geben. Aber das lassen wir einfach zurück, wenn wir morgen früh verschwinden.«

Plötzliches Getöse im anderen Raum veranlaßte ihn aufzuspringen. Er eilte zur Tür und zog sie einen Spalt auf. Vorher war das Gasthaus beinahe leer gewesen. Jetzt drängten sich die Leute von der Straße herein, angelockt von dem Versprechen auf Freibier und den marktschreierischen Reden der Wirtin, die triumphierend ihre neugefundene Kur pries.

»Zeit, daß wir verschwinden«, murmelte Wil und führte Amberle eilig aus dem Zimmer.

Sie waren erst ein paar Schritte gegangen, als die Frau schrill hinter ihnen herrief und ihnen nacheilte, um sie aufzuhalten. Die Köpfe flogen herum, einige der Leute wiesen mit den Fingern auf Wil. Dem war das gar nicht angenehm.

»Ein Glas Bier für euch beide?« fragte die Frau.

Sie schlug Wil mit der Hand auf die Schulter, daß er beinahe in die Knie gegangen wäre. Er brachte ein schwaches Lächeln zustande.

»Ich glaube, wir schlafen jetzt besser. Wir haben eine lange Reise hinter uns und sind wirklich müde.«

Die Frau lachte geringschätzig.

»Bleibt auf und feiert mit mir. Ihr braucht nicht zu bezahlen. Ihr könnt trinken, soviel Ihr wollt.«

Wil schüttelte den Kopf. »Ich glaube, es ist besser, wenn wir uns schlafen legen.«

»Schlafen? Bei dem Krach?« Die Frau zuckte die Schultern. »Nehmt das Zimmer gleich oben an der Treppe rechts. Liegt nach hinten raus. Vielleicht ist's da ein bißchen ruhiger für Euch.« Sie hielt einen Moment inne. »Jetzt sind wir quitt, oder? Ich schulde Euch nichts mehr?«

»Nein, nichts mehr«, versicherte ihr Wil, der es eilig hatte, wegzukommen.

Die Wirtin grinste breit.

»Na, Ihr habt Euch billig verkauft! Für das, was Ihr getan habt, hätte ich Euch zehnmal soviel gegeben, wie Ihr verlangt habt. Ha, schon zwei Stunden ohne Schmerz sind das Bier und das Nachtmahl und das Bett wert! Wenn man's hier im Land zu was bringen will, muß man schon schlau sein. Nehmt Euch den Rat zu Herzen, kleiner Elf. Er kostet nichts.«

Sie lachte dröhnend und kehrte an die Theke zurück. Schluß jetzt mit dem Freibier, bei so viel Gästen ließ sich eine Menge Geld machen.

Wil nahm Amberle beim Arm und führte sie die Treppe hinauf. Die Blicke der Gäste folgten ihnen.

»Und du dachtest, sie könnte sich von uns übers Ohr gehauen fühlen«, murmelte Wil, als sie den oberen Flur erreichten.

Amberle lächelte und sagte nichts.

Sie hatten mehrere Stunden geschlafen, als sie die Geräusche an der Tür des Zimmers hörten. Wil erwachte zuerst. Mit einem Ruck setzte er sich im Bett auf und blinzelte durch die tiefe Schwärze der Nacht. Von draußen konnte er Rumoren hören – das Scharren von Füßen, das Flüstern gesenkter Stimmen, erregte Atemzüge. Das sind keine Dämonen, sagte er sich rasch, doch die Angst, die sich seiner bemächtigt hatte, wollte sich nicht legen. Die Türklinke klirrte unter den Händen, die versuchten, die Zimmertür zu öffnen.

Jetzt erwachte auch Amberle. Ihr Gesicht im Schatten des langen kastanienbraunen Haares war bleich. Wil legte warnend einen Finger auf die Lippen.

»Warte hier.«

Lautlos glitt er aus dem Bett und schlich zur Tür. Die Klinke klapperte noch immer, doch Wil hatte den Riegel darüber vorgeschoben, so daß die Tür gesichert war. Er drückte sein Ohr an das Holz der Türfüllung und lauschte. Die Stimmen draußen waren leise und gedämpft.

»... vorsichtig, du Narr ... nur anzuheben ...«

»Ich heb's ja an! Geh aus dem Licht!«

»... Zeitverschwendung; Einbrechen geht schneller ... Wir sind genug Leute.«

»... nicht, wenn er mit Zauberei arbeitet.«

»Für das Gold lohnt sich das Risiko ... brich sie auf!«

Die Stimmen stritten weiter, schleppend und undeutlich vom Bier, unterbrochen von Ächzlauten und keuchendem Atem. Da draußen, sagte sich Wil, war mindestens ein halbes Dutzend Männer – Diebe und Räuber wahrscheinlich, zweifellos angelockt von der Geschichte der wunderbaren Heilung der Wirtin, die vermutlich von den Klatschmäulern gewaltig ausgeschmückt worden war. Eilig wich er zurück und tastete im Dunkeln nach dem Bett. Amberles Hand faßte seinen Arm.

»Wir müssen hier verschwinden«, flüsterte er.

Stumm schwang sie sich aus dem Bett. Sie hatten in ihren Kleidern geschlafen und brauchten nur ihre Umhänge überzuziehen und in ihre Stiefel zu schlüpfen. Wil eilte zum Fenster und stieß es auf. Unmittelbar darunter war das schräge Dach einer Veranda. Von seinem Rand bis zum Boden war es sicher ein Dutzend Fuß. Wil lief zurück und holte Amberle zum Fenster.

»Hinaus mit dir«, flüsterte er und nahm ihren Arm.

In demselben Augenblick fluchte jemand laut auf dem Gang, dann prallte ein schwerer Körper krachend gegen die Tür. Holz splitterte, Metall klirrte. Die Diebe hatten die Geduld verloren. Wil stieß das Elfenmädchen beinahe durch das offene Fenster, während er einen Blick zurückwarf, um zu sehen, ob die Eindringlinge schon im Zimmer waren, doch die Tür hielt noch. Dann aber erfolgte ein neuer Ansturm. Diesmal sprang der Riegel aus seiner Verankerung. Ein Knäuel vermummter Gestalten drängte sich fluchend und gröhlend ins Zimmer.

Wil wartete nicht ab, was weiter geschehen würde. Schleunigst schwang er sich aus dem Fenster und sprang vom Verandadach hinunter auf den Erdboden.

»Spring!« rief er Amberle zu, die am Dachrand kauerte und wartete.

Das Elfenmädchen ließ sich über den Rand des Daches gleiten und zur Erde hinunterfallen. Gleich darauf war Wil neben ihr. Oben sahen sie die Räuber, die sich mit wütendem Geschrei aus dem Fenster beugten. Wil zog Amberle in den Schatten des Hauses und sah sich hastig um.

»Wohin jetzt?« murmelte er plötzlich verwirrt.

Schweigend nahm Amberle seine Hand und rannte, ihn mit sich ziehend, bis zum Ende der Mauer. Von dort hetzten sie zum Nachbargebäude des Wirtshauses hinüber. Der Lärm ihrer Verfolger wurde lauter, und man hörte das Donnern gestiefelter Füße auf dem Verandadach. Wil und Amberle rannten keuchend durch die Dunkelheit der Häuser, huschten durch schmale Durchgänge, durch Gassen, an dunklen Mauern entlang, bis sie schließlich wieder auf die Hauptstraße gelangten.

Immer noch hallten die wütenden Schreie hinter ihnen her. Ganz Grimpen Ward schien plötzlich zu erwachen. Lichter flammten allenthalben in den Häusern auf, ärgerliche Stimmen wurden laut. Amberle wollte zur Straße hinauslaufen, doch Wil zog sie hastig zurück. Keine zweihundert Fuß entfernt, vor dem Gasthaus zum Mond, schwärmten mehrere vermummte Gestalten aus, um sorgfältig die Schatten rundum abzusuchen.

»Wir müssen wieder zurück«, flüsterte Wil.

Sie kehrten um, folgten der Mauer des Gebäudes bis an ihr Ende. Dort standen dicht zusammengedrängt mehrere Schuppen und Stallungen vor der dunklen Kulisse des Waldes. Wil zögerte. Wenn sie es wagten, in den Wald zu fliehen, würden sie sich wahrscheinlich hoffnungslos verirren. Sie mußten irgendwo im Schatten der Häuser versuchen zum anderen Ende der Hauptstraße zu gelangen, dort, wo sie sich in südlicher Richtung aus Grimpen Ward hinauszog. Wenn sie den Ort einmal hinter sich gelassen hatten, würde man sie wahrscheinlich nicht weiter verfolgen.

Vorsichtig schlichen sie sich hinter dem Gebäude durch die Dunkelheit. Immer wieder versperrten ihnen Mauern und Zäune den Weg. Doch das Geschrei der Verfolger hatte sich jetzt gelegt, und die Häuser hier in der Gegend waren noch dunkel. Ein paar Minuten noch, dann hatten sie es vielleicht geschafft.

Sie bogen in eine schmale Gasse ein, die hinter einer Getreidehandlung zwischen einer Reihe von Ställen hindurchführte. Pferde wieherten leise, als sie ihre Witterung aufnahmen, und stampften ungeduldig in ihren Boxen. Eine kleine Koppel wartete am Ende der Stallgebäude.

Mit Amberle an seiner Seite huschte Wil am Zaun der Koppel entlang. Sie waren noch nicht weit gekommen, als hinter ihnen ein lauter Schrei ertönte. Aus den Schatten der Getreidehandlung tauchte eine dunkle Gestalt auf, die wie wild mit den Armen wedelte, während sie mit lauter Stimme Alarm schlug. Nun wurden auch in den anderen Häusern Stimmen laut. Erschreckt über ihre Entdeckung, prallten Amberle und Wil aneinander, als sie hastig fliehen wollten, verloren das Gleichgewicht und stürzten.

Augenblicklich fielen ihre Verfolger über sie her. Ein Hagel wütender Faustschläge traf Wil, als sich ein drahtiger Bursche, der ekelhaft nach Bier roch, auf ihn stürzte. Amberle gelang es, rasch davonzukriechen. Wils Hände packten den Umhang seines Angreifers; mit einem plötzlichen Stoß schleuderte Wil den Mann seitlich auf die Pferdekoppel. Dumpf schlug der Kopf des Mannes gegen die Bretterwand des Zauns, dann rührte sich nichts mehr.

Wil sprang eilig auf. In den Räumen über der Getreidehandlung flammte Licht auf. Ebenso in den umliegenden Häusern. In der Dunkelheit hinter ihnen flackerten Fackeln durch die Nacht. Laute, wütende Stimmen drangen jetzt von überall her. Wil nahm Amberle bei der Hand, und zusammen rannten sie am Koppelzaun entlang bis zu den Stallungen. Durch eine schmale Gasse, die zwischen zwei verbretterten Gebäuden hindurchführte, versuchten sie, zur Hauptstraße zurückzugelangen. Diese Gasse war finster, und beide liefen sie wie blind, Wil voraus. Vorn kam jetzt die Hauptstraße in Sicht.

»Wil!« rief Amberle warnend.

Zu spät. Die Augen des Talbewohners waren nicht so scharf wie die des Elfenmädchens. Blind stolperte er über einen Haufen loser Bretter, die mitten in der Gasse lagen. Er schwankte, stürzte, flog krachend gegen die Hauswand. Wilder Schmerz durchzuckte seinen Kopf; einen Moment lang verlor er das Bewußtsein. Dann stand er irgendwie schon wieder auf den Füßen und torkelte benommen vorwärts, während Amberles Stimme dumpf in seinen Ohren schallte. Er griff sich an die Stirn, und als er die Hand wieder senkte, sah er, daß sie voller Blut war.

Plötzlich war Amberle wieder an seiner Seite, und ihre Arme umschlossen ihn fest um die Hüfte. Seine Knie schlotterten, und er mußte sich auf sie stützen, während er sich zwang vorwärts zu taumeln, dem fernen Licht der Straße entgegen. Er spürte, daß er gleich wieder bewußtlos werden würde, und kämpfte dagegen an. Er mußte in Bewegung bleiben; er mußte wach bleiben. Amberle redete auf ihn ein. Ihre Stimme war drängend, aber er konnte die Worte nicht verstehen. Er kam sich vor wie ein Narr. Wie hatte ihm etwas so Dummes ausgerechnet jetzt passieren können?

Torkelnd erreichten sie das Ende der Gasse und glitten in den

Schatten einer Veranda. Amberle keuchte unter der Anstrengung, Wil auf den Beinen zu halten. Blut rann Wil in die Augen, so daß er bald überhaupt nichts mehr sah, und er brummte zornig vor sich hin.

Plötzlich hörte er, wie Amberle überrascht nach Luft schnappte. Durch die Schleier, die seine Augen verdunkelten, sah er ein Gewirr von Schatten aus der Dunkelheit auftauchen. Leise Stimmen waren zu vernehmen, ein warnendes Zischen. Dann war Amberle plötzlich fort, und er spürte, wie er hochgehoben wurde. Kräftige Hände trugen ihn rasch durch die Dunkelheit. Farbige Spiralen wirbelten vor seinen umwölkten Augen und mischten sich mit tanzendem Fackelschein. Wieder wurde er hochgehoben, durch eine schmale Öffnung geschoben wie in ein Zelt. Eine Öllampe flackerte neben ihm. Er hörte flüsternde Stimmen und spürte ein feuchtes Tuch auf seinem erhitzten Gesicht. Flinke Hände hüllten ihn in Decken ein und schoben ihm ein Kissen unter den Kopf.

Langsam schlug er die Augen auf. Er lag in einem bunten Wagen, dessen Wände mit gestickten Teppichen, Perlenschnüren und leuchtenden Seidenvorhängen geschmückt waren. Entgeistert riß er die Augen auf. Er kannte diesen Wagen.

Dann beugte sich ein dunkelhäutiges, sinnliches Gesicht über ihn, das von dichten schwarzen Locken umrahmt war. Das Lächeln, das ihn begrüßte, strahlte blendend.

»Ich habe dir vorausgesagt, daß wir einander wieder begegnen würden, Wil Ohmsford.«

Es war Eretria.

Fünf Tage lang lieferten sich das Heer der Elfen und die Freitruppe der Grenzlegion immer wieder erbitterte Kämpfe mit den Dämonen, während sie quer durch das Westland nach Arborlon zurückwichen. Durch das weite Sarandanon-Tal, durch dichte, verwilderte Wälder, durch Waldschneisen und ausgefahrene Ziehwege wichen sie langsam zurück, immer weiter nach Osten, auf Schritt und Tritt verfolgt von den Dämonen-Horden. Sie marschierten bei Tag und Nacht ohne Rast, häufig ohne sich eine Mahlzeit zu gönnen, denn die Ungeheuer, die sie verfolgten, schienen weder Schlaf noch Nahrung zu entbehren. Unbelastet von menschlichen Bedürfnissen, nicht eingeschränkt von menschlichen Grenzen, jagten die Dämonen ihnen erbarmungslos nach, getrieben von zielgerichteter Raserei. Wie Hunde auf der Jagd hetzten sie das zurückflutende Heer, traktierten es immer wieder mit Störangriffen an den Flügeln, fielen hin und wieder in wütender Attacke darüber her, bemühten sich, es von seinem Kurs abzubringen, es kampfunfähig zu schlagen und zu vernichten. Beinahe unablässig folgten die Angriffe aufeinander, und die Elfen und ihre Verbündeten, die vom Kampf am Baen Draw schon ermattet waren, fielen schnell der Erschöpfung anheim. Und mit der Erschöpfung kamen Verzweiflung und Furcht.

Auch Andor Elessedil wurde ein Opfer dieser Furcht. Bei ihm fing es mit dem Gefühl seines Versagens an. Die Toten, die Niederlagen der letzten Tage, die Gedanken an das, was die Elfen hatten erreichen wollen und was sie nicht erreicht hatten, quälten ihn. Doch selbst das war nicht das schlimmste Unheil. Denn während sein geschlagenes Heer nach Osten marschierte und rund um ihn herum seine Landsleute starben, wurde Andor langsam klar, daß vielleicht keiner von ihnen diesen langen Rückmarsch überleben würde – daß sie womöglich alle sterben würden. Und aus dieser schrecklichen Erkenntnis wurde die Furcht geboren, die ihm zum ständigen Peiniger wurde – gesichtslos, hinterhältig, immer im Schatten seiner Entschlossenheit lauernd. Führer der Elfen, fragte sie verschlagen, was willst du tun, um deine Landsleute zu retten? Bist du so hilflos? So viele sind gefallen – doch was ist, wenn auch alle jene, die noch geblieben sind, fallen werden? Diese Stimme der Angst quälte und folterte ihn und drohte, den letzten Funken Entschlossenheit durch völlige Verzweiflung zu ersticken. Selbst Allanons Anwesenheit half ihm nicht, denn der schwarzgewandete Druide blieb unzugänglich und verschlossen, während er an

Andors Seite ritt, verborgen hinter den Mauern seiner eigenen Welt dunkler Geheimnisse. Andor also kämpfte allein gegen seine Furcht und richtete seine ganze Kraft darauf, sie zu besiegen, während er niedergeschlagen und verbittert seine Soldaten nach Arborlon zurückführte.

Stee Jans war es schließlich, der sie alle rettete. In dieser finstersten Zeit scheinbar unvermeidlicher Niederlage und drohender Verzweiflung zeigte der hünenhafte Grenzländer die Hartnäckigkeit, die Unnachgiebigkeit und den Mut, die den Grundstein zur Legende vom Eisenmann gelegt hatten. Nachdem er eine Nachhut von Elfen und Freikämpfern um sich gesammelt hatte, schickte er sich an, die Hauptkolonne seines Heeres zu verteidigen, das im Schutz der Nacht seine Toten und Verwundeten ostwärts trug. In einer Folge von Ausfallattacken und Scheinangriffen brachte der Befehlshaber der Freitruppe die Verfolger durcheinander, indem er sie immer wieder auf sich zog, erst in der einen Richtung davonjagte, dann in der anderen; kurz, er wandte die gleiche Taktik an, die sich am Baen Draw als so erfolgreich erwiesen hatte. Immer wieder jagten die Dämonen ihm hinterher, erst durch das Sarandanon-Tal, dann in die jenseits liegenden Wälder. Immer wieder versuchten sie, die wendigen grauen Reiter und die flinken Elfenpferde einzufangen, und kamen doch immer einen Augenblick zu spät, um dann nur noch eine leere Ebene, einen verlassenen Engpaß, eine Mulde, die dunkel war von Schatten, einen verwilderten Pfad vorzufinden, der sich im Nichts verlor. Mit einer Geschicklichkeit ohnegleichen, welche die Dämonen verblüffte und in Rage brachte, spielten Stee Jans und seine Reiter ein tödliches Katz-und Maus-Spiel, schienen überall zugleich zu sein, nur nicht dort, wo das Gros des Heeres in Richtung auf Arborlon marschierte.

Die ohnmächtige Wut der Dämonen steigerte sich maßlos; in blindwütiger Besessenheit jagten sie ihren Feinden nach. Dies waren andere Dämonen als die biegsamen schwarzen Geschöpfe, die aus dem Hügelland nördlich des Baen Draw herausgestürmt waren, das Sarandanon zu nehmen. Diese Dämonen, die oberhalb des Kensrowe-Gebirges nach Osten marschiert waren, waren weit gefährlicher als ihre geringeren Brüder und besaßen Kräfte, denen kein gewöhnlicher Mensch etwas entgegenzusetzen hatte. Einige von ihnen waren von gewaltiger Größe, mit muskulösen Gliedern und einem gepanzerten Leib – Geschöpfe blinder Zerstörung. Andere waren klein und wendig, konnten allein durch eine Berührung töten. Manche waren langsam und schwerfällig, andere so flink wie Quecksilber, wenn sie wie Gespenster durch die Schatten der Wälder glitten. Manche waren vielgliedrige Geschöpfe, andere hatten überhaupt keine Glieder. Manche spieen Feuer wie Drachen der alten Zeit, andere waren menschenfressende Ungeheuer. Wo sie sich zeigten, blieb das Land der Elfen verkohlt und voller Wunden zurück, so verwüstet, daß nichts mehr auf ihm leben konnte. Doch die Elfen selbst entzogen sich ihnen immer gerade um Haaresbreite.

Die Jagd ging weiter. Elfen-Jäger und Freikämpfer fochten Seite an Seite in dem verzweifelten Bemühen, den Vormarsch der Dämonen zu bremsen, und sahen, wie ihre Zahl ständig geringer wurde unter den Angriffen der Verfolger. Hätten sie nicht Stee Jans zum Führer gehabt, sie wären bis auf den letzten Mann vernichtet worden. Selbst unter seiner Führung fielen Hunderte, Opfer des schrecklichen und erbitterten Kampfes, der verhindern sollte, daß der lange Rückzug zur vernichtenden Niederlage wurde. Die Taktik des Befehlshabers der Freitruppe blieb dieselbe. Angesichts der Stärke der Dämonen-Horden durfte sich das Elfenheer diesseits von Arborlon keinesfalls in eine reguläre Schlacht verwickeln lassen. Deshalb beschäftigte die Nachhut die Dämonen immer wieder mit ihren Störmanövern, griff an, jagte davon, machte kehrt zu einem neuen Angriff und wieder einem – und jedesmal fielen einige der Reiter.

Am Nachmittag des fünften Tages schließlich erreichte das völlig erschöpfte Heer die Ufer des Singenden Flusses. Mit heiserem Freudengeschrei aus ausgedörrten Kehlen überquerten die Soldaten den Fluß und kehrten nach Arborlon zurück. Da erst wurde offenkundig, welch hohen Preis die Elfen hatten bezahlen müssen. Ein Drittel der Elfen, die mit dem Heer nach Westen ausgezogen waren, waren tot, Hunderte verwundet.

Von den sechshundert Soldaten der Freitruppe der Grenzlegion war nicht einmal ein Drittel mehr am Leben.

Und immer noch rückten die Dämonen vor.

Abendliches Zwielicht lag über der Stadt Arborlon. Mit dem Ende des Tages hatte sich die Luft stark abgekühlt, und nun schob sich eine dunkle Wolkenbank ostwärts, verschleierte Sterne und Mond und erfüllte die Nacht mit einem Geruch nach Regen. In den Häusern der Stadt, wo Familien und Freunde sich zum Nachtmahl einfanden, flammten die Lichter auf. Auf den Straßen und in den Baumpfaden nahmen Einheiten der Leibgarde ihre nächtliche Patrouille auf, wanderten lautlos durch die abendlichen Schatten. Auf der Höhe des Carolan, auf dem Elfitch und am Ostufer des Singenden Flusses standen die Soldaten des Elfenheeres zum Kampf bereit. Über die Reihen hohler Eisenpfosten hinweg, die mit brennendem Pech gefüllt waren, spähten sie in die Schwärze des Waldes am anderen Ufer. In den Bäumen rührte sich nichts.

Im Saal des Hohen Rates der Elfen stand Andor Elessedil den Ministern des Königs, den Befehlshabern des Heeres und den wenigen Landfremden gegenüber, die eingetroffen waren, um den Elfen in ihrem Kampf gegen die Dämonen Beistand zu leisten. Den silbernen Stab des Ellcrys in der Rechten trat er durch die schwere hölzerne Flügeltür am Ende des Saales. Staub, Schweiß und Blut bedeckten den Elfenprinzen; er hatte sich zwar ein paar kurze Stunden des Schlafes gegönnt, hatte sich aber nicht die Zeit genommen, ein Bad zu nehmen, da er so rasch wie möglich vor den Hohen Rat treten wollte. An seiner Seite gingen Allanon, hochgewachsen und düster dreinblickend, und Stee Jans, die braunen Augen todeskalt.

Die Männer, die sich im Saal eingefunden hatten, standen auf beim Erscheinen des Elfenprinzen. Zischendes Geflüster raunte durch den Saal, schwoll zu Gemurmel an, und dann wurden auch schon die ersten Fragen laut. Am Kopfende des ovalen Tisches hob Emer Chios die Hand und ließ sie krachend auf das polierte Holz niedersausen. Augenblicklich wurde es still im Saal.

»Nehmt Platz«, befahl der Erste Minister.

Murrend kamen die Versammelten der Aufforderung nach.

Andor wartete einen Augenblick, dann trat er einen Schritt vor. Er kannte die Vorschriften und Regeln des Hohen Rates. War der König außerstande, an einer Sitzung teilzunehmen, dann führte der Erste Minister den Vorsitz. Emer Chios war ein mächtiger und angesehener Mann, um so mehr gerade jetzt, in dieser Situation. Andor war mit einem ganz bestimmten Ziel im Auge vor den Hohen Rat getreten, und er würde der Unterstützung Chios' bedürfen, wenn er dieses gesteckte Ziel erreichen wollte. Er war müde, und es drängte ihn, doch er mußte sich die Zeit nehmen, die Dinge auf geziemende Art und Weise zu erörtern.

»Herr Minister«, richtete er das Wort an Emer Chios. »Ich möchte zum Hohen Rat sprechen.«

Emer Chios nickte. »Dann tut es, Prinz.«

Langsam und stockend, denn er war nicht der Redner, der sein Vater war und der sein Bruder gewesen war, berichtete Andor von den Geschehnissen, die dem Elfenheer seit seinem Aufbruch zum Sarandanon widerfahren waren. Er schilderte die Verwundung des Königs und den Tod Arions. Er berichtete von den Schlachten und Niederlagen im Grimmzacken-Gebirge, vom Rückzug und von dem heldenhaften Kampf bei Baen Draw, vom Rückmarsch schließlich durch das Sarandanon und die Wälder des Westlands nach Arborlon. Er pries den Mut der Freitruppen der Grenzlegion und die Führerschaft von Stee Jans, nachdem Pindanon gefallen war. Bis ins kleinste Detail beschrieb er den Feind, dem sie sich gegenübergesehen hatten – die Größe seines Heeres, seinen tollwütigen Haß, seine übermächtigen Kräfte. Die Dämonen, warnte er, näherten sich jetzt Arborlon, um hier die letzten Elfen zu vernichten, die Stadt in Staub und Asche zu legen, das Land zurückzuerobern, das sie vor Jahrhunderten verloren hatten. Vor ihnen lag eine Schlacht, die nur mit der totalen Vernichtung des einen oder des anderen – Elfen oder Dämonen – ihr Ende finden würde.

Während er sprach, musterte er die Gesichter seiner Zuhörer, suchte in ihren Augen und Mienen einen Hinweis darauf, wie sie seine Handlungen seit dem Verlust des Königs und seines Thronfolgers beurteilten. Er war jetzt bereit, die Möglichkeit anzunehmen, daß sein Vater sterben und er dann König werden könnte; er wußte, daß auch der Hohe Rat und das Elfenvolk sich mit dem Gedanken an diese Möglichkeit vertraut machen mußten. Andor war es schwergefallen, sie ins Auge zu fassen, vor der Schlacht am Halys-Joch war sie ihm stets als reine Spekulation erschienen, und im übrigen hatte er nie glauben wollen, daß er eines Tages sowohl seinen Vater als auch seinen Bruder verlieren würde. Doch jetzt lag sein Vater im Herrenhaus auf dem Krankenlager, und nichts hatte sich an seinem Zustand seit dem Sturz verändert. Während der erbitterten Kämpfe am Baen Draw und auf dem langen Marsch nach Hause hatte Andor Elessedil unablässig darauf gewartet, daß sein Vater erwachen würde. Daß er vielleicht nie wieder erwachen würde, hatte er einfach nicht glauben wollen. Doch der König hatte bisher das Bewußtsein nicht wiedererlangt, und jetzt schien es, als würde er sich vielleicht nie mehr von seinem Krankenlager erheben. Der Elfenprinz begriff das und akzeptierte es und richtete deshalb seinen Blick über diese Tatsachen hinaus in die Zukunft zu dem, was dann sein mußte.

»Ihr Herren«, schloß er, und seine Stimme war müde und leer, »ich bin der Sohn meines Vaters, und ich weiß, was von einem Prinzen der Elfen erwartet wird. Das Elfenheer hat sich aus dem Sarandanon zurückgezogen und muß sich jetzt hier dem Kampf stellen. Ich habe die Absicht, mit ihm zu kämpfen. Ich habe die Absicht, es zu führen. Ich würde es nicht tun, wenn es einen Weg gäbe, diesen Augenblick ungeschehen zu machen, wenn alles, was sich innerhalb der letzten Wochen zugetragen hat, einfach ausgelöscht werden könnte. Aber das ist nicht möglich. Stünde jetzt mein Vater hier, so würdet Ihr Euch einmütig um ihn scharen – das weiß ich. So stehe ich denn an meines Vaters Stelle hier und bitte Euch, daß Ihr Euch auf meine Seite stellt, denn ich bin der Letzte seines Blutes. Diese Männer, die hier mit mir stehen, haben mir ihren Beistand bewiesen. Ich ersuche nun auch um den Euren. Gebt mir diesen Beistand, Edle der Elfen.«

Schweigend wartete er. Er wußte, daß er es nicht nötig gehabt hätte, sie um ihren Beistand zu bitten, daß er ihn einfach hätte fordern können. In seinen Händen lag die Macht des Hauses Elessedil, und es gab wenige, die es gewagt hätten, an ihr zu rütteln. Er hätte Allanon bitten können, für ihn zu sprechen; die Stimme des Druiden allein hätte vielleicht jede Opposition zum Schweigen gebracht. Doch Andor wollte keinen Vermittler, und er wollte auch nichts für selbstverständlich nehmen. Die Mitglieder des Hohen Rates und die Landesfremden, die gekommen waren, ihnen zu helfen, sollten ihm ihren Beistand aufgrund dessen geben, was sie vielleicht in ihm erblickten; nicht durch Furcht wollte er sie zwingen und nicht dadurch, daß er irgendwelche Rechte geltend machte, die nicht eine feste Basis in der Charakterstärke hatten, die er in der Führung des Elfenheeres seit der Verwundung seines Vaters gezeigt hatte.

Emer Chios erhob sich. Sein Blick aus dunklen Augen flog flüchtig über die Gesichter der Versammelten. Dann wandte er sich an Andor.

»Mein Prinz«, begann er mit tiefer, dröhnender Stimme. »Alle, die hier in diesem Saal versammelt sind, wissen, daß ich keinem Mann blindlings folge, sei er auch von königlichem Blut und das Kind von Königen. Ich habe häufig und in aller Öffentlichkeit gesagt, daß ich dem Urteil meines Volkes mehr vertraue als dem Urteil eines einzigen, sei er auch König der ganzen bekannten Welt.«

Er hielt einen Augenblick inne und blickte langsam in die Runde.

»Und doch bin ich Eventine Elessedils getreuer Minister und sein großer Bewunderer. Er ist ein König, Edle der Elfen, wie es ein König sein sollte. Ich wünschte, er könnte uns in diesen schlimmen Zeiten führen. Aber er vermag es nicht. Sein Sohn bietet sich an seiner Statt an. Ich kenne Andor Elessedil – ich glaube, ich kenne ihn besser als die meisten von Euch. Ich habe ihm zugehört; ich habe ihn nach seinen Worten und nach seinen Taten beurteilt, und ich sage jetzt, daß es in Abwesenheit unseres Königs nicht einen Mann gibt, dem ich mein Heimatland und mein Leben bereitwilliger anvertrauen würde als ihm.«

Er schwieg und legte mit bedächtiger Bewegung seine rechte Hand aufs Herz – zum Treueschwur der Elfen. Einen Moment lang war es ganz still. Dann standen andere auf, nur wenige zunächst, dann alle, und sie legten ihre Hände auf ihre Herzen, während sie dem Prinzen gegenüberstanden. Auch die Befehlshaber des Elfenheeres traten vor – Ehlron Tay, sauertöpfisch und barsch, der nach dem Tode Pindanons der Ranghöchste war; Korold, der große, tadellos gekleidete Hauptmann der Schwarzen Wache; und Kerrin, der die Leibgarde befehligte. Alle, die sich im Saal des Hohen Rates versammelt hatten, standen nun, die Hände zum Gruß erhoben, ihrem Prinzen gegenüber.

»Jetzt folgen sie Euch, Elfenprinz«, sagte Allanon leise.

Andor nickte. Fast hätte er es bedauern können.

Anschließend berieten sie über die Verteidigung Arborlons.

Die Vorbereitungen zu dieser Verteidigung hatten beinahe unmittelbar nach dem Aufbruch des Elfenheeres zum Sarandanon zwei Wochen zuvor begonnen. Emer Chios, in des Königs Abwesenheit Herrscher der Hauptstadt, hatte den Hohen Rat einberufen und dazu jene Führer des Elfenheeres, die den König nicht begleitet hatten, um darüber zu beschließen, was zum Schutz Arborlons im Falle eines Dämonenangriffs getan werden sollte. Man hatte sich auf eine Reihe sorgfältig durchdachter Abwehrmaßnahmen geeinigt. Der Erste Minister sprach sie jetzt mit Andor durch.

Nur zwei Zugänge hatte die Stadt – einen im Osten, für die Reisenden, die aus dem Rhenn-Tal und den jenseits liegenden Wäldern kamen, und einen im Westen, für jene, die aus dem Sarandanon kamen. Im Norden und im Süden war Arborlon von Bergen begrenzt, über die kein Weg führte, hohe Gipfel, die die Wälder des Flachlandes einschlossen und den Carolan in einer gewaltigen Felsmauer umgaben. Allanon hatte vorausgesagt, daß der Durchbruch durch die Mauer der Verfemung sich auf der Rauhen Platte ereignen würde. Das bedeutete, daß die Dämonen ostwärts durch das Sarandanon marschieren mußten, daß also der Angriff auf die Hauptstadt der Elfen aus Westen erfolgen würde, es sei denn, die Dämonen-Horden wandten sich nach Süden oder Norden, um die Berge zu umgehen, die Arborlon schützten.

Doch gerade hier, am Westzugang, war die Stadt am besten geschützt. Zunächst würden sich die Dämonen zwei natürlichen Hindernissen gegenübersehen. Erst würden sie auf den Singenden Fluß stoßen, der hier, wo er sich unterhalb des Carolan nach Osten wandte, etwas schmaler war, aber tief und reißend, auch bei ruhigstem Wetter schwierig zu befahren. Das zweite Hindernis war die Höhe des Carolan selbst, eine nackte Felswand, die mehr als vierhundert Fuß in die Höhe ragte, durchzogen von einem Netz tiefer Risse und Spalten und überwuchert von Krüppelbüschen und dichtem Gestrüpp. Eine einzige Brücke überspannte den Singenden Fluß am Fuß des Carolan an einer Stelle, wo der Lauf schmäler wurde. Eine Furt gab es nirgends, meilenweit keine seichten Stellen. Der Elfitch war die Hauptzugangsroute zum Carolan, obwohl sich weiter südlich kleinere Treppen durch waldiges Land aufwärtswanden.

Somit galt es, für die Verteidigung Arborlons den Fluß und die Felswand auszunützen. Man hatte beschlossen, die Brücke über den Singenden Fluß augenblicklich nach der Rückkehr des Elfenheeres zu zerstören. Dies sei geschehen wie geplant, erklärte Chios, und somit hatte man die letzte Verbindung zwischen Arborlon und dem Sarandanon durchtrennt. Am Ostufer hatten die Elfen Hunderte von großen Behältern mit Pech aufgestellt, das entzündet werden sollte, falls die Dämonen versuchen sollten, den Singenden Fluß bei Nacht zu überqueren, und ganz dicht am Ufer des Singenden Flusses hatten sie eine Schanze aus Stein und Erde erbaut, die sich mehrere hundert Fuß am Flußufer entlangzog und zu beiden Seiten des Elfitchs bis zur Felswand schwang. Das Ostufer des Flusses bis zum Fuß der Felswand war etwa zweihundert Fuß breit, und das Gebiet war größtenteils von Wald und Gestrüpp überwuchert. Hier hatten die Elfen Dutzende von Fallen und Fallgruben errichtet, um die Dämonen abzufangen, die versuchen sollten, einen Bogen um die Schanze zu schlagen.

Das Hauptbollwerk zum Schutze Arborlons jedoch war der

Elfitch selbst. Alle kleineren Treppen, die zum großen Tafelland des Carolan hinaufführten, waren zerstört worden. Es blieb nur der Elfitch – sieben aus Steinquadern erbaute Rampen und eisenbeschlagene Tore, die vom Fuß des Felsens in die Höhe führten. Jedes Tor war von einer Ringmauer umgeben, die den Zugang zu den Toren und Rampen darüber verwehrte. Jede Rampe und jedes Tor war etwas zurückgesetzt von der darunter, und der Elfitch schlängelte sich spiralförmig in einer Folge gleichmäßig abgezirkelter Biegungen aufwärts, so daß auf jeder Terrasse postierte Bogenschützen den darunterliegenden Toren und Rampen Deckung geben konnten. In Friedenszeiten standen die Tore zu den sieben Rampen offen, die Ringmauern wurden nur der Form halber von einem Posten bewacht. Jetzt aber, nach der Rückkehr des Elfenheeres aus dem Sarandanon, starrten die Wehrmauern von Piken und Lanzen, und die hohen Tore waren verschlossen und mit Eisenstangen gesichert.

Auf der Höhe des Carolan waren keine Abwehrstellungen errichtet worden. Das Plateau zog sich in einer breiten, sanft gewellten Ebene zum Wald hin, hier und dort durchsetzt von kleinen Wäldchen und alleinstehenden Häusern. Auch die einsame Anlage des Gartens des Lebens befand sich hier. Im Osten, fast unter dem Dach der Waldbäume, lag Arborlon. Wenn es den Dämonen gelang, den Carolan zu erklimmen, hatten die Elfen kaum noch eine Aussicht, ihre Stadt zu verteidigen. Sie konnten, wenn ihrer noch genug übrig waren, versuchen, den Eindringlingen auf der Ebene entgegenzutreten, um sie im Sturmangriff in den Abgrund zu jagen. Wenn das mißlang, würde ihnen nichts anderes übrigbleiben, als bis zum Rhenn-Tal zurückzuweichen und dort eine entscheidende Schlacht zu schlagen oder aber ganz aus dem Westland vertrieben zu werden.

Chios machte eine Pause in seinem Bericht.

»Wenn sie natürlich die Berge umgehen und von Osten hereinkommen –«, begann er.

Allanon fiel ihm ins Wort.

»Das werden sie nicht tun. Die Zeit spielt für sie jetzt eine wichtige Rolle. Sie werden von Westen kommen.«

Andor warf einen fragenden Blick auf Stee Jans, doch der

Befehlshaber der Freitruppe zuckte nur die Schultern. Darauf wandte sich Andor wieder an Emer Chios.

»Was gibt es sonst für Neuigkeiten, Herr Minister?«

»Bezüglich unserer Bitte an die anderen Länder, uns Beistand zu leisten, sind die Neuigkeiten leider recht gemischter Natur. Callahorn hat uns nochmals zweihundertundfünfzig Mann geschickt – von der alten Garde, dem regulären Heer der Legion. Man hat vage versprochen, noch weitere Einheiten zu entsenden, doch es gibt keinen Hinweis darauf, wann wir sie erwarten können. Unser Kurier berichtet, daß die Mitglieder des Städterats noch nicht in der Lage waren, sich darüber zu einigen, wie weit ich Callahorn in diesen ›Elfenkrieg‹ hineinziehen lassen soll, und der König hat es vorgezogen, überhaupt nicht einzugreifen. Es scheint, daß der Entschluß, eine Einheit der alten Garde zu schicken, im Grunde nur eine weitere Kompromißlösung war. Die Angelegenheit wird noch immer diskutiert, aber wir haben nichts mehr gehört.«

Wie Stee Jans vorausgesagt hatte, dachte Andor düster.

»Die Föderation hat ebenfalls eine Botschaft gesandt, Prinz.« Chios' Lächeln war bitter. »Die Botschaft ist kurz und sachlich. Die Föderation hat es sich zum Prinzip gemacht, sich in die Angelegenheiten anderer Länder und anderer Rassen nicht einzumischen. Wenn durch eine Bedrohung anderer auch die Souveränität ihrer eigenen Staaten in Mitleidenschaft gezogen wird, wird die Föderation handeln. Im Augenblick jedoch scheint es nicht der Fall zu sein. Wir können daher nicht mit der Hilfe der Föderation rechnen, solange die Situation so bestehenbleibt, wie sie ist.« Er breitete die Hände aus. »Nicht völlig unerwartet.«

»Und das Kershalt?« fragte Andor rasch. »Was ist mit den Trollen?«

Chios schüttelte den Kopf.

»Nichts. Ich habe mir erlaubt, einen zweiten Kurier zu senden.«

Andor nickte zustimmend. »Und die Zwerge?«

»Wir sind hier«, meldete sich eine rauhe Stimme. »Zumindest einige von uns.«

Ein bärtiger, untersetzter Zwerg schob sich zwischen den

Versammelten hindurch zum ovalen Tisch. Flinke blaue Augen blitzten in einem Gesicht, das verwittert war und von der Sonne gebräunt, und ein Paar knorriger Hände umfaßte den Rand des Tisches.

»Druide.« Der Zwerg nickte Allanon flüchtig zu, dann wandte er sich an Andor. »Mein Name ist Browork, Ältester und Bürger von Culhaven. Ich bin mit einhundert Pionieren hierher geeilt, den Elessedils Beistand zu leisten. Ihr könnt dem Druiden dafür danken. Er traf uns vor einigen Wochen bei der Arbeit an einer Brücke über den Silberfluß und machte uns auf die Gefahr aufmerksam. Allanon ist den Zwergen bekannt, es wurden deshalb keine Fragen gestellt. Wir sandten Botschaft nach Culhaven und marschierten los – zehn Tage Marsch, und ein harter Marsch. Aber wir sind hier.«

Er streckte seine Hand aus, und Andor schüttelte sie mit Wärme.

»Was ist mit den anderen, Browork?« fragte Allanon.

Der Zwerg nickte recht ungeduldig.

»Sie sind inzwischen auch unterwegs, vermute ich. Bis zum Ende der Woche müßtet ihr eigentlich ein Heer von mehreren Tausend hier haben.« Er maß Allanon mit einem mißfälligen Stirnrunzeln. »Inzwischen habt Ihr uns, Druide, und Ihr könnt von Glück sagen. Keiner außer den Pionieren hätte die Rampe da draußen herrichten können.«

»Auf dem Elfitch«, erklärte Chios dem verwunderten Andor hastig. »Browork und seine Pioniere haben mit uns an den Verteidigungsanlagen gearbeitet. Als sie sich den Elfitch ansahen, stellten sie fest, daß man an der fünften Rampe nur ein paar Veränderungen vorzunehmen brauchte, um sie nötigenfalls zum Einsturz zu bringen.«

»Ein Kinderspiel«, behauptete Browork mit einer wegwerfenden Handbewegung. »Wir unterhöhlten den Steinblock, entfernten einige der weniger wichtigen Pfeiler und trieben dann eiserne Keile, die an Ketten festgemacht sind, in die Hauptpfeiler. Die Ketten versteckten wir im Gestrüpp unter der Rampe, führten sie dann auf die Höhe, wo sie über ein System von Flaschenzügen laufen. Wenn die Dämonen die fünfte

Rampe erreichen, braucht man nur an den Ketten zu ziehen, die Keile rutschen heraus, und die ganze Rampe stürzt vom fünften Tor aus in die Tiefe. Ganz einfach.«

»Ja, einfach, wenn man die Kenntnisse und Erfahrung eines Zwergenpioniers besitzt, vermute ich.« Andor lächelte. »Ausgezeichnet, Browork. Wir können Euch dringend gebrauchen.«

»Es sind noch andere hier, die Ihr auch braucht.« Allanon legte Andor die Hand auf die Schulter und wies zum anderen Ende des Ovals hin.

Der Elfenprinz blickte in die Richtung. Ein einzelner Elf, der ganz in Leder gekleidet war, trat vor und legte die Hand aufs Herz.

»Dayn, Herr«, sagte der Elf ruhig. »Ich bin ein Himmelsreiter.«

»Ein Himmelsreiter?« wiederholte Andor überrascht. Er hatte von seinem Vater schon von diesen Wesen gehört, die sich selbst als die Luftelfen bezeichneten, doch er hatte die Geschichten fast vergessen, denn in den letzten hundert Jahren war kein Himmelsreiter mehr nach Arborlon gekommen. »Wie viele von euch sind hier?« fragte er schließlich.

»Fünf«, antwortete Dayn. »Wir wären in größerer Zahl gekommen, doch wir fürchten einen Dämonenangriff auf den Rockshort, unseren Heimatort. Mein Vater hat jene geschickt, die hier sind. Wir gehören alle einer Familie an. Der Name meines Vaters ist Herrol.« Er schwieg einen Moment und sah Allanon an. »Es gab eine Zeit, da waren der Druide und er Freunde.«

»Wir sind noch immer Freunde, Himmelsreiter«, versicherte Allanon leise.

Dayn nahm die Worte des Druiden mit einem Nicken zur Kenntnis, dann richtete er den Blick wieder auf Andor.

»Mein Vater fühlt sich den Landelfen stärker verbunden als die meisten seiner Landsleute, Herr, denn die anderen haben fast alle längst die Bande zu den alten Bräuchen und zur alten Herrschaft zerrissen. Und mein Vater weiß, daß Allanon auf seiten der Elessedils steht, und das hat Bedeutung. Deshalb schickt er uns. Er wäre selbst gekommen, wäre nicht sein Rock

Genewen abwesend gewesen, der mit dem Sohne meines Bruders Übungsflüge macht, so daß dieser eines Tages ein Himmelsreiter werden wird, wie sein Vater gewesen ist. Immerhin, jene von uns, die hier sind, können Euch vielleicht dienlich sein. Wir können, wenn nötig, über das ganze Westland hinwegfliegen. Wir können die Dämonen suchen, die Euch bedrohen, und Euch über ihre Unternehmungen berichten. Wir können ihre Stärken und Schwächen ausspionieren. Dies wenigstens können wir Euch anbieten.«

»Und dies nehmen wir mit Dankbarkeit an, Dayn.« Andor erwiderte den Gruß des Himmelsreiters. »Seid willkommen.«

Dayn verneigte sich und trat zurück. Andor wandte sich an Chios.

»Sind noch andere gekommen, um sich auf unsere Seite zu stellen, Herr Minister?«

Chios schüttelte langsam den Kopf.

»Nein, Prinz. Das sind alle.«

Andor nickte. »Dann soll es so gut sein.«

Er bedeutete den Versammelten, sich zu ihm an den großen Tisch zu setzen, und es folgte nun eine allgemeine Diskussion über verschiedene Fragen – Aufstellung der Soldaten, Verteilung der Waffen, Taktik und Strategie, Möglichkeiten zusätzlicher Verteidigungsmaßnahmen. Ehlron Tay von den Elfen-Jägern, Kerrin von der Leibgarde und Korold von der Schwarzen Wache berichteten. Browork tat seine Meinung über die bauliche Zuverlässigkeit der Abwehrvorrichtungen kund, und Stee Jans wurde darüber befragt, wie man durch taktische Maßnahmen die Überzahl der Dämonen vielleicht ausgleichen könnte. Selbst Dayn sprach kurz über die kämpferischen Fähigkeiten der Rocks und ihren Einsatz im Luftkampf.

Rasch flog die Zeit dahin, und die Nacht glitt davon. Andor war es schwindelig vor Müdigkeit, und seine Gedanken begannen zu wandern. Mitten aus einer dieser Wanderungen riß ihn donnerndes Krachen, als die Tür zum Ratssaal aufflog, und, von den Wachposten flankiert, ein verwirrter Gael erschien. Atemlos stürzte der kleine Elf in den Saal und ließ sich vor Andor auf die Knie fallen.

»Herr!« stieß er keuchend hervor, das Gesicht hochrot vor Erregung. »Herr, der König ist erwacht!«

Andor starrte ihn fassungslos an.

»Er ist wach?«

Dann war er schon auf den Beinen und stürzte aus dem Saal.

In seinem Schlaf war es Eventine Elessedil, als triebe er durch eine Schwärze aus hauchdünnen Fäden, die seinen Körper in einer nahtlosen Decke einhüllten. Er spürte, wie die Fäden ihn einer nach dem anderen umspannten, wie sie sich um ihn legten und eins mit ihm wurden. Zeit und Raum waren nichts; nur die Schwärze war da und das Weben der Fäden. Zu Beginn war es ein warmes, angenehmes Gefühl, voll von Trost und Liebe wie die Umarmung einer Mutter. Dann aber schien die Umarmung enger zu werden, und er bekam keine Luft mehr. Verzweifelt wehrte er sich gegen die Umklammerung, versuchte, sich zu befreien, aber es gelang nicht. Abwärts sank er durch die Schwärze in langsamen Wirbeln, und seine Decke war ein Totenschleier, und er war nicht mehr ein Geschöpf des Lebens, sondern eines des Todes. Voller Entsetzen schlug er in diesem seidenen Gefängnis um sich, riß und zerrte an dem Stoff, aus dem es gewirkt war, bis es plötzlich mit einem Ruck nachgab und verschwunden war.

Grelles, flackerndes Licht blendete ihn flüchtig. Verwirrt, orientierungslos blinzelte er in den blendenden Schein, während er sich mühte, herauszufinden, wo er war. Allmählich begannen die Umrisse eines Zimmers Formen anzunehmen, und er erkannte den Geruch von Öllampen, fühlte die Leintücher und die wollenen Decken, die eng um seinen Körper geschlungen waren. Alles, was in den Augenblicken geschehen war, bevor er das Bewußtsein verloren hatte, wurde in einer Serie von Bildern lebendig, die völlig außer Rand und Band und ohne Zusammenhang vor seinem inneren Auge abliefen – das Grimmzacken-Gebirge; das Halys-Joch und der Angriff der Dämonen aus den Tiefen wogenden Nebels; Reihen von Bogenschützen, Lanzern und Pikenieren, die zu seinen Füßen warteten; Schmerzens- und Todesschreie; dunkle Leiber, die sich ihm durch eine Mauer blauen Feuers entgegenwarfen; Allanon, Andor, das Blitzen von Waffen, dann ein plötzlicher Schlag ...

Er zuckte heftig zusammen, und der Schweiß brach ihm am ganzen Körper aus. Unerwartet erkannte er das Zimmer, in dem er sich befand, mit einer plötzlichen Schärfe – es war sein Schlafgemach im Herrenhaus in Arborlon –, und er gewahrte eine Gestalt, die sich ihm näherte.

»Herr?« Gaels besorgte Stimme drang an sein Ohr, und das junge Gesicht neigte sich tief zu ihm hinunter. »Herr, seid Ihr wach?«

»Was ist geschehen?« murmelte der König, und seine Stimme war so heiser, daß er sie kaum wiedererkannte.

»Ihr wurdet verwundet, Herr – am Halys-Joch. Durch einen Schlag, der Euch hier getroffen hat.« Der Elf wies auf die linke Schläfe des Königs. »Seitdem seid Ihr bewußtlos gewesen. Herr, wir haben uns solche Sorgen gemacht ...«

»Wie lange – habe ich geschlafen?« fragte er. Er hob die Hand, um seinen Kopf zu berühren, und der Schmerz fuhr ihm wie eine Stichflamme durch den Hals.

»Sieben Tage, Herr!«

»Sieben Tage!«

Gael trat vom Lager zurück.

»Ich hole Euren Sohn, Herr.«

Sein Kopf dröhnte. »Meinen Sohn?«

»Prinz Andor, Herr.« Der junge Elf war schon auf dem Weg zur Tür. »Er ist im Hohen Rat. Legt Euch wieder nieder – ich bringe ihn sogleich her.«

Eventine sah, wie der junge Elf die Tür aufriß, und hörte, wie er kurz mit jemandem im Flur sprach, und dann schloß sich die Tür schon wieder, und er hörte und sah nichts mehr. Er versuchte, sich aufzurichten, aber die Anstrengung war zu groß. Schwach fiel er wieder zurück in die Kissen. Andor? Hatte Gael gesagt, daß Andor im Hohen Rat war? Wo war Arion? Dunkle Vorahnungen trübten seinen Sinn, und eine Flut von Fragen stürzte auf ihn ein. Was tat er hier in Arborlon? Was war dem Heer der Elfen widerfahren? Was war aus ihrer Verteidigung des Sarandanon geworden?

Wieder wollte er sich aufrichten, wieder sank er in die Kissen zurück. Eine Welle der Übelkeit schüttelte ihn. Er fühlte sich plötzlich alt, so als wäre die Zahl seiner Jahre eine Krankheit, die ihn ausgezehrt hatte. Er biß die Zähne zusammen. Ach, daß er nur fünf Minuten seiner Jugend zurückhaben könnte, um ihm Kraft genug zu geben, von diesem Lager aufzustehen! Zorn und eiserne Willenskraft verliehen ihm Kraft, und er schob sich aus seinen Kissen hoch, bis er halb aufgerichtet lag. Sein Atem kam in angestrengten Stößen.

Auf der anderen Seite des Zimmers hob Manx den zottigen grauen Kopf. Der König öffnete den Mund, um den alten Wolfshund zu sich zu rufen. Doch plötzlich trafen die Augen des Hundes die seinen, und die Worte erstarben ihm auf den Lippen. Haß brannte in diesen Augen – ein Haß, so kalt, daß er Eventine frösteln machte wie der Hauch des Winters. Ungläubig starrte er den Hund an, während er gegen das Gefühl des Abscheus kämpfte, das in ihm aufwallte. Manx? Was glaubt er denn!

Er zwang sich, den Blick abzuwenden, in eine andere Richtung zu blicken, auf die Wände und ihre Behänge, auf die Möbelstücke, auf die Vorhänge, die die Fenster verbargen. Mit klopfendem Herzen versuchte er, Ruhe und Fassung wiederzufinden, und vermochte es nicht. Ich bin allein, dachte er plötzlich, und Angst überfiel ihn. Allein! Wieder wanderte sein Blick zu Manx. Die Augen des Wolfshundes fixierten ihn, verbargen, verschleiert jetzt, was kurz zuvor so offenkundig gewesen war. Oder hatte er es sich eingebildet? Er beobachtete den alten Hund, als dieser aufstand, sich einmal umdrehte und wieder niederlegte. Warum kommt er nicht zu mir, fragte sich der König. Warum kommt er nicht?

Er ließ sich wieder tief in die Kissen gleiten. Was sage ich da? Flüsternd gingen ihm die Worte durch den Sinn, und er sah den Wahnsinn, der ihn zu übermannen drohte. Wie konnte er Haß in den Augen eines Tieres sehen, das ihm jahrelang treu ergeben war? Wie konnte er in Manx einen Feind sehen, vor dem er sich fürchten mußte? Was war nur mit ihm los?

Vom Korridor her drangen Stimmen in das Zimmer. Dann

öffnete sich die Tür, schloß sich wieder, und Andor eilte an sein Lager, neigte sich zu ihm hinunter und drückte ihn an sich. Der König umfing seinen Sohn mit beiden Armen, dann aber löste er sich von ihm und blickte Andor forschend ins Gesicht, als dieser sich auf dem Rand des Bettes niederließ.

»Erzähl mir, was geschehen ist«, befahl Eventine mit leiser Stimme. Er bemerkte ein Flackern in den Augen seines Sohnes, und eine plötzliche eisige Angst durchzuckte ihn. Er mußte sich zwingen, die Frage über die Lippen zu bringen. »Wo ist Arion?«

Andor wollte sprechen, brachte aber kein Wort hervor. Stumm starrte er seinen Vater an. Eventines Gesicht erstarrte.

»Ist er tot?«

Andors Stimme war ein Flüstern.

»Am Spindelpaß.»

Er schien mehr sagen zu wollen, doch es gelang ihm nicht, und er begnügte sich mit einem stummen Kopfschütteln. Eventines Augen füllten sich mit Tränen, und seine Hände zitterten, als er den Arm seines Sohnes umfaßte.

»Arion ist tot?« Er sprach die Worte aus, als seien sie eine Lüge.

Andor nickte und wandte den Blick ab.

»Und Kael Pindanon auch.«

Bestürztes Schweigen folgte auf diese Worte. Die Hände des Königs sanken herab.

»Und das Sarandanon?«

»Verloren.«

Wortlos starrten sie einander an, so als hätten sie ein beängstigendes Geheimnis miteinander geteilt, das niemals hätte verraten werden sollen. Dann beugte sich Andor nochmals über seinen Vater und zog ihn an sich. Lange Zeit hielten sie einander schweigend umschlungen. Als der König schließlich sprach, war seine Stimme tonlos und ohne Gefühl.

»Berichte mir von Arion. Alles. Laß nichts aus.«

Andor erzählte. Leise berichtete er, wie sein Bruder gestorben war, wie sie ihn aus dem Grimmzacken-Gebirge ins Sarandanon-Tal hinuntergetragen hatten, um ihn am Baen Draw nach dem Brauch zu bestatten. Dann sprach er von allem, was den

Elfen seit jenem ersten Tag der Schlacht am Halys-Joch widerfahren war. Eventine lauschte und schwieg. Als Andor geendet hatte, starrte er leeren Blicks in das flackernde Licht der Öllampe. Dann richtete er den Blick auf seinen Sohn.

»Geh zurück zu der Sitzung im Hohen Rat, Andor. Tu, was getan werden muß.« Er mußte innehalten, weil ihm die Stimme brach. »Geh. Ich komme schon zurecht.«

Andor sah ihn unsicher an.

»Ich kann Gael bitten, zu dir zu kommen.«

Der König schüttelte den Kopf.

»Nein. Jetzt nicht. Ich möchte nur –« Er brach ab, schluckte die Worte hinunter, die er hatte sagen wollen. Mit einer Hand umspannte er fest den Arm seines Sohnes. »Ich bin – sehr stolz auf dich, Andor. Ich weiß, wie schwierig ...«

Andor nickte stumm. Er umschloß die Hände seines Vaters mit seinen eigenen.

»Gael ist draußen im Flur, falls du ihn brauchst.«

Dann stand er auf und ging zur Tür. Seine Hand lag schon auf der Klinke, als Eventine mit seltsam dringlicher Stimme noch einmal nach ihm rief.

»Nimm Manx mit dir hinaus.«

Andor blieb stehen, warf dem alten Wolfshund einen Blick zu, pfiff ihn an seine Seite und führte ihn hinaus. Leise schloß er die Tür hinter sich.

Wieder allein, wahrhaftig allein diesmal, streckte sich der König der Elfen auf seinen Kissen aus und ließ sich von der Ungeheuerlichkeit all dessen, was geschehen war, überfluten. In wenig mehr als sieben Tagen war das beste Heer in den Vier Ländern wie eine Viehherde, die von Wölfen gejagt wird, durch ihr eigenes Heimatland getrieben worden – vom Grimmzacken-Gebirge, durch das Sarandanon zurück in die Hauptstadt, um dort dem Feind in einer letzten, alles entscheidenden Schlacht gegenüberzutreten. Irgendwo in seinem Inneren quälte ihn ein schreckliches Gefühl des Versagens. Er hatte dies alles geschehen lassen. Er war dafür verantwortlich.

»Arion«, flüsterte er plötzlich, und die Tränen traten ihm wieder in die Augen. Er ließ den Tränen freien Lauf.

»Eretria!« rief Wil leise, Überraschung und Mißtrauen in der Stimme. Ohne auf den Schmerz seiner Verletzung zu achten, richtete er sich auf einem Ellenbogen auf, um das Mädchen näher zu betrachten. »Was tust du denn hier?«

»Dich retten, scheint mir.« Sie lachte mit schalkhaften Augen.

Plötzliche Bewegung zog sein Augenmerk auf sich, und er spähte an ihr vorbei in die Schatten. Zwei Frauen machten sich an einer Stellage im hinteren Teil des Wagens zu schaffen. Sie waren dabei, seine blutdurchtränkten Kleider in einer Schüssel mit Wasser zu waschen. Automatisch hob er die Hand zum Kopf und stellte fest, daß ein Verband um die Wunde lag. Er betastete ihn vorsichtig und verzog das Gesicht.

»Das würde ich lieber nicht tun.« Eretria zog seine Hand weg. »Das ist das einzige an dir, was sauber ist.«

Wil sah sich hastig um.

»Was habt ihr mit Amberle gemacht?«

»Mit deiner Schwester?« fragte sie spöttisch. »Der passiert schon nichts.«

»Du mußt schon entschuldigen, wenn ich da ein bißchen skeptisch bin.« Er machte Anstalten, sich von seinem Bett zu erheben.

»Bleib liegen, Heiler.« Sie drückte ihn wieder hinunter. Dann senkte sie die Stimme, so daß die Frauen hinter ihr sie nicht hören konnten. »Fürchtest du, ich könnte mich an dir rächen, weil du mich im Tirfing einfach zurückgelassen hast? Hältst du so wenig von mir?« Sie lachte und warf den Kopf in den Nacken. »Aber vielleicht würdest du es jetzt anders machen, wenn du eine Chance hättest. Ja?«

»Keinesfalls. Also, was ist mit Amberle?«

»Hätte ich die Absicht gehabt, dir, Wil Ohmsford – oder ihr – Böses zu tun, dann hätte ich euch beide den Banditen überlassen, die euch durch Grimpen Ward gejagt haben. Dem Elfenmädchen geht es gut. Ich lasse sie holen, wenn wir miteinander gesprochen haben.«

Sie wandte sich an die beiden Frauen. »Geht hinaus. Laßt uns allein.«

Die Frauen unterbrachen augenblicklich ihre Arbeit und verschwanden durch eine Klappe am anderen Ende des Wagens. Als sie weg waren, wandte sich Eretria wieder dem Talbewohner zu und neigte den Kopf auf eine Seite.

»Also, was soll ich jetzt mit dir tun, Wil Ohmsford?«

Er holte tief Atem.

»Wie hast mich überhaupt gefunden, Eretria?«

Sie lächelte. »Das war einfach. Die Mär von deinen unerhörten heilerischen Kräften verbreitete sich innerhalb von Minuten, nachdem du diese fette Wirtin verarztet hast, wie ein Lauffeuer in ganz Grimpen Ward. Dachtest du denn, eine so aufsehenerregende Vorstellung würde unbemerkt bleiben? Was denkst du wohl, wie es kam, daß diese Banditen euch fanden?«

»Du wußtest also auch davon?«

»Heiler, du bist ein Narr.« Sie sagte es voller Freundlichkeit, während sie mit einer Hand seine Wange tätschelte. »Die Fahrensleute wissen immer als erstes alles, was an den Orten geschieht, wo ihre Reisen hinführen. Wenn dem nicht so wäre, würden sie nicht lange überleben – das scheint mir eine Lektion zu sein, die du noch lernen mußt. Als die Geschichte von der wunderbaren Heilung der dicken Wirtin bekannt wurde, mußte jedem mit dem kleinsten Funken Verstand klar sein, daß gewisse Leute unweigerlich früher oder später zu dem Schluß gelangen würden, einer mit deiner Begabung müsse ein reicher Mann sein. Du hast Glück, daß du noch am Leben bist.«

»Ja, wahrscheinlich«, bekannte er bekümmert. »Ich hätte ein bißchen vorsichtiger sein sollen.«

»Stimmt genau. Zum Glück für dich wußte ich gleich, daß nur du es sein konntest, und setzte Cephelo so lange zu, bis er mir erlaubte, dich zu suchen. Sonst hätten dich die freundlichen Leute hier wahrscheinlich ihren Hunden zum Fraß vorgeworfen.«

»Eine reizende Vorstellung.« Wil zog ein Gesicht. Dann sah er sie an. »Cephelo weiß, daß ich hier bin?«

»Natürlich.« Sie lächelte, und der Schalk blitzte wieder in ihren Augen. »Macht dir das Angst?«

»Sagen wir, es macht mir Sorge«, gab Wil zurück. »Wie

kommt er dazu, mir nach den Vorfällen damals im Tirfing überhaupt zu helfen?«

Eretria neigte sich nahe zu ihm und legte ihm ihre schlanken dunklen Arme um den Hals.

»Weil seine Tochter sehr beredsam ist, Heiler – so beredsam, daß sie manchmal sogar einen schwierigen Mann wie Cephelo beeinflussen kann.« Sie zuckte die Schultern. »Außerdem hat er Zeit gehabt, sich die Geschehnisse im Tirfing noch mal durch den Kopf gehen zu lassen. Ich glaube, ich habe ihn davon überzeugt, daß das alles nicht deine Schuld war – sondern daß du im Gegenteil der Familie das Leben gerettet hast.«

Wil schüttelte skeptisch den Kopf.

»Ich trau' dem Burschen nicht.«

»Daran tust du auch ganz recht«, meinte sie zustimmend. »Aber heute nacht wenigstens brauchst du dir seinetwegen keine Sorgen zu machen. Er wartet sicher bis zum Morgen, ehe er von dir Rede und Antwort verlangt. Und bis dahin werden eure Verfolger von der wilden Jagd nach euch genug haben und schon wieder in der Schenke sitzen.«

Sie stand auf und eilte in einer raschelnden Wolke blauer Seide davon. Einen Augenblick später kam sie mit einem feuchten Tuch und einer Schüssel voll Wasser zurück, die sie neben dem Lager auf den Boden stellte.

»Zunächst müssen wir dich säubern, Heiler. Du riechst ganz fürchterlich nach Schweiß und Schmutz, und deine Kleider sind ruiniert.« Sie hielt inne. »Zieh dich aus, dann wasche ich dich.«

Wil schüttelte den Kopf.

»Ich wasche mich selbst. Kannst du mir ein paar Sachen zum Anziehen leihen?«

Sie nickte, machte aber keine Anstalten zu gehen. Wil errötete.

»Ich möchte das gern allein machen, wenn du nichts dagegen hast.«

Das strahlende Lächeln leuchtete in ihrem Gesicht auf.

»Ich hab' aber was dagegen.«

Er schüttelte den Kopf.

»Du bist wirklich unverbesserlich.«

»Du bist mir bestimmt, Wil Ohmsford. Das habe ich dir schon einmal gesagt.«

Das Lächeln erlosch, wich einem so sinnlichen und verführerischen Blick, daß Wil alles andere um sich herum vergaß. Als sie sich zu ihm neigen wollte, setzte er sich hastig im Bett auf. Heftiger Schwindel erfaßte ihn, doch er hielt sich gewaltsam aufrecht.

»Würdest du mir die Sachen bringen?«

Ihre Augen verdunkelten sich vor Zorn. Dann stand sie auf, trat zu einem Schrank, nahm ein paar Kleider heraus und brachte sie ihm.

»Die hier kannst du haben.« Sie warf sie ihm in den Schoß. Sie wollte an ihm vorübergehen, doch da beugte sie sich plötzlich zu ihm hinunter und küßte ihn schnell auf den Mund. »So, und jetzt wasch dich und kleide dich an.« Damit huschte sie davon.

Sie öffnete eine Tür am Ende des Wagens und verschwand in der Nacht. Wil hörte, wie sie von außen den Riegel vorschob. Unwillkürlich mußte er lachen. Ganz gleich, was sie für Absichten haben mochte, entkommen lassen würde sie ihn nicht.

Rasch streifte er seine verschmutzten Kleider ab, wusch sich und legte die Sachen an, die Eretria ihm gebracht hatte. Sie paßten ihm gut, aber er kam sich recht exotisch vor in dieser Pracht.

Er war gerade mit dem Ankleiden fertig, als die Tür wieder geöffnet wurde, und Eretria mit Amberle erschien. Das Elfenmädchen trug eine weite Seidenhose und darüber einen Kittel, der um die Taille von einer Schärpe zusammengehalten wurde. Um den Kopf lag ein Stirnband, das ihr langes Haar bändigte. Ihr Gesicht war frisch gewaschen und zeigte einen etwas überraschten Ausdruck. Sie warf einen Blick auf Wil, und sogleich trat ängstliche Besorgnis in ihre Augen.

»Geht es dir gut?« fragte sie hastig.

»Ich habe mich um ihn gekümmert.« Eretria fegte die Frage einfach zur Seite. Sie wies auf das Bett, das Wils gegenüber stand. »Du kannst hier schlafen. Und versucht ja nicht, euch heute nacht aus dem Wagen zu schleichen.«

Sie sah Wil mit einem wissenden Lächeln an, ehe sie sich

abwandte und zur Tür zurückging. Dort drehte sie sich noch einmal um.

»Gute Nacht, Bruder Wil. Gute Nacht, Schwester Amberle. Schlaft gut.«

Lachend schlüpfte sie zur Tür hinaus. Der Riegel schloß sich knirschend.

Der Talbewohner und das Elfenmädchen schliefen ruhig und fest in dieser Nacht im Wagen der Fahrensleute. Als sie erwachten, graute der Morgen, und das Licht des neuen Tages stahl sich durch die Ritzen der Fensterläden und warf fahle Schatten im Inneren des Wagens. Wil blieb eine Weile liegen, während er seine Gedanken sammelte und wartete, daß die letzten Schleier des Schlafes sich lüfteten. Er griff unter seinen Kittel nach dem kleinen Lederbeutel mit den Elfensteinen. Nachdem er sich vergewissert hatte, daß sie noch da waren, steckte er den Beutel wieder ein. Vorsicht kann nie schaden, dachte er.

Er war schon mit einem Bein aus dem Bett, als Amberle ihn bat, sich wieder hinzulegen, und aus ihrem Bett herüberkam. Aufmerksam untersuchte sie die Verletzung an seinem Kopf und brachte den Verband wieder in Ordnung. Als sie fertig war, setzte Wil sich auf und überraschte sie mit einem flüchtigen Kuß auf die Wange. Sie errötete leicht, und ihr kindliches Gesicht strahlte.

Wenig später knarrte der Riegel an der Tür, und Eretria trat ein, in den Händen eine Platte mit Brot, Honig, Milch und Obst. Hauchzarte weiße Gewänder umhüllten das dunkle Mädchen wie eine Rauchwolke. Mit ihrem strahlenden Lächeln sah sie Wil an.

»Gut erholt, Wil Ohmsford?« Sie stellte ihm die Platte auf die Knie und zwinkerte. »Cephelo will jetzt mit dir sprechen.«

Sie ging wieder, ohne das Wort an Amberle gerichtet zu haben. Wil sah das Elfenmädchen an und zuckte hilflos die Schultern. Amberle lächelte gezwungen.

Wenige Minuten später kam Cephelo. Er trat ohne anzuklopfen ein, hochgewachsen und mager, in einen waldgrünen Umhang gehüllt. Er sah aus wie damals, als sie ihn zum erstenmal am Ufer des Mermidon gesehen hatten. Der breitkrempige Hut saß in frecher Verwegenheit auf seinem Kopf. Er zog ihn mit schwungvoller Geste beim Eintreten und lächelte breit.

»Ah, die Elfenkinder, der Heiler und seine Schwester. So trifft man sich wieder.« Er verneigte sich. »Sucht Ihr noch immer Euer Pferd?«

Wil lächelte. »Diesmal nicht.«

Mißtrauisch musterte sie der Fahrensmann.

»Nein? Dann habt Ihr Euch wohl verirrt? Arborlon liegt nördlich, wenn ich mich recht erinnere.«

»Wir waren schon in Arborlon und sind dann weitergereist«, erwiderte Wil und stellte die Frühstücksplatte beiseite.

»Und da hat Euch Euer Weg nach Grimpen Ward geführt.«

»Genau wie Euch.«

»In der Tat.« Der hochgewachsene Mann setzte sich den beiden gegenüber. »In meinem Fall ist es so, daß die Geschäfte mich an viele Orte führen, die ich sonst lieber nicht aufsuchen würde. Aber wie steht es mit Euch, Heiler? Was führt denn Euch nach Grimpen Ward? Doch sicher nicht der Wunsch, Eure Kunst an dem Lumpengesindel auszuprobieren, das dieses schäbige Dorf bevölkert.«

Wil zögerte mit der Antwort. Er würde sehr vorsichtig sein müssen mit dem, was er Cephelo sagte. Denn dieser, so gut kannte er ihn inzwischen, war rücksichtslos, wenn er etwas entdeckte, was sich zu seinem eigenen Vorteil ausschlachten ließ.

»Auch wir haben Geschäfte«, versetzte er gleichmütig.

Der Fahrensmann schürzte die Lippen.

»Eine glückliche Hand scheint Ihr bei Euren Geschäften nicht zu haben, Heiler. Wäre ich nicht gewesen, so lägt Ihr jetzt mit durchschnittener Kehle auf der Straße.«

Wil hätte am liebsten laut herausgelacht. Der alte Fuchs! Daß Eretria bei seiner und Amberles Rettung die treibende Kraft gewesen war, würde er niemals zugeben.

»Wir scheinen wieder einmal in Eurer Schuld zu stehen«, bemerkte er.

Cephelo zuckte die Schultern.

»Im Tirfing war ich vorschnell mit meinem Urteil über Euch; ich ließ zu, daß die Sorge um meine Leute die Oberhand über den gesunden Menschenverstand gewann. Ich machte Euch das zum Vorwurf, was geschah; dabei hätte ich Euch für Eure Hilfe danken müssen. Das hat mich seither bedrückt. Daß ich Euch helfen konnte, entlastet mein Gewissen ein wenig.«

»Es freut mich zu hören, daß Ihr so empfindet.« Wil glaubte nicht ein einziges Wort. »Meine Schwester und ich haben sehr schwere Zeiten durchgemacht.«

»Schwere Zeiten?« Cephelos dunkles Gesicht drückte plötzlich Teilnahme aus. »Vielleicht kann ich irgend etwas tun, um Euch zu helfen – um Euch zu Diensten zu sein. Wenn Ihr mir erklären würdet, was Euch in dieses unerfreulichste Gebiet des ganzen Landes führt ...«

Jetzt kommt's, dachte Wil. Aus den Augenwinkeln beobachtete er, wie Amberle warnend den Kopf schüttelte.

»Ich wünschte, es stünde in Eurer Macht, uns zu helfen.« Wil bemühte sich nach Kräften, den Eindruck von Aufrichtigkeit zu erwecken. »Aber leider ist dem nicht so. Das, was ich am dringendsten brauche, ist ein Führer, der die Geschichte dieses Tals kennt, der mit seiner Landschaft und mit den Örtlichkeiten vertraut ist.«

Cephelo klatschte leicht in die Hände.

»Nun, damit kann ich Euch vielleicht zu Diensten sein. Ich habe den Wildewald viele Male durchreist.« Er legte seinen Zeigefinger an den Kopf. »Ich weiß einiges über seine Geheimnisse.«

Ja, vielleicht, dachte Wil. Vielleicht aber auch nicht. Er will doch nur unser Vorhaben herausbekommen.

»Ich meine, wir sollten Eure Gastfreundschaft nicht noch weiter in Anspruch nehmen, indem wir Euch in unsere Angelegenheiten hineinziehen«, sagte er achselzuckend. »Meine Schwester und ich kommen schon zurecht.«

Das Gesicht des Fahrensmannes war ausdruckslos.

»Warum verratet Ihr mir nicht, was genau Euch hierher führt? Dann kann ich selbst beurteilen, ob der Anspruch wirklich so hoch ist.«

Amberles Hand auf Wils Arm verkrampfte sich, doch Wil ignorierte es. Er hielt den Blick unverwandt auf Cephelo gerichtet. Irgend etwas, das war ihm klar, mußte er dem Fahrensmann erzählen.

»Krankheit hat das Haus Elessedil heimgesucht, das Haus der Herrscher der Elfen.« Er senkte die Stimme. »Die Enkelin des Königs liegt schwerkrank darnieder. Sie braucht eine ganz bestimmte Medizin, nämlich den Sud einer Wurzel, die nur hier im Wildewald zu finden ist. Ich allein weiß das – ich und meine Schwester. Um diese Wurzel zu suchen, sind wir hierhergekommen, denn wenn wir sie finden und dem Herrscher der Elfen bringen, erwartet uns eine hohe Belohnung.«

Er spürte, wie Amberles Hand sich entspannte. Er wagte nicht, ihr ins Gesicht zu blicken.

Cephelo blieb eine Weile schweigsam und nachdenklich.

»Wißt Ihr«, fragte er dann, »wo im Wildewald diese Wurzel zu finden ist?«

Wil nickte. »Es gibt Bücher, uralte Bücher über die Heilkunst, die noch aus der alten Welt stammen. In ihnen ist von dieser Wurzel die Rede, und sie nennen auch den Namen des Ortes, wo sie gedeiht. Aber der Name ist längst vergessen, aus den Landkarten ausgelöscht, die heute den Rassen dienen. Ich bezweifle, daß der Name Euch etwas sagen würde.«

Der Fahrensmann beugte sich vor.

»Nennt ihn mir trotzdem.«

»Sichermal«, erwiderte Wil und beobachtete dabei die Züge des anderen. »Der Name lautet Sichermal.«

Cephelo überlegte, dann schüttelte er den Kopf.

»Ihr habt recht – der Name sagt mir nichts. Dennoch ...« Er hielt inne und wippte leicht hin und her, so als sei er tief in Gedanken. »Es gibt jemanden, dem der Name bekannt sein könnte. Er ist vertraut mit den alten Bezeichnungen dieses Tals. Ich könnte Euch zu ihm führen. Hm, ja – aber Heiler, der Wildewald ist ein äußerst gefährliches Gebiet – das wißt Ihr selbst, da Ihr ja einen Teil der Wildnis durchqueren mußtet, um nach Grimpen Ward zu gelangen. Für meine Leute und für mich wäre es ein großes Wagnis, Euch bei dieser gefahrvollen Suche

Beistand zu leisten.« Er breitete entschuldigend die Hände aus. »Außerdem haben wir andere Verpflichtungen, andere Geschäfte, um die wir uns kümmern müssen, und die uns an anderen Orten erwarten. Die Zeit ist ein kostbares Gut für Leute wie uns. Das werdet Ihr gewiß verstehen können.«

»Was wollt Ihr mit alledem sagen?« fragte Wil ruhig.

»Daß Euch ohne mich der Erfolg Eures Bemühens versagt bleiben wird. Daß Ihr mich braucht. Daß ich bereit bin, Euch meine Hilfe anzubieten. Aber solche Hilfe kann nicht ohne – äh – angemessene Entschädigung gegeben werden.«

Wil nickte. »Und welcher Art soll die Entlohnung sein, Cephelo?«

Die Augen des Fahrensmannes funkelten begierig auf.

»Gebt mir die Steine, die Ihr bei Euch tragt. Die Steine mit der Zauberkraft.«

Wil schüttelte ablehnend den Kopf.

»Sie würden Euch nichts nützen.«

»In der Tat? Ist ihr Geheimnis so unergründlich?« Cephelo kniff die Augen zusammen. »Haltet mich nicht für einen Narren. Ihr seid kein schlichter Heiler. Das war mir praktisch vom ersten Augenblick unseres Zusammentreffens an klar. Aber was Ihr seid, zählt nicht für mich – nur was Ihr habt. Ihr habt die Zauberkraft der Steine, und ich wünsche sie für mich.«

»Ihre Zauberkraft ist elfischen Ursprungs.« Wil zwang sich, ruhig zu bleiben. »Nur einer, in dessen Adern Elfenblut fließt, kann sich dieser Kraft bedienen.«

»Ihr lügt schlecht, Heiler.« Die Stimme des Fahrensmannes klang drohend.

»Er sagt die Wahrheit«, warf Amberle hastig ein. Ihr Gesicht zeigte Angst. »Hätte er nicht die Steine gehabt, so hätte er diese Suche niemals unternommen. Ihr habt kein Recht, von ihm zu verlangen, daß er sie Euch gibt.«

»Ich kann verlangen, was ich will«, gab Cephelo gereizt zurück und fegte ihren Einwurf mit einer wegwerfenden Geste beiseite. »Außerdem glaube ich Euch beiden ohnehin kein Wort mehr.«

»Glaubt, was Ihr wollt.« Wils Stimme blieb bestimmt und

fest. »Ich werde Euch die Steine nicht geben.«

Eine Zeitlang starrten die beiden Männer einander wortlos an. Das Gesicht des Fahrensmannes war hart und drohend. Und doch spiegelte sich darin auch Furcht – ausgelöst durch die Erinnerungen Cephelos an die gewaltige Kraft, die den Steinen innewohnte, und die Wil Ohmsford gebändigt hatte. Mit einer Anstrengung zwang er sich zu einem Lächeln.

»Was wollt Ihr mir dann geben, Heiler? Erwartet Ihr, daß ich Euch diesen Dienst umsonst leiste? Soll ich Menschenleben und Besitz aufs Spiel setzen, ohne dafür entschädigt zu werden? Ihr müßt doch etwas von Wert haben, das Ihr mir geben könnt – etwas von ähnlichem Wert wie die Steine, die herzugeben Ihr Euch so hartnäckig weigert. Was dann? Was wollt Ihr mir geben?«

Wil überlegte angestrengt, doch er trug nichts bei sich, das auch nur den geringsten Wert besaß. Doch gerade als er zu dem Schluß gekommen war, daß die Situation aussichtslos war, schnalzte Cephelo plötzlich mit den Fingern.

»Ich will ein Geschäft mit Euch machen, Heiler. Ihr sagt, daß der Elfenkönig Euch hoch belohnen wird, wenn Ihr ihm die Medizin bringt, die seine Enkelin heilen wird. Gut. Ich werde tun, was in meiner Macht steht, um Euch bei der Suche nach diesem Ort namens Sichermal zu helfen. Ich werde Euch zu einem Manne führen, der den Namen vielleicht kennt. Aber mehr werde ich nicht tun. Als Gegenleistung müßt Ihr mir die Hälfte der Belohnung geben, die Ihr von dem Elfenkönig erhaltet. Seid Ihr damit einverstanden?«

Wil wog den Vorschlag nachdenklich ab. Ein seltsames Geschäft, sagte er sich. Selten, wenn überhaupt jemals, gaben die Fahrensleute etwas her, wenn sie nicht sofort die Gegenleistung erhielten. Was führte Cephelo im Schilde?

»Soll das heißen, daß Ihr mir helfen wollt, den Ort Sichermal zu finden –«

»Wenn ich kann.«

»– daß Ihr mich aber dann nicht dorthin begleiten werdet?«

Cephelo zuckte die Schultern.

»Mich verlangt nicht danach, unnötig mein Leben aufs Spiel

zu setzen. Wie Ihr die Medizin findet und sie dem Elfenkönig überbringt, ist Eure Sache. Meine Verpflichtung bei diesem Geschäft besteht lediglich darin, Euch den Weg zu weisen.« Er machte eine kurze Pause. »Glaubt aber ja nicht, daß Ihr mich um das, was Ihr mir schuldet, betrügen könnt, nur weil ich Euch nicht begleite. Das nähme ein schlimmes Ende für Euch.«

Wil runzelte die Stirn.

»Woher wollt Ihr denn wissen, ob ich gefunden habe, was ich suche, wenn Ihr mich nicht begleitet?«

Cephelo lachte. »Heiler, ich bin ein Fahrensmann – ich werde es schon erfahren. Ich werde alles erfahren, was mit Euch geschieht, glaubt mir das.«

Sein Grinsen war so wölfisch, daß Wil sicher war, daß die Worte noch eine andere Bedeutung hatten. Etwas braute sich zusammen; er witterte es förmlich. Doch sie brauchten Hilfe, um ihren Weg durch den Wildewald zu finden, wenn er nicht die Elfensteine einsetzen wollte.

»Abgemacht?« fragte Cephelo.

Wil schüttelte den Kopf. Er wollte den Fahrensmann auf die Probe stellen.

»Die Hälfte ist mir zuviel. Ich bin bereit, Euch ein Drittel zu geben.«

»Ein Drittel!« Cephelos Gesicht verfinsterte sich, wurde aber sogleich wieder freundlich. »Also gut. Ich bin ein Mann, der mit sich reden läßt. Ein Drittel.«

Viel zu leicht war das gegangen, dachte Wil. Er warf einen Blick auf Amberle und sah in ihren Augen das Mißtrauen, das auch er empfand. Doch das Elfenmädchen sagte nichts. Amberle überließ ihm die Entscheidung.

»Kommt, kommt, Heiler«, drängte Cephelo. »Ihr braucht ja noch den ganzen Tag.«

Wil nickte. »Also gut, es ist abgemacht.«

»Schön.« Der Fahrensmann stand augenblicklich auf. »Wir brechen sofort auf, da wir unsere Geschäfte hier abgeschlossen haben. Es ist das beste, wenn Ihr in Grimpen Ward nicht wieder gesehen werdet. Darum bleibt vorläufig im Wagen. Wenn wir den Wald erreicht haben, könnt Ihr herauskommen.«

Er grinste breit, schwang elegant den breitkrempigen Hut zum Abschied und ging hinaus. Leise fiel die Tür hinter ihm ins Schloß. Wil und Amberle sahen einander an.

»Ich trau' ihm nicht«, flüsterte Amberle.

»Ich auch nicht«, gab Wil zurück.

Wenig später setzte sich der Wagen mit einem Ruck in Bewegung. Die Reise in den Wildewald ging weiter.

DIE DÄMONEN VON SHANNARA

Der alte Mann im Schaukelstuhl summte leise vor sich hin, während er in den in der Dämmerung liegenden Wald hinausblickte. Weit im Westen, jenseits der grünen Mauer der Bäume, die undurchdringlich die Lichtung umschloß, auf der seine Hütte stand, sank die Sonne unter den Horizont, und das Tageslicht wurde fahl und grau. Diese Tageszeit war dem alten Mann die liebste – wenn die Mittagshitze im Schatten des Abends abkühlte und die untergehende Sonne den fernen Himmel in leuchtendes Scharlachrot tauchte, dann in sanftes Lavendelblau, das allmählich ins tiefe Blau der Nacht überging. Dann roch die Luft sauber und frisch, befreit von dem muffigen Geruch nach Feuchtigkeit und Moder, der ihr in der Hitze des Tages anhaftete. Dann wisperten die Blätter des Waldes geheimnisvoll im milden Abendwind. In diesen wenigen Augenblicken schien es, als sei der Wildewald ein Stück Land wie jedes andere, und man konnte ihn als einen alten und vertrauten Freund annehmen.

Oft sah der alte Mann das Tal so – als einen alten, vertrauten Freund, dem er eine tiefe, unerschütterliche Treue entgegenbrachte. Wenige konnten so empfinden wie er, aber es waren ja auch nur wenige, die das Tal so gut kannten wie er. Oh, es war trügerisch – erbarmungslos und voller Gefahren, die einen Mann vernichten konnten. Es gab Geschöpfe im Wildewald, die nirgends ihresgleichen hatten und gespenstisch durch die Schauermärchen geisterten, die man sich am mitternächtlichen Lagerfeuer erzählte. Im Wildewald lauerte der Tod, zu jeder Stunde, hart, grausam, unerbittlich. Dies war ein Land der Jäger und der Gejagten, und der alte Mann hatte es in den langen Jahren, seit er sich in diesem Tal niedergelassen hatte, von seiner besten und seiner schlimmsten Seite erlebt.

Er trommelte mit den Fingern auf die Armlehnen des Schaukelstuhls und dachte zurück. Sechzig Jahre waren vergangen, seit er hierher gekommen war – eine lange Zeit und doch schien ihm, als sei es erst gestern gewesen. Dies war all die Jahre sein Zuhause gewesen, und es war ein Zuhause, das man achten konnte – nicht einfach irgendein Ort voller Häuser und Menschen, wo man sicher und behütet und in grenzenloser Langeweile dahinlebte; ein Ort der Einsamkeit und Tiefe, wo die Herausforderung wartete und wo man Mut brauchte; ein Ort, an dem nur wenige sich niederließen, weil nur diese wenigen an diesen Ort gehörten. Einige wenige wie er selbst, dachte er, und jetzt war nur noch er übrig von denen, die einst ins Tal gekommen waren. Alle anderen waren tot, in die Wildnis heimgegangen, in der sie gelebt hatten. Es waren nur noch diese Narren da, die sich wie verängstigte Hunde in den windschiefen Hütten von Grimpen Ward zusammendrängten, die einander gegenseitig – und jeden Dummen, der sich in ihre Mitte wagte – betrogen und beraubten. Doch das Tal gehörte nicht ihnen und würde nie ihnen gehören, denn sie begriffen nicht das Wesen dieses Tals und hatten auch kein Bedürfnis, es zu erkennen.

Verrückt nannten sie ihn – diese Narren in Grimpen Ward. Verrückt, in dieser Wildnis zu leben, ein alter Mann ganz allein. Er lächelte bei dem Gedanken. Vielleicht war es wirklich verrückt; doch er zog seine eigene Verrücktheit der ihren vor.

»Drifter«, rief er barsch, und der gewaltige schwarze Hund, der zu seinen Füßen ausgestreckt lag, erwachte und stand auf. Er war ein riesenhaftes Tier, der an einen Wolf ebenso wie an einen Bären erinnerte.

»Na du«, brummte der alte Mann, und der Hund legte den Kopf in den Schoß seines Herrn, um sich die Ohren kraulen zu lassen.

Irgendwo in der dichter werdenden Dunkelheit schrillte ein Schrei, flüchtig und durchdringend. Einen Moment lang hing sein verklingendes Echo in der Abenddämmerung, dann erstarb es. Drifter hob lauschend den Kopf. Der alte Mann nickte. Eine Sumpfkatze. Eine große. Irgendein Wesen war ihr in den Weg gelaufen, und sie hatte zugeschlagen.

Müßig ließ er den Blick über vertraute Formen gleiten, die sich aus dem Halbdunkel hoben. Hinter ihm stand die Hütte, in der er lebte, klein, aber solide gebaut, aus Holzbalken und -schindeln errichtet, mit Mörtel abgedichtet. Ein Stück zurückgesetzt von der Hütte befanden sich ein Schuppen und ein Brunnen. In einer kleinen eingezäunten Koppel graste ein Maultier. Hinter der Hütte waren eine Werkbank und ein großer Stapel Holz. Er zimmerte und schnitzte gern, brachte einen großen Teil seiner Tage damit zu, aus dem Holz, das er sich von den mächtigen alten Bäumen an der Lichtung holte, alle möglichen Gegenstände und Möbelstücke zu arbeiten, die er gern ansah. Wertloses Zeug, vermutete er, in den Augen anderer, aber für andere Leute hatte er ja ohnehin nicht viel übrig, da war ihre Meinung für ihn auch nicht wichtig. Er sah nur höchst selten andere Menschen, und selbst das war ihm beinahe noch zuviel. Er war froh, wenn sie ihn in Ruhe ließen. Drifter war ihm Gesellschaft genug. Und diese nichtsnutzigen Katzen, die ständig hier umherstreunten und hinter den Abfällen her waren wie die Aasgaier. Und das Maultier, ein bißchen störrisch, aber zuverlässig.

Er reckte seine Glieder und stand auf. Die Sonne war untergegangen; am Nachthimmel traten Mond und Sterne ihre Herrschaft an. Es war an der Zeit, sein Nachtmahl zu richten. Er warf einen Blick auf den Dreifuß und den Kessel über dem kleinen Feuer, das nur ein paar Schritte von ihm entfernt loderte. Die Suppe vom gestrigen Tag. Viel war es nicht mehr, reichte höchstens noch für eine Mahlzeit.

Kopfschüttelnd trottete er zum Feuer. Er war ein ziemlich kleiner Mann, vom Alter gebeugt, schmächtig und dünn wie eine Zaunlatte. Fedriges weißes Haar umkränzte seinen kahlen Kopf und wuchs die Wangen hinunter zu einem buschigen Bart. So braun und zerknittert wie Leder war die Haut seines zähen alten Körpers, und die Augen waren kaum sichtbar unter den hängenden, faltigen Lidern.

Vor dem Kessel blieb er stehen und blickte hinein, während er überlegte, wie er den Suppenrest etwas schmackhafter anrichten könnte. Und in diesem Moment vernahm er, weit entfernt noch, irgendwo im Dunkel des Pfades, der sich zu seiner Hütte wand, Geräusche, die das Nahen von Pferden und einem Wagen ankündigten. Er wandte sich um und spähte abwartend in die Nacht. Drifter, der an seiner Seite stand, knurrte mißtrauisch, und der alte Mann versetzte ihm einen warnenden Puff.

Die Geräusche kamen näher. Nach einer Weile tauchten Schatten aus dem Dunkel auf und glitten den Hang der Anhöhe hinunter, die die Lichtung begrenzte – ein Wagen, der von zwei Pferden gezogen wurde, und dahinter ein halbes Dutzend Reiter. Die Stimmung des alten Mannes sank, als er den Wagen erblickte. Er kannte ihn gut, wußte, daß er diesem Schurken Cephelo gehörte. Voller Abscheu spie er aus, spielte ernsthaft mit dem Gedanken, Drifter auf die Bande zu hetzen.

Am äußersten Rand der Lichtung hielten Reiter und Wagen an. Cephelos dunkle Gestalt sprang vom Pferd und kam näher. Als der Fahrensmann den Alten erreichte, zog er schwungvoll den breiten Schlapphut.

»Einen schönen guten Abend, Hebel.«

Der alte Mann brummte verächtlich.

»Cephelo. Was wollt Ihr?«

Cephelo spielte den Gekränkten.

»Hebel, ist das vielleicht eine Begrüßung für zwei Leute, die so viel füreinander getan haben wie wir? Dies ist wahrhaftig keine Begrüßung für zwei Männer, die Mühsal und Unglücksfälle des Lebens geteilt haben. Seid mir also gegrüßt.«

Der Fahrensmann ergriff die Hand des Alten und schüttelte sie kräftig. Hebel widersetzte sich nicht, tat aber auch nichts dazu.

»Gut seht Ihr aus.« Cephelo lächelte entwaffnend. »Das Hochland ist gut für die Schmerzen und Leiden des Alters, denke ich mir.«

»Was Ihr nicht sagt.« Hebel spie erneut aus und rümpfte die Nase. »Also, was verkauft Ihr, Cephelo – ein Wundermittel vielleicht für die Alten und Schwachen?«

Cephelo warf einen Blick zurück zu jenen, die mit ihm gekommen waren, und zuckte entschuldigend die Schultern.

»Ihr seid in hohem Maße unfreundlich, Hebel. Wirklich, höchst unfreundlich.«

Der Alte folgte seinem Blick.

»Was habt Ihr denn mit dem Rest Eurer Meute angestellt? Haben die sich einem anderen Dieb angeschlossen?«

Diesmal verdüsterte sich das Gesicht des Fahrensmannes.

»Ich habe sie vorausgeschickt. Sie haben die Hauptstraße nach Osten genommen und werden mich im Tirfing erwarten. Ich bin mit diesen wenigen in einer recht dringlichen Sache zu Euch gekommen. Vielleicht können wir uns darüber unterhalten.«

»Redet nur«, versetzte Hebel. »Soviel Ihr wollt.«

»Und dürfen wir Euer Feuer teilen?«

Hebel zuckte die Schultern.

»Ich habe nicht genug zu essen da, um Euch alle durchzufüttern – tät's auch gar nicht, wenn ich's hätte. Vielleicht habt Ihr selbst was mitgebracht, hm?«

Cephelo ließ einen übertriebenen Seufzer hören.

»Richtig. Heute sollt Ihr unser Nachtmahl teilen.«

Er rief den anderen etwas zu. Die Reiter sprangen von ihren Pferden und banden sie fest. Eine alte Frau, die zusammen mit einem jungen Paar auf dem Wagen gefahren war, stieg jetzt herunter, holte Vorräte und Gerätschaften aus dem Wagen und schlurfte schweigend zum Feuer. Die beiden jungen Leute, die an ihrer Seite gesessen hatten, zögerten. Erst auf Cephelos Aufforderung traten sie näher. Zu ihnen gesellte sich ein rankes, dunkelhaariges Mädchen aus der kleinen Truppe der Reiter.

Wortlos wandte sich Hebel ab und setzte sich wieder in seinen Schaukelstuhl. Die beiden jungen Leute, die vom Wagen gestiegen waren, hatten etwas Besonderes an sich, aber er hätte nicht sagen können, was es war. Sie sahen wie Fahrensleute aus, aber doch auch wieder nicht. Er beobachtete sie, als sie mit Cephelo und dem dunkelhaarigen Mädchen herankamen. Alle vier setzten sich zu Füßen des alten Mannes ins Gras, wobei das dunkelhaarige Mädchen ganz dicht an den jungen Mann heranrückte und ihm einen kecken Blick zuwarf.

»Meine Tochter Eretria.« Cephelo schoß einen ärgerlichen Blick auf das Mädchen ab, als er sie vorstellte. »Diese beiden sind Elfen.«

»Ich bin nicht blind«, erklärte Hebel ungeduldig. Jetzt war ihm klar, warum sie sich von den Fahrensleuten unterschieden. »Was tun die denn bei Euch?«

»Wir sind ausgezogen, um etwas Wichtiges zu suchen.«

»Zu suchen?« Hebel beugte sich vor. »Ihr?« Er verzog das

zerknitterte Gesicht und musterte den jungen Mann. »Ihr macht mir einen aufgeweckten Eindruck. Was hat Euch bewogen, Euch mit dem da zusammenzutun?«

»Er braucht einen Führer in diesem elenden Gebiet«, erklärte Cephelo. Etwas zu rasch, fand Hebel. »Warum nur müßt Ihr unbedingt in dieser trostlosen Wildnis leben, Hebel? Eines Tages werde ich hier vorbeikommen und nur noch Eure Knochen finden, Alter – nur weil Ihr Euch beharrlich weigert, Euch in zivilisiertere Gefilde zu begeben.«

»Als würde Euch das etwas ausmachen«, brummte Hebel. »Für einen Mann wie mich ist dieses Land so gut wie jedes andere. Ich kenne es, ich kenne seine Bewohner, weiß, wann ich Abstand halten, oder wann ich meine Zähne zeigen muß. Euch überleb' ich noch lange, Cephelo – das könnt Ihr mir glauben.« Er wippte gemächlich in seinem Schaukelstuhl, während Drifter sich an seiner Seite niederließ. »Also, was wollt Ihr von mir?«

Cephelo zuckte die Schultern.

»Ein bißchen reden, wie ich schon gesagt habe.«

Hebel lachte rauh. »Ein bißchen reden? Kommt, Cephelo, macht mir nichts vor! Was wollt Ihr wirklich? Vergeudet nicht meine Zeit – ich hab' nicht mehr viel davon.«

»Für mich selbst will ich nichts. Für die beiden jungen Elfen will ich etwas von dem Wissen, das in Eurem kahlen alten Hirn gespeichert ist. Es hat mir gewaltige Mühe gemacht, hier zu Euch heraufzukommen, aber es gibt Umstände, die –«

Hebel hatte genug gehört.

»Was kocht Ihr da drüben?« fragte er, vom Geruch des Essens abgelenkt, das im Kessel dampfte. »Was ist da drin?«

»Woher soll ich das wissen?« fuhr Cephelo ihn gereizt an.

»Rindfleisch, glaube ich, Rindfleisch und Gemüse.« Hebel rieb sich die runzligen braunen Hände. »Ich finde, wir sollten erst essen und dann reden. Habt Ihr auch etwas von Eurem Bier bei Euch, Fahrensmann?«

So verzehrten sie also zunächst das Nachtmahl – Eintopf, Brot, Dörrobst und Nüsse. Es wurde nicht viel gesprochen, während sie aßen, aber Blicke flogen hin und her, und diese Blicke verrieten Hebel mehr als alle Worte, die seine Gäste vielleicht geäußert hätten. Die Elfen, sagte er sich, waren hier, weil sie keine andere Wahl hatten. Sie hielten von Cephelo und seiner Meute so wenig wie er. Cephelo war natürlich hier, weil er sich einen schnellen Gewinn erhoffte. Das dunkelhaarige Mädchen, die Tochter des Fahrensmann, gab ihm jedoch Rätsel auf. Die Blicke, die sie dem jungen Elf zuwarf, verrieten etwas über ihre Absichten, doch es steckte noch etwas anderes in ihr, was sie sorgfältig verheimlichte. Der Alte wurde immer neugieriger.

Endlich war das Nachtmahl beendet und das Bier fast bis zur Neige getrunken. Hebel nahm eine lange Pfeife, entzündete sie und paffte eine dicke Rauchwolke in die Luft.

Cephelo versuchte nochmals sein Glück.

»Dieser junge Elf und seine Schwester brauchen Eure Hilfe. Sie haben schon einen weiten Weg hinter sich, aber sie können ihre Reise nicht fortsetzen, wenn Ihr ihnen diese Hilfe verweigert. Ich habe ihnen gesagt, daß Ihr ihnen selbstlos helfen werdet.«

Der Alte schnaubte verächtlich. Dieses Spielchen kannte er zur Genüge.

»Ich mag Elfen nicht. Sie bilden sich ein, sie sind was Besseres und wollen mit Leuten wie mir nichts zu tun haben.« Er zog die Brauen hoch. »Fahrensleute mag ich auch nicht, wie Ihr wohl wißt. Die mag ich sogar noch weniger als Elfen.«

Eretria lachte. »Ich habe den Eindruck, es gibt eine Menge Dinge, die Ihr nicht mögt.«

»Halt den Mund!« fuhr Cephelo sie wütend an.

Eretria preßte die Lippen aufeinander, und Hebel sah den Zorn in ihren Augen.

Er lachte leise. »Nichts für ungut, Mädchen.« Er blickte Cephelo an. »Was gebt Ihr mir, wenn ich den Elfen helfe, Cephelo? Ihr müßt mir schon einen reellen Vorschlag machen, wenn Ihr von mir was wissen wollt.«

Cephelo funkelte ihn wütend an.

»Stellt meine Geduld nicht auf eine zu harte Probe, Hebel.«

»Ha! Wollt Ihr mir drohen oder gar die Kehle durchschneiden? Dann erfahrt Ihr gar nichts von mir. Also – was gebt Ihr mir?«

»Kleider, Bettzeug, Leder, Seide – ganz gleich.« Der Fahrensmann machte eine wegwerfende Handbewegung.

»Das hab' ich alles selbst.« Hebel spie aus.

Nur mit Mühe beherrschte sich Cephelo.

»Ja, was wollt Ihr dann? Heraus damit, Alter.«

Drifter knurrte warnend. Hebel brachte ihn mit einem Puff zum Schweigen.

»Messer«, verkündete er. »Ein halbes Dutzend gute Klingen. Eine Axt und zwei Dutzend Pfeile, Eschenholz und gefiedert. Und einen Schleifstein.«

Cephelo nickte unwirsch. »Abgemacht. Ihr seid ein alter Dieb. Aber jetzt gebt mir was dafür zurück.«

Hebel zuckte die Schultern.

»Was wollt Ihr denn wissen?«

Cephelo deutete auf den jungen Mann.

»Der Elf ist ein Heilkundiger. Er ist auf der Suche nach einer Wurzel, die eine seltene Medizin ergibt. In seinen Büchern über die Heilkunst steht, daß sie hier im Wildewald zu finden ist, an einem Ort namens Sichermal.«

Auf die Worte des Fahrensmannes folgte ein langes Schweigen. Alle warteten.

»Also?« fragte Cephelo schließlich gereizt.

»Also was?« fragtea der Alte zurück.

»Wo ist dieser Ort? Sichermal.«

Hebel lächelte schelmisch. »Da, wo er immer schon war, vermute ich.« Er sah die Überraschung auf den Zügen des anderen. »Ja, ich kenne den Namen, Cephelo. Ein alter Name, von allen vergessen, denke ich. Aber nicht von mir. Grabgruften sind es – unterirdische Gänge in einem Berg.«

»Das muß es sein!« Der junge Mann sprang auf. Sein Gesicht war erregt. Dann bemerkte er, daß ihn alle anstarrten, und er setzte sich hastig wieder nieder. »Jedenfalls ist es in den Büchern so beschrieben«, fügte er kleinlaut hinzu.

»Tatsächlich?« Paffend wippte Hebel in seinem Stuhl auf und ab. »Und stand in Euren Büchern auch was von der Senke?«

Der junge Mann schüttelte den Kopf und sah das Elfenmädchen an, das ebenfalls den Kopf schüttelte. Cephelo jedoch beugte sich mit einem Ruck nach vorn und kniff die Augen zusammen.

»Ihr meint, dieses Sichermal liegt in der Senke, Alter?«

In Cephelos Stimme lag eine Ängstlichkeit, die Hebel nicht entging. Er lachte leise.

»Ja, mitten in der Senke. Nun, seid Ihr immer noch auf der Suche nach Sichermal, Cephelo?«

Der junge Mann neigte sich vor.

»Wo ist die Senke?«

»Im Süden von hier. Eine Tagesreise«, antwortete der Alte. Es war an der Zeit, dieser Torheit ein Ende zu machen. »Tief und finster ist sie, Elf – eine schwarze Grube, wo alles, was hineinfällt, auf immer verschwindet. Der Tod, Elf. Wer sich in die Senke hineinwagt, kommt nicht wieder heraus. Jene, die dort leben, sorgen dafür.«

Der junge Mann schüttelte den Kopf.

»Das verstehe ich nicht.«

Erctria murmelte leise etwas vor sich hin, während ihr Blick hastig über das Gesicht des jungen Mannes flog. Sie wußte Bescheid, das sah Hebel. Er senkte die Stimme zu einem Flüstern.

»Dort leben die Hexenschwestern, Elf. Morag und Mallenroh. Ihnen gehört die Senke, ihnen und den Wesen, die sie schaffen, um ihnen zu dienen – Wesen, die aus Hexenkunst geboren sind.«

»Aber wo in der Senke liegt Sichermal?« beharrte der junge Mann. »Ihr spracht von einem Berg –«

»Die Hochwarte – ein seltsamer Gipfel, der aus der Senke emporragt wie ein Arm aus dem Grabe. Dort liegt Sichermal.« Der Alte hielt inne und breitete die Hände aus. »So war es jedenfalls einmal. Ich war schon seit vielen, vielen Jahren nicht mehr in der Senke. Keiner wagt sich da mehr hinein.«

Der junge Mann nickte nachdenklich.

»Erzählst du mir mehr über diese Hexenschwestern?«

Hebels Augen verengten sich.

»Morag und Mallenroh – die letzten ihrer Sippe. Einstmals, Elf, gab es viele ihrer Art – jetzt gibt es nur noch zwei. Manche behaupten, sie seien Gehilfinnen des Dämonen-Lords gewesen. Andere meinen, sie seien lange vor ihm dagewesen. Ihre Macht, heißt es, sei so groß wie die der Druiden. Wer weiß? Die Wahrheit wissen nur sie selbst. Sucht sie, wenn Ihr wollt. Ein Elf mehr oder weniger – für mich spielt das keine Rolle.«

Er lachte schneidend, verschluckte sich, hob seinen Becher und trank etwas von seinem Bier. Sein klappriger Körper neigte sich vor, als seine Augen die des jungen Mannes suchten.

»Schwestern sind sie, Morag und Mallenroh. Blutsschwestern. Doch großer Haß lodert zwischen ihnen – ein Haß, der einem alten Unrecht entsprungen ist, ob echt oder eingebildet, das kann ich nicht sagen. Doch sie befehden einander in der Senke, Elf. Morag lebt im Osten und Mallenroh im Westen, und jede versucht, die andere zu vernichten und das Land und die Macht der Schwester an sich zu reißen. Und in der Mitte, genau zwischen den beiden, steht die Hochwarte – und dort liegt Sichermal.«

»Habt Ihr es gesehen?«

»Ich? Nein, ich nicht. Die Senke gehört den Schwestern; das Tal ist weit genug für mich.« Hebel schaukelte sachte hin und her, während er sich seinen Erinnerungen hingab. »Einmal, vor vielen, vielen Jahren, ich kann sie nicht einmal mehr zählen, war ich am Rand der Senke auf der Jagd. Töricht war es, aber damals war ich noch entschlossen, das ganze Land kennenzulernen, das ich mir zur Heimat erwählt hatte, und die Geschichten waren ja nur Geschichten. Tagelang jagte ich im Schatten der Senke und sah nichts. Aber eines Nachts dann, als ich schlief, ganz allein an der Glut meines Lagerfeuers, da kam sie zu mir – Mallenroh, ein Geschöpf wie aus einem Traum mit langem grauen Haar, das aus Nachtschatten gesponnen war, und ihr Gesicht war das Gesicht der Frau Tod. Sie kam zu mir und sagte, sie habe das Bedürfnis, mit einem von menschlichem Geblüt zu sprechen, mit einem wie mir. Die ganze Nacht sprach sie mit mir, erzählte mir von sich und von ihrer Schwester Morag und von der Fehde, die sie um die Vorherrschaft über die Senke miteinander führten.«

Er hatte sich ganz seinen Erinnerungen ergeben, und seine Stimme klang fern und leise.

»Am Morgen war sie fort, beinahe so, als sei sie nie gewesen. Ich habe sie nie wiedergesehen, bis heute nicht. Ich hätte glauben können, es sei alles nur Einbildung gewesen – keine Wirklichkeit –, aber sie hat etwas von mir mit sich fortgenommen – ein Stück Leben könnte man sagen.«

Langsam schüttelte er den Kopf.

»Das meiste von dem, was sie mir erzählte, stob auseinander wie die losen Fetzen eines Traums. Aber ich erinnere mich ihrer Worte über Sichermal, Elf. Unterirdische Gänge im Schoß der Hochwarte, sagte sie. Ein Ort aus einem anderen Zeitalter, wo einst ein seltsamer Zauber verhängt worden war. So alt, daß nicht einmal die Schwestern seine Bedeutung kennen. Ja, das hat Mallenroh mir erzählt. Daran erinnere ich mich – daran zumindest.«

Danach schwieg er, in Gedanken bei den Geschehnissen jener Nacht. Selbst nach allen diesen Jahren war die Erinnerung so klar wie die Gesichter jener, die hier um ihn herumsaßen. Mallenroh! Eigenartig, schoß es ihm durch den Kopf, daß er sich ihrer so lebhaft erinnerte.

Der junge Mann legte seine Hand auf die Armlehne des Schaukelstuhls, und seine Stimme war verhalten, als er sprach.

»Ihr erinnert genug, Hebel.«

Der Alte blickte den Elf verwundert an. Er verstand nicht. Dann sah er in den Augen des anderen, was dieser beabsichtigte. Er war entschlossen, dorthin zu gehen. Er war entschlossen, sich in die Senke zu wagen. Impulsiv beugte Hebel sich zu ihm hinunter.

»Geht nicht«, flüsterte er eindringlich. »Geht nicht!«

Der junge Mann lächelte schwach.

»Ich muß, wenn Cephelo seine Belohnung haben soll.«

Der Fahrensmann schwieg. Sein dunkelhäutiges Gesicht war unergründlich. Eretria warf ihm einen scharfen Blick zu, dann blickte sie wieder den jungen Elf an.

»Tu es nicht, Heiler«, bat sie. »Hör auf das, was der Alte sagt. Die Senke ist gefährlich. Such deine Medizin anderswo.«

Der Elf schüttelte den Kopf.

»Es gibt kein Woanders. Laß es ruhen, Eretria.«

Einen Moment lang spannte sich der Körper des Mädchens zum Zerreißen, und das dunkelhäutige Gesicht lief rot an unter dem Druck von Emotionen, die hinausdrängten. Doch es gelang ihr, sie zu unterdrücken. Beherrscht stand sie auf und blickte kalt zu ihm hinunter.

»Du bist ein Narr«, sagte sie und ging davon in die Finsternis.

Hebel beobachtete den jungen Mann, sah, wie sein Blick dem

Mädchen folgte, als es sich entfernte. Das Elfenmädchen blickte nicht einmal auf. Ihre seltsamen grünen Augen schienen nach innen gerichtet zu sein, und ihre feinen Züge waren verborgen im Schatten des langen Haares, das ihr tief ins Gesicht fiel.

»Ist diese Wurzel denn so wichtig?« fragte der alte Mann verwundert. Seine Frage war nicht nur an den jungen Mann gerichtet, sondern auch an das Mädchen. »Ist sie denn nirgends sonst zu finden?«

»Laßt sie doch!« mischte sich Cephelo unvermittelt ein, und seine schwarzen Augen huschten von einem Gesicht zum anderen. »Es ist ihre Entscheidung, und sie haben sie getroffen.«

Hebel runzelte die Stirn.

»So mir nichts, dir nichts wollt Ihr sie in den Tod schicken, Cephelo? Was ist denn das für eine Belohnung, von der der Elf spricht?«

Der Fahrensmann lachte. »Ob man eine Belohnung bekommt oder nicht, hängt von den Launen des Schicksals ab, Alter. Verliert man dort eine, gewinnt man da eine andere. Der Elf und seine Schwester müssen tun, wozu es sie drängt. Wir haben kein Recht, ein Urteil zu fällen, oder sie daran zu hindern.«

»Wir müssen es tun.« Das Elfenmädchen sprach leise aber bestimmt, das erste Mal überhaupt, seit sie sich gesetzt hatten. Tief sah sie dabei dem alten Mann in die Augen.

»Gut.« Cephelo sprang auf. »Der Worte sind genug gesagt in dieser Sache. Der Abend ist noch lange nicht um, und es ist noch viel gutes Bier da, das darauf wartet, getrunken zu werden. Teilt es mit mir, meine Freunde. Wir wollen von den Zeiten sprechen, die gewesen sind, nicht Mutmaßungen über die Zeiten anstellen, die erst kommen werden. Hebel, Ihr sollt hören, was diese Narren in Grimpen Ward jetzt wieder angestellt haben – hirnverbrannt, weiß Gott!«

In scharfem Ton rief er nach der alten Frau, die sogleich mit einem großen Krug Bier herbeieilte. Einige der anderen Fahrensleute gesellten sich jetzt zu ihnen, und Cephelo füllte allen die Becher. Lachend und voller Übermut schickte er sich dann an, eine ganze Sammlung toller Geschichten zum besten zu geben – über Orte, die er wahrscheinlich nie besucht hatte, über Menschen, denen er wahrscheinlich nie begegnet war. Keck und ausgelassen war die Rede des Fahrensmannes, und seine Leute lachten mit ihm über sein wildes Geflunker, während sie immer von neuem ihre Becher füllten.

Hebel lauschte den Geschichten voller Mißtrauen. Allzu schnell, so schien es ihm, hatte Cephelo seine an die Elfen gerichteten Warnungen verächtlich gemacht. Auch konnte er der scheinbaren Interesselosigkeit des Fahrensmannes an der Belohnung, die den jungen Elf erwartete, wenn er die Wurzel fand, nicht glauben. Da stimmte etwas nicht; der Fahrensmann wußte schließlich so gut wie er, daß noch niemand lebend aus der Senke zurückgekehrt war.

Sachte schaukelte er in seinem alten Stuhl hin und her, mit einer Hand leicht Drifters zottigen Kopf kraulend. Wie sonst konnte er den Elf noch warnen, fragte er sich. Was konnte er noch sagen, was nicht schon gesagt worden war, um ihn von seinem törichten Unterfangen abzubringen? Vielleicht nichts; der Junge schien entschlossen.

Er überlegte, ob die beiden jungen Elfen wohl mit Mallenroh zusammentreffen würden, so wie er vor vielen Jahren. Bei der Vorstellung, daß dies der Fall sein könnte, stieg Neid in seiner Seite auf.

Wenig später erhob sich Wil Ohmsford aus dem Kreis der Zecher und ging zu dem Brunnen gleich hinter der Hütte des alten Mannes. Amberle schlief schon in Decken gehüllt am Feuer. Sie war völlig erschöpft von den Anstrengungen des Tages und den vorhergehenden Ereignissen. Auch er selbst fühlte sich ungewöhnlich schläfrig, obwohl er von dem Bier der Fahrensleute kaum etwas getrunken hatte. Vielleicht, dachte er, half da ein Schluck kaltes Wasser und später erholsamer Schlaf.

Er hatte gerade in tiefen Zügen aus dem Metallbecher getrunken, der an der Kette mit dem Eimer festgehakt war, als Eretria aus dem Schatten zu ihm trat.

»Ich verstehe dich nicht, Heiler«, sagte sie sehr direkt.

Er hakte den Becher wieder an die Kette und ließ sich auf dem Steinrand des Brunnens nieder.

»Ich hab' mich abgestrampelt wie eine Wilde, um dir in Grimpen Ward das Leben zu retten«, fuhr sie fort. »Es war nicht leicht, Cephelo so weit zu bereden, daß er mich dir überhaupt helfen ließ. Wirklich nicht, das kannst du mir glauben. Und jetzt! Die ganze Liebesmüh war wohl vergebens. Ich hätte dich und das Elfenmädchen, das du als deine Schwester ausgibst, genausogut den Banditen in Grimpen Ward überlassen können. Obwohl man dich warnte, bestehst du darauf, dich in die Senke zu wagen. Ich möchte wissen, warum. Hat Cephelo etwas damit zu tun? Ich weiß nicht, was für eine Abmachung du mit ihm getroffen hast, aber nichts, was er dir versprochen hat – selbst wenn er die Absicht hätte, sein Versprechen zu erfüllen, was ich bezweifle –, ist das Risiko wert, das du eingehen willst.«

»Cephelo hat nichts damit zu tun«, erwiderte Wil ruhig.

»Wenn er dir in irgendeiner Weise gedroht hat, dann würde ich dir gegen ihn helfen«, erklärte Eretria fest. »Ich würde dir helfen.«

»Das weiß ich. Aber Cephelo hat mit diesem Entschluß wirklich nichts zu tun.«

»Was hat es dann für einen Grund? Warum mußt du es tun?«

Wil senkte die Lider.

»Die Medizin, die –«

»Lüg mich nicht an!« fiel Eretria ihm zornig ins Wort und setzte sich neben ihn auf den Brunnenrand. »Mag sein, daß Cephelo diesen Unsinn glaubt, aber er hörte nur deine Worte, Heiler. Deine Augen sah er nicht. Deine Rede kannst du vielleicht verstellen, nicht aber deinen Blick. Dieses Mädchen ist nicht deine Schwester; sie ist dein Schützling, und die Verantwortung für sie ist dir offensichtlich teuer. Nicht Wurzeln und Medizin suchst du, sondern etwas weitaus Bedeutsameres. Sag mir, was hoffst du dort in der Senke zu finden?«

Langsam hob Wil den Blick und sah ihr in die Augen. Eine Weile antwortete er ihr nicht. Sie griff impulsiv nach seiner Hand.

»Ich würde dich nie verraten. Niemals!«

Er lächelte schwach. »Das ist vielleicht das einzige an dir, dessen ich sicher bin, Eretria. Ich will dir soviel sagen: Großes Unheil bedroht dieses Land – bedroht alle Länder. Das Mittel, das vor diesem Unheil schützen kann, ist nur in Sichermal zu finden. Amberle und ich sind ausgesandt worden, es zu suchen.«

Die Augen Eretrias blitzten feurig.

»Dann laß mich mit euch ziehen. Nimm mich mit, so wie du mich schon längst hättest mitnehmen sollen.«

Wil seufzte. »Wie kann ich das? Eben hast du mir gesagt, was für ein Narr ich bin, daß ich nicht ablasse von meinem Entschluß, in die Senke hinunterzugehen. Und jetzt soll ich auch dich zur Närrin machen. Nein. Dein Platz ist bei deinen Leuten – wenigstens vorläufig. Es ist besser für dich, wenn du weiter nach Osten ziehst, so weit wie möglich fort vom Westland.«

»Heiler, ich soll von diesem Teufel verschachert werden, der sich als mein Vater ausgibt! Und zwar sobald wir die größeren Städte des Südlandes erreichen.« Ihre Stimme war hart und schneidend. »Glaubst du vielleicht, daß ein solches Schicksal erträglicher ist als das, was ich vielleicht an deiner Seite erleben werde? Nein. Nimm mich mit!«

»Eretria –!«

»Hör mich an. Ich kenne mich aus in diesem Gebiet, denn die Fahrensleute haben es unzählige Male durchquert. Ich weiß vielleicht etwas, was euch weiterhelfen wird. Und wenn nicht, so werde ich euch doch auf jeden Fall kein Hemmschuh sein. Ich kann auf mich selbst achtgeben – besser als dein Elfenmädchen. Ich verlange nichts von dir, Heiler, was nicht auch du von mir verlangen würdest, wäre unsere Situation umgekehrt. Du mußt mich mitnehmen.«

»Eretria, selbst wenn ich damit einverstanden wäre, würde Cephelo dich niemals ziehen lassen.«

»Cephelo würde es erst erfahren, wenn es zu spät ist, etwas daran zu ändern.« Ihre Stimme war hell und erregt. »Nimm mich mit, Heiler. Sag ja.«

Er hätte beinahe zugestimmt. Sie war von solch einer wunderbaren Schönheit, daß es selbst unter normalen Umständen schwer gewesen wäre, ihr irgend etwas abzuschlagen. In diesem Augenblick aber, da sie neben ihm saß mit erwartungsvoll blitzenden Augen, lag eine Verzweiflung in ihrem Ton, die ihn rührte. Sie hatte Angst vor Cephelo und vor dem was er mit ihr anstellen würde. Sie würde nicht betteln, das wußte Wil, aber sie würde weit gehen, um ihn zu bewegen, ihr in die Freiheit zu helfen.

Doch in der Senke wartete der Tod, hatte der alte Mann gesagt. Keiner wagte sich hinein. Es würde schwierig genug werden, Amberle zu beschützen; wenn auch Eretria ihm versichert hatte, daß sie auf sich selbst achtgeben konnte, so würde ihn, das wußte er, das doch nicht daran hindern, sich um sie zu sorgen.

Langsam schüttelte er den Kopf.

»Ich kann nicht, Eretria. Ich kann nicht.«

Lange blieb es still, während sie ihn nur stumm anstarrte. In ihren Augen standen Ungläubigkeit und Zorn; Aufregung und freudige Erwartung darin waren erloschen. Langsam erhob sie sich.

»Obwohl ich dir das Leben gerettet habe, bist du nicht bereit, das meine zu retten. Nun gut.« Sie trat von ihm zurück, während ihr die Tränen über das Gesicht rannen. »Zweimal hast du mich abgewiesen, Wil Ohmsford. Du wirst keine Gelegenheit bekommen, es noch einmal zu tun.«

Sie wirbelte herum und eilte davon. Doch schon nach ein paar Schritten blieb sie stehen.

»Es wird der Tag kommen, Heiler, das sage ich dir voraus, an dem du wünschen wirst, du hättest meine Hilfe nicht so unüberlegt abgelehnt.«

Dann war sie fort, in den Schatten der Nacht verschwunden.

Wil blieb noch eine Weile am Brunnen sitzen und wünschte verzweifelt, daß alles anders wäre, daß es einen vernünftigen Weg gäbe, ihr zu helfen. Dann stand er auf, von Schläfrigkeit überwältigt, und ging wankend davon, um sich zur Ruhe zu legen.

Grau und trüb brach der Tag über dem Wildewald an und hüllte die Wälder in Schatten, die sich wie Blutflecken auf der dunklen Erde ausbreiteten. Wolken verschleierten den Morgenhimmel, hingen bleiern und tief über dem Tal, und eine drückende Stille lag in der Luft, wie eine Warnung vor dem Nahen eines sommerlichen Gewitters. Schon waren die Fahrensleute wieder unterwegs, glitten, so schattenhaft wie sie gekommen waren, wieder aus der Lichtung hinaus, auf der Hebels Hütte stand; voran die Reiter, dann der Wagen, auf dem Wil und Amberle saßen, die Hände erhoben, um dem alten Mann flüchtig zuzuwinken, der schweigend vor seiner Hütte stand und ihnen nachblickte. Gemächlich rollte der Wagen in die Düsternis der Wälder hinein. Die massigen, alten Bäume schlossen sich immer enger um sie, bis schließlich nur noch dünne Lichtfäden durch das Blätterdach sickerten und nichts weiter zu sehen war als der schmale, von tiefen Furchen durchzogene Pfad, der in die Tiefen des Tals hineinführte.

Gegen Mitte des Vormittags hatten sie die Hauptstraße wieder erreicht und wandten sich nach Osten. Als der Tag sich langsam wärmte und die Kühle der Nacht verdampfte, sammelten sich Nebel auf dem Grund des Tales, die wie weiße Schleier zwischen den Bäumen hingen.

Wil und Amberle saßen schweigend neben der alten Frau und dachten an das, was vor ihnen lag. Zu einem Gespräch mit Hebel war es nicht mehr gekommen, denn sie hatten die ganze Nacht hindurch fest geschlafen, und bei ihrem Erwachen hatte Cephelo dafür gesorgt, daß der alte Mann nicht in ihre Nähe kam. Jetzt fragten sie sich beide, was er ihnen vielleicht noch hätte sagen können, wenn sich eine Gelegenheit dazu geboten hätte. Ab und zu trabte Cephelo auf seinem Pferd nach hinten zu ihnen, um ein paar Worte mit ihnen zu wechseln, doch das Lächeln und das Gespräch wirkten gezwungen und künstlich. Es war beinahe so, als suche er etwas, doch weder Wil noch Amberle hatten die geringste Ahnung, was es sein könnte. Eretria hielt sich ganz von ihnen fern, und Amberle war verwundert über diese plötzliche Veränderung im Verhalten des Mädchens. Wil jedoch verstand sie nur allzu gut.

Gegen Mittag gab Cephelo an einer Weggabelung tief im Wald das Zeichen zum Anhalten. Aus der Ferne grollte bedrohliches Donnergrollen, und der Wind stürmte in heftigen Böen, die zornig an den Bäumen rüttelten und Blätter, Staub und Äste durch die Luft wirbelten. Cephelo ritt zum Wagen zurück und hielt neben Wil an.

»Hier trennen sich unsere Wege, Heiler«, verkündete er und wies auf die Kreuzstraße. »Euer Weg führt nach links, die kleinere Straße hinunter. Er ist nicht zu verfehlen – Ihr braucht ihm nur zu folgen. Noch vor Einbruch der Nacht müßtet Ihr die Senke erreichen.«

Wil wollte etwas erwidern, doch der Fahrensmann hob rasch die Hand.

»Bevor Ihr etwas sagt, laßt mich Euch raten, mich nicht zu bitten, Euch zu begleiten. Das war nicht unsere Abmachung, und ich habe andere Verpflichtungen, die ich erfüllen muß.«

»Ich wollte nur fragen, ob wir etwas Proviant mitnehmen könnten«, erklärte Wil kühl.

Der Fahrensmann zuckte die Schultern.

»Für ein, zwei Tage, ja, aber nicht mehr.«

Er nickte der alten Frau zu, die durch die Tür in den Wagen hineinging. Wil fiel auf, daß Cephelo recht unbehaglich im Sattel hin und her rutschte, während sie auf die Rückkehr der Alten warteten. Irgend etwas stimmte da nicht.

»Und wie finde ich Euch, um Euch Euren Anteil an der Belohnung zu bezahlen?« fragte Wil unvermittelt.

»Belohnung? Ach ja.« Cephelo schien die Belohnung ganz vergessen zu haben. »Also, ich habe schon gesagt, ich werde es wissen, wenn Ihr Euren Lohn erhalten habt. Ich werde zu Euch kommen, Heiler.«

Wil nickte, stand auf und stieg vom Wagen herunter. Er wandte sich um, Amberle zu helfen und warf ihr einen raschen Blick zu, als er sie herunterhob. Ihr schien das Verhalten des Fahrensmannes so befremdlich wie ihm, das sah er ihr an. Er wandte sich wieder Cephelo zu.

»Könntet Ihr uns ein Pferd geben? Dann –«

»Wir können keines unserer Pferde entbehren«, unterbrach ihn Cephelo. »Ich finde, Ihr solltet Euch jetzt auf den Weg machen. Es sieht nach einem Gewitter aus.«

Die alte Frau kam aus dem Wagen und reichte Wil einen Beutel. Der warf ihn über die Schulter und dankte ihr. Dann blickte er noch einmal den Fahrensmann an.

»Gute Reise, Cephelo.«

Der Mann nickte. »Euch das gleiche, Heiler. Lebt wohl.«

Wil nahm Amberle beim Arm und führte sie durch die Schar der Reiter zur Kreuzstraße. Eretria saß auf ihrem Braunen, und ihr schwarzes Haar flatterte im stürmischen Wind. Wil blieb an ihrer Seite stehen und streckte ihr die Hand hin.

»Leb wohl, Eretria.«

Sie nickte stumm. Ihr dunkles Gesicht war ausdruckslos, kalt und schön. Ohne ein Wort wendete sie dann ihr Pferd und ritt zu Cephelo zurück. Wil starrte ihr einen Moment lang nach, doch sie blickte nicht zu ihm zurück. Er ging weiter, dem Pfad entgegen, der nach Süden führte. Der Wind blies ihm Staub und Erde in die Augen, und er beschattete sie mit einer Hand. Mit Amberle an seiner Seite machte er sich auf den Weg.

Hebel saß den ganzen Morgen an seiner Werkbank hinter der kleinen Hütte und arbeitete an der Holzskulptur einer Sumpfkatze. Während er schnitzte, wanderten seine Gedanken zu den Ereignissen des vergangenen Abends zurück, zu den beiden jungen Elfen und ihrem seltsamen Unterfangen, zu den Warnungen, die er geäußert hatte, und die sie ignoriert hatten. Er verstand es nicht. Warum weigerten sie sich, auf ihn zu hören? Er hatte es doch klar und deutlich ausgesprochen, daß jeder, der sich in die Senke wagte, des Todes war. Und er hatte ihnen ebenso klar und deutlich zu verstehen gegeben, daß die Senke das Reich der Hexenschwestern war, die keine Eindringlinge duldeten. Was also konnte es sein, was diese Geschwister trieb, sich trotz allem in die Senke zu wagen?

Nur die Suche nach einer Wurzel, aus der eine bestimmte Medizin gemacht werden konnte? Er glaubte es nicht. Da steckte mehr dahinter. Und je länger er diesen Gedanken hin und her wendete, desto plausibler schien er ihm. Die beiden waren gewiß nicht so töricht, einem Burschen wie Cephelo die Wahrheit anzuvertrauen; nein, dieser junge Mann ganz sicher nicht – dazu war er zu klug. Sichermal lag in den Tiefen der Hochwarte; was für eine Wurzel wuchs im Bauch eines Berges, in den niemals Sonnenlicht eindrang, um sein Wachstum zu fördern? Aber Zauberkräfte hatten einst in Sichermal gewirkt, das hatte die Hexe ihm zugeflüstert – Zauberkräfte aus einem anderen Zeitalter, längst verloren und vergessen. War es möglich, daß die jungen Elfen hofften, diese Kräfte wiederzuentdecken?

Der alte Mann hielt in seiner Arbeit inne und blickte zu dem immer dunkler werdenden Himmel auf. Das Heulen des Windes in den Bäumen schwoll an. Das wird ein arges Gewitter geben, dachte er. Schlimm für die jungen Elfen, denn das Gewitter würde sie zweifellos überraschen, noch ehe sie die Senke erreichten. Er schüttelte den Kopf. Er wäre ihnen nachgeeilt, wenn er glauben könnte, daß es etwas ausrichten würde. Doch die beiden waren offenbar fest entschlossen. Dennoch, es war arg. Ganz gleich, was sie in Sichermal zu finden hofften, ob Wurzel oder Zauberkraft, sie hätten besser daran getan, das Unternehmen zu vergessen. Denn sie würden es nicht überleben.

Drifter, der zu seinen Füßen lag, hob den Kopf und streckte schnuppernd die Nase in den Wind. Dann knurrte er plötzlich, tief und zornig. Hebel blickte verwundert zu ihm hinunter und sah sich dann um. Die Schatten der Bäume fielen in die Lichtung, aber nichts rührte sich.

Drifter knurrte wieder, und seine Nackenhaare sträubten sich. Mißtrauisch ließ Hebel den Blick schweifen. Da draußen trieb sich etwas herum, hielt sich in der Düsternis des nahenden Gewitters verborgen. Er stand auf und nahm die Axt zur Hand. Vorsichtig machte er sich auf den Weg zu den Bäumen. Drifter begleitete ihn, immer noch knurrend.

Dann aber hielt er an. Er wußte selbst nicht, weshalb er anhielt. Es war einfach so, daß plötzlich etwas Eiskaltes sich in seinen Körper hineinstahl, ihn so schüttelte, daß er kaum stehen konnte. Drifter lag auf dem Bauch zu seinen Füßen und wand sich wimmernd, als sei er geschlagen worden. Der alte Mann bemerkte flüchtige Bewegungen – einen gewaltigen, vermummten Schatten. Eben noch war er da, und gleich darauf war er verschwunden. Eine schreckliche Furcht überfiel ihn, so heftig, daß er nicht die Kraft aufbringen konnte, sie abzuschütteln. Sie hielt ihn mit grausamen Klauen umkrallt, während er hilflos in den finsteren Wald spähte und mit aller Kraft, die noch in ihm war, wünschte, er könnte sich umdrehen und fliehen. Die Axt entglitt seiner Hand und fiel nutzlos zu Boden.

Dann plötzlich verließ ihn das Gefühl, war so rasch verschwunden, wie es gekommen war. Rundum heulte der Wind, und die ersten dicken Regentropfen schlugen ihm in das verwitterte Gesicht. Er holte tief Atem und hob die Axt vom Boden auf. Drifter an seiner Seite, wich er langsam zurück, bis er spürte, wie seine Beine die Werkbank berührten. Da erst blieb er stehen, eine Hand fest im Nackenhaar des großen Hundes verkrallt, um das Zittern zu beruhigen, das ihn schüttelte. Mit entsetzlicher Gewißheit erkannte er, daß er nie zuvor dem Tod so nahe gewesen war.

Noch keine volle Stunde waren Wil und Amberle marschiert, als das Gewitter sie einholte. Erst waren es nur ein paar dicke Tropfen, die durch das dichte Laubdach des Waldes fielen; doch bald wurde ein heftiger Schauer daraus. In Strömen peitschte der Sturm den Regen über den Weg, und krachende Donnerschläge brachen sich in den Bäumen. Das dämmrige Licht, das über dem Pfad lag, verdunkelte sich noch mehr, und wasserschwere Äste neigten sich herab und versperrten ihnen den Weg. Innerhalb von Minuten waren sie bis auf die Haut durchnäßt, da sie ihre Umhänge genau wie ihre übrigen Sachen im Wagen der Fahrensleute zurückgelassen hatten. Die dünnen Gewänder, die man ihnen statt dessen gegeben hatte, klebten ihnen auf der Haut. Doch da sie gegen all diese Unbilden nichts tun konnten, zogen sie einfach die Köpfe zwischen die Schultern und marschierten weiter.

Mehrere Stunden lang fiel der Regen; nur ab und zu trat eine kurze Pause ein, trügerische Verheißung auf ein baldiges Ende des Gewitters. Wil und Amberle aber wanderten tapfer weiter, während ihnen das Wasser am Körper herunterrann, der Schlamm an ihren Stiefeln klebte. Unverwandt hielten sie die Augen auf den durchweichten Pfad gerichtet. Als der Regen dann endlich wirklich verebbte und das Gewitter nach Osten abzog, stiegen Nebel aus den Wäldern auf und verdichteten die graue Düsternis. Bäume und Büsche hoben sich schwarz und glänzend aus den Nebenschleiern, und das Tropfen des Wassers klang laut in der Stille. Der Himmel blieb dunkel und wolkenverhangen; im

Osten rollte noch immer der Donner. Als der Nebel noch dichter wurde, mußten die beiden Wanderer ihre Schritte verlangsamen.

Nun begann der Pfad sich abwärts zu neigen, in einem leichten Gefälle zunächst, das kaum wahrnehmbar war, mit der Zeit jedoch immer steiler wurde. Wil und Amberle rutschten auf dem glitschigen Schlammboden abwärts, während sie hoffnungsvoll in die Finsternis spähten, die vor ihnen lag, und doch nichts entdeckten, als den dunklen Tunnel des Pfades und die schwarze Mauer der Bäume. Noch stiller war es jetzt geworden, da selbst das Summen der Insekten verstummt war.

Plötzlich dann, so unvermittelt, als hätte jemand einen Schleier gelüftet, teilten sich die Bäume des Waldes, der Hang wurde eben, und vor ihnen dehnte sich die große, dunkle Mulde der Senke. Wil und Amberle blieben mitten auf dem schlammigen Weg stehen und starrten hinunter in das beeindruckende Tal. Sie wußten sogleich, daß sie die Senke gefunden hatten; diese riesige Schlucht schwarzen Waldes konnte nichts anderes sein. Es war, als wären sie auf einen riesigen, stillen See gestoßen, der ruhig und leblos dalag und dessen dunkle Oberfläche von undurchdringlicher Vegetation überwuchert war, so daß man seine Wasser nicht mehr sehen konnte. Aus der schattendunklen Mitte ragte die Hochwarte zum Himmel auf, eine einsame Felsnadel, die kahl und zerklüftet die Finsternis durchbohrte. Die Senke war so trostlos wie ein offenes Grab, das von Tod sprach.

Schweigend standen Wil und Amberle am Rande der Senke und kämpften gegen das aufsteigende Gefühl der Abwehr, das mit jedem Augenblick wuchs, während sie in die lautlose Schwärze hinabblickten.

»Da müssen wir hinunter«, flüsterte Wil schließlich.

Amberle nickte. »Ich weiß.«

Suchend blickte er sich nach einem Weg um, dem sie folgen konnten. Ihr Pfad schien ein Stück weiter vorn ganz aufzuhören. Doch als Wil ein paar Schritte ging, sah er, daß er doch nicht versiegte, sondern sich teilte, um sich in zwei neuen Pfaden abwärts zu winden. Wil zögerte, während er die beiden Wege musterte und überlegte, auf welchem man wohl leichter in die Senke hinuntergelangen könnte. Schließlich entschied er sich für den Pfad, der nach links führte. Er hielt Amberle seine Hand entgegen, und sie umschloß sie fest. Dann gingen sie los, Wil voraus. Immer wieder geriet er ins Rutschen, als unter ihm Steinbrocken und durchweichte Erde nachgaben. Amberle blieb dicht hinter ihm, und so tasteten sie sich vorsichtig vorwärts.

Da verlor Wil plötzlich den Halt und stürzte, Amberle mit sich reißend. Sie stolperte abwärts über seine Beine und fiel kopfüber vom schlammigen Pfad, um mit einem Angstschrei im Waldesdunkel zu verschwinden. Angstvoll kroch Wil ihr nach, kämpfte sich durch dichtes Gestrüpp, das sich in seine Kleider verhakte und ihm das Gesicht zerkratzte. Er hätte Amberle vielleicht nie gefunden, hätte sie nicht die leuchtenden Kleider der Fahrensleute getragen. Plötzlich gewahrte er etwas Rotes in der Dunkelheit.

Sie lag eingeklemmt zwischen zwei Büschen, atemlos, das Gesicht von Schlamm verschmiert. Ihre Augen flackerten unsicher, als er sie berührte.

»Wil?«

Er half ihr, sich aufzusetzen, und hielt sie in seinen Armen.

»Alles in Ordnung? Hast du dir weh getan?«

»Nein, ich glaube nicht.« Sie lächelte. »Du bist ziemlich tolpatschig, weißt du das?«

Er nickte, lachend vor Erleichterung.

»Komm, jetzt steh erst einmal auf.«

Er legte seinen Arm um ihre Taille und hob sie hoch. Ihr zierlicher Körper war so leicht wie eine Feder. Sacht ließ er sie zu Boden gleiten, doch da schrie sie auf und sank wieder zu Boden, während ihre Hand an ihren Knöchel griff.

»Ich hab' mir den Fuß verstaucht.«

Wil betastete den Knöchel.

»Gebrochen ist nichts«, stellte er fest. Er ließ sich neben ihr nieder. »Wir können ja eine Weile rasten und dann weitergehen. Ich kann dir den Hang runterhelfen; ich kann dich auch tragen, wenn es anders nicht geht.«

Sie schüttelte den Kopf.

»Ach, Wil, es tut mir so leid. Ich hätte vorsichtiger sein sollen.«

»Du? Ich bin doch gestürzt!« Er lachte, in dem Bemühen sie aufzumuntern. »Na, vielleicht kommt eine von den Hexenschwestern vorbei und hilft uns.«

»Das ist gar nicht komisch.« Amberle machte ein unwilliges Gesicht und sah sich ängstlich um. »Vielleicht sollten wir bis zum Morgen warten, bevor wir weiter hinuntersteigen. Vielleicht schmerzt mein Knöchel bis dahin nicht mehr so. Außerdem müßten wir die Nacht da unten verbringen, wenn wir jetzt noch hinunterklettern, und das verlockt mich wirklich nicht.«

Wil nickte. »Mich auch nicht. Warten wir ruhig bis morgen. Es wird früh genug wieder hell.«

»Vielleicht sollten wir bis zum oberen Rand zurücksteigen.« Hoffnungsvoll sah sie ihn an.

Wil lächelte. »Glaubst du wirklich die Geschichten, die der Alte erzählt hat? Glaubst du wirklich, daß da unten Hexen hausen?«

»Du nicht?« fragte sie leise.

Er zögerte, dann zuckte er die Schultern.

»Ich weiß nicht. Vielleicht. Ja, doch, ich glaube schon. Es gibt kaum noch etwas, was ich nicht glaube.« Er beugte sich ein wenig vor und umschlang die angezogenen Beine mit den Armen. »Wenn es da unten Hexen gibt, dann kann ich nur hoffen, daß sie vor Elfensteinen Angst haben. Das ist nämlich so ziemlich der einzige Schutz, den wir noch haben. Aber wenn ich die Steine gebrauchen muß, um den Hexen Angst zu machen, kann's natürlich passieren, daß wir erst richtig in Schwierigkeiten geraten.«

»Ich glaube nicht«, versetzte sie ruhig.

»Du bist immer noch überzeugt, daß ich ihre Kräfte beherrschen kann, nicht wahr – sogar nach dem, was auf dem Pykon passiert ist?«

»Ja. Aber du solltest die Steine besser nicht einsetzen.«

Er sah sie an. »So eine Bemerkung hast du schon einmal gemacht. Nach der Geschichte im Tirfing, als wir am Mermidon rasteten. Du machtest dir Sorgen um mich. Du sagtest, ich solle die Steine nicht mehr gebrauchen, selbst wenn ich dich nur dadurch retten könnte.«

»Ja, das weiß ich noch.«

»Und später, als wir vom Pykon flohen, erzählte ich dir, daß ich keine Macht mehr über die Steine habe, daß mir ihre Kräfte nicht mehr zugänglich sind, daß mein Elfenblut nicht stark genug ist. Da sagtest du, ich solle in meinem Urteil über mich nicht so vorschnell sein – du hättest Vertrauen zu mir.«

»Ja, das weiß ich auch noch.«

»Dann sieh dir doch mal an, was du gesagt hast. Ich glaube, ich sollte die Steine gebrauchen, glaube aber nicht, daß ich dazu fähig bin. Du glaubst, daß ich es vermag, findest aber, ich sollte sie lieber nicht gebrauchen. Merkwürdig, nicht?« Er schüttelte den Kopf. »Und wir wissen immer noch nicht, wer von uns beiden recht hat. Da sind wir nun beinahe am Ziel, und ich weiß immer noch nicht –«

Er brach ab, als ihm bewußt wurde, was er da sagte.

»Es ist ja auch nicht wichtig«, schloß er und wandte sich von ihr ab. »Am besten ist es, wir erfahren es nie. Am besten ist es, sie werden meinem Großvater zurückgegeben.«

Danach schwiegen sie eine Weile. Beinahe gedankenlos griff Wil unter den Kittel und nahm den Beutel mit den Elfensteinen heraus. Er wog ihn sinnend in der Hand und wollte ihn eben wieder einstecken, als ihm auffiel, daß die Steine sich irgendwie merkwürdig anfühlten. Stirnrunzelnd öffnete er die Zugschnur und ließ die Steine in seine geöffnete Hand gleiten. Es waren drei gewöhnliche Kieselsteine.

»Wil!« rief Amberle entsetzt.

Wil starrte auf die Kieselsteine wie gelähmt. Er sprach kein Wort, doch seine Gedanken rasten.

»Cephelo«, flüsterte er schließlich. »Cephelo. Irgendwie hat er es geschafft, die Steine zu vertauschen. Heute nacht wahrscheinlich, während ich schlief. Ja, nur da kann es geschehen sein. Am Morgen in Grimpen Ward waren sie noch im Beutel. Da hab' ich nachgesehen.« Langsam stand er auf, während er immer noch sprach. »Aber heute morgen hab' ich es vergessen. Ich war so hundemüde gestern abend – und du bist ja praktisch augenblicklich eingeschlafen. Er muß etwas ins Bier gemischt haben, um ganz sicherzugehen, daß ich nicht erwachen würde. Kein Wunder, daß er es so eilig hatte, uns loszuwerden. Kein Wunder, daß er Hebels Warnungen so herunterspielte. Er wäre glückselig, wenn wir nie wieder auftauchen würden. Die Belohnung bedeutete ihm gar nichts. Die Elfensteine wollte er haben. Von Anfang an.«

Leichenblaß im Gesicht, schickte er sich an, den Pfad hinaufzusteigen. Dann fiel ihm plötzlich Amberle ein. Hastig machte er kehrt und hob sie in seine Arme. Das Mädchen fest an sich gedrückt, rannte er stolpernd zum Rand der Senke hinauf. Dort sah er sich kurz um, dann ging er zu einer Gruppe hoher Büsche und Sträucher, die ein paar Schritte abseits vom Pfad stand. Im Schutz der dichtbelaubten Zweige ließ er das Elfenmädchen zur Erde hinunter.

»Ich muß zurück und die Elfensteine holen«, erklärte Wil ruhig. »Kann ich dich hier zurücklassen?«

»Wil, du brauchst die Steine nicht.«

Er hob abwehrend die Hand.

»Wenn wir das nachprüfen wollen, dann möchte ich auf jeden Fall die Steine in meiner Hand halten. Du hast gehört, was der alte Mann über die Senke erzählt hat. Die Steine sind unser einziger Schutz.«

Amberles Gesicht war leichenblaß geworden.

»Cephelo bringt dich um.«

»Vielleicht. Vielleicht ist er inzwischen so weit, daß ich ihn gar nicht mehr einholen kann. Aber ich muß es versuchen, Amberle. Wenn ich ihn bis zum Morgengrauen nicht gefunden habe, dann kehre ich um, das verspreche ich dir. Mit oder ohne die Steine, ich gehe mit dir zusammen in die Senke hinunter.«

Sie wollte noch etwas erwidern, aber dann brach sie ab. Tränen rannen ihr über die Wangen. Sie hob die Hände, um sein Gesicht zu berühren.

»Du liegst mir am Herzen«, flüsterte sie. »Wirklich.«

Er sah sie erstaunt an. »Amberle!«

»Geh«, drängte sie ihn mit brüchiger Stimme. »Cephelo hat sicher schon sein Nachtlager aufgeschlagen. Du kannst ihn vielleicht noch einholen, wenn du dich sputest. Aber sei vorsichtig, Wil Ohmsford – gib dein Leben nicht töricht hin. Komm zu mir zurück.«

Sie stellte sich auf die Zehenspitzen und küßte ihn.

»Geh jetzt. Schnell!«

Noch einen Lidschlag lang blickte er sie wortlos an, dann sprang er durch die Büsche auf den Pfad hinaus. Ohne noch einmal zurückzublicken, lief er los und war nach Sekunden in der Finsternis des Waldes verschwunden.

Am fühen Morgen jenes Tages, an dem Wil und Amberle den Verlust der Elfensteine bemerkten, griffen die Dämonen Arborlon an. Mit ohrenbetäubendem Geheul, das die morgendliche Stille zerfetzte und in den Wäldern des Tieflands widerhallte, stürzten sie aus dem Schutz der Bäume hervor, eine gewaltige Flutwelle verkrüppelter, buckliger Leiber, die den Carolan seiner ganzen Länge nach bedrohte. In tollwütigem Haß, der weder Vorsicht noch Vernunft kannte, strömten die Geschöpfe der Finsternis aus der Dunkelheit der Wälder und warfen sich in die Wasser des Singenden Flusses. Wie ein riesiger Fleck, der sich auf den blauen Wellen ausbreitete, füllten sie den Fluß, große und kleine, flinke und schwerfällige, springende, kriechende, sich windende Wesen, die durch die rasch dahinfließende Strömung wogten. Viele suchten den Fluß schwimmend zu durchqueren, schlugen wie rasend um sich, um das andere Ufer zu erreichen. Jene, die leicht und wendig waren, schwebten über den Wellen dahin, sprangen auf dem Wasser oder glitten auf der Fläche des Wassers vorwärts. Andere, von solch gewaltiger Größe, daß sie den Fluß durchwaten konnten, schlurften und stampften schwerfällig durch das Wasser, Schnauzen und Mäuler weit emporgereckt. Viele fuhren auf Flößen oder in roh zusammengezimmerten Booten, stakten blind und ziellos und grapschten nach allem, was ihnen in den Weg kam, um sich entweder an Land ziehen oder auf den Grund des Flusses hinunterreißen zu lassen. Wahnsinn, der aus Ohnmacht und Haß geboren war, packte die Dämonenhorden. Diesmal würden sie den Feind, der sie am anderen Ufer erwartete, mit Sicherheit vernichten.

Doch die Elfen blieben besonnen und verloren nicht den Kopf.

Ein weniger entschlossenes Heer hätte sich vielleicht von der riesigen Zahl und der wilden Raserei der Horden, die da heranstürmten, entmutigen lassen; nicht so die Elfen. Dies sollte die entscheidende Schlacht werden. Hier verteidigten sie ihre Hauptstadt, das Herz des Landes, das seit Bestehen der Rassen das ihre war. Alles, was westlich des Singenden Flusses lag, war verloren. Doch Arborlon würden sie nicht preisgeben. Lieber wollten sie kämpfen und bis auf den letzten Mann untergehen, als sich aus ihrem Heimatland vertreiben lassen und als Ausgestoßene in fremden Landen zu leben, von ihren Verfolgern gehetzt wie Tiere.

Auf der Höhe der Befestigungsanlagen des Elfitch stand Andor Elessedil und beobachtete das wogende Meer von Dämonen, das sich heranwälzte. An seiner Seite stand Allanon. Beide Männer schwiegen. Nach einer Weile hob Andor den Blick. Hoch oben tauchte aus dem klaren Blau des frühen Morgens ein dunkler Punkt, wurde größer, als er sich in weiten Kreisen abwärts senkte, und nahm schließlich Gestalt an. Es waren Dayn und sein Rock Dancer. Abwärts schwebten sie, glitten über die Felsklippen des Carolan, um schließlich auf der Rampe oberhalb von Andor und dem Druiden zu landen. Dayn sprang hastig vom Rücken des Riesenvogels und eilte zu dem Elfenprinzen.

»Wie viele?« fragte Andor sogleich.

Dayn schüttelte den Kopf.

»Nicht einmal die Wälder und der Nebel können sie alle verbergen. Die, die wir hier vor uns sehen, sind im Vergleich dazu nur eine Handvoll.«

Andor nickte. So viele, ging es ihm bedrückend durch den Kopf. Er versagte es sich, den Druiden anzusehen.

»Haben sie die Absicht, uns über die Flügel anzugreifen, Dayn?«

Der Himmelsreiter schüttelte wieder den Kopf.

»Sie marschieren direkt gegen den Carolan – alle.« Er warf einen Blick hinunter auf die angreifenden Dämonen, die sich in den Wassern des Singenden Flusses wälzten. Dann machte er kehrt und schickte sich an, wieder den Wall hinaufzusteigen. »Ich lasse Dancer noch ein paar Minuten rasten, dann fliege ich zurück und sehe mir alles noch einmal an. Viel Glück, Herr!«

Andor hörte ihn kaum.

»Wir müssen sie hier halten«, murmelte er beinahe zu sich selbst.

Unten tobte schon die Schlacht. Am Ufer des Flusses standen in dichten Reihen die Bogenschützen des Elfenheeres, und ihre Langbogen summten und vibrierten, während ein Hagelschauer von Pfeilen nach dem anderen auf die Masse wogender Leiber in den Wassern des Singenden Flusses niederging. Von jenen Ungeheuern, die mit Schuppen und Lederhäuten gepanzert waren, prallten die Pfeile ab, ohne Schaden anzurichten; viele aber fanden auch ihr Ziel, und die Schreie der Getroffenen übertönten schrill das Geheul der Angreifer. Dunkle Körper bäumten sich auf und versanken in den brodelnden Wassern, um von den nachfolgenden Wellen wütender Angreifer auf den Grund des Flusses gestampft zu werden. Pfeile mit Feuerspitzen schlugen in Boote, Flöße und Holzblöcke ein. Doch die meisten wurden rasch gelöscht, und die Wasserfahrzeuge brandeten weiter voran. Immer wieder schossen die Bogenschützen in die voranstürmenden Horden hinein, die aus den Wäldern in den Fluß strömten, doch die Dämonen ließen nicht locker. Das ganze westliche Ufer und der Fluß waren schwarz von den Ungeheuern.

Da stieg auf der Höhe des Carolan ein vielstimmiger Schrei auf, und Freudenrufe schallten durch den Morgen. Im Zwielicht des frühen Morgens wandten die Elfen die Köpfe in die Richtung, um zu sehen, was es gab. Ungläubigkeit und Freude spiegelten sich auf ihren Gesichtern, als ein hochgewachsener, grauhaariger Reiter auftauchte. Von Mund zu Mund pflanzten sich die Freudenrufe fort bis hinunter zu den vordersten Linien am Singenden Fluß.

»Eventine! Eventine!«

Die Elfen waren wie verwandelt, von neuer Hoffnung, neuem Glauben, neuem Leben erfüllt. Denn hier war der König, der beinahe sechzig Jahre über sie geherrscht hatte – für viele ihr ganzes Leben lang. Hier war der König, der gegen den Dämonen-Lord in den Kampf gezogen war und schließlich über ihn triumphiert hatte. Hier war der König, der sein Volk sicher durch jede

Krise geführt hatte. Am Halys-Joch verwundet, schon verloren geglaubt, war er zu ihnen zurückgekehrt. Da konnte das Böse, ganz gleich, wie ungeheuerlich es war, nicht siegen.

Eventine!

Und doch stimmte da etwas nicht. Andor erkannte es, sobald sein Vater vom Pferd stieg und zu ihm trat. Dies war nicht, wie das Volk glaubte, der alte Eventine. Er sah in den Augen des Königs eine Distanz, die den Herrscher der Elfen von allem trennte, was rund um ihn geschah. Es war, als habe er sich in sich selbst zurückgezogen, nicht aus Furcht oder Unsicherheit, denn diese konnte er meistern, sondern aus einer tiefen Traurigkeit heraus, die seinen Lebensmut gebrochen zu haben schien. Gewiß, er sah stark aus, die Maske seines Gesichts zeigte Entschlossenheit und eisernen Willen, und er begrüßte jene um ihn herum mit den alten, vertrauten Worten der Ermutigung. Doch die Augen verrieten den Schmerz, die Trostlosigkeit, die sich in seinem Herzen breitgemacht hatten. Sein Sohn las es in ihnen und bemerkte, daß auch Allanon es las. Es war nur die leibliche Hülle des Königs, die an diesem Morgen heranritt, um seinem Volk nahe zu sein. Vielleicht hatten der Tod Arions und Kael Pindanons diese Zerstörung angerichtet; vielleicht die Verwundung, die er am Halys-Joch erlitten hatte, die Niederlage seines Heeres dort, oder die schreckliche Verheerung seines Landes; wahrscheinlich war die Ursache all dies zusammen und noch etwas – der Gedanke an die Niederlage, das Wissen, daß, sollten die Elfen diese Schlacht verlieren, ein Unheil über die Vier Länder hereinbrechen würde, das niemand aufhalten konnte, das über alle Rassen herfallen und sie verschlingen würde. Die Verantwortung dafür, dies zu verhindern, lag bei den Elfen, und bei keinem mehr als bei ihm, Eventine, denn er war ihr König.

Andor verbarg die Trauer, die er empfand, und umarmte seinen Vater mit Wärme. Dann trat er zurück und hielt den Ellcrys-Stab hoch.

»Das gehört Euch, Herr!«

Eventine schien einen Moment lang zu zögern, dann schüttelte er langsam den Kopf.

»Nein, Andor. Er gehört jetzt dir. Du mußt ihn für mich

tragen.«

Stumm betrachtete der Elfenprinz seinen Vater. In den Augen des alten Mannes gewahrte er etwas, was ihm zuvor entgangen war. Sein Vater wußte. Er wußte, daß er nicht gesund war, wußte, daß in ihm eine Veränderung vorgegangen war. Er mochte den anderen etwas vorspielen, seinem Sohn gegenüber wollte er es nicht.

Andor nahm den Stab an sich.

»Dann stellt Euch zu mir auf den Wall, Herr«, bat er leise.

Sein Vater nickte, und zusammen stiegen sie zum Wall hinauf.

Unten eroberten in diesem Augenblick die ersten Dämonen das Ostufer des Singenden Flusses. Mit Wutgeschrei hoben sie sich aus dem Wasser und rannten gegen die Lanzen und Piken an, die hinter den Verschanzungen der Elfen warteten. Bald wälzten sich überall, an der gesamten Verteidigungslinie entlang, Dämonen aus den dunklen Wassern des Singenden Flusses. Gehörnt und klauenbewehrt, mit reißenden Zähnen und aufgerissenen Rachen stürzten sie sich auf die Verteidiger, die ihnen den Weg versperrten. In der Mitte der Abwehrmauer stellten sich Stee Jans und die Reste der Freitruppe dem Ansturm der Dämonen entgegen. An der vordersten Front stand der hünenhafte Grenzländer mit dem roten Haar, das breite Schwert hoch erhoben. An den Flügeln ermutigten Ehlron Tay und Kerrin von der Leibgarde ihre Soldaten, tapfer auszuharren.

Doch schließlich konnten sie dem Ansturm der Dämonenhorden nicht mehr widerstehen. Die Linien gerieten ins Wanken. Riesenhafte Ungeheuer brachen durch die Abwehrmauer und schlugen Breschen in die niedrigen Schanzwälle, um den Nachkommenden den Weg freizumachen. Die Wasser des Singenden Flusses waren schwarz von Dämonenblut und verkrümmt dahintreibenden Leibern. Doch für jeden, der fiel, kamen drei neue. Oben beim Tor der zweiten Terrasse des Elfitch gab Andor den Befehl zum Rückzug. Rasch gaben die Elfen und ihre Verbündeten die einstürzende Flußmauer auf und glitten in den dahinter liegenden Wald, um auf geheimen Pfaden die Sicherheit der Rampe zu erreichen. Noch bevor die Dämonen sich's versahen, hatten sich die Verteidiger hinter die schützenden Mauern der

Rampe zurückgezogen, und das Tor schloß sich hinter ihnen.

Augenblicklich jagten die Dämonen ihnen nach. In wilden Scharen strömten sie durch den Wald am Fuß der Felsen und verfingen sich in Hunderten von Netzen und Fallen, die die Elfen dort gelegt hatten. Viele stürzten auch in die mit Laub und Zweigen getarnten Gruben, welche die Elfen ausgehoben hatten. Einige Augenblicke lang geriet der Sturmangriff ins Stocken. Doch als die Zahl der Dämonen am Flußufer sich mehrte, überrannten die nachfolgenden Massen jene ihrer Brüder, die in die Fallen geraten waren, und wälzten sich schon die Rampe des Elfitch herauf. Rasch hatten sie sich gesammelt und griffen an. Nebeneinander und übereinander erklommen sie in Schwärmen die Mauern und ergossen sich über die Verschanzungen der unteren Stufe. Die Elfen wurden zurückgetrieben; ehe das Tor zur zweiten Stufe geschlossen werden konnte, war das erste gefallen.

Und immer noch stürmten die Dämonen vorwärts, schoben sich in gewaltiger Flut die Rampe herauf zum zweiten Tor. Sie zogen sich an den Wällen hoch und erklommen selbst die schroffe Felswand wie die Insekten. Ein wogendes Getümmel kreischender, heulender Ungeheuer wälzte sich die Rampe und die Felswand herauf. Die Elfen waren voller Entsetzen. Der Fluß hatte die Dämonen nicht aufhalten können. Die Verschanzungen an seinem Ufer waren innerhalb von Minuten überrannt worden. Jetzt war die erste Stufe des Elfitch verloren, und selbst die Felswand schien die Ungeheuer nicht abhalten zu können. Es sah aus, als würden sich all ihre Abwehrmaßnahmen als nutzlos erweisen.

Dämonenleiber prallten krachend gegen das zweiflügelige Tor der zweiten Rampe. Krallen schlugen sich in das Holz, und die Ungeheuer zogen sich aufwärts. Lanzen und Piken stießen hernieder und spießten die Angreifer auf. Die beiden Flügel des Tores senkten sich in ihren Angeln, doch diesmal hielten die Verteidiger die Stellung. Eisen und schwere Taue verstärkten das Tor. Schmerzgeheul und Todesschreie bebten in der Luft, und das Dämonenheer ballte sich zu einer Masse zuckender Leiber zusammen, die sinnlos gegen die Mauern der Rampe anrannten.

Eine Handvoll von Furien sprang plötzlich aus der Mitte der wogenden Massen, geschmeidige graue Wesen, deren Katzenfrauen-Gesichter verzerrt waren vor Haß. Die Verteidiger schreckten vor ihnen zurück, als sie auf den Wall sprangen, fauchend ihre Krallen in die nächststehenden Elfen schlugen, die laut aufschrien vor Angst und Entsetzen. Da aber schoß Allanons blaues Feuer züngelnd unter die Furien und trieb sie auseinander. Die Elfen griffen ohne Zögern an und schleuderten die gräßlichen Katzenwesen von den Mauern.

Der Druide und die Elessedils stiegen hinauf zum dritten Tor. Von dort aus beobachteten sie, wie der Angriff der Dämonen an Kraft gewann. Aber noch immer hielten die Elfen die Stellung, unterstützt von den Bogenschützen, die von den oberen Rampen ihre gefiederten Pfeile herabschnellen ließen. Überall rund um die Rampe des Elfitch hingen Dämonen in Schwärmen in der Felswand und arbeiteten sich langsam und mühsam aufwärts zur Höhe. Von oben schleuderten die Zwergenpioniere Felsbrocken hinunter, um die schwarzen Ungeheuer mit in den Abgrund zu stürzen. Einer nach dem anderen sausten die Dämonen heulend in die Tiefe.

Da hob sich plötzlich ein gewaltiger Dämon aus der Mitte der Angreifer, die gegen das Tor der zweiten Rampe anrannten; ein riesiges Geschöpf mit Schuppenpanzer, das auf zwei Beinen stand wie ein Mensch, aber den Leib und den Kopf einer gigantischen Eidechse hatte. Wutschnaubend warf es sich mit der ganzen Kraft seines Körpers gegen das Tor, so daß die Eisenstangen brachen und die Angeln sich lockerten. Mit dem Mut der Verzweiflung versuchten die Elfen, es zurückzudrängen, doch das unförmige Ungeheuer schüttelte die Hiebe und Stiche ab, und die Waffen der Elfen brachen an seinem gepanzerten Leib. Ein zweites Mal warf es sich gegen das Tor, und diesmal sprang es auf, und seine Flügel stürzten auf die Elfen herab. Die Verteidiger fielen sogleich zurück und flohen den Elfitch hinauf zur dritten Terrasse, wo das nächste Tor offenstand, um sie schützend aufzunehmen. Das Eidechsenwesen und seine Brüder jagten den Fliehenden hinterher.

Eine Zeitlang schien es, als würde es den Elfen nicht gelingen, das Tor zur dritten Rampe zu schließen, bevor die Dämonen es erreichten. Da tauchte Stee Jans vor dem Tor auf. Mit einem gewaltigen Speer in den Händen, von den Soldaten seiner Truppe und einer Handvoll Leibgardisten flankiert, trat er den vorwärts stürmenden Dämonen entgegen.

Das riesige Eidechsenungeheuer ließ sich nach vorn fallen und versuchte, ihn zu packen. Doch der Grenzländer war flink und geschmeidig. Er wich dem Angriff des Ungeheuers behende aus und stieß ihm gleichzeitig den Speer aufwärts in den aufgerissenen Rachen. Fauchend und speiend bäumte sich die Riesenechse auf den Hinterbeinen auf. Der Schaft des Speeres ragte aus seinem gewaltigen Haupt. Klauenhände grapschten nach dem Befehlshaber der Freitruppe, doch seine Soldaten und die Elfen umringten ihn und wehrten Schläge und Hiebe ab. Innerhalb von Sekunden waren sie wieder in der Sicherheit des Walls, und das Tor schloß sich hinter ihnen.

Die Riesenechse stand noch einen Moment lang in der Mitte der Rampe und mühte sich, den Speer aus ihrem Kopf herauszuziehen. Dann aber brach das Ungeheuer inmitten seiner Brüder zusammen, riß sie mit sich die Rampe hinunter, als es über den Wall stürzte und in den Wald darunter fiel.

Heulend vor Wut und Haß griffen die Dämonen von neuem an. Doch der erste Schwung war verloren. Über die Länge des Elfitch verteilt, schienen sie nicht fähig, sich zu einem gemeinsamen Vorstoß zu sammeln. Der Größte und Gewaltigste unter ihnen war getötet worden; ein anderer war nicht da, um seinen Platz einzunehmen. Und so verharrten sie unschlüssig innerhalb der Mauern der unteren Rampe. Ermutigt von der Unerschrokkenheit der Freitruppe und ihrer eigenen Leibwache, warfen die Elfen sie zurück. Pfeile und Speere schlugen tausend Wunden, und Hunderte schwarzer Leiber brachen auf der Rampe zusammen. Immer noch drängten die Dämonen nach, doch sie waren jetzt verwirrt und leicht angreifbar.

Andor erkannte seine Möglichkeit. Er gab das Signal zum Gegenangriff. Auf Kerrins Befehl wurde das Tor zur dritten Rampe weit geöffnet, und die Elfen stürmten heraus. Mitten hinein in das Gewoge der Dämonen stürzten sie sich und trieben die schrecklichen Feinde den Elfitch hinunter, zurück durch das zerschmetterte Tor der zweiten Rampe. Und als die Rampe leergefegt war, jagten sie die Dämonen weiter hinunter bis zum unteren Tor. Erst da sammelten sich die Dämonen wieder. Und nun griffen sie von neuem an, verstärkt von den Tausenden, die der Singende Fluß noch immer ausspie. Nur einen Moment lang hielten die Elfen stand, dann zogen sie sich zum Tor der zweiten Stufe zurück. Sie befestigten es erneut mit Eisenstangen und schweren Holzbalken und warteten auf den Ansturm der Dämonen-Horden.

So wogte die Schlacht den ganzen Tag bis in den Abend hinein. Auf und nieder tobte der Kampf, vom Fuß des Carolan-Felsens bis hinauf zum Tor der dritten Stufe. Elfen und Dämonen hieben mit schrecklicher Wut aufeinander ein, es gab kein Erbarmen. Zweimal eroberten die Dämonen das zweite Tor zurück und stürmten gegen das dritte an. Zweimal wurden sie bis zum Fuß des Felsens zurückgetrieben. Tausende starben. Die Zahl der Toten allerdings war bei den Dämonen ungleich größer als bei den Elfen und ihren Verbündeten; denn die Dämonen kämpften, ohne ihres eigenen Lebens zu achten. Aber auch unter den Elfen gab es Verluste, und die Zahl der Kämpfer wurde stetig kleiner, während die der Dämonen immer noch zu wachsen schien.

Ganz plötzlich dann gaben die Dämonen ihre Angriffe auf. Nicht daß sie Hals über Kopf geflohen wären, nein, langsam, widerwillig, fauchend und knurrend wichen sie den Elfitch hinunter zurück und verschwanden in den Wäldern. Schwarze Leiber kauerten sich im schattigen Dunkel der Nacht zusammen, hockten reglos und schweigend da, als erwarteten sie ein bestimmtes Ereignis. Hinter den Toren und Wällen des Elfitch und vom Rand des Carolan spähten die erschöpften Verteidiger in die Finsternis hinunter. Sie fragten nicht nach den Gründen für den Rückzug der Dämonen; sie waren einfach froh und dankbar dafür.

In derselben Nacht, kaum zwei Stunden nachdem die Dämonen sich in das Waldesdunkel zu Füßen des Carolan zurückgezogen hatten, kam ein Bote zu Eventine und Andor, die sich im Hohen

Rat mit den Ministern des Elfenreichs berieten. Mit aufgeregter Stimme verkündete er, daß ein Heer von Bergtrollen aus dem Kershal eingetroffen sei.

Eilig verließen der König und sein Sohn das Gebäude. Im Hof erwartete sie die überraschend eingetroffene Truppe. Bis in die letzte Ecke drängten sich Reihen kräftiger, knorriger Gestalten, die in Leder und Eisen gekleidet waren. Breite Schwerter und Speere schimmerten im qualmenden Licht der Fackeln, und aus kantigen Gesichtern blickten tiefliegende Augen die erstaunten Elfen an.

Der Befehlshaber trat vor, ein riesenhafter Troll mit einer großen, zweischneidigen Streitaxt auf dem Rücken. Mit einem flüchtigen Blick auf die anderen Elfen, die dem König und seinem Sohn hinaus gefolgt waren, stellte er sich vor Eventine auf.

»Ich bin Amantar, Maturen dieses Heeres«, erklärte er, den rauen Dialekt der Trolle sprechend. »Wir sind fünfzehnhundert Mann stark, König Eventine. Wir sind gekommen, den Elfen Beistand zu leisten.«

Eventine war sprachlos. An die Hilfe der Trolle hatten sie nicht mehr geglaubt; die Nordländer, hatten sie gedacht, zögen es vor, sich aus diesem Konflikt herauszuhalten. Sie jetzt hier zu sehen, nachdem man schon alle Hoffnung auf fremden Beistand aufgegeben hatte ...

Amantar sah die Überraschung des alten Königs.

»König Eventine, Ihr müßt wissen, daß Eure Bitte um Beistand gründlich bedacht wurde«, brummte er leise. »Immer zuvor haben Trolle und Elfen gegeneinander gekämpft; immer sind wir Feinde gewesen. Das läßt sich nicht mit einem Schlag vergessen. Doch für jeden gibt es eine Zeit zum Neuanfang. Diese Zeit ist nun für Elfen und Trolle gekommen. Wir wissen von den Dämonen. Es ist schon zu vereinzelten Zusammenstößen mit ihnen gekommen. Es hat Verwundete und Tote gegeben. Die Bergtrolle wissen um die Gefahr, die die Dämonen darstellen. Die Dämonen sind ein ebenso großes Unheil wie der Dämonen-Lord und die Geschöpfe des Schädelreiches. Solches Unheil ist eine Bedrohung für uns alle. Deshalb müssen Elfen und Trolle ihre Differenzen vergessen und gemeinsam diesem Feind entgegentreten. Wir sind bloß gekommen, Euch zur Seite zu stehen.«

Nachdem Amantar geendet hatte, ließ er sich mit gemessener Bewegung auf die Knie nieder, um so, nach der Art der Trolle, seine Treue zu beschwören. Seine Männer taten es ihm nach, knieten schweigend vor Eventine nieder.

Andor entgingen die Tränen nicht, die dem alten Mann plötzlich in die Augen traten. In diesem Moment kehrte Eventine ganz zurück von dem Ort, an den er sich zurückgezogen hatte, und in seinem Gesicht leuchteten Hoffnung und Stolz auf. Langsam legte er seine rechte Hand aufs Herz, den Treueschwur der Trolle auf Elfenart erwidernd. Amantar erhob sich, und die beiden Männer reichten einander die Hand.

Andor hätte am liebsten aus vollem Herzen gejubelt.

Unter einem verhangenen Nachthimmel, hinter dessen jagenden Wolken sich Mond und Sterne nur flüchtig zeigten, schritt Allanon allein über die schmalen Pfade im Garten des Lebens. Einsam und still glitt seine hochgewachsene Gestalt durch die kühle, von Düften schwere Dunkelheit der Blumenterrassen und blühenden Hecken. Den Kopf gesenkt, die Arme in den tiefen Falten seines langen schwarzen Gewandes verborgen, wanderte er dahin. Sein hartes Gesicht war im Schatten der Kapuze verborgen, und seine schmalen Züge waren von Linien tiefer Sorge und bitterer Entschlossenheit gezeichnet. In dieser Nacht nämlich ging er zu einem Stelldichein mit dem Tod.

Er ging zum Fuß des Hügels, der von den Soldaten der Schwarzen Wache umringt war. Ungeduldig hob er eine Hand und glitt so rasch und leicht wie ein flüchtiger Gedanke zwischen ihnen hindurch. Sie sahen ihn nicht. Langsam erklomm er die Höhe des Hügels, die Augen zur Erde gesenkt, da er nicht sehen wollte, was zu sehen er gekommen war.

Als er die Höhe des Hügels erreicht hatte, hob er den Kopf. Vor ihm stand der Ellcrys, die einst schlanken und anmutigen Zweige dürr und verkümmert. Verflogen war der Duft und verblichen die Farbe, nur ein Schatten war übrig von dem, was einst so kraft- und lebensvoll gewesen war. Blutrote Blätter lagen auf dem Boden verstreut wie verknülltes Pergament. Nackt und kahl ragte der Baum in den Nachthimmel.

Eiskalt durchfuhr es Allanon. Selbst er war auf diesen Anblick nicht vorbereitet gewesen. Schmerz und Trauer stiegen in ihm auf über das Unvermeidliche. Er hatte nicht die Macht, es zu verhindern, denn selbst die Druiden besaßen nicht die Gabe des ewigen Lebens.

Er hob die Hand, um die welken Zweige zu berühren, und ließ sie wieder sinken. Er wollte den Schmerz des Baumes nicht spüren. Und doch war ihm bewußt, daß er wissen mußte, wie es um den Baum stand, und deshalb hob er nochmals die Hand, ganz langsam, und berührte sacht den Baum. Nur einen Moment lang ließ er seine Hand liegen und ließ Trost und Hoffnung aus seiner Seele in die des Ellcrys fließen, ehe er sie wieder zurückzog. Noch einen Tag oder zwei, vielleicht auch drei. Länger nicht.

Seine Gestalt richtete sich auf, und seine Arme fielen schlaff zu seinen Seiten herab, als er die dunklen Augen auf den sterbenden Baum richtete. So wenig Zeit blieb noch.

Als er sich abwandte, fragte er sich, ob die Zeit ausreichen würde, um Amberle zurückzubringen.

Den dunklen Furchen des Pfades folgend, der sich wie ein Tunnel durch Nebel und Finsternis wand, stürmte Wil Ohmsford durch den Wildewald zurück. Herabhängende Zweige und Ranken, die schwer waren von Feuchtigkeit, streiften ihn und schlugen ihm ins Gesicht, während er vorwärtshetzte, und Wasser spritzte aus den Pfützen auf dem vom Regen durchweichten Pfad auf seine Stiefel und Kleider. Doch Wil nahm das alles nicht wahr. Er befand sich in einem wilden Aufruhr von Gefühlen, in dem sich Verzweiflung über den Verlust der Elfensteine mit Zorn gegen Cephelo, Angst um Amberle und süße Verwunderung über die Worte, die sie zu ihm gesprochen hatte, mischten.

Du liegst mir am Herzen, hatte sie gesagt. Du liegst mir am Herzen. Und es war ihr ernst gewesen damit. Seltsam, sie solche

Worte zu ihm sagen zu hören. Es hatte eine Zeit gegeben, da hätte er das nie für möglich gehalten. Sie hatte ihm gegrollt und mißtraut; daran hatte sie gleich von Anfang an keinen Zweifel gelassen. Und er hatte dieses Elfenmädchen eigentlich auch nicht gemocht. Doch die lange Reise, die sie im Dorf Havenstead angetreten hatten, und die Gefahren und Mühsale, die sie gemeistert hatten, hatten sie einander nahe gebracht. In dieser kurzen Zeit waren ihrer beider Leben fest miteinander verknüpft worden. So überraschend war es gar nicht, daß aus dieser engen Verknüpfung Zuneigung erwachsen war. Die Worte hallten durch sein Hirn, wiederholten sich endlos. Du liegst mir am Herzen. Er wußte, daß dem so war, und fragte sich plötzlich, wie sehr sie auch ihm am Herzen lag.

Er stolperte unversehens und stürzte der Länge nach in Schlamm und Wasser. Zornig rappelte er sich wieder auf, wischte den Schmutz von den Kleidern, so gut es ging, und hetzte weiter. Viel zu schnell ging der Nachmittag zur Neige; er konnte sich glücklich preisen, wenn er vor Einbruch der Nacht auch nur die Hauptstraße erreichte. Und dann würde er sich in schwarzer Finsternis zurechtfinden müssen, allein in fremdem Gebiet, waffenlos, abgesehen von seinem Jagdmesser. Welch eine Dummheit! Das war noch die freundlichste Bezeichnung, die er für sich fand. Wie hatte er sich von Cephelo weismachen lassen können, daß der Bursche ihm helfen würde, ohne mehr zu verlangen als ein vages Versprechen auf zukünftige Belohnung? Was bist du doch für ein kluger Bursche, Wil Ohmsford, schalt er sich selbst, während wilder Zorn in ihm brannte. Und Allanon hatte geglaubt, er könne ihm Amberle anvertrauen, ohne sich um sie sorgen zu müssen!

Schon schmerzten seine Muskeln von der Anstrengung des schnellen Laufs. Verzweiflung überflutete ihn, als er daran dachte, was Amberle und er alles erlitten hatten, um bis hierher zu gelangen und dann, nur weil er es an Vorsicht hatte fehlen lassen, Gefahr zu laufen, alles zu verlieren. Sieben Elfen-Jäger hatten ihr Leben gelassen, damit er und Amberle den Wildewald erreichen konnten. Unzählige waren inzwischen wahrscheinlich im Kampf gegen die Dämonen gefallen, denn zweifellos hatte die

Mauer der Verfemung längst dem Druck der Bösen nachgegeben. Sollte alles vergebens gewesen sein?

Beschämung und dann Entschlossenheit flammten in ihm auf und bannten die Verzweiflung. Er würde niemals aufgeben – niemals! Er würde sich die gestohlenen Elfensteine wiederholen. Er würde zu Amberle zurückkehren. Er würde sie wohlbehalten zur Hochwarte und zum Blutfeuer geleiten und danach zurück nach Amberlon. Er würde dies alles tun, weil er wußte, daß er es tun mußte. Weniger zu tun, käme Versagen gleich. Aber er würde nicht versagen.

Gerade schoß ihm dieser Gedanke durch den Kopf, da tauchte auf dem Pfad ein Schatten auf, trat aus der Finsternis wie ein Geist und erwartete dunkel und stumm sein Nahen. Wil erschrak so heftig, daß er beinahe vom Pfad in den Wald geflohen wäre. Statt dessen blieb er dennoch stehen und starrte keuchend auf den Schatten, bis er plötzlich erkannte, daß das, was er da vor sich sah, ein Pferd und ein Reiter waren. Das Pferd scharrte schnaubend mit einem Vorderbein. Vorsichtig ging Wil näher; Argwohn wurde zu Ungläubigkeit und zu Überraschung.

Es war Eretria.

»Erstaunt?« Ihre Stimme war kühl und beherrscht.

»Sehr«, bekannte er.

»Ich bin gekommen, um dich ein letztes Mal zu retten, Wil Ohmsford. Diesmal, denke ich, wirst du besser auf meine Worte hören.«

Wil lief zu ihr hin und blieb stehen.

»Cephelo hat die Steine.«

»Ich weiß. Er hat dir etwas in das Bier gemischt und sie dir dann in der Nacht, während du schliefst, abgenommen.«

»Und du hast nichts getan, um mich zu warnen?«

»Ich hätte dich warnen sollen?« Sie schüttelte langsam den Kopf. »Ich hätte dich gewarnt, Heiler. Ich hätte dir geholfen. Aber du hast dich geweigert, mir zu helfen – erinnerst du dich? Ich verlangte nicht mehr von dir, als daß du mich mitnehmen solltest. Hättest du zugestimmt, so hätte ich dir von Cephelos Plan, die Elfensteine an sich zu bringen, erzählt und dafür gesorgt, daß er sie dir nicht hätte nehmen können. Aber du hast mich abgewiesen, Heiler. Du hast mich im Stich gelassen. Du meintest, du seist fähig, ohne mich zurechtzukommen. Nun, da beschloß ich, einmal zu prüfen, wie gut der Heiler ohne mich zurechtkommt.«

Sie beugte sich zu ihm hinunter und musterte ihn mit abschätzendem Blick.

»Nicht allzu gut, wie ich sehe«, meinte sie.

Wil nickte, während er angestrengt überlegte. Jetzt durfte er auf keinen Fall etwas Törichtes sagen.

»Amberle ist verletzt. Sie ist gestürzt und hat sich den Fuß verstaucht. Sie kann ohne Hilfe nicht laufen. Ich mußte sie am Rand der Senke zurücklassen.«

»Es scheint eine Spezialität von dir zu sein, Frauen in Not im Stich zu lassen«, bemerkte Eretria bissig.

Er brauste nicht auf.

»Ja, ich kann mir denken, daß es so aussieht. Aber manchmal können wir nicht so handeln, wie wir gern möchten, auch wenn es darum geht, anderen zu helfen.«

»Das hast du schon mal gesagt. Mir bleibt wohl nichts anderes übrig, als dir zu glauben. Du hast also das Elfenmädchen verlassen?«

»Nur bis ich die Steine wiederhabe.«

»Die du ohne mich nicht wiederbekommen wirst.«

»Die ich sehr wohl wiederbekommen werde, ob mit dir oder ohne dich.«

Eretria starrte ihn einen Moment lang an, und ihr Gesicht wurde etwas weicher.

»Das glaubst du im Ernst, nicht?«

Wil legte seine Hand auf die Flanke des Pferdes.

»Bist du hier, um mir zu helfen, Eretria?«

Sie betrachtete ihn wortlos, dann nickte sie.

»Ja, wenn du mir auch hilfst. Diesmal mußt du mir helfen, das weißt du sehr wohl.« Als er nichts erwiderte, sprach sie weiter. »Ein Tauschgeschäft, Wil Ohmsford. Ich helfe dir, die Steine wiederzubekommen, wenn du mir versprichst, mich mitzunehmen, sobald sie wieder in deinem Besitz sind.«

»Wie willst du die Steine zurückholen?« fragte er.

Zum ersten Mal lächelte sie, dieses vertraute, strahlend schöne Lächeln, das ihm den Atem raubte.

»Wie ich es anstellen werde? Heiler, ich bin das Kind von Fahrensleuten und die Tochter eines Diebes – gekauft und bezahlt. Er hat sie dir gestohlen; ich werde sie ihm stehlen. Ich bin auf dem Gebiet besser als er. Wir müssen die Steine nur erst finden.«

»Wird er sich nicht inzwischen fragen, wo du geblieben bist?«

Sie schüttelte den Kopf.

»Als wir uns von dir trennten, sagte ich zu ihm, ich wolle vorausreiten und mich dem Zug später wieder anschließen. Er erlaubte es mir, denn die Pfade des Wildewaldes sind den Fahrensleuten vertraut, und er wußte, daß ich bis spätestens zum Einbruch der Nacht aus dem Tal heraus sein würde. Wie du weißt, Heiler, will er auf keinen Fall, daß mir etwas zustößt. Angeschlagene Ware bringt keinen guten Preis. Wie dem auch sei, ich bin nur eine Meile über den Heulekamm hinausgeritten und bin dann auf einen anderen Pfad abgebogen, der nach Süden führt und sich ein Stück weiter hinten mit diesem hier vereinigt. Ich dachte, bis zum Abend würde ich euch schon einholen – entweder an der Senke oder hier auf dem Weg, falls du den Verlust der Steine bemerken solltest. Du siehst also, Cephelo hat keine Ahnung, was ich getan habe. Den Wagenzug wird er frühestens morgen im Lauf des Tages erreichen. Heute nacht wird er auf der Straße kampieren, die aus dem Tal hinausführt.«

»Dann haben wir die ganze Nacht, um die Steine zu holen«, sagte Wil.

»Mehr Zeit als genug«, meinte sie. »Aber nicht, wenn wir weiter hier herumstehen und noch länger plaudern. Außerdem willst du das Elfenmädchen doch bestimmt nicht unnötig lang allein bei der Senke lassen, oder?«

Der Gedanke an Amberle störte ihn auf.

»Nein. Komm, wir machen uns auf den Weg.«

»Einen Augenblick.« Sie ließ ihr Pferd ein Stück zurückgehen. »Erst mußt du mir dein Wort geben. Wenn ich dir geholfen habe, wirst auch du mir helfen. Du nimmst mich mit, wenn du die Steine wiederhast. Du läßt mich danach bei dir bleiben, bis ich in sicherer Entfernung von Cephelo bin – und wann das der Fall ist, werde ich entscheiden. Versprich mir das, Heiler.«

Er hatte gar keine andere Wahl; höchstens hätte er versuchen können, ihr das Pferd zu nehmen, und er war nicht sicher, daß er das schaffen würde.

»Gut. Ich verspreche es.«

Sie nickte. »Und damit du dein Versprechen auch wirklich hältst, werde ich die Steine bei mir behalten, wenn wir sie wiederhaben, bis wir dieses Tal hinter uns gelassen haben. Setz dich jetzt hinter mich aufs Pferd.«

Wortlos schwang sich Wil auf den Rücken des Braunen. Niemals würde er ihr die Elfensteine überlassen, wenn sie sie Cephelo wieder abgenommen hatten, aber es war sinnlos, sich jetzt mit ihr darüber zu streiten. Er machte es sich einigermaßen bequem hinter ihr, und sie drehte sich nach ihm um.

»Du hast das, was ich für dich tue, nicht verdient – das weißt du wohl. Aber ich mag dich; du scheinst mir ein Glückspilz zu sein – besonders mit meiner Hilfe. Leg deine Hände um meine Taille.«

Wil zögerte, dann tat er wie ihm geheißen. Eretria lehnte sich an ihn.

»Viel besser«, schnurrte sie. »So bist du mir viel lieber als sonst, wenn du mit dem Elfenmädchen zusammen bist. So, jetzt halt dich fest.«

Mit einem plötzlichen Aufschrei schlug sie dem Pferd die Hacken ihrer Stiefel in die Flanken. Das erschreckte Tier bäumte sich auf und stürmte los, den Pfad zurück. Tief über den Hals des Pferdes geneigt, jagten sie durch die Wildnis und die Dunkelheit. Eretria schien wahre Katzenaugen zu haben. Mit sicherer und geübter Hand lenkte sie das Pferd an umgestürzten Baumstämmen vorbei, über Gräben und Furchen, schlammige Hänge hinunter und wieder hinauf. Wil klammerte sich an sie und fragte sich, ob sie den Verstand verloren hatte. Wenn das so weiterging, würden sie früher oder später stürzen.

Doch seine Befürchtung bewahrheitete sich nicht. Nur Sekunden später schwenkte Eretria vom Pfad ab und lenkte das Pferd durch eine schmale Lücke zwischen den Bäumen, die beinahe ganz zugewachsen war. Mit einem gewaltigen Satz sprang das Tier ins Unterholz, und sie gelangten auf einen Pfad – einen, den Wil auf dem Marsch zur Senke völlig übersehen hatte – und galoppierten weiter durch die dunstverschleierte Finsternis.

Als sie endlich anhielten, war die Sonne untergegangen, und die Luft war kühl geworden. Sie befanden sich jetzt wieder auf der Hauptstraße. Eretria zügelte das Pferd, tätschelte ihm den schweißfeuchten Hals und blickte mit einem schalkhaften Lächeln zurück zu Wil.

»Ich wollte dir nur zeigen, daß ich gut allein zurechtkomme. Ich brauche kein Kindermädchen.«

Wil spürte, wie sein Magen sich langsam wieder beruhigte.

»Du hast mich restlos überzeugt, Eretria. Aber warum halten wir hier an?«

»Ich wollte nur mal etwas nachsehen«, antwortete sie und schwang sich aus dem Sattel. Ihr Blick schweifte aufmerksam über den Pfad, dann runzelte sie die Stirn. »Das ist merkwürdig. Hier verlaufen keine Wagenspuren.«

Wil stieg ebenfalls vom Pferd.

»Bist du sicher?« Auch er musterte forschend die Straße; auch er fand keine Radspuren. »Vielleicht hat der Regen sie weggewaschen.«

»Der Wagen ist doch so schwer. Ganz hätte der Regen die Spuren sicher nicht weggespült.« Sie schüttelte langsam den Kopf. »Außerdem kann es nur noch schwach geregnet haben, als sie zu dieser Stelle hier kamen. Ich versteh' das nicht, Heiler.«

Das Licht wurde stetig fahler. Wil blickte sich ängstlich um.

»Kann es sein, daß Cephelo angehalten hat, um das Gewitter abzuwarten?«

»Vielleicht.« Sie schien es zu bezweifeln. »Am besten reiten wir mal ein Stück zurück. Komm, steig auf.«

Sie ritten nach Westen und blickten immer wieder prüfend auf die schlammige Erde hinunter. Doch es zeigten sich keine Spuren. Eretria ließ das Pferd in leichten Trab verfallen. Vor ihnen woben Nebelfäden durch die Luft, die sich wie lange Spinnenfinger aus dem dunklen Wald stahlen. Gedämpfte Geräusche drangen aus der Tiefe der Bäume, als die Nachttiere erwachten, die in diesem

Tal hausten.

Dann erscholl ein neuer Laut aus der Düsternis, schwach und dünn zuerst wie ein nachklingendes Echo, dann allmählich stärker und eindringlicher. Er steigerte sich zu einem Heulen, so schrill und gespenstisch, als würden da einer gemarterten Seele Schmerzen zugefügt, die über jedes Maß des Erträglichen hinausgingen.

Erschreckt faßte Wil Eretria bei der Schulter.

»Was ist das?«

Sie drehte sich um.

»Der Heulekamm – direkt vor uns.« Sie lachte nervös. »Der Wind bringt manchmal dieses schreckliche Geräusch hervor.«

Es wurde immer schriller und unheimlicher, dieses Heulen, und das Gelände stieg langsam an, führte sie auf felsigem Hang aus dem Nebel heraus. Die Bäume öffneten sich, und über ihnen zeigten sich Fetzen blauen Nachthimmels. Das Pferd reagierte ängstlich auf das schreckliche Heulen des Windes, schnaubte nervös und tänzelte unruhig. Eretria hatte alle Mühe, es zu beruhigen. Sie ritten jetzt langsamer, stiegen aufwärts durch den Abend, bis sie den Kamm erreicht hatten. Jenseits wurde die Straße wieder eben und gerade und verschwand in der Finsternis.

Da sah Wil plötzlich etwas, einen Schatten, der, aus dem Heulen des Windes und der Düsternis der Nacht aufgetaucht, auf sie zukam. Auch Eretria sah es und zügelte mit einem Ruck das Pferd. Der Schatten kam näher. Es war ein Pferd, ein großer Fuchs, reiterlos. Die Zügel hingen schlaff herab. Langsam trottete es ihnen entgegen und rieb leise wiehernd seine Nase an der ihres Pferdes. Wil und Eretria erkannten den Fuchs augenblicklich. Er gehörte Cephelo.

Eretria sprang aus dem Sattel und reichte Wil die Zügel ihres Pferdes. Schweigend ging sie einmal um den Fuchs herum, um ihn zu begutachten. Das Pferd hatte keine Verletzungen, doch es war schweißnaß. Als Eretria wieder zu Wil aufblickte, stand Unsicherheit in ihrem Gesicht.

»Da ist etwas passiert. Sein Pferd würde ihn nicht im Stich lassen«

Wil nickte. Die Sache war ihm gleichfalls nicht geheuer.

Eretria schwang sich auf Cephelos Pferd.

»Reiten wir ein Stück weiter«, sagte sie, doch in ihrem Ton schwangen Zweifel mit.

Seite an Seite ritten sie den Hügelkamm entlang, begleitet von dem gespenstischen Heulen des Windes, der durch Fels und Bäume pfiff. Über ihnen blitzten die Sterne und sandten ein mattes weißes Licht in die Finsternis des Wildewaldes.

Dann tauchte ein neuer Schatten aus der Düsternis auf, schwarz und kantig. Reglos stand er auf dem Pfad. Wil und Eretria zügelten ihre Pferde, ließen sie nur langsam und vorsichtig vorangehen. Allmählich nahm der Schatten Gestalt an. Es war Cephelos Wagen. Seine grellen Farben leuchteten fahl im Sternenlicht auf. Voller Unbehagen ritten Wil und Eretria näher, und da schlug ihr Unbehagen in Entsetzen um.

Das Pferdegespann, das den Wagen gezogen hatte, war tot, die Körper der Tiere, die noch in ihrem mit Silber beschlagenen Geschirr steckten, waren zerfetzt und verstümmelt. Andere Pferde lagen in der Nähe, und bei ihnen ihre Reiter, auf dem Pfad verstreut wie Strohpuppen, denen man sämtliche Glieder verrenkt hat. Die bunten Kleider waren getränkt von Blut, das durch den feinen Stoff sickerte und sich mit der schlammigen Erde vermischte.

Hastig sah Wil sich um, spähte in die finsteren Schatten des Waldes, suchte eine Spur des Wesens zu entdecken, das all dies angerichtet hatte. Nichts regte sich. Er sah Eretria an. Sie saß wie versteinert auf ihrem Pferd, und ihr Gesicht war bleich, während sie starr auf die Leichen auf dem Pfad blickte. Die Hände waren ihr schlaff in den Schoß gesunken, und die Zügel waren ihren Fingern entglitten.

Wil sprang vom Pferd, hob die herabgefallenen Zügel auf und wollte sie Eretria wieder in die Hand geben. Als diese keine Anstalten machte, sie zu ergreifen, umfaßte er ihre Hand und schob ihr die Zügel beider Pferde zwischen die Finger. Stumm blickte sie zu ihm hinunter.

»Warte hier«, befahl er.

Dann ging er zum Wagen, vorbei an den Toten, die grausam entstellt am Wege lagen. Alle waren sie tot, auch die alte Frau, die den Wagen gefahren hatte. Ihre Körper waren zerfetzt wie Lumpenbündel. Eisige Schauer schüttelten Wil. Er wußte, wer das getan hatte. Stumm hastete er von einer Leiche zur anderen, bis er Cephelo gefunden hatte. Auch er war tot, der waldgrüne Umhang zerrissen, das dunkle Gesicht zu einer Maske irren Entsetzens erstarrt.

Wil beugte sich zu ihm nieder. Langsam betastete er die Kleidung des Fahrensmannes. Er fand nichts. Furcht packte ihn. Er mußte die Steine finden! Da fiel sein Blick plötzlich auf die Hände Cephelos. Die Rechte war in einem Ausdruck unerträglichen Schmerzes in die Erde gekrallt. Die Linke war zur Faust geballt. Wil holte tief Atem und neigte sich über die linke Hand des Fahrensmannes. Einen um den anderen brach er die starren Finger auf. Blaues Licht schimmerte, und eine tiefe Erleichterung durchflutete den Talbewohner. Eingeschlossen in Cephelos Hand lagen die Elfensteine. Der Fahrensmann hatte sie gebrauchen wollen, wie er es im Tirfing bei Wil gesehen hatte; aber die Steine hatten auf ihn nicht angesprochen, und so war er gestorben.

Wil nahm die Steine aus der Hand des Toten, wischte sie an seinem Kittel ab und steckte sie in den kleinen Lederbeutel. Dann stand er auf und lauschte in das Heulen des Windes hinein, der über den Kamm fegte. Übelkeit drohte ihn zu übermannen, als der Geruch des Todes ihn umfing. Nur einer konnte dies Schreckliche angerichtet haben. Er erinnerte sich der toten Elfen im Drey-Wald und in der Festung am Pykon. Nur einer. Der Raffer. Doch wie hatte er sie wiedergefunden? Wie hatte er sie vom Pykon bis hierher in den Wildewald verfolgen können?

Er riß sich zusammen und eilte zu Eretria zurück. Sie saß noch immer wie erstarrt auf Cephelos Fuchs, Furcht und Entsetzen sprachen aus ihren Augen.

»Hast du ihn gefunden?« flüsterte sie.

Wil nickte. »Er ist tot. Sie alle sind tot.« Er schwieg betroffen. »Ich habe die Steine wieder an mich genommen.«

Sie schien ihn nicht zu hören.

»Wer kann so Grausames tun, Heiler? Ein Tier vielleicht? Oder die Hexenschwestern ...?«

»Nein.« Er schüttelte heftig den Kopf. »Nein, Eretria. Ich

weiß, wer das getan hat. Das Ungeheuer, das hier gewütet hat, hat Amberle und mich von Arborlon aus verfolgt. Ich dachte, wir hätten es auf der anderen Seite vom Steinkamm abgeschüttelt, aber irgendwie ist es ihm gelungen, uns wiederzufinden.«

Ihre Stimme zitterte. »Ist es ein Teufel?«

»Eine besondere Art von Teufel.« Er blickte zurück zu den Toten auf dem Pfad. »Man nennt ihn den Raffer.« Er überlegte kurz. »Er muß geglaubt haben, wir reisen mit Cephelo. Vielleicht hat er sich durch den Regen verwirren lassen. Er folgte Cephelos Wagen und überfiel hier die Leute . . .«

»Armer Cephelo«, murmelte sie. »Man gewinnt eben nicht jedes Spiel.« Sie schwieg und warf ihm einen scharfen Blick zu. »Heiler, dieses Ungeheuer weiß jetzt, daß du nicht mit Cephelo nach Osten gereist bist. Wohin wird es sich nun wenden?«

Wil und Eretria starrten einander wortlos an. Beide wußten die Antwort.

Amberle kauerte im Schutz der Büsche am Rand der Senke und lauschte den feinen Geräuschen der Nacht. Wie ein schwerer, undurchdringlicher Schleier lag die Dunkelheit über dem Wildewald, und das Elfenmädchen saß dicht eingehüllt darin, vermochte nicht, über die schützenden Büsche hinaus zu sehen. Da sie wußte, daß Wil kaum vor Tagesanbruch zu ihr zurückkehren würde, versuchte sie zu schlafen. Doch der Schlaf wollte nicht kommen; ihr Knöchel schmerzte, und ein jagendes Heer von Gedanken an Wil und sein Unterfangen, an ihren Großvater, an die Gefahren, die sie allenthalben umgaben, verfolgte sie gnadenlos. Schließlich gab sie alle Bemühungen zu schlafen auf. Die Knie zum Körper hochgezogen, kauerte sie sich zusammen und versuchte, mit dem Wald, der sie umgab, zu verschmelzen – still, reglos, unsichtbar zu sein.

Eine Weile gelang ihr das. Keines der Waldtiere wagte sich in ihre Nähe; alle blieben sie in der Tiefe des Waldes verborgen, der Senke fern. Die Senke selbst lag eingehüllt in ein Schweigen, so tief, daß das Elfenmädchen es so deutlich hören konnte wie die Geräusche der Nacht. Ein-, zweimal flatterte etwas an ihrem Versteck vorüber, sie hörte den raschen Flügelschlag, der die

Stille durchbrach und dann wieder verklang. Die Zeit verrann, und die Lider wurden ihr schwer.

Da beschlich sie plötzlich eine eisige Kälte; es war, als sei alle Wärme aus der Luft um sie herum abgesogen worden. Sie wurde wach und rieb sich fest die Arme. Das Kältegefühl verging, und die Wärme der Sommernacht wurde wieder fühlbar. Unsicher jetzt, blickte sie sich um. Alles war wie zuvor; nichts regte sich in der Dunkelheit, nichts war zu hören. Sie holte tief Atem und schloß die Augen wieder. Da durchfuhr sie von neuem diese eisige Kälte. Diesmal wartete sie, bis sie etwas tat. Sie hielt die Augen fest geschlossen und versuchte, den Ursprung der Kälte ausfindig zu machen. Sie entdeckte, daß sie aus ihrem eigenen Inneren kam. Das verstand sie nicht. Kälte, bittere Kälte in ihrem Inneren, die sie erstarren ließ wie die Berührung des – Todes.

Mit einem Ruck schlug sie die Augen auf. Augenblicklich begriff sie. Es war eine Warnung – eine Warnung, daß etwas sie töten wollte. Wäre sie nicht die gewesen, die sie war, dann hätte sie das Gefühl vielleicht einfach als ein Hirngespinst abgetan. Doch sie war von hoher Sensibilität; solche Gefühle hatten sie schon früher überkommen, und sie wußte, daß sie sie nicht einfach abtun konnte. Die Warnung war real. Nur der Quell, dem sie entsprang, verwirrte sie.

In flüchtiger Unschlüssigkeit neigte sie sich lauschend vor. Sie war in Gefahr, in tödlicher Gefahr. Sie konnte sich vor dieser Gefahr nicht verstecken; sie konnte nicht gegen sie kämpfen; sie konnte nur fliehen.

Ohne ihren schmerzenden Knöchel zu beachten, glitt sie aus dem Schutz der Büsche hervor und spähte in die Finsternis des Waldes. Das Wesen, das ihr nach dem Leben trachtete, war nahe; sie konnte seine Anwesenheit jetzt deutlich spüren. Lautlos schlich es durch die Nacht. Sie dachte plötzlich an Wil und wünschte verzweifelt, er wäre bei ihr. Aber Wil war nicht da. Sie mußte sich selbst retten, und schnell.

Es gab nur einen Weg für sie – hinunter in die Senke. Denn dorthin würde ihr der lauernde Tod vielleicht nicht folgen. Hinkend rannte sie bis zum Rand der tiefen Mulde und blickte hinunter in die bodenlose Schwärze. Angst packte sie. Die Senke war so beängstigend wie das Wesen, das sie verfolgte. Sie zwang sich zur Ruhe und ließ den Blick über die Schwärze hinweg zum Felsturm der Hochwarte schweifen. Dorthin mußte sie fliehen. Dort würde Wil sie suchen.

Sie fand den Weg, der in die Tiefe führte, und begann den langen Abstieg. Innerhalb von Augenblicken war sie von undurchdringlicher Dunkelheit umfangen; das Licht der Sterne und des Mondes durchdrang nicht die Finsternis der Bäume. Ihr kindliches Gesicht wurde hart in eiserner Entschlossenheit, und vorsichtig tastete sie sich weiter. So leise wie es ihr möglich war, bewegte sie sich, und nur das feine Scharren ihrer Stiefel auf Erde und Fels war in der Stille zu vernehmen.

Endlich hatte sie den Grund der Senke erreicht. Sie machte eine Pause und hockte sich unter einem Baum nieder, um vorsichtig ihren schmerzenden Knöchel zu massieren. Er war stark angeschwollen und hätte dringend der Schonung bedurft. Ihr Gesicht war schweißnaß, als sie aufwärts in die Düsternis spähte und lauschte. Sie hörte nichts. Dennoch, sagte sie sich. Was auch immer für ein Wesen das sein mochte, das ihr nach dem Leben trachtete, es war noch immer dort oben und suchte nach ihr. Sie mußte sich tiefer in die Senke hineinwagen. Ihre Augen hatten sich schon an die Finsternis gewöhnt, vage konnte sie die Umrisse von Bäumen ausmachen. Es war Zeit weiterzugehen.

Sie rappelte sich mühsam auf und lief hinkend in die Dunkelheit hinein, bemüht, den verletzten Knöchel möglichst wenig zu belasten. Von Baum zu Baum tastete sie sich, und unter jedem rastete sie einen Augenblick, um ängstlich in das tiefe Schweigen hinein zu lauschen. Die Schmerzen wurden heftiger, steigerten sich zu einem unablässigen Pochen, das mit jedem Schritt stärker zu werden schien. Die Muskeln ihres gesunden Beines fingen an, sich zu verkrampfen; schon begann sie zu ermüden.

Schließlich konnte sie nicht mehr weiter. Keuchend ließ sie sich an einem Gebüsch zur Erde nieder und streckte sich auf der kühlenden Erde aus. Sorgsam sammelte sie sich und versuchte nochmals, den Quell der Warnung zu entdecken. Einen Moment lang geschah gar nichts. Dann durchflutete sie wieder diese schreckliche, beißende Kälte. Ihr Atem stockte. Das Wesen, das ihr ans Leben wollte, befand sich in der Senke.

Wieder raffte sie sich auf und floh weiter, hinkte blind durch die schweigende Finsternis. Irgendwann einmal schoß ihr der Gedanke durch den Kopf, daß sie vielleicht im Kreis lief, doch sie verdrängte diese Vorstellung. Immer wieder stolperte und fiel sie. Mehrmals stürzte sie so heftig, daß sie nahe daran war, das Bewußtsein zu verlieren. Jedesmal richtete sie sich nach Luft schnappend wieder auf, stand auf, zwang sich weiterzulaufen. Jegliches Zeitgefühl ging ihr verloren. Die Stille und die Schwärze um sie herum schienen sich immer mehr zu vertiefen.

Schließlich konnte sie einfach nicht mehr. Rasselnd klang ihr ihr eigener Atem in den Ohren, als sie auf die Knie fiel. Weinend kroch sie weiter. Fels und dürres Holz zerschrammten ihr die Hände und die Knie, während sie sich durch das Unterholz schlug. Aber sie gab nicht auf. Niemals, schwor sie sich, würde sie aufgeben. Sie richtete ihre Gedanken auf Wil. Sie sah den Ausdruck, der über sein Gesicht gehuscht war, als sie ihm gesagt hatte, daß er ihr am Herzen lag. Sie hätte es nicht sagen sollen, das wußte sie. Aber es hatte sie in diesem Moment so heftig gedrängt, es ihm zu sagen. Es erstaunte sie, daß es ihr ein solches Bedürfnis gewesen war, es ihm zu sagen. Und die staunende Verwunderung in seinen Augen ...

Weinend brach sie zusammen. Wil! Sie flüsterte seinen Namen wie eine Zauberformel, um das Böse abzuwehren, das in der Finsternis auf sie lauerte. Dann richtete sie sich wieder auf und kroch weiter. Ihre Gedanken gerieten ins Wandern, und ihr war, als spüre sie andere Wesen in der Dunkelheit rundum, die mit ihr durch die Nacht wanderten. Kleine Geschöpfe, dachte sie. Aber das Mörderwesen, wo steckte es? Wie nahe war es ihr?

Sie kroch und kroch immer weiter, bis ihre Kräfte völlig erschöpft waren. Da streckte sie sich auf dem Waldboden aus. Sie war zu Tode erschöpft. Sie hatte keine Reserven mehr. Sie schloß die Augen und wartete auf den Tod. Einen Augenblick später war sie eingeschlafen.

Sie schlief noch immer, als die knorrigen hölzernen Finger von einem Dutzend rauher Hände sie hochhoben und forttrugen.

Wil und Eretria ritten den felsigen Pfad hinunter, der vom Heulekamm hinabführte, und der heulende Wind ritt mit ihnen. Tief über die Hälse ihrer Pferde geneigt flogen sie in die Schwärze der unteren Wälder hinunter, und die seidenen Gewänder der Fahrensleute flatterten um ihre Körper, während sie angestrengt in die Düsternis spähten. Rasch schlossen sich die Bäume wieder um sie, und der Nachthimmel verschwand. Ohne an ihre Sicherheit zu denken, jagten sie weiter, im Vertrauen auf die Zuverlässigkeit ihrer Pferde und auf das Glück.

Sie hüllten sich beide in tiefes Schweigen. In dem Augenblick, als Wil klar wurde, daß der Raffer so lange suchen würde, bis er den Pfad fand, den er und Amberle eingeschlagen hatten, nachdem sie sich von den Fahrensleuten getrennt hatten, kannte er nur noch einen einzigen Gedanken – daß am Ende dieses Pfades Amberle wartete, allein, verletzt, schutzlos. Wenn er sie nicht vor dem Raffer erreichte, würde sie sterben, und das wäre dann seine Schuld, weil es seine Entscheidung gewesen war, sie allein zurückzulassen. Bilder der zerfetzten und verrenkten Körper, die sie auf dem Pfad gefunden hatten, schossen ihm durch den Kopf. In diesem Augenblick vergaß er alles, außer der Notwendigkeit, rechtzeitig zu Amberle zu gelangen. Mit einem Sprung war er auf seinem Pferd, zog es herum und galoppierte davon.

Eretria setzte ihm augenblicklich nach. Sie hätte sich auch anders entscheiden können. Jetzt, da Cephelo tot war, brauchte sie den Schutz des Talbewohners nicht mehr. Sie gehörte niemandem mehr; sie war endlich frei und ihre eigene Herrin. Sie hätte ihr Pferd wenden und auf dem schnellsten Weg aus dem Tal hinaus in Sicherheit reiten können, fort von dem grausamen Mörderwesen, das Cephelo und die anderen getötet hatte. Doch Eretria zog diese Möglichkeit nicht einmal in Betracht. Sie dachte nur an Wil, der da ohne sie davonritt, sie wieder einmal zurückließ. Stolz, Eigensinn und die merkwürdige Zuneigung, die sie für Wil empfand, flammten in ihr auf. Nicht noch einmal durfte er ihr das antun. Ohne zu zögern, hetzte sie ihm nach.

So begann ihre wilde Jagd zur Rettung Amberles. Wie ein Besessener trieb Wil Ohmsford sein Pferd an, tauchte in Finsternis und Nebel, als er vom Heulekamm herab in den dichten Wald hineinstürmte. Kaum konnte er die dunklen Formen der Bäume am Wegrand ausmachen, an denen er vorüberflog. Doch er zügelte sein Pferd nicht; er konnte es nicht. Er hörte den Hufschlag und das Schnauben eines zweiten Pferdes, das ihm nachsetzte, und erkannte, daß Eretria ihm gefolgt war. Er stieß einen kurzen Fluch aus; hatte er nicht schon genug Sorgen? Doch er hatte jetzt keine Zeit, sich mit dem Mädchen zu befassen. Er vertrieb sie aus seinen Gedanken und konzentrierte seine Anstrengungen darauf, die Abzweigung zu finden, die nach Süden führte.

Und dennoch ritt er dann an ihr vorbei. Hätte Eretria ihn nicht mit einem lauten Ruf aufmerksam gemacht, wäre er vielleicht bis zu den Bergen in östlicher Richtung weitergeritten. Verdutzt riß er sein Pferd herum und jagte wieder zurück. Jetzt aber hatte Eretria die Führung übernommen. Besser vertraut mit dem Pfad als er, galoppierte sie nun voraus und rief ihm zu, ihr zu folgen. Neuerlich überrascht, hetzte er ihr nach.

Es war ein anstrengender Gewaltritt. Die Finsternis war so dicht, daß selbst die scharfen Augen Eretrias kaum den Pfad ausmachen konnten, der sich in endlosen Windungen durch den Wald schlängelte. Mehrmals wären die Pferde beinahe gestürzt, konnten gerade in letzter Sekunde noch einem Graben oder einem umgestürzten Baumstamm ausweichen, der quer über dem schmalen Weg lag. Doch diese Pferde, von den besten Reitern der Vier Länder abgerichtet, reagierten mit einer Schnelligkeit und Wendigkeit, wie Wil sie noch nie erlebt hatte.

Dann waren sie plötzlich auf dem Pfad, auf dem Amberle und Wil nach Süden gewandert waren, zur Senke, und Äste und Ranken schlugen ihnen scharf in die Gesichter, während aus den Pfützen und Furchen schlammiges Wasser zu ihnen heraufspritzte. Ohne das Tempo zu verlangsamen, wandten sie sich nach Süden.

Nach einem endlos langen Ritt, wie es Wil schien, erreichten sie den Rand der Senke. Schwarz lag sie zu ihren Füßen wie ein bodenloses Loch in der Erde. Mit harter Hand zügelten sie ihre Pferde und sprangen aus den Sätteln. Tiefe Stille hing über der Senke. Wil zögerte nur eine Sekunde, dann machte er sich auf die

Suche nach den Büschen, in deren Schutz er Amberle zurückgelassen hatte. Er fand sie beinahe augenblicklich und brach durch Äste und Laub in ihre Mitte. Aber dort war niemand. Panik drohte ihn zu übermannen. Verzweifelt suchte er nach irgendeinem Zeichen, das ihm verraten hätte, was dem Elfenmädchen zugestoßen war; doch er fand nichts. Seine Angst wurde noch größer. Wo war sie? Er stand auf und sprang wieder aus dem Gebüsch heraus. Vielleicht war dies das falsche, dachte er plötzlich, und sah sich nach einer anderen Gruppe von Büschen um. Nein, es gab keinen Zweifel, er hatte Amberle in diesem Gebüsch zurückgelassen.

Eretria eilte zu ihm.

»Wo ist sie?«

»Ich weiß es nicht«, flüsterte er, das schmale Gesicht von Schweiß überströmt. »Ich kann sie nicht finden.«

Mit großer Willensanstrengung gelang es ihm, sich wieder in die Gewalt zu bekommen. Denk nach, ermahnte er sich. Entweder ist sie geflohen oder der Raffer hat sie getötet. Wenn sie geflohen ist, wohin kann sie sich dann gewendet haben? Er blickte in die Senke hinunter. Dorthin, sagte er sich – zur Hochwarte oder in ihre nächste Nähe. Was aber, wenn der Raffer sie getötet hatte? Was dann? Doch er hatte sie nicht getötet, das sah er jetzt, denn nirgends gab es Spuren eines Kampfes. Sie hätte sich gewehrt; sie hätte ihm irgendein Zeichen hinterlassen. Wenn sie jedoch geflohen war, dann hatte sie gewiß sorgsam darauf geachtet, nur ja nichts zurückzulassen, was ihrem Verfolger ihre Anwesenheit verraten hätte.

Er holte tief Atem. Sie mußte geflohen sein. Dann aber schoß ihm ein neuer Gedanke durch den Kopf. Er ging ständig davon aus, daß Amberle vor dem Raffer geflohen war. Was aber, wenn es nicht der Raffer gewesen war, sondern irgendein Wesen, das aus der Senke hervorgekommen war? Verzweifelt schüttelte er den Kopf. Es gab keine Gewißheit. In dieser Finsternis konnte er nicht hoffen, eine Spur zu finden. Entweder würde er bis zum Morgen warten müssen, und da war es dann vielleicht zu spät, Amberle noch zu helfen, oder...

Oder er würde die Elfensteine gebrauchen müssen.

Er wollte gerade nach dem Beutel greifen, als Eretria ihn plötzlich am Arm faßte. Überrascht fuhr er zusammen.

»Heiler!« flüsterte sie. »Da kommt jemand!«

Er spürte, wie sich sein Magen zusammenkrampfte. Einen Moment lang stand er wie versteinert, während sein Blick dem des Mädchens folgte, der nach Norden gerichtet war, den Pfad hinauf, über den sie soeben geritten waren. In seinen Schatten bewegte sich etwas. Furcht stieg in Wil auf. Seine Hand griff unter den Kittel und zog die Elfensteine heraus. Eretria riß einen Dolch aus ihrem Stiefel. Seite an Seite blickten sie reglos dem sich nähernden Schatten entgegen.

»Immer ruhig Blut!« rief ihnen eine vertraute Stimme zu.

Wil sah Eretria an, sie blickte ihn an. Langsam senkten sie Elfensteine und Dolch. Die Stimme gehörte zu Hebel. Eretria machte mit gesenkter Stimme eine kurze Bemerkung und lief davon, um die Pferde zurückzuholen, die in den Wald hineingetrottet waren.

Und den Pfad herunter kam Hebel, den zottigen Drifter dicht an seiner Seite. Der alte Mann trug die lederne Kleidung des Waldläufers; auf dem Rücken hatte er einen Sack, an seiner Schulter hingen Pfeil und Bogen, am Gürtel ein Jagdmesser. Schwer auf seinen knorrigen Stock gestützt, kam er ihnen entgegen. Sie konnten sehen, daß er von Kopf bis Fuß mit Schlamm bespritzt war.

»Ihr hättet mich beinahe überrannt, ist Euch das klar«, fuhr er Wil an. »Schaut mich an! Wenn ich so dumm gewesen wäre, ein bißchen weiter auf den Pfad hinauszutreten, als ich Euch da hinten anrief, läge ich jetzt von Hufen zertrampelt im Schlamm. Was denkt Ihr Euch eigentlich dabei, wie die Wilden durch den Wald zu jagen? Da draußen ist es so schwarz wie in einem Grab, und Ihr reitet hier durch, als wär's heller Tag. Warum habt Ihr nicht angehalten, als ich Euch angerufen hab'?«

»Weil wir Euch nicht gehört haben«, antwortete Wil verwirrt.

»Ja, weil Ihr Eure Ohren nicht aufgesperrt habt, wie sich das gehört.« Hebel war nicht bereit, so schnell zu vergeben. Dicht trat er vor Wil hin. »Den ganzen Tag hab' ich gebraucht, um hierher zu kommen – den ganzen Tag. Ohne Pferd, wohlgemerkt.

Wieso habt Ihr so verflixt lange gebraucht? So, wie Ihr da eben an mir vorbeigaloppiert seid, hättet Ihr doch schon längst hier sein müssen!«

Jetzt erst gewahrte er Eretria, die mit den Pferden aus den Büschen trat.

»Was tut Ihr denn hier? Wo ist das Elfenmädchen? Hat das Ungeheuer sie etwa erwischt?«

Wil fuhr zusammen. »Ihr wißt vom Raffer?«

»Raffer? Wenn das Ding so heißt, ja, dann weiß ich davon. Es kam heute zu meiner Hütte – kurz nachdem Ihr aufgebrochen seid. Mir scheint, es hat Euch gesucht, aber das wußte ich natürlich zu dem Zeitpunkt nicht mit Sicherheit. Richtig gesehen hab' ich das Biest gar nicht – nur ganz flüchtig. Ich glaube, wenn ich's aus der Nähe gesehen hätte, dann wär' ich jetzt tot.«

»Das glaube ich auch«, stimmte Wil zu. »Cephelo und die anderen hat es erwischt. Am Heulekamm.«

Hebel nickte ernst. »Mit Cephelo mußte es ja früher oder später ein schlimmes Ende nehmen.« Er warf einen Blick auf Eretria. »Tut mit leid, Mädchen, aber das ist nun mal so.« Dann wandte er sich wieder Wil zu. »Also, wo ist das kleine Elfenmädchen?«

»Ich weiß es nicht«, antortete Wil. »Ich mußte umkehren –« Er zögerte. »Ich mußte noch einmal umkehren, weil ich etwas bei Cephelo im Wagen vergessen hatte. Amberle hatte sich den Knöchel verstaucht, deshalb ließ ich sie hier zurück. Unterwegs traf ich Eretria, und nachdem wir gesehen hatten, was Cephelo und den anderen zugestoßen war, ritten wir so schnell wir konnten hierher zurück. Aber jetzt ist Amberle fort, und ich weiß nicht, was ihr zugestoßen ist. Ich weiß nicht einmal, ob der Raffer schon hier war, oder ob er uns noch sucht.«

»Er war hier«, behauptete Hebel. »Drifter und ich haben ihn verfolgt, während er Euch verfolgt hat. Aber an der Gabelung haben wir seine Spur verloren, weil der Raffer nach Osten gegangen ist, zum Heulekamm hinauf, während Drifter und ich nach Süden gingen, um Euch einzuholen. Aber ein Stück weiter südlich fanden wir dann die Spur des Ungeheuers wieder. Es muß quer durch die Wildnis gelaufen sein. Und wenn es das schafft, dann ist es gefährlich, Elf.«

»Fragt Cephelo, wie gefährlich es ist«, murmelte Eretria, während sie ängstlich in die Finsternis des Waldes spähte. »Heiler, können wir nicht fort von hier?«

»Erst wenn wir wissen, was Amberle zugestoßen ist«, gab Wil zurück.

Hebel tippte ihm auf den Arm.

»Zeigt mir, wo ihr das Mädchen zurückgelassen habt.«

Wil ging zu dem Gebüsch. Eretria, der alte Mann und der Hund folgten ihm. Er wies auf die Lücke, die in die Mitte der Büsche führte. Hebel bückte sich, spähte hinein und pfiff Drifter heran. Leise sprach er auf den Hund ein, und das Tier schob sich schnüffelnd durch das Gebüsch, um dann kehrt zu machen und zum Rand der Senke hinüberzutrotten.

»Er hat die Witterung«, brummte Hebel befriedigt. Drifter blieb stehen und knurrte leise. »Sie ist unten in der Senke, Elf. Und der Raffer ist auch dort unten. Wahrscheinlich immer noch auf ihrer Spur. Das hätt' ich mir ja gleich denken können.«

»Dann müssen wir sie sofort finden.«

Wil stürzte vorwärts. Hebel faßte ihn am Arm.

»Nicht so hastig, Elf. Das da unten ist die Senke, Ihr wißt doch! Da unten ist nichts außer den Hexenschwestern und den Wesen, die ihnen dienen. Alles, was sich sonst in die Senke wagt, wird sogleich gefangen – das weiß ich, weil Mallenroh es mir damals vor langer Zeit erzählt hat.« Er schüttelte den Kopf. »Das Mädchen und das Ungeheuer, das ihm auf der Spur ist, leisten längst einer der Schwestern Gesellschaft – oder aber sie sind tot.«

Wil wurde kreidebleich. »Würden die Hexen sie denn töten, Hebel?«

Der alte Mann schien zu überlegen.

»Oh, das Mädchen nicht, denke ich – jedenfalls nicht gleich. Aber das Ungeheuer ganz gewiß. Und glaubt nicht, daß sie es nicht vermögen, Elf.«

»Ich weiß überhaupt nicht mehr, was ich denken soll«, sagte Wil langsam. Er starrte in die Schwärze der Senke hinunter. »Aber dies eine weiß ich – ich gehe da hinunter, und ich werde Amberle finden. Und zwar sofort.«

Er wollte etwas zu Eretria sagen, doch die kam ihm zuvor.

»Spar dir die Worte, Heiler. Ich komme mit.«

Ihr Ton ließ keine Widerrede zu. Wil blickte zu Hebel.

»Ich komme auch mit, Elf«,verkündete der Alte.

»Aber Ihr habt doch selbst gesagt, daß niemand sich in die Senke hinunterwagen sollte«, bemerkte Wil. »Ich versteh' nicht einmal, warum Ihr überhaupt hierhergekommen seid.«

Hebel zuckte die Schultern.

»Weil es ganz gleichgültig ist, wo ich bin, Elf, schon seit langem. Ich bin ein alter Mann; ich habe in diesem Leben die Dinge getan, die ich tun wollte, war da, wo ich sein wollte, habe gesehen, was ich sehen wollte. Ich habe keine Erwartungen mehr – mich reizt nichts mehr, außer vielleicht diesem einen. Ich möchte sehen, was da unten in der Senke vorgeht.«

Er schüttelte wehmütig den Kopf.

»Jahrelang habe ich immer wieder darüber nachgedacht, habe immer gesagt, daß ich's eines Tages noch sehen werde – so ähnlich, wißt Ihr, als ob man vor einem tiefen Brunnen steht; und überlegt dauernd, was da unten wohl auf dem Grund ist.« Er rieb sich das bärtige Kinn. »Aber ein vernünftiger Mann verschwendet natürlich nicht mit so was seine Zeit, und als ich jünger war, war ich auch ein vernünftiger Mann, wenn es auch sicher welche gab, die anderer Meinung waren. Aber jetzt bin ich es müde, vernünftig zu sein, jetzt bin ich es müde, immer nur darüber nachzugrübeln, anstatt wirklich runter zu gehen und zu schauen, was da wirklich ist. Ihr habt mir den letzten Anstoß dazu gegeben. Zuerst, als Ihr mir erzählt habt, was Ihr vorhabt, wollte ich Euch davon abbringen – gerade so, wie ich mich selbst immer davon abgebracht habe. Ich war überzeugt, daß Ihr rasch das Interesse verlieren würdet, wenn Ihr hörtet, was ich zu erzählen hatte. Aber ich habe mich getäuscht. Ich hab' gesehen, daß das, was Ihr sucht, Euch so wichtig ist, daß nicht einmal die Furcht Euch von Eurem Unterfangen abbringen konnte. Weshalb also, dachte ich mir, sollte ich mich so von der Furcht beherrschen lassen? Als dann dieses Ungeheuer, dieser Raffer, mich beinahe erwischt hätte, und mir klar wurde, wie nahe ich dem Tod gewesen war, da hatte ich plötzlich die Angst verloren. Da war mir nur noch wichtig zu sehen, was da unten in der Senke wartet. Deshalb bin ich Euch gefolgt. Ich fand, wir sollten zusammen hinuntergehen.«

Wil verstand. »Wir wollen hoffen, daß wir beide das finden, was wir suchen.«

»Nun ja, vielleicht kann ich Euch ein bißchen helfen.« Der alte Mann zuckte die Schultern. »Auf dieser Seite der Senke hier liegt Mallenrohs Reich. Sie erinnert sich vielleicht an mich, Elf.«

Einen Moment lang schienen seine Gedanken abzuschweifen, dann sah er Wil wieder an. »Fürs erste kann Drifter uns ja führen.«

Er pfiff nach dem Hund. »Führ' uns runter, Drifter. Na los, alter Bursche.«

Drifter verschwand über dem Rand der Senke. Eretria nahm den Pferden die Sättel und das Geschirr ab und gab beiden einen harten Klaps, so daß sie davongaloppierten, zurück in den Wald. Dann gesellte sie sich zu Wil und dem alten Mann. Im Gänsemarsch traten sie den Abstieg in die Senke an.

»Sehr lange brauchen wir uns ohnehin nicht auf Drifter zu verlassen«, erklärte Hebel. »Mallenroh wird uns schnell genug finden.«

Wenn dem so war, ging es Wil durch den Kopf, dann konnte er nur hoffen, daß sie auch Amberle gefunden hatte.

In der Finsternis des Waldes in der Senke erwachte Amberle. Das leichte Schwanken und Rütteln des Getragenwerdens weckte sie, und für einen Augenblick geriet sie in Panik. Krumme Finger hielten sie, fest um ihre Arme und Beine, ihren Körper, selbst ihren Hals und ihren Kopf gelegt. Die Finger waren so rauh, daß sie sich anfühlten, als wären sie aus Holz geschnitzt. Im ersten Moment hatte sie nur das Bedürfnis, sich von dieser Umklammerung zu befreien, doch sie widerstand dem Impuls und zwang sich, ruhig zu bleiben. Das Wesen, dem sie da in die Finger geraten war, wußte noch nicht, daß sie erwacht war. Darin lag ihr einziger Vorteil. Im Augenblick zumindest konnte sie weiterhin so tun als schliefe sie, um möglichst genau in Erfahrung zu bringen, was da vorging.

Sie hatte keine Ahnung, wie lange sie geschlafen hatte. Es konnten Minuten gewesen sein oder Stunden, vielleicht war es auch noch länger gewesen. Sie glaubte jedoch, daß dies noch dieselbe Nacht war. Und sie glaubte auch, daß das Wesen, dem sie jetzt in die Hände gefallen war, ganz gleich, was es für ein Ding war, nicht das war, das sie bis in die Senke hinunter verfolgt hatte. Hätte jenes Ungeheuer sie gefunden, so hätte es sie einfach getötet. Dies Wesen hier mußte daher ein anderes sein. Der alte Mann, Hebel, hatte ihr und Wil erzählt, die Senke sei das Reich der Hexenschwestern. Vielleicht war sie einer von ihr in die Fänge geraten.

Nachdem sie mit ihren Überlegungen soweit gekommen war, fühlte sie sich etwas besser und war nicht mehr ganz so angespannt. Sie versuchte, ein wenig von dem Gebiet zu sehen, durch das sie getragen wurde. Das war schwierig; durch das Dickicht der Bäume waren nicht einmal die Sterne und der Mond zu sehen, alles war in tiefste Finsternis gehüllt. Wären nicht die vertrauten Gerüche des Waldes gewesen, so hätte sie vielleicht nicht einmal gemerkt, daß sie sich in einem Wald befand. Das Schweigen war tief. Die wenigen Laute, die sie vernahm, kamen aus weiter Ferne, Schreie aus der Wildnis jenseits der Senke.

Aber dann fiel ihr plötzlich auf, daß da doch noch ein anderes Geräusch war, ein Schaben und Knacken, als ob die Zweige eines Baumes sich im Winde aneinander rieben; aber es ging kein Wind, und das Geräusch kam von unten, nicht von oben. Das Wesen, das sie trug, machte dieses Geräusch.

Flüchtig wanderten ihre Gedanken zu Wil, und sie versuchte sich vorzustellen, was er an ihrer Stelle tun würde. Unwillkürlich mußte sie lächeln. Weiß der Himmel, mit was für einem Bravourstück Wil versuchen würde, sich aus einer solchen Situation zu retten, dachte sie. Dann fragte sie sich, ob sie ihn je wiedersehen würde.

Sie spürte, wie ihre Muskeln sich verkrampften und überlegte, ob sie es wagen konnte sie ein wenig zu lockern, ohne sich zu verraten. Versuchsweise streckte sie die Beine, tat so, als bewegte sie sich im Schlaf. Die Finger, die sie umklammert hielten, folgten ihrer Bewegung, lockerten aber nicht den Griff.

Das Plätschern fließenden Wassers drang an ihr Ohr, wurde merklich lauter. Sie roch das Wasser jetzt, frisch und nach Waldblumen duftend – ein Bach, der sprudelnd durch die Stille des Waldes sprang. Dann war er unter ihr, und das Knistern von Ästen und die Geräusche danach gingen in seinem Geplätscher unter. Schritte widerhallten dumpf auf hölzernen Planken, und sie wußte, daß man sie über einen Steg getragen hatte. Das Gurgeln des Baches wurde leiser. Ketten klirrten und rasselten, als würden sie eingeholt, und dann folgte ein dumpfer Schlag. Irgend etwas hatte sich hinter ihr geschlossen, eine Tür – eine sehr schwere Tür. Eine Eisenstange und mehrere Riegel knirschten. Sie hörte es ganz deutlich. Wie zuvor flutete die kühle Nachtluft über ihr Gesicht, doch sie brachte den unverwechselbaren Geruch von Stein und Mörtel mit. Wieder stieg Furcht in ihr auf. Sie befand sich innerhalb von steinernen Mauern, in einem Hof vielleicht, und wurde jetzt, das glaubte sie jedenfalls, in ein Gefängnis getragen. Wenn es ihr nicht gelang, sich sofort zu befreien, würde sie nie mehr freikommen. Doch die Finger, die sie umklammerten, lockerten sich nicht, und es waren ihrer viele. Es würde sie eine ungeheure Anstrengung kosten, sich ihnen zu entreißen, und sie glaubte nicht, daß sie noch soviel Kraft besaß. Und wohin, dachte sie niedergeschlagen, sollte sie sich dann wenden, wenn es ihr wirklich gelang, sich zu befreien?

Wieder wurde eine Tür geöffnet. Sie knarrte leise. Noch immer war nirgends ein Lichtschein zu sehen; nichts als Schwärze umgab sie.

»Hübsch«, sagte plötzlich eine Stimme, und Amberle fuhr erschrocken zusammen.

Sie wurde weitergetragen. Hinter ihr schloß sich die Tür, und die Gerüche des Waldes blieben zurück. Sie war drinnen – aber wo drinnen? Durch lange, gewundene Gänge führte der Weg. Es roch nach Moder und Feuchtigkeit. Aber auch einen anderen Geruch konnte sie noch ausmachen, einen schweren Duft nach Räucherwerk oder Parfüm. Tief atmete sie den Duft ein, und einen Moment lang schwamm ihr der Kopf.

Dann endlich, ganz plötzlich und unerwartet, sah sie Licht, das schimmernd durch einen hohen Torbogen fiel. Amberle, deren Augen noch an die Finsternis gewöhnt waren, blinzelte geblendet. Sie wurde durch den Torbogen getragen und dann eine

Wendeltreppe hinunter. Das Licht blinkte über ihr, blieb kurz zurück, folgte ihr dann schwankend durch die Dunkelheit.

Ihre Träger hielten an. Sie spürte, wie sie auf einen dicken gewobenen Teppich hinuntergelassen wurde. Die hölzernen Finger ließen sie los. Sie stützte sich auf einen Ellenbogen und blickte blinzelnd zum Licht. Einen Moment lang hing es direkt vor ihren Augen, dann zog es sich langsam hinter einer Wand aus Eisenstangen zurück. Eine Tür flog zu, und das Licht war fort.

Kurz bevor es verschwand, sah Amberle flüchtig die Wesen, die sie gefangengenommen hatten. Ihre schmalen Gestalten hoben sich klar aus dem weißen Licht. Sie schienen aus Holzstöckchen gemacht zu sein.

Auf dem Grund der Senke gab Wil das Zeichen zum Anhalten. Es war so finster, daß er kaum die Hand vor Augen sehen konnte; er konnte weder Hebel noch Eretria erkennen, und auch sie konnten ihn nicht sehen. Wenn sie unter diesen Bedingungen einfach losmarschierten, würden sie einander bald verlieren und sich hoffnungslos verlaufen. Er wartete ein paar Augenblicke, bis sein Blick schärfer wurde. Doch viel half das nicht. Die Senke blieb ein finsteres Meer von Schatten, in dem einzelne Formen kaum auszumachen waren.

Hebel hatte schließlich einen Einfall, wie das Problem zu lösen war. Nachdem er aus dem Sack, den er über der Schulter trug, ein Seil herausgenommen hatte, pfiff er nach Drifter und machte ein Ende des Seils an dem Hund fest; das andere Ende schlang er um seine Hüfte, dann um Wil und Eretria. Auf diese Weise aneinandergebunden, konnten sie einander folgen, ohne Angst haben zu müssen, getrennt zu werden. Der alte Mann prüfte das Seil, dann redete er kurz auf Drifter ein. Der große Hund trottete los.

Wil schien es, als wanderten sie stundenlang durch die Senke. Stolpernd schlugen sie sich durch einen Irrgarten von Bäumen und Büschen, blind fast in der undurchdringlichen Finsternis, den Instinkten des Hundes vertrauend, der sie führte. Sie sprachen nicht miteinander, sondern glitten so leise sie konnten durch den Wald. Nur allzu bewußt waren sie sich der Tatsache, daß irgendwo in diesem Wald der Raffer lauerte. Nie zuvor hatte sich

Wil so hilflos gefühlt wie in diesen Augenblicken. Es war schlimm genug, daß er kaum etwas sehen konnte; noch schlimmer aber war das Wissen, daß der Raffer mit ihnen hier unten war. Ständig dachte er an Amberle. Wenn er schon Angst hatte, wie mußte es dann für sie sein? Er schämte sich seiner Furcht. Er hatte kein Recht, sich zu fürchten, während sie doch allein und schutzlos war, da er sie in diese Lage gebracht hatte.

Doch die Furcht ließ ihn nicht los. Um sie abzuschütteln, nahm er den Beutel mit den Elfensteinen in eine Hand und umklammerte ihn so fest, als könnte ihn allein die Tatsache, daß er ihn hielt, gegen alles Unheil schützen, das sich in der Nacht dieses Waldes verbarg. Tief im Inneren jedoch blieb das schreckliche Gefühl, daß die Elfensteine ihn nicht schützen würden, daß ihre Kräfte ihm nicht gehorchten und nie gehorchen würden. Was Amberle ihm gesagt hatte und was er selbst sich gesagt hatte, spielte keine Rolle. Dieses Gefühl beruhte nicht auf logischen Gründen, es war einfach da – quälend, beängstigend. Die Zauberkraft der Elfensteine war ihm verloren.

Er bemühte sich noch immer, das Gefühl abzuschütteln, als das Seil vor ihm plötzlich erschlaffte. Beinahe wäre er gegen Hebel geprallt, der abrupt stehengeblieben war. Eretria lief in ihn hinein, und dicht zusammengedrängt standen die drei nun beieinander und spähten in die Finsternis.

»Drifter hat was gefunden«, flüsterte der Alte Wil zu.

Auf den Knien kroch er bis zu seinem Hund hin, der auf dem Boden herumschnupperte. Wil und Eretria folgten ihm. Beschwichtigend streichelte er den Hund und tastete mit der Hand die Erde ab. Dann stand er auf.

»Mallenroh.« Er sprach den Namen leise. »Sie hat das Elfenmädchen.«

»Seid Ihr sicher?« flüsterte Wil zurück.

Der Alte nickte. »Ganz sicher. Dieses Ungeheuer, der Raffer, ist jetzt irgendwo anders. Drifter wittert ihn jetzt nicht mehr.«

Wil verstand nicht, wie Hebel all dieser Details so sicher sein konnte, zumal es so finster war, daß man beim besten Willen nichts sehen konnte. Doch es wäre sinnlos gewesen, sich mit ihm zu streiten.

»Was tun wir jetzt?« fragte er ratlos.

»Wir gehen weiter«, brummte Hebel. »Drifter – lauf, alter Bursche.«

Der Hund setzte sich wieder in Bewegung, und die drei Menschen folgten ihm. Allmählich begann der Wald sich zu lichten. Zuerst glaubte Wil, seine Augen spielten ihm Streiche, doch schließlich erkannte er, daß die Nacht sich ihrem Ende zuneigte, und ein neuer Tag heraufzuziehen begann. Bäume und Büsche rundum begannen Gestalt anzunehmen, und das Zwielicht erhellte sich langsam, während das schwache Licht der ersten Sonnenstrahlen durch das Dach des Waldes fiel. Zum ersten Mal seit sie in die Senke hinuntergestiegen waren, konnte Wil die zottige schwarze Gestalt Drifters erkennen, der mit gesenktem Kopf voranlief.

Während Wil den Hund noch beobachtete, hob der plötzlich den Kopf und blieb stehen. Verwundert machten auch die drei Menschen halt. Vor ihnen stand das merkwürdigste Geschöpf, das sie je gesehen hatten. Ein menschenähnliches Wesen, das aus Stöcken gemacht war – zwei Arme, zwei Beine und ein Körper, ganz aus Stöcken gebildet. Knorrige Wurzeln an den Enden von Armen und Beinen waren Finger und Zehen. Das Wesen hatte keinen Kopf. Es blickte sie an – zumindest glaubten sie, daß es sie anblickte, da die Wurzeln, die Finger und Zehen bildeten, in ihre Richtung zu deuten schienen. Der dünne Körper schwankte leicht wie ein junges Bäumchen in einem plötzlichen Windstoß. Dann drehte sich das merkwürdige Wesen um und stakste in den Wald zurück.

Hebel warf einen raschen Blick auf die anderen beiden.

»Ich hab's Euch gesagt. Das ist Mallenrohs Werk.«

Hastig winkte er ihnen zu und eilte schon dem Holzgeschöpf nach. Wil und Eretria tauschten einen zweifelnden Blick, dann folgten sei ihm. Stumm marschierte der kleine Zug auf verschlungenen Pfaden durch das Gewirr des Waldes. Nach einer Weile tauchten rundum andere Holzmännchen auf, genau wie der, dem sie zuerst begegnet waren; kopflose, knorrige Wesen, die sich, abgesehen von dem leichten schabenden Geräusch, das sie beim Gehen verursachten, völlig lautlos bewegten. Beinahe ehe sich's die Menschen versahen, waren sie von Dutzenden der Geschöpfe umringt, die wie Geister durch die Schatten wanderten.

»Ich hab's Euch gesagt«, flüsterte Hebel wieder, und sein zerknittertes Ledergesicht war voller Eifer.

Plötzlich hörte der Wald auf. Vor ihnen erhob sich ein einsamer Turm, dessen dunkle Spitze in die Bäume hineinragte, die ihn umgaben. Er thronte auf einer kleinen Anhöhe, ein beinahe fensterloses Verlies auf uraltem Stein, der verwittert war und dicht überwuchert von Rankenpflanzen und Moos. Die Anhöhe war zu einer Insel geworden, eingeschlossen von einem Bach, der irgendwo aus der Tiefe des Waldes hervorsprang und in Windungen den Hügel umrundete, ehe er sich wieder in den Bäumen verlor. Eine niedrige Mauer, die nahe am Ufer des Baches errichtet war, umschloß den Turm; die Zugbrücke stand offen, überspannte das sprudelnde Wasser des Baches, und ihre Ketten hingen schlaff von kleinen Wachhäuschen zu beiden Seiten herab. Rund um den Hügel und dem Turm breiteten mächtige alte Eichen ihre Zweige aus und schirmten die Insel vom Tageslicht ab, so daß sie genau wie die übrige Senke tief im Schatten lag.

Das Holzmännchen, dem sie gefolgt waren, blieb stehen. Es machte eine leichte Wendung, so als wolle seine kopflose Gestalt sich vergewissern, daß sie noch nachkamen. Dann setzte es sich wieder in Bewegung, marschierte auf die Zugbrücke zu. Ohne einen Augenblick des Zögerns schlurfte Hebel ihm hinterher, Drifter an seiner Seite. Wil und Eretria blieben einen Augenblick zurück; sie waren nicht so sicher wie der Alte, ob sie dem Führer folgen sollten. Der Turm war ein unerfreulicher, abschreckender Bau; sie wußten, daß es für sie besser war, ihn nicht zu betreten, wußten, daß sie sich bereits viel weiter vorgewagt hatten, als klug war. Doch Wil spürte irgendwie, daß er hier Amberle finden würde. Er warf Eretria einen Blick zu, dann gingen sie weiter.

Dem schweigsamen Holzmännchen folgend, und rings von der Schar seiner Brüder umgeben, marschierte der kleine Zug zum Bachufer hinunter. Nur die Schabegeräusche der hölzernen Glieder und das Plätschern des Baches waren in der Stille des Waldes zu hören. Das Holzmännchen trat auf die Brücke und überquerte sie. Im Schatten des Tores verschwand es. Die beiden Männer, das

Mädchen und der Hund schritten nach ihm über die Brücke, wobei Wil und Eretria immer wieder furchtsame Blicke auf den massigen, finsteren Bau warfen, der auf der anderen Seite wartete.

Dann hatten sie das Tor erreicht. Das Holzmännchen tauchte wieder auf, stand jetzt genau jenseits des schattigen Torbogens. Als sie, in einer Linie hintereinander, sich näherten, setzte es sich erneut in Bewegung und steuerte auf den Turm zu. Kaum hatten sie das Tor hinter sich gelassen, da hörten sie das Knirschen und Klirren der Ketten. Die Zugbrücke hinter ihnen wurde hochgezogen.

Jetzt gab es kein Zurück. Dicht zusammengedrängt gingen sie dem Turm entgegen. Das Holzmännchen wartete. Es stand in einer hohen Türnische, in deren Schutz sich eine breite, mit Eisenbeschlägen gezierte Flügeltür aus Holz befand. Einer der Flügel stand offen. Das Holzmännchen trat hinein und war verschwunden. Wil blickte an der massigen steinernen Mauer des Turmes empor, dann griff er unter seinen Kittel und zog den Beutel mit den Elfensteinen heraus. Zusammen mit den anderen trat er durch die Tür in schwarze Finsternis.

Einen Augenblick rührte sich keiner. Sie standen gleich jenseits der Schwelle und blinzelten blind in die Düsternis. Dann schwang die Tür hinter ihnen plötzlich zu, und Schlösser schnappten ein. In einem Glaszylinder, der von der Decke herabhing, flammte Licht auf, das einen weichen weißen Schein verbreitete; es war keine Öllampe, und es war keine Pechfackel, es war etwas, das flammenlos brannte. Rundherum standen die Holzmännchen, und ihre krummen, knorrigen Schatten tanzten im Licht an den steinernen Mauern.

Aus der Finsternis hinter ihnen tauchte eine Frau auf, ganz in schwarze Gewänder gekleidet, die mit langen flatternden Bändern aus scharlachrotem Nachtschatten geschmückt waren.

»Mallenroh«, flüsterte Hebel, und Wil Ohmsford spürte, wie die Luft um ihn herum zu Eis wurde.

Der zweite Tag der Schlacht um Arborlon gehörte Andor Elessedil. Es war der Tag voll Blut und Schmerz, ein Tag des Todes und des Heldenmutes. Die ganze Nacht hatten unablässig Dämonen-Horden über die Wasser des Singenden Flusses gesetzt, einzeln und in Gruppen, bis schließlich, zum ersten Mal seit sie der Mauer der Verfemung entronnen waren, ihr gesamtes Heer zum Angriff gesammelt stand. Am Fuß des Carolan, von der Felswand zum Flußufer, von Norden bis Süden soweit das Auge reichte, drängten sich die Massen des Feindes, schrecklich anzusehen und unendlich an Zahl. Vor Morgengrauen schlugen sie los. In nicht enden wollenden Wogen brandeten sie gegen die Mauern des Elfitch, rasend und heulend vor Haß. In wilder Flut sprangen sie an den Felshöhen empor, kletterten am kahlen Stein hinauf, kämpften sich mit wütend gefletschten Zähnen durch einen Hagel von Pfeilen. Höher stiegen die Massen, einer Flutwelle gleich, die die Verteidiger, die oben warteten, überschwemmen und mit sich fortreißen würde.

Andor Elessedil war es, der alles entschied. Er war, als würde er an diesem Tag endlich der König, der sein Vater gewesen war, der König, der fünfzig Jahre zuvor die Elfen gegen die Heere des Dämonen-Lords geführt hatte. Verflogen waren Mattigkeit und Entmutigung. Verflogen waren die Zweifel, die ihn seit der Schlacht am Halys-Joch gequält hatten. Er glaubte wieder an sich selbst und an die Entschlossenheit jener, die an seiner Seite kämpften. Es war ein historischer Moment, und der Elfenprinz wurde zu seinem Mittelpunkt.

Um ihn geschart standen die Heere von vier Rassen, deren Banner im Morgenwind flatterten. Hier waren die silbernen Kriegsadler und die mächtige Eiche der Elfen, das Grau und Rot der Freitruppe, die schwarzen Rösser der alten Garde; dort flogen die Farben der Zwergpioniere, waldgrün, das von der Schlangenlinie des Silberflusses geteilt wurde, und die Standarte der Bergtrolle von Kershal, die einen Hammer und blaue Berggipfel zeigte. Nie zuvor hatten sie alle im selben Wind geflattert. Nie zuvor in der Geschichte der Vier Länder hatten die Rassen sich vereinigt, um gemeinsam für eine Sache zu kämpfen. Troll und

Zwerg, Elf und Mensch – die Menschwesen der neuen Welt standen zusammen gegen eine böse Macht aus uralter Zeit. An diesem einen, wunderbaren Tag wurde Andor Elessedil zu dem zündenden Funken, der sie alle zum Leben erweckte.

Er war überall zugleich, bald hoch oben auf dem Fels, bald an den Toren des Elfitch, mal zu Pferd, mal zu Fuß, immer dort, wo die schwersten Kämpfe erbittert wüteten. Im schimmernden Kettenhemd, den Ellcrysstab hocherhoben, stand er in der vordersten Linie derer, die die Stadt vor dem Ansturm der Dämonen verteidigten. Ganz gleich, wohin er kam, die Verteidiger faßten neuen Mut und sammelten sich wieder. Obwohl an Zahl stets unterlegen, obwohl ständig unter gewaltigem Druck, gelang es dem Elfenprinzen und seinen Waffengefährten, die Angreifer zurückzuwerfen. Andor Elessedil wuchs an diesem Tag über sich selbst hinaus, kämpfte mit so grimmiger Entschlossenheit, daß es schien, als könne nichts ihm widerstehen. Wieder und wieder versuchten die Dämonen, die rasch erkannt hatten, daß dieser eine Mann die treibende Kraft hinter den Verteidigern war, seiner habhaft zu werden. Wieder und wieder schien es, als würde es ihnen gelingen, wenn sie Andor in einem Schwarm schwarzer, wütender Leiber umringten. Jedesmal aber kämpfte er sich seinen Weg wieder frei. Jedesmal wurden die Dämonen zurückgetrieben.

Es war ein Tag der Helden, denn alle Verteidiger Arborlons wurden durch den hohen Mut des Elfenprinzen befeuert. Eventine Elessedil stand an der Seite seines Sohnes und kämpfte mit Tapferkeit, und allein schon seine Gegenwart gab den Elfen Mut und Entschlossenheit. Auch Allanon war da. Hochgewachsen, schwarzgewandet, überragte er um Haupteslänge die Kämpfenden um ihn herum, wenn die blauen Flammen aus seinen Fingern züngelten und mitten unter die rasenden Dämonen fuhren. Zweimal brachen die Dämonen durch das Tor der dritten Rampe, und zweimal warfen die Bergtrolle unter Führung Amantars sie wieder zurück. Stee Jans und die Männer der Freitruppe fingen einen dritten Angriff ab, begegneten ihm mit einer Gegenattacke von solchem Feuer und solcher Härte, daß sie die Dämonen bis zur zweiten Rampe zurückwarfen und eine Zeitlang sogar die Tore wiederzuerobern hofften. Elfen-Kavallerie und Zwergpioniere wehrten am Rand des Carolans einen Überfall nach dem anderen ab, drängten scharenweise die Dämonen zurück, denen es gelungen war, die Felswand zu erklimmen, und die nun die Verteidiger auf dem Elfitch von den Flügeln her anzugreifen drohten.

Doch Andor war es, der sie alle führte, Andor, der ihnen neue Kraft und neuen Mut gab, wenn es schien, als könnten sie dem Ansturm nicht länger widerstehen. Andor war es, der sie immer wieder von neuem beflügelte. Als der Tag schließlich zu Ende ging, und die Dunkelheit sich herabsenkte, waren die Dämonen gezwungen, sich wiederum zurückzuziehen und in den schwarzen Wäldern am Fuß des Felsplateaus Schutz zu suchen. Heulend und kreischend vor ohnmächtiger Wut wichen sie zurück. Wieder war es den Verteidigern Arborlons gelungen, die Stadt zu halten. Es war Andor Elessedils größte Stunde.

Dann aber schien das Blatt sich zu wenden. Mit dem Einbruch der Nacht griffen die Dämonen von neuem an. Sie warteten nur, bis das letzte Sonnenlicht verglüht war, dann stürmten sie aus den Wäldern hervor, um die Verteidigungsstellen der Elfen zu überrennen. Im Nu hatten sie die Fackeln gelöscht, die die Verteidiger am unteren Teil des Elfitch entzündet hatten, und kämpften sich hinauf zum Tor der dritten Rampe. Verzweifelt stemmten sich die Verteidiger gegen den Ansturm; die massigen Bergtrolle blockierten das Tor, während Elfen und Freikämpfer von der Höhe der Mauern versuchten, die Angreifer abzuwehren. Doch der Ansturm war zu gewaltig; das Tor gab nach, die beiden Flügel flogen auf. Und mit wütendem Geheul strömte das Heer der Dämonen durch das doppelt geöffnete Tor.

Auch oben auf den Höhen gelang es jetzt den Dämonen, Preschen zu schlagen. Dutzende schwarzer Gestalten drängten sich durch die Linien der Kavallerie, welche die Höhe bewachten, und stoben mit wildem Geheul zur Stadt. Mehr als einhundert von ihnen stürmten den Garten des Lebens, wohl wissend, daß hinter seinen Toren jenes Zauberwesen stand, das sie so viele Jahrhunderte lang eingeschlossen gehalten hatte. Dort stießen sie auf die Soldaten der Schwarzen Wache, die bereitstanden, den uralten Baum, der ihnen anvertraut war, bis auf den letzten Mann zu verteidigen. In wahnsinniger Raserei griffen die Dämonen an, stürzten mitten hinein in die gesenkten Piken der Schwarzen Wache und wurden in Stücke zerrissen.

Am südlichen Ende des Carolan gelang es einer anderen Horde von Dämonen, sich im Schatten der Nacht zur Höhe emporzuarbeiten. Den von der Schwarzen Wache behüteten Garten des Lebens abseits liegen lassend, stahlen sie sich nach Osten, weg vom Carolan, und krochen hinter einer Reihe von Fackeln, die am Felsrand aufgestellt waren, durch die flackernden Schatten, um dann zur Stadt zu stürmen. Ein halbes Dutzend verwundeter Elfen, die, kampfunfähig, auf dem Weg nach Hause waren, fielen ihnen in die Hände, wurden getötet. Noch mehr wären umgekommen, hätte nicht eine Patrouille von Zwergenpionieren eingegriffen, die, zusammen mit Elfen-Patrouillen, den Umkreis der Stadt überwachten. Als sie merkten, daß es den Dämonen gelungen war, die Reihen der Verteidiger auf der Höhe zu durchbrechen, folgten sie den Schreien der Sterbenden und überraschten die Mörder. Als der Kampf endlich vorüber war, standen nur noch drei der Zwerge auf den Beinen. Doch alle Dämonen waren tot.

Als der Morgen graute, war die Höhe wieder freigekämpft, die Dämonen noch einmal zurückgeworfen. Doch die dritte Rampe des Elfitch war verloren, und die vierte war bedroht. Am Fuß der Felswand sammelten sich die Dämonen von neuem. Wildes Geschrei schallte durch die morgendliche Stille, als sie in wogenden Massen die Rampe hinaufstürmten. Jene, welche die Horde anführten, trugen einen gewaltigen Sturmbock. Mit ihm rannten sie gegen das Tor an, zertrümmerten die beiden schweren Holzflügel, und sogleich strömten die Horden mit wildem Triumphgeschrei hindurch. Trolle und Elfen bildeten in aller Eile eine festgefügte Phalanx, eine Wand eiserner Speere und Lanzen, die sich tief in die Woge zuckender schwarzer Leiber bohrten. Doch die Dämonen ließen nicht nach, weiter stürmten sie vor, warfen sich immer wieder gegen die Reihen der Verteidiger, bis sie diese hinter die dicken Mauern der fünften Rampe zurückgedrängt hatten.

Es war eine verteufelte Situation. Vier der sieben Terrassen des

Elfitch waren verloren. Die Dämonen waren auf dem besten Weg, die Höhen des Plateaus zu erklimmen. Andor sammelte die Verteidiger um sich, während Amantar und Kerrin mit ihren Truppen die Flügel verstärkten. Die Dämonen preschten von neuem vor, warfen sich krachend gegen das Tor der Rampe. Doch als es schon schien, als könne ihr Durchbruch nicht mehr verhindert werden, erschien Allanon auf der Höhe der Mauer und erhob seine Arme. Blaue Flammen schossen züngelnd die Rampe hinunter, trieben die Dämonen-Horden auseinander und verbrannten den Sturmbock zu Asche. Erschrocken und bestürzt fielen die Dämonen zunächst einmal zurück.

Den ganzen Morgen versuchten die Dämonen immer wieder, die Verteidigungslinien der Elfen an der fünften Rampe zu durchbrechen. Als es Mittag wurde, gelang es ihnen schließlich. Zwei gewaltige, riesenhafte Unholde drängten sich an die Vorderfront des Dämonenheeres und warfen sich donnernd gegen das Tor – einmal, zweimal. Holz und Eisen zersprangen, die Torflügel splitterten, wurden auseinandergerissen. Die Unholde stürmten hindurch und jagten die Verteidiger auseinander. Eine kleine Gruppe von Bergtrollen versuchte, sie aufzuhalten, doch die Unholde wischten die Trolle zur Seite, als seien sie aus Papier. Wieder sammelte Andor seine Soldaten um sich und feuerte sie zum Gegenangriff an. Doch die Dämonen strömten jetzt in hellen Heerscharen durch das gesprengte Tor und überschwemmten die Verteidiger.

Eventine Elessedil, der der Sicherheit des höherliegenden Tores entgegenritt, wurde das Pferd getötet, und der alte König stürzte. Die Dämonen sahen es. Mit gierigem Geheul rannten sie vorwärts. Sie hätten ihn getötet, wäre nicht Stee Jans gewesen. Er und der klägliche Rest seiner Leute sprangen den Ungeheuern in den Weg und griffen sie mit mächtigen Schwerthieben an. Hinter ihnen kam Eventine torkelnd auf die Beine; benommen und blutig geschlagen, doch am Leben. Rasch führte Kerrin die Leibgarde in die Nähe des Königs, und sie trugen ihn aus dem Schlachtgetümmel fort.

Die Soldaten der Freitruppe hielten noch einige Zeit länger aus, dann wurden auch sie überrannt. Die Dämonen drängten unaufhaltsam vor, schoben sich einfach an den Elfen vorbei, die versuchten, ihnen den Weg zu versperren. Angeführt wurde der Überfall von den beiden Unholden, die das Tor gesprengt hatten, und die nun alle niedertrampelten, die sich ihnen in den Weg stellten. Den Ellcrysstab hoch erhoben, rief Andor die Verteidiger der Stadt zusammen, mit ihm gemeinsam die Attacke der Dämonen abzuwehren. Doch zu gewaltig war der Ansturm. Amantar und Stee Jans kämpften, an die Mauern der Rampe zurückgedrängt um ihr Leben und vermochten nicht, den Elfenprinzen zu erreichen. Einen beängstigenden Moment lang stand Andor Elessedil praktisch allein vor dem Heer wütender Dämonen, das sich unaufhaltsam heranwälzte.

Doch nur einen Augenblick lang. Auf der Höhe des Tores zum sechsten Plateau pfiff Allanon Dayn vom Rand des Carolan herunter. Ohne ein Wort riß er dem verwundeten Himmelsreiter die Zügel seines Vogels aus der Hand und sprang auf den Rücken des gigantischen Rock. Im nächsten Moment schwebte er abwärts, während seine schwarzen Gewänder sich um ihn bauschten wie Segel. Dancer schrie einmal laut auf, dann stieß er mit reißenden Krallen und hackendem Schnabel herab, mitten unter die Dämonen, die Andor bedrohten. Kreischend stürzten die schwarzen Gestalten auseinander. Blaues Feuer raste zuckend aus den Fingern des Druiden, und die Rampe vor ihm verwandelte sich in ein Flammenmeer. Mit rascher Hand zog er den erstaunten Andor zu sich hinauf, gab Dancer einen scharfen Befehl, und sogleich hob sich der Rock wieder in die Lüfte; unten gewannen gerade die letzten Verteidiger die Sicherheit der sechsten Rampe, und das Tor fiel hinter ihnen zu.

Noch einige Sekunden lang loderte das Feuer des Druiden, dann erstarb es zuckend. Wutentbrannt jagten die Dämonen den fliehenden Verteidigern nach. Doch inzwischen hatte man die Zwergenpioniere oben auf der Höhe alarmiert. Winden und Flaschenzüge begannen sich zu drehen, und die Ketten um die Stützpfeiler der Rampe strafften sich. Gleich würden Broworks schlau verborgene Fallen zuschnappen. Knirschend, krachend lösten sich die schon geschwächten Stützpfeiler unter dem Elfitch, von den Ketten herausgezogen. Rüttelnd und schwankend senkte sich die Rampe unterhalb der sechsten Stufe und splitterte. Dämonen, die sich auf ihr befanden, verschwanden in einer riesigen Wolke von Staub und Trümmern. Gellende Schreie erfüllten die Luft, und von der großen unteren Rampe war nichts mehr zu sehen.

Als der Staub sich gelegt hatte, war der Elfitch vom Tor der sechsten Rampe bis hinunter zur vierten nur noch ein wüster Haufen von Geröll und zersplitterten Holzbalken. Die Leichen zahlloser Dämonen, verzerrt und zerfetzt, lagen überall. Die, die überlebt hatten, wichen bis zum Fuß der Felswand zurück, wobei sie Mühe hatten, dem Hagel von Felsbrocken und Geröll zu entgehen, der sich über sie ergoß. Sie zogen sich in die Wälder zurück.

An diesem Tag griffen die Dämonen nicht wieder an.

Eventine Elessedil, der eine Kopfwunde davongetragen hatte und dazu eine Anzahl kleinerer Verletzungen, wurde vom Schlachtfeld auf der Höhe des Elfitch in die Stille und Abgeschiedenheit seines Hauses getragen. Der getreue Gael säuberte und verband die Wunden und half seinem König ins Bett. Danach ließ man den König der Elfen allein, um ihm Ruhe zu gönnen. Dardan und Rhoe bezogen Posten vor der Tür seines Schlafgemachs. Aber Eventine schlief nicht. Der Schlaf mied ihn. In den weichen Federkissen lag er und starrte tieftraurig vor sich hin. Verzweiflung überflutete ihn. Der Kampf war verloren, auch wenn die Freitruppe, die Zwerge und die Bergtrolle den Elfen mit großem Einsatz Beistand geleistet hatten. Alle Verteidigungsmaßnahmen hatten nichts geholfen. Einen Tag noch, vielleicht zwei, dann würden das sechste und das siebte Tor des Elfitch fallen, und die Dämonen würden die Höhe des Carolan erreichen. Das war dann das Ende. An Zahl hoffnungslos unterlegen, würden die Verteidiger schnell überrannt und vernichtet werden. Das Westland würde verlorengehen, die Elfen in alle vier Winde vertrieben werden.

Die innere Bedeutung dessen, was ihm das Herz bedrückte, quälte ihn tief. Wenn die Dämonen hier siegten, dann bedeutete das, daß Eventine Elessedil versagt hatte. Nicht nur seinem eigenen Volk gegenüber, sondern den Völkern der Vier Länder gegenüber – denn die Dämonen würden beim Westland nicht haltmachen, jetzt, da sie vom Fluch der Verfemung befreit waren. Und wie stand es um seine Vorfahren, die vor so vielen Jahrhunderten die Dämonen eingekerkert hatten, zu einer Zeit, die so fern war, daß sie ihm unvorstellbar blieb? Auch ihnen gegenüber würde er versagt haben. Sie hatten die Mauer der Verfemung geschaffen, doch ihre aufrechte Haltung hatten sie jenen anvertraut, die nach ihnen folgten; sie hatten sich darauf verlassen, daß die, die nach ihnen kamen, dafür sorgen würden, daß der Bannspruch seine Wirkung behielt. Doch im Laufe der Jahrhunderte, während der Umwälzungen, die die alte Welt vernichtet und zu einer Neugeburt der Rassen geführt hatten, hatte man den Bannspruch vergessen. Alle hatten ihn vergessen. Selbst die Erwählten hatten ihn nur als einen fernen Teil ihrer Geschichte angesehen, eine uralte Legende, die einem anderen Zeitalter angehörte, der Vergangenheit oder der Zukunft – niemals aber eigentlich der Gegenwart.

Die Kehle war ihm wie zugeschnürt. Wenn Arborlon fiel, wenn das Westland verloren war, dann würde das seine Niederlage sein. Seine! Seine durchdringenden blauen Augen wurden hart vor Zorn. Zweiundachtzig Jahre hatte er auf der Erde gelebt; mehr als fünfzig davon war er der Führer seines Volkes gewesen. Er hatte viel erreicht in dieser Zeit – und nun würde alles verlorengehen. Er dachte an Arion, seinen Erstgeborenen, seinen Sohn, der hätte leben sollen, um das weiterzuführen, wofür er so hart gearbeitet hatte, und er dachte auch an Kael Pindanon, den alten Waffengefährten, den treuen Freund. Er dachte an die Elfen, die bei der Verteidigung des Sarandanon und Arborlons gefallen waren. Für nichts waren sie gestorben.

Er schlüpfte tiefer unter die Decke seines Bettes, während er überlegte, welche Möglichkeiten noch geblieben waren, welche Taktik sich vielleicht noch anwenden ließ, auf welche Reserven man zurückgreifen konnte, wenn die Dämonen erneut angriffen. Die Gedanken jagten sich in seinem Kopf, und tief in seinem Inneren verspürte er ein Gefühl von Hoffnungslosigkeit. Es gab keine Rettung mehr.

Während er um Antworten auf die Fragen rang, die er sich selbst gestellt hatte, fiel ihm plötzlich Amberle ein. Der Gedanke an sie erschreckte ihn beinahe, und mit einem Ruck setzte er sich in seinem Bett auf. In den Verwirrungen der letzten Tage hatte er seine Enkelin vergessen, sie, die die letzte der Erwählten war, die, wie Allanon ihm gesagt hatte, die einzige Hoffnung seines Volkes war. Was, fragte er sich niedergeschlagen und voller Trauer, was war nur aus Amberle geworden?

Er legte sich wieder nieder und starrte durch den Schatten der Vorhänge in die dichter werdende Dunkelheit hinaus. Allanon hatte gesagt, daß Amberle lebte. Und inzwischen tief drinnen im unteren Westland war; doch Eventine glaubte nicht, daß dieser Druide es wirklich wußte. Der Gedanke bedrückte ihn. Wenn sie tot war, dann wollte er es nicht wissen, sagte er sich plötzlich. Es war besser so, es nicht zu wissen. Und doch war es eine Lüge. Er mußte es wissen, unbedingt. Bitterkeit stieg in ihm auf. Alles entglitt ihm – seine Familie, sein Volk, sein Land, alles, was er liebte, alles, was seinem Leben Sinn und Bedeutung gegeben hatte. Er sah eine Ungerechtigkeit darin, die er nicht begreifen konnte. Nein, es war mehr als das. Es war eine Ungerechtigkeit, die er nicht akzeptieren konnte. Er wußte, wenn er es tat, würde es sein Ende sein.

Er schloß die Augen, um das Licht nicht sehen zu müssen. Wo war Amberle? Man mußte es wissen, sagte er sich eigensinnig. Er mußte einen Weg finden, sie zu erreichen, ihr zu helfen, wenn seine Hilfe gebraucht wurde. Er mußte einen Weg finden, sie zu ihm zurückzuholen. Schwer atmend lag er da. Noch immer an Amberle denkend, übermannte ihn der Schlaf.

Es war dunkel, als er wieder erwachte. Im ersten Moment war er nicht sicher, was ihn geweckt hatte. Sein Geist war noch umnebelt vom Schlaf, seine Gedanken wirr. Ein Geräusch, dachte er, ein Schrei. In seinen Kissen richtete er sich auf und blickte angestrengt in die Düsternis des Zimmers. Bleiches weißes Mondlicht sickerte durch den Stoff der zugezogenen Vorhänge und erhellte schwach die Linien der verriegelten zweiflügeligen Fenstertür. Ungewiß wartete er.

Dann hörte er wieder ein Geräusch, ein gedämpftes Stöhnen, das beinahe augenblicklich wieder verstummte. Es war von draußen gekommen, aus dem Korridor, wo Dardan und Rhoe Wache standen. Langsam setzte er sich auf und lauschte angestrengt. Doch er hörte nichts mehr; nur Schweigen umgab ihn, tiefes, lastendes Schweigen. Eventine rutschte zum Rand des Bettes und schob vorsichtig ein Bein auf den Boden hinunter.

Die Tür zu seinem Schlafgemach schwang langsam auf. Das Licht der Öllampen aus dem Korridor fiel ins Zimmer. Der Elfenkönig erstarrte. Durch die Öffnung kam Manx, den massigen Körper in Lauerstellung tief am Boden, den zottigen grauen Kopf zu seinem Herrn emporgestreckt, der auf dem Bettrand saß. Die Augen des Wolfshundes glitzerten wie die einer Katze, und seine dunkle Schnauze war feucht von Blut. Doch seine Beine und Pfoten erschreckten den König am meisten; im dämmrigen Licht schien es, als seien sie die knotigen, klauenbewehrten Glieder eines Dämons geworden.

Aus dem Licht der Öllampen glitt Manx in den Schatten, und Eventine blinzelte erstaunt. In diesem Augenblick war er sicher, daß das, was er gesehen hatte, der letzte Fetzen eines Traums gewesen war, daß er sich nur eingebildet hatte, Manx sei nicht Manx, sondern etwas anderes. Der Wolfshund kam langsam auf ihn zu, und der König erkannte, daß er freundlich mit dem Schwanz wedelte. In tiefer Erleichterung seufzte er auf. Es war wirklich nur Manx, sagte er sich.

»Manx, braver Alter...« sagte er und brach ab, als er die blutigen Spuren sah, die der Hund auf dem Fußboden hinterlassen hatte.

Da sprang Manx schon nach seiner Kehle, schnell und lautlos, mit weitaufgerissenem Maul und krallenden Pfoten. Doch Eventine war schneller. Er riß die Decken vom Bett und warf sie dem Hund über. Nachdem er sie fest um das sich wehrende Tier gewickelt hatte, schleuderte er das Bündel mit Wucht auf das Bett und stürzte zur offenen Tür. Mit einem Satz war er draußen, schlug die Tür hinter sich zu, ließ den Riegel einschnappen.

Schweiß strömte in kleinen Bächen an seinem Körper herab. Was ging hier vor? Wie betäubt taumelte er von der Tür zurück und wäre beinahe über den reglosen Körper Rhoes gefallen, der mit aufgeschlitztem Hals auf dem Boden lag. Eventines Gedanken rasten. Manx? Weshalb hätte Manx...? Aber nein, sagte er sich scharf, das war ja nicht Manx. Dieses Ungeheuer, das sich da in seinem Schlafgemach auf ihn gestürzt hatte, war nicht Manx, sondern nur etwas, das wie Manx aussah. Benommen ging er den Korridor hinunter auf der Suche nach Dardan. Er fand ihn nicht weit vom vorderen Portal mit einer Lanze tief in der Brust steckend.

Da flog krachend die Tür seines Schlafgemachs auf, und das Ungeheuer, das wie Manx aussah und doch ganz sicher nicht Manx war, stürzte heraus. In wilder Hast rannte Eventine zum Portal und rüttelte an den Klinken. Sie rührten sich nicht, die Tür war verschlossen. Der alte König drehte sich um und sah, wie das Untier im Flur, das bluttriefende Maul weit geöffnet, langsam auf ihn zuschlich. Furcht packte da Eventine, so entsetzlich, daß sie ihn einen Moment lang völlig zu überwältigen drohte. Er war in seinem eigenen Haus gefangen. Es war niemand da, der ihm helfen konnte, niemand, zu dem er sich flüchten konnte. Er war allein.

Hechelnd klang der Atem des Ungeheuers durch die Stille des Korridors. Ein Dämon, dachte Eventine voller Grauen, ein Dämon, der sich als Manx eingeschlichen hatte, als der treue alte Manx. Ihm fiel plötzlich ein, wie er nach dem Fall des Sarandanon aufgewacht war und Manx gesehen hatte und plötzlich, völlig irrational, den Eindruck gehabt hatte, daß dies gar nicht Manx gewesen war, sondern etwas anderes. Eine Täuschung, hatte er damals gedacht – aber es war keine gewesen. Manx war tot, seit vielen Tagen wahrscheinlich schon, vielleicht auch schon seit Wochen...

Mit einem Schlag dämmerte ihm die gräßliche Wahrheit. Bei all seinen Besprechungen mit Allanon, als sie gemeinsam ihre geheimen Pläne ausgearbeitet hatten, und als sie die Maßnahmen zum Schutz Amberles erörtert hatten, war Manx zugegen gewesen. Oder der Dämon, der wie Manx aussah. Allanon hatte ihn darauf aufmerksam gemacht, daß sich im Lager der Elfen ein Spitzel befand – ein Spitzel, der über all ihre Geheimnisse Bescheid wußte. Der alte König dachte daran, wie oft er diesen zottigen grauen Kopf gestreichelt hatte, und ein eisiger Schauder rann ihm über den Körper.

Der Dämon war keine zwölf Fuß mehr von ihm entfernt. Mit gefletschten Zähnen kroch er in Lauerstellung heran. In diesem Augenblick wußte Eventine, daß er ein toter Mann war. Da geschah etwas in ihm, und es geschah so plötzlich, daß der Elfenkönig alles andere vergaß. Rasender Zorn flammte in ihm auf – Zorn über den Verrat, der an ihm geübt worden war, Zorn über die Opfer dieses Verrats, Zorn über seine eigene Ohnmacht und Hilflosigkeit in diesem Augenblick, da er in seinem eigenen Haus gefangen war.

Sein Körper straffte sich. Neben dem toten Dardan lag das kurze Schwert, das dem Elfenjäger die liebste Waffe gewesen war. Den Blick unverwandt auf den Dämon gerichtet, stahl sich Eventine vorsichtig von der Tür weg. Wenn es ihm gelang, an das Schwert zu kommen...

Mit einem plötzlichen Satz sprang der Dämon nach dem Kopf des Elfenkönigs. Eventine riß die Arme empor, um sein Gesicht zu schützen, und wurde von der Wucht des Aufpralls niedergerissen. Verzweifelt trat er mit den Füßen um sich. Zähne und Klauen schlugen sich in seine Unterarme, doch seine Füße trafen das Untier mit solcher Wucht im Bauch, daß es über ihn hinweg in die dunkle Türnische flog. Hastig wälzte er sich herum, warf sich über Dardan und packte das Schwert. Dann war er schon wieder auf den Beinen und drehte sich um, dem Angreifer entgegenzutreten.

Ungläubiges Staunen lief über sein Gesicht. Aus der dunklen Ecke hinter der Tür kroch der Dämon, aber nicht mehr Manx, sondern etwas anderes jetzt. Noch während er sich ihm schleichenden Schrittes näherte, war er in der Umbildung begriffen, verwandelte sich von Manx in ein schmales, geschmeidiges schwarzes Wesen mit einem haarlosen, muskulösen Körper. Auf vier Beinen, die in Krallenhänden ausliefen, kam es auf ihn zu, und scharfe Zähne blitzten in seinem Maul. Es tänzelte um den König herum, hob sich hin und wieder auf die Hinterbeine, täuschte mit Scheinangriffen, während es haßerfüllt fauchte. Ein

Wandler, dachte Eventine und drängte gewaltsam eine neue Welle der Furcht zurück. Ein Dämon, der alles sein konnte, was er sein wollte.

Der Wandler stürzte sich plötzlich auf ihn. Seine Krallen rissen dem König Schultern und Seiten auf, daß das Blut aus den tiefen Wunden strömte. Mit dem Schwert holte er aus, das Ungeheuer zu treffen, doch es war zu spät. Schon hatte es ihn wieder aus den Klauen gelassen und war fort. Und wieder umkreiste der Dämon den König, lauernd wie eine Katze, die eine in die Enge getriebene Maus beobachtet. Diesmal muß ich flinker sein, sagte sich der alte König. Wieder sprang der Dämon zu, hoch, als wolle er ihm an die Brust, doch im letzten Moment tauchte er unter der Klinge des Schwertes hinweg und schlug seine Krallen in das linke Bein des Königs. Ein scharfer Schmerz durchfuhr das Bein, und Eventine fiel auf die Knie. Es kostete ihn Mühe, aufrecht zu bleiben. Einen Moment lang verschwamm alles vor seinen Augen, dann wurde sein Blick wieder klar, und er zwang sich aufzustehen.

Vor ihm kauerte der Wandler. Als er sah, daß er auf den Beinen blieb, begann er von neuem, den König zu umkreisen. Blut rann an Eventines Körper herab, und er spürte, wie die Schwäche ihn zu übermannen drohte. Auch diesen Kampf würde er verlieren, dachte er verzweifelt, und er würde mit seinem Tod enden, wenn er nicht eine Möglichkeit fand, das Ungeheuer in die Defensive zu drängen. Schlingernd und schwankend umlauerte ihn der Dämon. Der König versuchte, ihn in eine Ecke zu treiben, doch er wich ihm auf tänzelnden, flinken Füßen aus, viel zu behende für den verletzten alten Mann. Eventine gab die Verfolgung auf; sie brachte ihm nichts ein. Unverwandt beobachtete er den Dämon, während dieser ihn weiterhin fauchend umrundete.

In einem verzweifelten Versuch, doch noch eine Wende herbeizuführen, tat der Elfenkönig so, als stolpere er und geriete ins Schwanken. Schwer ließ er sich auf die Knie fallen. Schmerz durchzuckte ihn, doch die List wirkte. Des Glaubens, der alte Mann sei am Ende, stürzte der Wandler sich auf ihn. Diesmal aber erwartete Eventine ihn. Die Klinge des Schwertes traf das Ungeheuer in die Brust, bohrte sich tief durch Knochen und Muskeln. Kreischend vor Schmerz schlug der Dämon dem Elfenkönig

Krallen und Zähne ins Fleisch, dann riß er sich los. Blut strömte aus der Wunde, ein grünlich-roter Schleim, der den geschmeidigen schwarzen Körper befleckte.

Von Angesicht zu Angesicht kauerten sie einander gegenüber, der Elfenkönig und der Dämon, beide verletzt, beide darauf lauernd, daß der andere sich zu einer Unvorsichtigkeit würde hinreißen lassen. Wieder begann der Dämon um den König herumzutänzeln, zog blutige Kreise auf dem Fußboden. Eventine Elessedil nahm seine ganze Kraft zusammen, während er sich drehte, der Bewegung des Dämons zu folgen. Er war von Blut besudelt, und seine Kräfte verließen ihn zusehends. Brennende Schmerzen quälten seinen mißhandelten Körper. Er wußte, daß er nur noch einige wenige Minuten aushalten konnte.

Plötzlich sprang ihm der Wandler an die Kehle. Es geschah so rasch, daß der König nicht die Zeit hatte, mehr zu tun, als mit erhobenen Armen zurückzutaumeln. Der Dämon umkrallte seinen Hals und riß ihn zu Boden, um mit scharfen Zähnen und Krallen über ihn herzufallen. Eventine schrie auf vor Schmerz, als die Klauen ihm die Brust aufrissen und die reißenden Zähne sich in seinen Unterarm bohrten.

In diesem Augenblick flog das Portal des Herrenhauses auf. Die Schlösser sprangen klirrend auf, die beiden Türflügel wurden aus den Angeln gerissen. Laute Rufe schallten durch den dunklen Vorraum, der sich jetzt rasch mit bewaffneten Männern füllte. Umfangen von Schleiern des Schmerzes und der Angst schrie Eventine auf. Es war jemand da! Es war jemand gekommen!

Mit gellendem Geschrei sprang der Wandler vom Körper des gestürzten Königs auf. In diesem Augenblick war sein Hals ungeschützt. Eventine riß das Schwert in die Höhe, die Klinge blitzte auf. Das Kreischen des Dämonen verstummte abrupt, als das Ungeheuer, den Kopf fast vom Körper getrennt, zur Seite stürzte. Augenblicklich umringten es die Retter des Königs, und die Klingen ihrer Schwerter bohrten sich tief in seinen Körper.

Der Wandler erzitterte unter der Wucht der Hiebe und Stiche und starb.

Taumelnd kam Eventine Elessedil auf die Füße, das Schwert noch immer fest in der Hand. Die blauen Augen blickten hart und starr. Ein Gefühl völliger Benommenheit umhüllte ihn, als er sich umdrehte und sah, daß Andor ihm die Arme entgegenstreckte. Dann brach der König der Elfen zusammen, und die Nacht schloß sich über ihm.

Wie die Botin des Todes kam sie den Menschen entgegen, höher gewachsen selbst als Allanon, das lange graue Haar von Nachtschatten durchwirkt. Lose fließende schwarze Gewänder umhüllten ihre schlanke Gestalt und belebten das tiefe Schweigen des Turms mit einem Rascheln von Seide. Sie war schön, ihr Gesicht zart und fein geschnitten, die Haut so bleich, daß sie beinahe ätherisch wirkte. Sie hatte etwas Zeitloses, als sei sie ein Wesen, das immer gewesen war und immer sein würde. Die Holzmännchen wichen zurück, als sie sich näherte, und sie schritt zwischen ihnen hindurch, ohne ihnen einen Blick zu gönnen. Ihre seltsamen, tief violetten Augen ließen die drei nicht los, die wie versteinert standen. Klein und zerbrechlich waren ihre Hände, die sich den drei Menschen entgegenstreckten. Ihre Finger krümmten sich, als wolle sie sie an sich ziehen.

»Mallenroh!« flüsterte Hebel ein zweites Mal, erregte Erwartung in der Stimme.

Sie blieb stehen. Die vollendet geschnittenen Züge zeigten keinen Ausdruck, als sie auf den alten Mann hinunterblickte. Dann wandte sie sich Eretria zu und schließlich Wil. Dem war so kalt, daß er am ganzen Leib zitterte.

»Ich bin Mallenroh«, sagte sie, und ihre Stimme war leise und fern. »Warum seid ihr hier?«

Keiner sagte etwas; sie hielten nur ihre Blicke unverwandt auf sie gerichtet. Sie wartete, dann hob sie ihre bleiche Hand.

»Die Senke ist verbotenes Gebiet. Kein Mensch darf sich da hineinwagen. Die Senke ist mein Reich, und in diesem Reich habe ich die Macht über Leben und Tod aller Lebewesen. Jenen, die meinen Gefallen finden, gewähre ich das Leben. Den anderen aber gebe ich den Tod. So ist es immer gewesen. Und so wird es immer sein.«

Wieder wanderte ihr Blick von einem zum anderen, und sie betrachtete jeden der drei mit strenger Aufmerksamkeit. Schließlich blieb ihr Blick auf Hebel ruhen.

»Wer bist du, alter Mann? Warum bist du in die Senke gekommen?«

Hebel schluckte. »Ich habe – ich habe Euch gesucht.« Seine Worte überschlugen sich. »Ich habe Euch etwas mitgebracht, Mallenroh.«

Die bleiche Hand streckte sich aus.

»Was hast du mir mitgebracht?«

Hebel nahm seinen Sack von der Schulter, öffnete ihn und kramte suchend darin herum. Gleich darauf entnahm er ihm eine glänzend polierte Holzfigur, eine kleine Statuette, die aus einem Stück Eichenholz geschnitzt war. Es war Mallenroh, so vollendet getroffen, daß es schien, als sei sie aus dem Schnitzwerk heraus ins Leben getreten. Sie nahm dem alten Mann die kleine Figur ab und betrachtete sie eingehend, während ihre schlanken Finger langsam über das glänzende Holz glitten.

»Hübsch«, sagte sie schließlich.

»Das seid Ihr«, erklärte Hebel hastig.

Sie sah ihn wieder an, und Wil war das, was er da erblickte, nicht geheuer. Das Lächeln, mit dem sie den alten Mann musterte, war dünn und kalt.

»Ich kenne dich«, sagte sie und schwieg dann, während ihre violetten Augen wieder sein verwittertes altes Gesicht musterten. »Vor langer Zeit war es, am Rande der Senke, als du noch jung warst. Eine Nacht habe ich dir gegeben...«

»Ich habe Euch nie vergessen«, flüsterte Hebel und wies rasch auf die Holzfigur. »Ich konnte mich noch genau erinnern, wie Ihr aussaht.«

Zu Hebels Füßen drückte sich Drifter auf den steinernen Boden des Turms nieder und winselte. Doch der alte Mann beachtete ihn nicht. Er hatte sich völlig in den Augen der Hexe verloren. Diese schüttelte den Kopf mit dem prachtvollen langen Haar.

»Es war eine Laune, du Törichter«, flüsterte sie.

Die Statuette in der Hand, ging sie an ihm vorüber zu Eretria. Angst schimmerte in den Augen des Mädchens, als die Hexe zu ihr trat.

»Und was hast du mitgebracht?« klang Mallenrohs Frage durch die Stille.

Eretria war sprachlos. Verzweifelt sah sie zu Wil hinüber, dann wieder auf Mallenroh. Die Hand der Hexe glitt einmal in einer Geste, die sowohl besänftigend als auch gebieterisch war, an ihren Augen vorüber.

»Du hüsches Ding«, sagte Mallenroh lächelnd. »Hast du dich selbst mitgebracht?«

Eretrias zierlicher Körper bebte.

»Ich – nein, ich –«

»Schlägt dein Herz für diesen da?« Mallenroh wies plötzlich auf Wil. Sie drehte sich um, um den jungen Mann anzusehen. »Sein Herz schlägt für eine andere, glaube ich. Für ein Elfenmädchen vielleicht? Ist das richtig?«

Wil nickte langsam. Ihre merkwürdigen Augen hielten die seinen fest, und ihre Worte trafen ihn bestimmt und mit Nachdruck.

»Du bist es, der die Zaubersteine bei sich trägt.«

»Die Zaubersteine?« stammelte Wil.

Ihre Hände glitten wieder unter die schwarzen Gewänder.

»Zeig sie mir.«

Ihre Stimme war so zwingend, daß Wil Ohmsford die Hand mit dem Lederbeutel öffnete, ohne zu wissen, was er tat. Sie nickte andeutungsweise.

»Zeig sie mir«, wiederholte sie.

Unfähig zu widerstehen, schüttete Wil die Elfensteine aus dem Beutel in seine offene Hand. Blitzend und schimmernd lagen sie da. Mallenroh hielt den Atem an, und eine Hand näherte sich den Steinen.

»Elfensteine«, sagte sie leise. »Blau für den Suchenden.« Ihre Augen begegneten denen Wils. »Sollen sie dein Geschenk an mich sein?«

Wil versuchte zu sprechen, doch die Kälte in seinem Inneren

lähmte ihn, und keine Worte kamen über seine Lippen. Er war nicht einmal imstande, seine Hand zurückzuziehen. Mallenrohs Augen blickten tief in die seinen; was er dort sah, entsetzte ihn. Sie wollte ihn wissen lassen, was sie ihm antun konnte.

Die Hexe trat zurück.

»Wisp«, rief sie.

Aus den Schatten kam ein kleines, buschig behaartes Geschöpf hervorgesprungen, einem Irrwisch ähnlich, mit dem Gesicht eines uralten Mannes. Der kleine Wicht dribbelte eilig zu Mallenroh hin und blickte diensteifrig zu dem kalten Gesicht auf.

»Ja, Dame. Wisp dient nur Euch.«

»Hier sind Geschenke...« Sie lächelte schwach, und ihre Stimme verlor sich in der Stille.

Stumm reichte sie Wisp die kleine Holzstatuette, die sie selbst zeigte, dann trat sie ein paar Schritte zur Seite und blieb wartend vor Hebel stehen. Wisp eilte ihr nach und kauerte sich in die Falten ihres Umhangs.

»Alter Mann«, sprach sie Hebel an, und ihr bleiches Gesicht neigte sich dem seinen entgegen. »Was soll ich mit dir tun?«

Hebel schien wieder zu klarem Verstand gekommen zu sein. Der Blick seiner Augen war nicht mehr geistesabwesend, als er die Hexe rasch ansah und dann wieder wegblickte.

»Mit mir? Ich weiß nicht.«

Ihr Lächeln war hart.

»Vielleicht solltest du hier in der Senke bleiben?«

»Es spielt keine Rolle«, erwiderte er, als spüre er irgendwie, daß die Hexe mit ihm ohnehin tun würde, wie ihr beliebte. Dann blickte er auf. »Aber die jungen Elfen, Mallenroh. Helft ihnen. Ihr könntet –«

»Ihnen helfen?« fiel sie ihm ins Wort.

Der alte Mann nickte. »Wenn Ihr wollt, daß ich bleibe, so werde ich es tun. Mich erwartet nichts mehr. Aber laßt die jungen Elfen gehen. Gebt ihnen die Hilfe, die sie brauchen.«

Sie lachte leise. »Vielleicht kannst du etwas tun, um ihnen zu helfen, alter Mann.«

»Aber ich habe schon alles getan, was ich kann...«

»Vielleicht nicht. Wenn ich dir sagte, daß du noch etwas tun kannst, wärst du dann bereit, es zu tun?«

Ihre Augen fixierten den alten Mann. Wil sah, daß die Hexe nur mit ihm spielte.

Hebel machte ein unsicheres Gesicht.

»Ich weiß nicht.«

»Natürlich weißt du es«, entgegnete sie mit gesenkter Stimme. »Sieh mich an.« Sie hob den Kopf. »Sie sind deine Freunde. Du willst ihnen doch helfen, nicht wahr?«

Wil war völlig verzweifelt. Irgend etwas Schreckliches war da im Gange, doch er konnte sich weder regen noch sprechen, um Hebel zu warnen. Flüchtig sah er Eretrias verängstigtes Gesicht. Auch sie witterte die Gefahr.

Auch Hebel spürte sie. Doch er spürte auch, daß er ihr nicht entrinnen könne. Sein Blick traf den der Hexe.

»Ich möchte ihnen helfen.«

Mallenroh nickte. »Dann sollst du es tun, Alter.«

Sie hob die Hand, um sein Gesicht zu berühren. In den Augen der Hexe sah Hebel, was aus ihm werden würde. Drifter fletschte plötzlich die Zähne und sprang auf, doch Hebel packte ihn und hielt ihn fest. Die Zeit des Widerstands war vorüber. Sachte streichelten die Finger der Hexe die bärtige Wange des alten Mannes, und sein ganzer Körper schien plötzlich zu erstarren. Nein! wollte Wil schreien, doch es war zu spät. Mallenrohs Umhang umfing Hebel und Drifter, und sie waren verschwunden. Einen Moment lang umhüllte sie der Umhang, dann fiel er wieder auseinander. Mallenroh stand allein. In der einen Hand hielt sie ein vollendet geschnitztes kleines Standbild des alten Mannes mit seinem Hund.

»Auf diese Weise hilfst du ihnen am meisten.« Sie lächelte kalt.

Sie reichte die kleine Figur an Wisp weiter, der sie an sich nahm. Dann wandte sie sich an Eretria. »So, und was soll ich nun mit dir anfangen, du Hübsche?« flüsterte sie.

Sie hob die Hand, und streckte einen Finger in die Höhe. Eretria wurde in die Knie gezwungen und senkte tief den Kopf. Die Finger winkten, und Eretria streckte der Hexe die Hände in einer Geste der Unterwerfung entgegen. Tränen rannen ihr über das Gesicht. Mallenroh betrachtete sie einen Moment lang ohne etwas zu sagen, dann blickte sie plötzlich auf Wil.

»Möchtest du, daß auch aus ihr eine Holzfigur wird?« Ihre Stimme hatte eine Schärfe, die Wil durch Mark und Bein ging. Noch immer konnte er nicht sprechen. »Oder vielleicht aus dem Elfenmädchen? Du weißt natürlich, daß es bei mir ist.«

Sie wartete nicht auf die Erwiderung, die er, wie sie wohl wußte, nicht geben konnte. Sie trat einige Schritte näher an ihn heran, und ihre hochgewachsene Gestalt neigte sich zu ihm hinunter, bis ihr Gesicht dem seinen ganz nahe war.

»Ich wünsche die Elfensteine, und du wirst sie mir geben. Du wirst sie mir zum Geschenk machen, Elf, denn ich weiß, wenn sie dir mit Gewalt genommen werden, dann sind sie nutzlos.« Ihre Augen brannten sich in die seinen. »Ich möchte ihre Zauberkraft haben, verstehst du? Ich weiß ihren Wert weit besser zu schätzen als du. Ich bin älter als diese Welt und ihre Waffen, älter als die Druiden, die in Paranor mit Zauberkräften spielten, die längst von meiner Schwester und mir gemeistert wurden. Und so ist es auch mit den Elfensteinen. Zwar fließt in mir kein Elfenblut, doch mein Blut ist das Blut aller Rassen, und daher ist es mir gegeben, mich ihrer Kräfte zu bedienen. Dennoch kann nicht einmal ich das Gesetz brechen, das ihre Kräfte wirksam macht. Die Elfensteine müssen freiwillig gegeben werden. Und so wird es auch geschehen.«

Ganz nahe kam ihre Hand seinem Gesicht, berührte es beinahe.

»Ich habe eine Schwester, Elf – Morag nennt sie sich. Seit Jahrhunderten leben wir in dieser Senke, wir, die Hexenschwestern, die letzten unserer Art. Vor langer Zeit einmal hat sie mir bitter Unrecht getan, und ich habe ihr nie vergeben. Ich hätte mich ihrer entledigt, doch wir sind einander völlig gleich an Kräften, so daß niemals die eine die andere besiegen kann. Die Elfensteine aber besitzen eine Zauberkraft, die meiner Schwester fehlt, eine Kraft, die es mir möglich machen wird, ihr Ende herbeizuführen. Morag – die verhaßte Morag! Süß ist der Gedanke, daß sie mir eines Tages dienen muß wie diese Holzmännchen! Süß ist der Gedanke, diese verhaßte Stimme zum Schweigen zu bringen. Oh, so lange habe ich darauf gewartet, mich von ihr zu befreien, Elf! So lange!«

Ihre Stimme schwoll an, während sie sprach, bis die Wörter sich an den Steinen des Turmes brachen und die tiefe Stille mit ihrem Widerhall füllten. Das schöne kalte Gesicht entfernte sich von Wil, die schlanken Arme verschränkten sich unter den schwarzen Gewändern. Wil spürte, wie ihm der Schweiß am ganzen Körper hinunterrann.

»Die Elfensteine sollen dein Geschenk an mich sein«, flüsterte sie. »Mein Geschenk an dich wird dein eigenes Leben und das Leben der Frauen sein. Nimm mein Geschenk an. Gedenke des alten Mannes. Denke an ihn, ehe du wählst.«

Sie hielt inne, als die Pforte zum Turm sich öffnete, und ein kleines Grüppchen von Holzmännchen hereinkam. Auf leise klappernden hölzernen Beinen traten sie zu Mallenroh und blieben dicht gedrängt vor ihr stehen. Einen Moment lang neigte sie sich zu ihnen hinunter, dann richtete sie sich auf und blickte aus kalten Augen auf Wil.

»Ihr habt einen Dämon in die Senke gelockt«, schrie sie ihn an. »Einen Dämon – nach all diesen Jahren! Er muß gefunden und vernichtet werden. Wisp – sein Geschenk!«

Der kleine Irrwisch schoß zu Wil hin und nahm dem Ohnmächtigen den Beutel und die Elfensteine aus den Händen. Das alte Gesicht blickte flüchtig zu dem Talbewohner auf, dann versteckte er sich in den Falten von Mallenrohs Umhang. Die Hexe hob die Hand, und Wil spürte, wie er plötzlich ganz schwach wurde.

»Denke daran, was du gesehen hast, Elf.« Ihre Stimme schien jetzt fern und kühl. »Ich besitze die Macht über Leben und Tod. Wähle klug.«

Sie ging an ihm vorüber und verschwand durch die offene Tür. Seine Kräfte ließen ihn im Stich, sein Blick trübte sich. Neben ihm brach Eretria zusammen.

Dann stürzte auch er. Das letzte, woran er sich erinnerte, war die Berührung der hölzernen Finger, die sich um seinen Körper schlossen.

»Wil!«

Der Klang seines Namens hing wie ein irrendes Echo im schwarzen Nebel, der ihn einhüllte. Die Stimme schien aus weiter Ferne zu kommen, um durch die Dunkelheit herabzuschweben und in seinen Schlaf einzudringen. Träge regte er sich, hatte das Gefühl, als sei er gebunden und mit Gewichten beschwert. Mit einer Kraftanstrengung tauchte er aus sich selbst heraus.

»Wil, ist dir auch nichts passiert?«

Die Stimme gehörte Amberle. Er blinzelte in dem Bemühen zu erwachen.

»Wil?«

Sie barg seinen Kopf auf ihrem Schoß, und ihr Gesicht neigte sich über das seine. Das lange kastanienbraune Haar floß über ihn wie ein Schleier.

»Amberle?« fragte er schläfrig und setzte sich auf. Dann streckte er stumm die Arme nach ihr aus und drückte sie fest an sich.

»Ich dachte, ich hätte dich verloren«, stieß er hervor.

»Und ich dachte, ich hätte dich verloren.« Sie lachte leise, während sie ihn umschlungen hielt. »Du hast stundenlang geschlafen, bist nicht ein einziges Mal erwacht, seit sie dich hier hereingebracht haben.«

Wil nickte, den Kopf an ihrer Schulter, und wurde plötzlich des betäubenden Duftes von Räucherwerk gewahr, der in der Luft hing. Sogleich wurde ihm klar, daß es dieser berauschende Duft war, der ihn so müde und ermattet machte. Sacht ließ er Amberle los und sah sich um.

Sie befanden sich in einer fensterlosen Zelle. An einer Kette hing von der Decke ein leuchtender Glaszylinder herab, wieder eines dieser Lichter, die ohne Öl oder Pech brannten und keinen Rauch absonderten. Die eine Wand der Zelle bestand ganz aus senkrechten alten Stangen, die im steinernen Boden und der Decke verankert waren. Die einzige Tür der Zelle befand sich in dieser eisernen Wand. Man hatte ihnen einen Krug mit Wasser, eine Eisenschüssel, Handtücher, Decken und drei Strohsäcke in die Zelle gebracht. Auf einer dieser Matratzen lag Eretria. Ihr

Atem ging tief und regelmäßig. Jenseits der eisernen Gitterwand befand sich ein Gang, der zu einer Treppe führte und sich dann in Schwärze verlor.

Amberle folgte seinem Blick, der zu Eretria wanderte.

»Ich glaube, ihr ist nichts geschehen – sie schläft nur. Bis jetzt hab' ich es nicht geschafft, einen von euch beiden zu wecken.«

»Mallenroh«, flüsterte er, als ihm alles wieder einfiel. »Hat sie dir etwas angetan?«

Amberle schüttelte den Kopf.

»Sie hat kaum ein Wort mit mir gesprochen. Anfangs wußte ich nicht einmal, wer mich da gefangengenommen hatte. Die Holzmännchen brachten mich hierher, und ich schlief eine ganze Weile. Dann kam sie zu mir. Sie erzählte mir, daß andere nach mir suchten, daß sie zu ihr gebracht werden würden, genau wie ich zu ihr gebracht worden war. Danach ging sie.« Die meergrünen Augen suchten die seinen. »Sie macht mir Angst, Wil – sie ist schön, aber so kalt.«

»Sie ist ein Ungeheuer. Wie hat sie dich denn überhaupt gefunden?«

Amberle wurde bleich bei der Erinnerung.

»Irgend etwas bedrohte mich, und da bin ich in die Senke hinuntergelaufen. Ich habe es nicht gesehen, aber ich spürte es – es war etwas Böses, das nach mir suchte.« Sie hielt einen Moment inne. »Ich lief und lief, solange ich konnte, und dann kroch ich. Am Ende bin ich zusammengebrochen. Die Holzmännchen müssen mich gefunden und zu ihr gebracht haben. Wil, war es Mallenroh, die ich spürte?«

Wil schüttelte den Kopf.

»Nein. Es war der Raffer.«

Ratlos starrte sie Wil einen Moment lang an, dann blickte sie zur Seite.

»Und jetzt ist er hier in der Senke, nicht wahr?«

»Ja«, bestätigte Wil. »Die Hexe weiß von ihm. Sie sucht ihn.« Er lächelte grimmig. »Vielleicht werden sie einander gegenseitig vernichten.«

Sie erwiderte das Lächeln nicht.

»Wie hast du mich gefunden?«

Er erzählte ihr alles, was geschehen war, seit er sie oben am Rand der Senke zurückgelassen hatte – er berichtete von dem Zusammentreffen mit Eretria, vom Tod Cephelos und der anderen Fahrensleute, vom Wiederauffinden der Elfensteine, der Flucht zurück durch den Wildewald, der Begegnung mit Hebel und Drifter, der Wanderung in die Senke, der Entdeckung der Holzmännchen und der Begegnung mit Mallenroh. Am Ende erzählte er noch, was die Hexe mit Hebel angestellt hatte.

»Der arme alte Mann«, flüsterte sie, und in ihren Augen standen Tränen. »Er wollte ihr doch nichts Böses. Warum hat sie ihm das angetan?«

»Wir alle sind ihr völlig gleichgültig«, erwiderte Wil. »Sie ist nur an den Elfensteinen interessiert. Sie will sie unbedingt haben, Amberle. Hebel sollte uns anderen nur ein Beispiel sein – besonders mir.«

»Aber du wirst sie ihr doch nicht geben, nicht wahr?«

Er sah sie unsicher an.

»Wenn ich dadurch unser Leben retten kann, dann gebe ich sie ihr. Wir müssen hier fort.«

Das Elfenmädchen schüttelte langsam den Kopf.

»Ich glaube nicht, daß sie uns fortlassen wird, Wil – auch nicht wenn du ihr das gibst, was sie haben will. Nachdem, was du mir von Hebel erzählt hast, glaube ich nicht mehr daran.«

Er schwieg bedrückt einen Moment.

»Ich weiß. Aber vielleicht können wir mit ihr feilschen. Sie würde bestimmt alles tun, um in den Besitz der Steine zu kommen...« Plötzlich brach er ab und lauschte. »Pscht, da kommt jemand.«

Stumm spähten sie durch das Eisengitter vor der Zelle in die Finsternis des Korridors hinaus. Von der Treppe her kam ein leichtes Scharren. Dann tauchte eine Gestalt im Lichtschein auf. Es war Wisp.

»Etwas zu essen«, verkündete er strahlend und hielt ihnen eine Platte mit Brot und Früchten hin. Eilig trippelte er zu ihrer Zelle und schob die Platte durch eine schmale Öffnung am unteren Ende der Gittertür.

»Gutes Essen«, sagte er und wandte sich schnell ab, um wieder zu gehen.

»Wisp!« rief Wil ihm nach. Der kleine Irrwisch drehte sich um und sah den Talbewohner fragend an. »Kannst du nicht ein bißchen bleiben und mit uns sprechen?« fragte Wil.

Das alte Gesicht verzog sich zu einem Lächeln.

»Ja, Wisp spricht gern mit euch.«

Wil warf einen Blick auf Amberle.

»Was macht dein Knöchel – kannst du laufen?«

Sie nickte. »Es ist viel besser«, antwortete sie.

Er nahm sie bei der Hand und führte sie zu der Platte mit dem Essen. Schweigend setzten sie sich nieder. Wisp hockte sich auf die unterste Stufe der Treppe und neigte seinen Kopf zur Seite. Wil nahm sich ein Stück Brot, kaute und nickte beifällig.

»Sehr gut, Wisp.«

Der kleine Bursche grinste. »Sehr gut.«

Wil lächelte. »Wie lange bist du schon hier, Wisp?«

»Lange. Wisp dient der Dame.«

»Hat die Dame dich gemacht – wie sie die Holzmänner gemacht hat?«

Der kleine Irrwisch lachte.

»Holzmänner – klick, klack. Wisp dient der Dame – aber nicht aus Holz gemacht.« Seine Augen leuchteten auf. »Elf wie du.«

Wil war erstaunt. »Aber du bist so klein. Und weshalb bist du so behaart?« Er deutete erst auf seine eigenen Arme und Beine, dann auf die von Wisp. »Hat sie das gemacht?«

Der kleine Elf nickte glücklich.

»Niedlich, hat sie gesagt. Da sieht Wisp niedlich aus. Da kann er mit den Stockmännern herumtollen und spielen. Niedlich.« Er hielt inne und spähte an ihnen vorbei zu Eretria, die immer noch schlief. »Hübsches Ding.« Er wies mit dem Finger zu ihr hin. »Die Hübscheste von allen.«

»Was weißt du über Morag?« fragte Wil, ohne auf Wisps offenkundiges Interesse an Eretria einzugehen.

Wisps altes Gesicht verzerrte sich zu einer Grimasse.

»Bös ist Morag. Sehr bös. Eine lange Zeit lebt sie schon in der Senke, alle beide, sie und die Dame. Sie sind Schwestern. Morag im Osten, die Dame im Westen. Beide haben Holzmännchen, aber nur die Dame hat Wisp.«

»Verlassen sie jemals die Senke – Morag und die Dame?«

Wisp schüttelte den Kopf. »Nie.«

»Warum nicht?«

»Außerhalb der Senke keine Zauberkraft.« Wisp grinste verschlagen.

Das verriet Wil etwas, was er nicht vermutet hatte. Die Macht der Hexenschwestern hatte ihre Grenzen; sie reichte über die Senke nicht hinaus. Das erklärte, warum niemals jemand ihnen irgendwo im Westland begegnet war. Er schöpfte neue Hoffnung. Wenn er ein Mittel finden konnte, um aus der Senke herauszukommen ...

»Warum haßt die Dame Morag so sehr?« fragte Amberle.

Wisp überlegte. »Vor langer, langer Zeit war da einmal ein Mann. Schön war er, hat die Dame gesagt. Die Dame wollte ihn für sich haben. Morag wollte ihn für sich haben. Jede wollte den Mann haben. Der Mann –« Er verklammerte die Finger seiner beiden kleinen Hände ineinander und riß sie dann mit Gewalt auseinander. »Fort war er. Tot.« Er schüttelte den Kopf. »Morag tötete den Mann. Böse Morag.«

Böse Mallenroh, dachte Wil. Damit war jedenfalls klar, wie die Hexenschwestern zueinander standen. Er beschloß herauszufinden, was Wisp sonst noch über die Senke wußte.

»Gehst du jemals aus dem Turm heraus, Wisp?« fragte er.

Das alte Gesicht verzog sich wiederum zu einem Grinsen. Es war ein Grinsen des Stolzes.

»Wisp dient der Dame.«

Wil faßte das als eine bejahende Antwort auf.

»Warst du schon mal bei der Hochwarte?« fragte er.

»Sichermal«, antwortete Wisp sogleich.

Darauf folgte ein plötzliches Schweigen. Amberle faßte Wil am Arm und warf ihm einen raschen Blick zu. Wil war so verblüfft über diese Erwiderung, daß er einen Moment lang sprachlos war. Als er sich wieder gefaßt hatte, beugte er sich vor und winkte mit gekrümmtem Finger. Wisp rückte ein bißchen näher.

»Lange, lange Tunnel, die sich durch den Berg schlängeln«, sagte Wil. »In diesen Tunneln kann man sich leicht verirren,

Wisp.«

Der behaarte kleine Elf schüttelte den Kopf.

»Wisp nicht.«

»Nein?« meinte Wil ein wenig herausfordernd. »Und was ist mit der Tür aus Glas, das nicht bricht?«

Wisp dachte einen Augenblick nach, dann klatschte er aufgeregt in die Hände.

»Nein, nein, sieht nur aus wie Glas. Wisp kennt das falsche Glas. Wisp dient der Dame.«

Wil versuchte noch, diese Antwort zu entschlüsseln, als Wisp in den Hintergrund der Zelle deutete.

»Schau, das hübsche Ding, hallo, hallo!«

Wil und Amberle drehten sich herum. Eretria hatte sich auf ihrem Strohsack aufgesetzt. Endlich war sie wach. Das schwarze Haar fiel ihr in schweren Locken ins Gesicht, als sie sich mit beiden Händen den Nacken rieb. Langsam blickte sie auf, wollte etwas sagen, sah dann, wie Wil warnend die Finger auf seine Lippen drückte. Sie blickte an ihm vorbei zu Wisp, der mit einem strahlenden Grinsen auf der anderen Seite des Eisengitters kauerte.

»Hübsches Ding, hallo!« wiederholte Wisp und hob winkend die Hand.

»Hallo«, erwiderte sie unsicher. Als sie sah, daß Wil beifällig nickte, setzte sie ihr strahlendstes Lächeln auf. »Hallo, Wisp.«

»Ich will mit dir sprechen, du hübsches Ding.«

Wil und Amberle hatte Wisp völlig vergessen. Eretria stand ein wenig schwankend auf, rieb sich die Augen und gesellte sich zu ihren beiden Freunden. Flink wanderte ihr forschender Blick zur Treppe und dem Flur dahinter.

»Was spielen wir denn jetzt, Heiler?« flüsterte sie aus dem Mundwinkel. Furcht stand in ihren dunklen Augen, doch ihre Stimme zitterte nicht.

Wil wandte den Blick nicht von Wisp.

»Wir versuchen, ihn ein bißchen auszuhorchen, damit wir hier irgendwie wieder rauskommen.«

Sie nickte, dann rümpfte sie plötzlich die Nase.

»Was ist denn das für ein Geruch?«

»Räucherwerk. Ich bin zwar nicht sicher, aber ich glaube, der Rauch wirkt wie ein Schlaftrunk, wenn man ihn einatmet. Ich glaube, deshalb fühlen wir uns alle so schwach.«

Eretria wandte sich wieder Wisp zu.

»Wozu ist das Räucherwerk gut, Wisp?«

Der behaarte kleine Elf dachte nach, dann zuckte er die Schultern.

»Schöner Geruch. Keine Sorgen.«

»In der Tat«, murmelte Eretria mit einem Blick auf Wil. Dann sah sie Wisp wieder mit strahlendem Lächeln an. »Kannst du die Tür aufmachen, Wisp?« fragte sie und wies auf die Gitterstangen.

Wisp erwiderte das Lächeln.

»Wisp dient der Dame, hübsches Ding. Ihr müßt bleiben.«

Eretria lächelte wieder. »Ist die Dame jetzt hier, im Turm?«

»Sie sucht den Dämon«, antwortete Wisp. »Sehr schlimm. Hat alle ihre Holzmännchen kaputtgemacht.« Er schnitt eine Grimasse. »Sie wird dem Dämon sehr weh tun.« Er rieb zwei Finger aneinander. »Sie wird machen, daß er verschwindet.« Dann hellten sich seine Züge auf. »Wisp könnte dir kleine Holzfiguren zeigen. Wie den kleinen Mann mit dem Hund. In der Schachtel, hübsche Dinger, so wie du.«

Er wies auf Eretria, die blaß wurde und hastig den Kopf schüttelte. »Ach nein, Wisp, besser nicht. Schwatz lieber ein bißchen mit mir.«

Wisp nickte freundlich. »Wir schwatzen nur.«

Während Wil dem Gespräch lauschte, kam ihm plötzlich ein Einfall. Er beugte sich vor und umfaßte die Eisenstangen der Zellenwand mit beiden Händen.

»Wisp, was hat die Dame mit den Elfensteinen gemacht?«

Wisp sah ihn an.

»In der Schachtel sind sie, gut aufgehoben in der Schachtel.«

»In was für einer Schachtel, Wisp? Wo hebt die Dame die Schachtel auf?«

Wisp wies uninteressiert zum dunklen Korridor, während er unverwandt Eretria anstarrte.

»Schwatz mit mir, hübsches Ding«, bat er.

Wil sah Amberle an und zuckte die Schultern. Sehr erfolgreich war er nicht in seinen Bemühungen, Wisp auszuhorchen. Der kleine Bursche interessierte sich ausschließlich für Eretria.

Das Mädchen kreuzte die Beine und wippte ein wenig hin und her.

»Würdest du mir die hübschen Steine zeigen, Wisp? Könnte ich sie sehen?«

Wisp sah sich verstohlen um.

»Wisp dient der Dame. Wisp ist treu.« Er schwieg und überlegte. »Wisp kann dir die Holzfiguren zeigen, hübsches Ding.«

Eretria schüttelte den Kopf.

»Nein, Wisp, schwatzen wir lieber. Warum mußt du hier in der Senke bleiben? Warum gehst du nie von hier fort?«

»Wisp dient der Dame.« Wisp wiederholte eifrig diese, seine Lieblingsantwort, und sein Gesicht wurde unruhig. »Geht niemals aus der Senke fort. Kann nicht fortgehen.«

Irgendwo hoch oben im Turm ertönte ein Glockenschlag, dann war es wieder still. Hastig sprang Wisp auf.

»Die Dame ruft«, erklärte er Wil, den Blick schon zur Treppe gerichtet.

»Wisp!« rief Wil ihm nach. Der kleine Bursche blieb stehen. »Wird die Dame uns fortgehen lassen, wenn ich ihr die Elfensteine gebe?«

Wisp schien nicht zu verstehen. »Fortgehen?«

»Fort, aus der Senke heraus?« erkläuterte Wil.

Wisp schüttelte den Kopf. »Keiner geht fort. Niemals. Holzfiguren.« Er winkte Eretria zu. »Das hübsche Ding ist für Wisp. Paß gut auf das hübsche Ding auf. Dann schwatzen wir noch ein bißchen. Später.«

Er machte kehrt und sprang die Treppe hinauf. Die Gefangenen blickten ihm nach, bis die Finsternis ihn verschluckte. Die Glocke hoch im Turm schlug ein zweites Mal.

Wil sprach als erster.

»Wisp könnte sich täuschen. Mallenroh will die Elfensteine unbedingt haben. Ich glaube, sie würde uns fortlassen, wenn ich bereit wäre, sie ihr zu geben.«

Dicht zusammengedrängt kauerten sie vor der Tür ihrer Zelle

und spähten voller Unbehagen in die Finsternis des Korridors auf der anderen Seite.

»Nein, Wisp täuscht sich nicht.« Amberle schüttelte bedächtig den Kopf. »Hebel hat uns doch erzählt, daß niemand sich in die Senke hineinwagt. Er hat gesagt, daß noch nie jemand wieder zurückgekommen ist.«

»Das Elfenmädchen hat recht«, stimmte Eretria zu. »Niemals wird diese Hexe uns fortlassen. Sie wird uns alle in Holzfiguren verwandeln.«

»Nun, dann müssen wir uns einen anderen Plan einfallen lassen.«

Wil umfaßte die Eisenstangen der Zelle, um ihre Stärke zu prüfen. Eretria stand auf und blickte vorsichtig zur düsteren Treppe hin.

»Ich habe einen anderen Plan, Heiler«, sagte sie leise.

Sie griff in ihren rechten Stiefel, teilte die Lederfalten an der Innenseite und zog eine dünne Metallstange mit einem merkwürdig geformten Haken am Ende heraus. Dann griff sie in den linken Stiefel und nahm den Dolch heraus, den Wil schon vorher gesehen hatte, als Hebel sie am Rand zur Senke überrascht hatte. Mit einem triumphierenden Lächeln hielt sie den Dolch hoch und ließ ihn dann wieder in den Stiefel gleiten.

»Wie konnte Mallenroh den denn übersehen?« fragte Wil erstaunt.

Das Mädchen zuckte die Schultern.

»Sie hat sich gar nicht die Mühe gemacht, ihren Holzmännern zu befehlen, mich zu durchsuchen. Sie war viel zu sehr damit beschäftigt, uns fühlen zu lassen, wie ohnmächtig wir sind.«

Sie trat zur Zellentür und prüfte aufmerksam das Schloß.

»Was machst du da?« Wil trat zu ihr.

»Ich sorge dafür, daß wir hier rauskommen«, erklärte sie, während sie angestrengt ins Schlüsselloch starrte. Dann blickte sie zu ihm auf und hob den kleinen Metallschaft hoch. »Ein Dietrich. Es gibt bei den Fahrensleuten weder Mann noch Frau ohne ein solches Ding. Weil allzu viele schlecht beratene Bürger immer wieder versuchen, uns einzusperren. Sie trauen uns wahrscheinlich nicht.«

Sie zwinkerte Amberle zu; die runzelte die Stirn.

»Manche von diesen Leuten haben wahrscheinlich guten Grund, euch nicht zu trauen«, meinte sie.

»Wahrscheinlich.« Eretria blies Staub von dem Schloß. »jeder von uns schwindelt ab und zu mal – nicht wahr, *Schwester* Amberle?«

»Augenblick mal.« Wil kniete neben ihr nieder, ohne das Gespräch zu beachten. »Angenommen, du bringst das Schloß auf, Eretria, was tun wir dann?«

Sie sah ihn an, als sei er nicht ganz bei Sinnen.

»Wir fliehen, Heiler – so schnell und so weit es geht.«

Wil schüttelte den Kopf.

»Das geht nicht. Wir müssen bleiben.«

»Wir müssen bleiben?« wiederholte sie ungläubig.

»Eine Zeitlang zumindest.« Wil warf einen flüchtigen Blick auf Amberle, dann faßte er seinen Entschluß. »Eretria, ich glaube, jetzt ist der Moment gekommen, daß wir den Schwindel, von dem du eben gesprochen hast, mal aus der Welt schaffen sollten. Hör mir jetzt gut zu.«

Er winkte Amberle, sich zu ihnen zu gesellen, und dann klärte er Eretria in aller Eile darüber auf, wer Amberle war, wer er selbst war, was sie in den Wildewald geführt hatte und was sie in Wirklichkeit suchten. Er ließ nichts aus in seinem Bericht, denn es war jetzt notwendig, daß Eretria die lebenswichtige Bedeutung ihrer Suche nach dem Blutfeuer begriff. Sie befanden sich in diesem Turm in großer Gefahr, doch selbst wenn es ihnen gelingen sollte, sich zu befreien, würde die Gefahr nicht geringer werden, die sie bedrohte. Wenn ihm selbst irgend etwas zustoßen sollte, sagte er, dann sollte Eretria alles tun, was in ihrer Macht stand, um Amberle bei der Flucht aus der Senke zu helfen.

Als er geendet hatte, starrte Eretria ihn sprachlos an. Dann wandte sie sich Amberle zu.

»Ist das alles wahr, Elfenmädchen? Ich glaube, dir traue ich eher.«

Amberle nickte. »Es ist alles wahr.«

»Und ihr seid entschlossen, hier zu bleiben, bis ihr dieses Blutfeuer gefunden habt?«

Amberle nickte wieder.

Eretria schüttelte voller Zweifel den Kopf.

»Kann ich das Samenkorn mal sehen, das du bei dir hast?«

Unter ihrem Kittel zog Amberle das Samenkorn des Ellcrys hervor, das sorgfältig in weißes Leinen eingeschlagen war. Sie packte es aus und hielt es der staunenden Eretria hin. Silberweiß und vollkommen geformt lag es auf ihren Händen. Die Zweifel in Eretrias Augen erloschen, und sie wandte sich wieder Wil zu.

»Wo du hingehst, da gehe auch ich hin, Wil Ohmsford. Wenn du sagst, daß wir bleiben müssen, dann ist die Sache erledigt. Aber aus dieser Zelle hier müssen wir trotzdem raus.«

»Also gut«, stimmte Wil zu. »Dann suchen wir Wisp.«

»Wisp?«

»Wir brauchen ihn. Er weiß, wo Mallenroh die Elfensteine versteckt hat, und er kennt Sichermal, er kennt sich aus in seinen unterirdischen Gängen und weiß um all seine Geheimnisse. Er kennt die Senke. Wenn wir Wisp als Führer haben, dann könnte es uns gelingen, unsere Mission zu erfüllen und lebend von hier zu entkommen.«

Eretria nickte. »Aber erst einmal müssen wir von hier entkommen. Ich brauche bestimmt eine ganze Weile, um dahinterzukommen, wie das Schloß da funktioniert. Seid so leise wie möglich. Beobachtet die Treppe.«

Vorsichtig schob sie das Metallrohr mit dem Haken in das Schlüsselloch und begann, es behutsam hin und her zu drehen.

Wil und Amberle rückten zur anderen Seite des Gitters hinüber, von wo aus sie den dunklen Korridor besser beobachten konnten, der vom Turm aus die Treppe herunterführte. Die Minuten verrannen, und noch immer war es Eretria nicht gelungen, die Zellentür zu öffnen. Schwaches Kratzen und Knirschen war in der tiefen Stille zu hören, während der Dietrich im Schloß hin und her bewegt wurde. Eretria schimpfte leise vor sich hin, als ihre Versuche, das Schloß zu öffnen, immer wieder fehlschlugen. Amberle kauerte sich neben Wil, ihre Hand locker auf seinem Knie.

»Und was tun wir, wenn sie es nicht schafft?« flüsterte sie nach einer Weile.

Wil hielt die Augen auf den Korridor gerichtet.

»Sie schafft es schon.«

Amberle zweifelte. »Aber wenn sie es nicht schafft – was dann?«

Er schüttelte den Kopf.

»Du solltest Mallenroh die Elfensteine nicht geben«, erklärte Amberle leise.

»Das haben wir doch schon besprochen. Ich muß dich hier herausbringen.«

»Wenn sie die Steine erst hat, dann wird sie uns vernichten.«

»Nein, nicht, wenn ich es richtig anpacke.«

»Jetzt hör mir doch mal zu!« Ihre Stimme war zornig. »Mallenroh hat keine Achtung vor menschlichem Leben. In ihren Augen sind die Menschen nutzlose Wesen, soweit sie ihr nicht dienen. Hebel begriff das nicht, als er ihr damals vor langer Zeit am Rand der Senke das erste Mal begegnete. Er sah nur ihre Schönheit und die magischen Kräfte, mit denen sie sich umgab, die Träume, die sie mit ihren Worten spann, den Eindruck, den sie hinterließ – nur Blendwerk. Er sah nicht das Böse, das darunter lag – oder er sah es jedenfalls erst viel zu spät.«

»Aber ich bin nicht Hebel.«

Sie holte tief Atem.

»Nein. Aber es beruhigt mich, daß deine Sorge um mich und um die Mission, die ich zu erfüllen habe, jetzt dein Urteil beeinflußt. Du besitzt eine solche Entschlossenheit, Wil. Du meinst, daß du jedes Hindernis überwinden kannst, ganz gleich wie mächtig es ist. Ich neide dir deine Entschlossenheit – mir fehlt sie vollkommen.«

Sie nahm seine Hände in die ihren.

»Ich will dir nur begreiflich machen, daß ich auf dich angewiesen bin. Du kannst es nennen, wie du willst – ich brauche deine Kraft und deine Stärke, deine Überzeugung, deine Entschlossenheit. Aber weder dies noch deine Gefühle für mich dürfen dein Urteil beeinflussen. Sonst sind wir beide verloren.«

»Entschlossenheit ist so ziemlich die einzige Waffe, über die ich noch verfüge«, erwiderte er leise und sah ihr in die Augen. »Im übrigen finde ich gar nicht, daß es dir an Entschlossenheit mangelt.«

»Doch, Wil. Allanon wußte das, als er dich auswählte, um mich zu beschützen. Ich glaube, er wußte, wie wichtig deine Entschlossenheit für unser Überleben werden würde. Und ohne sie, Wil, wären wir längst tot.« Sie hielt einen Moment inne, und als sie weitersprach, war ihre Stimme sehr leise. »Du irrst dich, wenn du sagst, daß es mir nicht an Entschlossenheit fehlt. Ich habe sie nie in ausreichendem Maße besessen.«

»Das glaube ich dir nicht.«

»Du kennst mich nicht so gut, wie du glaubst, Wil.«

Er musterte forschend ihr Gesicht.

»Was meinst du damit?«

»Ich meine, daß es gewisse Dinge gibt...« Sie brach ab. »Ich meine, daß ich nicht so stark bin, wie ich gern sein würde – nicht so mutig, nicht einmal so zuverlässig wie du. Weißt du noch, Wil, als wir in Havenstead aufbrachen? Damals hast du nicht sonderlich viel von mir gehalten. Und ich habe auch nicht viel von dir gehalten.«

»Amberle, du hattest Angst. Das ist doch nicht –«

»O ja, da hast du recht, ich hatte große Angst«, unterbrach sie ihn rasch. »Ich habe immer noch Angst. Und gerade die Tatsache, daß ich Angst habe, ist die Ursache für alles, was geschehen ist.«

An der Zellentür brummte Eretria zornig vor sich hin, lehnte sich zurück und begutachtete aus zusammengekniffenen Augen das widerspenstige Schloß. Einmal sah sie kurz zu Wil hinüber, dann machte sie sich wieder an die Arbeit.

»Du willst mir doch etwas ganz Bestimmtes sagen, Amberle. Was ist es?« fragte Wil leise.

Amberle schüttelte langsam den Kopf.

»Ich bemühe mich, den Mut aufzubringen, dir das eine zu sagen, das ich dir bis jetzt einfach nicht sagen konnte.« Sie starrte in die öde Düsternis der Zelle. »Ich vermute, es drängt mich gerade jetzt, es dir zu sagen, weil ich nicht weiß, ob sich noch eine andere Gelegenheit überhaupt bieten wird.«

»Dann sag es mir doch«, ermunterte er sie.

Sie hob das kindliche Gesicht zu ihm auf.

»Ich habe Arborlon verlassen und meine Pflichten als Erwählte im Dienste des Ellcrys im Stich gelassen, weil ich mit der Zeit eine solche Angst vor dem Ellcrys bekam, daß ich es nicht mehr ertragen konnte, auch nur in seiner Nähe zu sein. Das klingt töricht, ich weiß, aber hör mich bitte bis zum Ende an. Ich habe dies nie jemandem erzählt. Ich glaube, meine Mutter hat es gemerkt und verstanden, aber sonst niemand. Ich kann das auch den anderen nicht zum Vorwurf machen. Ich hätte mich ja vielleicht erklären können, aber ich zog es vor, das nicht zu tun. Ich war einfach der Meinung, ich könnte mit niemandem darüber sprechen.«

Sie machte eine kurze Pause.

»Ich hatte einen schweren Stand, nachdem ich von dem Ellcrys erwählt worden war. Ich wußte natürlich um die Einzigartigkeit meiner Erwählung. Ich wußte, daß ich seit fünfhundert Jahren die erste Frau war, die der Baum erkoren hatte, die erste Frau seit den Tagen des Zweiten Krieges der Rassen. Ich nahm meine Erwählung einfach an, obwohl es viele gab, die sie in Frage stellten. Ganz offen. Doch ich war die Enkelin von Eventine Elessedil; so sonderbar fand ich es gar nicht, daß ich erwählt worden war. Und meine Familie – ganz besonders mein Großvater – war so stolz.

Aber ich entdeckte bald, daß meine Erwählung nicht nur im Hinblick darauf, daß ich eine Frau war, etwas Besonderes war. Vom ersten Tag meines Dienstes an nahm ich eine Ausnahmestellung unter meinen Miterwählten ein. Der Ellcrys, das war wohlbekannt, pflegte nur sehr selten zu jemandem zu sprechen. Es war praktisch noch nie vorgekommen, außer unter ganz besonderen Umständen natürlich, daß er nach dem Zeitpunkt ihrer Berufung mit den Erwählten gesprochen hatte. Mit mir aber sprach er vom ersten Tag an – nicht einmal oder zweimal, sondern jeden Tag; nicht flüchtig, nicht obenhin, sondern ausführlich und mit Absicht. Immer war ich allein; die anderen waren nie dabei. Er pflegte mir zu sagen, wann ich kommen sollte, und ich folgte dem Befehl natürlich. Ich fühlte mich tief geehrt; ich nahm eine Sonderstellung ein, ich lag ihm mehr am Herzen als jeder andere zuvor, und das machte mich sehr stolz.«

Sie schüttelte den Kopf bei der Erinnerung.

»Anfangs war es wunderbar. Der Ellcrys erzählte mir Dinge,

die sonst niemand wußte, Geheimnisse über die Erde und das Leben auf ihr, die bei den Rassen seit Jahrhunderten in Vergessenheit geraten waren. Er erzählte mir von den Großen Kriegen, von den Rassenkriegen, von der Geburt der Vier Länder und ihrer Einwohner, von allem, was seit Beginn der neuen Welt sich ereignet hatte. Er schilderte mir, wie die alte Welt gewesen war, obwohl sein Gedächtnis manchmal versagte, wenn er allzuweit zurückgriff. Manches von dem, was er mir berichtete, verstand ich nicht. Aber ich verstand vieles. Ich begriff, was er mir über das Wachstum lebendiger Wesen sagte, über die Pflege von Pflanzen und Tieren. Das war sein Geschenk an mich, die Fähigkeit, die Dinge zum Wachsen zu bringen. Es war ein wunderschönes Geschenk. Und die Gespräche waren zauberisch – allein die Möglichkeit, von all diesen wundersamen Dingen zu hören.

So war es am Anfang. Da hatte ich meinen Dienst gerade erst aufgenommen, und die Gespräche waren so neu und aufregend, daß ich das, was geschah, fraglos hinnahm. Bald aber entwickelte sich etwas sehr Unangenehmes. Das wird sich vielleicht merkwürdig anhören, Wil, aber ich fing an, mich in den Baum zu verlieren. Ich verlor allmählich alles Gefühl dafür, wer ich war. Ich war nicht mehr ich; ich war ein Teil des Ellcrys. Ich weiß bis heute nicht, ob das von ihm gewollt war, oder ob es nur das natürliche Ergebnis unserer nahen Beziehung war. Damals hielt ich es für gewollt. Ich bekam Angst vor dem, was mir da geschah – und dann wurde ich sehr zornig. Wurde von mir als Erwählte erwartet, auf meine eigene Persönlichkeit, meine eigene Identität zu verzichten, um die Bedürfnisse des Baumes befriedigen zu können? Ich hatte den Eindruck, daß der Ellcrys mit mir spielte; daß er mich benutzte. Aber ich täuschte mich.

Die anderen Erwählten begannen die Veränderung an mir zu sehen. Allmählich kam ihnen, glaube ich, der Verdacht, daß an meiner Beziehung zu dem Ellcrys etwas anders und besonders war. Ich spürte, wie sie mich mieden; ich spürte, wie sie mich beobachteten. Und die ganze Zeit verlor ich mich immer mehr an den Ellcrys – jeden Tag war wieder ein Stück von mir entschwunden. Ich war entschlossen, dem ein Ende zu machen. Ich fing an, den Baum zu meiden, wie die anderen Erwählten mich mieden.

Ich weigerte mich, zu ihm zu gehen, wenn er darum bat; ich sandte einen anderen an meiner Statt. Als er mich fragte, was nicht in Ordnung sei, erklärte ich es ihm nicht. Ich hatte Angst vor ihm; ich schämte mich; ich war voller Zorn auf die ganze Situation.«

Ihr Mund wurde schmal und bitter.

»Schließlich kam ich zu dem Schluß, das wahre Problem läge darin, daß ich nicht dafür geschaffen war, eine Erwählte zu sein. Ich schien mir nicht in der Lage, mit der Verantwortung fertigzuwerden oder zu begreifen, was von mir erwartet wurde. Der Ellcrys hatte für mich etwas getan, was er für keinen anderen Erwählten getan hatte – etwas Wunderbares, Herrliches – ich konnte es nicht annehmen. Ich fand es unrecht, wie ich reagierte; ich war der Meinung, daß keiner der anderen so reagiert hätte. Und ich kam zu dem Schluß, daß meine Berufung zur Erwählten ein Irrtum gewesen war.

Da ging ich, Wil, kaum einen Monat nach meiner Erwählung. Ich sagte meiner Mutter und meinem Großvater, daß ich fortgehen würde, daß ich dem Ellcrys nicht länger dienen könne. Ich sagte ihnen nicht, warum. Das brachte ich nicht über mich. Als Erwählte zu versagen, war schlimm genug. Aber zu versagen, weil der Baum Forderungen an mich stellte, die jeder andere mit Freuden erfüllt hätte – nein. Vor mir selber konnte ich zugeben, was zwischen dem Ellcrys und mir geschehen war, aber keinem anderen konnte ich es bekennen. Meine Mutter schien zu verstehen. Mein Großvater nicht. Es gab harte Worte zwischen uns, die Bitterkeit in uns beiden zurückließ. Mit Schimpf und Schande beladen in meinen eigenen Augen und in den Augen der anderen ging ich aus Arborlon fort, fest entschlossen, nie wieder zurückzukehren. Ich leistete den Elfeneid zum Dienst in fremdem Land; ich wollte mich in einem der anderen Länder niederlassen und die Leute dort das lehren, was ich über die Pflege und Erhaltung der Erde und des Lebens wußte. Ich wanderte, bis ich Havenstead fand. Das Dorf wurde mein Zuhause.«

Tränen schimmerten jetzt in ihren Augen.

»Aber ich habe mich getäuscht. Das kann ich jetzt sagen – ich muß es jetzt sagen. Ich bin vor einer Verantwortung davongelaufen, die mir bestimmt war. Ich bin vor meinen Ängsten davongelaufen. Ich enttäuschte alle, und letzten Endes ließ ich meine Miterwählten zurück, ohne mich zu sterben.«

»Du beurteilst dich zu hart«, widersprach Wil.

»Meinst du?« Sie verzog den Mund. »Ich fürchte, ich beurteile mich selbst nicht hart genug. Wäre ich in Arborlon geblieben, dann hätte der Ellcrys vielleicht früher von seinem nahenden Tod gesprochen. Ich war es, mit der er schon zuvor gesprochen hatte – mit keinem der anderen. Die anderen wußten nicht einmal, was sich abgespielt hatte. Zu mir hätte der Ellcrys vielleicht gesprochen, so rechtzeitig vielleicht, daß das Blutfeuer hätte gefunden und das Samenkorn gepflanzt werden können, ehe die Mauer der Verfemung ins Wanken geriet und die Dämonen sich befreien konnten. Begreifst du, Wil? Wenn das zutrifft, dann habe ich alle die Elfen, die jetzt tot sind, auf dem Gewissen.«

»Es ist genauso möglich«, entgegnete Wil, »daß die Warnung des Ellcrys auch dann nicht einen Tag früher gekommen wäre, wenn du Arborlon nicht verlassen hättest, sondern geblieben wärst. Dann wärst du jetzt tot wie die anderen und den noch lebenden Elfen keine Hilfe.«

»Und damit soll ich meine Handlungen rechtfertigen?«

Er schüttelte den Kopf. »Nein, aber du sollst jetzt nicht zurückblicken und Mutmaßungen darüber anstellen, was hätte sein können. Vielleicht war alles so gewollt, wie es sich entwickelt hat. Das kannst du doch gar nicht wissen.« Seine Stimme wurde härter. »Jetzt hör du mir mal einen Moment zu. Nimm an, der Ellcrys hätte sich einen anderen deiner Miterwählten zu diesen täglichen Gesprächen auserkoren. Hätte dieser Erwählte anders als du auf das Erlebnis reagiert? Wäre ein anderer den Gefühlen gegenüber immun gewesen, die dich bedrängten? Das glaube ich nicht, Amberle. Ich kenne dich. Ich kenne dich vielleicht besser als jeder andere, nach dem, was wir alles gemeinsam durchgemacht haben. Du besitzt Charakterstärke, du hast den Mut deiner Überzeugung und du besitzt Entschlossenheit, auch wenn du es anders behauptest.«

Er schob seine Hand unter ihr Kinn.

»Ich kenne niemanden – niemanden, Amberle –, der diese lange Reise und all die Gefahren und Unbilden besser gemeistert hätte als du. Ich denke, es ist Zeit, daß ich dir einmal sage, was du mir so gerne sagst. Glaub an dich selbst. Hör auf zu zweifeln. Hör auf Mutmaßungen anzustellen. Glaube einfach. Habe ein bißchen Vertrauen in dich selbst, Amberle, du verdienst dieses Vertrauen.«

Sie weinte jetzt ganz offen.

»Ich habe dich so gern.«

»Und ich dich.« Er küßte ihre Stirn. »Sehr, sehr.«

Sie lehnte ihren Kopf an seine Schulter, und er umschlang sie. Als sie zu ihm aufblickte, waren die Tränen versiegt.

»Jetzt mußt du mir etwas versprechen«, bat sie ihn.

»Ja, gut.«

»Versprich mir, dafür zu sorgen, daß ich bis zum Ende durchhalte – daß ich nicht wanke, daß ich nicht vom eingeschlagenen Weg abweiche, daß ich nicht davor zurückschrecke, das zu tun, was mich hierhergeführt hat. Sei meine Kraft und mein Gewissen. Versprich mir das.«

Er lächelte sanft. »Ich verspreche es dir.«

»Ich habe immer noch Angst«, gestand sie leise.

An der Zellentür sprang Eretria auf.

»Heiler!«

Wil sprang auf, und Amberle folgte ihm. Zusammen liefen sie zu Eretria hinüber. Ihre schwarzen Augen funkelten. Wortlos zog sie das Metallrohr aus dem Schlüsselloch und steckte es wieder in ihren Stiefel. Augenzwinkernd umfaßte sie dann die Eisenstangen der Zellentür und zog. Lautlos öffnete sie die Tür.

Wil Ohmsford lächelte triumphierend. Jetzt mußten sie nur noch Wisp finden.

Sie fanden ihn beinahe augenblicklich. Gerade waren sie von der Zelle zum Fuß der Treppe gelaufen und spähten blinzelnd aufwärts in die Finsternis des Korridors, als sie Schritte nahen hörten. Rasch bedeutete Wil Eretria, an die Wand zurückzuweichen, während er Amberle mit sich auf die andere Seite zog. An den kalten Stein gepreßt warteten sie, während die Schritte näherkamen, leichte, vertraute Dribbelschritte, die Wil sogleich erkannte.

Wenig später tauchte Wisps Altmännergesicht aus der Dunkelheit des Korridors.

»Hübsches Ding, hallo, hallo. Willst du mit Wisp schwatzen?«

Mit festem Griff packte Wil ihn am Schlafittchen. Wisp schrie auf vor Schreck und strampelte wie ein Wahnsinniger, um sich zu befreien, als Wil ihn vom Boden hochhob.

»Sei ganz still!« flüsterte Wil warnend und drehte den kleinen Burschen herum, so daß dieser sehen konnte, wer ihn gepackt hielt.

Wisp riß die Augen auf.

»Nein, nein, ihr könnt nicht fort.«

»Sei still!« Wil schüttelte ihn, bis er keinen Laut mehr von sich gab. »Noch ein Wort und ich dreh' dir den Kragen um, Wisp.«

Wisp nickte voll ängstlichen Eifers, während sein behaarter kleiner Körper sich in Wils Händen wand. Wil ging in die Knie und setzte seinen Gefangenen auf den Boden, hielt ihn aber weiterhin am Kragen fest.

»Jetzt hör mal genau zu, Wisp«, sagte Wil. »Ich möchte die Elfensteine zurückhaben, und du wirst mir zeigen, was die Hexe mit ihnen gemacht hat. Verstehst du?«

Wisp schüttelte heftig den Kopf.

»Wisp dient der Dame. Ihr könnt nicht fort!«

»In einer Schachtel sind sie, hast du gesagt.« Wil ging auf seinen Einwurf gar nicht ein. »Bring mich da hin, wo sie die Schachtel aufbewahrt.«

»Wisp dient der Dame! Wisp dient der Dame!« wiederholte der kleine Bursche voller Verzweiflung. »Ihr müßt bleiben! Geht zurück!«

Wil war ratlos. Da trat Eretria heran und neigte ihr dunkles Gesicht zu Wisp hinunter. Blitzend fuhr der Dolch aus ihrem Stiefel, und sie legte ihn dem kleinen Burschen an den Hals.

»Jetzt hör mal her, du kleiner Irrwisch«, sagte sie. »Wenn du uns nicht sofort zu den Elfensteinen bringst, dann schneide ich dir den Hals von einem Ohr zum anderen durch. Dann kannst du gar niemanden mehr dienen.«

Wisps Gesicht verzerrte sich vor Entsetzen.

»Tu Wisp nichts, du Hübsche. Wisp mag dich, du hübsches Ding. Er mag dich. Tu ihm nichts.«

»Wo sind die Elfensteine?« fragte sie, während sie dem kleinen Elf die Klinge noch fester an die Kehle drückte.

Plötzlich begann die Turmglocke zu schlagen – einmal, zweimal, dreimal, dann ein viertes Mal. Wisp ließ einen erschreckten Aufschrei hören und begann unter Wils Hand wieder heftig zu strampeln. Wil schüttelte ihn ärgerlich.

»Was ist los, Wisp? Was gibt's?«

Hilflos sank der Kleine in sich zusammen. »Morag kommt«, wimmerte er.

»Morag?« Ein plötzliches Gefühl völliger Verzweiflung stieg in Wil auf. Was führte Morag plötzlich in die finstere Residenz ihrer Schwester? Hastig blickte er die anderen an, doch ihre Augen spiegelten nur die Verwirrung, die er selbst verspürte.

»Wisp dient der Dame«, wimmerte Wisp und begann zu weinen.

Eilig sah Wil sich um.

»Wir brauchen etwas, um ihm die Hände zu binden.«

Eretria riß sich die lange Schärpe herunter, die sie um die Taille trug, und band damit dem kleinen Burschen die Hände auf den Rücken. Wil nahm die lose herabhängenden Enden und wickelte sie sich um eine Hand.

»Jetzt hör mir zu, Wisp.« Er zog dem jammernden Elf den Kopf zurück, bis ihre Blicke sich trafen. »Hör mir zu!«

Wisp hörte zu.

»Du bringst uns jetzt in das Gemach, wo die Dame die Elfensteine aufbewahrt hat. Wenn du versuchen solltest davonzulaufen, oder jemanden zu warnen, dann weißt du wohl, was dir dann passiert?«

Er wartete geduldig, bis Wisp nickte.

»Dann sei also nicht so dumm, so etwas zu versuchen. So, und jetzt bring uns zu den Elfensteinen.«

Wisp wollte etwas entgegnen, doch gleich drohte Eretria wieder mit dem Dolch. Eingeschüchtert nickte der Kleine noch einmal.

»So ist es gut, Wisp.« Wil ließ seinen Kopf los. »Jetzt gehen wir.«

Hintereinander gingen sie los, Wisp an der Spitze und Wil direkt dahinter, fest die Schärpe in der Hand, mit der Wisps Arme gebunden waren. Eretria und Amberle folgten. Beinahe blind stiegen sie durch die Finsternis aufwärts, und nach einer Weile sahen sie in der Ferne ein Licht, in dessen Schein sie schwach die Konturen der Treppe erkennen konnten. Ein Zylinder ähnlich dem, der ihre Zelle erleuchtet hatte, tauchte auf, und sie gingen unter ihm hindurch. In der Ferne schimmerten noch mehr solcher Lampen durch die Dunkelheit.

Immer weiter ging es die Wendeltreppe des Turms hinauf. Von Zeit zu Zeit kamen sie an dunklen, leeren Korridoren vorüber und an Türen, die fest verschlossen waren, doch Wisp verlangsamte nicht einmal den Schritt. Die Glockenschläge waren verklungen; der Turm war in tiefes Schweigen eingehüllt. Der schwere Duft von Räucherwerk wurde stärker, je höher sie kamen. Er benebelte Wil und die beiden Mädchen, und sie bemühten sich, den Rauch möglichst nicht einzuatmen. Wil begann allmählich argwöhnisch zu werden. Vielleicht war Wisp durchtriebener als er schien.

Dann aber erreichten sie einen Treppenabsatz, und Wisp blieb stehen. Er wies in einen dämmrig erleuchteten Korridor, der ein kurzes Stück in den Turm hineinführte und vor einer schweren, eisenbeschlagenen Tür endete. Von jenseits der Tür waren Stimmen zu hören.

Wil neigte sich hastig zu ihm hinunter.

»Was ist, Wisp?«

Das alte Gesicht war ängstlich und naß von Schweiß.

»Morag«, wisperte Wisp und schüttelte dann rasch den Kopf. »Sehr schlimm. Sehr böse.«

Wil richtete sich auf.

»Morag geht uns nichts an. Wo sind die Elfensteine?«

Wieder deutete Wisp auf die Tür. Wil zögerte und sah den Kleinen unsicher an. Sagte Wisp die Wahrheit? Dann kniete

Eretria neben dem kleinen Irrwisch nieder und sprach ihn mit sanfter Stimme an.

»Wisp, bist du da auch sicher?«

Wisp nickte. »Ich lüge nicht, meine Hübsche. Bitte tu es nicht.«

»Ich will dir ja gar nichts tun«, versicherte sie ihm, ihn fest anblickend. »Aber du dienst der Dame und nicht uns. Können wir glauben, was du sagst?«

»Wisp dient der Dame«, pflichtete Wisp mit dünnem Stimmchen bei und schüttelte dann wieder den Kopf. »Wisp lügt nicht. Die schönen Steine sind dort drüben, auf der anderen Seite vom großen Saal, in einem kleinen Zimmer oben an der Treppe. In einer Schachtel mit hübschen Blumen, die rot und golden ist.«

Noch einen Moment lang blickte Eretria ihm in die Augen, dann sah sie zu Wil auf und nickte.

»Gibt es keinen anderen Weg, um an die Schachtel heranzukommen?« drängte Wil den kleinen Elf.

Wisp schüttelte den Kopf.

»Eine Tür nur.« Er wies den Korridor hinunter.

Schweigend sah Wil ihn an, dann winkte er den anderen, ihm zu folgen. Leise schlichen sie den kurzen Gang hinunter und blieben vor der Tür stehen. Die Stimmen, die herausdrangen, waren schrill und zornig. Wil holte tief Atem, dann drückte er langsam und sorgsam die Klinke der Tür herunter und zog. Die Tür öffnete sich einen winzigen Spalt. Wil spähte hindurch.

Sein Blick fiel in den Saal, wo Mallenroh sie empfangen hatte. Der weite Raum, dessen massige Mauern aus Steinquadern errichtet waren, wirkte schattig und düster. Nur einige der merkwürdigen rauchlosen Lichter, die wie Spinnen von einer unsichtbaren Decke herabhingen, erleuchtete ihn schwach. Unmittelbar hinter der Tür führte eine Folge halbkreisförmig gehauene Stufen abwärts. Und dort, wo die Treppe endete, drängten sich Hunderte von Holzmännchen um zwei gertenschlanke schwarze Gestalten, die einander gegenüberstanden. Die beiden Frauen kreischten und fauchten wie wütende Katzen.

Wil Ohmsford starrte die beiden entgeistert an. Die Hexenschwestern, Morag und Mallenroh, die letzten ihrer Art, seit Jahrhunderten erbitterte Feindinnen aus Gründen, die längst vergessen waren, glichen einander wie ein Ei dem anderen. Sie waren Zwillinge. Fließende schwarze Gewänder umhüllten ihre hochgewachsenen Gestalten, feingesponnenes graues Haar, durchwoben von Nachtschatten, umrahmte die schön geschnittenen Gesichter, fleckenlos weiß war die Haut, geisterhaft in der Dunkelheit – eine sah aus wie das Spiegelbild der anderen. Beide waren sie feingliedrig, beide geschmeidig und zart. In diesem Augenblick jedoch war ihre Schönheit entstellt durch den Haß, der ihre Züge verzerrte und die violetten Augen verfinsterte. Ihre Worte erreichten den lauschenden Wil; ihre Stimmen waren jetzt leise, nicht mehr so schrill, aber hart und ätzend.

»Meine Macht ist der deinen gleich, Schwester, und ich fürchte nichts, was du tun könntest. Du kannst mich ja nicht einmal deines armseligen Hauses verweisen. Wir sind wie Fels und Stein, weder die eine noch die andere ist stärker.« Die Sprecherin lachte spöttisch. »Aber du möchtest das am liebsten alles ändern, Schwester. Du möchtest dich mit Zauberkräften rüsten, die nicht dir gehören. Und indem du das tust, würdest du unsere gemeinsame Herrschaft über dieses Gebiet beenden. Töricht bist du, Schwester. Du kannst keine Geheimnisse vor mir haben. So schnell wie du weiß ich, was deine Absicht ist.« Sie machte eine Pause. »Und ich weiß von den Elfensteinen.«

»Du weißt nichts«, schrillte die andere, die, wie Wil jetzt sah, Mallenroh war. »Verlaß mein Haus, Schwester. Geh, solange du noch kannst, oder ich werde Mittel und Wege finden, dich wünschen zu machen, du hättest meinen Rat befolgt.«

Morag lachte wieder. »Sei still, du Törichte. Du kannst mich nicht schrecken. Ich werde dann gehen, wenn ich das habe, was zu holen ich hergekommen bin.«

»Die Elfensteine gehören mir!« schrie Mallenroh. »Ich habe sie, und ich werde sie behalten. Die Gabe war für mich bestimmt.«

»Schwester, keine Gabe wird dir gehören, wenn ich es nicht wünsche. Solche Kräfte, wie sie den Elfensteinen innewohnen, müssen jener gehören, die am besten geeignet ist, sie zu beherrschen. Und die bin ich. Die bin ich immer gewesen.«

»Nie warst du besser für irgendwas geeignet als ich, Schwester.« Mallenroh spie der anderen zu Füßen. »Ich habe dir gestattet, dieses Tal mit mir zu teilen, weil du die letzte meiner Schwestern warst, und ich Mitleid hatte mit einer, so häßlich und so unnütz wie du. Denk nach, Schwester. Ich habe stets meinen Teil an schönen Dingen gehabt; aber du, du hast nichts gehabt als die Gesellschaft deiner stimmlosen Holzmänner.« Ihre Stimme wurde zu einem Zischen. »Erinnerst du dich des Menschenwesens, das du mir rauben wolltest, des Schönen, der mir gehörte, den du unbedingt für dich haben wolltest? Erinnerst du dich, Schwester? Ach, selbst dieser Schöne war dir verloren, ist es nicht so? So unachtsam warst du, daß du ihn vernichtetest.«

Morag funkelte die andere zornig an.

»Du warst es, die ihn vernichtet hat, Schwester.«

»Ich?« Mallenroh lachte höhnisch. »Eine Berührung von dir, und er verdorrte vor Entsetzen.«

Morags Gesicht war wie versteinert vor Wut.

»Gib mir die Elfensteine.«

»Ich gebe dir gar nichts!«

Wil Ohmsford, der reglos hinter der schweren Tür kauerte, spürte plötzlich eine Hand auf seiner Schulter und fuhr erschrokken zusammen. Eretria spähte an ihm vorbei durch den Spalt.

»Was ist denn los?«

»Bleib zurück«, flüsterte er, und seine Augen kehrten sogleich zu der Szene zurück, die sich im Saal abspielte.

Morag stand jetzt ganz dicht vor Mallenroh.

»Gib mir die Elfensteine. Du mußt sie mir geben.«

»Scher dich zurück in das Loch, aus dem du herausgekrochen bist, du Giftnatter«, höhnte Mallenroh. »Kehr doch zurück in dein leeres Nest.«

»Schlange! Dein eigen Fleisch und Blut möchtest du töten!«

»Verschwinde, du Ungeheuer!« kreischte Mallenroh. »Verschwinde endlich!«

Blitzartig schoß Morags Hand unter den schwarzen Gewändern hervor und versetzte Mallenroh einen brennenden Schlag ins Gesicht. Laut klang das Klatschen durch die Stille. Entgeistert taumelte Mallenroh zurück. Die hölzernen Glieder der Holzmänner klapperten, als diese sich ängstlich zusammendrängten und vor den beiden wütenden Hexen zurückwichen.

Dann schrillte ganz unerwartet Mallenrohs Gelächter durch den weiten Saal.

»Du bist erbärmlich, Schwester. Du kannst mir nichts antun. Geh nach Hause. Dort kannst du auf mich warten. Ich werde zu dir kommen. Ich werde dir den Tod bringen, den du verdienst. Du bist es nicht wert, als Sklavin gehalten zu werden.«

Morag stürzte vor und schlug wieder zu. Es war ein rascher, plötzlicher Hieb, auf den Mallenroh mit einem schrillen Wutschrei reagierte.

»Gib mir die Elfensteine!« In Morags Stimme schwang ein Unterton tollwütiger Raserei. »Gib sie mir endlich!«

Sie ging auf Mallenroh los, und ihre Hände schlossen sich um den Hals der Schwester. Wieder torkelte Mallenroh zurück. Ihr schönes Gesicht verzerrte sich vor Wut. Ineinander verschlungen stürzten die Hexenschwestern auf den steinernen Boden des großen Saales, während sie sich kreischend schlugen und kratzten wie die Katzen. Dann gelang es Mallenroh sich loszureißen, und sie sprang wieder auf die Beine. Mit schneller, schlangenhafter Bewegung streckte sie eine Hand aus. Augenblicklich brach eine gewaltige Wurzel aus dem Stein zu ihren Füßen hervor und umrangte fest Morags sich windende Gestalt. Aufwärts glitt sie in die Dunkelheit und trug die um sich schlagende Morag mit sich, während sie immer höher wuchs, hinaufstrebte in die Finsternis jenseits der Lampen. Morag schrie gellend. Plötzlich erstrahlte die Finsternis in einem grellen Blitz, und grünes Feuer lief züngelnd die ganze Wurzel entlang und verbrannte sie zu Asche. In dicken Wolken stieg der Qualm von den zusammengesunkenen Aschehäufchen auf. Dann aber kam Morag wieder, schwebte wie ein Geist durch die Rauchschleier herab, bis sie wieder auf dem steinernen Boden des Turms stand.

Mallenroh kreischte vor Zorn, und das grüne Feuer sprang jetzt aus ihren Fingern, um ihre Schwester einzuhüllen. Morag schlug zurück. Einen Moment lang standen beide in grünen Flammen, und ihr schrilles Kreischen brach sich an den steinernen Wänden des Saales. Dann erlosch das Feuer, und die Schwestern standen einander wieder gegenüber, hochgewachsene schwarze Gestalten, die einander belauerten.

»Diesmal werde ich mich endlich von dir befreien«, flüsterte Mallenroh. Ihre Stimme war erfüllt von kaltem Haß, und sie stürzte sich auf ihre Schwester.

Morag wehrte den Angriff ab und schleuderte Mallenroh von sich weg. Wieder züngelten die grünen Flammen aus ihren Fingern. Mallenrohs Schrei stieg hoch und schrecklich in die Luft, und sie verschwand in undurchdringlichen Rauchschleiern. Einen Augenblick später tauchte sie ein paar Schritte zur Rechten wieder auf, und diesmal brach das Feuer aus ihren Händen hervor. Hin und her wogte der Kampf zwischen den beiden Schwestern, die einander immer wieder in wütender Raserei angriffen. Funken der grünen Flammen fielen auf die unglücklichen Holzmänner herab; innerhalb von Augenblicken standen Dutzende von ihnen in Flammen.

Und wieder prallten die Schwestern aufeinander, rangen heulend miteinander, während das Feuer aus ihren Fingern loderte. Die schwarzen Gewänder flogen im wütenden Kampf, und das Feuer barst wie eine gewaltige Säule aus dem Steinboden unter ihnen empor. Ein schreckliches Kreischen drang aus beider Kehlen, als ihre Hände sich ineinanderkrallten, und ihre hochgewachsenen Gestalten sich aufbäumten in Kampfeswut. Grüne Flammen breiteten sich aus wie Wasserlachen, rannen bis in die hinterste Ecke des Saales, um die angstvollen Holzmännchen zu verzehren. Hitze von solcher Intensität strahlte von der Feuersäule ab, daß sie Wil und seinen Gefährten, die noch immer hinter der angelehnten Tür hockten, die Gesichter versengte.

Dann begann der Turm selbst zu erzittern; Stein und Holz barsten, und in Kaskaden regnete es Splitter und Staub durch den Raum und die Finsternis. Wil sah, wie die Feuersäule von den beiden Hexenschwestern emporstieg, um gierig an den gewaltigen Holzbalken zu lecken, die den Turm stützten. Überall standen die Holzmännchen in Flammen, gaben dem Feuer Nahrung, so daß es sich im ganzen Saal ausbreiten konnte.

Hastig sprang Wil auf. Wenn sie noch länger zauderten, würden sie den Flammen nicht mehr entkommen können. Schlimmer noch, es konnte geschehen, daß der Turm einstürzte und sie unter seinen schweren Steinen begrub. Sie mußten jetzt den Ausbruch wagen. Es würde gefährlich werden, aber noch gefährlicher wäre es gewesen zu bleiben.

Er schob Wisp zum Türspalt.

»Wo ist das Zimmer mit der Schachtel, Wisp?«

Wisp jammerte und schluchzte. Wil schüttelte ihn ärgerlich.

»Zeig mir das Zimmer.«

Wisp streckte die Hand durch die Tür. Ganz rechts, praktisch auf der anderen Seite des Saales, zog sich eine schmale Wendeltreppe hin, die zu einer Tür hinaufführte.

Wil warf Amberle einen raschen Blick zu. Mit ihrem verletzten Knöchel würde sie nicht so schnell laufen können.

»Schaffst du es?« fragte er.

Sie nickte stumm. Er sah Eretria an, und die nickte ebenfalls. Da holte er tief Atem.

»Dann los!«

Den strampelnden Wisp unter einem Arm, zog er die schwere Holztür weit auf und schoß in den Saal hinein. Die Hitze der Flammen brandete ihm wie eine Flutwelle entgegen, traf sengend sein Gesicht, brannte bis in seine Kehle hinunter. Er senkte den Kopf, folgte der Steinmauer nach rechts und sprang die abgerundeten Treppenstufen hinunter. Holzmänner umdrängten ihn in heilloser Verwirrung, doch er schleuderte sie zur Seite, um seinen Gefährten den Weg freizumachen. Sie rannten hinunter zum Grund des Turmes, bahnten sich zwischen Flammenpfützen einen Weg zu der fernen Wendeltreppe.

Da schoß plötzlich die Feuersäule in einer Explosion aufwärts, die sie alle zu Boden schleuderte. Benommen rafften sie sich wieder auf und sahen, wie der Kampf zwischen den Hexenschwestern noch grimmiger wurde. Das Feuer änderte plötzlich seine Farbe vom geheimnisvollen Grün zum hell lodernden Orange. Eine echte, natürliche Flamme war aus ihm geworden. Die Hexenschwestern kreischten. Das Feuer sprang an ihren Gestalten empor, züngelte in ihrem wehenden grauen Haar. Es verbrannte sie.

»Schwester!« schrie eine von ihnen in hellem Entsetzen.

Brennendes Fleisch knisterte; mit erstaunlicher Schnelligkeit umhüllten die Flammen die Hexenschwestern mit lodernden

Schleiern, verzehrten sie. Eben hatte sie noch dagestanden, in grimmiger Umklammerung; und nun war nichts mehr von ihnen übrig. Jede war den Kräften der anderen gewachsen gewesen; doch als ihrer beider Kräfte sich vereint hatten, hatten sie dem nichts entgegenzusetzen gehabt. Alles was von ihnen blieb, war ein Haufen Asche und verkohltes Fleisch.

Wil hörte, wie Amberle entsetzt aufschrie. Dann fielen plötzlich die Holzmännchen in sich zusammen; wie Marionetten klappten sie zusammen, Arme und Beine lösten sich von den Rümpfen, Finger und Zehen verdörrten, und schließlich war nur noch ein riesiger Haufen schwelenden Holzes von ihnen übrig. Die Zauberkraft, die sie geschaffen und erhalten hatte, war mit den Hexenschwestern zugrunde gegangen. In dem brennenden Saal war nichts Lebendes mehr außer den drei Menschen und Wisp.

Die Zeit wurde knapp. Hustend im beißenden Rauch, sprang Wil auf. Wisp fest unter dem Arm, hastete er durch Flammen und Rauch, schleuderte mit den Füßen zur Seite, was von den Holzmännern noch geblieben war, rief Amberle und Eretria immer wieder drängend zu, sie sollten sich beeilen. Wisp hing weinend in seinem Arm, doch Wil hatte in diesem Moment kein Gefühl dafür und kümmerte sich nicht um den Kleinen, während er sich zu der Wendeltreppe auf der anderen Seite des Saales durchschlug und endlich die ersten Stufen hinaufstolperte. Oben an der Tür griff er zur Klinke, während er im stillen darum flehte, daß die Tür offen sein möge. Sie war offen. Mit tränenden Augen stürzte er hustend und keuchend hinein.

Das Prasseln des Feuers folgte ihm und übertönte Wisps Geschrei und Gezeter. Das ganze Zimmer war mit schwerer dunkler Seide ausgeschlagen, und Nachtschatten rankten an Wänden und schmiedeeisernen Spalieren. Angespannt spähte Wil durch die Dunkelheit und fand endlich, was er suchte. Auf einem Tisch auf der gegenüberliegenden Seite des Raumes, zwischen allen möglichen Ziergegenständen und Döschen mit Räucherwerk und Parfüm, stand ein großer, kunstvoll geschnitzter Holzkasten, dessen Deckel mit Blumen in Rot und Gold geschmückt war. Die Elfensteine! Wilde Freude durchfuhr ihn. Wisp schrie und zeterte wie ein Wahnsinniger, doch Wil, von der Hitze und vom Rauch halb betäubt, hörte ihn nicht. Sein ganzes Trachten war darauf gerichtet, die Steine zurückzuholen. Vage nahm er wahr, daß Eretria und Amberle ins Zimmer kamen, während er schon zu dem Tisch mit dem Holzkasten rannte. Gerade wollte er zugreifen, als Eretria in lauter Warnung aufschrie und ihn mit einem kräftigen Puff zur Seite stieß.

»Wie oft muß ich dich eigentlich noch retten, Heiler?« schrie sie, um sich im lauten Prasseln des Feuers verständlich zu machen. Sie riß einen eisernen Schlüssel von einem Haken an der Wand, näherte sich dem Kasten von der Seite und klappte mit Hilfe des langen Schlüssels vorsichtig den Deckel hoch. Ein blitzschnelles grünes Ding schoß aus dem Kasten und wickelte sich fest um den Schaft des Schlüssels. Hastig schlug Eretria den Schaft auf den Steinfußboden, bis das Ding, das sich darumgeschlungen hatte, nur noch eine leblose Hülle war.

Wil starrte voller Entsetzen hinunter. Es war eine Viper.

»Er wollte dich warnen!«

Eretria deutete auf Wisp. Der kleine Bursche schluchzte besinnungslos.

Wil war einen Moment lang so voller Entsetzen, daß er sich weder rühren noch sprechen konnte. Ein Biß von dieser Viper ... Eretria stieß den Holzkasten mit ihrem Dolch an und schob ihn vom Tisch herunter. Edelsteine und Geschmeide ergossen sich auf den Fußboden. Mitten unter ihnen lag der lederne Beutel. Eretria hob ihn auf, behielt ihn einen Moment lang in der Hand, als überlege sie, was sie damit anfangen sollte, dann reichte sie ihn Wil. Er nahm ihn wortlos, öffnete die Zugschnur, blickte hinein.

Ein schwaches Lächeln huschte über sein Gesicht. Die Elfensteine gehörten wieder ihm.

Ein neues Beben erschütterte den Turm; im großen Saal brach einer der massigen Stützbalken aus Holz in einem Funkenregen zusammen. Wil stopfte den Beutel mit den Elfensteinen unter seinen Kittel und rannte zur Tür, Wisp und Eretria mit sich ziehend. Sie mußten sofort weg von hier.

Doch lautes Hämmern, das plötzlich aus dem Inneren eines großen hölzernen Schrankes herausdrang, ließ ihn innehalten. In die trommelnden Schläge mischten sich gedämpfte Rufe und Schreie und das Knurren irgendeines Tieres. Wil warf Eretria einen raschen Blick zu. Jemand war in diesem Schrank gefangen. Wil zögerte nur einen Augenblick. Ganz gleich, was oder wer es war, man mußte ihm die Chance geben, dem brennenden Turm zu entkommen. Er stürzte zu dem Schrank und öffnete den Riegel. Die Türen flogen auf, und ein massiger dunkler Leib stürzte sich auf Wil, so daß dieser nach rückwärts torkelte. Laute Rufe drangen durch das von Rauch erfüllte Gemach, während Wil sich bemühte, seinen Angreifer abzuwehren. Dann wurde das Tier mit einem Ruck von ihm weggezogen, und ein vertrautes Gesicht zeigte sich.

»Hebel!« rief Wil erstaunt.

»Zurück, Drifter!« Der alte Mann gab dem Hund einen scharfen Klaps. »Was ist hier eigentlich los? Was hab' ich denn da in dem Schrank gemacht?«

Unsicher stand Wil auf.

»Hebel! Die Hexe, Mallenroh – sie hat Euch in eine Holzskulptur verwandelt! Erinnert Ihr Euch nicht?« Er lachte vor Erleichterung. »Wir dachten schon, Ihr wärt auf immer verloren! Ich versteh gar nicht, wie –«

Amberle nahm ihn beim Arm.

»Die Zauberkraft wirkt nicht mehr, Wil. Als Mallenroh starb, verlor der Zauber seine Kraft. Deshalb sind ja auch die Holzmännchen einfach so zusammengefallen – weil der Zauber nicht mehr wirkte. Und sicher war es so auch mit Hebel und dem Hund.«

Eine neue Rauchwolke wälzte sich durch die offene Tür, und Eretria rief ängstlich nach den anderen.

»Wir müssen hier raus.«

Wil machte sich sogleich auf den Weg zur Tür, den vor Angst wie versteinerten Wisp noch immer unter dem Arm.

»Nehmt Amberle mit«, rief er Hebel zu.

Draußen, auf dem Treppenabsatz, machten sie erschrocken halt. Der ganze große Saal stand in Flammen. Brennende Holzmännchen waren überall auf dem Boden verstreut. Die Holzbalken, die die gewölbte Decke trugen, krachten und bogen sich unter den züngelnden Flammen. Selbst die steinernen Mauern schimmerten in roter Glut von der Hitze. Das große Portal, das aus dem Saal zum Turm hinausführte, war verschlossen und verriegelt. Zögernden Schrittes stieg Wil die Treppe hinunter, während er in Flammen und Rauch nach einem Weg suchte, der sie zu dem Portal führen würde.

Da flog dieses plötzlich krachend auf, und die beiden Flügel schlugen donnernd gegen die Steinmauern. Wil Ohmsford und die anderen, die inzwischen den Fuß der schmalen Wendeltreppe erreicht hatten, blieben verblüfft stehen und spähten durch die Feuerswand. Tageslicht strömte durch das offenstehende Tor, und Wil hatte einen Moment lang den Eindruck, daß sich im Saal etwas Schattenhaftes bewegte. Angestrengt starrte er in die Flammen und versuchte festzustellen, was er da gesehen hatte. Oder hatte er sich vielleicht nur eingebildet, daß da ein Schatten ...

Drifter, der ein paar Schritte zurück war, kauerte sich plötzlich knurrend und winselnd zusammen.

Da wußte er es. Der Raffer! Er hatte den Raffer vergessen.

»Wisp!« schrie er in wilder Verzweiflung und schüttelte den kleinen Elf so fest, daß das alte Gesicht vor ihm wie rasend hin und her wackelte. »Wie kommen wir hier raus? Jetzt hör mir zu! Du mußt mir einen anderen Weg nach draußen zeigen!«

»Wisp – raus – da drüben.«

Ein Arm wies schwach die Richtung.

Wil sah die Tür zu ihrer Linken, vielleicht vierzig Schritte durch das Feuer. Er zögerte keinen Augenblick. Nachdem er seinen Gefährten zugerufen hatte, ihm zu folgen, stürzte er durch die Flammen und die Rauchschwaden zur Tür. Er meinte beinahe, den eisigen Atem des Raffers in seinem Nacken zu spüren. Irgendwo draußen im großen Saal pirschte sich das Ungeheuer lauernd an sie heran.

Sie erreichten die Tür. Hustend und würgend fand Wil die Klinke und drückte sie herunter. Auch diese Tür war nicht verschlossen. Die anderen vor sich herschiebend, hastete er hindurch, schlug die Tür hinter sich zu und schob den Riegel vor.

Dann rannten sie – eine Wendeltreppe hinunter, die sich tief unter den Grund des Turmes schraubte, durch schwarze Finsternis, die von rauchlosen Lichtern nur spärlich erleuchtet war, durch muffig riechende Feuchtigkeit, die ihre erhitzten Körper abkühlte. Stolpernd und taumelnd rannten sie abwärts, und ihre Schritte widerhallten dumpf in der Stille.

Am Fuß der Treppe öffnete sich ein Gang, der sich im trüben Licht einiger Lampen durch die Tiefen der Erde schlängelte. Diesen Korridor liefen sie hinunter. Wil voraus, noch immer den wimmernden Wisp tragend; dann Hebel – Drifter an seiner Seite – und Eretria, die Amberle stützten. Endlos wand sich der Tunnel durch die Dunkelheit, bald in der einen, bald in der anderen Richtung; weiß schimmernde Insekten krochen hastig davon, als sie nahten, Staub wirbelte auf unter ihren eilenden Füßen.

Immer wieder blickte Wil durch die Schatten zurück. Hatte sich dort etwas gerührt? Hatte er dort etwas gehört? Tränen verschleierten seinen Blick, und er wischte sie sich zornig aus den Augen. Wo war der Raffer? Den ganzen Weg von Arborlon bis zu diesem Tunnel war er ihnen gefolgt. Er war hier, ganz nahe; er konnte es spüren. Der Raffer war hier.

Noch ein Stück, und der Tunnel mündete in eine zweite Treppe, die sich dunkel und leer aufwärtswand. An ihrem Fuß blieb Wil stehen bis die anderen ihn eingeholt hatten, dann nahmen sie gemeinsam den Anstieg in Angriff. Lange wanderten sie aufwärts durch die Finsternis, hofften bei jeder neuen Windung der Treppe vergeblich, daß sie dahinter das Tageslicht erblicken würden. Unaufhörlich lauschten sie nach Geräuschen des Ungeheuers, das sie verfolgte. Aber sie hörten nichts. Schweigen lag über dem Schacht und hüllte jene ein, die ihn erklommen.

Schließlich gelangten sie zu einer Falltür, die fest verriegelt war. Mit Gewalt riß Wil den Riegel zurück, drückte seine Schulter gegen die Tür und stemmte sich dagegen. Mit einem gedämpften Krachen flog die Tür auf; wolkenverhangenes, trübes Sonnenlicht ergoß sich in den dunklen Schacht. Hastig krochen die Menschen und der Hund aus dem Bauch der Erde heraus.

Sie standen wieder in der Senke, die sie grau, nebelverhangen und still umgab. Hinter ihnen befand sich der Wasserturm Mallenrohs, in dichte Rauchschwaden eingehüllt, die hoch in die Bäume hinaufstiegen und über Wall und Graben dahinzogen.

Der Wald rundum war leer. Der Raffer war nirgends zu sehen.

Unsicher blickte Wil sich um. Dunst und Düsternis verschleierte alles außer dem leuchtenden Flackern des Feuers, das noch in Mallenrohs Turm brannte. Nichts sonst war zu erkennen. Wil hatte keine Ahnung, in welcher Richtung sie von hier aus weiterwandern sollten.

»Hebel, wo ist die Hochwarte?« fragte er eilig.

Der alte Mann schüttelte den Kopf.

»Das kann ich nicht mit Sicherheit sagen, Elf. Ich kann überhaupt nichts sehen.«

Wil zögerte, dann kniete er rasch auf der Erde nieder und ließ den sich windenden Wisp aus der Umklammerung seines Armes frei. Wisp hielt das alte Gesicht in die Hände vergraben, und sein dicht behaarter Körper war zu einer Kugel zusammengerollt. Wil konnte versuchen was er wollte, es gelang ihm nicht, den kleinen Elf dazu zu bewegen, ihn anzusehen. Schließlich gab er es auf. Wisp bei den Schultern haltend, schüttelte er ihn heftig.

»Wisp, hör mir zu. Wisp, du mußt mit mir sprechen. Sieh mich an, Wisp!«

Da erst spähte der kleine Bursche widerwillig zwischen gespreizten Fingern hervor. Sein kleiner Körper zitterte.

»Wisp, wo ist die Hochwarte?« fragte Wil. »Du mußt uns zur Hochwarte führen.«

Wisp erwiderte nichts. Stumm starrte er zwischen seinen Fingern hervor, dann schloß er seine Hände wieder.

»Wisp!« Erneut schüttelte Wil ihn. »Wisp, antworte mir!«

»Wisp dient der Dame!« rief der kleine Elf plötzlich. »Dient der Dame! Dient der Dame! Dient der ...«

Wil schüttelte ihn, daß seine Zähne klapperten.

»Hör auf! Schluß damit! Sie ist tot, Wisp! Die Dame ist tot! Du dienst ihr nicht mehr.«

Da verstummte Wisp und langsam sanken seine Hände vom Gesicht herab. Er begann zu weinen. Heftiges Schluchzen schüttelte seinen kleinen Körper.

»Wisp nicht wehtun«, flehte er. »Wisp ist brav. Nicht wehtun.«

Er zog sich wieder zu einer kleinen behaarten Kugel zusammen und wälzte sich weinend auf dem feuchten Erdboden wie ein verwundetes Tier. Wil blickte hilflos zu ihm hinunter.

»Gut gemacht, Heiler.« Eretria seufzte und trat näher. »Du hast ihm ja Todesangst gemacht. In dem Zustand ist er uns bestimmt keine Hilfe.« Sie packte Wil beim Arm und schob ihn weg. »Laß mich das mal machen.«

Wil ging zu Amberle hinüber und sie sahen beide zu, wie Eretria neben dem kleinen Wisp niederkniete und das schluchzende Bündel in die Arme nahm. Leise flüsternd drückte sie den Elf an sich und streichelte den Wuschelkopf. Nach einer Weile hörte Wisp auf zu weinen. Vorsichtig hob er den Kopf ein kleines Stück.

»Hübsche?«

»Es ist alles gut, Wisp.«

»Paßt du jetzt auf Wisp auf, Hübsche?«

»Ja, ich paß auf dich auf.« Sie warf Wil einen strengen Blick zu. »Dir tut keiner etwas.«

»Keiner tut Wisp weh?« Das Altmännergesicht blickte sie an. »Versprichst du mir das?«

Eretria sah ihn mit einem beruhigenden Lächeln an.

»Ja, das verspreche ich dir. Aber du mußt uns dafür helfen, Wisp. Willst du das tun? Willst du uns helfen?«

Der kleine Bursche nickte eifrig.

»Ich helfe dir, Hübsche. Wisp ist brav.«

»Ja, Wisp ist wirklich brav«, stimmte Eretria zu. Dann neigte sie sich nahe zu ihm hinunter. »Aber wir müssen uns beeilen, Wisp. Der Dämon – der, der uns in die Senke verfolgt hat – sucht uns immer noch. Und wenn er uns findet, dann wird er uns allen etwas antun, Wisp.«

Wisp schüttelte ängstlich den Kopf.

»Du mußt Wisp schützen, Hübsche.«

»Natürlich schütze ich dich, Wisp, aber wir müssen uns beeilen.« Sie streichelte seine Wange. »Wir müssen den Berg finden – Heiler, wie heißt er?«

»Die Hochwarte«, sagte Wil.

Sie nickte. »Die Hochwarte. Kannst du uns den Weg dahin zeigen, Wisp? Kannst du uns dahin führen?«

Mißtrauisch sah der kleine Irrwisch Wil an, dann wanderte sein Blick weiter zu dem brennenden Turm. Einen Moment lang blieb er dort liegen, dann kehrte er zu Eretria zurück.

»Ich führe Euch, Hübsche.«

Eretria stand auf und nahm den kleinen Burschen bei der Hand.

»Hab keine Angst. Ich passe auf dich auf, Wisp.«

Als sie an Wil vorübergingen, zwinkerte Eretria.

»Ich hab' dir ja gesagt, daß du mich brauchst, Heiler.«

Sie verschmolzen mit der Düsternis des Waldes. Eretrias Hand fest umklammert, hüpfte Wisp wie ein Irrlicht durch den Nebel und das Gewirr von Büschen und Bäumen. Ihm folgte Hebel mit Drifter, dann kam Wil mit Amberle. Den Arm um ihre Taille gelegt, stützte er sie, während sie tapfer an seiner Seite hinkte. Dennoch vergrößerte sich der Abstand zu den anderen rasch. In dem Bemühen, sie einzuholen, stolperte Amberle und stürzte. Wil zögerte nicht. Er hob das Elfenmädchen einfach in seine Arme und eilte weiter. Zu seiner Überraschung protestierte Amberle nicht. Er hatte das erwartet, nachdem sie während ihrer gemeinsamen Wanderung so grimmig darauf bestanden hatte, ihre Selbständigkeit zu beweisen. Jetzt aber war sie ganz still. Ihr Kopf ruhte an seiner Schulter, und ihre Arme lagen lose um seinen Hals. Nicht ein Wort wurde zwischen ihnen gewechselt.

Flüchtig machte sich Wil Gedanken über dieses veränderte Verhalten, dann aber jagten seine Gedanken zu anderen Dingen. Schon beschäftigte er sich mit einem Plan für ihre Flucht – nicht nur aus der Senke, sondern auch vor dem Raffer. Denn was nützte es ihnen, der Senke zu entkommen, wenn sie nicht auch dem Raffer entkamen. Die Senke war gefährlich, gewiß, doch wirkliche Furcht hatte Wil vor dem Raffer, diesem erbarmungslosen Mörder, den offenbar nichts aufhalten konnte in seiner Suche nach Amberle. Er darf sie nicht finden, dachte Wil. Selbst die

Kraft der Elfensteine, sollte es ihm gelingen, ihren Quell wieder zu erschließen, würde vielleicht nicht ausreichen, diesem Ungeheuer Einhalt zu gebieten. Sie mußten ihm entkommen, und sie mußten ihm schnell entkommen.

Er meinte, das Mittel dazu zu besitzen. Es war der fünfte Tag ihrer Ankunft im Wildewald – der Tag, an dem Perk auf Genewen ein letztes Mal über das Tal fliegen würde, ehe er sich heimwärts wandte. Hastig griff Wil mit einer Hand zur Tasche seines Kittels, wo das silberne Pfeifchen steckte, das Perk ihm gegeben hatte, um Genewen herbeizurufen. Es war ihre einzige Verbindung zu dem jungen Himmelsreiter, und Wil hatte sorgfältig darüber gewacht.

Wenn sie den Weg durch die Senke und den Wildewald, durch das ganze untere Westland bis nach Arborlon zu Fuß bewältigen mußten, würden sie das nie schaffen. Der Raffer würde ihre Spur doch finden und sie töten. Naiv und töricht wäre es, etwas anderes zu hoffen. Wir müssen einen besseren Weg finden, nach Arborlon zurückzukehren, und Wil wußte einen: mit Genewen zu fliegen. Der Raffer würde sie dennoch verfolgen, genauso, wie er sie bisher überallhin verfolgt hatte, doch es würde ihm nicht gelingen, sie einzuholen. Sie würden seinen mörderischen Fängen entkommen.

Vielleicht, mahnte er sich selbst zur Vorsicht. Vielleicht. Denn es war ja auch eine Frage der Zeit; das bißchen Zeit, das ihnen noch blieb, zerrann ihnen förmlich zwischen den Fingern. Sie hatten von Anfang an nicht viel Zeit gehabt, und der größte Teil dieser Frist war bereits verstrichen. Der Raffer hatte sie gejagt. Obwohl sie ihn in den Ruinen des Hexenturms ausmanövriert hatten, würde er sie rasch genug wiederfinden. Wenn sie überhaupt entkommen wollten, dann mußten sie Sichermal erreichen und das Blutfeuer finden, um das Samenkorn des Ellcrys darin einzutauchen; dann mußten sie die Höhen der Hochwarte erklimmen, um Perk das Zeichen zu geben, der vielleicht erst von weit herkommen mußte; dann mußten sie Genewen besteigen, vorausgesetzt, der gewaltige Rock konnte sie alle tragen, um sich von ihm nach Arborlon bringen zu lassen – das alles, ehe der Raffer ihrer habhaft wurde. Das war viel verlangt.

Zweige klatschten ihm ins Gesicht, und Dornen rissen an ihm, während er Eretrias schlanker Gestalt durch den Wald folgte. Er hielt Amberle fest in den Armen, obwohl er die Anstrengung schon zu spüren begann. Rundum dehnte sich der Wald schweigend und still.

Flüchtig wanderten seine Gedanken zu Arborlon und den Elfen. Die Dämonen hatten inzwischen gewiß die Mauer der Verfemung durchbrochen und das Westland überschwemmt, so daß das gesamte Elfenvolk jetzt um die Erhaltung seines Heimatlandes kämpfen mußte. Der schreckliche Kampf, den Eventine hatte vermeiden wollen, war nun wohl doch ausgebrochen. Und was war mit dem Ellcrys? Hatte Allanon ein Mittel gefunden, den sterbenden Baum zu schützen? Hatten die magischen Kräfte des Druiden ausgereicht, um dem Ansturm der Dämonen Widerstand zu bieten? Nur die Wiedergeburt des Ellcrys konnte die Elfen retten, hatte Allanon gesagt. Doch wieviel Zeit blieb ihnen noch, diese Wiedergeburt herbeizuführen? Mußten sie nicht fürchten, daß es auch dafür schon zu spät war?

Sinnlose Fragen, schalt sich Wil Ohmsford selbst. Fragen, die er nicht beantworten konnte, da er nicht wußte, was jenseits der Senke und des Wildewalds sich zutrug. Und doch wünschte er, Allanon besäße die Macht, ihn mit seinem Geist zu erreichen, ihm etwas darüber zu sagen, was im Heimatland der Elfen geschah, ihn wissen zu lassen, daß noch Zeit war – wenn Wil nur Mittel und Wege finden konnte, nach Arborlon zurückzukehren.

Verzweiflung übermannte ihn plötzlich, die beängstigend war in ihrer Gewißheit – als wüßte er, daß es, selbst wenn er und Amberle hier ihr Ziel erreichen sollten, dennoch zu spät wäre für jene, die seine Rückkehr erwarteten. Und wenn dem so war ...

Wil Ohmsford erlaubte sich nicht, diesen Gedanken zu Ende zu führen. Das war der Weg in den Wahnsinn.

Das Gelände begann zu steigen, allmählich zunächst, dann steil. Sie befanden sich auf den Hängen der Hochwarte. Der Wald lichtete sich, und sie traten auf kahlen Fels hinaus. Ein schmaler Pfad schlängelte sich aufwärts in Nebelschwaden. Ohne Rast eilten sie weiter. Allmählich lösten sich die Nebelschleier, und das Dach des Waldes versank unter ihnen. Grauer Himmel wurde sichtbar, aus dem wässrige Sonnenstrahlen herabfielen. Langsam, vorsichtig stiegen die Kletterer weiter aufwärts.

Plötzlich dann standen sie auf einem Plateau, das über die Senke hinweg den Blick auf die höheren Wände des Wildewalds bot. Verkrüppelte Bäume und dürre Büsche wuchsen auf dem Felsboden zwischen Büscheln groben Grases, und am hinteren Ende des Plateaus, dort, wo es von einer steilen Felswand begrenzt wurde, öffnete sich wie ein gewaltiger dunkler Rachen eine große Höhle.

Wisp führte die kleine Gruppe zum Eingang der Höhle. Dort blieb er stehen und drehte sich rasch nach Eretria um.

»Sichermal, Hübsche – dort.« Sein Arm wies in die Höhle hinein. »Viele, viele Tunnel und Gänge, die sich winden und schlängeln. Sichermal. Braver Wisp.«

Eretria lächelte ihn an und warf dann einen Blick zurück zu Wil.

»Und jetzt?«

Wil kam zu ihr und spähte in die Dunkelheit, doch ohne Erfolg. Er ließ Amberle kurz hinunter und drehte sich dann nach Wisp um. Sogleich versteckte sich der kleine Irrwisch hinter Eretria, das Gesicht in die Falten ihrer weiten Hose gedrückt.

»Wisp?« rief Wil freundlich, doch der Kleine wollte nichts mit ihm zu tun haben. Wil seufzte. Jetzt war nicht die Zeit für solchen Unsinn.

»Eretria, frag ihn nach einer Tür aus Glas, die nicht bricht.«

Das Mädchen beugte sich zu Wisp hinunter.

»Wisp, es ist ja gut. Ich erlaube nicht, daß dir jemand wehtut. Sieh mich an, Wisp.« Der Kleine hob den Kopf und lächelte unsicher. Eretria streichelte seine Wange. »Wisp, kannst du uns eine Tür aus Glas zeigen, das nicht bricht? Weißt du von einer solchen Tür?«

»Machen wir ein Spiel, Hübsche? Spielst du mit Wisp?«

Eretria war ratlos. Sie sah Wil an. Der zuckte die Schultern und nickte.

»Natürlich können wir ein Spielchen machen, Wisp.« Wieder lächelte Eretria ihn an. »Kannst du uns die Tür zeigen?«

Wisps altes Gesicht verzog sich zu einem strahlenden Wonnelächeln.

»Wisp kann es dir zeigen.«

Er sprang auf, schoß in den Schlund der Höhle hinein, dann wieder heraus, um Eretrias Hand zu fassen und das Mädchen mit sich zu ziehen. Wil schüttelte den Kopf. Der Kleine war wirklich ein bißchen verrückt, ob nun von all dem, was ihm während seiner Gefangenschaft in der Senke widerfahren war, oder von dem Schock über den Tod seiner Dame. Es war auf jeden Fall ein großes Risiko ihm zu glauben, daß er ihnen die geheime Kammer des Blutfeuers zeigen konnte. Doch sie hatten keine andere Wahl. Wieder blickte Wil auf die Schwärze der Höhle.

»Also verlaufen möcht' ich mich da drin nicht gern«, murmelte Hebel neben ihm.

Eretria schien es ähnlich zu gehen.

»Wisp, wir können ja gar nichts sehen.« Sie zog an seinem Arm, bis er stehenblieb. »Wir müssen uns Fackeln machen.«

Wisp erstarrte. »Keine Fackeln, Hübsche. Kein Feuer. Feuer brennt – macht kaputt. Tut Wisp weh. Feuer verbrennt den Turm der Dame. Die Dame ... Wisp dient ...«

Unvermittelt brach er wieder in heftiges Schluchzen aus. Tränen traten ihm in die Augen, während seine kleinen Arme fest Eretrias Beine umspannten.

»Du tust Wisp nicht weh, Hübsche!«

»Nein, nein, Wisp«, versicherte sie und hob ihn hoch, um ihn fest an sich zu drücken. »Keiner wird dir etwas tun. Aber wir brauchen Licht, Wisp. Ohne Licht können wir in dieser Höhle nichts sehen.«

Wisp hob das von Tränen feuchte Gesicht.

»Licht, Hübsche? Oh, Licht – es ist Licht da. Kommt. Da drüben ist Licht.«

Eifrig vor sich hinmurmelnd, führte er sie noch einmal zum Schlund der Höhle. Dort trat er nahe an die Wand, griff in eine kleine Nische im Fels und entnahm ihr zwei jener merkwürdigen Lampen. Als er sie in die Höhle hineinstreckte, entzündeten sich die Glaszylinder mit dem gleichen rauchlosen Licht, das überall in Mallenrohs Turm gebrannt hatte.

»Licht.«

Wisp lächelte voller Eifer und Stolz und reichte Eretria die

Lampen. Sie nahm sie, behielt eine für sich und reichte die andere Wil. Der drehte sich nach Hebel um.

»Ihr braucht nicht weiter mit uns zu kommen, wenn Ihr nicht wollt«, sagte er.

»Seid nicht albern«, schnaubte der alte Mann verächtlich. »Und was ist, wenn Ihr Euch da drinnen verlauft? Ihr braucht Drifter und mich, wenn Ihr da wieder rauskommen wollt, oder vielleicht nicht? Außerdem möcht' ich mir dieses Sichermal ganz gern anschauen.«

Wil sah, daß es keinen Sinn hatte, sich auf weitere Auseinandersetzungen einzulassen. Er nickte Eretria zu. Sie nahm den kleinen Irrwisch fest bei der Hand; die Lampe vor sich hinhaltend, tat sie die ersten Schritte in die Höhle. Wil hob Amberle wieder in seine Arme und folgte. Hebel und Drifter bildeten den Schluß.

Ganz vorsichtig bewegten sie sich vorwärts. Allmählich gewöhnten sich ihre Augen an die Dunkelheit, und sie konnten sehen, daß die Höhle tief in das Herz der Hochwarte hineinführte. Das Licht der Lampen erreichte ihr Dach und ihre Mauern nicht. Der Boden des Tunnels war holprig, doch nirgends stellten sich ihnen Hindernisse entgegen. Tief wanderten sie in die Schwärze hinein. Nach einer Weile machte Wisp vor der hinteren Wand der Höhle halt. Vor ihnen zeigten sich zahlreiche Öffnungen, die meisten nur schmale Spalte im Fels, eine der anderen sehr ähnlich.

Wisp entschied sich ohne Zögern und zog Eretria mit sich in eine der Spalten hinein. Die anderen folgten. Er führte sie nun durch ein Labyrinth von Gängen und Windungen, die ständig weiter in die Tiefe führten. Die anderen hatten bald jede Orientierung verloren. Doch Wisp führte sie unbeirrt weiter.

Dann standen sie plötzlich vor einer Treppe, und Aussehen und Form der unterirdischen Gänge wandelte sich schlagartig. Das waren keine natürlich geformten Felswände und -mauern mehr. Die Treppe und der Gang waren aus rohbehauenen, massigen Steinquadern errichtet, ganz zweifellos von Menschenhand. Flecken von Feuchtigkeit glitzerten an den Mauern und am Dach des Ganges, und Rinnsale sickerten die Stufen hinab. Aus der Tiefe der Finsternis waren Geräusche zu hören. Ein Scharren winziger Füße, ein dünnes Quietschen des Ärgers. Im Schein der Lampen waren die huschenden Körper von Ratten zu erkennen.

Wisp führte sie die Treppe hinunter in die Finsternis. Hunderte von Stufen stiegen sie hinab, während die Treppe sich in endlosen Windungen immer tiefer schlängelte. Rund um sie herum, gerade noch außerhalb des Lichtscheins der rauchlosen Lampen, huschten die Ratten durch die Finsternis. Schrill und unangenehm drangen ihre Schreie durch die Stille. Ein durchdringender Geruch nach Moder und Feuchtigkeit und nach Verfall schwängerte die Luft. Und immer noch stiegen sie tiefer hinunter, und das Ende der Treppe war nicht abzusehen.

Endlich hatten sie die letzte Stufe hinter sich. Sie standen nun in einem großen Saal, dessen hohe gewölbte Decke von mächtigen Säulen getragen wurde. Halbzerfallene steinerne Bänke umgaben in sacht ansteigenden, immer weiter werdenden Kreisen ein Rondell in der Mitte des Raumes. Seltsame Zeichen waren in den Stein der Säulen und der Mauern eingeritzt, und unten im leeren Rund verrosteten eiserne Fahnenstangen. Früher einmal war diese steinerne Kammer ein Ratssaal oder ein Versammlungsraum gewesen, vielleicht auch ein Ort, wo seltsame Rituale vollzogen worden waren, dachte Wil. Früher einmal hatte sich ein anderes Volk hier versammelt. Flüchtig nur konnte er sich umsehen, denn schon führte Wisp sie durch die Bankreihen zu einer schweren Steintür, die am Ende des Saales wartete. Sie stand offen, und hinter ihr führte eine weitere Treppe in die Tiefe.

Wieder stiegen sie abwärts. Wil wurde allmählich unruhig. Sie hatten schon einen weiten Weg im Inneren des Berges zurückgelegt, und nur Wisp hatte überhaupt eine Ahnung, wo sie sich befanden. Wenn der Raffer sie hier einholte ...

Die Treppe mündete in einen Gang. Wil glaubte das Geräusch plätschernden Wassers zu hören, als sprudele weiter vorn ein Bach durch den Fels. Eifrig eilte Wisp voran, während er Eretria mit sich zog und immer wieder ängstliche Blicke zurückwarf, als wolle er sich vergewissern, daß sie noch da war.

Dann hatten sie auch diesen Gang hinter sich und standen in einer gewaltigen Höhle, nicht von Menschenhand errichtet, sondern ein Werk der Natur. Ihre Wände waren von Löchern und

Rissen durchsetzt, und von ihrem Dach stachen zahllose spitze Stalaktiten herab. In der Dunkelheit jenseits ihrer Lichter konnten sie das Rauschen von Wasser hören.

Wisp führte sie durch die Höhle und murmelte dabei unaufhörlich vor sich hin. An der hinteren Wand türmte sich ein Berg von Felsbrocken, vielleicht durch einen Erdrutsch aufgeworfen. Von den Felsen herab sprang zischend und schäumend ein schmaler Bach, dessen Wasser sich in einem Becken sammelte, um sich dann in einer Anzahl winziger Bächlein und Rinnsale zu verzweigen, die sich glucksend in die Finsternis schlängelten.

»Hier«, verkündete Wisp strahlend und wies auf den kleinen Wasserfall.

Wil ließ Amberle herunter und starrte den kleinen Burschen verständnislos an.

»Hier«, wiederholte Wisp. »Eine Tür aus Glas, das nicht bricht. Ein lustiges Spiel.«

»Wil, er meint den Wasserfall«, sagte Amberle plötzlich. »Schau doch mal genau hin – da, wo das Wasser zwischen diesen beiden Felsen zu dem Becken herabfällt.«

Wil schaute sich das an, sah jetzt, was Amberle schon vor ihm gesehen hatte. An dieser Stelle, wo das Wasser in das Becken abfiel, rieselte es in einem dünnen, glitzernden Vorhang zwischen zwei Felssäulen herab. Der Anblick erinnerte in der Tat an eine Tür aus Glas. Wil trat ein paar Schritte näher heran. Das Licht seiner Lampe spiegelte sich im Wasser.

»Aber das ist doch nicht Glas!« rief Eretria ungeduldig. »Das ist doch nur Wasser!«

»Aber würde sich der Ellcrys daran erinnern?« entgegnete Amberle rasch, immer noch zu Wil sprechend. »Er hat ein so langes Leben hinter sich. Vieles von dem, was er einst wußte, ist ihm im Lauf der Zeit entfallen. Vieles ist ihm unklar geworden. Vielleicht erinnert er sich an diesen Wasserfall nur deshalb, weil er eben aussieht wie eine Tür aus Glas, das nicht bricht.«

Eretria blickte auf Wisp hinunter.

»Das ist die Tür, Wisp? Bist du ganz sicher?«

Wisp nickte eifrig. »Lustiges Spiel, Hübsche. Spiel noch ein lustiges Spiel mit Wisp.«

»Wenn das die Tür ist, dann muß auf der anderen Seite eine Höhle sein...«

Wil ging noch näher an das Wasser heran.

»Wisp kann es zeigen!« Wisp lief ihm voraus und zog Eretria mit sich. »Schau, schau, Hübsche! Komm!«

Er zog Eretria mit sich, bis sie unmittelbar rechts von dem kleinen Wasserfall standen. Aus seinem Altmännergesicht warf er einen Blick zurück, dann ließ er ihre Hand los.

»Schau, Hübsche.«

Er trat in den Wasserfall hinein und verschwand. Eretria starrte ihm erstaunt nach. Beinahe unverzüglich war er wieder da. Sein dichtbehaarter Körper war klatschnaß, sein Gesicht strahlte.

»Schau!« Er faßte das Mädchen wieder an der Hand und zog es hinter sich her.

Rasch glitt die kleine Gruppe durch den Vorhang des Wasserfalls, und im Licht der rauchlosen Lampe sah Wil, daß sie sich nun in einer Felsnische befanden, aus der ein schmaler Gang hinausführte. Tropfnaß folgten sie Wisp, der sie bis zu dem Ende des Durchgangs führte, wo wieder eine Höhle wartete. Diese war viel kleiner und unerwartet trocken, frei von dem Geruch nach Moder und Feuchtigkeit, der die andere erfüllt hatte. In einer Folge breiter flacher Simse senkte sich ihr Boden abwärts.

Wil holte tief Atem. Wenn der Wasserfall die Tür aus unzerbrechlichem Glas war, von der der Ellcrys gesprochen hatte, dann war dies hier die Felskammer, in der sie das Blutfeuer finden würden. Stumm schritt er bis in den Hintergrund der Höhle und wieder zurück. Keine anderen Tunnel, keine anderen Gänge führten aus dieser Höhle heraus. Die Felswände, der Boden und das Dach der Höhle schimmerten matt im Schein seiner Lampe, als er sie hochhielt und sich sorgfältig umsah.

Die Felskammer war leer.

An der Öffnung der Höhle, die in die Hochwarte hineinführte, glitt ein Schatten aus den Büschen des Plateaus und verschwand lautlos in der Finsternis.

Ein Sturm wilder Phantasien überfiel Wil Ohmsford, als er in der leeren Höhle stand und sich hilflos umblickte. Es gab kein Blutfeuer. Nach allem, was sie erduldet hatten, um Sichermal zu erreichen, gab es gar kein Blutfeuer. Es war verloren, vielleicht schon seit Jahrhunderten vom Antlitz der Erde verschwunden, untergegangen mit der alten Welt. Es war eine Erfindung, eine eitle Hoffnung des sterbenden Ellcrys, ein Zauber, der mit dem Sterben der Geisterwelt verschwunden war. Oder, wenn es ein Blutfeuer gab, dann befand es sich nicht hier. Dann lag es vielleicht irgendwo in den Tiefen des Wildewalds, aber nicht in diesen Höhlen, und sie würden es niemals finden. Es befand sich außerhalb ihrer Reichweite. Es war versteckt...

»Wil!«

Amberles Ausruf durchbrach die Stille. Er wandte sich um. Sie stand ein Stück abseits von ihm, tastete mit einer Hand vor sich her, als sei sie blind und versuche sich zurechtzufinden.

»Wil, es ist hier! Das Blutfeuer ist hier! Ich kann es fühlen!«

Ihre Stimme überschlug sich vor Erregung. Die anderen beobachteten sie, wie sie durch den Dämmerschein der Höhle humpelte, die gespreizten Finger wie Fühler ausgestreckt.

Eretria eilte zu Wil. Sie hielt noch immer Wisp an der Hand, der sich hinter ihr zusammenkauerte.

»Heiler, was soll das –?«

Er hob die Hand, um ihr Schweigen zu gebieten. Langsam schüttelte er den Kopf und sprach kein Wort. Sein Blick blieb auf das Elfenmädchen gerichtet. Sie war jetzt zu einem der höherliegenden Simse der Höhle emporgestiegen, einem kleinen Felssockel, der sich beinahe in der Mitte der Steinkammer erhob. Unter Schmerzen hinkte sie vorwärts. Am anderen Rand des Sockels lag ein großer Felsbrocken. Bis dorthin schleppte sich Amberle, dann blieb sie stehen. Leicht vorgeneigt streckte sie die Hände abwärts und strich über das rauhe Gestein des Felsens.

»Hier.« Das Wort war nur ein Hauch.

Wil wollte zu ihr, rannte durch die Höhle, sprang zu dem Sims hinauf. Augenblicklich drehte sich Amberle nach ihm um.

»Nein! Nicht näher, Wil!«

Wil blieb stehen. Etwas in ihrem Ton zwang ihn stehenzubleiben. Wortlos sahen sie einander im düsteren Licht der Höhle an. In den Augen des Elfenmädchens stand ein Ausdruck von Verzweiflung und Furcht. Noch einen Moment hielten sie die seinen fest, dann wandte sie sich wieder ab. Zierlich und schlank lehnte sie sich gegen den Felsen. Als sei er nur aus Papier, rollte der Brocken davon.

Weißes Feuer barst aus der Erde hervor. Aufwärts schoß es zum Dach der Höhle, und seine Flammen glitzerten wie flüssiges Eis. Weiß und funkelnd brannte es, und gab doch keine Hitze ab. Dann nahm es langsam die Farbe von Blut an.

Überrascht und erschreckt taumelte Wil Ohmsford zurück, ohne im ersten Augenblick zu gewahren, daß Amberle im gleißenden Feuer verschwunden war. Dann hörte er hinter sich die Entsetzensschreie Wisps.

»Verbrennen! Wisp wird verbrennen!« Das dünne Stimmchen wurde zu einem Kreischen. Das Greisengesicht verzerrte sich in panischer Angst, während das Feuer die Höhle mit rotem Licht durchflutete.

»Die Dame, die Dame, die Dame – brennt – sie brennt! Wisp – Wisp dient – er dient – er brennt!«

Er hatte völlig den Verstand verloren. Mit einem Ruck riß er sich von Eretria los und stürzte schreiend und kreischend aus der Höhle. Hebel wollte ihn packen, verfehlte ihn aber.

»Wisp, komm zurück!« rief Eretria ihm nach. »Wisp!«

Doch es war zu spät. Sie hörten, wie er durch den Wasserfall stürmte, und dann war er fort. Im scharlachroten Glanz des Blutfeuers sahen die drei, die zurückgeblieben waren, einander wortlos an.

Im nächsten Augenblick wurde Wil Ohmsford gewahr, daß er Amberle nicht mehr sehen konnte. Zuerst zauderte er, da er glaubte, seine Augen spielten ihm Streiche, das Feuer verberge sie in seinem Spiel aus scharlachrotem Licht und zuckenden Schatten. Er glaubte, sie müsse immer noch dort auf dem Felssockel stehen, wo sie eben gestanden hatte. Doch wenn das zutraf, wie kam es dann, daß er sie nicht sehen konnte?

Er wollte gerade zum Blutfeuer laufen, um sich Gewißheit zu verschaffen, da hörten sie alle drei den Schrei – schrill und schrecklich gellte er durch die Stille.

»Wisp!« flüsterte Eretria voller Entsetzen.

Sie war schon auf dem Weg zum Tunnel, als Wil sie einholte und rasch zurückriß zum Feuer. Hebel folgte ihnen, eine Hand in Drifters zottigem Fell. Der große Hund knurrte warnend.

Dann vernahmen sie, wie etwas durch den Wasserfall glitt. Nicht Wisp, das wußte Wil. Dies war ein anderer; ein Wesen, das viel größer war als Wisp. Das war dem Geräusch zu entnehmen. Und wenn es nicht der kleine Irrwisch war, dann...

Drifters Nackenhaare sträubten sich, und der Hund kauerte sich knurrend nieder.

»Hinter mich!« Wil winkte Eretria und den alten Hebel zurück.

Schon griff Wil unter seinen Kittel und riß den Beutel heraus, in dem die Elfensteine lagen. Während er bis zum Rand des Felssockels zurückwich, auf dem das Blutfeuer loderte, zog er den Beutel auf. Die Augen unverwandt auf den Eingang zur Höhle gerichtet, holte er die Elfensteine hervor.

Es war der Raffer.

Sein Schatten fiel düster in die Höhle, so lautlos wie der wandernde Mond. Der Raffer bewegte sich wie ein Mensch, doch er war größer und massiger als ein gewöhnlicher Sterblicher, ein gewaltiges, unheimliches Wesen, größer noch als Allanon. Nichts war von ihm zu sehen außer den Gewändern und der Kapuze von der Farbe feuchter Asche, die ihn völlig vermummten. Als er aus dem Gang in die Höhle glitt, übergoß ihn das brennend rote Licht des Feuers wie Blut.

Eretrias Schreckensschrei durchschnitt die Stille. Von einer großen, grausamen Krallenhand hing der leblose kleine Körper Wisps herab.

Augenblicklich zog Eretria den gekrümmten Dolch. Aus den schwarzen Schatten seiner Kapuze starrte der Raffer sie an, gesichtslos, ohne Erbarmen. Wil spürte die Eiseskälte, die ihn umgab, kälter noch als in jenem Augenblick, da er zum ersten Mal Mallenroh begegnet war. Er spürte das absolute Böse in der Gegenwart des Dämonen. Er dachte an seine Opfer, an die Elfenwachen im Drey-Wald, an Crispin, Dilph und Katsin auf dem Pykon, an Cephelo und die Fahrensleute am Heulekamm – alle waren sie von diesem Ungeheuer vernichtet worden. Und jetzt trachtete es ihnen nach dem Leben.

Er begann zu zittern. Die Angst in ihm war so heftig, daß sie wie etwas Lebendiges war. Er konnte den Blick nicht von dem Dämon wenden, brachte es nicht fertig wegzusehen, obwohl alles in ihm danach schrie. Das Gesicht Eretrias, die an seiner Seite stand, war grau vor Entsetzen, und ihre dunklen Augen sahen immer wieder zu Wil hin. Hebel wich noch einen Schritt weiter zurück, und Drifters Knurren wurde zu einem angstvollen Winseln.

Geschmeidig und lautlos wie ein Gespenst trat der Raffer durch die Öffnung in das Innere der Höhle. Wil Ohmsford nahm seine ganze Kraft zusammen. Er hob die Hand, die die Elfensteine hielt. Der Raffer verharrte. Die gesichtlose Kapuze hob sich ein wenig. Doch nicht Wil hatte den Raffer veranlaßt zu zögern. Das blutrote Feuer, das hinter ihm loderte, ließ das Ungeheuer zaudern. Etwas an diesem Feuer verwirrte und störte den Raffer. Reglos betrachtete der Dämon die blutroten Flammen, die aus der glatten Fläche des Felssockels züngelnd zur Decke der Höhle emporstiegen. Das Feuer schien nicht zu drohen. Es brannte ruhig, kühl, rauchlos und beständig, ohne Spuren zu hinterlassen. Noch einen Augenblick wartete der Raffer, um das Feuer aufmerksam zu betrachten. Dann setzte er sich wieder in Bewegung.

Die Träume fielen Wil Ohmsford in diesem Augenblick wieder ein, die Träume, die seinen Schlaf in Havenstead und später in der Festung auf dem Pykon heimgesucht hatten; die Träume von dem Ungeheuer, das ihm durch Nacht und Nebel nachjagte, und dem er nicht entkommen konnte. So wie damals im Schlaf überfielen ihn jetzt die Träume, und all die Gefühle, die ihn gequält hatten, wurden wiedergeboren, doch intensiver und beängstigender. Es war der Raffer gewesen, der ihn verfolgt hatte, gesichtslos ihm nachgesetzt hatte von einer Traumwelt in die andere, immer nur einen Schritt entfernt – der Raffer, der jetzt aus den bösen Träumen in die Wirklichkeit getreten war. Diesmal jedoch gab es kein Entfliehen, kein Verstecken, kein Erwachen. Diesmal gab es kein Entkommen.

Allanon! Hilf mir!

Wil zog sich tief in sich selbst zurück und fand in einem Meer der Angst die Worte des Druiden wieder. Glaube an dich selbst. Glaube! Habe Vertrauen. Auf dich vor allen anderen verlasse ich mich. Ich verlasse mich auf dich.

Er raffte die Worte an sich. Mit ruhiger Hand beschwor er die Zauberkraft der Elfensteine. Tief tauchte er in den Zauber der Steine ein, spürte, wie er durch Schichten tiefblauen Lichtes sank. Sein Blick schien sich zu verschleiern, während er fiel, und der scharlachrote Schein des Blutfeuers schien dagegen fahl und grau zu werden. Er war jetzt nahe, ganz nahe. Er konnte das Feuer der Kraft spüren, die den Elfensteinen innewohnte.

Und dennoch, es geschah nichts.

Wil geriet in Panik, und einen endlos langen Augenblick überwältigte ihn die Angst mit solcher Macht, daß er nahe daran war, einfach davonzulaufen. Nur das Wissen, daß er ja doch nicht entfliehen konnte, ließ ihn standhaft ausharren. Die Schranke in seinem Inneren sperrte immer noch genauso wie nach der Begegnung mit dem Dämon im Tirfing –, und sie würde immer in ihm sein, weil er nicht der wahre Meister der Elfensteine war, nicht ihr rechtmäßiger Besitzer, sondern nur ein einfältiger Talbewohner, der sich in seinem Hochmut eingebildet hatte, er könnte mehr sein als er wirklich war.

»Heiler!« schrie Eretria verzweifelt.

Wieder versuchte Wil die Kraft der Steine zu erwecken, und wieder mißlang es. Er konnte den Quell der Kraft nicht erreichen, konnte ihn nicht zum Sprudeln bringen. Schweiß strömte ihm über das Gesicht, und er umklammerte die Elfensteine so fest, daß die Kanten in sein Fleisch einschnitten. Warum konnte er die Kraft nicht freisetzen?

Da sprang Eretria plötzlich ein paar Schritte vor, täuschte einen Angriff mit dem Dolch vor, um den Dämon auf sich zu lenken.

Der Raffer fuhr herum. Aus der finsteren Vermummung der Kapuze verfolgte er das Mädchen, das langsam an dem Felssockel entlangglitt, als wolle es durch die Höhlenöffnung entfliehen.

Wil war augenblicklich klar, was sie da tat – sie wollte ihm Zeit schaffen, einige kostbare Sekunden nur, um die Kraft der Elfensteine freizusetzen. Er wollte sie rufen, ihr sagen, daß sie zurückkommen solle, ihr erklären, daß er keine Macht mehr über die Zauberkräfte der Steine besaß. Doch er brachte keinen Ton hervor. Tränen rannen ihm über sein Antlitz, während er sich in rasender Verzweiflung bemühte, die Sperre zu durchbrechen, die ihm den Weg zu den Steinen verschloß. Sie wird sterben, schoß es ihm voller Entsetzen durch den Kopf. Der Raffer wird sie töten, während ich hier stehen und zusehen muß.

Mit einer trägen Bewegung schleuderte der Raffer die sterbliche Hülle Wisps zur Seite. Aus den Falten seines düsteren Gewandes streckten sich scharf gebogene Klauenhände in das rubinrote Licht des Blutfeuers und schnappten nach Eretria.

Eretria! Was dann geschah, sollte sich ihm unauslöschlich einprägen. In wenigen Sekunden erstarrter Zeit fielen Vergangenheit und Gegenwart in eins zusammen; so, wie es einst seinem Großvater widerfahren war, so stand Wil Ohmsford jetzt sich selbst von Angesicht zu Angesicht gegenüber.

Ihm war, als höre er Amberle sprechen. Ihre Stimme entschwebte der roten Glut des Blutfeuers. Ruhig und gelassen klang sie und voller Hoffnung. Sie sprach zu ihm wie sie an jenem Morgen nach ihrer gemeinsamen Flucht aus den Felsen des Pykon zu ihm gesprochen hatte, als der Mermidon sie südwärts getragen hatte, fort von den Greueln der vergangenen Nacht. Sie sagte ihm, wie sie ihm damals verkündet hatte, daß trotz allem, was geschehen war, die Kraft der Elfensteine nicht verloren war, sondern noch immer ihm gehörte und von ihm eingesetzt werden konnte.

Aber die Zauberkraft war doch verloren. Sie hatte gesehen, was auf der schmalen Brücke über der Schlucht geschehen war. Aus tiefstem Herzen hatte er den Dämon vernichten wollen nach allem, was dieser dem tapferen Crispin angetan hatte. Doch er hatte nur wie versteinert dagestanden, die Elfensteine nutzlos in der Hand, und war unfähig gewesen, etwas zu tun. Hätte nicht der Wind die Brücke abgerissen, der Raffer hätte sie beide getötet. Sie mußte doch einsehen, daß die Kraft verloren war.

Er vernahm ihr Seufzen, das wie ein Wispern durch seinen Geist zog. Sie war nicht verloren. Er versuchte, etwas zu erzwingen. Er war so verkrampft, daß er sich dadurch selbst daran hinderte, an den Kraftquell heranzukommen; das lag nur daran, daß er nicht fähig war, das Wesen der Kraft zu verstehen, die er zu meistern suchte. Er mußte sich um Verstehen bemühen. Er mußte bedenken, daß elfischer Zauber immer nur eine Erweiterung dessen war, der sich seiner bediente...

Ihre Stimme verklang, und an ihrer Stelle hörte er die Allanons. Herz, Geist und Körper – ein Stein für jedes. Wenn alle drei sich vereinigten, dann erwachten die Elfensteine. Wil mußte diese Vereinigung herbeiführen. Vielleicht würde ihm das nicht so mühelos gelingen wie seinem Großvater, weil er ja ein anderer Mensch war als dieser. Er war zwei Generationen entfernt von Shea Ohmsfords Elfenblut, und das, was seinen Großvater vielleicht nur einen Gedanken gekostet hatte, würde ihm sicher nicht so leicht gegeben werden. Vieles in ihm widerstand der Zauberkraft.

Ja, ja! schrie es in Wils Innerem. Das Menschenblut widersteht. Es war seine menschliche Seite, die ihm den Zugang zu der Kraft der Elfen verwehrte. Es war seine menschliche Seite, welche die Zauberkraft zurückwies.

Allanons Lachen klang leise und spöttisch. Wenn das wirklich zutraf, wie kam es dann, daß er trotz allem schon einmal vermocht hatte, sich der Elfensteine zu bedienen?

Auch die Stimme des Druiden verklang.

Aber da sah Wil Ohmsford plötzlich die Täuschung, mit der er sich selbst betrogen hatte, seit dem Augenblick im Tirfing, als er die Kraft der Elfensteine beschworen und den lebendigen Strom der Zauberkraft gespürt hatte, die ihn durchflutet hatte wie flüssiges Feuer. Aus den Zweifeln daran, daß er wirklich das Recht und die Macht besaß, der Kraft der Elfensteine zu befehlen, hatte er die Lüge erwachsen lassen. Und sie hatte zusätzlich Nahrung gefunden durch Allanons bestürzende Enthüllung, daß nur der den Steinen gebieten konnte, in dessen Adern Elfenblut floß. Wie schnell war er dabei gewesen, sich einzureden, daß seine menschliche Seite die Ursache seines Unvermögens war, eben jene Kraft, die er im Tirfing freigesetzt hatte, erneut zu beschwören!

Er hatte sich selbst getäuscht. Vielleicht nicht wissentlich, vielleicht nicht willentlich, aber er hatte sich etwas vorgemacht und dadurch die Kraft der Elfensteine verloren. Wie war das geschehen? Amberle hatte an die Wahrheit gerührt, als sie ihn während ihrer langen Wanderung zweimal angesprochen und erklärt hatte, sie habe den Eindruck, er habe sich selbst etwas angetan durch den Einsatz der Steine im Tirfling. Er hatte ihre Worte auf die leichte Schulter genommen und versucht, ihre Besorgnis zu zerstreuen – auch wenn er ihr bekannte, daß sie recht hatte. Er hatte sich in jenem Moment, als er die Kraft der Elfensteine freigesetzt hatte, wirklich etwas angetan. Doch er konnte nicht aufspüren, was es war. Er hatte geglaubt, es sei etwas Körperliches, doch da konnte er keinen Schaden feststellen. Amberle hatte gemeint, es könne etwas weniger Greifbares sein, elfischer Zauber könnte auch die Seele angreifen. Doch auch das hatte er nicht glauben wollen. Als er nicht auf Anhieb etwas Sichtbares entdeckte, hatte er sich schleunigst die ganze Sache aus dem Kopf geschlagen, denn schließlich konnte er es sich nicht leisten über sich selbst zu grübeln, wenn er Amberle beschützen mußte. Doch das war ein schwerwiegender Fehler gewesen. Er hätte erkennen müssen – so wie er es jetzt erkannte –, daß Amberle recht hatte und daß der Gebrauch der Elfensteine tatsächlich seine Seele angegriffen hatte, ihr so großen Schaden zugefügt hatte, daß die Macht über die Kraft der Steine ihm so lange verloren sein würde, bis er sich mit diesem Schaden an seiner Seele auseinandergesetzt hatte.

Wil Ohmsford nämlich hatte Angst bekommen.

Er konnte sich das jetzt eingestehen. Er mußte es eingestehen. Dies war eine Angst, die er bisher nicht hatte erkennen können, so leicht ließ sie sich mit anderen Empfindungen verwechseln, so geschickt hatte sie sich getarnt. All die Tage war sie dagewesen, und er hatte sie nicht als das erkannt, was sie war. Denn dies war nicht die Furcht vor dem Ungeheuer, das ihn in seinen Träumen verfolgte, oder vor dem Dämon, der Amberle und ihn seit Arborlon jagte. Es war Angst vor eben jener Sache, die sie beide schützen sollte, vor den Elfensteinen und der Wirkung, die ihre unerklärbare, ehrfurchtgebietende Kraft vielleicht auf ihn haben würde.

Jetzt verstand er. Nicht sein Menschenblut verwehrte ihm den Zugang zu der Macht der Steine. Vielmehr war es seine Angst vor dem Zauber.

Er selbst hatte sich das angetan. So entschlossen war er gewesen, die Aufgabe, die Allanon ihm übertragen hatte, zu bewältigen und sich ja von nichts an ihrer Durchführung hindern zu lassen, daß er seine Angst schon in dem Moment, als sie geboren wurde, in einem tiefen Brunnen eiserner Entschlossenheit vergraben hatte. Er hatte sich geweigert, ihre Existenz anzuerkennen, hatte sie statt dessen vor anderen und vor sich selbst verborgen gehalten. Doch eine Vereinigung von Herz, Geist und Körper konnte es nicht geben, solange solche Angst unerkannt in ihm wohnte. Er hatte sich eingeredet, daß der Widerstand gegen den Elfenzauber durch seine menschliche Seite hervorgerufen worden sei. Damit hatte er die Selbsttäuschung noch fester untermauert, und damit war es ihm hinfort unmöglich geworden, den Elfensteinen zu gebieten.

Bis zu diesem Augenblick. Jetzt begriff er die Natur der Schranke, die ihm das Tor zur Kraft der Elfensteine verschloß. Es war die Angst – und mit ihr konnte er vielleicht fertig werden.

Wieder tauchte er tief in sich ein, bewußt und entschlossen, um Herz, Geist und Körper, Bereitschaft, Gedankenkraft und Körperkraft, im Hinblick auf ein einziges Ziel zu vereinigen. Einfach war es nicht. Die Angst war immer noch da. Wie eine Mauer stand sie vor ihm auf, wollte ihn zurückdrängen, seine Entschlossenheit brechen. So stark war sie, daß Wil einen Moment lang glaubte, er könne es nicht bewirken.

Eine Gefahr lag in seinem Gebrauch der Elfensteine, eine Gefahr, die er weder sehen noch berühren, weder bestimmen noch begreifen konnte. Sie war da, wirklich und greifbar, und sie konnte Körper und Seele nicht wieder gutzumachenden Schaden zufügen. Sie konnte ihn vernichten. Schlimmer, sie konnte ihn am

Leben lassen. Es gab Dinge, die schrecklicher waren als das Sterben …

Er kämpfte. Er dachte an seinen Großvater. Als Shea Ohmsford das Schwert von Shannara gebraucht hatte, hatte eine Gefahr gedroht, die der Talbewohner zwar gespürt, aber nicht verstanden hatte. Das hatte er Wil erzählt. Doch nur die Zauberkraft des Schwertes hatte Rettung bringen können, und sein Großvater hatte die einzig mögliche Entscheidung getroffen. Und so stand es jetzt auch um Wil. Er stand Auge in Auge mit einer Notwendigkeit, hinter der seine eigenen Bedürfnisse zurücktreten mußten. Ihm war eine besondere Waffe in die Hand gegeben; ihm war es gegeben, Leben zu retten, die kein anderer retten konnte.

Er stürzte sich tief in das blaue Licht der Elfensteine, und die Angst zerfloß vor ihm. Der Mensch wich dem Elf, und die gewaltige Kraft der Steine schoß in ihm empor.

Vergangenheit und Gegenwart rissen auseinander, und die Sekunden waren verflogen.

Eretria!

Der Raffer war in Bewegung, sprang lautlos durch die rote Glut des Blutfeuers auf das Mädchen zu. Wil hob die Elfensteine, und ihr Feuer schoß aus seinen Händen hervor. Es traf den Raffer mit solcher Gewalt, daß der Dämon gegen die Mauern der Höhle geschleudert wurde.

Kein Geräusch war zu hören, als der Raffer gegen die Mauer schlug, und seine Gewänder am Fels in sich zusammenfielen. Doch im nächsten Moment schon war der Dämon wieder auf den Beinen und wollte sich auf den Talbewohner stürzen. Nie hätte Wil es für möglich gehalten, daß ein so massiges Wesen so schnell und behende sein konnte. Noch bevor er sich's versah, tauchte der Raffer mit krallenden Klauenhänden vor ihm auf. Wieder sprang das blaue Feuer aus den Elfensteinen und traf mit zuckendem Strahl den Dämon, so daß dieser erneut zurücktaumelte. Und wieder herrschte tiefste Stille. Wil spürte diesmal das Feuer in seinem Körper. Als wäre es sein Lebensblut, pulste es in ihm. Es war das gleiche Gefühl wie damals im Tirfing. Etwas war mit ihm geschehen – etwas, das nicht unbedingt wünschenswert war.

Doch es blieb keine Zeit, sich jetzt darüber den Kopf zu

zerbrechen. In einem lautlosen Angriff schoß die aschgraue Gestalt des Raffers durch das flackernde Zwielicht. Feuergarben schossen aus den ausgestreckten Händen des Talbewohners, doch diesmal war der Raffer schneller. Er wich den züngelnden Flammen aus und stürmte weiter vor. Wieder versuchte Wil, ihn aufzuhalten, wieder mißlang es. Er wich wankend zurück, während er wie ein Rasender den Elfenzauber zu beschwören suchte, doch seine Konzentration war durchbrochen, und das Feuer drohte zu erlöschen. Der Raffer sprang durch die dünnen Flammen hindurch. Im letzten Augenblick erst gelang es Wil, die Flammen wie einen Schild vor sich zu sammeln. Dann warf sich der Raffer schon auf ihn und schleuderte ihn heftig zur Seite. Wil stürzte, schlug hart mit dem Kopf auf dem Steinboden auf. Flüchtig glaubte er, er würde ohnmächtig werden. Die Krallen des Raffers schlugen wild in die blauen Flammen in dem rasenden Bestreben, ihn zu erreichen. Doch Wil wehrte sich gegen Schwindel und Schmerz, kämpfte sie nieder, und der Zauber der Elfensteine blieb lebendig. In ohnmächtiger Wut sprang der Raffer zurück und tänzelte lautlos davon.

Benommen raffte sich Wil auf. Sein Körper schmerzte von der Gewalt des Angriffs durch den Raffer, und vor seinen Augen tanzten bunte Kreise. Nur mit Mühe gelang es ihm, sich aufrecht zu halten. Die Dinge entwickelten sich ganz anders, als er erwartet hatte. Er hatte geglaubt, das Schlimmste sei vorüber, als es ihm endlich gelungen war, die Schranke in seinem Inneren zu durchbrechen und den Elfenzauber freizusetzen; er hatte geglaubt, nun endlich eine Waffe zu besitzen, welcher der Raffer nichts entgegenzusetzen hatte. Doch jetzt war Wil dessen nicht mehr so sicher.

Dann fiel ihm Eretria ein. Wo war Eretria? In seinem Inneren zuckte das Elfenfeuer wie ein eingesperrtes Wesen. Einen schrecklichen Moment lang hatte er Angst, daß er die Beherrschung über es verloren hatte. Und in diesem Augenblick griff der Raffer wieder wütend an. Geräuschlos und blitzschnell tauchte er aus den Schatten, sprang in den glühenden Schein des Blutfeuers und stürzte sich auf Wil. Beinahe wie von selbst flammte der Elfenzauber zwischen den beiden Widersachern auf, schoß in blendendem Strahl empor, so daß beide von dem schmalen Sims stürzten. Wil, der darauf nicht vorbereitet gewesen war, wurde gegen die Höhlenmauer geschleudert. Seine Rippen und der Ellbogen seines freien Arms zerbrachen wie dürres Holz, als er gegen den Fels geworfen wurde. Betäubender Schmerz durchzuckte ihn, und bald spürte er den Arm gar nicht mehr.

Irgendwie kam er wieder auf die Beine, blieb, gegen die Mauer gelehnt, stehen. Gegen den Schmerz und die Wellen von Übelkeit ankämpfend, die ihn zu übermannen drohten, rief er laut nach Eretria. Das Mädchen flog aus den Schatten, erreichte ihn kaum einen Schritt vor dem Raffer. Mit einem lautlosen Satz sprang der Dämon auf sie zu, so blitzschnell diesmal, daß Wil keine Zeit mehr blieb, etwas zu tun. Das Ungeheuer hätte sie überwältigt, wäre nicht Drifter gewesen. Von allen vergessen, riß sich der große Hund von Hebel los und stürzte sich auf den Dämon. Der wich von der Wucht des Angriffs torkelnd zurück, als scharfe Zähne sich in seine aschgrauen Gewänder schlugen. Einen Moment lang verschwanden die beiden in den Schatten. Drifters Knurren klang tief und grimmig. Dann reckte sich die Gestalt des Raffers, er schleuderte den tapferen Hund von sich, als sei er Schmutz an seinen Händen. Drifter flog durch die Luft und prallte gegen die Höhlenmauer. Wimmernd schlug er auf dem Boden auf, dann gab er keinen Laut mehr von sich.

Doch diese wenigen Sekunden verschafften Wil die Zeit die er brauchte, um sich zu erholen. Augenblicklich hob er den Arm, und sogleich sprühten die blauen Flammen. Sie streiften den Raffer, doch wieder gelang es dem gräßlichen Ungeheuer zu entkommen, indem er behende davonsprang und hinter der Säule des Blutfeuers Schutz suchte.

Wil wartete. Seine Augen durchschweiften aufmerksam die Steinkammer. Nirgends war eine Spur des Dämons zu sehen. Angestrengt suchte er in den Schatten. Er wußte, daß das Ungeheuer wiederkommen würde. Aber er konnte es nicht entdecken. Eretria kauerte zitternd wie Espenlaub neben ihm, noch immer den Dolch in der Hand. Ihr Gesicht war verschmiert von Schmutz und Tränen. Hebel beugte sich zu Drifter hinunter und streichelte flüsternd seine Hand. Die Sekunden verrannen. Noch immer regte sich nichts.

Dann blickte Wil auf. Der Raffer hing oben an der Decke der Höhle.

Er sah ihn gerade noch, als er sich schon auf ihn niederfallen ließ. Seine aschgrauen Gewänder flatterten wie Flügel. Mit einer kräftigen Bewegung stieß Wil Eretria zur Seite und hob die Elfensteine hoch. Wie eine große Raubkatze landete der Dämon vor ihnen, gewaltig und geschmeidig. Eretria schrie laut auf und taumelte voller Entsetzen zurück. Langsam, langsam weitete sich das schwarze Loch der Kapuze und versteinerte Wil Ohmsford mit leerem Starren. Wil war unfähig, sich zu rühren. Die Schwärze, die gesichtslose, undurchdringliche Schwärze hielt ihn fest.

Dann sprang der Raffer, und Wil hatte flüchtig das Gefühl, von ihm verschlungen zu werden. In diesem Moment wäre er umgekommen, wäre nicht die wunderbare Kraft der Elfensteine gewesen. Suchende Steine, hatte Allanon sie genannt, und durch seinen Geist hallte der Warnruf – such das Gesicht des Raffers! Schneller als ein Gedanke fliegt, wirkte der Zauber, machte ihn blind für das schreckliche Ungeheuer, für seine Angst und seinen Schmerz, für alles außer dem Instinkt zu überleben. Er hörte sich aufschreien, und die blauen Flammen barsten aus ihm hervor. Sie rasten züngelnd durch die gesichtslose Kapuze, umklammerten wie ein Schraubstock den unsichtbaren Kopf. Wie ein Rasender suchte der Dämon sich zu befreien. Wil Ohmsfords Hände verklammerten sich vor ihm, und der Elfenzauber fuhr aus seinem Körper in den Raffer, hob ihn vom Boden empor und schleuderte ihn gegen die Höhlenmauer. Dort hing der Raffer, aufgespießt auf einer blitzenden Klinge blauen Feuers. Einen Augenblick später durchdrang das Feuer die Gewänder des Dämons und explodierte in einer hohen Stichflamme blendenden Lichts.

Als das Feuer erlosch, war vom Raffer nur eine Kohlezeichnung verschlungener Gewänder übrig, die tief in den Fels eingegraben war.

Das Blutfeuer umhüllte Amberle Elessedil mit der behutsamen Berührung mütterlicher Hände. Rund um sie herum stiegen die Flammen empor, eine rubinrote Mauer, welche die gesamte jenseitige Welt ausschloß. Und doch taten sie dem erstaunten Mädchen nichts. Wie seltsam, dachte sie, daß das Feuer nicht brennt. Aber schon als sie den Felsbrocken weggeschoben hatte, und das Feuer rund um sie herum emporgeschossen war, hatte sie irgendwie gewußt, daß es so sein würde. Das Feuer hatte sie aufgenommen, doch sie hatte keinen Schmerz verspürt; es besaß keine Hitze, keinen Rauch, nicht einmal einen Geruch. Nur seine Farbe hatte Amberle wahrgenommen, dieses tiefe, lodernde Scharlachrot, und ein Gefühl, in etwas Vertrautes und Tröstliches eingehüllt zu sein.

Schläfrigkeit beschlich sie, und der Schmerz und die Angst der letzten Tage schienen langsam zu schwinden. Ihre Augen schweiften begierig durch das Feuer, um etwas von der Höhle zu sehen, in der das Feuer wohnte, und von den Gefährten, die sie begleitet hatten. Doch sie sah nichts; nur das Feuer existierte. Sie dachte daran, aus ihm herauszutreten, seine Lichtschleier hinter sich zu lassen, doch etwas in ihrem Inneren hinderte sie daran, es zu tun. Sie spürte, daß sie ausharren mußte. Sie mußte tun, was zu tun sie hergekommen war.

Was zu tun sie hergekommen war – sie wiederholte die Worte und seufzte. Ein so langer Weg war es gewesen; eine so schreckliche Prüfung. Doch jetzt war es vollbracht. Sie hatte das Blutfeuer gefunden. Seltsam, wie sehr zur rechten Zeit es eingetreten war, ging es ihr plötzlich durch den Kopf. So entmutigt wie ihre Gefährten hatte sie in dieser düsteren, leeren Höhle gestanden, überzeugt, daß hinter der Tür aus dem unzerbrechlichen Glas kein Blutfeuer auf sie wartete, daß alle ihre Anstrengungen vergebens gewesen waren, als plötzlich – als sie plötzlich die Anwesenheit des Feuers gespürt hatte. Sie zögerte es so auszudrücken, doch anders war es ihr nicht möglich. Das Gefühl war dem ähnlich gewesen, das sie oben am Rand der Senke verspürt hatte, als sie in den Büschen versteckt Wils Rückkehr erwartet hatte; ähnlich dem Gefühl, das sie vor dem Nahen des Raffers gewarnt hatte. Es war tief aus ihrem Inneren aufgetaucht und hatte ihr gesagt, daß das Blutfeuer existierte, hier in dieser Höhle, und daß sie es finden würde. Danach hatte sie sich wie blind ihren Weg gesucht, sich dabei allein auf ihren Instinkt verlassen, ohne überhaupt zu begreifen, was es war, das sie trieb. Selbst als sie das Feuer unter dem Sockel gefunden und Wil ermahnt hatte, ihr nicht zu folgen, selbst als sie den Felsbrocken weggeschoben hatte, um das Feuer freizusetzen, hatte sie nicht verstanden, was sie eigentlich führte.

Der Gedanke bedrückte sie. Sie verstand es noch immer nicht. Etwas hatte sie berührt. Sie mußte wissen, was es war. Sie schloß die Augen und suchte.

Das Verstehen erwachte langsam.

Zunächst glaubte sie, es müsse das Blutfeuer sein, denn das Feuer war es ja, zu dem sie sich hingezogen gefühlt hatte. Doch das Feuer war kein fühlendes Wesen; es war eine unpersönliche Kraft, alt und blutvoll und lebenspendend, aber ohne Geist. Es war nicht das Feuer. Dann dachte sie, wenn es nicht das Feuer war, dann mußte es der Keim sein, den sie trug, dieses winzige Stückchen Leben, das der Ellcrys ihr anvertraut hatte. Der Ellcrys war ein fühlendes Wesen; sein Same konnte auch fühlend sein. Der Same konnte sie vor dem Raffer gewarnt, auf das Feuer hingewiesen haben... Aber auch das war falsch. Der Same des Ellcrys würde erst zum Leben erwachen, wenn er von den Flammen des Blutfeuer übergossen worden war. Er schlief jetzt noch; das Feuer war nötig, ihn zu erwecken. Es war auch nicht das Samenkorn.

Aber wenn es nicht das Blutfeuer war und nicht der Same, was dann?

Da erkannte sie es. Sie selbst war es. Etwas in ihr hatte sie vor dem Raffer gewarnt. Etwas in ihr hatte sie auf das Blutfeuer hingewiesen. Warnung und Hinweis waren aus ihr gekommen, weil sie ihr gehörten. Das war die einzige Antwort, die einen Sinn ergab. Voller Überraschung öffnete sie die Augen und schloß sie sogleich wieder. Warum waren Warnung und Hinweis aus ihr selbst gekommen? Erinnerung an den befremdlichen Einfluß, den der Ellcrys auf sie ausgeübt hatte, überfluteten sie; Erinnerungen daran, wie der Baum begonnen hatte, ein neues Wesen aus ihr zu machen und wie sie schließlich das Gefühl gehabt hatte, nicht mehr sie selbst zu sein, sondern ein Stück des Baumes. Hatte der Baum dies bei ihr bewirkt? War sie tiefer beeinflußt worden, als sie je geglaubt hatte?

Die Möglichkeit machte ihr Angst, so wie sie immer Angst bekam, wenn sie daran dachte, wie der Ellcrys sie sich selbst entfremdet hatte. Mit großer Anstrengung schob sie ihre Furcht beiseite. Jetzt gab es keinen Grund mehr, Angst zu empfinden. Das lag alles hinter ihr. Die Reise zum Blutfeuer hatte ihr Ende gefunden. Sie hatte ihre Versprechen eingelöst. Jetzt brauchte sie nur noch dem Ellcrys das Leben zurückzugeben.

Ihre Hand glitt in den Kittel und schloß sich um das Samenkorn, welches der Quell dieses Lebens war. Es fühlte sich warm und lebendig an, als ahne es, daß es nun erweckt werden würde. Sie wollte eben die Hand wegziehen, als die Ängste sie plötzlich mit neuer Intensität überfielen. Sie zögerte, fühlte, wie ihre Willenskraft nachließ. Bedeutete dieses Ritual denn mehr als sie sich vorstellte? Wo war Wil? Er hatte versprochen, ihr beizustehen. Er hatte ihr versprochen, dafür zu sorgen, daß sie nicht wankend werden würde. Wo war er? Sie brauchte ihn jetzt; er mußte jetzt bei ihr sein.

Doch Wil Ohmsford kam nicht. Er war jenseits der Flammenwand, und sie wußte, daß er nicht zu ihr gelangen konnte. Dies mußte sie allein vollbringen. Dies war die Aufgabe, die ihr übertragen war; die Verantwortung, die sie auf sich genommen hatte. Sie holte tief Atem. Nur noch einen Augenblick, um das Samenkorn des Ellcrys in die Flammen des Blutfeuers zu tauchen, dann war ihre Aufgabe erfüllt. Doch die Furcht ließ nicht nach. Sie überfiel sie wie eine Krankheit, und sie haßte sie, weil sie sie nicht verstand. Welches war die Ursache dafür, daß ihre Angst so groß war?

Der Same in ihrer Hand begann kaum merklich sanft zu pulsieren.

Sie blickte auf ihn nieder. Selbst dieses Samenkorn bereitete ihr Angst, selbst ein so kleiner Teil des Baumes. Erinnerungen stiegen empor und vergingen. Am Anfang waren sie einander nahe gewesen, der Ellcrys und sie. Da hatte keine Angst geherrscht, nur Liebe, Freude und Gemeinsamkeit. Wodurch hatte sich das geändert? Wie kam es, daß sie das Gefühl bekommen hatte, sich selbst im Wesen des Baums zu verlieren? So beängstigend war das gewesen! Selbst jetzt verursachte es ihr noch tiefe Qual. Welches Recht besaß der Ellcrys, ihr das anzutun? Welches Recht besaß der Ellcrys, sich ihrer auf diese Weise zu bedienen? Welches Recht –?

Tiefe Scham wallte in ihr auf. Solche Fragen hatten keinen Sinn. Der Ellcrys starb und brauchte Hilfe, nicht Vorwürfe. Das Elfenvolk brauchte Hilfe. Amberle öffnete die Augen und blickte blinzelnd in die Glut des Blutfeuers. Jetzt war nicht der Zeitpunkt, sich selbstquälerischen Gedanken hinzugeben oder über die eigenen Ängste nachzugrübeln. Jetzt war der Zeitpunkt, das zu tun, was zu tun sie hierher gekommen war – das Samenkorn, das sie hierher gebracht hatte, in diesem Feuer zu baden.

Sie zuckte zusammen. Das Feuer! Wie kam es, daß der Same nicht schon vom Feuer angerührt worden war? Konnten die Flammen ihren Kittel nicht durchdringen? Hatten sie es nicht schon berührt? Was war es für ein Unterschied, ob sie das Samenkorn herausnahm oder nicht?

Neue Fragen. Sinnlose Fragen. Wieder wollte sie das Samenkorn hervorholen, und wieder hielt die Angst sie zurück. Tränen stiegen ihr in die Augen. Ach, wäre es doch ein anderer, der dies tun könnte! Sie war keine Erwählte! Sie war nicht geeignet! Nein, sie war es nicht – sie war es nicht –

Mit einem Aufschrei riß sie das Samenkorn unter ihrem Kittel hervor und hielt es in die rubinrote Flamme des Blutfeuers. Unter der Berührung des Feuers flammte es in ihrer Hand auf. Tief aus Amberles Inneren stieg wieder dieses Gefühl auf, das sie vor dem Nahen des Raffers gewarnt, das sie zum Blutfeuer geführt hatte. In einem überwältigenden Ansturm von Bildern überflutete es sie jetzt, und die Bilder lösten so heftige Emotionen in ihr aus, daß sie voller Schwäche auf die Knie fiel.

Langsam hob sie den Samen des Ellcrys an ihre Brust und spürte das Leben, das sich in seinem Inneren regte. Tränen rannen ihr die Wangen hinab.

Sie war es. Sie!

Jetzt endlich begriff sie. Sie drückte das Samenkorn an sich und sog das Blutfeuer ein.

An die kalte Wand der Höhle gekauert, beobachteten Wil Ohmsford und Eretria, wie die scharlachrote Glut des Feuers in Dunkelheit zerschmolz. Es geschah ganz plötzlich – eine letzte emporschießende Flamme, dann war das Blutfeuer erloschen. Nun wurde die Düsternis der Höhle nur noch durch den schwachen weißen Lichtschein der Lampen erhellt, die sie mitgebracht hatten.

Wil und Eretria blinzelten in der plötzlichen Finsternis und spähten blind in die Schatten. Langsam wurde ihr Blick klarer, und sie machten eine Bewegung auf dem Felssockel aus, wo das Blutfeuer gebrannt hatte. Vorsichtig hob Wil die Hand, die die Elfensteine hielt, und die elfische Zauberkraft stieg in einem Flackern blauen Feuers empor.

»Wil!«

Es war Amberle! Wie ein Kind, das sich verlaufen hat, trat sie aus der Dunkelheit, und ihre Stimme war ein dünnes, verzweifeltes Flüstern. Ohne der Schmerzen zu achten, die seinen Körper marterten, lief Wil ihr entgegen. Eretria folgte. Sie erreichten Amberle, als sie taumelnd vom Sockel herunterstieg. Sie fingen sie auf und hielten sie fest.

»Wil«, murmelte sie leise und schluchzte.

Sie hob den Kopf, und das lange kastanienbraune Haar fiel ihr aus dem Gesicht. Ihre Augen brannten rubinrot vom Blutfeuer.

»Bei den Geistern!« stieß Eretria erschrocken hervor und wich vor dem Elfenmädchen zurück.

Wil hob Amberle in seine Arme; trotz der Schmerzen, die seinen verletzten Arm durchzuckten, trug er sie an sich gedrückt wie ein Kind. Sie war so leicht wie eine Feder, als seien die Knochen ihres Körpers verbrannt und nichts von ihr geblieben als eine fleischliche Hülle. Sie weinte noch immer, den Kopf an seiner Schulter.

»Ach, Wil, ich habe mich getäuscht. Ich habe mich so geirrt. Er war es nicht. *Ich* war es. Immer war ich es.«

Die Worte sprudelten ihr in einem Schwall über die Lippen, als könnte sie sie nicht schnell genug aussprechen. Wil streichelte ihre bleiche Wange.

»Es ist ja gut, Amberle«, flüsterte er ihr zu. »Es ist vorüber.«

Wieder blickte sie auf. Die blutroten Augen waren starr und schrecklich.

»Ich begriff es nicht. Er wußte – er wußte es die ganze Zeit. Er wußte es, und er versuchte – versuchte, es mir zu sagen, mir zu zeigen – aber ich begriff nicht. Ich hatte Angst...«

»Sprich jetzt nicht.« Von einer plötzlichen unvernünftigen Angst überkommen, drückte Wil sie ganz fest an sich. Sie mußten heraus aus dieser Finsternis. Sie mußten zurück ans Licht. Rasch wandte er sich Eretria zu. »Nimm die Lampen.«

Das Mädchen widersprach nicht. Sie holte die rauchlosen Lichter und eilte wieder zu ihm.

»Ich habe sie, Heiler.«

»Dann wollen wir weg von hier –«, begann er und hielt inne. Der Ellcrys. Das Samenkorn. Hatte Amberle...? »Amberle«, flüsterte er zart. »Hast du das Samenkorn ins Feuer getaucht? Amberle?«

»Es – es ist geschehen«, erwiderte sie so leise, daß er ihre Worte kaum vernahm.

Welchen Preis hatten sie dafür bezahlt, fragte er sich bitter. Was war ihr in der Umhüllung des Feuers widerfahren? Aber nein, diese Gedanken waren jetzt nicht angebracht. Sie mußten sich sputen. Sie mußten aus diesen finsteren Gängen wieder zu den Hängen der Hochwarte emporsteigen und nach Arborlon zurückkehren. Dort konnte Amberle wieder gesund werden. Dort würde es ihr wieder wohlergehen.

»Hebel!« rief er.

»Hier, Elf.« Die Stimme des Alten war dünn und brüchig. Drifter auf den Armen, tauchte er aus dem Dunkel auf. »Das Bein ist gebrochen. Vielleicht hat er auch noch was anderes.« Tränen schimmerten in Hebels Augen. »Ich kann ihn nicht hier zurücklassen.«

»Heiler!« Eretrias dunkles Gesicht war plötzlich dicht vor dem seinen. »Wie sollen wir ohne den Hund hier wieder herausfinden?«

Er starrte sie an, als habe er vergessen, daß sie überhaupt existierte. Sie errötete tief vor Scham; sie glaubte ihn ärgerlich wegen ihrer Reaktion auf das Elfenmädchen.

»Die Elfensteine«, murmelte er schließlich und stellte es nicht einen Moment in Frage, daß er sich ihrer bedienen konnte. »Die Elfensteine weisen uns den Weg.«

Er schloß Amberle noch fester in die Arme und verzog das Gesicht, als heftige Schmerzen in Wellen seinen Körper durchdrangen. Eretria faßte ihn am Arm.

»Du kannst nicht das Elfenmädchen tragen und gleichzeitig mit den Steinen den Weg suchen. Laß mich das Mädchen tragen.«

Er schüttelte den Kopf.

»Das schaffe ich schon«, entgegnete er. Er wollte Amberle ganz nah bei sich haben.

»Sei doch nicht so eigensinnig«, bat sie ihn leise. Sie schwieg und fuhr dann mit Mühe fort: »Ich weiß, wie du zu ihr stehst, Heiler. Ich weiß es. Aber das ist zuviel für dich. Bitte, laß mich helfen. Laß sie mich tragen.«

Ihre Blicke trafen sich im düsteren Zwielicht, und Wil sah die Tränen in ihren Augen. Da nickte er.

»Du hast recht. Ich schaffe es nicht allein.«

Er ließ Amberle in Eretrias Arme gleiten. Die drückte das Elfenmädchen an sich wie ein kleines Kind. Amberles Kopf sank an Eretrias Schulter, und sie schlief.

»Bleibt dicht bei mir«, mahnte Wil, als er eine der rauchlosen Lampen nahm und sich zum Gehen wandte.

Durch den Wasserfall und die Felshöhle wanderten sie zurück. Blut und Schweiß rannen an Wils Körper herab, und die Schmerzen wurden schlimmer. Als sie den Tunnel erreichten, der ins Labyrinth hinaufführte, konnte er sich kaum noch auf den Beinen halten. Doch sie hatten keine Zeit, eine Rast einzulegen. Sie mußten so schnell wie möglich Perk erreichen, denn dies war sein letzter Tag. Sie mußten Sichermal hinter sich lassen, zurück an die Oberfläche der Erde, auf die Hänge der Hochwarte, bevor die Sonne unterging, denn sonst würden sie den kleinen Himmelsreiter verfehlen. Und das wäre ihr Ende. Ohne Perk und seinen Rock würden sie es niemals schaffen, wieder aus dem Wildewald herauszufinden.

Vor dem Eingang in den Tunnel hielt Wil schwankend an und kramte in den Fächern des Beutels, den er am Gürtel trug. Darin verwahrte er die Kräuter und Wurzeln, die er zur Ausübung seiner Heilkunst brauchte. Nach kurzem Suchen entnahm er dem Beutel eine dunkle rote Wurzel, die fest zusammengerollt war. Zögernd hielt er sie in der Hand. Wenn er sie verzehrte, würde ihr Saft den Schmerz stillen. Er würde durchhalten können, bis sie die Hänge des Berges erreichten. Doch die Wurzel hatte noch andere Wirkungen. Ihr Saft würde ihn schläfrig machen und schließlich betäuben. Und er würde seinen Geist immer stärker verwirren! Wenn die Wirkung zu rasch eintrat, noch bevor sie aus dem Labyrinth unterirdischer Gänge herausgefunden hatten ...

Eretria beobachtete ihn stumm. Er sah sie an und blickte auf das zierliche Mädchen, das sie trug. Dann biß er in die Wurzel und begann zu kauen. Dieses Risiko mußte er auf sich nehmen.

Weiter hasteten sie durch die Dunkelheit. Als das Labyrinth sich vor ihnen öffnete, hob Wil die Hand mit den Elfensteinen und beschwor den Zauber, der in ihnen wohnte. Er wurde schnell lebendig diesmal, flutete in einem heißen Strom durch ihn hindurch, ergoß sich in einem Lichtschwall in die Dunkelheit. Wie ein Leuchtstrahl schlängelte sich das blaue Feuer vor ihnen durch die unterirdischen Gänge und führte sie Schritt um Schritt vorwärts.

Der Schmerz der Verletzungen, die Wil im Kampf mit dem Raffer davongetragen hatte, begann nachzulassen. Er hatte das Gefühl, wie ein mit Luft gefüllter Ballon durch die Finsternis zu schweben. Langsam breitete sich die Wirkung des Wurzelsafts in seinem ganzen Körper aus, raubte ihm die Kraft, so daß er nach einer Weile das Gefühl hatte, seine Glieder seien aus feuchtem Ton; und raubte ihm auch die Klarheit des Geistes, so daß er Mühe hatte, sich wenigstens an dem einen Gedanken festzuklammern – wir müssen weiter.

Und die ganze Zeit wühlte die elfische Zauberkraft sein Blut auf. Er spürte, wie er sich auf unerklärliche Weise veränderte. Er war nicht mehr derselbe, das wußte er. Nie wieder würde er der alte sein. Die Zauberkraft brannte in ihm und hinterließ eine unsichtbare Narbe auf seinem Körper und in seiner Seele. Hilflos ließ er es geschehen, während er sich fragte, welche Wirkung das auf sein Leben haben würde.

Es spielt keine Rolle, sagte er sich. Nichts spielte mehr eine Rolle außer Amberles Sicherheit.

Von funkelndem blauen Feuer geführt eilte die kleine Gruppe vorwärts, und die Tunnel und Gänge und Treppen versanken hinter ihnen in der Schwärze der unterirdischen Nacht.

Als sie endlich aus dem Schlund der Höhle an das Tageslicht emportauchten, waren sie völlig erschöpft. Eretria, die Amberle den ganzen Weg getragen hatte, war am Ende ihrer Kräfte. Wil, vom Saft der schmerzstillenden Wurzel halb betäubt, schwankte unstet zwischen Wachen und Schlafen, als wanderte er ziellos durch dichten Nebel. Selbst Hebel war am Ende seiner Kräfte.

Dicht beieinander standen sie auf dem Plateau hoch an den Hängen des Berges und blickten blinzelnd in das vergehende Tageslicht, das schon von langen Schatten verdunkelt wurde. Ihre Augen folgten den Lichtstrahlen westwärts zum Horizont, wo die Sonne in einem Glorienschein goldenen Feuers langsam hinter den Wald versank.

Alle Hoffnung verließ Wil.

»Die Sonne – Eretria!«

Sie kam zu ihm, und gemeinsam legten sie Amberle auf dem Boden nieder. Das Elfenmädchen schlief noch immer. Ihre schwachen Atemzüge waren das einzige Lebenszeichen, das sie während des langen Marsches durch die unterirdischen Gänge der Hochwarte gegeben hatte. Jetzt regte sie sich ein wenig, so als wolle sie erwachen, doch ihre Augen blieben geschlossen.

»Eretria – hier«, sagte Wil und griff mit unsicherer Bewegung in seinen Kittel. Die Lider seiner Augen waren schwer geworden, und die Worte kamen lallend aus seinem Mund. Seine Zunge fühlte sich dick und pelzig an. Mit Mühe hielt er sich aufrecht und zog das silberne Pfeifchen heraus. »Hier«, sagte er wieder und gab es Eretria. »Hier, pfeife darauf – aber schnell.«

»Heiler, was soll ich –?« begann sie, doch da packte er schon zornig ihre Hand.

»Benutze es!« befahl er mit letzter Kraft und sank vor Schwäche in die Knie. Zu spät, dachte er. Zu spät. Der Tag ist um. Perk ist fort.

Er verlor schnell das Bewußtsein – nur noch einige wenige Minuten, dann würde er schlafen. Seine Hand umklammerte immer noch die Elfensteine, und er spürte ihre scharfen Kanten in seiner Handfläche. Noch ein paar Minuten. Was würde sie dann beschützen?

Er sah, wie Eretria das Pfeifchen an ihre Lippen drückte. Dann beugte sie sich zu ihm hinunter, und ihre dunklen Augen blickten ihn fragend an.

»Sie hat keinen Ton.«

Er nickte. »Pfeif – nochmal.«

Sie gehorchte.

»Jetzt paß auf ...« Er deutete zum Himmel hinauf.

Eretria wandte sich ab und hob den Kopf.

Hebel hatte Drifter auf einem Lager aus grobem Gras niedergelegt, und der Hund leckte ihm die Hand. Wil seufzte tief und blickte auf Amberle hinunter. Wie bleich sie war! Als sei alles Leben aus ihr entwichen. Verzweiflung packte ihn. Er mußte etwas tun, um ihr zu helfen. Er konnte sie nicht einfach so im Stich lassen. Er brauchte Perk! Wenn sie nur ein bißchen schneller gelaufen wären auf dem Weg nach oben! Wenn ihn nur diese Verletzungen nicht behindert hätten. Nun war der Tag um!

Die Schatten der hereinbrechenden Nacht hüllten sie ein, und der Gipfel des Berges war vom grauen Licht des Abends verschleiert. Die Sonne war im Westen untergegangen. Nur noch eine schmale goldene Sichel schimmerte über den fernen Wäldern.

Perk komm, schrie Wil stumm. Hilf uns.

»Wil.«

Er fuhr herum. Amberle sah aus blutroten Augen zu ihm auf. Ihre Hand suchte die seine.

»Es ist alles gut – Amberle«, stieß er hervor. Seine Kehle war wie ausgetrocknet, und die Worte klangen heiser. »Wir – wir haben es geschafft.«

»Wil, hörst du mich«, flüsterte sie. Ihre Worte waren jetzt ganz klar, nicht mehr verschwommen, nicht mehr überhastet. Nur ihre Stimme war noch ein wenig schwach. Er wollte ihr antworten, doch sie drückte ihm einen Finger auf die Lippen und schüttelte den Kopf. »Nein, hör mir zu. Sprich jetzt nicht. Hör mir nur zu.«

Er nickte und neigte sich zu ihr hinunter, als sie dichter an ihn herandrängte.

»Ich habe mich getäuscht, Wil – ich hab' dem Ellcrys Unrecht getan. Er wollte sich meiner nicht bedienen; er spielte nicht mit mir. Die Angst – sie war unabsichtlich; sie entstand durch mein Unvermögen zu verstehen, was vorging. Wil, der Ellcrys wollte mich sehen machen, wollte mich wissen lassen, warum ich erwählt worden war, warum ich etwas so Besonderes war. Denn siehst du, er wußte, daß ich diejenige sein würde. Er wußte es. Seine Zeit war um, und er sah –«

Sie brach ab und biß sich auf die Lippen, als ihre Gefühle sie zu überwältigen drohten. Tränen rannen über ihre Wangen.

»Amberle«, sagte er, doch sie schüttelte wieder den Kopf.

»Hör mir zu. Dort unten habe ich eine Wahl getroffen. *Ich* allein habe sie getroffen, und niemand außer mir trägt die Verantwortung. Verstehst du? Niemand. Ich traf die Entscheidung, weil ich mußte. Aus vielen Gründen – aus Gründen, die ich nicht ...« Sie geriet ins Stocken und setzte von neuem an. »Für die Erwählten, Wil. Für Crispin und Dilph und die anderen Elfen-Jäger. Für die Soldaten im Drey-Wald. Für den armen kleinen Wisp. Alle sind sie tot, Wil, und ich kann nicht zulassen, daß ihr Opfer vergebens sein soll. Siehst du, du und ich – wir müssen – wir müssen vergessen, was wir ...«

Sie konnte nicht weitersprechen und begann zu schluchzen.

»Wil, ich brauche dich. Ich brauche dich so sehr ...«

Tiefe Angst durchflutete ihn. Er war im Begriff, sie zu verlieren. Er fühlte es. Vergeblich versuchte er, sich aus der Benommenheit zu befreien, die ihn gefangen hielt.

Da erklang hell vor Erregung Eretrias zitternde Stimme. Sie wandten sich um, und ihre Augen folgten der Linie ihres zum Himmel gestreckten Arms. Weit im Westen, durch den goldenen Abglanz der sterbenden Sonne, schwebte ein mächtiger goldener Vogel dem Hochplateau entgegen.

»Perk!« rief Wil schwach. »Perk!«

Amberle umschlang ihn und hielt ihn fest.

Dann wurde er getragen, und durch Nebelschwaden des Dämmerschlafs hörte er Perks Stimme, die zu ihm sprach.

»Ich habe den Rauch von dem brennenden Turm gesehen, Wil. Genewen und ich sind den ganzen Tag gekreist. Ich wußte, daß Ihr hier unten seid. Ich wußte es. Selbst als der Tag beinahe schon vergangen war, und es für mich Zeit wurde, zum Rockhort zurückzukehren, konnte ich nicht heimkehren. Ich wußte, die Dame würde mich brauchen. Ach, Wil, sie sieht so bleich aus.«

Wil spürte, wie er auf Genewens Rücken gehoben wurde. Dann schnallten ihn Eretrias schlanke braune Hände fest.

»Amberle«, flüsterte er.

»Sie ist hier, Heiler«, antwortete Eretria rasch. »Wir sind alle in Sicherheit.«

Wil ließ sich an sie sinken.

»Elf«, rief sachte eine Stimme, und er öffnete die Augen. Hebels ledriges Gesicht spähte zu ihm herauf. »Lebt wohl, Elf, ich verlasse Euch hier. Die Wildnis ist meine Heimat. Und Drifter kommt durch. Eretria hat mir geholfen, das Bein zu schienen. Er wird bestimmt bald wieder gesund. Ist ein zäher Bursche, mein Drifter.« Der Alte neigte sich näher. »Ich wünsch' Euch Glück – Euch und dem Elfenmädchen.«

Wil schluckte. »Wir stehen in Eurer Schuld, Hebel.«

»In meiner Schuld?« Der Alte lachte leise. »Nein, Elf. Ihr schuldet mir nichts. Nicht das geringste. Also dann, viel Glück.«

Er trat rasch zur Seite und war bald darauf seinen Blicken entschwunden. Dann kam Amberle. Ihre zierliche Gestalt glitt vor ihm auf den Rücken des Vogels. Perk war plötzlich wieder da und prüfte rasch Geschirr und Gurte. Dann klang der seltsame Ruf des Kleinen durch die Stille. Mit einem Ruck hob Genewen sich in die Lüfte, die gewaltigen Flügel weit ausgespannt über dem dunklen Tal der Senke. Aufwärts strebte der mächtige Rock, und die Wälder des Wildewalds blieben zurück. In der Ferne tauchten die Felswände des Steinkamms auf.

Wils Arm umschlang Amberle fester. Einen Augenblick später war er eingeschlafen.

Nacht lag über Arborlon. Die schwarzen Gewänder gegen die Kälte der Nacht fest um sich gezogen, den silbernen Stab des Ellcrys im Arm, schritt Allanon allein durch die Einsamkeit des Gartens des Lebens, die kleine Anhöhe hinauf, wo der Baum stand. Er war gekommen, um an seiner Seite zu sein, ihm Beistand zu geben, soweit ihm das möglich war; denn dies waren des Ellcrys letzte Stunden.

Einmal blieb er stehen und blickte zu dem Baum auf. Seltsam, dachte er, so hätten sie beide – der Druide und der Ellcrys – auf jemanden gewirkt, der sie so gesehen hätte – zwei scharf umrissene schwarze Silhouetten vor dem mondhellen Sommerhimmel. Stumm stand der Mann vor dem verdorrten, kahlen Baum, wie versunken in geheime Gedanken, und sein Gesicht glich einer unbewegten Maske, die nichts von den Gefühlen verriet, die ihn vielleicht bewegten. Doch es würde niemand sie so sehen. Er hatte bestimmt, daß er und der Baum diese Nacht allein miteinander verbringen würden, daß keiner außer ihm Zeuge seines Todes werden sollte.

Dann schritt er langsam weiter, und der Name des Baumes streifte flüsternd seinen Geist. Seine Zweige streckten sich nach ihm aus, ängstlich und drängend, und Allanon sandte rasch seinen Gedanken aus, um den Ellcrys zu trösten. Verzage nicht, beruhigte er ihn. Heute nachmittag, während die Schlacht um Arborlon mit schrecklicher Heftigkeit tobte, während die Elfen so tapfer kämpften, den Ansturm der Dämonen abzuwehren, geschah etwas Unerwartetes, was uns Hoffnung geben sollte. Weit,

weit im Süden, in der Tiefe der Wildnis, wohin sich die Erwählte begeben hat, erweckte ihr Beschützer die Zauberkraft der Elfensteine zum Leben. Ich spürte es in dem Moment, als er es tat. Ich suchte ihn und berührte seinen Geist mit dem meinen – nur kurz, weil der Dagda Mor wahrnehmen konnte, was ich tat. Doch es genügte. Das Blutfeuer ist gefunden! Die Wiedergeburt kann immer noch vollbracht werden.

Von Erwartungsfreude und Hoffnung getragen schossen diese Gedanken aus ihm hervor. Doch nichts kam zurück. Schon bis in die Nähe des Todes geschwächt, hatte der Ellcrys die Gedanken des Druiden nicht wahrgenommen oder nicht verstanden. Da wurde Allanon klar, daß der Baum nur seine Gegenwart spürte, nur die Tatsache wahrnahm, daß man ihn in seinen letzten Stunden nicht allein ließ. Ganz gleich, was er jetzt sagte, es hatte keine Bedeutung mehr für den Ellcrys; der sah nur noch den verzweifelten, hoffnungslosen Kampf, seine Aufgabe zu erfüllen – zu leben und durch sein Leben das Volk der Elfen zu beschützen.

Tiefe Traurigkeit überwältigte ihn. Er war zu spät gekommen.

Seine Gedanken wurden still, denn er konnte jetzt nichts mehr tun für den Baum als an seiner Seite zu bleiben. Quälend langsam versickerte die Zeit. Hin und wieder erreichten Allanon flatternde Gedankenfetzen des Baumes, tropften wie Farbtupfer in seinen Geist, einige verloren sich in der Geschichte dessen, was gewesen war, andere erfüllt von Wünschen und Träumen für das Kommende, alle wirr und ohne Zusammenhang. Geduldig fing er die Gedanken ein und ließ den Baum wissen, daß er da war, daß er ihm lauschte. Geduldig nahm er Anteil an seinem Sterben und spürte die Kälte des nahenden Todes. Nur allzu beredt sprach sie ihm von seiner eigenen Sterblichkeit. Alles Lebendige, flüsterten die Vorboten des Todes, mußten den Weg gehen, den der Ellcrys nun angetreten hatte. Auch ein Druide.

Eine Zeitlang dachte er über die Unausweichlichkeit seines eigenen Todes nach. Auch wenn er schlief, um sein Leben zu verlängern, weit, weit länger zu dehnen als das Leben gewöhnlicher Sterblicher, mußte dennoch auch er eines Tages sterben. Und wie der Baum war auch Allanon der letzte seiner Art. Ihm würden keine Druiden mehr nachfolgen. Wenn er tot war, wer würde dann die Geheimnisse bewahren, die seit den Tagen des Ersten Rats in Paranor weitergegeben worden waren? Wer würde dann die Zauberkräfte beherrschen, denen nur er hatte gebieten können? Wer würde dann der Hüter der Rassen sein?

Er hob das dunkle Gesicht. War denn überhaupt noch Zeit, dachte er plötzlich, diesen Hüter zu finden?

Mit lautlosem Schritt huschte die Nacht davon, und das bleiche Licht des Tages erhellte die Dunkelheit des östlichen Himmels. In den weiten Wäldern des Westlands begann sich das Leben zu regen. Allanon spürte, wie sich in der Berührung des Ellcrys etwas veränderte. Er entglitt ihm. Unverwandt blickte er auf den Baum, und seine Hände umfaßten den silbernen Stab so fest, als könne er so das Leben festhalten, das den Baum verlassen wollte.

Der Morgenhimmel wurde hell; die Gedankenbilder flackerten immer seltener auf. Der Schmerz, der sich ihm übermittelt hatte, ließ nach und wurde durch ein seltsames Sichlösen verdrängt; langsam wurde durch dieses Sichlösen der Abstand zwischen ihnen größer. Im Osten schob sich die Sonne über den Horizont, und die Sterne der Nacht verblaßten.

Dann versiegten die Gedankenbilder völlig. Allanon wurde starr. Der Silberstab in seinen Händen war erkaltet. Es war vorbei.

Behutsam legte er den Stab unter den Baum. Dann wandte er sich ab und verließ den Garten des Lebens, ohne sich noch einmal umzusehen.

Andor Elessedil stand schweigend am Lager seines Vaters und blickte auf den alten Mann hinab. Der gebrechliche Körper des Königs, vom Kampf mit dem Dämon zerschunden, lag in Decken und Verbände eingehüllt. Nur das sachte Heben und Senken seiner Brust zeigte an, daß noch Leben in ihm war. Er schlief jetzt, einen rastlosen, unruhigen Schlaf in der Dämmerzone zwischen Leben und Tod.

Eine Welle von Gefühlen und Empfindungen brach über dem Elfenprinzen zusammen. Gael war es gewesen, der ihn aus eigener Ängstlichkeit und Unsicherheit heraus geweckt hatte. Unfähig Schlaf zu finden, war der junge Diener ins Herrenhaus zurückgekehrt, um als Vorbereitung für den kommenden Tag schon einiges zu erledigen. Doch das Portal zum Haus ließ sich nicht öffnen, berichtete er Andor – und die Wachposten waren verschwunden. Schlief der König unbewacht? Sollte da nicht etwas getan werden? Augenblicklich war Andor auf die Beine gesprungen und aus seinem Häuschen zum Herrenhaus gelaufen. Unterwegs hatte er die Torwachen mitgenommen. Gemeinsam hatten sie das Portal zum Haus seines Vaters aufgebrochen, aus dem sie die Schreie des alten Königs hören konnten. Dort hatten sie das Ende des Todeskampfes zwischen Eventine Elessedil und dem Ungeheuer erlebt – dem Dämon, der in Manx' Hülle geschlüpft war. Ganz kurz hatte sein Vater einmal das Bewußtsein wiedererlangt, als sie ihn blutüberströmt in sein Schlafgemach getragen hatten. Voller Entsetzen hatte er mit heiserem Flüstern von dem Kampf erzählt, den er ausgefochten hatte, und von dem Verrat, der an ihm begangen worden war. Dann war er wieder in tiefe Ohnmacht gesunken.

Wie hatte sein Vater diesen Kampf überlebt? Woher hatte er die Kraft genommen? Andor schüttelte den Kopf. Nur die wenigen, die ihn gefunden hatten, konnten halbwegs würdigen, was ihn dieser Kampf auf Leben und Tod gekostet haben mußte. Die anderen, die Minister und Befehlshaber, die Wachen und Bediensteten waren erst später hinzugekommen. Sie hatten den alten König nicht gesehen, wie er schwerverletzt, zerschunden und zerfleischt, auf dem blutverschmierten Boden vor dem Portal gelegen hatte. Sie hatten nicht gesehen, was ihm angetan worden war.

Natürlich gab es Mutmaßungen – Mutmaßungen, die Gerüchte gebaren. Der König sei tot, tuschelte man. Die Stadt sei verloren. Andor biß die Zähne aufeinander. Er hatte sie rasch genug zum Verstummen gebracht. Es brauchte mehr als einen einzigen Dämon, Eventine Elessedil zu töten.

Er kniete plötzlich neben seinem Vater nieder und berührte die leblose Hand. Er hätte geweint, hätte er noch Tränen gehabt. Wie schrecklich das Schicksal den alten König behandelt hatte! Sein Erstgeborener und sein nächster Freund waren gefallen. Seine geliebte Enkelin war ihm verloren. Sein Land wurde von einem Feind überrannt, den er nicht schlagen konnte. Er selbst war von einem Tier verraten worden, dem er vertraut hatte. Alles war ihm genommen worden. Was war es, das ihn nach allem, was er erlitten hatte, noch am Leben hielt? Ihm mußte doch der Tod willkommene Erlösung sein!

Behutsam umschloß er die welke Hand. Eventine Elessedil, König der Elfen – einen solchen König würde es niemals wieder geben. Er war der letzte. Und was würde später noch an ihn erinnern außer einem verwüsteten Land und einem vertriebenen Volk? Andor empfand nicht um seiner selbst willen Bitterkeit. Er fühlte Bitterkeit um seines Vaters willen, der sich sein ganzes Leben lang für dieses Land und dieses Volk aufgeopfert hatte. Ihm, Andor Elessedil, schuldete das Schicksal vielleicht nichts. Wie aber stand es mit dem alten Mann, dessen Herz diesem Land verbunden war – diesem Land, das nun verwüstet werden und diesem Volk, das nun vernichtet werden würde? Schuldete ihm das Schicksal denn gar nichts? Er liebte das Westland und die Elfen mehr als das Leben, und daß er gezwungen werden sollte mit anzusehen, wie ihm das alles genommen wurde – es war grauenhaft und ungerecht!

Impulsiv neigte sich Andor über seinen Vater und küßte seine Wange. Dann erhob er sich und wandte sich betrübt ab. Durch die Vorhänge an den Fenstertüren lugte der heller werdende Himmel des neuen Tages herein. Ich muß Allanon finden, dachte er unvermittelt. Der Druide wußte noch nichts von dem Geschehen. Danach mußte er auf den Carolan zurückkehren, um sein Volk zu führen, wie sein Vater es geführt hätte. Fort mit der Bitterkeit! Fort mit dem Bedauern! Was jetzt vonnöten war, das waren die Tapferkeit und Stärke, die sein Vater in seinem letzten Kampf an den Tag gelegt hatte – eine Tapferkeit und eine Stärke, welche die Elfen stützen würden. Ganz gleich, was dieser Tag bringen würde, er mußte sich als der Sohn seines Vaters, des großen alten Königs, würdig erweisen.

Leise ging Andor Elessedil aus dem Zimmer.

Auf der Schwelle nach draußen verhielt er kurz und blickte zum lichtschimmernden Himmel im Osten. Dunkle Schatten umwölkten seine Augen, sein Gesicht war schmal und eingefallen.

Die Morgenluft machte ihn frösteln, und er zog den schweren Umhang enger um sich.

Seine Gedanken waren umnebelt von dem Bedürfnis nach Schlaf, als er den Kiesweg hinunter zum Tor schritt. Wie lange hatte er geruht, als Gael gekommen war, um ihn zu holen? Eine Stunde? Zwei? Er konnte sich nicht erinnern. Er sah immer nur das blutüberströmte Gesicht seines Vaters vor sich und die durchdringenden blauen Augen, die sich in die seinen bohrten.

Verraten, schrien diese Augen verzweifelt. Verraten!

Durch das schmiedeeiserne Tor trat er auf die Straße hinaus, ohne die hochgewachsene Gestalt zu sehen, die aus dem Schatten auftauchte.

»Prinz Andor?«

Er fuhr zusammen beim Klang seines Namens, blieb stehen, drehte sich um. Die dunkle Gestalt näherte sich lautlos. Auf dem Kettenhemd schimmerte das frühe Tageslicht. Es war der Befehlshaber der Freitruppe, Stee Jans.

»Befehlshaber.« Er nickte müde.

Der große Mann erwiderte das Nicken. Das vernarbte Gesicht blieb unbewegt.

»Eine schlimme Nacht, wie ich gehört habe.«

»Ihr habt es gehört?«

Stee Jans warf einen Blick zum Herrenhaus hinüber.

»Ein Dämon schlich sich ins Haus des Königs ein. Seine Wachen wurden ermordet, und er selbst wurde schwer verwundet, als er das Ungeheuer tötete. Ihr könnt kaum erwarten, daß solches sich geheimhalten läßt, Herr.«

»Nein – wir haben auch gar nicht versucht, es geheimzuhalten.« Andor seufzte. »Der Dämon war der Wandler. Er nahm die Gestalt des Wolfshunds meines Vaters an. Keiner von uns weiß, wie lange er dieses Spiel schon getrieben hatte, aber heute nacht wollte er dem Spiel offenbar ein Ende machen. Er tötete die Wachen, verriegelte die Türen, die nach draußen führen, und griff den König an. Ein Ungeheuer, Befehlshaber – ich habe es im Tode gesehen. Ich weiß nicht, wie mein Vater es vollbrachte ...«

Kopfschüttelnd verstummte er. Die Augen des Grenzländers richteten sich wieder auf ihn.

»Der König ist also noch am Leben.«

Andor nickte. »Ja, ich weiß nicht, was ihn am Leben hält.«

Sie schwiegen beide, während ihre Blicke zum hell erleuchteten Herrenhaus wanderten und zu den bewaffneten Männern, die davor auf und ab gingen.

»Vielleicht wartet er auf uns, Herr«, meinte Stee Jans mit leiser Stimme.

Ihre Blicke trafen sich.

»Was meint Ihr damit?« fragte Andor.

»Ich meine, daß für uns alle die Zeit knapp wird.«

Andor holte tief Atem.

»Wie lange haben wir noch?«

»Den heutigen Tag.«

Das harte Gesicht blieb ausdruckslos, so als spräche der Grenzländer über nichts Wichtigeres als das Wetter, das an diesem Tag zu erwarten war.

Andor straffte die Schultern.

»Ihr scheint Euch schon damit abgefunden zu haben, Befehlshaber.«

»Ich bin ein nüchterner, ehrlicher Mann, Herr. Das habe ich Euch gesagt, als wir einander das erste Mal begegneten. Möchtet Ihr denn etwas anderes hören als die Wahrheit?«

»Nein.« Andor schüttelte mit Entschiedenheit den Kopf. »Aber gibt es denn keine Chance, daß wir noch länger ausharren können?«

Stee Jans zuckte die Schultern.

»Eine Chance besteht immer. Schätze sie so ein, wie Ihr des Königs Chance einschätzt, den heutigen Tag zu überleben.«

Der Elfenprinz neigte langsam den Kopf.

»Das kann ich akzeptieren, Befehlshaber.« Er bot dem Grenzländer die Hand. »Die Elfen können sich glücklich preisen, Euch und die Soldaten der Freitruppe als Verbündete zu wissen. Ich wünschte, es gäbe eine freundlichere Art und Weise Euch zu danken.«

Der Eisenmann nahm die Hand des Prinzen.

»Ich wünschte, wir könnten Euch die Gelegenheit bieten. Viel Glück, Prinz Andor.«

Er salutierte und ging. Andor blickte ihm versonnen nach, dann setzte er seinen Weg fort.

Wenig später fand Allanon ihn, als er eben im Begriff war, zum Carolan zu reiten. Hoch auf dem schwarzen Hengst Artaq ritt der Druide aus den Schatten des Waldes heraus. Andor wartete schweigend, während der hochgewachsene Alte Artaq zügelte und dann auf ihn hinunterblickte.

»Ich weiß, was geschehen ist«, sagte die tiefe Stimme leise. »Es tut mir leid, Andor Elessedil.«

Andor nickte nur. »Wo ist der Stab, Allanon?«

»Fort.« Der Druide sah an ihm vorbei zum Herrenhaus. »Der Ellcrys ist tot.«

Andor spürte, wie alle Kraft und Stärke aus ihm wichen.

»Das ist das Ende, nicht wahr? Ohne die Zauberkraft des Ellcrys sind wir verloren.«

Allanons Augen funkelten hart.

»Vielleicht noch nicht.«

Andor starrte ihn ungläubig an, doch der Druide hatte Artaq schon gewendet und ritt zur Straße hinaus.

»Ich erwarte Euch am Tor zum Garten des Lebens, Elfenprinz«, rief er zurück. »Folgt mir rasch. Noch gibt es Hoffnung.«

Dann schlug er dem Rappen die Hacken in die Flanken und galoppierte davon.

Eine Stunde nach Tagesanbruch griffen die Dämonen an. In riesigen Schwärmen erklommen sie die Felswand des Carolan, kletterten über die Trümmer des zerstörten Elfitch, um sich bei den Mauern und beim Tor der sechsten Rampe zu sammeln. Nicht mehr geschwächt jetzt durch die Zauberkraft des Ellcrys und den Fluch der Verfemung, ließen die Dämonen Pfeile und Speere, die es auf sie herabregnete, einfach an sich abprallen und stürmten weiter vorwärts. Woge um Woge schwarzer Leiber brandete aus den Tiefen der Wälder heran. Innerhalb von Sekunden wimmelte es an den Wänden von kreischenden Ungeheuern. Aus eroberten Waffen grob gegossene Greifhaken, von denen die festen Ranken und Wurzeln von Kletterpflanzen herabhingen, wurden auf Mauern und Tore geschleudert, wo sie sich in die Steinquadern einkrallten. Dann begannen die Dämonenscharen sich hochzuziehen.

Die Verteidiger waren bereit; Kerrin und die Leibgarde oberhalb des Tores; Stee Jans und die Freikämpfer auf der linken Mauer; Amantar und die Bergtrolle auf der rechten. Während die Angreifer wie Insektenschwärme an den Felswänden hingen, schnitten die Verteidiger mit gewaltigen Schlägen mit Äxten und Schwertern die Kletterseile durch. Kreischend stürzten die Dämonen in die Tiefe. Die langen Bogen der Elfen summten und vibrierten, und ein Hagelschauer schwarzer Pfeile traf die Angreifer. Doch die Dämonen ließen nicht nach, warfen neue Greifhaken mit neuen Kletterseilen. Schwere Holzbalken, aus den Bäumen geschlagen und mit Stufenkerben versehen, wurden gegen das Tor gedrückt, und die Dämonen begannen wieder zu klettern. Knüppel und Steine flogen aus der schwarzen wogenden Masse am Fuß der Mauern und schlugen in die Reihen der Verteidiger ein, die versuchten, den Angriff abzuwehren. Wieder und wieder wurden die Dämonen zurückgedrängt. Aber schließlich eroberten sie die Mauern doch, und die Elfen und ihre Verbündeten sahen sich in erbitterte Nahkämpfe verwickelt.

Zu beiden Seiten des Elfitch breitete sich das Heer der Dämonen weiter aus, und in wütender Entschlossenheit kletterten die Ungeheuer dem Rand des Carolan entgegen. Dort warteten die Kavallerie der Elfen, die Alte Garte der Legion, die Zwergenpioniere und verschiedene Einheiten anderer Kompanien. Den Oberbefehl hatte Ehlron Tay. Indem er eine Attacke nach der anderen gegen die Schwärme von Dämonen führte, die sich am Felsrand zeigten, warf er sie immer von neuem zurück, so daß sie auf dem Carolan nicht Fuß fassen konnten. Doch die Reihen der Verteidiger waren dünn gesät, und das Felsplateau war lang, hier und dort mit kleinen Wäldchen gesprenkelt, wo die Dämonen Deckung fanden. Einzelne Gruppen schafften den Durchbruch, und die Flügel der Elfen gerieten ins Wanken.

Auf dem Elfitch sprengten die Dämonen das Tor der sechsten Rampe. Nachdem sie die Reihen der Verteidiger durchbrochen hatten, zertrümmerten sie die Riegel und Vorlegestangen, die das Tor sicherten, und rissen die beiden Flügel weit auf. Über die Leiber ihrer Toten hinweg strömten sie vorwärts. Amantar hielt noch immer die Mauer auf der rechten Seite, doch Stee Jans und sein zusammengeschmolzenes Häuflein wurden stetig weiter zurückgedrängt. In der Mitte der Abwehrstellungen sammelte Kerrin die Leibgarde um sich und versuchte, mit einer Konterattacke den Ansturm der Dämonen zurückzuwerfen. Mitten hinein in die heulenden, kreischenden Scharen stürzten sich die Elfen-Jäger, trieben die Dämonen auseinander, brachten den Angriff zum Stillstand. Eine Zeitlang schien es, als würde es der Leibgarde gelingen, das Tor zurückzuerobern. Da aber stürzte sich eine Gruppe von Furien von den Mauern herab auf die wild dreinschlagenden Elfen und fiel mit reißenden Zähnen und spitzen Krallen über sie her. Kerrin brach sterbend zusammen. Der Gegenangriff verlor an Schwung, die Elfen mußten zurückweichen.

Langsam zogen sich die Verteidiger den Elfitch hinauf zurück, um sich hinter dem Tor der siebenten und letzten Rampe noch einmal zu sammeln. Immer wieder versuchte der Feind, die Linien zu sprengen, doch sie hielten fest zusammen. Während Amantar und Stee Jans die Mitte hielten, flohen die Verteidiger hinter die Mauern, und das Tor schloß sich krachend. Unterhalb wogte das Meer der Dämonen.

Eine halbe Meile weiter östlich stand Andor Elessedil und blickte auf das Schlachtgetümmel, und seine Hoffnung begann zu erlöschen. In seinem Rücken standen die Soldaten der Schwarzen Wache, die den Garten des Lebens umschlossen. Er sah erst zu Korold hin, der die Schwarze Wache führte, dann zu Allanon. Der Druide war an seiner Seite. Das dunkle Gesicht blieb unbewegt, während er, auf Artaq sitzend, das Wogen der Schlacht beobachtete.

»Allanon«, flüsterte Andor, »wir müssen etwas tun.«

Der Druide drehte nicht einmal den Kopf.

»Noch nicht. Wartet.«

Den ganzen Rand des Carolan entlang zogen sich jetzt Dämonen auf das Plateau hinauf. Im Süden war es ihnen gelungen, Fuß zu fassen, und ihre Zahl wuchs ständig, während sie immer wieder die Attacken der Elfen-Kavallerie abwehrten, die versuchte, sie zurückzudrängen. Im Norden hielten die Zwergen-Pioniere trotz wiederholter Angriffe die Stellung. Der findige Browork scharte Kavallerie und Fußsoldaten in einer Folge von kurzen, scharfen Attacken um sich und warf die Dämonen immer wieder zurück. Am Kopf einer Reserveeinheit der Kavallerie ritt Ehlron Tay nach Süden, um das untere Plateau zurückzugewinnen. Mit gesenkten Lanzen stürmten die Soldaten gegen die Dämonen. Voll wütender Erbitterung prallten Angreifer und Verteidiger aufeinander, Schreie stiegen zum Himmel auf, und so grimmig tobte die Schlacht, daß es unmöglich war, Freund von Feind zu unterscheiden. Doch am Ende waren es die Elfen, die zurückwichen. Der linke Flügel der Verteidigungstruppe brach jetzt schnell zusammen, und mit wildem Triumphgeheul stießen die Dämonenscharen vor.

Da splitterten krachend die Torflügel der siebenten Rampe, und in breitem Strom wälzten sich die Dämonen hindurch. Die Verteidiger mußten weichen, und es schien, als sollten sie völlig überrannt werden. Doch die Trolle führten einen grimmigen Gegenstoß, der die Dämonen durch das gesprengte Tor zurücktrieb, und einen Moment lang waren die Mauern wieder in Besitz der Verteidiger. Doch schon sammelten sich die heulenden Ungeheuer von neuem. Die größten und brutalsten unter ihnen drängten sich in die vordersten Reihen, und wieder stürmten sie vorwärts. Diesmal konnten auch die Bergtrolle den wogenden Strom dunkler Leiber nicht aufhalten. Ihre Verwundeten mit sich schleppend, räumten die Verteidiger Mauern und Tor und eilten die Rampe hinauf zum Rand des Plateaus.

Jetzt war es den Dämonen, die die entschlossenen Zwerge zurückgeworfen hatten, gelungen, sowohl den Nord- als auch den Südteil des Carolan zu erobern, und die Flügel schoben sich zur Mitte hin zusammen. Der Garten des Lebens wurde langsam zu einer Insel mitten im tobenden Meer der Schlacht, heiß umkämpft von Dämonen und Elfen. Ehlron Tay wurde vom Pferd gerissen. Schwer verwundet wurde er von seinen Soldaten in Sicherheit gebracht und fortgetragen. Browork hatte ein halbes Dutzend Verletzungen erlitten, und die Dämonen umringten ihn von allen Seiten. Die Alte Garde hatte ein Drittel ihrer Kämpfer verloren. Zwei der Himmelsreiter waren gefallen; die drei, die noch blieben, unter ihnen Dayn, waren zum Garten des Lebens zurückgeflogen, um Allanon Beistand zu leisten. Überall befanden sich die Elfen und ihre Verbündeten im Rückzug.

Die Verteidiger des Elfitch waren von den Dämonen-Horden bis zum Ende der letzten Rampe zurückgedrängt worden. Umgeben von seinen Freikämpfern hielt Stee Jans die Mitte, während Elfen und Trolle an den Flügeln kämpften. Allen war klar, daß sie nicht lange würden aushalten können. Der rothaarige Grenzländer erkannte auf einen Blick, wie gefährlich ihre Situation war. Unten rotteten sich die Dämonen zu einem neuerlichen Überfall zusammen. Die Verteidigungslinien am Rand des Plateaus waren zusammengebrochen, und die Soldaten strömten zur Rampe, um dort Hilfe zu leisten. Gleich würden sie alle in einer Zange gefangen sein, aus der es kein Entkommen gab. Sie mußten sofort zurückfallen und sich vor dem Garten des Lebens neu sammeln, um dort ihre Kräfte zu konsolidieren und mit Unterstützung der Schwarzen Wache die Dämonen zurückzuwerfen. Doch sie brauchten Zeit, um das zu bewerkstelligen, und jemand mußte ihnen diese Zeit verschaffen.

Mit wehendem roten Haar packte der Befehlshaber der Freitruppe die rot-graue Standarte seiner Einheit und rammte sie zwischen den Steinquadern der Rampe in den Boden. Hier würde die Freitruppe sich dem Feind entgegenstellen. Nachdem er seine Grenzländer um sich geschart hatte, bildete er eine schmale Schlachtreihe in der Mitte der Rampe. Dann befahl er Elfen und Trollen zurückzuweichen. Niemand stellte den Befehl in Frage; Stee Jans hatte den Befehl über das Heer. Eilig räumten sie den Elfitch und zogen sich zu den Linien der Schwarzen Wache zurück, die den Garten des Lebens umzingelten. Es dauerte nur Augenblicke, dann standen Stee Jans und seine Freikämpfer allein.

»Was tut er da!« schrie Andor Allanon voller Entsetzen zu. Aber der Druide antwortete nicht.

Die Dämonen griffen an. Heulend und kreischend vor Wut stürmten sie die Rampe herauf. So unglaublich es war, die Freitruppe hielt dem Angriff stand, ja, warf ihn zurück. Die Elfen und ihre Verbündeten entkamen indessen der Falle, die gedroht hatte, sie einzuschließen. Wieder wälzte sich das Meer von Dämonen den Elfitch herauf, wieder konnte es die Abwehrmauer der Freitruppe nicht sprengen. Nicht mehr als zwei Dutzend Grenzländer blieben am Leben. An ihrer Spitze stand die hochgewachsene Gestalt von Stee Jans. Nachdem die Verteidiger, die vom Elfitch geflohen waren, sich neu geordnet hatten, blickten sie zurück zu dem kleinen Trüppchen von Männern, das dem Ansturm der Dämonen immer noch standhielt. Tiefes Schweigen breitete sich aus. Sie wußten alle, wie dies enden mußte.

Jetzt lag der Carolan ungeschützt. Stee Jans riß die Kriegsflagge heraus und schwang sie hoch über seinem Haupt. Der Schlachtruf der Freitruppe schallte durch die Stille. Langsam und mit Bedacht wich die kleine Truppe über den Carolan zurück zu den Elfen und ihren Verbündeten, die den Garten des Lebens umringten.

Andor stockte der Atem. Es war ein hoffnungsloser Rückzug. An seiner Seite tauchte Broworks Gesicht auf.

»Es ist zu weit, Grenzländer«, brummte er beinahe wie zu sich selbst.

Eine Woge von Dämonen wälzte sich über den Rand der Rampe. Im Norden und im Süden begannen sie jetzt, sich in Scharen zu sammeln.

»Schnell«, flüsterte Andor. »Schnell, Stee Jans!«

Doch es blieb keine Zeit mehr. Triumphgeheul erfüllte die Morgenluft, und das gesamte Dämonen-Heer stürmte vorwärts.

Da erfaßte Leben die bisher reglose Gestalt Allanons. Ein rasches Wort zu Dayn, und Dancers Zügel lagen in seinen Händen. Gleich darauf hatte er sich auf den Rücken des mächtigen Rock geschwungen, und der Riesenvogel hob sich in die Lüfte. Andor Elessedil und jene, die bei ihm standen, blickten dem Druiden erstaunt nach. Die schlanken Arme hoch erhoben, flog Allanon über den Garten des Lebens hinweg, und seine schwarzen Gewänder bauschten sich im Zugwind. Die Dämonen, die sich in Scharen den Carolan heraufwälzten, hielten inne und starrten himmelwärts. Da rollte plötzlich ein krachender Donnerschlag über das Land, und blaue Flammen sprühten aus den Fingern des Druiden. In einem Bogen, der vom einen Ende der Dämonen-Linien bis zum anderen reichte, raste das Feuer flackernd über die vorderen Reihen der Angreifer und verbrannte die Ungeheuer zu Asche. Heulen und Schreien erschallte, als eine Flammenmauer sich vor den Dämonen auftürmte und sie zum Zurückweichen zwang, so daß sie die umzingelte Freitruppe freigeben mußten.

Ein wilder Schrei der Erregung stieg aus den Reihen der Elfen und ihrer Verbündeten empor. Ein schmaler Korridor, der zum Garten des Lebens führte, hatte sich im Flammenring geöffnet, und durch diesen Korridor kamen die Grenzländer – schnell jetzt, denn jeden Moment konnte sich die Falle wieder schließen. Rund um sie herum wüteten und tobten die Dämonen, doch das Feuer hielt sie in Schach.

Lauft! schrie Andor stumm. Es gibt noch eine Chance! Und die Grenzländer flogen wie der Wind über das Felsplateau. Eine Gruppe von Furien setzte ihnen nach, stürzte sich rasend vor Haß und Wut in die Flammen. Doch Allanon sah sie. Eine dunkle Hand hob sich, ballte sich zur Faust. Druidenfeuer stach in lanzenspitzen Strahlen auf die Katzenwesen herab, und sie vergingen in einem leuchtenden Blitz. Nichts blieb von ihnen als eine Feuersäule, die zum Himmel aufstrebte. Hoch oben schmetterte Dancer seinen Kriegsruf.

Da hatten Stee Jans und seine Freikämpfer das Feuer auch schon hinter sich gelassen und befanden sich wieder im Schutz der eigenen Reihen. Willkommensgeschrei empfing sie, und die Banner der Vier Länder flatterten im leichten Morgenwind.

Das Druidenfeuer auf dem Carolan brannte jetzt tiefer, doch noch immer machten die Dämonen keinen Versuch, es zu durchbrechen. Allzu leicht hatte der Druide die Furien vernichtet. Hinter der Flammenmauer warteten sie, rastlos und ungeduldig, während sie wutschnaubend immer wieder zu dem einsamen schwarzen Flieger hinaufblickten.

Mit forschenden Blicken schwebte der Druide über sie hinweg. Er wußte, was jetzt geschehen mußte. Er wußte, daß einer der Dämonen seine Herausforderung beantworten mußte. Nur der Dagda Mor war stark genug, das zu tun – und Allanon war sicher, daß er es auch tun würde. Er hatte gar keine andere Wahl. Der Dagda Mor konnte die Zauberkraft der Elfensteine so deutlich wahrnehmen wie der Druide. Auch er wußte inzwischen gewiß, daß Wil Ohmsford sich der Steine bedient hatte, daß die Suche nach dem Blutfeuer von Erfolg gekrönt worden war, daß das, was er am meisten fürchtete, vielleicht doch noch geschehen konnte – die Wiedergeburt des verhaßten Ellcrys und damit die Wiedererrichtung der Mauer der Verfemung. Es war ein Augenblick höchster Gefahr für den Herrn der Dämonen. Sein Wandler war tot. Sein Raffer hatte versagt. Sein Heer stand gebannt durch das Feuer. Wenn er jetzt aufgehalten wurde, dann hatte er – obwohl fast das ganze Westland in seiner Hand war – verloren. Der Ellcrys war der Schlüssel zum Überleben der Dämonen. Der Mutterbaum mußte zerstört, die Erde in der er wurzelte, so verwüstet werden, daß nie wieder Leben daraus sprießen würde. Erst dann konnte in Ruhe das Samenkorn gesucht, die letzte der Erwählten aufgespürt werden. Erst dann konnten die Dämonen sicher sein, daß sie nicht wieder vom Angesicht der Erde verbannt werden würden. Dies alles jedoch würde nicht geschehen, wenn Allanon am Leben blieb. Der Dagda Mor wußte das, und deshalb würde er jetzt handeln müssen …

Gräßliches Kreischen gellte aus der Masse der Dämonen in den Morgen. Aus der Felswand des Carolan schwang sich ein riesiger schwarzer Schatten in die klare Luft des frühen Tages. Allanon wandte sich um. Es war das geflügelte Ungeheuer, das Wil Ohmsford und Amberle Elessedil im Rhenn-Tal verfolgt hatte, als sie von Havenstead aus nach Norden geflohen waren. Der Druide sah das dunkle Wesen jetzt ganz deutlich, eine gewaltige Fledermaus mit wendigem Leib und ledrigen Schwingen. Das Maul unter der stumpfen Schnauze war weit aufgerissen und zeigte blitzende Fänge; die Beine waren krumm und sehnig, mit Krallen bewehrt. Er hatte gehört, daß solche Wesen im fernen Nordland lebten, doch selbst er hatte bis zu diesem Tag nie eines zu Gesicht bekommen. Beinahe unbewegt hing es über den Dämonen-Horden, die unter seinem hohen, ohrenbetäubenden Schrei in plötzlicher Erstarrung gefroren.

Eiskalt durchzuckte es Allanon. Rittlings auf dem gekrümmten Hals des Untiers saß der Dagda Mor. Die Herausforderung war angenommen worden.

Mit einer energischen Bewegung zog der Druide seinen Riesenvogel herum. Die Fledermaus schoß abwärts. Dicht über ihren Hals gebeugt hing der bucklige Dämon. Der Stab der Macht in seiner Hand begann in roter Glut zu leuchten. Allanon wartete, hielt Dancer ganz ruhig. Die riesige Fledermaus kreischte schrill im Vorgefühl des Triumphes. Der Stab des Dämons spie rotes Feuer, aber es war einen Augenblick zu spät. Unter Allanons Führung schwenkte Dancer scharf ab und schoß nach links davon. Als das geflügelte Ungeheuer mit ausgestreckten Krallen herabstieß, um den Druiden zu packen, und das Dämonenfeuer in grellen Blitzen zum Carolan hinunterfuhr, ließ Allanon den Rock wenden. Die Fledermaus war schwerfällig und langsam; als sie aufwärts stieg, tauchte der Druide unter ihr hinweg und schlug zurück. Blaue Flammen versengten die Flughäute und den Körper des Ungeheuers. Seine schrillen Schreie hallten durch den Morgen.

Doch schon machte die gewaltige Fledermaus kehrt, und wieder griff der Dagda Mor mit seinem Feuerstab an. Zischende Flammen züngelten durch den Morgen und bauten sich vor dem Druiden und seinem Riesenvogel zu einer Mauer auf. Diesmal gab es keine Möglichkeit zu wenden. Doch Dancer zögerte keinen Augenblick. Mit einem kraftvollen Schrei schnellte der Rock steil nach oben und führte Allanon aus der drohenden Feuersbrunst heraus. Dann legte er sich wieder gerade und segelte abwärts über den Carolan. Die Elfen und ihre Verbündeten bejubelten das Manöver mit Triumphgeschrei.

Wieder griff der Dämon an, und in schnellem Flug jagte die gewaltige Fledermaus abwärts. Doch wieder war Dancer zu flink. Ehe das Dämonenfeuer ihn erreichen konnte, glitt er blitzschnell davon. Die brandroten Flammen verfehlten ihn und verbrannten das Grasland auf dem Plateau zu schwarzer Asche. Dancer schwenkte nach links und schwenkte nach rechts, wechselte so plötzlich und so behend die Richtung, daß der Dagda Mor ihn mit seinen Feuerstrahlen nicht treffen konnte. Und Allanon kämpfte derweilen unermüdlich. Immer wieder trafen die blitzenden blauen Flammenstrahlen die scheußliche Fledermaus, versengten Leib und Flughäute des Untiers an unzähligen Stellen, so daß es nun während des Flugs ständig eine Anzahl kleiner Rauchwölkchen mit sich zog, die von seinem Körper aufstiegen.

Noch immer hatte der Kampf kein Ende gefunden. Es war ein schreckliches Duell, bei dem Dämon und Druide einander erbarmungslos über dem verwüsteten Plateau des Carolan hin und her jagten, während sie verbissen versuchten, einander auszumanövrieren. Eine Zeitlang war der Kampf ausgeglichen, und keiner konnte einen Vorteil herausschlagen. Die Fledermaus war schwerfällig und leicht zu treffen, doch sie war ungeheuer kräftig, und es schien, als könnten ihre Verletzungen ihr nichts anhaben. Dancer war einfach zu wendig; die Flammen trafen ihn nie.

Als aber der Kampf unerbittlich weitertobte, begann der Rock zu ermüden. Drei Tage lang war er beinahe ohne Rast und Ruh in Kampf- und Erkundungsflügen unterwegs gewesen; jetzt ließen seine Kräfte allmählich nach. Jedesmal, wenn er über das Plateau zurückfegte, züngelten die Flammen des Dämonenfeuers näher. Schweigen breitete sich in den Reihen der Verteidiger aus. Jedem ging der gleiche Gedanke durch den Kopf. Früher oder später würde den Rock die Kraft verlassen, oder der Druide würde sich in seinen Überlegungen täuschen. Dann würden sie das Opfer des Führers der Dämonen werden.

Augenblicke später nur bewahrheiteten sich ihre Befürchtungen. Als Dancer plötzlich nach links abschwenkte, schoß ihm eine Feuergarbe über den Flugpfad und zerschmetterte die Schwinge des Riesenvogels. Dancer schwankte und trudelte in Spiralen abwärts zum Carolan. Ein Entsetzensschrei stieg aus den Reihen der Elfen auf. Wieder flammte der Stab der Macht rot auf, wieder fraß sich das Feuer in den schon verletzten Rock. Mit ausgestreckten Krallen stieß die riesige Fledermaus herab. In Verzweiflung drehte sich Allanon um, als das scheußliche Geschöpf näherkam. Mit geballten Händen streckte er beide Arme zum Himmel hinauf. Die Fledermaus hatte ihn beinahe schon erreicht, als blaue Flammen aus den Fingern des Druiden loderten. Der ganze Kopf des Untiers schien in einer feurigen Explosion zu bersten. Doch der Schwung trug die riesige Fledermaus weiter, und dreißig Fuß über dem Carolan prallten die Fledermaus und der Rock zusammen. Mit schrecklicher Wucht stießen sie aufeinander und sausten, ihre Reiter mit sich tragend, zur Erde nieder. Ein Zittern durchrann Dancers Körper nach dem gewaltsamen Aufprall, dann lag er still. Die Fledermaus rührte sich überhaupt nicht.

In diesem Moment meinten alle, die Schlacht sei verloren. Dancer und die Fledermaus waren tot. Allanon lag reglos, vom Dämonenfeuer getroffen, auf dem Boden. Und der Dagda Mor war schon wieder in Bewegung. Eines seiner Beine war zerschmettert, doch er kroch unter der toten Fledermaus hervor und näherte sich dem Druiden. Allanon hob schwach den Kopf. Langsam schleppte sich der Dagda Mor vorwärts, bis er nur wenige Schritte von dem verletzten Druiden entfernt war. Mit haßverzerrten Zügen hob er seinen Stab. Rote Glut pulsierte.

»Allanon!« hörte Andor Elessedil sich selbst aufschreien, und das Echo seiner Stimme widerhallte in der plötzlichen Stille.

Vielleicht hörte der Druide ihn. Plötzlich jedenfalls war er auf den Beinen und wich dem Feuerstrahl aus, der auf ihn zuschoß. Mit solcher Behendigkeit bewegte er sich, daß der Dagda Mor gar nicht mehr dazu kam, seinen Feuerstab ein zweites Mal zu gebrauchen. Der Dämon versuchte zwar, den Stab herumzuschwingen, doch da umspannten schon Allanons Hände das knorrige Holz. Dämonenfeuer flammte im Inneren des Stabs, und eine Welle des Schmerzes überspülte den Druiden. Doch sogleich ließ er seine eigenen Zauberkräfte wirken, und nun mischte sich blaues Feuer mit rotem. In grimmiger Erbitterung rangen Dämon und Druide miteinander, während jeder versuchte, dem anderen den Stab zu entwinden.

Da tauchte Allanon tief in einen inneren Brunnen der Kraft, in dem letzte Reserven gespeichert waren, und blaue Flammen barsten aus seinen Händen hervor. Züngelnd umschlangen sie den Stab des Dämons, erstickten sein Feuer, drängten sich in den

Körper des Dagda Mor. Die Augen des Dämons weiteten sich vor Schmerz und Entsetzen, und er schrie laut auf. Es war ein schrecklicher Schrei. Allanon bäumte sich auf, schleuderte die bucklige Gestalt von sich und zwang sie langsam in die Knie. Wieder schrie der Dämon, und sein ganzer Haß ergoß sich mit diesem Schrei aus ihm. Verzweifelt wehrte er sich gegen das Feuer, das seinen eigenen Körper umhüllte, und versuchte, sich aus der Umklammerung des Druiden zu befreien. Doch Allanons Hände umspannten die seinen wie Schraubstöcke, preßten sie eisenhart gegen den sterbenden Feuerstab. Der Dagda Mor zuckte und bebte am ganzen Leib, dann sank er zusammen. Sein Schrei verklang in einem Wispern, und die schrecklichen Augen wurden leer.

Da fuhr das Druidenfeuer ungehindert durch ihn hindurch und schloß ihn in einem Mantel blauer Flammen ein, bis sein Leib in Asche zerfiel.

Stille senkte sich über den Carolan. Allanon stand allein, den Dämonenstab noch immer in beiden Händen haltend. Stumm starrte er auf das schwarz verkohlte Holz, das qualmend in seinen Fingern lag. Dann brach er den Stab in der Mitte entzwei und schleuderte die beiden Teile zu Boden.

Nun wandte er sich dem Garten des Lebens zu und pfiff Artaq zu sich. Allein trabte der Rapphengst aus den Reihen der Elfen hervor. Allanon wußte, daß ihm nur noch Augenblicke blieben. Seine Kraft war erschöpft, nur mit einer gewaltigen Willensanstrengung hielt er sich noch auf den Beinen. Die Feuermauer vor ihm, die bisher die Dämonen zurückgehalten hatte, sank langsam in sich zusammen. Schon rotteten sich die Ungeheuer hinter ihr zusammen, und ihre Augen richteten sich voller Gier auf den Druiden. Die Vernichtung des Dagda Mor bedeutete ihnen nichts. Nur ihr lodernder Haß gegen die Elfen zählte. Mit einem spöttischen Lächeln erwiderte der Druide ihre Blicke. Das einzige, was sie jetzt noch zurückhielt, war ihre Furcht vor ihm. Wenn sie die verloren, würden sie angreifen.

Mit leisem Wiehern stieß Artaq ihn an der Schulter an. Ohne die Dämonen aus den Augen zu lassen, wich Allanon zurück, bis er Mähne und Geschirr des Pferdes zu fassen bekam. Dann zog er sich mühsam und unter Schmerzen in den Sattel, wobei er vor Anstrengung beinahe ohnmächtig geworden wäre. Nachdem er die Zügel ergriffen hatte, wendete er Artaq. Scheinbar ohne Hast trat er den Rückweg zu den Reihen der Elfen an.

Quälend langsam ging die Rückkehr vor sich. Absichtlich ließ er Artaq bedächtig gehen; eine schnellere Gangart hätte ihm zuviel abverlangt. Schritt um Schritt kam der Garten des Lebens näher. Aus dem Augenwinkel konnte er in den Linien der Dämonen, die ihn umgaben, Bewegung erkennen. Einige von ihnen jagten schon herausfordernd durch die ersterbenden Flammen. Er hörte ihr Kreischen in seinem Rücken. Andere taten es ihnen nach. Mit beiden Händen umklammerte er die Zügel und blickte nicht zurück. Bald, dachte er, bald.

Dann brach plötzlich heulend und schreiend die ganze Horde los. Von allen Seiten stürmten die Dämonen hinter ihm her. Er wußte sogleich, daß er noch zu weit vom Garten des Lebens entfernt war, um ihnen bei diesem Tempo zu entkommen. Ihm blieb keine Wahl. Er schlug Artaq die Hacken in die Flanken, und der Rappe schoß mit einem gewaltigen Satz vorwärts. Den kräftigen Körper langgestreckt, galoppierte das mächtige Pferd mit ausgreifendem Schritt über den Carolan. Schwindel übermannte den Druiden, und er spürte, wie ihm die Zügel zu entgleiten drohten. Er würde stürzen.

Doch irgendwie gelang es ihm, auf dem Rücken des Pferdes zu bleiben. Irgendwie schaffte er es, sich oben zu halten, bis endlich die Linien der Elfen unmittelbar vor ihm auftauchten. Mit einem Riesensprung rettete sich Artaq hinüber, trug ihn vorbei an den ausgestreckten Armen von Elfen und Trollen und Zwergen, um endlich vor dem eisernen Tor des Gartens des Lebens zum Stillstand zu kommen.

Selbst da stürzte Allanon nicht. Eiserne Entschlossenheit hielt ihn auf dem Rücken des Rappen. Mit schweißnassem Gesicht drehte er sich um und blickte auf den Carolan hinaus, während die Dämonenhorden von allen Seiten zum Garten des Lebens strömten. Vor seinen Mauern machten sich die Verteidiger zum Kampf bereit.

Wenigstens haben sie jetzt eine Chance, dachte Allanon. Wenigstens das habe ich ihnen gegeben.

Da wurden plötzlich rund um ihn herum Rufe laut, und Hände wiesen zum Himmel. Dayn stand an seiner Seite, und in seinem Aufschrei lag Ungläubigkeit.

»Genewen! Es ist Genewen!«

Der Druide hob den Blick. Weit im Süden, beinahe unsichtbar im blendenden Licht der Mittagssonne, näherte sich mit gewaltigem Flügelschlag ein großer goldener Vogel der Stadt Arborlon.

Voller Entsetzen blickte Wil Ohmsford in die Tiefe. Das grelle weiße Licht der Sonne blendete ihn, und er mußte die Augen zusammenkneifen. In seinem Innern brannte noch immer das Fieber. Er fühlte sich schwach und erschöpft, und sein Körper war feucht von Schweiß. Hoch über das grüne, bewaldete Land des Westlands trug ihn Genewen, die Schwingen weit gespannt, während sie sich von den Luftströmungen tragen ließ. Ledergurte fesselten Wil an den Rock, und sein verletzter Arm war geschient und verbunden. Vor ihm hockte Perk, dessen kleine Gestalt sich geschmeidig mit Genewens Bewegungen wiegte, während er mit Hand und Stimme ihren Flug dirigierte. Dicht an den kleinen Himmelsreiter geschmiegt saß Amberle, so dick vermummt, daß sie kaum zu sehen war. Die Arme, die um seinen Körper lagen, gehörten Eretria. Er wandte sich um, und der Blick ihrer dunklen Augen traf den seinen. Er war voller Verzweiflung.

Unter ihnen lag Arborlon, die Elfenstadt. Tote häuften sich auf dem Carolan, Feuer brannten an vielen Stellen auf dem Plateau, und der Elfitch war nur noch ein Trümmerhaufen. Reiter und Lanzer, Pikeniere und Bogenschützen umringten wie eine Mauer aus blitzendem Eisen den Garten des Lebens. Und rundum wogte eine riesige Masse zuckender schwarzer Leiber, Tausende an der Zahl, und es schien, als würden die Verteidiger jeden Moment von der Flutwelle fortgeschwemmt werden.

Die Dämonen, flüsterte er tonlos. Die Dämonen!

Er spürte plötzlich eine Bewegung von Amberle. Das Elfenmädchen hatte sich ein wenig aufgerichtet und sprach jetzt auf Perk ein. Eine zierliche kleine Hand umfaßte die Schultern des Jungen. Der kleine Himmelsreiter nickte. Dann setzte Genewen zur Landung an.

Rasch ließ sie sich zum Carolan und zum Garten des Lebens abfallen. Der Garten mit seinen kunstvoll geschnittenen Hecken und liebevoll angelegten Blumenbeeten nahm sich aus wie eine Insel der Heiterkeit in einem Meer von Trümmern und Asche und heulenden schwarzen Ungeheuern. Wil sah das Blitzen der Waffen im Sonnenlicht, als die Verteidiger die finsteren Horden abwehrten, die gegen sie anrannten. Schon hatten die Ungeheuer hier und dort Breschen geschlagen; schon hatten einige die Mauer durchbrochen.

Auf der Anhöhe in der Mitte des Gartens stand vergessen die leblose Hülle des Ellcrys.

Genewen schrie plötzlich laut auf; es war ein durchdringender Schrei, der das Lärmen der Schlacht, die unten geschlagen wurde, übertönte. Einen Moment lang richteten sich aller Augen auf den gewaltigen Rock, der wie ein Stück Sonnenlicht abwärts schwebte. Ausrufe des Erkennens kamen aus der Mitte der Elfen. Ein Himmelsreiter, riefen sie und suchten vergeblich nach weiteren.

Dann war Genewen über dem Garten und senkte sich langsam zum Fuß des kleinen Hügels herab. Die großen Schwingen wurden eingezogen, der scharlachrote Kopf neigte sich abwärts. Perk sprang zur Erde und beeilte sich, die Gurte zu lösen, welche die anderen hielten. Zuerst öffnete er Amberles Gurte. Wie leblos beinahe glitt sie vom Rücken des Vogels und ging in die Knie, als ihre Füße die Erde berührten. Wil wollte zu ihr, doch das Fieber hatte ihn geschwächt, und die Gurte ließen sich nicht öffnen.

Das Getöse der Schlacht, die hinter Hecken und Blumenbeeten tobte, kam näher.

»Amberle!« rief Wil.

Sie war schon wieder auf den Beinen, stand nur ein paar Schritte von ihm entfernt. Langsam hob sie das kindliche Gesicht.

Flüchtig hefteten sich die schrecklichen, blutroten Augen auf ihn, und es schien, als wolle sie sprechen. Dann aber wandte sie sich wortlos ab und stieg den Hang des kleinen Hügels hinauf.

»Amberle!« rief Wil und riß an den Riemen, die ihn fesselten.

Genewen zuckte nervös zusammen, und Perk hatte Mühe, sie zu besänftigen.

»Sei still, Heiler!« warnte Eretria, doch er war jenseits aller Vernunft. Er sah nur, daß Amberle sich von ihm entfernte. Er war im Begriff, sie zu verlieren. Er spürte es.

Verängstigt durch die ungebärdigen Bewegungen Wils, wollte Genewen sich in die Lüfte erheben. Perk packte ihr Geschirr und zog sich auf ihren Rücken, während er vergeblich versuchte, sie wieder unter Kontrolle zu bringen. Da riß Eretria ihren Dolch heraus und zerschnitt die Gurte, die sie und Wil festhielten. Gleich darauf stürzten sie beide vom Rücken des Riesenvogels kopfüber ins Gebüsch.

Schmerz durchzuckte Wils Körper, als er sich mühsam wieder aufraffte. Eretria rief ihn, doch er achtete nicht auf sie. Er rannte schon zum Hügel, um Amberle zu folgen. Sie hatte die Hälfte des Weges zurückgelegt, ging langsam, Schritt für Schritt dem Baum entgegen.

Aus nächster Nähe kam gellendes Heulen. Eine kleine Gruppe von Dämonen brach aus den Hecken hervor. Perk hatte Genewen wieder beruhigt und war eben abgesprungen, um Wil nachzueilen. Augenblicklich stürzten sich die Dämonen auf ihn. Doch Wil hatte sie gesehen. Die Faust mit den Elfensteinen schnellte in die Höhe. Blaue Flammen schossen mitten unter die Dämonen, und sie verschwanden.

»Flieg fort!« rief er Perk zu. »Flieg weg von hier, Himmelsreiter!«

Keuchend stürzte Eretria an seine Seite. Neue Dämonen tauchten aus den schützenden Hecken auf und stürmten kreischend heran. Soldaten der Schwarzen Wache eilten herbei und hielten sie mit gesenkten Piken auf. Doch die Dämonen überrannten die Elfen und wollten Wil nach. Der drehte sich um. Wieder flammten die Elfensteine auf. Perk hockte wieder auf Genewens Rükken, doch anstatt sein Heil in der Flucht zu suchen, wendete der kleine Himmelsreiter den mächtigen Vogel gegen die nächsten Angreifer und jagte sie zurück. Aber schon zeigten sich Dutzende neuer Ungeheuer. Von überallher strömten sie herbei, und selbst das Feuer der Elfensteine reichte nicht aus, sie alle aufzuhalten.

Da übertönte ein gellender Schrei das Kreischen und Heulen der Dämonen, und schien in der Hitze des Sommermittags zu hängen. Wil fuhr herum. Oben auf dem Hügel stand Amberle, die Arme ausgestreckt, um den Stamm des Ellcrys zu umfangen. Unter ihrer Berührung schien der Baum zu flimmern wie das Wasser eines Baches im Sonnenlicht, um sich dann in einem Regen silbernen Staubs aufzulösen, der wie Schnee auf das Elfenmädchen herabrieselte. Nun stand sie allein. Ihre Arme hoben sich, und ihr zierlicher Körper richtete sich auf.

Sie begann sich zu verwandeln.

»Amberle!« rief Wil verzweifelt ein letztes Mal und sank voller Verzweiflung auf die Knie.

Der Körper des Elfenmädchens verlor seine Gestalt. Die menschlichen Konturen zerflossen, die Kleider zerfielen und glitten von ihr herab. Ihre Beine verschmolzen miteinander, und aus den Füßen senkten sich geschlungene Ranken in die Erde. Langsam wurden ihre erhobenen Arme länger und teilten sich.

»O Wil!« flüsterte Eretria, als sie neben ihm niedersank.

Amberle war nicht mehr. An ihrer Stelle stand der Ellcrys, ein vollendet geformter Baum, dessen silberne Borke und blutrote Blätter im Sonnenlicht leuchteten.

Der wiedergeborene Ellcrys.

Wildes Klagegeschrei erhob sich unter den Dämonen. Der Bannspruch der Verfemung war erneuert, die Mauer wieder errichtet. Den ganzen Carolan erfüllte das Geheul, als sie wieder in die Schwärze des Nichts hineingezogen wurden. Verzweifelt suchten sie zu entkommen, doch es gab keine Flucht. Einer nach dem anderen verblichen sie, Hunderte, dann Tausende, große und kleine, bis schließlich auch der letzte verschwunden war.

Stille breitete sich aus. Es war, als seien die Dämonen niemals gewesen.

Im Garten des Lebens lag Wil Ohmsford auf den Knien und weinte.

Dort fanden ihn die Elfen. Auf Andor Elessedils Befehl trugen sie ihn nach Arborlon. Zu erschüttert vom Verlust Amberles, um Widerspruch zu erheben, dazu geschwächt vom Fieber, ließ er es zu, daß sie ihn fortbrachten. Sie trugen ihn ins Herrenhaus der Elessedils, durch Gänge und Korridore, die still und kühl waren, zu einem Gemach, wo ihm ein Lager bereitet war. Heilkundige der Elfen wuschen und verbanden seine Wunden. Sie gaben ihm einen bitteren Saft zu trinken, der ihn schläfrig machte, und hüllten ihn sorgfältig in Leintücher und Decken. Dann ließen sie ihn allein. Innerhalb von Sekunden war er eingeschlafen.

Im Schlaf träumte ihm, er wandere blind und hoffnungslos durch tiefe, undurchdringliche Finsternis. Irgendwo in dieser Finsternis irrte auch Amberle umher, doch er konnte sie nicht finden. Als er sie rief, war ihre Antwort fern und leise. Allmählich wurde ihm die Anwesenheit eines anderen Wesens bewußt, das kalt und böse war und seltsam vertraut – eines Wesens, dem er schon früher begegnet war. Von Entsetzen gepackt, begann er zu laufen, immer schneller und schneller, während er sich einen Weg durch Spinnweben schwarzer Stille bahnte. Doch das Wesen verfolgte ihn; es verursachte kein Geräusch, aber er spürte es, immer nur einen Schritt hinter sich. Schließlich berührten seine Finger ihn, und er schrie laut auf vor Angst. Da lichtete sich die Finsternis plötzlich, und er stand inmitten eines großen Gartens, der wunderschön war und reich an Farben. Das Wesen war fort. Erleichterung erfüllte ihn. Er war wieder in Sicherheit. Doch im nächsten Moment bäumte sich die Erde unter seinen Füßen auf, und er wurde in die Luft geschleudert. Plötzlich konnte er sehen, daß eine Woge schwarzen Wassers vor dem Garten sich langsam näher wälzte, sich auftürmte wie ein Meer, in dem er gewiß ertrinken würde. Verzweifelt suchte er nach Amberle und sah sie jetzt, einem stummen Geist gleich, der durch die Mitte des Gartens schwebte. Nur flüchtig sah er sie, dann war sie fort. Immer wieder rief er ihren Namen, doch es kam keine Antwort. Dann überspülte ihn das schwarze Wasser, und er begann zu sinken ...

Amberle!

Mit einem Aufschrei fuhr er aus dem Schlaf auf. Sein Körper war schweißüberströmt. Auf einem kleinen Tisch an der gegenüberliegenden Wand brannte eine Kerze. Schatten hüllten das Zimmer ein, und Nacht lag über der ganzen Stadt.

»Wil Ohmsford.«

Beim Klang seines Namens blickte er sich suchend um. Eine hochgewachsene, vermummte Gestalt saß an seinem Lager, finster und gesichtslos vor dem schwachen Schein der Kerzenflamme.

Wil erkannte ihn. Allanon.

Mit einem Schlag fiel ihm alles wieder ein. Bitterkeit stieg in ihm auf, eine Bitterkeit, die so wirklich war, daß er sie schmecken konnte. Als er schließlich imstande war zu sprechen, war seine Stimme nur ein leises Zischen.

»Ihr habt es gewußt, Allanon. Ihr habt es die ganze Zeit gewußt.«

Es kam keine Antwort. Tränen brannten in Wils Augen. Er dachte an jenen Abend in Storlock zurück, als ihm der Druide das erste Mal begegnet war. Schon damals hatte er gewußt, daß er Allanon nicht vertrauen durfte. Flick hatte ihn gewarnt; Allanon war ein Mensch voll der Geheimnisse, und er bewahrte diese Geheimnisse gut.

Doch dies – wie hatte er dies verbergen können!

»Warum habt Ihr es mir nicht gesagt?« flüsterte er. »Ihr hättet es mir sagen können.«

In den Schatten der Kapuze regte sich etwas.

»Es hätte dir nichts geholfen, es zu wissen, Talbewohner.«

»Es hätte *Euch* nicht geholfen – meint Ihr es nicht vielmehr so? Ihr habt Euch meiner bedient. Ihr habt mich in dem Glauben gelassen, alles würde sich zum Besten wenden, wenn ich nur Amberle vor den Dämonen beschützen und sie wohlbehalten nach Arborlon zurückbringen würde. Ihr wußtet, daß ich das glaubte, und Ihr wußtet, daß das nicht zutraf.«

Der Druide schwieg. Wil schüttelte ungläubig den Kopf.

»Hättet Ihr es nicht wenigstens ihr sagen können?«

»Nein, Talbewohner. Sie hätte mir nicht geglaubt. Sie hätte es nicht über sich gebracht, mir zu glauben. Es wäre zuviel verlangt gewesen. Denk doch daran, was geschah, als ich in Havenstead mit ihr sprach. Sie wollte mir nicht einmal glauben, daß sie noch immer eine Erwählte war. Ihre Berufung sei ein Irrtum gewesen, behauptete sie beharrlich. Nein, sie hätte mir nicht geglaubt. Jedenfalls damals nicht. Sie brauchte Zeit, um sich mit der Wahrheit über ihre eigene Person vertraut zu machen und diese Wahrheit zu begreifen. Ich hätte ihr das alles nicht erklären können; das mußte sie selbst herausfinden.«

Wils Stimme zitterte. »Worte, Allanon – Ihr versteht Euch aufs Worte machen. Ihr versteht Euch auf die Beredsamkeit. Auch mich habt Ihr beredet, nicht wahr? Aber diesmal lasse ich mich nicht bereden. Ich weiß, was Ihr getan habt.«

»Dann mußt du auch wissen, was ich nicht getan habe«, gab Allanon leise zurück. Er beugte sich vor. »Die letzte Entscheidung lag allein bei ihr, Talbewohner. Ich hatte nichts damit zu tun. Es war nie meine Aufgabe, für sie zu entscheiden; meine Aufgabe bestand allein darin, ihr die Gelegenheit zu geben, selbst die Entscheidung zu treffen. Das habe ich getan, und nicht mehr.«

»Nicht mehr? Ihr habt doch dafür gesorgt, daß sie die Entscheidung so traf, wie Ihr sie Euch wünschtet. Und das nennt Ihr nichts?«

»Ich habe dafür gesorgt, daß sie begriff, welche Folgen ihre Entscheidung jeweils haben würde. Das ist etwas ganz anderes ...«

»Folgen!« Wil fuhr vom Kissen hoch, und sein kurzes Lachen troff von Ironie. »Was wißt denn Ihr schon von Folgen, Allanon?« Seine Stimme brach. »Wißt Ihr, was sie mir bedeutet hat? Wißt Ihr das?«

Tränen strömten ihm über das Gesicht. Er legte sich wieder hin, fühlte sich seltsam beschämt. Alle Bitterkeit war von ihm abgefallen, und die Leere, die geblieben war, schmerzte. Befangen wandte er den Blick von Allanon, und beide schwiegen sie. In der Dunkelheit des Zimmers berührte der Kerzenschein sie mit sanftem Licht.

Lange Zeit verging, ehe Wil Ohmsford den Druiden wieder anblickte.

»Nun, jetzt ist es vorbei. Sie ist nicht mehr.« Er schluckte krampfhaft. »Wollt Ihr mir wenigstens erklären, warum es so kommen mußte?«

Einen Moment lang sagte der Druide nichts, sondern saß stumm in die Schatten seiner Gewänder gehüllt. Als er dann schließlich sprach, war seine Stimme beinahe ein Flüstern.

»Dann hör mir zu, Talbewohner. Er ist ein herrliches Geschöpf – dieser Baum, der Ellcrys –, lebendiger Zauber, durch die Verschmelzung von menschlichem Leben mit Erdenfeuer geschaffen. Vor den Großen Kriegen wurde er gemacht. Die Zauberer der Elfen erschufen ihn, als die Dämonen endlich in die Enge getrieben waren und ein Mittel gefunden werden mußte, sie daran zu hindern, das Land der Elfen je wieder zu bedrohen. Die Elfen, das weißt du wohl, waren kein gewalttätiges Volk. Der Erhaltung des Lebens galt ihr Sinnen und Streben und ihr Schaffen. Selbst bei Geschöpfen, die so zerstörerisch und böse waren wie die Dämonen, kam absichtliche Vernichtung der Gattung für sie nicht in Betracht. Die Verbannung von der Erde schien ihnen die annehmbarste Möglichkeit, aber sie wußten, es mußte ein Fluch von solcher Kraft über die Bösen verhängt werden, daß seine Gesetze auch nach Tausenden von Jahren noch wirken würden. Und die Dämonen würden an einen Ort verbannt werden müssen, wo sie anderen keinen Schaden tun konnten. Da bedienten sich die Zauberer der Elfen ihrer mächtigsten Magie, jener, die das größte Opfer von allen verlangte, die freiwillige Gabe des Lebens. Dank dieser Gabe konnte der Ellcrys geschaffen und die Bannmauer der Verfemung errichtet werden.«

Er schwieg einen Moment.

»Du mußt die Einstellung der Elfen zum Leben verstehen, das Gesetz, das ihre Lebensweise bestimmt, um würdigen zu können, wofür der Ellcrys steht und warum Amberle sich entschied, zu diesem Baum zu werden. Die Elfen glauben, daß sie bei der Erde in Schuld stehen, denn die Erde ist die Schöpferin und Erhalterin allen Lebens. Ihr Leben wird ihnen gegeben; daher müssen sie Leben zurückgeben. Dies tun sie, indem sie sich dem Dienst an der Erde verschreiben, indem jeder auf seine eigene Weise dafür sorgt, daß das Land erhalten bleibt. Der Ellcrys ist nichts als eine Ausweitung dieses Dienstes an der Erde. Er ist die Verkörperung der Überzeugung, daß die Erde und die Elfen gegenseitig aufeinander angewiesen sind. Der Ellcrys ist eine Verschmelzung der Erde mit elfischem Leben, geschaffen dazu, gegen das Böse zu schützen, das beide zu zerstören trachtet. Dies begriff Amberle schließlich. Sie sah ein, daß das Westland und ihr Volk nur durch ihr Opfer gerettet werden konnten, durch ihre Bereitschaft, der Ellcrys zu werden. Sie erkannte, daß das Samenkorn, das sie bei sich trug, nur zum Leben erwachen konnte, wenn sie sich selbst aufgab und opferte.«

Er machte eine Pause und beugte sich mit einer bedächtigen Bewegung weiter vor, so daß der Schatten seiner dunklen Gestalt über Wil fiel.

»Auch der erste Ellcrys war eine Frau, Talbewohner. Der Ellcrys muß immer eine Frau sein, denn nur eine Frau kann andere ihrer Art hervorbringen. Die Zauberer sahen diese Notwendigkeit der Fortpflanzung voraus, wenn sie auch nicht vorausahnen konnten, wie häufig sie sich ergeben würde. Sie wählten eine Frau, ein junges Mädchen, das, so stelle ich mir vor, Amberle sehr ähnlich war, und sie verwandelten sie. Dann gründeten sie den Orden der Erwählten, damit stets jemand da war, den Ellcrys zu pflegen, und damit der Ellcrys, wenn die Zeit kam, die Möglichkeit hatte, eine Nachfolgerin zu wählen. Doch der Ellcrys berief, abgesehen von einer Handvoll junger Frauen, Jahrhunderte hindurch nur junge Männer zu seinen Erwählten. Die Geschichte berichtet nichts darüber, warum er das tat – und auch er selbst erinnerte sich nicht mehr des Grundes. Frauen wählte der Ellcrys nur, wenn eine Notwendigkeit dafür bestand. Vielleicht hatte es etwas mit seiner Erschaffung zur Zeit der Elfen-Zauberer zu tun. Vielleicht versprach man damals dem jungen Mädchen, das verwandelt wurde, daß junge Männer ihr zu Diensten sein würden – vielleicht bat sie darum. Ich weiß es nicht.

Jedenfalls, als der Ellcrys Amberle berief, da fürchtete er schon, daß er bald würde sterben müssen. Er war sich nicht sicher, da er ja der erste seiner Art war, und niemand etwas darüber sagen konnte, wann sein Tod nahen und wie er sich ankündigen würde. Ja, es gab viele, die überzeugt waren, der Ellcrys sei unsterblich. Es hatte andere Zeiten in seinem Leben gegeben, als er geglaubt hatte, dem Tod nahe zu sein, als er geglaubt hatte, so gefährdet zu sein, daß er die berufen mußte, die ihm folgen sollte. Jedesmal berief er eine junge Frau – das letzte Mal vor fünfhundert Jahren. Die genauen Gründe kenne ich nicht, frag mich also nicht danach. Es ist ja im Grunde auch nicht von Bedeutung.

Als Amberle zur Erwählten berufen wurde, die erste Frau seit fünfhundert Jahren, war die Verwunderung unter den Elfen groß. Doch die Berufung Amberles war von viel größerer Bedeutung als die Elfen ahnten; in ihr nämlich sah der Ellcrys seine mögliche Nachfolgerin. Und eigentlich noch mehr als das. Die weibliche Seele des Ellcrys sah in Amberle gewissermaßen ihr ungeborenes Kind. Du magst das merkwürdig finden, aber berücksichtige die Umstände. Der Baum wußte, wenn er sterben würde, dann würde er zuvor einen Samen hervorbringen, und dieser Same und Amberle würden eins werden, ein neuer Ellcrys, zum Teil wenigstens aus dem alten geboren. Im Bewußtsein dieser Tatsache wurde Amberles Wahl getroffen, und sie war notwendigerweise mit Gefühlen verbunden wie sie eine Mutter ihrem ungeborenen Kind entgegenbringt. Körperlich hatte sich die Frau, die der Ellcrys geworden war, gewandelt; ihre Seele jedoch blieb so, wie sie gewesen war. Und in Amberle spürte der Baum eine Seelenverwandtschaft. Deshalb verband beide von Beginn an eine solch ruhige Nähe.«

Wiederum schwieg er sinnend.

»Unglücklicherweise war es gerade diese Nähe, die dann zu Schwierigkeiten führte. Als ich, durch den langsamen Verfall der Bannmauer und den drohenden Durchbruch der Dämonen geweckt, zuerst nach Arborlon kam, ging ich in den Garten des Lebens, um mit dem Ellcrys zu sprechen. Er sagte mir, daß er nach der Erwählung Amberles versucht hatte, die Bande zu dem Elfenmädchen fester zu knüpfen. Er hatte es getan, weil er spürte, wie die Krankheit an ihm zu nagen begann. Er hatte erkannt, daß das Ende seines Lebens nahte; das Samenkorn, das schon damals in ihm zu wachsen begann, sollte an Amberle weitergegeben werden. Der Ellcrys wollte Amberle auf das Kommende vorbereiten, er wollte ihr etwas von der Schönheit und der Anmut und dem Frieden begreiflich machen, derer er während seines Lebens teilhaftig geworden war. Amberle sollte fähig sein zu würdigen, was es bedeutete, mit der Erde eins zu werden, über Jahrhunderte hinweg ihre Entwicklungen mitzuerleben und ihre Wandlungen – kurz, sie sollte wohl auf den Prozeß des Erwachsenwerdens vorbereitet werden, den eine Mutter kennt, ein Kind aber nicht.«

Wil nickte gedankenvoll. Er dachte an den Traum, den er und Amberle geteilt hatten, nachdem der König vom Silberfluß sie vor den Dämonen gerettet hatte. In diesem Traum hatten sie einander gesucht – er war durch einen heiteren Garten geirrt, dessen Schönheit ihm den Atem geraubt hatte; sie hatte in Finsternis nach ihm gerufen, doch nie eine Antwort bekommen. Beide hatten sie nicht verstanden, daß dieser Traum eine Prophezeiung gewesen war. Beide hatten sie nicht verstanden, daß der König vom Silberfluß ihnen erlaubt hatte, einen Blick in die Zukunft zu werfen, die das Schicksal für sie bereithielt.

Der Druide nahm den Faden wieder auf.

»Die Absicht des Ellcrys war gut, doch er war allzu eifrig in seinem Bemühen. Er machte Amberle Angst mit seinen Bildern, mit der ständigen Bemutterung. Amberle hatte das Gefühl, sich selbst entfremdet zu werden. Sie war noch nicht bereit für die Wandlung. Sie bekam Angst, und sie wurde zornig. Sie verließ Arborlon. Der Ellcrys verstand das nicht; Tag und Nacht wartete er darauf, daß Amberle zurückkehren würde. Als die Krankheit sich so weit ausgebreitet hatte, daß sie nicht mehr einzudämmen war, als das Samenkorn fertig geformt war, rief sie ihre Erwählten zu sich.«

»Aber nicht Amberle?« Wil hörte jetzt mit gespannter Aufmerksamkeit zu.

»Nein, nicht Amberle. Der Baum glaubte, Amberle würde von selbst kommen, verstehst du. Er wollte sie nicht rufen, denn als er das zuvor getan hatte, hatte er das Mädchen damit nur weiter fortgetrieben. Er war überzeugt, daß Amberle kommen würde, sobald sie erfuhr, daß er dem Tode nahe war. Unglücklicherweise war die Zeit kürzer, als er geglaubt hatte. Die Mauer der Verfemung begann abzubröckeln, und er konnte sie nicht aufrechterhalten. Einer Gruppe von Dämonen gelang der Durchbruch, und die Erwählten wurden ermordet – alle außer Amberle. Als ich kam, war der Ellcrys in tiefer Verzweiflung. Amberle müsse gefunden werden, sagte er zu mir. Und da zog ich aus, um sie zu suchen.«

Ein Schatten neuer Bitterkeit flog über Wils Gesicht.

»Dann wußtet Ihr schon in Havenstead, daß der Ellcrys Amberle noch immer als seine Erwählte betrachtete.«

»Ja, das wußte ich.«

»Und Ihr wußtet auch, daß er Amberle sein Samenkorn anvertrauen würde.«

»Ich will dich der Mühe entheben, weitere Fragen zu stellen. Ich wußte alles. Die alten Geschichtsbücher der Druiden in Paranor offenbarten mir die Wahrheit über die Erschaffung des Ellcrys – und über die einzige Möglichkeit seiner Wiedererschaffung.«

Er zögerte. »Eines sollst du verstehen, Talbewohner. Auch mir lag dieses Mädchen am Herzen. Ich hatte kein Verlangen, sie zu täuschen, wenn du meine Unterlassungen als Täuschung bezeichnen willst. Es war einfach notwendig, daß Amberle auf andere Art als durch mich die Wahrheit über sich selbst entdeckte. Ich zeigte ihr einen Weg, dem sie folgen konnte; ich gab ihr keine Landkarte, die jeden Knick und jede Wendung erklärte. Ich war der Meinung, daß sie allein die Entscheidungen treffen sollte, vor die sie gestellt werden würde. Weder du noch ich noch sonst einer hatte das Recht, diese Entscheidungen für sie zu treffen.«

Wil Ohmsford senkte den Blick.

»Vielleicht. Und vielleicht wäre es besser gewesen, wenn sie von Beginn an gewußt hätte, wohin der Pfad, auf den Ihr sie gestellt hattet, führen würde.« Er schüttelte langsam den Kopf. »Seltsam. Ich dachte, die Wahrheit über alles, was geschehen ist, würde mir irgendwie helfen. Aber sie hilft mir nicht. Überhaupt nicht.«

Darauf folgte ein langes Schweigen. Wil blickte wieder auf.

»Ich habe jedenfalls nicht das Recht, Euch das zum Vorwurf zu machen, was geschehen ist. Ihr tatet, was Ihr tun mußtet – das weiß ich. Ich weiß, daß die Entscheidungen immer bei Amberle lagen. Aber sie so zu verlieren – das ist so schwer ...«

Der Druide nickte. »Es tut mir leid, Wil.«

Er erhob sich.

»Warum habt Ihr mich gerade jetzt geweckt, Allanon?« fragte Wil unvermittelt. »Um mir dies zu sagen?«

Der große Alte richtete sich auf.

»Um dir dies zu sagen und um dir Lebewohl zu sagen, Wil Ohmsford.«

»Lebewohl?«

»Auf einen anderen Tag, Talbewohner.«

»Aber – wohin geht Ihr denn?«

Es kam keine Antwort. Wil fühlte, wie er wieder schläfrig wurde; der Druide ließ ihn in den Schlummer zurückgleiten, dem er ihn entrissen hatte. Hartnäckig kämpfte er dagegen an. Es gab noch vieles zu sagen, und er wollte es sagen. Allanon konnte nicht einfach so gehen, so unerwartet in der Nacht untertauchen wie er aufgetaucht war, vermummt wie ein Dieb, der fürchtete, ein Blick auf seine Züge könnte ihn verraten ...

Plötzlicher Verdacht erwachte in ihm. Schwach streckte er den Arm aus und faßte das Gewand des Druiden.

»Allanon.«

Schweigen füllte das kleine Schlafgemach.

»Allanon – laßt mich Euer Gesicht sehen.«

Einen Moment lang glaubte er, der Druide hätte ihn nicht gehört. Allanon stand reglos an seinem Lager und blickte aus den tiefen Schatten seiner Gewänder zu ihm hinunter. Wil wartete. Langsam hob der Druide beide Hände und streifte die Kapuze ab.

»Allanon?« flüsterte Wil bestürzt.

Haar und Bart des Druiden, einst kohlschwarz, waren von grauen Strähnen durchzogen. Allanon war gealtert.

»Das ist der Preis, den man bezahlt, wenn man sich zauberischer Kräfte bedient.« Allanons Lächeln war dünn und spöttisch. »Diesmal, fürchte ich, habe ich mich ihrer allzu ausgiebig bedient; es raubte mir mehr, als ich zu geben bereit war.« Er zuckte die Schultern. »Jedem von uns ist nur ein bestimmtes Maß an Lebenskraft gegeben, Talbewohner – nur so viel und kein Quentchen mehr.«

»Allanon«, rief Wil leise. »Allanon, es tut mir leid. Geht noch nicht.«

Allanon schob die Kapuze wieder über den Kopf und umfaßte Wils Hände mit den seinen.

»Es ist Zeit für mich zu gehen. Wir brauchen beide Ruhe. Schlaf wohl, Wil Ohmsford. Versuche, nicht schlecht von mir zu denken; ich glaube, daß Amberle es auch nicht tut. Such deinen Trost in diesem: Du bist ein Heiler, und Aufgabe eines Heilers ist es, Leben zu erhalten. In dieser Sache hast du genau das getan – du hast den Elfen und dem Westland das Leben erhalten. Und wenn auch Amberle dir verloren scheint, so bedenke doch, daß du sie immer in der Erde finden kannst. Berühre die Erde, und Amberle wird bei dir sein.«

Er glitt davon in die Dunkelheit und drückte die Flamme der Kerze aus.

»Geht nicht«, rief Wil schläfrig.

»Leb wohl, Wil.« Die tiefe Stimme schwebte auf Nebelschwaden. »Sag Flick, daß er recht gehabt hat mit seiner Mahnung über mich. Das wird ihn freuen.«

»Allanon«, murmelte Wil noch einmal leise, dann war er eingeschlafen.

So still wie die Schatten der Nacht glitt der Druide durch die dämmrig erleuchteten Gänge des Hauses der Elessedils. Leibgardisten bewachten diese Korridore, Elfen-Jäger, die in der Schlacht am Elfitch gekämpft und sie überlebt hatten, harte Männer, die sich so leicht nicht rühren ließen. Doch Allanon wichen sie; der Blick des Druiden gebot es ihnen.

Wenig später stand er im Schlafgemach des Elfenkönigs. Kerzenlicht erleuchtete den Raum mit gedämpftem, milden Licht, das durch die Dunkelheit in Ecken und verborgene Nischen sickerte. Die Fenster waren geschlossen, die Vorhänge zugezogen. Es war sehr still.

Auf dem breiten Bett am anderen Ende des Zimmers lag Eventine, in Verbände und Leintücher gehüllt. In einem hochlehnigen Rohrstuhl an seiner Seite schlummerte unruhig Andor Elessedil.

Stumm trat Allanon an das Fußende des Bettes. Der alte König schlief. Langsam und röchelnd ging sein Atem, und seine Haut hatte die Farbe von Pergament. Das Ende seines Lebens war nahe.

Das Ende eines Zeitalters, dachte der Druide. Nun würde bald keiner von ihnen mehr sein, keiner von denen, die gegen den Dämonen-Lord gekämpft und die Suche nach dem geheimnisvollen Schwert von Shannara miterlebt hatten. Nur die Ohmsfords waren noch da, Shea und Flick.

Ein grimmiges Lächeln der Ironie flog über Allanons Lippen. Und er selbst natürlich. Er war noch da. Er war immer da.

Unter den leinenen Decken regte sich Eventine Elessedil. Jetzt ist es soweit, sagte sich Allanon. Zum ersten Mal in dieser Nacht zeigte sich ein Hauch von Bitterkeit in seinen harten Zügen.

Schweigend und lautlos zog er sich in die bergenden Schatten im Hintergrund des Raumes zurück und wartete.

Mit einem Ruck fuhr Andor Elessedil aus dem Schlaf. Mißtrauisch flog sein Blick durch das leere Schlafgemach, nach Gespenstern forschend, die nicht da waren. Ein beängstigendes Gefühl des Alleinseins überkam ihn. So viele, die hätten hier sein sollen, waren nicht mehr – Arion, Pindanon, Crispin, Ehlron, Tay, Kerrin. Alle waren sie tot.

Schwer ließ er sich wieder in den Korbsessel sinken. Wie lange, fragte er sich, hatte er geschlafen? Er wußte es nicht. Gael würde bald kommen und Speise und Trank mitbringen. Gemeinsam würden sie dann an der Seite des Königs weiterwachen. Und warten.

Erinnerungen quälten ihn; Erinnerungen an seinen Vater, an das, was gewesen war, Geister der Vergangenheit, Bilder von Zeiten und Orten und Ereignissen, die für immer vergangen waren. Bittersüß waren die Erinnerungen, die ihm gemeinsames Glück ins Gedächtnis riefen, aber auch die Vergänglichkeit solchen Glücks. Es wäre ihm lieber gewesen, wenn ihn die Erinnerungen in dieser Nacht verschont hätten.

Er mußte plötzlich an seinen Vater und Amberle denken. Sie waren einander ganz besonders nahe gewesen. Eine Zuneigung hatte zwischen ihnen bestanden, die verlorengegangen, aber wiedergefunden worden war. Und jetzt? Immer noch war die Wandlung, die Amberle durchgemacht hatte, unbegreiflich. Stets mußte er sich von neuem daran erinnern, daß sie Wirklichkeit war, nicht Einbildung. Noch jetzt konnte er den kleinen Himmelsreiter,

Perk, vor sich sehen, als dieser ihm berichtete, was er miterlebt hatte. Das Kindergesicht war voller Ehrfurcht, aber auch voller Angst gewesen, und dazu voll von einem tiefen Ernst, der keine Zweifel gestattete.

Sein Kopf sank zurück und seine Augen schlossen sich. Wenige erst kannten die Wahrheit. Er war sich noch immer nicht schlüssig darüber, ob es so bleiben sollte oder nicht.

»Andor.«

Er zuckte hoch. Die durchdringenden blauen Augen seines Vaters blickten ihn an. Er war einen Moment lang so erstaunt, daß er nur stumm auf den alten Mann hinuntersah.

»Andor – was ist geschehen?«

Die Stimme des Elfenkönigs war dünn und rauh. Rasch kniete Andor an seiner Seite nieder.

»Es ist vorbei«, antwortete er leise. »Wir haben gesiegt. Die Dämonen sind wieder durch den Fluch der Verfemung gebannt. Der Ellcrys ...«

Er konnte nicht zu Ende sprechen. Ihm fehlten die Worte. Die Hand seines Vaters glitt unter den Decken hervor und suchte die seine.

»Und Amberle?«

Andor holte tief Atem. Tränen standen in seinen Augen. Er zwang sich, dem Blick seines Vaters zu begegnen.

»Es geht ihr gut«, flüsterte er. »Sie ruht sich jetzt aus.«

Darauf folgte eine lange Pause. Der Schatten eines Lächelns huschte über die Züge des alten Königs.

Dann fielen seine Augen zu. Er war tot.

Allanon blieb noch mehrere Minuten in den Schatten stehen, ehe er vortrat.

»Andor!« rief er leise.

Der Elfenprinz stand auf, ließ die Hand seines Vaters los.

»Er ist tot, Allanon.«

»Und Ihr seid jetzt König. Seid der König, den er sich gewünscht hat.«

Andor wandte sich um und betrachtete den Druiden mit forschendem Blick.

»Wußtet Ihr es, Allanon? Oft habe ich mir seit Baen Draw diese Frage gestellt. Wußtet Ihr, daß all dies geschehen würde, daß ich König werden würde?«

Das Gesicht des Druiden schien sich zu verschließen, verlor allen Ausdruck.

»Ich hätte das, was geschah, nicht verhindern können, Elfenprinz«, antwortete er. »Ich konnte nur versuchen, Euch auf das Kommende vorzubereiten.«

»Dann habt Ihr es gewußt?«

Allanon nickte. »Ich habe es gewußt. Ich bin ein Druide.«

Andor holte tief Atem.

»Ich werde mein Bestes geben, Allanon.«

»Dann werdet Ihr es gut machen, Andor Elessedil.«

Er sah dem Elfenprinz nach, als dieser wieder an das Lager seines Vaters trat und den alten König zudeckte wie ein Kind, um dann wieder niederzuknien.

Geräuschlos wandte sich Allanon um und glitt aus dem Zimmer, aus dem Herrenhaus, aus der Stadt, aus dem Land. Niemand sah ihn gehen.

Es war früher Morgen, als jemand Wil Ohmsford sanft wachschüttelte. Silbergraues Licht fiel durch die verhangenen Fenster, die weichende Dunkelheit ganz zu vertreiben. Langsam schlug Wil die Augen auf und sah den kleinen Perk an seinem Bett stehen.

»Wil?« Das Gesicht des kleinen Himmelsreiters war ernst.

»Hallo, Perk.«

»Wie geht es Euch?«

»Etwas besser, glaube ich.«

»Gut.« Ein flüchtiges Lächeln flog über Perks Gesicht. »Ich hatte richtig Angst.«

Wil erwiderte das Lächeln.

»Ich auch.«

Perk setzte sich auf den Bettrand.

»Es tut mir leid, daß ich Euch geweckt habe, aber ich wollte nicht abreisen, ohne Euch Lebewohl gesagt zu haben.«

»Du verläßt uns?«

Der Junge nickte. »Ich hätte schon gestern abend losfliegen

müssen, aber ich wollte Genewen noch etwas Ruhe gönnen. Sie war müde nach dem langen Flug. Aber jetzt muß ich wirklich aufbrechen. Ich hätte ja schon vor zwei Tagen im Rockhort zurücksein müssen. Man sucht wahrscheinlich schon nach mir.« Er schwieg einen Moment. »Aber sie werden es schon verstehen, wenn ich erzähle, was passiert ist. Dann sind sie bestimmt nicht böse.«

»Hoffentlich nicht. Das wäre mir arg.«

»Mein Onkel Dayn hat gesagt, er würde es ihnen auch erklären. Wußtet Ihr, daß mein Onkel Dayn hier war, Wil? Mein Großvater schickte ihn. Onkel Dayn sagte, ich hätte mich wie ein echter Himmelsreiter verhalten. Er sagte, was Genewen und ich getan haben, sei von großer Bedeutung gewesen.«

Wil stützte sich auf.

»Das war es wirklich, Perk. Von sehr großer Bedeutung.«

»Ich konnte Euch doch nicht einfach im Stich lassen. Ich wußte, daß Ihr mich vielleicht brauchen würdet.«

»Wir brauchten dich sogar ganz dringend.«

Perk blickte auf seine Hände nieder.

»Wil, das mit der Dame Amberle tut mir leid. Wirklich.«

Wil nickte. »Ich weiß, Perk.«

»Sie war tatsächlich verzaubert, nicht wahr? Sie war verzaubert, und durch die Verzauberung wurde sie in einen Baum verwandelt.« Hastig blickte er auf. »Das wollte sie doch, nicht wahr? Sie wollte sich in den Baum verwandeln, damit die Dämonen verschwänden? So sollte es doch sein, nicht?«

Wil schluckte. »Ja.«

»Ich hatte wirklich Angst«, sagte Perk leise. »Es kam so plötzlich. Sie hatte ja vorher kein Wort davon gesagt. Darum erschreckte es mich dann so.«

»Ich glaube nicht, daß sie dich erschrecken wollte.«

»Nein, das glaube ich auch nicht.«

»Sie hatte nur nicht die Zeit für Erklärungen.«

Perk zuckte die Schultern. »Ich weiß. Es kam so plötzlich.«

Es war ein Weilchen still, dann stand der kleine Himmelsreiter auf.

»Ich wollte Euch nur Lebwohl sagen, Wil. Werdet Ihr uns

einmal besuchen? Oder könnte ich Euch vielleicht besuchen – aber erst, wenn ich älter bin. Vorher darf ich nicht über die Grenzen vom Westland hinausfliegen.«

»Ich komme dich besuchen«, versprach Wil. »Bald.«

Perk winkte kurz und ging zur Tür. Seine Hand lag schon auf der Klinke, als er sich noch einmal umwandte.

»Ich hab' sie wirklich gemocht, Wil – ganz unheimlich.«

»Ich habe sie auch gemocht, Perk.«

Der kleine Himmelsreiter lächelte flüchtig und eilte hinaus.

Alle kehrten sie nach Hause zurück, alle, die nach Arborlon gekommen waren, um den Elfen Beistand zu leisten. Bis auf zwei.

Zuerst brachen die Himmelsreiter auf. Im Morgengrauen des Tages, an dem die Herrschaft Andor Elessedils als neuer König der Elfen begann, traten sie den Flug nach Hause an – drei von den fünf, die zusammen nordwärts geflogen waren, und der Knabe Perk. In aller Stille machten sie sich auf den Weg, verabschiedeten sich nur von dem neuen König und waren fort, noch ehe die Sonne über den Wipfeln der Wälder im Osten aufgegangen war. Den ersten Strahlen der Morgensonne gleich, die die schwingende Nacht jagten, zogen die goldenen Rocks am Himmel ihre Bahn.

Am Mittag zogen unter der Führung von Amantar die Bergtrolle aus. So unerschrocken und stolz wie sie gekommen waren, marschierten sie mit grüßend erhobenen Waffen an den Elfen vorüber, die sich in Straßen und Gassen zum Abschied versammelt hatten. Zum ersten Mal seit mehr als tausend Jahren trennten sich Trolle und Elfen nicht als Feinde, sondern als Freunde.

Die Zwerge blieben noch einige Tage und halfen den Elfen beim Entwurf der Wiederaufbaupläne für den zerstörten Elfitch. Mit Hilfe jener Pioniere, die noch arbeiten konnten, zeichnete der energische Browork den Elfen einen detaillierten Plan zur Bewältigung dieser schwierigen Aufgabe. Und als er schließlich mit seinen Leuten die Heimreise antrat, tat er es nicht, ohne zu versprechen, daß in naher Zukunft eine andere Einheit von Zwergen-Pionieren ausgesandt werden würde, um den Elfen beim Wiederaufbau Unterstützung zu leisten.

»Wir wissen, daß wir uns auf die Zwerge verlassen können.« Andor drückte Browork zum Abschied fest die Hand.

»Immer«, bestätigte der Zwerg mit einem Nicken. »Denkt daran, wenn wir Euch einmal brauchen.«

Als letzte machten sich die Männer aus Callahorn auf den Weg – der kleine Trupp von Freikämpfern und Altgardisten, der die erbitterten Kämpfe um den Elfitch überlebt hatte. Nicht ein Dutzend der Freikämpfer war am Leben geblieben, und nicht sechs von diesen würden je wieder in den Kampf ziehen können. Die Einheit war praktisch ausgelöscht, die Leichen ihrer Soldaten zwischen dem Halys-Joch und Arborlon verstreut. Doch der hochgewachsene, narbengesichtige Grenzländer, den sie den Eisenmann nannten, war wieder einmal mit dem Leben davongekommen.

Am frühen Morgen des sechsten Tages nach dem Sieg über die Dämonen-Horden kam er auf seinem mächtigen Rotschimmel zu Andor Elessedil, der am Rande des Carolan stand und mit seinen Baumeistern die von den Zwergpionieren entworfenen Pläne besprach. Nachdem Andor sich hastig entschuldigt hatte, trat er zu dem hochgewachsenen Grenzländer, der vom Pferd gestiegen war und ihn erwartete. Ohne der respektvollen Verneigung zu achten, mit der Stee Jans ihn begrüßte, nahm Andor die Hand des Befehlshabers und drückte sie fest.

»Es geht Euch wieder gut, Befehlshaber?« fragte er lächelnd.

»Ausgezeichnet, Herr«, antwortete Stee Jans, ebenfalls lächelnd. »Ich bin gekommen, um Euch zu danken und Lebewohl zu wünschen. Die Legion reitet wieder für Callahorn.«

Andor schüttelte langsam den Kopf.

»Nicht Ihr habt mir zu danken. Ich – und das Elfenvolk – wir haben Euch zu danken. Keiner hat mehr für uns und dieses Land getan als die Freitruppe. Und Ihr, Stee Jans – was wäre ohne Euch aus uns geworden?«

Der Grenzländer schwieg einen Moment, ehe er sprach.

»Herr, ich denke, wir fanden in Eurem Volk und Eurem Land eine Sache, für die es wert war zu kämpfen. Was wir getan haben, das haben wir gern getan. Und Ihr habt diesen Kampf nicht verloren – das ist das einzige, was zählt.«

»Wie hätten wir mit Eurem Beistand verlieren können?« Wieder umschloß Andor seine Hand. »Und was habt Ihr jetzt vor?«

Stee Jans zuckte die Schultern.

»Die Freitruppe gibt es nicht mehr. Vielleicht wird sie neu aufgestellt werden. Vielleicht auch nicht. Wenn nicht, dann gibt es vielleicht ein neues Legionskommando. Ich werde jedenfalls darum bitten.«

Andor nickte. »Bittet mich, Stee Jans – bittet mich um ein Kommando, und es ist Euer. Es wäre mir und dem Elfenvolk eine Ehre, wenn Ihr annehmen würdet. Wollt Ihr das Angebot in Betracht ziehen?«

Der Grenzländer lächelte und schwang sich in den Sattel seines Pferdes.

»Ich bin schon dabei, es in Betracht zu ziehen, Herr.« Er grüßte schneidig. »Bis wir uns wiedersehen, Herr – Kraft mit Euch und den Elfen.«

Er wendete den großen Rotschimmel und galoppierte mit wehendem Umhang über den Carolan davon.

So also kehrten sie alle nach Hause zurück, die nach Arborlon gekommen waren, um den Elfen in höchster Not Beistand zu leisten. All die Tapferen. Nur zwei nicht.

Einer war der Talbewohner, Wil Ohmsford.

Hell und warm lag der Sonnenschein über dem Carolan, als sich Wil Ohmsford gegen Mittag dem Tor zum Garten des Lebens näherte. Ruhigen, gemessenen Schrittes schritt Wil den Kiesweg entlang, nichts Zauderndes in seinem Gebaren. Und doch hatte er das Gefühl, nicht weiter zu können, als er schließlich vor dem Tor stand.

Eine Woche hatte er gebraucht, um diesen Weg zurückzulegen. Die ersten drei Tage nach seinem Zusammenbruch in eben diesem Garten hatte er in seinen Gemächern im Herrenhaus der Elessedils zugebracht. Die meiste Zeit hatte er geschlafen. Dann war er zwei Tage lang im abgeschiedenen Park des alten Hauses umhergewandert und hatte mit den brodelnden Gefühlen gerungen, die ihn bei jeder Erinnerung an Amberle quälten. Die letzten zwei Tage hatte er damit zugebracht, jeden Gedanken an das, was zu tun er jetzt gekommen war, tunlichst zu vermeiden.

Lange stand er vor dem Eingang zum Garten und blickte zum Tor aus Silber und Elfenbein empor, ließ den Blick über die efeubewachsenen Mauern und die Hecken gleiten, die den Weg durch den Garten begrenzten. Leute aus der Stadt, die durch das Tor gingen, vor dem er stand, wandten sich nach ihm um. Die Posten der Schwarzen Wache standen starr und unzugänglich zu beiden Seiten, warfen nur einen flüchtigen Blick auf den jungen Mann und richteten die Augen wieder geradeaus. Immer noch zögerte Wil Ohmsford.

Doch er wußte, daß er jetzt nicht umkehren konnte. Er hatte es sich genau überlegt. Einmal noch mußte er sie sehen. Ein letztes Mal. Erst dann würde er Frieden finden.

Noch bevor er sich dessen selbst bewußt wurde, hatte er das Tor passiert und folgte dem geschwungenen Weg, der ihn zu dem Baum führen würde.

Er verspürte eine seltsame Erleichterung, so als hätte er das Rechte getan, indem er sich entschlossen hatte, zu ihr zu gehen. Etwas von der Entschlossenheit, die ihn durch die letzten Wochen begleitet hatte, kehrte jetzt wieder, nachdem sie ihn angesichts von Amberles Verlust völlig verlassen hatte, da er überzeugt gewesen war, versagt zu haben. Er glaubte, dieses Gefühl jetzt besser zu verstehen. Es war weniger ein Gefühl des Versagens gewesen, das er empfunden hatte, als vielmehr ein Erkennen seiner Grenzen. Man kann nicht alles tun, was man vielleicht gern tun würde. Das hatte sein Onkel Flick einmal zu ihm gesagt. Er hatte Amberle zwar vor den Dämonen retten können, nicht aber davor, zum Ellcrys zu werden. Das hatte nie in seiner Macht gelegen, sondern immer nur in ihrer. Ihre Entscheidung war es gewesen, wie sie selbst ihm gesagt hatte – wie auch Allanon ihm versichert hatte. Daran würden Zorn, Bitterkeit und Selbstvorwürfe nichts ändern. Er mußte einen anderen Weg finden, sich mit dem auszusöhnen, was geschehen war. Und er glaubte, diesen

Weg jetzt zu kennen. Der Besuch bei ihr war der erste Schritt.

Dann stand sie vor ihm. Klar und scharf hob sich der Ellcrys vor dem Blau des mittäglichen Himmels ab. Der schlanke silberne Stamm und die blutroten Blätter waren von flirrendem Sonnenlicht umspielt. Tränen traten ihm in die Augen, als er dieses herrliche Geschöpf vor sich sah.

»Amberle ...« flüsterte er.

Elfenfamilien drängten sich am Fuß des Hügels, auf dem sie stand, und betrachteten ehrfürchtig den Baum. Wil Ohmsford zögerte, dann gesellte er sich zu ihnen.

»Siehst du, er ist wieder gesund«, sagte gerade eine Mutter zu dem kleinen Mädchen. »Die Krankheit ist besiegt.«

Und ihr Land und ihr Volk sind wieder in Sicherheit, fügte Wil stillschweigend hinzu. Weil Amberle sich für sie geopfert hatte. Er holte tief Atem, während er zu dem Baum aufblickte. Sie hatte es so gewollt – nicht nur, weil sie es für notwendig gehalten hatte, sondern weil sie schließlich davon überzeugt gewesen war, daß dies der Sinn ihres Daseins auf der Erde war. Man muß der Erde etwas von dem zurückgeben, was man von ihr bekommen hat! Sie hatte ihr alles zurückgegeben.

Er lächelte traurig. Doch sie hatte nicht alles verloren. Indem sie zum Ellcrys geworden war, hatte sie eine ganze Welt gewonnen.

Amberle.

Wil blickte noch einen langen Augenblick zu ihr auf, dann wandte er sich ab und ging langsam davon.

Er war gerade durch das Tor hinausgegangen, als er Eretria entdeckte. Sie stand etwas abseits von dem Pfad, der aus der Stadt heraufführte, und blitzend traf der Blick ihrer dunklen Augen den seinen. Statt der leuchtenden Seide der Fahrensleute trug sie jetzt die gewöhnlichen Gewänder der Elfen. Und doch war nichts an Eretria gewöhnlich. Sie war jetzt noch so atemberaubend schön wie damals, als Wil sie das erste Mal gesehen hatte. Das lange schwarze Haar, das ihr in Locken über die Schultern floß, schimmerte im Sonnenlicht, und das vertraute strahlende Lächeln erhellte ihr Gesicht, als sie seiner ansichtig wurde.

Stumm trat er zu ihr und lächelte.

»Du siehst wieder wie ein ganzer Mensch aus«, bemerkte sie leichthin.

Er nickte. »Das habe ich dir zu verdanken. Du hast mir wieder auf die Beine geholfen.«

Ihr Lächeln vertiefte sich bei dem Kompliment. Jeden Tag in der vergangenen Woche war sie bei ihm gewesen – hatte ihm zu essen gegeben, seine Wunden frisch verbunden, ihm Gesellschaft geleistet, wenn er Ansprache brauchte, ihn allein gelassen, wenn sie gemerkt hatte, daß er das Alleinsein brauchte. Seine Genesung, sowohl körperlich als auch seelisch, war zum großen Teil ihrer Fürsorge zu danken.

»Man hat mir gesagt, du seist ausgegangen.« Sie warf rasch einen Blick zum Garten des Lebens. »Ich hatte keine Mühe, mir zu denken, wohin du gegangen warst. Da hab' ich mir gedacht, daß ich dir nachgehen und auf dich warten könnte.« Mit einem fröhlichen Lächeln sah sie ihn an. »Nun, hast du jetzt alle Geister zur Ruhe gelegt?«

Wil sah die Sorge in ihren Augen. Sie verstand besser als jeder andere, was ihm durch den Verlust Amberles angetan worden war. Sie hatten in den Stunden, die sie bei ihm zugebracht hatte, unablässig darüber gesprochen. Geister hatte sie all die sinnlosen Schuldgefühle genannt, die ihn gequält hatten.

»Ja, ich glaube, sie ruhen jetzt«, antwortete er. »Es war gut, daß ich hierher gekommen bin. Mit der Zeit wird es vielleicht ...«

Er zuckte lächelnd die Schultern.

»Amberle war der Überzeugung, daß ma der Erde etwas schuldet für das Leben, das sie einem gegeben hat. Sie hat mir einmal erklärt, diese Überzeugung sei ein Teil ihres Elfenerbes. Und auch mein Erbe wollte sie, glaube ich, damit sagen. Weißt du, sie hat in mir immer mehr den Heiler als den Beschützer gesehen. Ein Heiler sollte ich sein. Denn der Heiler begleicht einen Teil seiner Schuld an die Erde dadurch, daß er jenen hilft, die sie hegen und pflegen. Das ist also meine Gabe an die Erde, Eretria.«

Sie nickte ernst. »Dann kehrst du nach Storlock zurück?«

»Erst heim, nach Shady Vale, dann nach Storlock.«

»Bald?«

»Ich denke schon. Ich denke, es ist Zeit.« Er räusperte sich befangen. »Weißt du, daß Allanon mir den Rappen – Artaq – hinterlassen hat? Als Geschenk. Zum Trost vielleicht.«

Sie wandte das Gesicht ab.

»Ja, vielleicht. Können wir jetzt zurückgehen?«

Ohne auf seine Antwort zu warten, setzte sie sich in Bewegung. Verwirrt zögerte er einen Moment, dann eilte er ihr nach. Stumm gingen sie nebeneinander her.

»Wirst du die Elfensteine behalten?« fragte sie nach einer Weile.

Er hatte einmal, in tiefster Niedergeschlagenheit, gesagt, er wolle sie nicht länger. Er wußte, daß der Elfenzauber seine Spuren in ihm hinterlassen hatte. So wie die Zauberkräfte Allanon gealtert hatten, so hatten sie auch auf ihn eingewirkt – wenn er auch noch nicht wußte, wie. Solche unerklärlichen Kräfte machten ihm immer noch Angst. Und doch lag die Verantwortung für diese Zauberkraft weiter bei ihm; er konnte sie nicht einfach weitergeben.

»Ich werde sie behalten«, antwortete er. »Aber ich werde sie nie wieder gebrauchen. Nie wieder.«

»Nein«, sagte sie leise. »Ein Heiler braucht ja auch solche Zaubersteine nicht.«

An der Mauer des Gartens entlang schritten sie den Pfad hinunter nach Arborlon. Wil spürte die Distanz, die zwischen ihnen lag. Es war eine Kluft, die immer größer wurde, aufgerissen durch ihre Gewißheit, daß er sie wieder einmal verlassen würde. Sie wollte mit ihm gehen. Doch sie würde ihn nicht bitten, sie mitzunehmen – nicht diesmal, nicht wieder. Das verbot ihr der Stolz. Er dachte darüber nach.

»Und wohin gehst du jetzt?« fragte er nach einer Zeit.

Sie zuckte lässig die Schultern.

»Ach, ich weiß noch nicht. Nach Callahorn vielleicht. Ich kann hingehen, wo ich will.« Sie machte eine Pause. »Vielleicht besuche ich dich einmal. Mir scheint, du brauchst dringend jemanden, der sich um dich kümmert.«

Sie sagte es beinahe scherzhaft, aber die Absicht dahinter war nicht zu verkennen. Ich bin dir bestimmt, Wil Ohmsford, hatte sie in jener Nacht im Tirfing zu ihm gesagt. Und jetzt sagte sie es wieder. Er sah ihr in das dunkle Gesicht und dachte daran, was alles sie für ihn getan, für ihn riskiert hatte. Wenn er sie jetzt verließ, dann hatte sie niemanden. Sie hatte kein Zuhause, keine Familie, kein Volk. Vorher hatte er Gründe gehabt, ihre Bitte, sie mitzunehmen, abzuschlagen. Was hatte er jetzt noch für Gründe?

»Es war nur so eine Idee«, fügte sie hastig hinzu.

»Eine hübsche Idee«, erwiderte er leise. »Aber ich hab' mir gedacht, du hättest vielleicht Lust gleich mitzukommen.«

Beinahe ehe er sich bewußt wurde, was er beschlossen hatte, waren die Worte ausgesprochen. Lange, lange schwiegen sie gemeinsam. Sie schritten den Pfad hinunter und sahen einander nicht an. Es war fast so, als sei nichts gesagt worden.

»Ja, vielleicht hätte ich Lust dazu«, bemerkte sie schließlich. »Wenn es dir ernst ist.«

»Es ist mir ernst.«

Da sah er ihr Lächeln – dieses wunderbare, strahlende Lächeln. Sie blieb stehen und blickte ihn zärtlich an.

»Es ist beruhigend festzustellen, Wil Ohmsford, daß du endlich zur Vernunft gekommen bist.«

Sie nahm seine Hand und hielt sie ganz fest.

Als Andor Elessedil gegen Mittag über den Carolan zur Stadt zurückritt, sah er den Talbewohner und das Mädchen aus dem Lager der Fahrensleute, die vom Garten des Lebens nach Arborlon hinunterschritten. Er zügelte sein Pferd und blickte den beiden nach, die noch nicht nach Hause zurückgekehrt waren. Er sah, wie sie stehenblieben, sah, wie Eretria Wils Hand faßte.

Ein Lächeln breitete sich auf seinem Gesicht aus. Nun, dachte er, würde wohl auch Wil Ohmsford heimkehren. Aber nicht allein.